16	3	2	13
5	10	11	8
9	6	7	12
4	15	14	1

Coleção LESTE

Fiódor Dostoiévski

CONTOS REUNIDOS

Organização e apresentação
Fátima Bianchi

Tradução
Priscila Marques,
Boris Schnaiderman, Paulo Bezerra, Fátima Bianchi,
Denise Sales, Vadim Nikitin, Irineu Franco Perpetuo,
Daniela Mountian e Moissei Mountian

editora 34

EDITORA 34

Editora 34 Ltda.
Rua Hungria, 592 Jardim Europa CEP 01455-000
São Paulo - SP Brasil Tel/Fax (11) 3811-6777 www.editora34.com.br

Copyright © Editora 34 Ltda., 2017
Apresentação © Fátima Bianchi, 2017

A FOTOCÓPIA DE QUALQUER FOLHA DESTE LIVRO É ILEGAL E CONFIGURA UMA APROPRIAÇÃO INDEVIDA DOS DIREITOS INTELECTUAIS E PATRIMONIAIS DO AUTOR.

Edição conforme o Acordo Ortográfico da Língua Portuguesa.

Imagem da capa:
*Oswaldo Goeldi, Céu vermelho, 1950, xilogravura s/ papel, 24,9 x 40,1 cm,
Acervo da Pinacoteca do Estado de São Paulo, Brasil
Compra do Governo do Estado de São Paulo, 2011
Crédito fotográfico: Isabella Matheus
(autorizada sua reprodução pela Associação Artística Cultural
Oswaldo Goeldi - www.oswaldogoeldi.com.br)*

Capa, projeto gráfico e editoração eletrônica:
Bracher & Malta Produção Gráfica

Revisão:
Alberto Martins, Danilo Hora, Francisco de Araújo

1ª Edição - 2017, 2ª Edição - 2017, 3ª Edição - 2018,
4ª Edição - 2021, 5ª Edição - 2023

Catalogação na Fonte do Departamento Nacional do Livro
(Fundação Biblioteca Nacional, RJ, Brasil)

D724c
Dostoiévski, Fiódor, 1821-1881
Contos reunidos / Fiódor Dostoiévski; organização e apresentação de Fátima Bianchi; tradução de Priscila Marques e outros. —
São Paulo: Editora 34, 2023 (5ª Edição).
552 p. (Coleção LESTE)

ISBN 978-85-7326-657-3

1. Ficção russa. I. Bianchi, Fátima.
II. Marques, Priscila. III. Título. IV. Série.

CDD - 891.73

CONTOS REUNIDOS

Apresentação, *Fátima Bianchi*	7
Como é perigoso entregar-se a sonhos de vaidade (1846)	29
O senhor Prokhártchin (1846)	51
Romance em nove cartas (1847)	77
Um coração fraco (1848)	89
Polzunkov (1848)	127
Uma árvore de Natal e um casamento (1848)	141
A mulher de outro e o marido debaixo da cama (1860)	149
O ladrão honrado (1860)	187
O crocodilo (1865)	203
O sonho de Raskólnikov (extraído de *Crime e castigo*, 1866)	239
Vlás (1873)	245
Bobók (1873)	259
Meia carta de "uma certa pessoa" (1873)	277
Pequenos quadros (1873)	287
Pequenos quadros (durante uma viagem) (1874)	297
A história de Maksim Ivánovitch (extraído de *O adolescente*, 1875)	317
Um menino na festa de Natal de Cristo (1876)	329
Mujique Marei (1876)	335
A mulher de cem anos (1876)	341
O paradoxalista (1876)	347
Dois suicídios (1876)	353
O veredicto (1876)	357
A dócil (1876)	361
Uma história da vida infantil (1876)	401
O sonho de um homem ridículo (1877)	407
Plano para uma novela de acusação da vida contemporânea (1877)	427
O tritão (1878)	433
O Grande Inquisidor (extraído de *Os irmãos Karamázov*, 1880)	439

Apêndice

A mulher de outro (1848) 463
O marido ciumento (1848) 479
Histórias de um homem vivido (1848) 507
Domovoi 529

Cronologia de Dostoiévski 533

Sobre os tradutores 547

DOSTOIÉVSKI: A VEIA DA FICÇÃO

Fátima Bianchi

Fiódor Mikháilovitch Dostoiévski (1821-1881), ainda hoje um dos escritores mais lidos e comentados em todo o mundo, ocupa um lugar de grande importância na literatura russa do século XIX. Defensor apaixonado das ideias humanistas e de justiça social, em sua obra ele nos coloca diante de situações e tipos de comportamento que continuam a fazer parte das nossas vidas. Encontramos nela uma realidade social e humana extremamente complexa, marcada pela instabilidade, pela ruptura de tradições, pela destruição de antigos valores morais e espirituais e a inexistência de valores alternativos. Embora o próprio Dostoiévski muitas vezes afirmasse que o "mal" oculto na alma do homem parecia possuir um caráter abstrato, metafísico, como artista, o mal que retrata de forma penetrante e precisa está estreitamente ligado às leis da história, ao tempo e ao lugar — é fruto da alma do homem contemporâneo, historicamente concreto.

Para Dostoiévski, seu país passava por um processo de "desagregação e individualização" que não podia ser tomado como um fenômeno isolado, já que na Europa ele era ainda mais perceptível. No entanto, diferentemente da Rússia, onde ele se manifestava ainda em germe, na Europa esse estado de coisas, promovido pelas novas relações sociais introduzidas pelo capitalismo, era muito mais grave. Na Rússia, a dificuldade para "distinguir as causas da desagregação e individualização e juntar as pontas dos fios rompidos ainda é muito grande", diria ele, pois, ainda que seu território geográfico fosse imenso, o povo russo estava firmemente unificado sob a figura do tsar e o poder da Igreja Ortodoxa, e isso, no seu modo de ver, ainda permitia ali alguma "esperança de que o feixe se reorganizasse". Na Europa, "jamais esse feixe poderia se reconstituir, pois lá tudo se individualizou, não à nossa maneira, mas lenta e irreversivelmente", conclui.[1] E ainda que em suas intervenções jornalísticas ele apostasse com grande otimismo na capacidade

---

[1] Fiódor Dostoiévski, "Algo sobre a Europa", *Diário de um escritor* (*Dnievník pissátelia*), março de 1876, em *Obras completas* em 30 volumes, publicada pela Academia de Ciências da URSS (Editora Naúka — Ciência), Leningrado, 1972-1990, vol. 22, p. 84.

da Rússia de reverter esse processo, em suas obras literárias ele se absteve de apontar qualquer saída ou solução nessa direção.

Num momento tão crítico para o seu país, não foram processos como a decadência da aristocracia, a pauperização das camadas menos favorecidas das cidades, o crescimento da criminalidade, ou coisas do gênero, o que mais chamou a sua atenção como artista, e sim, como observa o estudioso russo G. K. Schénnikov, "as mudanças que se processavam na estrutura da consciência moral do indivíduo". Ele percebeu que "não eram apenas as relações entre as pessoas, as formas de prática social, os interesses que mudavam, mas também a noção do homem sobre si mesmo e o seu lugar no mundo".[2]

Movido pelo sentimento de que a vida social era gradualmente dilacerada pelo egoísmo, por uma guerra de todos contra todos, o escritor declara estar constantemente com a impressão de ter ingressado numa época em que "tudo se rompe e se fragmenta, e não por grupos, mas por unidades", escreve.[3] Daí sobressair-se em sua obra uma caracterização da realidade tão aparentada ao "caos". Pois era nesse novo quadro, que se afastava completamente da rotina e trazia à tona configurações incompreensíveis, inusitadas, fantásticas, que se devia buscar aquilo que constituía a própria essência da realidade.

Partindo do princípio de que "o homem é inteiro apenas no futuro" e de que é extremamente difícil prever o seu movimento, já que a todo instante "a nova realidade surpreende com o inesperado do seu desenvolvimento", em seu vivo processo criador Dostoiévski procura penetrar naquilo que pode verdadeiramente gerar a formação de novos tipos humanos e constituir o sentido da vida. Mas fazer isso exige do artista, em sua opinião, uma grande capacidade de clarividência, pois "o importante não é o objeto, são os olhos; se tiverem olhos, o objeto será encontrado. Se não tiverem, são cegos, e qualquer que seja o objeto, nada descobrirão nele".[4]

Um fator essencial de sua grandeza como escritor reside justamente na imensa sensibilidade poética para perceber as transformações humanas, vinculadas às mudanças que ocorriam na sociedade russa. Por ter conseguido captar essa nova realidade numa forma tão fundamental, Georg Lukács considera que "Dostoiévski foi o primeiro que, com uma arte ainda insuperada,

---

[2] Gurii K. Schénnikov, *Dostoievskii i rússkii realizm* (Dostoiévski e o realismo russo), Sverdslovsk, Urálskogo Universiteta, 1987, p. 211.

[3] Dostoiévski, "Individualização", *Diário de um escritor*, março de 1876, em *Obras completas*, vol. 22, p. 80.

[4] *Idem*, vol. 25, p. 173.

fixou os sintomas da deformação psíquica que necessariamente surge no campo social da vida na grande cidade". Para o crítico, "o gênio de Dostoiévski manifesta-se precisamente no acontecimento que ele reconhece e exprime ainda em seu primeiro germe, na dinâmica das mudanças sociais, morais e psicológicas que estão se aproximando".[5]

Considerada pelo próprio escritor como um quadro realista da vida, sua obra levou muitos dos críticos — que, a princípio, o aclamaram como um escritor da chamada "escola natural", formado na tradição gogoliana — a tomar as suas inovações e a sua crescente complexidade como um recuo das conquistas realistas da literatura russa. Enquanto os escritores da "escola natural" teriam a tarefa de mostrar o valor do homem comum de forma objetiva, apresentando-o "tal como ele é", Dostoiévski desde o início procurou expressar um ponto de vista original sobre o homem, ao estabelecer para si a tarefa de decifrar os enigmas da sua alma.

Dostoiévski anunciou várias vezes que o objetivo fundamental das suas aspirações era o estudo do homem na sua essência profunda. Numa carta a Mikhail, seu irmão e confidente, escrita aos dezoito anos de idade, muito antes de se lançar na carreira de escritor, ele define apaixonadamente, e com uma precisão programática impressionante, a orientação básica de suas futuras buscas criativas, à qual ele permaneceria fiel por toda a vida: "O homem é um enigma. É preciso decifrá-lo, e ainda que passe a vida toda para decifrá-lo, não diga que perdeu tempo; eu me dedico a esse enigma, já que quero ser um homem".[6] Daí as buscas por respostas para as questões mais candentes da vida perpassarem toda a sua obra — e não só aquela denominada estritamente de "ficção", mas extrapolando também para os outros gêneros, de uma forma muito singular, na medida em que a "ficção" constitui para ele uma categoria que condensa em si não apenas o conteúdo estético propriamente, não apenas a experiência pessoal, mas também a compreensão da contemporaneidade como um todo social complexo e contraditório. Por isso, em qualquer gênero que Dostoiévski se exprima, mesmo que sejam artigos críticos, resenhas, ensaios, cartas, anotações, ele sempre se exprime como um artista criador.

Apesar da vastíssima fortuna crítica existente, o estudo de sua obra, que teve início há bem mais de um século, continua sendo questão atualíssi-

---

[5] Georg Lúkacs, *Ensaios sobre literatura*, Rio de Janeiro, Civilização Brasileira, 1965, p. 155, tradução de Leandro Konder e Giseb Vianna Konder.

[6] Carta de 16 de agosto de 1839, em Dostoiévski, *Obras completas*, vol. 28, livro 1, p. 63.

ma para a teoria da literatura e para diversas outras áreas do conhecimento. Esse interesse maior pelo escritor e o reconhecimento universal de sua obra se devem em muito aos chamados grandes romances: *Crime e castigo* (1866), *O idiota* (1869), *Os demônios* (1872), *O adolescente* (1875) e *Os irmãos Karamázov* (1880).

Entretanto, Dostoiévski foi também um mestre da narrativa curta, a qual constitui a razão de ser desta coletânea. Uma de nossas principais preocupações consistiu em organizar, no âmbito da "forma narrativa breve", um panorama o mais abrangente possível de sua trajetória, comportando desde o primeiro conto publicado ("Como é perigoso entregar-se a sonhos de vaidade", escrito ainda em 1845, em colaboração com outros autores e assinado sob pseudônimo, inédito no Brasil) até excertos de obras da maturidade, que operam como "narrativas dentro de outras narrativas", como "O sonho de Raskólnikov", "A história de Maksim Ivánovitch" e a lenda "O Grande Inquisidor", extraídos, respectivamente, de seus grandes romances *Crime e castigo*, *O adolescente* e *Os irmãos Karamázov*.

Outro aspecto fundamental a levar em conta é que, em Dostoiévski, a veia da ficção atravessa todo o seu pensamento e praticamente contamina todos os meios em que se expressou. Daí que neste volume de *Contos reunidos*, além dos gêneros do conto e da novela, propriamente ditos, o leitor encontrará também o ensaio, o artigo jornalístico, a crônica, o comentário satírico e outras modalidades de escrita literária, mas sempre atravessados pelo impulso da ficção. A reunião de todos esses textos em um volume único nos permite reconhecer e acompanhar o surgimento e o entrelaçamento de formas narrativas, temas, vozes e até mesmo personagens que obcecam o escritor e retornam de uma obra para outra. Por isso mesmo, optamos por seguir neste volume a ordem cronológica de publicação dos originais.

Tivemos também o cuidado de incluir textos nunca publicados no Brasil, bem como outros que ainda não haviam recebido uma tradução direta do russo para o português. Nesse grupo entram várias obras do início de sua carreira, interrompida com a prisão do escritor no início de 1849 por sua participação no círculo de Petrachévski, e retomada apenas dez anos depois.[7]

As primeiras ficções de Dostoiévski, que abrem esta coletânea, vinculam-se ao momento em que se desenvolvia na Rússia a crítica social através da "escola natural" e do ensaio "fisiológico", corrente na qual o autor ga-

---

[7] Para os acontecimentos que cercaram a prisão de Dostoiévski, bem como suas reflexões na época, remeto o leitor a meu posfácio "Uma história de criança", em *Um pequeno herói*, São Paulo, Editora 34, 2015, tradução de Fátima Bianchi.

nhou lugar de destaque ao publicar seu primeiro romance, *Gente pobre* (1846), que lhe deu fama da noite para o dia.

"Um precipício de ideias"

A estreia literária de Dostoiévski despertou de imediato a atenção do público e, principalmente, da crítica russa, provocando calorosas discussões em torno de seu nome. Eufórico com o próprio sucesso, numa carta de 16 de novembro de 1845, ele escreve ao irmão Mikhail: "Acho que minha glória jamais atingirá o apogeu que atinge agora. Por toda parte, meu nome suscita uma curiosidade espantosa, um respeito incrível". E mais adiante: "Todos me tomam por um milagre. Não posso abrir a boca sem que repitam em todos os cantos que Dostoiévski disse isso, que Dostoiévski está querendo fazer aquilo". Nesse momento, o romance *Gente pobre* ainda estava sendo impresso, mas seu autor já era reconhecido nos meios literários, desde seu encontro pouco antes com os escritores Dmitri Grigoróvitch e Nikolai Nekrássov, e com o crítico literário Vissarion Bielínski. E no final da carta a Mikhail, ele declara estar "com um precipício de ideias", sobre as quais não podia dizer um "a" sem que elas se espalhassem no dia seguinte por "todos os cantos de Petersburgo".[8]

De fato, o escritor estava cheio de ideias. Algumas se concretizaram, outras não. Destas últimas, só pudemos tomar conhecimento através de sua correspondência com o irmão, já que as obras de ficção concluídas e publicadas entre 1846 e 1847 constituem apenas uma parte dos projetos que esboçou nesse período.

De sua produção inicial, uma boa parte estava relacionada à atividade jornalística, à qual, deve-se observar, o escritor se entregou de corpo e alma do início ao fim de sua carreira, não apenas extraindo dela matéria para contos e romances, mas ensaiando vozes, temas e formas narrativas, num verdadeiro laboratório de criação. Em uma carta de 8 de outubro de 1845, ele comunica ao irmão, com grande entusiasmo, a sua participação como editor-chefe, junto com Grigoróvitch, na edição do almanaque humorístico *O Trocista* (*Zuboskál*), concebido por Nekrássov, destinado a "zombar e rir de todo mundo, sem poupar ninguém".[9]

---

[8] Dostoiévski, *Obras completas*, vol. 28, pp. 115-6.

[9] *Idem*, p. 113.

O almanaque acabou proibido pela censura e não chegou a circular. Mas, a essa altura, além de já ter redigido o anúncio de sua publicação para a revista *Anais da Pátria* (*Otiétchestvennie Zapiski*), Dostoiévski havia também colaborado com Grigoróvitch e Nekrássov na criação conjunta do conto humorístico "Como é perigoso entregar-se a sonhos de vaidade", que abre este volume. Também estava em seus planos escrever para *O Trocista* um outro conto, "Apontamentos de um criado sobre seu amo", que não vingou. Em todo caso, ideias não lhe faltavam.

Com a censura a *O Trocista*, Nekrássov tira da manga um outro projeto, o almanaque humorístico ilustrado *Primeiro de Abril* (*Piérvoie Apriêlia*). Os materiais que seriam destinados a *O Trocista* entraram neste novo almanaque, incluindo o conto "Como é perigoso entregar-se a sonhos de vaidade". Aparentado aos ensaios "fisiológicos" de cunho social moralizante dos autores da "escola natural" dos anos 1840, sua publicação despertou ataques virulentos de parte da crítica, que destacou a "linguagem grosseira" da obra e a caracterizou como "um quadro sórdido das pessoas humildes", como "a anatomia dos sentimentos de um coração depravado".[10] A crítica é categórica em atribuir a Dostoiévski os capítulos II e III do conto, pela semelhança que apresentam com *O duplo* (publicado em 1846, logo após *Gente pobre*) e "O senhor Prokhártchin" (redigido em outubro do mesmo ano), tanto no que se refere ao estilo e aos aspectos temáticos e ideológicos, como no tratamento psicológico aprofundado, expresso através do sonho, do pesadelo e dos tormentos da consciência do herói.

Também para *O Trocista*, Dostoiévski havia escrito, em uma única noite de novembro de 1845, o curioso "Romance em nove cartas" — obra que, segundo o próprio autor, "causou furor" quando lida para os membros de seu círculo e surpreendeu Bielínski, que declarou "agora depositar a mais completa confiança em mim, já que consigo dar conta de elementos tão díspares".[11] A forma do conto, construído pela troca de correspondência entre dois trapaceiros — na qual o leitor precisa ler nas entrelinhas para descobrir as intenções de cada um —, tende a ser atribuída ao calor das discussões travadas na época em torno de *Gente pobre* (romance que também emprega a forma epistolar), e ao objetivo de mostrar as diversas possibilidades estilísticas e artísticas que esse gênero comporta.

---

[10] Palavras de F. V. Bulgárin, editor da revista *Abelha do Norte* (*Siévernaia Ptchelá*), citado em Dostoiévski, *Obras completas*, vol. 1, p. 513.

[11] Dostoiévski, *Obras completas*, vol. 28, p. 116.

Com uma característica que é própria de Dostoiévski já na década de 1840, dando continuidade à linha de elaboração do tema da "fisiologia" social de Petersburgo, ele sutilmente introduz no final desse texto, essencialmente humorístico, uma nota de desamparo, ligando-o assim a outras obras dessa fase de sua produção literária. O conto só veio a ser publicado em 1847, na seção "Miscelânea" da revista *O Contemporâneo* (*Sovremiênnik*).

No início de 1846, a confiança até então depositada no escritor passa por um terrível revés. Em uma carta de 1º de abril ao irmão, dois meses após a publicação de seu segundo romance, *O duplo*, ele se queixa do fracasso de sua recepção. E o mais desanimador para ele era que tanto a crítica como o público haviam considerado o protagonista Goliádkin "tão murcho e maçante, tão confuso, que acham impossível ler o livro... No que se refere a mim, por um momento cheguei até a perder o ânimo. Sofro de um vício terrível: minha vaidade e ambição não têm limites", escreve ele.[12]

No entanto, não seriam a vaidade e a ambição plenamente justificáveis? Não há dúvida de que Dostoiévski queria a todo custo agradar à crítica e ao público, mas não, certamente, ao preço de sacrificar um projeto de criação que se caracterizava, desde o início, pela presença de um sentido geral para o conjunto de sua obra. Dostoiévski já tinha uma consciência aguda demais de seu gênio para permitir que o desânimo o afastasse da tarefa fundamental a que se propunha, a de apresentar artisticamente a posição do homem perante o quadro de "desagregação e individualização" da sociedade de seu tempo. E na mesma correspondência ele informa ao irmão que estava escrevendo duas novelas curtas: "Costeletas raspadas" e "Repartições suprimidas", "ambas com um interesse trágico impressionante"[13] — porém, ao concluí-las, abandona os dois projetos, dizendo que não passavam de uma repetição de muitas coisas que já haviam sido ditas por ele mesmo e por outros escritores.

O tema de "Repartições suprimidas" comparece posteriormente na trama do conto "O senhor Prokhártchin" (1846), que recebeu por parte de Boris Schnaiderman um estudo admiravelmente aprofundado e tem nesse motivo um elemento central de sua estrutura. Terceiro trabalho publicado pelo escritor, "O senhor Prokhártchin", como observa Schnaiderman, "testemunha a busca de algo que fosse além do ensaio fisiológico russo, que não visasse simplesmente documentar uma realidade social e humana, mas pene-

---

[12] *Idem*, p. 120.

[13] *Idem, ibidem*.

trasse nos escaninhos desta, no que ela possuía de mais estranho e indevassado, e criasse um mundo novelístico próprio, com um instrumental forjado no processo dessa criação".[14]

Na novela, a figura do funcionário "pobre" avarento, inspirada por uma crônica de jornal — expediente típico de Dostoiévski, que gostava de basear as suas obras literárias em fatos da realidade cotidiana —, recebeu um tratamento psicológico ousado e foi relacionada a outras figuras clássicas da literatura russa e mundial, entre elas o Cavaleiro Avaro, da obra homônima de Púchkin; o Harpagon, da peça *O avarento*, de Molière; e o Père Grandet, de Balzac (personagem do romance *Eugénie Grandet*, que Dostoiévski traduzira para o russo em 1844).

No entanto, "terrivelmente desfigurado" pela censura (segundo o autor), "O senhor Prokhártchin" redundou em novo fracasso. Esta foi a sua primeira obra, de todas as subsequentes até a sua prisão em dezembro de 1849 (com exceção do conto "Polzunkov"), a ser publicada na revista *Anais da Pátria*, do editor Andrei Aleksándrovitch Kraiévski, com quem o escritor se endividaria e se enrolaria até o pescoço, ao contrair adiantamentos um após o outro.

Impresso pela primeira vez em 1848 no *Almanaque Ilustrado* (*Illiustrírovanii Almanakh*), editado por Ivan Panáiev e Nekrássov (a publicação foi autorizada, mas logo em seguida recolhida pela censura antes de sua distribuição), o conto "Polzunkov" revela a mesma veia tragicômica que marca os primeiros escritos de Dostoiévski da década de 1840. No conto, o autor traz à tona toda a complexidade psicológica e de caráter de um pobre coitado que usa a máscara de palhaço para esconder o seu ressentimento, a sua amargura, e manifestar um sentimento velado de protesto social. A crítica costuma associá-lo à novela *O sobrinho de Rameau* (1805), de Diderot.

Com *Gente pobre*, Dostoiévski havia aberto todo um ciclo de obras dedicado à vida das diversas camadas da população de Petersburgo, dando destaque a muitas questões atuais da época, que inquietavam seus contemporâneos. Na tentativa de despertar no leitor um sentimento de compaixão pelos pobres e oprimidos, Dostoiévski escreve em sequência *O duplo*, "O senhor Prokhártchin", "Polzunkov", e depois várias obras sobre o tema do sonhador, todas penetradas de um amor infinito pelo "homem sem importância", na sua dor por uma existência sem atrativos, sem nenhuma alegria.

---

[14] Boris Schnaiderman, *Dostoiévski prosa e poesia*, São Paulo, Perspectiva, 1982, p. 62.

Incontestavelmente, a compaixão profunda para com o sofrimento e a humilhação tornaram Dostoiévski um dos maiores escritores humanistas da literatura mundial. Como observou o crítico Nikolai Dobroliúbov num longo artigo intitulado "Gente oprimida", encontramos "um traço comum, mais ou menos perceptível em tudo o que ele escreveu: a dor pelo homem que se reconhece sem forças ou, enfim, sem o direito sequer de ser um homem, um homem de verdade, completo, independente, dono de si mesmo".[15] Há uma sensação de dor presente em toda a sua obra, desde a primeira até a última, até nas circunstâncias mais inusitadas, como um sentimento dominante, que surge de um mal generalizado existente na sociedade, na natureza humana e em todo o universo. Tema este que se sobressai também em sua novela seguinte, "Um coração fraco" (1848). Nela o personagem principal, um funcionário jovem e pobre, "sonhador", é uma figura "sem importância" cuja felicidade futura depende da boa vontade de seu superior, Iulian Mastákovitch, que se mostra um benfeitor gentil e compreensivo. No entanto, ao protelar uma tarefa aparentemente banal, o sonhador põe em risco todo o seu futuro e, inclusive, sua saúde mental.

No mesmo ano, entre um trabalho e outro, Dostoiévski publica na revista *Anais da Pátria* os contos "A mulher de outro", "O marido ciumento", "Uma árvore de Natal e um casamento" e "Histórias de um homem vivido" — sendo os dois últimos parte do ciclo "Notas de um desconhecido" e composicionalmente unificados pela figura do narrador (um desconhecido). Em "Uma árvore de Natal e um casamento" o narrador aparece como testemunha e comentador da história apresentada, enquanto em "Histórias de um homem vivido" são transmitidas as histórias de outro personagem (um homem vivido), introduzindo-se assim um segundo narrador.

Posteriormente, em 1860, ao preparar a primeira edição de suas *Obras reunidas* (*Sobránie sotchiniênii*), Dostoiévski introduziu mudanças significativas nos contos. Os dois primeiros foram unificados, formando um único conto, com o título "A mulher de outro e o marido debaixo da cama", para o que foi eliminado o início de "O marido ciumento". Pelas alterações significativas que Dostoiévski introduziu, que nos permitem acompanhar o seu *modus operandi*, tanto as versões de 1848 como as 1860 estão reproduzidas nesta edição — as primeiras versões em apêndice ao final do volume.

A junção dos dois primeiros contos, mais relacionados com a tradição dos folhetins e dos ensaios satíricos da década de 1840, deixou mais acen-

---

[15] Nikolai Dobroliúbov, *Statii, Stikhotvoriêniia* (Artigos, Poesias), Moscou, Moskovski Rabotchi, 1972, p. 377.

tuada no texto final a característica do gênero do *vaudeville*, então popular na França, que no geral apresentava a figura cômica de um marido traído e seu ciúme como mola motriz da ação. Mas também aí Dostoiévski imprime a sua marca distintiva, nas linhas finais do conto, ao apresentar com um selo tragicômico o sentimento de aflição dolorosa do marido que se dá conta do absurdo de seu comportamento.

Já o conto "Histórias de um homem vivido", narrado pelo personagem Astáfi Ivánovitch e inicialmente dividido em duas partes, para a publicação em 1860 sofreu mudanças significativas na primeira parte, que foi condensada e utilizada como introdução à segunda, cujo título passou a nomear a versão final do conto, "O ladrão honrado".

Em "O reformado", a primeira parte da versão de 1848 do conto, o narrador, o soldado reformado Astáfi Ivánovitch, relembra seu passado militar e sua participação na campanha de 1812 de forma fantasiosa, sem que o leitor possa estar seguro da veracidade de seu relato. Na segunda parte, "O ladrão honrado", Astáfi relata seu encontro com o bêbado inveterado Emélian, um pobre-diabo que não tinha sequer um lugar para viver, e por quem o protagonista se sente tomado por enorme compaixão. Esta história parece ter tido um protótipo real, um oficial aposentado chamado Evstafi que em 1847 teria vivido na casa de Dostoiévski na qualidade de criado. Haveria ainda uma outra parte do conto, "Domovoi", que permaneceu inacabada e não chegou a ser publicada em vida do autor, mas é aqui incluída pelo interesse que apresenta. Nela o mesmo personagem relata as dificuldades por que passa vivendo em "um canto qualquer de Petersburgo".

Em 1848, o crítico russo P. V. Ânnenkov, em suas "Notas sobre a literatura do ano anterior" publicadas na revista *O Contemporâneo*, declara que, no conto "O ladrão honrado", a ideia expressa pelo autor "constitui um esforço para revelar aquele lado iluminado da alma humana que a pessoa conserva independentemente das circunstâncias, até mesmo na esfera do vício". E acrescenta: "Devemos ser gratos ao autor por essa tentativa de reabilitação da natureza humana". Quanto à cena muda do "sofrimento do pobre bêbado Emélian", o crítico considerou "uma das passagens mais verdadeiramente belas da história".[16] Vale lembrar, ainda, que este mesmo Emélian aparece já em *Gente pobre* como um bêbado inveterado, por cujo destino Makar Diévuchkin também se sentira profundamente condoído.

Além do quê, é preciso levar em conta que em diversas novelas da década de 1840 não é raro encontrar os mesmos personagens, que passam de

---

[16] *O Contemporâneo*, 1849, em Dostoiévski, *Obras completas*, vol. 2, p. 483.

uma obra para outra. No outro conto do ciclo, "Uma árvore de Natal e um casamento", por exemplo, ressurge o personagem Iulian Mastákovitch, apresentado pela primeira vez por Dostoiévski num dos folhetins da "Crônica de Petersburgo"[17] como um "vilão virtuoso" que, hipocritamente, desempenha o papel de "protetor" dos fracos. A figura de Iulian Mastákovitch foi posteriormente complementada com novos traços expressivos no conto "Um coração fraco", mas aqui representado como uma figura mais compreensiva e decente.

A crítica tende a atribuir a presença recorrente dos mesmos personagens em mais de uma obra a uma possível intenção de Dostoiévski de criar algo no gênero do que estava sendo feito por Turguêniev naqueles mesmos anos, com a série de contos reunidos sob o título *Memórias de um caçador*, cuja primeira edição é de 1852. Mas é possível também que Dostoiévski, ao organizar as suas primeiras ficções num ciclo de narrativas e relacioná-las umas às outras através de personagens flagrados em momentos diferentes de suas biografias, tivesse em mente a experiência realizada por Balzac em sua *Comédia humana*.

"Uma árvore de Natal e um casamento", que se encontra na fronteira entre o folhetim e o conto, apresenta um tema característico de toda a obra posterior de Dostoiévski e que lhe é especialmente caro — o tema da criança. A partir desse conto, do romance *Niétotchka Niezvânova* e da novela *Um pequeno herói* (os dois últimos redigidos em 1849), esse tema perpassa toda a obra posterior do escritor e recebe um desenvolvimento máximo em seu último romance, *Os irmãos Karamázov*. É também em "Uma árvore de Natal e um casamento" que surge o primeiro de muitos episódios na prosa de Dostoiévski em que um homem mais velho e poderoso sente-se sexualmente atraído por uma garota inocente.

As revistas *O Tempo* e *A Época*

Em 1859, ao sair da prisão e voltar para Petersburgo, Dostoiévski restabelece a sua carreira como escritor, interrompida pelos dez penosos anos de sua vida nos trabalhos forçados, onde o convívio com os prisioneiros camponeses contribuiu para fortalecer a sua religiosidade e o seu entusiasmo pela ideia do sofrimento e da resignação.

---

[17] Publicado em 27 de abril de 1847 no jornal *Notícias de São Petersburgo* (*Sankt--Peterbúrgskie Viédomosti*).

Nesse momento, a situação política que se formava no país exigia do escritor uma definição nítida de suas posições ideológicas. E ele, que não compartilhava o ponto de vista de nenhuma das tendências, seja a dos ocidentalistas liberais, seja a dos democratas revolucionários ou a dos eslavófilos, desenvolve a sua concepção da "ideia russa" para o problema do desenvolvimento futuro do país. Essa concepção, fortemente enraizada na ideia do *pótchvennitchestvo*, o "solo russo", e que passava pela negação tanto de uma revolução como do capitalismo como um todo, foi amplamente exposta em sua revista *O Tempo* (*Vriêmia*). Fundada em parceria com o irmão Mikhail em janeiro de 1861, a revista foi fechada pela censura em maio de 1863 dado o excesso de ardor patriótico por parte de um de seus colaboradores, em um artigo sobre a questão polonesa.

Em seus pouco mais de dois anos de atividade, nela foram publicados os romances *Humilhados e ofendidos* e a sequência de *Escritos da casa morta* (ambos em 1861), além das *Notas de inverno sobre impressões de verão* (redigidas no inverno de 1862-63). Ao lado de textos sobre política nacional e internacional, crítica e criação literária, e uma seção denominada "Miscelânea", a revista comportava ainda artigos de temas científicos de interesse atual que, por recomendação expressa do escritor, deveriam ser expostos "numa forma bem popular, acessível a leitores não especializados",[18] uma característica que já preparava de modo significativo a forma e o estilo de seu futuro *Diário de um escritor*.

Em 1864 Dostoiévski fundou nova revista, *A Época* (*Epokha*), um desdobramento da anterior. Deve-se observar que, nas duas publicações, o escritor travou polêmicas acirradas tanto com o jornalismo do campo democrático — de *O Contemporâneo* e *A Palavra Russa* (*Rússkoie Slovo*) — como com os órgãos liberais e conservadores — especificamente *O Mensageiro Russo* (*Rússki Viéstnik*), de Mikhail Katkov, e *A Voz* (*Gólos*) e *Anais da Pátria*, de Andrei Kraiévski. Polêmicas estas que tiveram reflexo em seu conto "O crocodilo", publicado em *A Época* em 1865, cheio de tiradas satíricas, endereçadas aos seus oponentes. Ao aproveitar uma situação grotesca e altamente cômica em que o personagem principal da história, um oficial liberal, é engolido por um crocodilo, Dostoiévski sarcasticamente parodia tanto o ponto de vista radical dos "niilistas" de *A Palavra Russa* como as teorias estético-filosóficas e socioeconômicas dos colaboradores de *O Contemporâneo*.

---

[18] Leonid Grossman, *Dostoiévski artista*, Rio de Janeiro, Civilização Brasileira, 1967, p. 212, tradução de Boris Schnaiderman.

Em contrapartida, um artigo do jornal *A Voz* acusou Dostoiévski de ter feito, com a figura do personagem engolido pelo crocodilo, uma caricatura do filósofo Nikolai Tchernichévski (1829-1899) — julgado em 1864 e enviado para a Sibéria —, que havia escrito o romance *Que fazer?* quando se encontrava preso na Fortaleza de Pedro e Paulo. Para muita gente a acusação soou convincente, mas num longo artigo em sua coluna "Diário de um escritor", na revista *O Cidadão* (*Grajdanin*), em 1873, Dostoiévski refutou terminantemente a acusação e expressou toda a sua compaixão pelo destino do exilado. Os críticos que posteriormente se dedicaram a estudar "O crocodilo" também o absolveram dessa acusação.

Muitas das ideias fundamentais dos romances de Dostoiévski tiveram seus argumentos extraídos de notícias do dia. Nesse sentido, a sua produção literária da década de 1840 foi constantemente alimentada pelo trabalho como folhetinista para a imprensa periódica, assim como por fatos por ela veiculados. Posteriormente, o material para a composição de *Crime e castigo* foi em grande parte fornecido pelas seções sociais das revistas que editava, *O Tempo* e *A Época*.

Por ser um marco divisório em sua carreira de escritor, assinalando o momento em que reconquista a fama que havia alcançado pela primeira vez com *Gente pobre*, optamos por incluir na presente coletânea um trecho narrativo do romance *Crime e castigo*, chamado "O sonho de Raskólnikov" (no livro, o primeiro de uma série de cinco sonhos), em que sobressai um dos aspectos mais fortes da habilidade de Dostoiévski: o seu dom de penetrar na alma humana. Trata-se da cena trágica do espancamento de um cavalo até a morte, testemunhada por Raskólnikov aos seis anos de idade, e que surge no romance como um reflexo do seu mundo interior, das suas ideias, teorias e pensamentos mais recônditos. Como uma espécie de advertência, o sonho que o leva de volta a esse terrível episódio da infância tem lugar num dos momentos cruciais de sua vida, quando em sua alma se trava uma luta intensa.

"Diário de um escritor":
uma "revista dentro de uma revista"

Quanto à revista *A Época*, a morte do irmão Mikhail em julho de 1864, o mesmo ano em que ela fora fundada, precipitou o seu fechamento nos primeiros meses do ano seguinte. Só em 1873, ao receber uma proposta do príncipe Meschiérski, uma figura importante que precisava de um escritor cujo nome fosse capaz de restabelecer aos olhos do público a autoridade de sua revista, o semanário O *Cidadão*, é que Dostoiévski pôde retornar à atividade jornalística, ainda que no mais intransigente veículo de direita da época. De qualquer modo, era a oportunidade que almejava para satisfazer a sede de ação direta e imediata que só a imprensa periódica podia lhe proporcionar, por aproximá-lo da realidade cotidiana. Dostoiévski inaugura aí a sua seção "Diário de um escritor", que três anos depois se tornaria uma publicação mensal independente.

Desde o fechamento da revista *A Época*, em 1865, até sua ida para O *Cidadão*, em 1873, Dostoiévski não publicou um único artigo, mas já sentia extrema necessidade de voltar a se dedicar ao trabalho jornalístico. Como testemunha sua esposa, Anna Grigórievna, o que o atraía para o jornalismo era "a possibilidade de poder compartilhar regularmente com os leitores as esperanças e dúvidas que haviam amadurecido em sua mente". Para Dostoiévski a tarefa de editor responsável por O *Cidadão* significava também uma espécie de pausa, de um descanso tanto com relação a seu incessante trabalho de criação literária como para a acumulação de material para novas e futuras empreitadas.

A publicação do "Diário de um escritor" num espaço próprio que Dostoiévski reservara para si em O *Cidadão*, como uma parte separada da publicação, apresentava-se como "uma revista dentro de uma revista"; ou seja, uma publicação autônoma em relação ao restante do semanário. Nesse espaço, diz ele: "Falarei comigo mesmo e para o meu próprio prazer, na forma deste diário, saia o que sair. Do que vou falar? De tudo o que me chamar a atenção ou me obrigar a pensar. Se eu encontrar leitores e, do que Deus me livre, adversários, será necessário saber conversar e saber como e com quem falar".[19]

A publicação foi um sucesso e leitores não lhe faltaram, tampouco adversários. É o que se pode perceber pelo ensaio altamente satírico "Meia carta de 'uma certa pessoa'", escrito em parte no gênero epistolar e relacionado com as polêmicas da vida social e literária na Rússia, sustentadas por jornalistas de revistas inimigas. Uma das fontes para "Meia carta" foi um artigo polêmico do jornal *A Voz* contra os primeiros textos do "Diário", em 1873.

Uma de suas obras literárias curtas, "Bobók", uma farsa macabra em forma de diálogo dos mortos num cemitério da capital, também foi publicada nessa seção, em 1873, assim como outras obras de ficção que apresentam um elemento fantástico. Há nesse conto um elemento polemizador, nas refe-

---

[19] *Idem*, vol. 22, p. 7.

rências que faz à loucura e à sanidade, que não deixa de remeter ao fato de que, por muitos anos, comentadores hostis a Dostoiévski haviam sugerido que ele próprio partilhava de algumas das aberrações que acometiam seus personagens.

Ao lado de "Bobók", ocupa lugar de destaque no "Diário" de 1873 um texto híbrido, que tem como ponto de partida o poema "Vlás", de Nekrássov, e combina análise literária, ficção e ensaio opinativo. Em um tom prodigiosamente elevado, o escritor atribui à lenda de Vlás, um penitente, pecador arrependido que cometera sacrilégio, um significado da maior relevância, ao escolher o personagem Vlás como símbolo do povo russo e proclamar que seu principal e mais profundo anseio espiritual consiste na necessidade de sofrer.

A crítica liberal, que, assim como a democrata, não podia concordar com uma tal interpretação, acusou-o de lançar por terra toda a ciência e o processo europeu de civilização. Nikolai Mikháilovski, ainda que reconhecendo o amor fervoroso de Dostoiévski pelo povo e a esperança que depositava nele para o futuro da Rússia, acusou-o de não entender absolutamente o verdadeiro significado do conceito de "alma do povo", ao menos no que se referia à questão do pecado e do arrependimento.

"Vlás" apresenta uma série de ideias fundamentais do escritor sobre o caráter russo, sobre a necessidade de sofrimento que lhe seria própria e sobre o ideal de Cristo que o povo russo traz no coração — ideias presentes em vários de seus textos de ficção, como na composição de "A história de Maksim Ivánovitch", excerto do romance *O adolescente*, também incluída neste volume. Em "Vlás" essas ideias são apresentadas de modo ainda mais nítido e acentuado. Vale notar que a peregrinação como forma de expiação dos erros do passado, precedida da doação dos bens materiais após um arrependimento sincero, explorada na história de Maksim Ivánovitch, é tema recorrente na época, e seria mais tarde explorado por Tolstói no romance *Ressurreição* (1899).[20]

As condições de trabalho em *O Cidadão* exigiam muito de Dostoiévski, e às vezes o deixavam doente. Numa carta a M. P. Pogodin, ele se queixa de que "imagens de novelas e romances enxameiam minha mente e tomam forma em meu coração. Fico refletindo sobre elas, faço anotações, a cada dia

---

[20] Ver a propósito o artigo de Viviane Michelline Veloso Danese, "O tribunal como rito de passagem em *Ressurreição* e a literatura como rito de passagem em Tolstói", em *RUS — Revista de Literatura e Cultura Russa*, nº 8, Universidade de São Paulo, 2016 <http://www.revistas.usp.br/rus>.

acrescento novos traços aos planos que comecei a escrever, e aí vejo que todo o meu tempo está tomado pela revista, que escrever já não consigo — e chego a me arrepender e a cair em desespero".[21]

Esse desespero muitas vezes acabava refletindo em seu trabalho jornalístico. Ao se sentar para redigir para o "Diário" o artigo "Pequenos quadros", em 10 de julho de 1873, ele diz em carta à esposa, que passava o verão em Stáraia Russa: "Estou aqui sentado, simplesmente, em estado de desespero. E no entanto, preciso sem falta escrever um artigo". Na carta seguinte, de 12 de julho, continua: "Preciso escrever 450 linhas até amanhã de manhã, às 8 horas, e só tenho 150 escritas".[22] E só concluiu a redação de "Pequenos quadros" em 15 de julho, na véspera de sua publicação.

"Pequenos quadros" é uma das muitas obras de Dostoiévski dedicadas ao tema de São Petersburgo, o qual, assim como o seu pensamento crítico e as suas opiniões políticas, passou por uma complexa evolução. Se na década de 1840 a sua representação da capital do país estava relacionada a uma profunda crença na "ideia do momento presente", já no início dos anos 1860 o tema sofre uma reviravolta em sua obra e começa a ser tratado em tons trágicos, como se pode observar em obras como *Humilhados e ofendidos* (1861), *Memórias do subsolo* (1864) e *Crime e castigo* (1866). As suas reflexões sobre a falta de características próprias de Petersburgo e a mistura de estilos arquitetônicos que a cidade comporta surgem em "Pequenos quadros" em direta contraposição aos seus julgamentos da arquitetura da capital russa em seu terceiro folhetim da "Crônica de Petersburgo" (de 11 de maio de 1847), onde ela é relacionada à grande capacidade criativa do povo russo.

Já para a narrativa de "Pequenos quadros (durante uma viagem)", publicada em 1874 numa coletânea intitulada *Skládtchina*, como Dostoiévski viajava com frequência tanto de trem (para Moscou ou para o exterior) como de barco (para Stáraia Russa), contribuíram as suas próprias observações sobre os tipos russos e suas maneiras de se comportar numa viagem. Sobre este texto, um autor anônimo da revista *Notícias de São Petersburgo* declarou: "O ensaio do Sr. Dostoiévski 'Pequenos quadros' pode servir como um exemplo brilhante de como um grande talento é capaz de fazer de um tema comum e trivial uma coisa viva e interessante".

---

[21] Carta de 26 de fevereiro de 1873, em Dostoiévski, *Obras completas*, vol. 29, livro I, p. 262.

[22] Dostoiévski, *Obras completas*, vol. 29, livro I, pp. 276 e 277-8.

Após um ano de dedicação exclusiva à revista O *Cidadão*, em detrimento de seu trabalho de criação literária, Dostoiévski pediu demissão e logo em seguida começou a escrever O *adolescente*. Mas é preciso apontar que, para a elaboração desse romance, o "Diário de um escritor" de 1873 desempenhou um papel de fundamental importância, já que o trabalho de jornalista lhe deu a oportunidade de seguir atentamente a realidade cotidiana e de esclarecer muitas das questões que estavam colocadas na ordem do dia e entrariam na composição de seu romance.

Diário de um escritor: uma publicação independente

Em 1876, mal terminou de publicar O *adolescente*, Dostoiévski retomou o seu *Diário de um escritor* — e, desta vez, como "um diário no sentido literal da palavra", com a intenção de transmitir "um relato das impressões que realmente tiver experimentado a cada mês, um relato de tudo o que tiver visto, ouvido e lido. Nele, certamente, poderão entrar contos e novelas, mas de preferência sobre acontecimentos reais", diz ele.[23]

De fato, para a composição de uma de suas primeiras obras publicadas no *Diário*, o conto "Um menino na festa de Natal de Cristo", é certo que houve uma fonte de inspiração literária, mas a fonte principal foi fornecida pela realidade. Para a sua criação entraram várias impressões e reflexões de Dostoiévski sobre a criança russa e seu futuro. Em dezembro de 1875, depois de levar a filha Liubóv à festa de Natal do Clube dos Artistas, no dia seguinte fez uma visita a uma colônia para garotos delinquentes. Isso coincidiu com o fato de naqueles dias ter percebido com frequência nas ruas crianças "com a mãozinha estendida" pedindo esmolas. Afastando-se dos modelos clássicos do gênero, como "A menina dos fósforos", de Hans Christian Andersen, ou o "Conto de Natal", de Dickens, e tomando como base um poema do poeta alemão Friedrich Rückert (1788-1866), Dostoiévski criou uma obra profundamente original e, em certo sentido, visionária.

A experiência do escritor no "Diário" de 1873, que fixou a forma singular de jornalismo que aplicaria no *Diário* de 1876, resultou também em uma modalidade inédita na literatura mundial. Por dois anos seguidos Dostoiévski publicou o *Diário* na forma de cadernos mensais, totalmente financiados, editados e redigidos por ele, sem o auxílio de qualquer colaborador,

---

[23] *Idem*, vol. 22, p. 136.

e com grande êxito. Sua proposta era "refletir" sobre a essência dos fenômenos da vida russa, na tentativa de compreendê-los e de compartilhar com os leitores seus pontos de vista sobre assuntos de importância, como em "O paradoxalista", escrito em meio a uma enxurrada de artigos sobre a guerra e suas consequências, mas também sobre questões cotidianas, como em "Uma história da vida infantil", publicado em dezembro de 1876 no *Diário* e composto a partir de um acontecimento banal, ouvido na rua.

Juntamente com temas que causavam sensação na época e questões correntes da sociedade russa, misturam-se, no *Diário de um escritor*, obras de ficção, ensaios de caráter biográfico, memórias, declarações públicas, diatribes e polêmicas. E entre esse material todo surgem algumas pérolas, como "A dócil", considerada por Leonid Grossman "uma das mais vigorosas novelas de desespero da literatura mundial",[24] história que, pela forma, Dostoiévski denominou de "fantástica", mas que, na sua opinião, trata-se da mais verossímil e verídica que jamais escrevera.

O período que precedeu a composição da novela "A dócil" fora marcado por uma verdadeira onda de suicídios em Petersburgo.[25] Dostoiévski, que acompanhou atentamente cada um dos casos que lhe chegou ao conhecimento, ficou profundamente abalado por um em especial: o suicídio de uma moça pobre que, sem conseguir vislumbrar qualquer perspectiva para o futuro, atira-se da janela de seu quarto com uma "imagem da Virgem" apertada ao peito. A singularidade desse suicídio, em que "tudo, tanto na aparência como na essência, era um enigma", o deixou extremamente comovido e o lembrou do suicídio, em sua opinião "estranho e indecifrável", da filha do escritor Aleksandr Herzen (1812-1870), do qual tinha tomado conhecimento pouco antes. E assim, sob o impacto provocado por esses dois casos, escreveu o artigo "Dois suicídios" e, na sequência, "O veredicto", um relato em primeira pessoa, na forma de uma confissão em que o narrador procura justificativas materialistas para o suicídio.

Este texto e o da novela "A dócil" acabaram por constituir uma resposta do Dostoiévski artista às questões levantadas no artigo "Dois suicídios", principalmente no que diz respeito à sua concepção do realismo e do fantástico na arte — temas que, de certa forma, terão continuidade no conto "O

---

[24] Leonid Grossman, *Dostoiévski artista*, cit., pp. 134 e 135.

[25] A escritora russa Lidia Khokhriakovaia (1838-1900) conta em suas memórias que Dostoiévski, extremamente abalado com essa epidemia de suicídios entre os jovens, foi um dos poucos a prestar atenção aos fatos. Por um bom tempo, ele acompanhou os acontecimentos pelos jornais, detalhe a detalhe; ver Dostoiévski, *Obras completas*, vol. 23, p. 408.

sonho de um homem ridículo". Trata-se de uma narrativa em primeira pessoa, o monólogo de um jovem profundamente influenciado pelas ideias niilistas e materialistas que descobre "a verdade". A ação na novela se desenvolve assim através de uma experiência de conversão provocada por um repentino — e, para o narrador, inexplicável — acesso de compaixão por um outro ser, como um símbolo de que a semente da fraternidade, mesmo num coração ressecado, como o do "homem ridículo", encontra um solo fértil.

Publicado com o subtítulo "Uma narrativa fantástica", o fantástico constitui aqui uma técnica de criação que expressa a própria essência da obra. Em "O sonho de um homem ridículo", Dostoiévski concentra as suas reflexões sobre a "Idade de Ouro", que para ele, assim como para os socialistas utópicos, encontrava-se não no passado da história da humanidade, mas no futuro.

Outra preciosidade publicada no *Diário* é o conto "Mujique Marei" (1876), que tem por base uma reminiscência infantil e retrata o momento crucial em que Dostoiévski adquire uma nova compreensão a respeito do povo russo. No conto, ele recorda um dia, na prisão em Omsk, em que os prisioneiros podiam permanecer em suas barracas para celebrar a Páscoa. Um dia de bebedeira e jogatina. Nesse dia veio-lhe de repente à lembrança um incidente havia muito esquecido, que lhe ocorrera na infância, na casa de campo da família, em Darovóie: ao ter a impressão de ouvir alguém gritar "Lobo!" e levar um susto terrível, ele fora ternamente reconfortado por um mujique, que, em seguida, lhe fez o sinal da cruz e o enviou de volta para casa. Nas reflexões do autor, se um mujique mal-educado pôde mostrar "um sentimento humano tão profundo e esclarecido" e "uma ternura tão delicada, quase feminina", isso significava que até mesmo o mais miserável e depravado dos condenados, na prisão, podia guardar uma essência do divino.

Em dezembro de 1876, após um ano de publicação do *Diário*, que parecia não seguir nenhuma orientação específica, Dostoiévski esclarece que seu objetivo até então havia sido, "na medida do possível, elucidar a ideia da independência do nosso espírito nacional e, na medida do possível, apontar as suas manifestações nos fatos que surgem no dia a dia".[26]

No entanto, as diretrizes básicas do *Diário de um escritor* parecem ser bem mais antigas. Em *Os demônios* (1872), a explicação do plano de Lizavieta Nikoláievna para uma publicação em formato de livro com certeza já delineava o projeto que Dostoiévski realizaria em seu *Diário de um escritor*. Assim a personagem Liza sintetizava seus planos:

---

[26] *Idem*, vol. 25, p. 61.

"Podemos descartar muita coisa e nos limitarmos apenas a uma escolha dos acontecimentos que exprimam mais ou menos a vida moral do povo, a personalidade do povo russo em um dado momento. É claro que tudo pode entrar: curiosidades, incêndios, sacrifícios, toda espécie de assuntos bons e ruins, todo tipo de palavra e discurso, talvez até notícias sobre cheias de rios, talvez até alguns ucasses do governo, mas devemos coligir dentre tudo isso apenas aquilo que desenha a época; tudo entrará com uma certa visão de mundo, com orientação, com intenção, com pensamento que enfoque a totalidade, todo o conjunto. [...] Seria, por assim dizer, um quadro da vida espiritual e moral russa no decorrer de um ano inteiro."[27]

Ou seja: todo o material da publicação, por mais disparatado que pudesse parecer, estaria voltado para a ideia de elucidação do momento presente como uma totalidade de sentido. Daí, por exemplo, a possibilidade de entrar no *Diário* um simples relato de sua esposa, Anna Grigórievna, sobre um encontro casual que lhe chamara a atenção. Anna Grigórievna contara certa vez ao marido ter encontrado na rua uma senhora de idade avançada, que parecia estar indo para algum lugar, mas se detinha o tempo todo para descansar. Ela parou para lhe dar cinco copeques, ainda que a velha não fosse pobre, e então soube que ela tinha 104 anos e raramente saía de casa, mas que naquele dia, como estava "quente e havia sol", decidira almoçar na casa do neto. A partir do relato casual da esposa, ele escreveu o conto "A mulher de cem anos", dando à história um fecho de acordo com sua imaginação.

Um texto que ficou de fora do *Diário de um escritor* foi a sátira "O tritão", publicada em *O Cidadão* em 1878, e na qual Dostoiévski polemiza diretamente com figuras da *intelligentsia*. O texto é assinado com o pseudônimo "Amigo de Kuzmá Prutkóv", referência ao autor fictício Kozmá Prutkóv, nome utilizado por uma série de colaboradores do periódico progressista *O Contemporâneo*, cujos métodos de "literatura de acusação" Dostoiévski satiriza em sua novela *Uma história desagradável* (1862) e também em "Plano para uma novela de acusação da vida contemporânea", publicado no *Diário* em 1877.

Já no fim de sua vida, o *Diário de um escritor* tornara-se, segundo o próprio escritor, um laboratório para a criação de seu último romance, *Os*

---

[27] Fiódor Dostoiévski, *Os demônios*, São Paulo, Editora 34, 2004, p. 135, tradução de Paulo Bezerra.

irmãos Karamázov (1880). Ao expor neste livro excepcional o passado, o presente e o futuro da Rússia na forma da crônica de uma família, o autor pôde tocar em problemas políticos, sociais, filosóficos e morais de sua época de maneira ao mesmo tempo aguda e abrangente. Em suas páginas têm lugar discussões vivas sobre religião e ateísmo, revolta e resignação, o bem e o mal, o sentido da vida e o destino do homem, de uma intensidade poucas vezes alcançada.

Pela grande importância de *Os irmãos Karamázov* no conjunto de sua obra, pelas ideias que discute acerca da natureza humana, da liberdade, do papel dos poderes políticos e religiosos sobre o homem, a célebre lenda de "O Grande Inquisidor" entra como um capítulo especial da obra de Dostoiévski no encerramento desta coletânea.

A ideia central da lenda inventada pelo personagem Ivan Karamázov, e defendida pelo Inquisidor, é que as pessoas, em sua grande maioria, são fracas e não podem suportar o peso do sofrimento em nome de Deus, nem mesmo para a redenção de seus pecados. Nesse sentido, nessa passagem do romance parecem ecoar as palavras pronunciadas trinta anos antes na novela *A senhoria*, de 1848, pelo personagem Múrin: "Dê a ele, ao homem fraco, a liberdade — ele mesmo a atará e a trará de volta. A um coração tolo, nem a liberdade de nada serve!". A ideia enunciada por Múrin sobre o peso que constitui para o homem a liberdade, em vista da necessidade objetiva, é a mesma colocada na boca do Grande Inquisidor diante de Cristo: "o homem não tem preocupação mais dolorosa que a quem transferir o quanto antes o dom da liberdade com que essa infeliz criatura nasce". Em outras palavras, em sua impotência para renunciar às tradições opressoras, a liberdade, para um "coração fraco", não apenas se torna um fardo como chega mesmo a ser prejudicial.

O tema da liberdade e da opressão atravessa praticamente toda a trajetória de Dostoiévski, que, dotado de uma incrível capacidade de percepção do comportamento humano e de seus afetos, conseguiu expressar, na estrutura mesma de sua obra, a consciência contraditória e complexa de seus contemporâneos, revelando uma nova visão do homem e da realidade. São os movimentos dessa forma inédita e os vários elementos que compõem esta nova visão de mundo que a presente coletânea tem a intenção de apresentar ao leitor.

COMO É PERIGOSO
ENTREGAR-SE A SONHOS DE VAIDADE[1]

Farsa absolutamente inverossímil, em versos, com mistura de prosa, escrita pelos senhores Prujínin, Zuboskálov, Belopiátkin e Cia. (Coletivo)

"Aconteceu há mais de 500 anos..."

Jukóvski, *Ondina*

I

A lua pálida fita através da fenda
Do contravento entreaberto...
Piotr Ivánitch[2] ronca ferozmente
Ao lado da fiel esposa.
Ao ronco ensurdecedor o nariz de Jênia[3]
Responde assobiando com delicadeza.
Ela sonha com um negro trigueiro,
E assustada, solta um grito.
Mas, sem ouvir, o marido se deleita,
E um sorriso lhe ilumina a fronte:
Ele é dono de mais de mil almas
Entrando em sua aldeia sem fim.
Tirando os chapéus, todos vêm em ondas
Como uma tempestade no rio...
E acorre um após o outro
À mão benévola do boiardo.
Ele profere um breve discurso,
Aos bons promete o bem,

---

[1] Escrito com Dmitri Grigoróvitch (1822-1900) e Nikolai Nekrássov (1821-1878) para o primeiro número do almanaque *O Trocista* (*Zuboskál*), em 1845, este conto, com a censura àquele periódico, acabou sendo publicado na coletânea humorística *Primeiro de Abril* (*Piérvoie Apriêlia*), em 1846. (N. do T.)

[2] Forma abreviada do patronímico Ivánovitch. (N. do T.)

[3] Diminutivo de Ievguênia. (N. do T.)

Os culpados ameaça estraçalhar
E parte para sua casa de cristal.
Lá, o capote de pele de castor
Deixa cair, negligente, do ombro...
"Ferva sopa de peixe no champanhe
E asse a brema no creme azedo!
Mas rápido!... Não estou para brincadeiras!"
(E uma batida significativa de pé.)

Amedrontado com toda a sua grandeza
Quis cochilar por um instante.
Diante do espelho tirou (era careca)
A peruca e... viu-se pálido como a morte!
Onde antes ficava a careca lunar,
Havia cabelos espessos;
Um olhar de doçura e suavidade fatal
E um nariz muito mais curto...
Olhou, olhou — e se afastou
Do espelho, com o rosto pálido...
Daí, de olhos semicerrados,
Escafedeu-se...
Olhou... e o galo começou a cantar!
Com a mão nas cadeiras,
Os pés mal tocando o chão,
Atracou-se num *trepák*...[4]
"Que beleza! Veja só que beleza!
Agora me reconheça!
Quem? Quem? Quem?"

E, encarando a moça de sobrancelhas negras
Que cruzava o pátio, deu uma piscadela marota
E pensou: "Ah! Você é um ladrão fino,
Piotr Ivánitch! Onde foi parar?..."
A porta se abriu, e entrou
A de sobrancelhas negras, fresca e farta,
E começou a pôr a mesa,

---

[4] Dança popular russa. (N. do T.)

Com um medo descontrolado...
A apetitosa brema é servida,
Mas ele não come, não come...
É claro que a brema é uma maravilha
Mas há bremas, e há coisas melhores...
"Como se chama, hein, querida?"
— "Pelagueia." — "E por que, meu tesouro,
Pela lama anda descalça?"
— "Não tenho sapatos, senhor." —
"Pois amanhã os terá... Sente-se...
Divida comigo a brema...
Deixe que eu afaste a mosca do rosto...
Como sua mão é quente!
Em alguns dias vou a Moscou,
Lhe trarei um belo presente..."

II

Enquanto isso, na realidade,
Tudo seguia como de hábito...

Porém os fatos são de tal natureza que, decididamente, não há necessidade de cantá-los em versos. Enquanto não se ouvia nada no quarto além do delicado assobio do nariz e do ronco não menos harmonioso, já se notava movimento na cozinha: a cozinheira, que também era a arrumadeira da esposa de Piotr Ivánitch, acordou, cobriu-se com uma blusa avermelhada e, certificando-se pelo buraco da fechadura que os patrões ainda dormiam, saiu apressada, fechando a porta corrediça. Se ela sempre fazia isso, ou se só agora esquecera de trancar a porta, não se sabe. As trevas do desconhecido encobrem também o motivo e o objetivo de suas ausências; sabe-se apenas que se dirigiu a um dos andares superiores daquele mesmo edifício. É possível ainda supor, de forma fidedigna, que ela se ausentou para procurar companhia correspondente a sua posição e inclinações, pois, embora ainda fosse bem cedo pela manhã, a esta hora já corriam para lá e para cá, por toda a escadaria, cozinheiros, lacaios e arrumadeiras, um com um jarro de água, outro com uma caixa de carvão, e em todos os andares ouviam-se o vozerio, os risos estridentes e alegres e o roçar das escovas de sapatos. A escada de serviço desempenha um papel importante na vida do criado petersburguês;

nela ele passa as melhores horas de sua vida, as horas em que sua audição temerosa não fica tensa o tempo todo — o patrão não estaria chamando? E a ideia de que o patrão pode aparecer por acaso e agarrá-lo pelo topete antes que ele consiga conter o sorriso alegre e conferir à fisionomia uma expressão sombria e respeitosa está tão distante que ele até esquece que tem patrão. Aqui se debatem as virtudes e os defeitos dos senhores; discute-se o que é um patrão, e ouve-se à vontade canções sobre a patroa, que o russo tanto gosta de cantar e sobre a qual conhece tantas canções maravilhosas; realizam-se leituras de anúncios de jornal em voz alta. O anúncio: "Precisa-se de criado de quarto de boa aparência, estatura elevada e bons antecedentes", e outros do gênero, são de especial interesse para os ouvintes, constituindo motivo de altercações acaloradas e prolongadas, às vezes não desprovidas de interesse mesmo para quem não busca emprego de lacaio. Por fim, a amabilidade do criado de quarto, que lhe é tão peculiar, revela-se aqui em toda a sua plenitude.

Mas chega de escada. Não tinham se passado nem cinco minutos desde a saída da cozinheira e a porta rangeu baixinho, e na cozinha entrou, com passos cuidadosos, um homem algo amarrotado porém aparentemente bem-intencionado, como aquelas criaturas nobres e pobres que, se pedem esmola, não o fazem senão de forma documental, recordando a eloquência das melhores páginas daquelas obras que se difundiram na vastidão de nosso Império em quarenta edições:

"Devotada a vós em reverência e com todas as forças da alma, a criatura humana perante vós, a qual, no tempo presente, devido a sofrimento insuportável, devido à morte da polidez, enterrou-se viva, sem meios de manter o bom nome pregresso, nem mesmo o direito a ser chamada de homem... Prosternando-se, implora com lágrimas de sangue, do túmulo do desespero, a ajuda no pranto, sina de um amargo desgramado..."

Seus sinais inequívocos: sete filhos (impreterivelmente sete, nem mais, nem menos), a mãe no leito da agonia, língua algo balbuciante ao informar que há três dias (também nem mais nem menos) não põe nada na boca, além de outras afirmações, e um amor-próprio que custa 35 copeques, pois infalivelmente se ofendem com uma oferta menor que dez copeques, aos quais, aliás, a nobreza de origem lhes confere pleno direito. Conhecem muito bem o caminho para a taverna, e até poderiam dizer que as tavernas também os conhecem.

Aliás, também conhecem outros caminhos muito bem. Se calhar, ao entrarem no apartamento, o sino da porta, posto em movimento por suas mãos, produz um som peculiar, tímido e suplicante, como se ele também tivesse sete filhos e a mãe no leito da agonia. Entram às vezes sem tocar, simplesmente girando a maçaneta da porta, que não está trancada, e daí entram de forma especialmente cuidadosa e, caso não encontrem ninguém no primeiro aposento, encaminham-se de mansinho para o segundo, daí para o terceiro, daí sobressalta-se e empalidece algum senhor pensativo ou assoberbado de trabalho, cujo criado foi à venda comprar um quarto de fumo, e então vê à sua frente uma figura desconhecida e estranha, que parece ter caído do céu... Porém, apreciam especialmente visitar pintores, mágicos, todo tipo de ator e atriz, de Moscou e do estrangeiro, aos quais normalmente se apresentam com a seguinte carta:

"Prezado senhor!
Existe um órfão infeliz, sobrecarregado com uma família numerosa e de pouca idade, cujo fado é digno da compaixão de todos que tiverem uma alma capaz de compreender a calamidade do próximo. Na flor da idade, perdeu a mãe bondosa e dócil e, em seguida, o amoroso pai, que deixou sete crianças aos seus cuidados. Suportando todos os sofrimentos com paciência cristã, elevada pela dignidade espiritual, vem obtendo, graças à ajuda de filantropos, comida e também trabalho, que mal lhe dá a possibilidade de sustentar a família que o destino lhe confiou. Esse infeliz é o portador desta carta. Sem ter a honra de conhecê-lo pessoalmente e, portanto, privado do direito de comprovar extemporaneamente a veracidade de meu respeito pelo senhor, espero que, como artista que compreende a alma das pessoas oprimidas pelo destino, o senhor não se zangue comigo por ter decidido lhe propiciar o triunfo da verdade cristã (isso em letras grandes): o auxílio a um infeliz! Sacrificar dez, cinco ou mesmo um rublo de prata pelos sete filhos não significa nada para o senhor, mas para o órfão significa verter lágrimas de gratidão como se estivesse diante da imagem do Cristo Salvador, assim como diante do véu de todos nós, a Santíssima Mãe de Deus.
Tenho sido testemunha constante de seus êxitos e, consonante com a repercussão unânime do público ilustrado, repito mais uma vez (em letras grandes): o senhor é um grande artista! Oh, admito francamente, sou grato de alma ao público pela recepção com que honrou o visitante querido e inesperado...
Não é a compaixão cristã o apanágio do artista? Ajude o infeliz, e uma façanha nova e salvadora eternizará sua estadia em São Petersburgo.
Com respeito de alma e igual fidelidade, tenho a honra de ser testemunha de seu triunfo."
E assim por diante.

Deus sabe quem escreveu essa carta para ele. Embaixo, porém, normalmente lê-se uma assinatura: general fulano de tal ou generala fulana de tal, dos quais, obviamente, nunca ninguém viu ou ouviu falar, pessoalmente ou em sonho, nem mesmo as pessoas bem-intencionadas que, na véspera do Ano-Novo, ficam a noite inteira repassando mentalmente os nomes, para não esquecer de felicitar ninguém no dia seguinte.

Um homem desses apareceu na cozinha. Aliás, pode ser que ele não seja um homem como esse sobre o qual falamos, mas simplesmente aquilo que em Moscou chamam de "golpista" e, em São Petersburgo, de "escroque", ou seja, um rapaz afeiçoado desde a infância ao "trabalho leve", faminto há três dias e que, meio com medo, meio trêmulo, gasta em bebidas, em algum "Meridional", o quinhão roubado. Ou pode ser que ele seja apenas um criado vadio, que se extraviou do patrão por dois dias e sente que necessita de coragem para voltar para ele, mas não tem coragem suficiente — seja quem for, vamos chamá-lo simplesmente de desconhecido misterioso.

Pois bem, à medida que o desconhecido misterioso esquadrinhou a cozinha e fortaleceu sua convicção de que não havia ninguém, seu rosto perdeu o matiz indeterminado, os movimentos se tornaram mais firmes e confiantes. Ousado, foi até a porta que dava para o quarto de dormir e, colocando o ouvido na fechadura, pôs-se a auscultar por um bom tempo e com atenção; depois tirou as botas vermelhas, pregadas com pregos de um *vierchók*,[5] e abriu a porta, que soltou um rangido traiçoeiro, obrigando-o a retroceder e a manter-se por um minuto em imóvel letargia. Porém, certificando-se de que tudo dormia como antes, inclinou-se ousadamente para a frente e, enfiando a cabeça na fresta da porta, começou a esquadrinhar o quarto. É de supor que muitos objetos atraíram sua curiosidade, já que, sem maiores hesitações, avançou decidido pelo lado direito da porta, esperou que o rangido provocado por esse movimento silenciasse de todo e ingressou ousadamente no quarto. Ali, sentou-se nas poltronas confortáveis e macias, espreguiçou-se e começou a se trocar... Trocou suas vestes, que não eram muito confortáveis e belas, como é fácil de adivinhar, pelas de Piotr Ivánovitch. Não há como deixar de notar que se trocava como homem digno e calmo, vestindo uma roupa que era sua, apenas um pouco apressado por receio de se atrasar para o trabalho. Piotr Ivánovitch possuía aquela corpulência substancial que todo homem bem-intencionado alcança em determinada época:

---

[5] Antiga medida russa equivalente a 4,4 cm. (N. do T.)

esse desconhecido misterioso era muito magro e, portanto, ao ajeitar o topete na frente do espelho, pegou de cima da mesa dois candelabros folheados a prata, que, para proteger melhor, considerou necessário enrolar na roupa de Fedóssia Kárpovna e, após escondê-los, imediatamente passou a se parecer com Piotr Ivánovitch, pois ganhou uma barriga maciça e considerável. No caminho de volta da cama, de cujo balaústre pegara as vestes, o desconhecido apanhou um relógio de bolso (Piotr Ivánovitch era um homem pontual e, com medo de se atrasar para o serviço, sempre tinha um relógio por perto) com corrente dourada, vestiu-o e se apressou para outro espelho, diante do qual, admirando-se, voltou a pegar, de passagem, dois candelabros. Ocultando-os no bolso, pôs-se a vasculhar por todos os cantos e a recolher, com rapidez inacreditável, todas as coisas miúdas que lhe alcançavam as mãos...

III

O sonho é extravagante e de uma crueldade estranha. Frequentemente, depois de magníficas perspectivas de tudo o que deveria vir a coroar sua fidelidade, o homem, por mais virtuoso que seja, de repente, sem como nem por quê, sonha com algo que não o deixa em paz de jeito nenhum, e põe-se a gritar que jamais sofreu penalidade ou condenação, que jamais nutriu, em sua alma, qualquer ideia contrária às regras da moralidade...

Piotr Ivánovitch sonhou com uma moça de chapéu, sobre quem (não sobre o chapéu, mas sobre a moça) foram escritos dois versos:

    Em uma moça de dezessete anos
    Que chapéu não cai bem?[6]

que ouvira certa vez, ao passar por uma janela aberta — da qual saíam ondas espessas de fumaça de cigarro, palavras esvoaçavam para a rua e onde avistavam-se rostos alegres e corados de jovens —, e que não lhe saíram da cabeça por três meses: quer escrevesse, quer narrasse, quer perdesse em um jogo honesto de *préférence*,[7] ou ganhasse em um desonesto, quer fosse à re-

---

[6] Versos do terceiro canto do poema *Ruslan e Liudmila*, de Púchkin. (N. do T.)

[7] Jogo em que se utiliza um baralho de 32 cartas, em geral, com três jogadores. (N. do T.)

partição ou saísse dela, ou jantasse, eles estavam o tempo todo em sua mente, girando, zumbindo, mexendo e remexendo na cabeça, como se nada mais pudesse entrar na mente afora eles. E quanto mais se esforçava por escapar, era maior a obstinação com que o perseguiam. Dormia com eles, com eles acordava, vivia respondendo com eles a perguntas que nada tinham a ver com chapéus e moças, sussurrava-os para si mesmo sem parar, murmurava-os entredentes, chegou a estragar uma folha de papel timbrado no valor de um rublo ao incluí-los, de forma completamente despropositada, na petição de uma viúva que prestava queixa contra um seminarista fila-boia que lhe subtraíra um novelo supostamente enrolado em uma nota de cem rublos. Em suma, esses malditos dois versos (que são, a propósito, o motivo de seu ódio por versos em geral) já estavam lhe dando náuseas de viver. Mas acabou escapando deles, e agora não tinha nada da moça de chapéu — que, por sinal, não era nada má —, nada, absolutamente nada! O ruim é que, depois dela, sonhou com um homem de orelhonas imensas, expressão resoluta no rosto e um traje tão inconcebível que ele não apenas jamais vira desperto, como ainda ficou absolutamente espantado que um traje daqueles pudesse aparecer no sonho de gente direita.

Assustado, apressou-se em balbuciar que não tinha feito nada, que era um homem casado e afeito às regras; que, aliás, não sabia manejar nenhuma arma, pois a brilhante educação francesa — com esgrima, danças e todo tipo de capricho vazio da moda que pervertem, para pesar generalizado, os jovens de hoje — não recebera e nem sequer desejara, porquanto, graças a Deus, tinha nascido em um país no qual, mesmo sem arrastar os pés no parquete, apenas com o trabalho fiel e honrado, ainda que com rendimentos medíocres, era possível granjear o respeito de todos; e que, aliás, seguiria por seu caminho, pedindo apenas que não o impedissem de seguir no caminho pelo qual seguia...

Deu-se, porém, que o estranho desconhecido não era uma desgraça; pelo contrário, apesar das botas improváveis, revelou-se um rapaz excelente, propôs jogar *préférence* e perdeu, a um copeque por *poule*,[8] oito rublos de prata, a ponto de Piotr Ivánovitch até ficar um pouco envergonhado, tranquilizando-se apenas com a ideia de que, nesse tipo de jogo, quem não sabe jogar não deve começar, e quem sai na chuva é para se molhar...

A desgraça é que, à saída do estranho desconhecido, que lhe deixou com a opinião de que fora visitado por algum inglês excêntrico que não ti-

---

[8] Partida do jogo de *préférence*. (N. do T.)

nha onde enfiar o dinheiro (dos ingleses ele sabia, sobretudo, que eram grandes excêntricos), Piotr Ivánovitch de repente viu, em seu sonho, toda a repartição, com seus capotes, vigias, capachos, mesas, tinteiros, casos e chefes de seção. Um chefe de seção levantou-se com um caso, aproximou-se dele e disse "copie", absolutamente com a mesma voz com que falava a um mero escrivão. "Sim, senhor, vou passar a Efímov" — respondeu Piotr Ivánitch, algo perplexo, curvando-se com respeito. "Que Efímov? — disse o chefe, severo. — Por acaso o senhor se esqueceu de que Efímov recebeu o seu posto e de que o senhor, por negligência e conduta lasciva, foi transferido para o lugar dele?"

Piotr Ivánitch despertou horrorizado e abriu os olhos, que foram diretamente ao encontro do desconhecido misterioso que, abaixado, vasculhava a gaveta da cômoda. Tomando-o por Efímov, Piotr Ivánovitch, desconcertado, transbordando de justa indignação, num primeiro instante não gritou, nem tossiu, nem mesmo se moveu, mas, devido a uma intuição especialmente aguda, o desconhecido misterioso compreendeu de imediato que era hora de interromper a visita, e saiu correndo a toda... Só então nosso herói adivinhou de que se tratava...

   Deu com o calcanhar na perna da esposa,
   Berrou: "Socorro! Socorro!".
   E, pulando da cama sem se trocar,
   Saiu no encalço do vigarista.
   Correu pelo saguão, e então
   Apanhou o desconhecido na porta.
   Mas ele se esgueirou pela cancela,
   E de novo: "Socorro! Socorro!".
   Piotr Ivánitch gritava, feroz,
   E, batendo com a testa na cancela,
   Saiu manquitola atrás do vilão,
   Esfregando o machucado com o punho.
   Correu mais rápido que um cavalo,
   Seus passos de pés descalços
   Ecoavam com força ao redor
   Quicando como um pedregulho
   Atirado no rio.

IV

As noites de verão de São Petersburgo são mais claras que os dias de inverno de São Petersburgo. Ainda era muito cedo, mas já estava completamente claro; a rua estava vazia. Apenas, do outro lado da calçada, caminhava um rapaz vestindo um capote cuja manga gasta deixava transparecer um quarto inteiro de um roupão de linho; o rapaz bamboleava por toda a largura da calçada e, ao ver a correria, gritou, feliz: "Pega! Pega!" — depois parou e ficou observando-os por muito tempo, proferindo, de tempos em tempos, exclamações de aprovação — "Arre, como corre!", "Bravo! Bravo!", "Assim é que eu gosto!" — obviamente dirigidas ao desconhecido misterioso, o qual, para empregar a terminologia da caça, a cada minuto escapava mais e mais de seu perseguidor. Enquanto isso, o grito de Piotr Ivánovitch foi ouvido por mais dois indivíduos que não queremos identificar. O primeiro, que já havia sido ultrapassado há tempos pelo desconhecido misterioso e por Piotr Ivánitch, avançou um pouco e, observando os corredores, disse: "Que danado! Que danado! Que danado!". Fleumático, o segundo foi até o meio da rua, teve um minuto de indecisão, cheirou fumo, pensativo e, com firmeza, pôs-se a cruzar a outra metade da rua, apressando-se para chegar à calçada de modo a ficar bem no caminho do desconhecido misterioso. De fato, o segundo indivíduo chegou a tempo, mas o corredor decididamente não prestou atenção nele, e apenas, passando a seu lado com o grito de "Opa!", deu-lhe um empurrão forte no ombro, que imediatamente o fez desabar na calçada, para grande riso do rapaz alegre e do primeiro indivíduo, que observava a cena de longe. Um minuto depois, chegou também Piotr Ivánitch, tropeçou no que estava prostrado e também caiu, porém se levantou de imediato, sem sentir o machucado com a afobação, e voltou a correr. O que fora golpeado por duas vezes se levantou, olhou para os corredores, disse "Tem força", dirigindo-se lentamente para seu antigo lugar... Enquanto isso, o desconhecido misterioso já chegara ao final da rua, virando... Para onde? Para que lado? Piotr Ivánitch não viu e, por isso, embora continuasse a correr, já ia devagar e indeciso, como alguém que perdeu a estrela-guia. De repente, no final da rua, ao qual Piotr Ivánitch ainda não tinha chegado, apareceu um tipo de *drójki*[9] chamado de caleche, ou seja, aquela *drójki* que você pega quando quer preservar as costelas e as costas. Na *drójki*, estava sentado um senhor de casaco, cujo rosto alegre demonstrava que o jogo de *préférence*, do qual obviamente regressava, fora-lhe propício: o rosto simples-

---

[9] Carruagem leve, aberta, de quatro rodas. (N. do T.)

mente resplandecia. Ao avistar a estranha figura que corria ao seu encontro, o senhor de casaco sorriu, mas depois começou a olhá-lo fixamente e, de repente, um pasmo profundo se exprimiu em seu rosto. Era como se não acreditasse em seus olhos.

— Olá, Piotr Ivánitch! — disse, algo irônico, quando a *drójki* chegou a uma distância bastante próxima do nosso herói.

Piotr Ivánitch ergueu a cabeça, olhou e, branco como papel, virou-se para o lado e se pôs a correr com maior lepidez.

Só que aquele que estava sentado na *drójki* voltou a repetir: "Olá, Piotr Ivánitch!". E em sua voz não havia mais a ironia suave e benévola de antes; soava ríspida, continha uma ordem, de modo que Piotr Ivánitch viu-se na necessidade de parar e, apressadamente, levar a mão à cabeça. Ao se certificar, porém, da impossibilidade de tirar algo dela, pois não tinha nem peruca, foi constrangido a se limitar a uma reverência. Foi uma daquelas reverências que só se fazem à chefia, de onde pode-se concluir de forma fidedigna que o senhor de casaco era o seu chefe.

— O que o senhor... a essa hora... nesse estado... está dançando?

— Sim — foi tudo o que, com voz trêmula, conseguiu proferir Piotr Ivánitch, desacostumado desde a infância a contradizer os superiores...

Recobrando os sentidos, não ouvia nada além do ruído da *drójki* a se afastar e da gargalhada alegre e entrecortada, que fez o gelo percorrer suas veias...

V

"Juro pela estrela da meia-noite,[10]
Juro pela estrela de general,
Juro pela fivela impecável[11]
E pela minha alma de pecador!
Juro pelo capital considerável
Que consegui amealhar no serviço,
E com cada dedo das mãos cansadas
Juro pelo tonel de tinta!
Juro pela felicidade efêmera,

---

[10] Alusão ao poema *O demônio* (1839), de Mikhail Liérmontov. (N. do T.)

[11] A fivela é sinal de reconhecimento pelo serviço burocrático impecável. (N. do T.)

> Pela infelicidade no dinheiro e no trabalho,
> Juro pela *remise*[12] infinita,
> Juro pelo dez de copas lançado:
> Renunciei às tentações do mundo,
> Renunciei a moças e mulheres,
> E em todo o planeta não há objeto
> Que possa me cativar!...
> Há tempos que minh'alma sossegou
> Das tempestades apaixonadas, dos sonhos tempestuosos;
> Apenas tu és digna do meu amor
> Estou pronto para te amar para sempre!
> Juro, de amor vicioso
> Há tempos, há tempos não ardo,
> Nem nunca corri para um encontro
> À meia-noite, *désabillado*.[13]
> De que preciso, além de ti,
> Se contigo estou satisfeito?
> Minha Fedóssia Kárpovna!...
> Meu amor! Meu deleite!"

Ele silenciou e, "como jovem carvalho derrubado pela tempestade",[14] caiu aos pés da esposa.

Só que ela foi implacável.

— Não acredito! Não me toque, não acredito! Traidor! Misantropo! Monstro!

E se debulhou em lágrimas, depois caiu em absoluto desespero, batendo no peito e repetindo:

— Ah, sou uma desgraçada! Desgraçada! Desgraçada... A que vergonha cheguei, desgraçada!

— Meu Deus, não tenho culpa de nada, Fedóssia Kárpovna!

Ele de fato não tinha culpa de nada, como os leitores também podem confirmar. Suas intenções eram puras, até louváveis: queria apanhar o lará-

---

[12] Em francês no original: no jogo de cartas, descumprimento do número estabelecido de vazas e a penalidade por essa falta. (N. do T.)

[13] Aqui o tradutor tomou a liberdade de brincar com o termo original, francês, *déshabillé*, "traje íntimo". (N. do T.)

[14] Citação do poema "Pope" (1844), de Ivan Turguêniev. (N. do T.)

pio e pegar suas coisas de volta. Fedóssia Kárpovna interpretou tudo de forma completamente diferente. Acordada com um chute na perna, não encontrou o marido a seu lado e, antes de mais nada, berrou: "Traidor!". Um minuto depois, ao verificar que as roupas também não estavam no lugar de costume — circunstância que não deixava a menor dúvida de que o traidor tinha saído para um encontro —, caiu no travesseiro com um brado retumbante e exclamou: "Ah, sou uma órfã malfadada!". Depois levantou-se e foi até onde deixara suas roupas, mas elas, como sabemos, não estavam lá; após pensar um pouco sobre onde ele poderia ter ido parar — pois uma mulher com ataque de ciúme, como asseguram as pessoas experientes, está privada de qualquer capacidade de raciocínio —, revirou o quarto, porém, sem encontrar nada que desse para vestir além do capote deixado pelo desconhecido misterioso, cobriu-se com ele e precipitou-se para fora. Sempre guiada pelo mesmo instinto de ciúme, atirou-se na mesma direção para a qual o desconhecido misterioso atraíra Piotr Ivánovitch atrás de si. Nessa hora, Piotr Ivánovitch já estava regressando à casa, assustado, morto, azul de frio da cabeça aos pés e com diversos machucados. O encontro deles foi terrível; pouca coisa foi dita, mas o suficiente para desencadear a tragédia.

> Ficaram ambos calados...[15]
> Triste, triste ela fitou.
> Seu olhar profundo, cismado.
> Ele pestanejou
> E parecia querer dizer algo,
> Já ela balançava a cabeça
> Depositando o dedo, em sinal de silêncio,
> Sobre os lábios azuis e trêmulos...
> Foram depois para casa,
> Calados, sempre calados,
> E havia um sentido terrível em seu silêncio
> E mais tormento que nos soluços
> Com que lançamos um punhado de terra
> No caixão de quem nos foi querido em vida
> E que talvez nos tenha amado. Na entrada
> Encontraram a cozinheira,

---

[15] Paródia do poema "Encontro", de Iákov Polónski (1819-1898), publicado pela primeira no livro *Gamas* (*Gammi*), em 1844. (N. do T.)

E esta ficou abalada.
Talvez seu coração se apertasse.
E longamente, com olhos perplexos,
Ela os fitou, mas nenhuma palavra
Eles lhe disseram... Não! Nenhuma palavra...
E seguiram o caminho calados...
E sumiram...

Porém, bastou eles atravessarem a soleira do quarto, Fedóssia Kárpovna virou a chave na fechadura, e de saber o que aconteceu ali nos primeiros minutos os autores decididamente não têm possibilidade alguma, pois, para seu extremo pesar, mesmo os contraventos estavam tão fechados quanto antes, de forma que não havia como espiar nada. Todavia, é possível supor que ali se desenrolou um drama em cinco ou até seis atos, com epílogo, do qual Deus não permita nenhum leitor casado participar! Só se sabe ao certo que Piotr Ivánovitch assegurou em vão sua inocência a Fedóssia Kárpovna. Por mais provas que ele trouxesse, todas se dirigiam contra si. Fedóssia Kárpovna teimosamente insistia que seu vestido e demais pertences haviam sido furtados por Piotr Ivánitch para a canalha de sua amante, e que ele foi parar na rua sem roupa porque tinha sido despido por escroques quando voltava da casa da canalha de sua amante, e que, por fim, os farrapos do desconhecido misterioso tinham sido deixados por ele mesmo, Piotr Ivánitch, que os comprara na feira para afastar de si quaisquer suspeitas, em caso de fracasso. Por mais disparatada que fosse tal suposição, e por mais que Piotr Ivánitch jurasse (e ele jurava por tudo que lhe era caro na vida), nada ajudou. Não ajudou nem a última prova, bastante forte, de que a peruca ficara em casa, sendo improvável e nada compreensível que um homem que precisava de peruca a esquecesse ao ir encontrar a amante. Nada ajudou! Esse era o estado mental de Fedóssia Kárpovna. O ciúme deixava sua alma em pedaços. Ainda por cima, a cozinheira, alegrando-se com o caso, afirmava resolutamente que não saíra sequer por um minuto, que ninguém entrara e que ouvira, dormitando, uns passos vindos do quarto, porém, julgando que ninguém sairia dali além da patroa ou do patrão, não achara necessário levantar-se para olhar... Embora nosso herói não possa ser chamado de pobre coitado, não temos como não observar que o infeliz só atraía desgraças.

VI

Eis que já davam as nove, hora em que acontecia de Piotr Ivánitch, tranquilo e feliz, depois de sorver uns dois ou três copos de chá, beijar a esposa, beijar a filha e, com a pasta debaixo do braço, algo curvado, submisso, sem ofender ninguém mas não completamente alheio à vontade própria, dirigir-se a passo miúdo à sua repartição... Porém, o desnorteado Piotr Ivánitch não se vestiu, nem sequer tomou chá, não beijou esposa e filha, nem foi à repartição. Tinha a alma sombria: à mera ideia de que precisava ir ao serviço, calafrios lhe percorriam a pele, da cabeça ao calcanhar. A vida inteira — desde as secções e conjugações gregas da infância, os jejuns e transcrições da juventude até as últimas e recentes admoestações — passou diante de seus olhos, e nela ele não viu nada além de sabedoria submissa e uma resignação eterna e infinita; dissera alguma vez uma palavra rude, fizera alguma vez cara de insatisfação? Nunca! Nunca! Não se lembrava de sequer ter tentado algo do gênero! Era puro, puro! De todos os lados, ainda que não acreditem, era puro! Entretanto, seu coração se confrangia de medo, dolorido, como se tivesse cometido algum crime, como se tivesse dito desaforos à chefia! "O que o chefe de seção vai dizer!" — pensava Piotr Ivánitch (não havia dúvida de que o senhor de *drójki* era seu chefe de seção). "O que o chefe da seção vai dizer?..." — pensava, andando pelo quarto a passos largos, e não conseguia decidir o que diria o chefe de seção, ainda que pressentisse que diria algo de terrível, tão terrível que seria pouco ficar de cabelos brancos em uma hora, seria pouco até mesmo ser tragado pela terra... E nem a convicção de sua inocência, nenhuma reflexão, nenhum argumento da razão, nada consolava o inconsolável Piotr Ivánitch! "Não seria o caso de simplesmente pedir demissão" — pensava —, "nem aparecer, mas simplesmente pedir demissão? E claro, quando sair a demissão, publicar na *Gazeta Policial* que um funcionário público com atestado de bons antecedentes..." Daí hesitou por um instante... "Afinal, vão me dar um atestado de bons antecedentes, não?" — prosseguiu, algo aflito. — "Como não? Não fui um servidor pior do que os outros, não fui pior do que os outros, Senhor, jamais sofri penalidade ou condenação, graças ao Altíssimo ninguém me quer mal... pedi demissão... Pois bem, e então? O caso foi esse, com quem não acontece?... o caso simplesmente foi esse... Então seria bom publicar que um funcionário público com atestado de bons antecedentes, conselheiro titular — acho que não seria mal colocar: possuidor de tais e tais condecorações... Pois bem, o funcionário público assim e assado, possuidor de tais e tais condecorações, um bom funcionário, melhor, um funcionário confiável, busca emprego de administrador de propriedade, impreterivelmente nas províncias da Pequena Rússia,[16] em condições favoráveis para o proprietário... Sim! Sim! Nas províncias da Pequena Rússia é melhor — o clima é mais quente, e o povo é mais simples... o povo é mais simples, isso é que é importante, Senhor, o povo é mais simples, olha só que coisa! Ir me enfiar em Kostromá, em Iaroslavl... Ui! Lá, é velhaco atrás de velhaco! Lá, todo mujique sabe ler e tem um casaco azul... cada um deles, cada velhaco, tem um casaco azul, olha só, olha só que coisa, olha só que coisa! Províncias mimadas! Não, que seja em algum lugar na Pequena Rússia, por exemplo, em Poltava; três, quatro mil alminhas, com moinho, com pomar, com todo tipo de empreendimento, com casa senhorial; e o patrão em algum lugar nos confins do mundo, em Moscou, em São Petersburgo, em Paris... e o patrão em Moscou, o patrão em São Petersburgo, o patrão em Paris, o patrão nos confins do mundo, como dizem nos contos, como narram nos contos populares russos... Ui! Que liberdade! Liberdade..." Daí Piotr Ivánitch esfregou as mãos de satisfação, pois, de fato, já se sentia o administrador dessa propriedade, coisa em que o homem russo é muito veloz... "Sim, só que a desgraça" — prosseguiu, reconsiderando de repente e voltando a ficar com a boca completamente escancarada, como se estivesse comendo mosca —, "só que a desgraça é que ninguém, ninguém vai contratar por causa do sobrenome... Administrador! Em suma, já dá para ouvir o alemão, algum Karl Ivánitch Briesenmeister, ou outro ainda mais esperto, para que o mujique nem pense em ousar pronunciar corretamente, para que sua língua trave na garganta. Afinal, será um sobrenome alemão, ainda que os sobrenomes alemães se pareçam... com quê — panquecas! Você fica com panquecas na boca! Panquecas quentes! Engasgando!..." E aqui, nosso herói, pela primeira vez na vida, lamentou ter um sobrenome russo, com o qual estivera permanentemente satisfeito ao longo de quarenta anos, chegando até a agradecer a Deus por ele terminar em *ov*, e não em *ski*. "E, ainda" — nosso herói continuou a matutar —, "eu não tenho essa postura, a postura que corresponde ao título de administrador, não tenho, olha que desgraça, a desgraça é que eu, desgraçado, preciso de uma postura correspondente ao título, e não tenho, não tenho a postura correspondente ao título de administrador, não tenho essa postura de jeito nenhum. Olho como se tivesse medo de tudo, por algum motivo, e caminho como se pedisse perdão aos capachos por pisoteá-los com meus pés indignos, e levo no rosto tamanho servilismo, tamanho, que nem dá para dizer, não dá, de jeito nenhum, não há palavras suficientes para dizer em bom estilo,

---

[16] Ucrânia. (N. do T.)

na língua dos homens... Olha como ele é! Olha que homem de negócios! Olha que homem de negócios matreiro! Pois bem, como é sabido: pelo ofício que você segue mede-se também o grau de importância da sua pessoa... mede-se o grau de importância e a sua situação na sociedade.. Daí é preciso, para o homem parecer uma águia, que ele tenha inscrito no rosto que ele e o diabo não são semelhantes, para agir com ousadia, decisão, agiria de mão aberta e saberia assim, com franqueza não desprovida de benevolência, proferir oportunamente uma e outra palavrinha dura... Olha como é! Para dar nisso, precisaria sair falando de forma macarrônica, para que o mujique não ousasse nem olhar para ele, mas apenas dissesse, com uma profunda reverência: 'Estou ouvindo, meu pai Karl Ivánitch!...'. Não, onde ele está? Talvez ocupado com negócios..." Mas as ocupações com negócios se revelaram inconvenientes. Piotr Ivánitch pensou, pensou e acabou concluindo que, por mais que revirasse o assunto, deixar o serviço era desvantajoso, nocivo, em uma palavra, insensato em todos os sentidos. Dessa forma, com um aperto no coração, resolveu ir à repartição. Que seja o que tiver de ser! Talvez não haja desgraça alguma, talvez tenha sido apenas uma impressão, e na verdade não haja nada! Por fim, até chegou à conclusão de que talvez tenha sido bom o chefe tê-lo visto na rua, pode ser, vai saber, que se interesse por ele, libere a subvenção de uma vez. "Sim! Sim!" — repetia Piotr Ivánitch. — "De fato é bom" — e enquanto isso sentia calafrios. Empregou três dias para curar os diversos machucados e manchas azuis e para se assegurar de que era benéfica a decisão de não desanimar, lembrar-se de que as provações que nos são enviadas neste vale de lágrimas servem para elevar a coragem espiritual, e de que o homem não necessitaria de uma alma imortal caso se aniquilasse e sucumbisse à infelicidade. No quarto dia, decidiu-se a ir ao trabalho. Porém, Piotr Ivánitch foi então atacado por tamanho medo que literalmente não conseguia sair do lugar, e por algumas horas, absolutamente pronto, lavado, barbeado, de fraque, pasta debaixo do braço, ficou sentado, como que pregado na cadeira, fitando de forma insensata as três cabeças que formavam um grupo em frente a seu portão.

Quando voltou a si já eram onze horas. "É tarde!" — disse para si, com misteriosa alegria. — "Pelo visto, já é amanhã!" — e, nesse mesmo instante, pegou o chapéu, vestiu capote e galochas, e saiu correndo para a rua. Correu com velocidade extraordinária, sem prestar atenção em nada, nem sequer olhar pelas janelas, embora adorasse olhar pela janela, sabendo que, ao olhar por uma janela, podia ver muita coisa boa.

Correu para o serviço...

VII

Às nove horas do dia em cuja manhã ocorreu o fato descrito no quarto capítulo, Stepan Fiódoritch Farafóntov chegou ao escritório e se encaminhou diretamente para a mesa em que Piotr Ivánitch costumava se sentar, para interrogá-lo a respeito das aventuras noturnas e, por dever de ofício, passar-lhe uma reprimenda em regra. Só que Piotr Ivánitch, como sabemos, não estava lá. Como a lembrança do ganho no jogo da véspera ainda o mantivesse de bom humor, Stepan Fiódoritch, ao aproximar-se do fiscalizador e perguntar da saúde, narrou de forma totalmente cômica o estranho encontro com Piotr Ivánovitch, estendendo-se particularmente a propósito da espantosa dança na qual Piotr Ivánitch se exercitara e a propósito da ária, aparentemente da *Sonnambula*,[17] que acompanhara seu passo pitoresco, depois do que ambos, narrador e ouvinte, riram longamente, chacoalhando os ombros. Stepan Fiódoritch não contou em voz baixa, para que apenas o fiscalizador pudesse ouvi-lo, e portanto a história de Piotr Ivánovitch imediatamente tornou-se conhecida por mais dois, três funcionários. Estes, por sua vez, transmitiram-na com os devidos complementos a seus vizinhos e, dessa forma, deu-se que a história de Piotr Ivánitch, em meia hora, era conhecida em todas as repartições públicas em que nosso herói trabalhou... À noite, era conhecida em toda cidade e, por alguns dias, sem interrupção, em Petersburgo só se falava do funcionário público dançarino de altura gigantesca, com cascos de cavalo no lugar dos pés humanos habituais. Não é difícil imaginar com que impaciência aguardavam seu camarada, o que houve de boatos e suposições e o quanto cresceu, embelezou-se e se modificou a própria história. Mas se passou um dia, passaram-se dois, passaram-se três, chegou o quarto, e nada de Piotr Ivánitch. A curiosidade cresceu ao mais alto grau.

E eis que no quarto dia, ao meio-dia, na hora de silêncio geral e respeitoso, instaurado devido à aparição do chefe que, apontando para um caso, explicava alguma coisa com grande ardor a Stepan Fiódorovitch, que por sua vez acompanhava o discurso da chefia com uma respeitosa inclinação de cabeça, nessa hora solene a porta da antecâmara se abriu de repente e apareceu o nosso herói. Por mais forte que fosse a deferência dos subordinados pelo chefe, o movimento natural suplantou-a, e um riso surdo e reprimido

---

[17] *La Sonnambula* (1831), ópera do compositor italiano Vincenzo Bellini (1801-1835). (N. do T.)

prorrompeu por todo o aposento, como se de repente uma manada de cavalos espirrasse. Natural que o chefe, com cara de insatisfação, perguntasse o motivo daquela explosão fora de lugar. Stepan Fiódoritch ergueu a cabeça, pois ele mesmo não sabia o significado de uma insolência daquelas, porém, ao encontrar a deplorável figura de Piotr Ivánitch, a exemplo de seus subordinados, não pôde conter o riso.

O chefe repetiu a pergunta.

Assustadíssimo, Stepan Fiódoritch sentiu que era indispensável justificar-se e justificar seus subordinados. Para tal objetivo, não achou nada melhor do que narrar os detalhes da história de Piotr Ivánovitch, e o fez de imediato, empenhando-se não só na observação severa da autenticidade histórica como no fato de que realmente era impossível não cair na gargalhada com ela — o que conseguiu de forma completa, pois, à medida que os fatos eram expostos, o rosto do ouvinte ia serenando e, quando chegou à descrição da estranha dança na qual se exercitara Piotr Ivánovitch, acompanhado por temas de *Lucia*,[18] o ouvinte decididamente não encontrou mais forças para manter a expressão severa a que submetia sua aparência e riu...

Seu riso, porém, como é fácil supor, foi efêmero. Assumindo uma expressão severa e resoluta, aproximou-se de Piotr Ivánitch, que estava hirto junto à porta, e falou devagar, com ares de importância, acentuando cada palavra:

— E o que diz o senhor?

Só que Piotr Ivánitch não conseguiu dizer nada, embora fosse visível que queria dizer algo...

Então o chefe, considerando seriamente que, para coibir um mal daqueles, era preciso tomar medidas enquanto este ainda se encontrava em estado embrionário, julgou necessário se alongar e demonstrar a Piotr Ivánitch toda a impropriedade de sua conduta. Disse-lhe que o título e a própria idade tiravam-lhe a razão naquele caso; que dançar, claro, era possível, mas no lugar adequado e, além disso, de roupas, que eram adotadas nas sociedades educadas da Europa, as quais, devido à instrução, podia se considerar como a primeira das cinco partes do mundo. Disse-lhe (e, à medida que falava, sua voz crescia em energia e seu exterior se animava mais e mais) que escândalos daqueles eram perdoáveis apenas em selvagens toscos e ignorantes, que não conhecem o uso do fogo e das roupas, porém mesmo estes (acrescentou) co-

---

[18] *Lucia di Lammermoor* (1835), ópera do compositor italiano Gaetano Donizetti (1797-1848). (N. do T.)

brem sua nudez com folhas de árvore. Por fim, disse que uma conduta daquelas cobria de vergonha não apenas seu autor, como chegava a lançar uma sombra maléfica sobre toda a categoria, que a categoria de funcionário público era respeitável e não devia ser profanada,

> "Que o funcionarismo público é o exército
> Da pátria no âmbito civil,
> Atentar contra sua honra e dignidade
> É admissível apenas ao inimigo,
> Que ele ocupa funções importantíssimas,
> Nos negócios, finanças e justiça,
> Todos que lá servem são inteligentíssimos,
> E se portam com nobreza.
> Que sem ele os inocentes chorariam,
> Os pérfidos se deleitariam em licenciosidade,
> Que por vezes de sua garatuja
> Depende a sorte de centenas de pessoas,
> Que sem ambição o funcionário público é mau,
> Que ele não é um bufão, não é um palhaço,
> E não deve sair correndo com uma mão à frente,
> Outra atrás, por uma praça qualquer.
> Porém, se houver apenas o desejo
> Não de trabalhar, mas de bailar a cachucha
> Há um emprego adequado para isso —
> Não quero detê-lo!"

Assim se concluiu o discurso, que exerceu forte influência sobre todos os presentes, porém seu efeito sobre Piotr Ivánitch foi tal que possivelmente discurso algum, em época alguma, jamais produzira. Fulminado por ele, de todas as capacidades que Deus lhe concedera, conservava apenas uma, a de mover, ou, mais precisamente, mastigar os lábios, mesmo assim com o maior esforço e, em geral, nessa hora, nosso herói, terrivelmente azul, parecia um moribundo que tem algo de importante a dizer, mas cuja língua já está paralisada...

Apenas ao se ver na rua e aspirar profundamente uma lufada de ar fresco ele sentiu que ainda estava vivo.

VIII

"Um navio pelas ondas levado —
Eis a minha vida!
Oprimido pelo destino
Pedi a demissão,
Não foi pouco o que perdi —
Um prejuízo — e dos grandes!
Mas, aliás, estava predestinado,
Esse destino já era evidente.
Há com o que se afligir,
Achei o que lamentar!
A morte não tem pena de ninguém —
Todos devem morrer!
Regalias honoríficas,
Empregos rendosos,
Prêmios e etc.,
Tudo é pó e vaidade!
Todos labutamos, nos esforçamos,
Entregamo-nos a trapaças,
Atarefamo-nos, rebaixamo-nos,
E tudo, afinal, para quê?
Morremos, e tudo fica para trás!
Viemos ao mundo por um prazo...
Quanto mais o trabalho se prolonga,
Maior a vaidade.
Consegui me exaurir
Na insurreição cotidiana,
Aproxima-se a hora
De pensar na minha alma!
Aqui é melhor ser um peão,
Do que me arruinar...
Aliás, que demora é essa?
Já vão bater as dez!
Tenho o assunto do protetor!
Vou sair voando já
Até Sua Excelência
Ivan Kuzmitch —

Para cumprimentar pelo dia do santo...[19]
Pode ser que ele resolva
Eliminar a pulga
E a mim, com uma residência decente,
Oferecer o seu lugar...
Em uma era como a nossa
Proteção não é algo a desprezar!"

Tradução de Irineu Franco Perpetuo

---

[19] Na Rússia, o dia do santo que dá nome a uma pessoa é também celebrado como um aniversário. (N. da T.)

O SENHOR PROKHÁRTCHIN[1]

No apartamento de Ustínia Fiódorovna, no canto mais escuro e modesto, estava instalado Semión Ivánovitch Prokhártchin, um homem já idoso, de boas intenções e que não bebia. Considerando seu baixo grau hierárquico, o senhor Prokhártchin recebia um ordenado que correspondia inteiramente à sua capacidade de trabalho, de modo que Ustínia Fiódorovna não podia pedir-lhe mais do que cinco rublos ao mês pelo apartamento. Diziam que ela tinha certos interesses, mas, independentemente desse fato, o senhor Prokhártchin, como que por vingança às más-línguas, tornou-se seu favorito, evidentemente num sentido nobre e honrado. É preciso notar que Ustínia Fiódorovna era uma mulher corpulenta e muito respeitável, tinha uma inclinação especial para alimentos carnosos e café, e a muito custo enfrentava o jejum; tinha que aguentar poucas e boas dos inquilinos que pagavam até o dobro do que Semión Ivánovitch, mas que, por não serem tranquilos — ao contrário, eram uns "gozadores malvados" dos assuntos femininos e do desamparo daquela órfã — eram pouco favorecidos por sua boa vontade, de modo que se não fosse o fato de que eles pagavam pela acomodação, ela não apenas não deixaria que vivessem lá como nem gostaria de vê-los por perto. Semión Ivánovitch tornou-se favorito na época em que levaram para o cemitério Vólkovo um funcionário aposentado, ou, melhor dizendo, demitido, entusiasta das bebidas fortes. Apesar de entusiasta e demitido, o sujeito não tinha um olho — segundo suas palavras, devido a sua bravura —, e tinha uma perna que havia sido quebrada também devido à bravura; ainda assim foi capaz de conquistar e usufruir da boa disposição de que apenas Ustínia Fiódorovna era capaz e, certamente, viveria muito tempo ainda na condição de seu fiel dependente e cúmplice, caso não tivesse se acabado na bebedeira do modo mais deplorável e definitivo. Tudo isso aconteceu ainda em Peski, quando Ustínia Fiódorovna tinha apenas três hóspedes, dos quais, quando da mudança para o novo apartamento, onde havia mais espaço e para o qual foi convidada uma dezena de novos hóspedes, sobrou apenas o senhor Prokhártchin.

---

[1] Publicado originalmente em *Anais da Pátria* (*Otiétchestvennie Zapiski*), nº 48, outubro de 1846. (N. da T.)

Fosse porque o próprio senhor Prokhártchin tinha seus defeitos característicos, ou porque os outros companheiros tinham os seus, o fato é que a coisa não andou bem desde o princípio de ambos os lados. Observamos aqui que todos os novos hóspedes de Ustínia Fiódorovna, sem exceção, viviam como irmãos; alguns trabalhavam juntos; no dia primeiro do mês, se alternavam em perder todo o salário no jogo de banca, *préférence* ou *biks*;[2] gostavam de aproveitar juntos os momentos de diversão ou, como diziam, os instantes efervescentes da vida; também gostavam de conversar às vezes sobre coisas elevadas, ainda que isso invariavelmente resultasse em discussão, mas, uma vez que os preconceitos haviam sido expulsos do grupo, a harmonia geral se mantinha intocada. Os mais notáveis inquilinos eram: Mark Ivánovitch, um sujeito inteligente e lido; Oplevániev; Prepoloviénko, um homem modesto e bom; havia ainda um tal Zinóvi Prokófievitch, cujo objetivo fundamental era chegar à classe alta; e, por fim, o copista Okeánov, que, na época, por pouco não roubou a primazia e o favoritismo de Semión Ivánovitch; ainda outro copista, Súdbin; o *raznotchínets*[3] Kantarióv; havia outros ainda. Nenhum deles, contudo, considerava Semión Ivánovitch um companheiro. Mal ninguém lhe desejava, é claro, uma vez que todos, desde o princípio, souberam fazer justiça a ele e decidiram, segundo as palavras de Mark Ivánovitch, que ele, Prokhártchin, era um homem bom e de paz, ainda que não fosse da alta sociedade; era fiel, não adulador, tinha, é claro, seus defeitos, mas se viesse a sofrer não seria por outro motivo que não sua própria falta de imaginação. Além disso, o senhor Prokhártchin, apesar de ser desprovido de imaginação, era incapaz, por sua aparência e maneiras, por exemplo, de impressionar alguém de modo a obter algum tipo de vantagem (disso se aproveitavam os gozadores), mas a aparência não lhe causava nenhum mal, era como se não fizesse diferença; além disso, Mark Ivánovitch, sendo um homem inteligente, defendeu formalmente Semión Ivánovitch e anunciou com bastante êxito e em linguagem bela e floreada que Prokhártchin era um senhor idoso e sério, que há muito havia passado da época das elegias. Assim, se Semión Ivánovitch não conseguia se dar com as pessoas, era exclusivamente por sua própria culpa.

A primeira coisa que chamou a atenção foi, sem dúvida, a sovinice, a avareza de Semión Ivánovitch. Isso foi logo percebido e trazido à luz, pois em nenhuma hipótese Semión Ivánovitch emprestava sua chaleira para quem

---

[2] Jogo de bilhar chinês em que se utiliza uma mesa inclinada. (N. da T.)

[3] O termo *raznotchínets* é empregado para pessoas de origens variadas, mas que atingiram certa posição na sociedade, como estudantes, intelectuais etc. (N. da T.)

quer que fosse, mesmo por pouco tempo, o que, além do mais, era injusto de sua parte, já que ele mesmo quase não bebia chá; bebia apenas, quando necessário, uma infusão bastante agradável de flores do campo e algumas ervas medicinais, que sempre guardava em quantidade significativa. Ele também não comia da maneira como os outros inquilinos costumavam comer. Por exemplo, nunca se permitia comer a refeição inteira, oferecida diariamente por Ustínia Fiódorovna para seus companheiros. A refeição custava meio rublo; Semión Ivánovitch gastava apenas 25 copeques, nunca mais do que isso. Assim, pedia porções, ou apenas uma sopa de repolho com um pedaço de torta, ou apenas a carne; frequentemente não tomava sopa nem comia carne, mas somente pão com cebola, ricota, pepino em conserva ou algum outro acompanhamento, o que era incomparavelmente mais barato; só quando não aguentava mais, recorria ao meio almoço...

Aqui o biógrafo admite que de maneira alguma começaria a falar de detalhes insignificantes, baixos e até delicados, ou, por que não dizer, ofensivos para qualquer amante do estilo nobre, se eles não encerrassem uma particularidade, um traço dominante do caráter do herói deste conto; pois o senhor Prokhártchin estava longe de ser tão desprovido como afirmava, a ponto de não ter condições de ter uma alimentação constante e satisfatória; porém, sem temer a vergonha e o julgamento das pessoas, privava-se unicamente para satisfazer seus estranhos caprichos, por sovinice e cautela excessiva, como ficará bastante claro a seguir. Advertimos que vamos entediar o leitor com a descrição de todos os caprichos de Semión Ivánovitch e omitiremos, por exemplo, a descrição curiosa e muito engraçada de seu vestuário, e, se não fosse o depoimento de Ustínia Fiódorovna, talvez nem mencionássemos o fato de que Semión Ivánovitch em toda a sua vida jamais mandou lavar sua roupa de baixo ou, se mandou, foi tão raramente que no intervalo era possível até se esquecer que Semión Ivánovitch usava roupas de baixo. No depoimento da senhoria consta que "Semión Ivánovitch, coitado, que sua alma seja confortada, apodreceu por vinte anos naquele canto de seu apartamento, não tinha vergonha, pois durante todo o seu tempo na Terra evitou de forma constante e obstinada usar meias, lenços e outros itens semelhantes, mas Ustínia Fiódorovna viu com seus próprios olhos, através do biombo velho, que ele, coitado, às vezes não tinha nada para cobrir seu corpinho branco". Tais boatos começaram a correr logo depois da morte de Semión Ivánovitch. Mas durante sua vida (e este é um dos pontos mais importantes da discórdia), ele não podia de maneira alguma aceitar que uma pessoa, ainda que fosse alguém com quem tivesse relações agradáveis de camaradagem, metesse o nariz enxerido em seu cantinho sem ser chamado, mesmo que fosse através do biombo velho. Era um homem absolutamente fechado, intratável e não afeito a conversa fiada. Não gostava de conselheiros, de gente arrogante e, quando se via diante de zombadores ou conselheiros arrogantes, imediatamente os repreendia, fazia-os passar vergonha e encerrava o assunto. "Você, moleque, é uma pessoa à toa, não um conselheiro, isso sim; cuide do que é seu; por que não vai contar os fios das suas meias?" Semión Ivánovitch era um homem simples e tratava todos por você. Também não suportava quando alguém, já conhecendo seu temperamento habitual, começava a perguntar por pura traquinagem o que havia em seu bauzinho... Semión Ivánovitch tinha um bauzinho. Ficava embaixo de sua cama e ele o protegia como a menina dos olhos; embora todos soubessem que nele não havia nada além de trapos velhos, dois ou três pares de sapatos estragados e todo tipo de porcarias, o senhor Prokhártchin o considerava seu bem máximo; certa vez até ouviram-no reclamar de seu cadeado antigo, mas bastante forte, e dizer que compraria outro, especial, uma peça alemã cheia de detalhes e com uma mola secreta. Quando, certa feita, Zinóvi Prokófievitch, levado por sua ingenuidade juvenil, expôs a grosseira e indecente ideia de que Semión Ivánovitch devia estar escondendo algo em seu baú para deixar para seus descendentes, todos que estavam ao redor ficaram estarrecidos com as consequências extraordinárias do disparate de Zinóvi Prokófievitch. Em primeiro lugar, o senhor Prokhártchin nem sequer conseguiu encontrar uma resposta decente para uma ideia tão desaforada e grosseira; por algum tempo, de sua boca saíam apenas palavras sem qualquer sentido; só depois todos entenderam que Semión Ivánovitch estava repreendendo Zinóvi Prokófievitch por um caso antigo; depois compreenderam que Semión Ivánovitch havia previsto que Zinóvi Prokófievitch de maneira alguma chegaria à alta sociedade, e que o alfaiate que lhe fizera as roupas iria lhe dar uma surra, pois ele há muito estava devendo, e que "enfim, você, seu moleque", acrescentou Semión Ivánovitch, "está aí querendo virar um cadete dos hussardos mas não vai conseguir, vai ficar a ver navios, pois quando a chefia descobrir tudo você vai virar copista. É isso que vai acontecer, seu moleque!". Depois Semión Ivánovitch se acalmou, mas, tendo descansado por cinco horas, resolveu de repente, para a enorme surpresa geral, no começo para si mesmo e depois se dirigindo a Zinóvi Prokófievitch, voltar a repreendê-lo e envergonhá-lo. Mas a questão não acabou aí. À noite, quando Mark Ivánovitch e Prepoloviénko resolveram fazer chá e convidaram o companheiro copista Okeánov, Semión Ivánovitch levantou-se da cama e juntou-se a eles, depois de pagar seus vinte ou quinze copeques; fingiu que queria tomar chá e começou a falar copiosamente sobre o fato de que ele era um homem pobre, muito pobre, e nada além disso, e que um homem pobre não podia ter economias. Nesse momento, o senhor Prokhártchin confessou, apenas porque o assunto veio à baila, que ele, um homem pobre, há três dias quis tomar emprestado um rublo daquele sujeito insolente, mas que agora não iria tomar, para que o moleque não ficasse se gabando, e que com um ordenado como o seu mal dava para comprar comida; disse, enfim, que ele, um homem pobre como eles mesmos podiam ver, enviava cinco rublos para a cunhada em Tver, e que, se não o fizesse, ela morreria, e que se a cunhada dependente já tivesse morrido, Semión Ivánovitch há muito teria comprado roupas novas. Semión Ivánovitch alongou-se ainda bastante, discorrendo sobre sua pobreza e os rublos para a cunhada, e continuou repetindo a mesma coisa para criar uma impressão bastante forte nos ouvintes, até que por fim ficou exausto e calou-se; somente três dias depois, quando ninguém mais pensava em provocá-lo e todos haviam se esquecido dele, acrescentou, para concluir, que quando Zinóvi Prokófievitch entrasse para os hussardos, esse insolente perderia a perna na guerra, voltaria usando uma perna de pau e diria: "Meu bom homem, me dê um pedaço de pão!", e que Semión Ivánovitch não lhe daria pão e nem olharia para aquele homem exaltado, e assim seria, os outros que se virassem com ele.

    Tudo isso pareceu, como era de se esperar, muito curioso e terrivelmente engraçado. Sem hesitar, todos os inquilinos se reuniram para continuar investigando e, apenas por curiosidade, resolveram atacar Semión Ivánovitch em grupo e de forma definitiva. E uma vez que, nos últimos tempos, ou seja, desde que passou a viver na companhia de outros, o senhor Prokhártchin também passou a gostar muitíssimo de saber sobre esses outros e enchê-los de perguntas, coisa que fazia por seus próprios motivos secretos, a relação entre os campos inimigos se iniciou sem nenhuma preparação prévia e sem esforços inúteis, mas como que por acaso e por conta própria. Para iniciar um contato, Semión Ivánovitch recorria a sua manobra especial, bastante astuta e muito engenhosa, em parte já conhecida dos leitores: costumava sair da cama perto da hora do chá e, caso visse um grupo reunido para a preparação da bebida, aproximava-se como uma pessoa tímida, inteligente e afetuosa, pagava os vinte copeques necessários e anunciava que gostaria de participar. Nesse momento, os jovens piscavam uns para os outros, concordando entre si em aceitar Semión Ivánovitch, e iniciavam a conversa de forma decente e cerimoniosa. Então, alguém mais esperto começava, a troco de nada, a contar notícias diversas, com frequência de conteúdo mentiroso e inteiramente improvável. Este, por exemplo, teria ouvido hoje Sua Excelência dizer para o próprio Demid Vassílievitch, que, na sua opinião, funcionários casados "saíam" mais sérios do que os solteiros e mais aptos a serem promovidos, por serem tranquilos e desenvolverem mais capacidades no casamento, desse modo, ele, o interlocutor, a fim de se destacar e se desenvolver, tinha intenção de o quanto antes contrair matrimônio com uma tal Fevrônia Prokófievna. Ou, por exemplo, que havia sido observado que seus semelhantes eram desprovidos de bons modos e das maneiras agradáveis da alta sociedade, e, consequentemente, não podiam agradar às damas de classe alta, e para acabar com isso seria necessário deduzir imediatamente uma quantia do ordenado para, com a soma reservada, organizar um salão onde aprenderiam a dançar, adquiririam traços de nobreza, cortesia, civilidade, respeito aos superiores, caráter forte, um coração bom e grato, além de outras maneiras agradáveis. Outros, por fim, diziam que, se fosse para ser assim, então alguns funcionários, a começar pelos mais antigos, deveriam, para que se tornassem logo educados, fazer uma espécie de prova sobre todas as matérias, de modo que, acrescentou o interlocutor, a máscara de muitos cairia e alguns senhores teriam que colocar as cartas sobre a mesa. Em uma palavra, contavam milhares de rumores absurdos como esses. Todos fingiam acreditar, participavam, faziam perguntas, pensavam consigo mesmos e alguns, com ar triste, começavam a balançar a cabeça e a procurar conselhos em todo canto, perguntando o que cada um faria se ocorresse com eles. É claro que um sujeito menos bondoso e pacífico do que o senhor Prokhártchin ficaria confuso e atrapalhado com tais rumores genéricos. Além disso, tudo leva a crer de forma inequívoca que Semión Ivánovitch era excepcionalmente estúpido e tinha dificuldade de apreender qualquer ideia nova para seu intelecto e, ao receber uma notícia, era como que obrigado a mastigar e digerir, buscar o sentido, bater-se e confundir-se com ela para, enfim, dominá-la, mas de forma inteiramente particular e intrínseca a si mesmo... Dessa maneira, descobriram em Semión Ivánovitch diversas características curiosas e até então desconhecidas... Correram boatos e fofocas, e tudo isso chegou por conta própria, com alguns acréscimos, à repartição. Contribuiu para isto o fato de o senhor Prokhártchin, que desde tempos imemoriais tinha a mesma aparência, subitamente, sem mais nem por quê, ter a fisionomia alterada: seu rosto passou a ter algo de apreensivo, um olhar assustado, tímido e um tanto desconfiado; passou a andar atento, sobressaltado, escutando pelos cantos e, para completar suas novas qualidades, desenvolveu uma terrível paixão pela busca da verdade. O amor pela verdade o levou, por fim, a arriscar-se por duas vezes a confirmar com o próprio Demid Vassílievitch a veracidade das informações que recebia todos os dias aos montes, e se omitimos as consequências desse ato de Semión Ivánovitch, não é por outro motivo se não a terna compaixão à sua reputação. Dessa maneira, concluíram que ele era um misantropo e desprezava as convenções sociais. Concluíram depois que havia muito de fantástico nele e, nesse sentido, não estavam absolutamente equivocados, pois invariavelmente Semión Ivánovitch era visto esquecido de si, sentado em seu lugar com a boca aberta e a pena erguida no ar, como se estivesse solidificado ou petrificado; parecia mais a sombra de uma criatura racional do que propriamente uma criatura racional. Não raro, acontecia de algum senhor inocente ficar embasbacado ao cruzar inesperadamente com seu olhar fugaz, turvo, que parecia estar em busca de alguma coisa, e então estremecer, se intimidar e soltar no documento oficial um xingamento ou alguma outra palavra extraoficial. A indecência do comportamento de Semión Ivánovitch ofendia e perturbava as pessoas verdadeiramente nobres... Por fim, ninguém mais duvidou da inclinação para o fantástico da mente de Semión Ivánovitch, quando, numa bela manhã, correu por toda a repartição o boato de que o senhor Prokhártchin assustou o próprio Demid Vassílievitch, pois, ao encontrá-lo no corredor, agiu de forma tão estranha e bizarra que o outro se sentiu obrigado a recuar. A ofensa cometida por Semión Ivánovitch chegou aos seus próprios ouvidos. Ao ficar sabendo dela, levantou-se de imediato, passou cuidadosamente por entre as mesas e cadeiras, chegou ao vestíbulo, pegou o capote com suas próprias mãos, vestiu e saiu, desaparecendo por tempo indeterminado. Se ficou acuado ou foi impelido por alguma outra coisa, não sabemos, mas ele não apareceu mais em casa nem na repartição por um tempo...

Não vamos explicar o destino de Semión Ivánovitch simplesmente por seu caráter fantástico; contudo, não podemos deixar de informar o leitor que nosso herói não era um homem mundano, era absolutamente pacífico e até o momento em que passou a estar acompanhado daquelas pessoas vivera na mais completa e impenetrável solidão, distinguia-se por sua quietude e até por certo mistério; pois durante todo o período em que viveu em Peski, ficava na cama atrás dos biombos, calado e sem quaisquer relações. Os dois inquilinos mais antigos viviam exatamente do mesmo modo que ele: ambos tinham algo de misterioso e também estavam há quinze anos deitados atrás de biombos. Na calmaria patriarcal arrastavam-se, uns atrás dos outros, dias e horas felizes e sonolentas, e, uma vez que tudo ao redor seguia seu bom curso e ordem, nem Semión Ivánovitch, nem Ustínia Fiódorovna se lembravam ao certo quando o destino deles havia se cruzado. "Não sei se faz vinte ou quinze anos, ou talvez 25", ela dizia às vezes para seus novos inquilinos, "que ele, meu querido, está instalado aqui, que sua alma seja confortada." E como é muito natural, o herói do nosso conto, desacostumado a estar em companhia, ficou desagradavelmente surpreso quando, há exatamente um ano, ele, um homem sério e discreto, de repente se viu em meio àquele bando inquieto e barulhento de uns dez rapazes, seus novos companheiros de residência.

O sumiço de Semión Ivánovitch criou uma confusão nada pequena naqueles cantos. Em primeiro lugar, ele era o favorito; em segundo, seu passaporte, que ficava guardado com a senhoria, naquele momento, por algum descuido, estava perdido. Ustínia Fiódorovna uivava — ela sempre agia assim em situações críticas; durante dois dias repreendeu e insultou os demais; lamentava que haviam perseguido seu inquilino como se fosse um frango, que o haviam arruinado com "todas aquelas maldosas zombarias"; no terceiro dia colocou todos para caçar e encontrar o fugitivo a qualquer custo, vivo ou morto. O primeiro a chegar no começo da noite foi o copista Súdbin, que anunciou que havia obtido pistas, que vira o fugitivo no mercado de pulgas e em outros lugares, o seguira de perto, mas não teve coragem de lhe falar, estava próximo dele durante o incêndio, quando uma casa na travessa Krivói pegou fogo. Meia hora depois apareceram Okeánov e o *raznotchínets* Kantarióv, confirmaram as palavras de Súdbin: também chegaram perto, próximo a ele, caminharam a dez passos de distância, mas também não tiveram coragem de falar, ambos observaram que Semión Ivánovitch andava com um pedinte beberrão. Reuniram-se, por fim, os demais inquilinos e depois de ouvirem atentamente, concluíram que Prokhártchin não devia estar longe e não tardaria a voltar; mas, acima de tudo, tinham certeza de que estava andando com o pedinte beberrão. O pedinte beberrão era um homem muito desagradável, impetuoso e adulador, era evidente que havia de alguma forma adulado Semión Ivánovitch. Ele surgira exatamente uma semana antes do desaparecimento de Semión Ivánovitch, junto com o camarada Remnióv, passou pouco tempo naquele canto; disse que sofria pela verdade, que antes trabalhava nos distritos e que o inspetor entrou em conflito com eles, que passaram uma rasteira nele e em seus companheiros por causa da verdade; foi parar em Petersburgo e caiu aos pés de Porfíri Grigórievtich, que intercedeu por ele e o colocou na repartição, mas que, por uma cruelíssima perseguição do destino, fora dispensado também, e então a própria repartição deixou de existir devido a uma reforma; ele não foi aceito no quadro reformulado de funcionários, tanto por ser inapto para as atividades do trabalho, quanto por ser apto para outras atividades, totalmente irrelevantes, além de seu amor pela verdade e das intrigas dos inimigos. Depois de terminar a história, durante a qual o senhor Zimoviéikin beijava repetidamente a face barbuda e severa do amigo Remnióv, fez reverências a todos que estavam no quarto, sem se esquecer da empregada Avdótia, disse que todos eram benfeitores e explicou que ele era um homem indigno, importuno, baixo, violento e estúpido, e que aquela gente de bem não o punisse por seu fardo desgraçado e sua simplicidade. Depois de pedir proteção, o senhor Zimoviéikin ficou alegre, muito feliz, beijou as mãos de Ustínia Fiódorovna, apesar de seus discretos protestos de que suas mãos não eram nobres, eram vis, e à noite prometeu mostrar a todo o grupo seu talento em uma incrível dança típica. No dia seguinte, o caso se encerrou com um desfecho lamentável. Seja porque a dança típica pareceu típica demais, seja porque sua atitude em relação a Ustínia Fiódorovna, segundo suas próprias palavras, como que "a difamou e foi equivocada, e que ela conhecia o próprio Iaroslav Ilitch e, se quisesse, há muito estaria casada com um alto oficial", Zimoviéikin teve que ir embora para sua casa. Foi, voltou novamente, outra vez foi expulso com desonra, insinuou-se depois à atenção e boa vontade de Semión Ivánovitch, roubou casualmente suas novas calças culotes e, enfim, apareceu mais uma vez na condição de adulador de Semión Ivánovitch.

Assim que a senhoria soube que Semión Ivánovitch estava são e salvo e que não era mais preciso procurar o passaporte, parou de sofrer e se acalmou. Enquanto isso, alguns inquilinos resolveram fazer uma recepção solene para o fugitivo: quebraram o ferrolho e afastaram o biombo da cama do desaparecido, amarrotaram os lençóis, pegaram o famoso baú, colocaram-no ao pé da cama e sobre a cama puseram a cunhada, isto é, uma boneca feita de um lenço velho da senhoria, com chapéu e casaco; ficou tão parecido com uma cunhada que seria possível se confundir. Depois de terminarem o trabalho, ficaram esperando Semión Ivánovitch aparecer para avisar-lhe que a cunhada havia chegado de viagem e estava em sua cama, atrás dos biombos, pobrezinha. Mas esperaram, esperaram, e nada... Enquanto isso, Mark Ivánovitch perdeu o ordenado de quinze dias para os inquilinos Prepoloviénko e Kantarióv; o nariz de Okeánov ficou todo vermelho e inchado por causa do jogo da meia e o das três folhinhas;[4] a empregada Avdótia dormiu até dizer chega e quis por duas vezes levantar, recolher a lenha, acender o forno; Zinóvi Prokófievitch, ensopado até o último fio de cabelo, corria a todo instante para o pátio para saber se Semión Ivánovitch estava chegando; mas ninguém apareceu: nem Semión Ivánovitch, nem o pedinte beberrão. Por fim, todos foram se deitar, deixando, em todo caso, a cunhada atrás dos biombos; somente às quatro horas ouviram batidas no portão, batidas tão fortes que compensaram todo o trabalho que haviam suportado. Era ele, o

---

[4] Dois jogos de cartas populares na Rússia do século XIX. (N. da T.)

próprio, Semión Ivánovitch, o senhor Prokhártchin, mas em tal condição que todos soltaram exclamações e ninguém se lembrou da cunhada. O desaparecido estava inconsciente. Ele foi trazido, melhor dizendo, carregado nos ombros por um cocheiro noturno todo trêmulo, encharcado e maltrapilho. À pergunta da senhoria sobre onde estava aquele pobre-diabo, o cocheiro inclinou-se e respondeu, "Não bebeu nadinha de nada, posso garantir. Teve um desmaio ou algum tipo de acesso, talvez tenha tido um ataque". Puseram-se a examinar, encostando o culpado no fogão para maior comodidade, e viram que, de fato, não havia embriaguez e tampouco sofrera um ataque, mas existia algum outro pecado, pois Semión Ivánovitch, como se estivesse em convulsão, não controlava a língua, piscava, olhava atônito para um, depois para outro dos espectadores em seus trajes de dormir. Depois começaram a perguntar ao cocheiro onde ele o havia recolhido. "Com umas pessoas", respondeu, "de Kolomna, sei lá, vai saber, uns senhores que estavam passeando alegres; então me entregaram o homem, não sei se eles tinham brigado ou se ele teve alguma convulsão, Deus sabe o que aconteceu ali; mas eram senhores bons, alegres!". Pegaram Semión Ivánovitch, ergueram-no sobre ombros robustos e levaram-no até a cama. Quando Semión Ivánovitch, acomodado no leito, sentiu a cunhada e apoiou as pernas sobre seu estimado bauzinho, começou a gritar palavras de baixo calão, sentou-se quase de cócoras e, todo trêmulo, tentou cobrir o máximo que pôde o espaço de sua cama com os braços e o resto do corpo, então lançou aos presentes um olhar trêmulo, mas estranhamente decidido, como se dissesse que preferia morrer a ceder a alguém mesmo que um centésimo de seus pobres pertences...

Semión Ivánovitch passou dois ou três dias deitado, cercado pelos biombos, separado, dessa forma, de todo o mundo de Deus e de todas as agitações vãs. Como era de se esperar, já no dia seguinte todos tinham se esquecido dele; o tempo voava seguindo seu curso, as horas passavam, os dias seguiam-se um após o outro. Entressonhos e semidelírios pressionavam a cabeça pesada e febril do doente, mas ele ficava deitado tranquilamente, não resmungava nem se queixava; ao contrário, permaneceu quieto, calado e se recuperou, achatado contra a cama feito uma lebre que se aperta contra a terra com medo ao ouvir os caçadores. Às vezes o apartamento era tomado por um silêncio prolongado, melancólico, sinal de que todos os inquilinos tinham ido para o trabalho e Semión Ivánovitch, ao acordar, podia aproveitar o quanto quisesse sua melancolia, ouvir o alvoroço na cozinha, onde a senhoria se ocupava de seus afazeres, ou a batida ritmada dos sapatos gastos da empregada Avdótia por toda a casa, quando ela, gemendo e resmungando, limpava, arrumava e alisava para deixar tudo em ordem. Passava horas inteiras dessa maneira, inerte, preguiçoso, sonolento, entediado, como a água que pingava, ritmada e sonora, na bacia da cozinha. Por fim, chegavam os inquilinos, separados ou em grupo, e Semión Ivánovitch convenientemente os ouvia reclamar do tempo, dizer que estavam com fome, fazer barulho, fumar, xingar, fazer as pazes, jogar cartas e bater as xícaras ao se prepararem para o chá. Semión Ivánovitch fazia um esforço mecânico para tentar se levantar e, como era de lei, juntar-se aos demais para preparar a bebida, mas acabava caindo no sono e sonhava que há muito estava já à mesa do chá, conversava e participava, e que Zinóvi Prokófievitch conseguira até mesmo, aproveitando a oportunidade, emplacar na conversa certo projeto sobre cunhadas e a relação moral destas com diferentes pessoas de bem. Nesse momento, Semión Ivánovitch apressou-se em protestar e se defender, mas logo que a poderosa fórmula "foi visto e comprovado" foi pronunciada por todos, os protestos cessaram em definitivo e Semión Ivánovitch não conseguiu pensar em nada melhor do que começar a sonhar que hoje era dia primeiro e que ele iria receber seus rublos da repartição. Após desenrolar as notas na escada, ele rapidamente olhou ao redor e correu tão depressa quanto pôde para separar metade do pagamento a que tinha direito e esconder dentro da bota; depois, já na escada e sem se dar conta de que estava agindo deitado em sua cama, em sonho, decidiu, ao chegar em casa, pagar o que devia à senhoria pela comida e o alojamento, comprar umas coisinhas de que precisava e mostrar para quem quisesse ver, como que por acaso e de forma não intencional, que tinha sido descontado e que não lhe havia sobrado nada para enviar à cunhada; além de ter lamentado por ela naquele momento, continuou falando do assunto no dia seguinte e no posterior; dez dias depois ainda tocava de passagem no tema de sua miséria, para que os companheiros não se esquecessem. Tendo resolvido isto, viu que Andrei Efímovitch, um sujeito muito baixo, careca e sempre calado que trabalhava três salas depois de Semión Ivánovitch na repartição e que durante vinte anos não lhe dirigira uma palavra sequer, estava parado na escada também contando seus rublos e, balançando a cabeça, disse, "Dinheirinho!", e acrescentou severo, "Sem ele, não tem mingau", e já descendo a escada, perto da porta, concluiu, "Já eu, senhor, tenho sete filhos". Nesse momento, o sujeito careca também sem perceber que agia como um espectro, ao invés de desperto e na realidade, indicou com a mão um *archin*[5] e um *vierchók* de altura, fez um gesto descendente e murmurou que o mais velho frequentava o ginásio; em seguida, olhou indignado para Semión Ivánovitch, como se o senhor Prokhártchin

---

[5] Medida russa equivalente a 71 cm. (N. da T.)

fosse culpado por serem sete, enterrou o chapéu na altura dos olhos, sacudiu o capote, virou à esquerda e desapareceu. Semión Ivánovitch ficou muito assustado, embora estivesse absolutamente certo de sua inocência em relação à desagradável confluência de sete filhos sob o mesmo teto, mas o fato é que parecia justamente não haver outro culpado além de Semión Ivánovitch. Assustado, começou a correr, pois teve a impressão de que o homem calvo tinha voltado para pegá-lo, queria revistá-lo e pegar seu pagamento, com base em seu inalienável número sete e negando em definitivo qualquer relação que pudesse haver entre alguma cunhada e Semión Ivánovitch. O senhor Prokhártchin correu, correu, perdeu o fôlego... ao seu lado corria também um número enorme de pessoas com os pagamentos tilintando nos bolsos traseiros de seus fraques apertados; enfim, toda a gente corria, soaram as trombetas dos bombeiros e ele foi carregado nos ombros por uma onda de pessoas para o local do incêndio, onde esteve da última vez com o pedinte beberrão. O beberrão, ou seja, o senhor Zimoviéikin, já estava lá; deparou-se com Semión Ivánovitch, ficou preocupado ao extremo, pegou-o pela mão e o conduziu para o meio da multidão. Exatamente como antes, quando estava acordado, uma imensa multidão de pessoas ribombava e bramia ao redor deles, apinhada entre as duas pontes, em todas as ruas e travessas das redondezas; da mesma forma, Semión Ivánovitch fora arrastado com o beberrão para um muro, contra o qual foram esmagados como carrapatos, num pátio enorme, cheio de espectadores que vinham das ruas, do mercado de pulgas e de todos os prédios, tavernas e bares da vizinhança. Semión Ivánovitch via e sentia tudo como da outra vez; em meio ao turbilhão de febre e delírio surgiam diante dele todo tipo de rostos estranhos. Lembrou-se de alguns. Um deles era aquele senhor que tanto impressionara a todos, de um *sájen*[6] de altura e costeletas de um *archin*, que estava atrás de Semión Ivánovitch durante o incêndio e o encorajou pelas costas, quando nosso herói, por sua vez, sentiu algo como um arrebatamento e começou a bater os pés no chão como se quisesse aplaudir o ótimo trabalho dos bombeiros, que ele conseguira assistir perfeitamente de sua posição elevada. Outro foi o rapaz robusto de quem nosso herói levara um soco que o arremessou para outro muro quando resolveu escalá-lo para, talvez, salvar uma pessoa. Surgiu diante dele a imagem do velhote com o rosto hemorroidal, com seu casaco esfarrapado, amarrado na cintura, que saíra antes do incêndio para comprar tabaco e torradas para seu inquilino e que agora se esgueirava pela multidão levando o leite e um quarto de tabaco nas mãos, em direção a sua casa, on-

---

[6] Medida russa equivalente a 2,13 metros. (N. da T.)

de a esposa, a filha e trinta rublos e meio queimavam num canto, debaixo de um colchão de penas. Mas quem apareceu de forma mais clara foi aquela mulher pobre e pecadora, com a qual ele sonhara mais de uma vez quando estava doente; ela apareceu como antes, de sandálias, com uma bengala, uma bolsa trançada nas costas e vestindo trapos. Ela gritava alto para o povo e para os bombeiros, agitando os braços e a bengala, dizendo que fora expulsa pelos filhos e que nessa ocasião havia perdido uma moeda de cinco copeques. Os filhos e a moeda de cinco, a moeda de cinco e os filhos rolavam de sua língua de forma extremamente confusa, incompreensível, de modo que todos recuaram depois de terem feito esforços inúteis para compreendê-la. Mas a mulher não se acalmou, continuou gritando e agitando os braços, sem dar nenhuma atenção para o incêndio, que motivara o ajuntamento das pessoas na rua, nem para as pessoas que estavam à sua volta, tampouco para a desgraça alheia ou para as faíscas e as fagulhas que choviam como poeira sobre a multidão em pé. Enfim o senhor Prokhártchin sentiu que estava começando a ser tomado de pavor, pois viu claramente que tudo aquilo não estava acontecendo por acaso e não passaria em branco para ele. De fato, não muito longe dele empoleirou-se sobre a lenha um mujique com um longo casaco esfarrapado e aberto, com os cabelos e a barba chamuscados, que começou a incitar todo o povo de Deus contra Semión Ivánovitch. A multidão engrossava, o mujique gritava, e o senhor Prokhártchin, congelando de pavor, lembrou-se de repente que o mujique era o cocheiro que ele, há exatos cinco anos, trapaceara de modo extremamente desumano, fugindo sorrateiramente por um portão para não pagar, pisando nos calcanhares como se estivesse correndo descalço sobre um forno em brasa. O desesperado senhor Prokhártchin queria falar, gritar, mas sua voz sumira. Sentiu como se estivesse cercado por uma multidão enfurecida, que, como uma cobra colorida, o espremia e sufocava. Fez um esforço inacreditável — e acordou. Viu então que estava pegando fogo, todo o seu canto estava pegando fogo, seus biombos, todo o apartamento, com Ustínia Fiódorovna e todos os inquilinos, sua cama estava em chamas, o travesseiro, o cobertor, o baú e até seu valioso colchão. Semión Ivánovitch saltou da cama, agarrou o colchão e correu puxando-o atrás de si. No quarto da senhoria, para onde nosso herói correu como estava, indecente, descalço e de camisa, foi interceptado, prenderam suas mãos para trás e levaram-no de volta, vencido, para trás dos biombos que, apesar de tudo, diferentemente da cabeça de Semión Ivánovitch, não haviam queimado. Deitaram-no na cama. Da mesma maneira que um marionetista bronco, esfarrapado e de barba por fazer coloca em sua caixa móvel a marionete que bateu e esmagou todas as outras, vendeu a alma ao diabo e, enfim, encerrou sua existência no mesmo baú até a próxima apresentação, junto do mesmo diabo, dos trapaceiros, da marionete Petrúchka e da *mademoiselle* Katerina e seu feliz amante, o capitão e comissário de polícia.

Imediatamente todos cercaram Semión Ivánovitch, velhos e jovens, postando-se ao redor de sua cama e dirigindo para o doente seus rostos cheios de expectativa. Enquanto isso, ele voltava a si, mas, fosse por vergonha ou por algum outro motivo, começou a puxar com toda a força o cobertor, desejando provavelmente se esquivar da atenção dispensada por aqueles que se compadeciam. Mark Ivánovitch foi o primeiro a romper o silêncio e, como um homem inteligente, começou a dizer com palavras doces que Semión Ivánovitch precisava se acalmar, que ficar doente era desagradável e vergonhoso, coisa de criança pequena, que precisava se recuperar e, em seguida, voltar ao trabalho. Mark Ivánovitch concluiu com uma gracinha, dizendo que os doentes não recebem o ordenado integral, e uma vez que ele sabia muito bem que os graus hierárquicos andavam muito baixos, segundo seu raciocínio, aquele título ou condição não traria grandes vantagens materiais. Em uma palavra, era evidente que todos participavam ativamente do destino de Semión Ivánovitch e sentiam profunda comiseração. Porém, com incompreensível grosseria, ele continuou deitado na cama, em silêncio, puxando insistentemente o cobertor sobre si. Mark Ivánovitch, no entanto, não se deu por vencido e, contendo-se, voltou a dizer palavras doces para Semión Ivánovitch, pois sabia que era assim que se deve agir com uma pessoa doente. Mas Semión Ivánovitch não queria reagir; ao contrário, resmungou qualquer coisa entre os dentes e, de um jeito muito suspeito, começou a lançar olhares carrancudos e hostis a torto e a direito, desejando desse modo reduzir a cinzas todos os misericordiosos. Agora já não havia o que o detivesse: Mark Ivánovitch não aguentou e, ao ver que o homem simplesmente estava resolvido a teimar, sentiu-se ofendido e com raiva, e anunciou diretamente, e sem aliviar nas palavras, que estava na hora de se levantar, que não adiantava mais ficar deitado na cama, revirando de um lado para o outro, gritando noite e dia sobre incêndios, cunhadas, bêbados, cadeados, baús e o diabo a quatro. Que tudo aquilo era indecente e estúpido para um homem, pois, se Semión Ivánovitch não quisesse dormir, então que não atrapalhasse os outros e, por fim, que se considerasse avisado. O discurso surtiu efeito, pois Semión Ivánovitch voltou-se imediatamente para o orador e disse resoluto, ainda que com a voz fraca e rouca, que "Você, seu moleque, fique calado! Você só diz bobagens, é um boca-suja! Escute só, salto alto? Por acaso é um príncipe? Vai ver só uma coisa!". Ao ouvir aquilo, Mark Ivánovitch se enfureceu, mas ao perceber que se tratava de um homem doente, generosamente deixou de se ofender; tentou, ao contrário, envergonhá-lo, mas também desistiu, pois Semión Ivánovitch logo observou que não permitiria brincadeiras, ainda que Mark Ivánovitch escrevesse poemas. Houve dois minutos de silêncio, até que, recobrando-se de sua estupefação, Mark Ivánovitch disse de forma clara, direta, firme e muito eloquente que Semión Ivánovitch deveria saber que estava entre pessoas nobres e que o "prezado senhor deveria saber como lidar com uma figura nobre". Mark Ivánovitch era capaz de se expressar de forma eloquente quando necessário e gostava de impressionar seus ouvintes. Semión Ivánovitch, por sua vez, provavelmente devido ao seu velho hábito de ficar calado, falou e agiu de forma desconexa e, fora isso, quando acontecia, por exemplo, de formar uma frase longa, à medida que ia se aprofundando nela, parecia que cada palavra gerava outra; a outra, assim que nascia, dava origem a uma terceira; a terceira a uma quarta e assim por diante, de modo que a boca ficava cheia, a garganta irritada e as palavras amontoadas saíam por fim voando em viva e colorida desordem. Por esse motivo, Semión Ivánovitch, ainda que fosse um homem inteligente, às vezes dizia absurdos terríveis. "Está mentindo", respondeu, "rapazote, farrista! Sabe como vai conseguir um trocado? Mendigando! É um livre-pensador, um devasso, é isso que você é, seu fazedor de versos!"

— Então, continua delirando, Semión Ivánovitch?

— Ouça — respondeu Semión Ivánovitch —, o idiota delira, o beberrão delira, o cão delira, já o sábio serve à boa razão. Você não sabe de nada, seu vadio, é cientista, é um livro manuscrito! Mas se pegar fogo não vai perceber quando sua cabeça cair queimada, conhece essa história?!

— Sim... ou melhor, como assim? O que está dizendo, Semión Ivánovitch, como assim a cabeça cair queimada?

Mark Ivánovitch nem terminou de falar, pois todos viam claramente que Semión Ivánovitch ainda não tinha voltado a si, e delirava. A senhoria não aguentou e observou que a casa da travessa Krivói pegou fogo por causa de uma moça careca; que lá havia uma moça careca que acendeu uma vela e colocou fogo na despensa, mas que na casa dela isso não iria acontecer, e aqueles cantos permaneceriam intactos.

— De fato, Semión Ivánovitch! — gritou Zinóvi Prokófievitch fora si, interrompendo a senhoria. — Semión Ivánovitch, que tipo de pessoa é o senhor, um tipo do passado, um homem simples, não vê que estão brincando a respeito da sua cunhada ou dos exames com dança? Será isso? Será que pensa assim?

— Agora ouça aqui você — respondeu nosso herói, recolhendo suas últimas forças e erguendo-se por fim da cama, irritado com os misericordiosos.

— Quem está brincando? Você está brincando, os cães é que brincam, é um homem abobalhado, não vou fazer piadas encomendadas por você. Ouça, senhor, não sou moleque, não sou seu escravo!

Nesse momento, Semión Ivánovitch quis dizer ainda mais alguma coisa, mas caiu na cama sem forças. Os misericordiosos ficaram de boca aberta, perplexos, pois naquele momento se deram conta em que Semión Ivánovitch havia se enfiado — e não sabiam por onde começar. De repente a porta da cozinha rangeu, era o pedinte beberrão, ou seja, o senhor Zimoviéikin, que enfiou timidamente a cabeça e com cuidado farejou o local, como era seu costume. Era como se estivessem esperando por ele: todos acenaram ao mesmo tempo para que se apressasse. Zimoviéikin ficou extremamente alegre, não tirou o capote e precipitou-se com inteira prontidão em direção à cama de Semión Ivánovitch.

Era óbvio que Zimoviéikin tinha passado a noite toda em claro fazendo algum trabalho importante. O lado direto do seu rosto tinha um curativo, suas pálpebras inchadas estavam úmidas dos olhos remelentos; o fraque e toda a sua roupa estavam rasgados; algo extremamente ruim, talvez lama ou sujeira parecia ter espirrado no lado esquerdo de sua vestimenta. Debaixo do braço carregava um violino, que estava levando para vender em algum lugar. Pelo visto não se enganaram ao pedir sua ajuda, pois ao entender a situação, ele imediatamente se voltou para o embusteiro Semión Ivánovitch e, com ares de pessoa superior, que sabe das coisas, disse: "O que há, Siénka? Levante-se! O que foi, Siénka, sábio Prokhártchin, venha servir à boa razão! Ou então vou lhe arrancar daí, caso fique enrolando; sem enrolação!". Esse discurso breve, mas forte, surpreendeu os presentes. Ficaram ainda mais surpresos quando observaram que Semión Ivánovitch, ao ouvir aquilo e ver tal pessoa diante de si, ficou tão abismado, confuso e envergonhado, que mal conseguiu soltar entre os dentes uma resposta sussurrada. "Sai daqui, infeliz", disse. "É um infeliz, um ladrão! Está ouvindo? Entendeu? Um príncipe, um mandachuva!"

— Não, irmão — respondeu Zimoviéikin, cadenciando as palavras e mantendo a presença de espírito. — Não está certo, sábio irmão Prokhártchin, você é bom de garfo! — continuou Zimoviéikin, brincando com Semión Ivánovitch e olhando em volta com satisfação.[7] — Sem enrolação! Calma, Siénia, calma, ou então abro o bico, irmão, conto tudo, está entendendo?

Parece que Semión Ivánovitch entendeu, pois ao ouvir as últimas pala-

---

[7] O personagem fez um trocadilho com o nome de Prokhártchin, ao utilizar a forma adjetivada de *khartchí*, que significa "comida", "alimento substancioso". (N. da T.)

vras estremeceu e começou a olhar rapidamente ao redor, com um aspecto bastante confuso. Satisfeito com o resultado, o senhor Zimoviéikin quis continuar, mas Mark Ivánovitch antecipou-se ao afã do outro e, depois de esperar até que Semión Ivánovitch se acalmasse, começou a sugerir ao sujeito inquieto, de forma sensata e prolongada, que "alimentar tais pensamentos como os que ele tinha agora era em primeiro lugar inútil, em segundo lugar, não apenas inútil, mas até prejudicial; e, por fim, não apenas prejudicial, mas também totalmente imoral; e o motivo era que Semión Ivánovitch fazia todos caírem em tentação e dava um mau exemplo". Depois de um discurso daqueles, todos esperavam um desdobramento razoável. Além disso, Semión Ivánovitch estava inteiramente calmo e respondia de forma gentil. Teve início uma discreta discussão. Dirigiram-se a ele de forma amistosa; perguntaram do que é que ele tinha tanto medo. Semión Ivánovitch respondeu, mas de forma alegórica. Fizeram objeções; Semión Ivánovitch também objetou. Houve ainda intervenções dos dois lados, depois entraram todos na conversa, velhos e jovens, pois o tema era tão estranho e admirável que decididamente não sabiam como expressar tudo aquilo. A discussão, enfim, chegou à impaciência, a impaciência aos gritos, os gritos às lágrimas, e Mark Ivánovitch afastou-se, afinal, espumando de raiva, anunciando que jamais conhecera pessoa tão encasquetada. Oplevániev cuspiu, Okeánov levou um susto, Zinóvi Prokófievitch derramou lágrimas, Ustínia Fiódorovna soluçou, lamentando que "o inquilino estava indo embora, enlouquecendo, e que ia morrer, tão jovem, sem passaporte, sem se revelar, já ela era órfã e acabariam com ela". Em uma palavra, todos perceberam claramente que a colheita fora boa, que tudo o que semearam se multiplicou por cem, que o solo era fértil e que Semión Ivánovitch conseguiu consertar sua cabeça na companhia deles de modo glorioso, de uma vez por todas. Todos ficaram em silêncio, pois viam que Semión Ivánovitch ficara assustado, e dessa vez os próprios misericordiosos se assustaram...

— Como? — gritou Mark Ivánovitch. — O senhor está com medo de quê? Por que perdeu a cabeça? Quem pensa no senhor? Será que tem direito de ter medo? Quem pensa que é? O que pensa que é? Nada, senhor, um zero à esquerda! Por que está tagarelando? Se uma mulher foi atropelada na rua, o senhor vai querer atravessar? Se algum bêbado não protegeu o bolso, então o senhor vai cortar a cauda do seu fraque? A casa pegou fogo, então sua cabeça também vai queimar e cair, hein? Como é que é, senhor? É isso mesmo, paizinho? É isso?

— Seu... seu... idiota! — resmungou Semión Ivánovitch. — Vai comer seu nariz com pão e nem vai perceber...

— Saltos, saltos? — gritou Mark Ivánovitch, sem prestar atenção. — Se eu uso saltos, assim seja. Mas eu não vou fazer nenhum exame, não vou me casar nem aprender a dançar; o chão não vai se abrir debaixo dos meus pés. O que foi, paizinho? Não tem espaço suficiente? O que é, o chão vai desaparecer debaixo dos seus pés?

— O quê? Acham que vão lhe pedir permissão? Vão fechar e pronto.

— Fechar o quê? O que é que tem aí, hein?

— Mandaram o beberrão embora...

— Mandaram embora; mas ele é um beberrão, o senhor e eu somos homens!

— Homens... Mas agora existe, depois não existe mais...

— Mas o quê, afinal?

— A repartição... A re-par-ti-ção!!!

— Ah, como é pobre de espírito! Não vê que ela é necessária, a repartição...

— Necessária, escuta essa! Hoje é necessária, amanhã é necessária, depois de amanhã, de alguma forma, pode ser que não seja mais. Veja, ouça essa história...

— Mas vão lhe dar um ordenado anual! São Tomé, o senhor é um São Tomé, um homem descrente! Alguém há de respeitá-lo pelo tempo de serviço...

— Ordenado? Mas eu comi todo o ordenado, vieram ladrões, levaram o dinheiro e eu tenho uma cunhada, está ouvindo? Uma cunhada! Seu cabeça-dura...

— Cunhada! Mas que homem...

— Homem; eu sou um homem, já você é lido, um idiota; ouça, é um cabeça-dura, um sujeito cabeça-dura, isso sim! E não estou de brincadeira; tem lugar que existe, aí alguém pega e destrói o lugar. Ouça, Demid Vassílievitch diz que o lugar será destruído...

— Ah, Demid, Demid! É um pecador, isso sim...

— *Ploft* e pronto! Vai ficar sem lugar! Depois vai ter que se virar...

— O senhor só diz mentiras ou enlouqueceu de vez! Diga, afinal, o que é? Reconheça a sua falta! Não adianta se envergonhar! Enlouqueceu, paizinho, foi?

— Enlouqueceu! Está maluco! — disseram ao redor, todos torciam as mãos em desespero e a senhoria precisou conter Mark Ivánovitch em seus braços para que ele não fizesse picadinho de Semión Ivánovitch.

— Você é um pagão, uma alma pagã, um sábio! — suplicava Zimoviéikin. — Siénia, você não se ofende fácil, é amável, agradável! É simples, faz o bem... ouviu? Isso acontece por causa da sua bondade. Já eu sou violento e estúpido, um mendigo, e o homem bom não me abandonou de jeito nenhum, é uma honra, aliás, agradeço a ele e à senhoria. Está vendo, vou me inclinar até o chão, veja, veja! Cumpro minha obrigação, senhoriazinha! — Nesse momento, Zimoviéikin, com certa dignidade pedante, inclinou-se até o chão. Depois disso, Semión Ivánovitch quis continuar a falar, mas dessa vez já não deixaram. Todos se meteram, começaram a implorar, a se certificar, a consolar até conseguirem que Semión Ivánovitch se envergonhasse e, com a voz fraca, pedisse para se explicar.

— Pois então, está certo — disse —, sou agradável, calmo e faço o bem, sou fiel e dedicado. Fique sabendo, seu moleque, mandachuva, que guardo minha última gota de sangue... Que fique lá aquele lugar; sim, eu sou pobre; mas quando o pegarem, ouça bem, seu mandachuva... Agora cale-se, compreenda... Vão pegar, o lugar está lá, depois não vai estar mais... está entendendo? Eu, irmão, vou sair com a minha sacolinha, está ouvindo?

— Siénka! — berrou em êxtase Zimoviéikin, dessa vez cobrindo com sua voz todo o barulho que se fizera. — Você é um livre-pensador! Vou contar tudo! O que pensa que é? Quem pensa que é? Um briguento, seu testa de carneiro? Briguento, estúpido, está ouvindo? Vão mandar você embora sem dizer adeus, quem pensa que é?!

— Lá vem ele...

— Lá vem o quê? Você que se vire com eles!

— Como assim, me virar?

— Ele é livre, eu sou livre; você fica aí deitado e é isso...

— Isso o quê?

— Ele é um livre-pensador...

— Li-vre-pen-sa-dor! Siénka, você é um livre-pensador!!!

— Pare! — gritou o senhor Prokhártchin, agitando os braços e interrompendo o grito que havia começado. — Eu não sou... Compreenda, apenas compreenda, seu carneiro; eu estou tranquilo, hoje estou tranquilo, amanhã estou tranquilo, depois não estou mais, fico grosseiro; depois pressionam e lá se foi o livre-pensador!

— Mas o que há? — vociferou Mark Ivánovitch, saltando da cadeira na qual descansava e lançando-se em direção à cama todo agitado, em êxtase, tremendo de irritação e fúria. — O que há? É um carneiro! Não tem eira nem beira! Pensa que está só neste mundo? Acha que o mundo foi feito para o senhor? Por acaso é algum Napoleão? O que pensa que é? Quem pensa que é? Napoleão, hein? É ou não é Napoleão?! Diga-me, senhor, por acaso é Napoleão?

Mas o senhor Prokhártchin não respondeu. Não por ter ficado com vergonha de ser Napoleão ou porque tivesse medo de assumir essa responsabilidade; não, ele não conseguia mais brigar nem dizer nada... Seguiu-se uma crise mórbida. Pequenas lágrimas escorreram de seus olhos cinzentos, brilhantes e em brasa febril. Suas mãos ossudas e ressecadas pela doença cobriram sua cabeça ardente; levantou-se da cama e, soluçando, começou a dizer que era extremamente pobre, infeliz, um homem simples, que era estúpido e ignorante, e pedia àquelas boas pessoas que o perdoassem, cuidassem dele, o defendessem, lhe dessem de comer e de beber, não o deixassem cair em desgraça, e sabe Deus que mais lamentos fez Semión Ivánovitch. Depois de se lamentar, olhou ao redor com um medo atroz, como se esperasse que o teto caísse ou o chão se abrisse. Todos tiveram pena, olhavam para o pobre e sentiam o coração amolecer. A senhoria soluçava como uma camponesa e, lamentando-se por ser órfã, caiu doente na cama. Mark Ivánovitch, vendo a inutilidade de evocar a memória de Napoleão, logo elevou seu espírito e começou a ajudar. Os outros, para terem o que fazer, ofereceram chá de framboesa, dizendo que fazia bem para tudo e que o doente iria gostar, mas Zimoviéikin imediatamente refutou todos, concluindo que para aquele caso não havia nada melhor do que camomila forte. Quanto a Zinóvi Prokófievitch e seu bom coração, soluçava e se desfazia em lágrimas, arrependido por ter assustado Semión Ivánovitch com uma série de invencionices e, tocado pelas recentes palavras do doente de que ele era absolutamente pobre e que lhe dessem de comer, criou uma lista de assinaturas, inicialmente restrita aos moradores daqueles cantos. Todos soltaram exclamações, estavam condoídos e amargurados, e, ao mesmo tempo, impressionados que o homem pudesse ter entrado em pânico daquela maneira. Por que entrara em pânico? Se ele ao menos ocupasse um cargo alto, se tivesse uma esposa, filhos; se pelo menos tivesse sido processado por alguma coisa num tribunal; mas o sujeito era uma porcaria mesmo, tinha só o baú e o cadeado alemão, passara vinte anos atrás dos biombos, calado, sem saber nada do mundo e do sofrimento, guardava cada copeque e, de repente, por causa de uma palavra vulgar, vã, inventou de perder completamente a cabeça, preocupado porque viver no mundo de repente tinha ficado tão difícil... Mas não conseguiu raciocinar que é difícil para todos! "Se tivesse considerado apenas isso", disse depois Okeánov, "que é difícil para todos, teria protegido a própria cabeça, pararia com as traquinagens e tomaria um rumo." Durante o dia inteiro falou-se apenas de Semión Ivánovitch. Aproximavam-se dele, perguntavam como estava, consolavam-no; mas, à noite, estava inconsolável. O pobre começou a ter febre e delirar; ficou inconsciente, de modo que por pouco não foram buscar um médico. Todos os inquilinos concordaram e deram a palavra de que se revezariam para acalmar e proteger Semión Ivánovitch durante a noite e, caso acontecesse alguma coisa, todos acordariam imediatamente. Jogavam cartas para não cair no sono e deixaram o doente com seu amigo beberrão, que tinha passado o dia pelos cantos, junto à cama do doente, e pedira para passar a noite ali. Uma vez que o jogo valia apenas uns trocados e não despertava interesse, logo se entediaram. Largaram o jogo, discutiram algum assunto, então começaram a fazer barulho, depois dispersaram-se cada um para o seu canto, remoeram e rediscutiram por muito tempo, de modo que todos ficaram bravos, desistiram de fazer vigília e foram dormir. Rapidamente os cantos ficaram em silêncio como uma adega vazia, ainda mais porque fazia um frio terrível. Okeánov foi um dos últimos a dormir, "Não sei se estava dormindo", disse depois, "ou acordado, mas foi como se antes do amanhecer tivesse visto, perto de mim, dois homens conversando". Okeánov contou que reconheceu Zimoviéikin e que ele começou a acordar o velho amigo Remnióv, que ambos sussurraram longamente, depois Zimoviéikin saiu e ele o ouviu tentar abrir a porta da cozinha com a chave. A chave, assegurou depois a senhoria, que ficava embaixo de seu travesseiro, desaparecera naquela noite. Enfim, Okeánov afirmou ter ouvido ambos se aproximarem do doente atrás dos biombos e acenderem uma vela. Disse que não sabia mais nada, o olhar ficou turvo. Ele acordou mais tarde com os demais, quando pularam de suas camas ao mesmo tempo, pois ouviram atrás dos biombos um grito tal, capaz de assustar até os mortos. Então muitos tiveram a impressão de que a vela se apagou de repente. Começou uma confusão, o coração de todos parou, correram na direção do grito, mas naquele momento, atrás dos biombos houve uma balbúrdia, gritos, xingamentos e brigas. Acenderam a luz e viram que Zimoviéikin e Remnióv estavam se atracando, xingavam e censuravam um ao outro, e quando foram iluminados, um deles gritou: "Eu não, mas o bandido!". O outro, ou seja, Zimoviéikin gritou: "Não encoste, sou inocente; posso jurar!". Já não tinham a imagem de humanos; mas no primeiro momento, o caso não foi com eles: o doente não estava mais no lugar de antes atrás dos biombos. Os lutadores foram afastados, arrastados e viram que o senhor Prokhártchin estava deitado, provavelmente inconsciente, embaixo da cama para onde levou o cobertor e o travesseiro, de modo que sobre a cama restara apenas o colchão pelado, gasto e oleoso (nunca havia lençóis sobre ele). Arrancaram Semión Ivánovitch de lá, colocaram-no sobre o colchão e imediatamente perceberam que não adiantava mais se ocupar com ele, estava totalmente acabado, os braços enrijeciam, ele mal conseguia se aguentar. Ficaram por perto: ele continuou tremendo um pouco, o corpo todo chacoalhando, tentava fazer algo com as mãos, a língua não se mexia, mas os olhos piscavam exatamente como dizem que pisca a cabeça viva, quente, coberta de sangue, que acaba de ser desprendida pelo machado do carrasco.

Por fim, tudo foi ficando quieto. Acalmaram-se os tremores e as convulsões, o senhor Prokhártchin estendeu as pernas e partiu com seus pecados e suas boas ações. Se Semión Ivánovitch se assustou com algo, se sonhou com algo, como afirmaria depois Remnióv, ou cometeu algum outro pecado, não se sabe. O fato é que, ainda que o próprio chefe da repartição aparecesse no apartamento e pessoalmente demitisse Semión Ivánovitch por ser livre-pensador, bêbado e encrenqueiro, ou que pela outra porta entrasse uma pedinte maltrapilha dizendo ser cunhada de Semión Ivánovitch; mesmo se Semión Ivánovitch recebesse naquele instante dez rublos de gratificação, ou, enfim, se a casa pegasse fogo e sua cabeça queimasse e caísse, era muito provável que ele agora não movesse um dedo sequer diante de tais notícias. Enquanto a letargia inicial passava, enquanto os presentes recuperavam o dom da fala e precipitavam-se numa confusão de gritos, dúvidas e suposições, enquanto Ustínia Fiódorovna tirava o baú debaixo da cama, remexia às pressas debaixo do travesseiro, debaixo do colchão e até dentro dos sapatos de Semión Ivánovitch, enquanto Remnióv e Zimoviéikin eram interrogados, Okeánov, que até então era o mais calado, pacífico e medíocre dos inquilinos, de repente assumiu uma presença de espírito, encontrou seu dom e talento, pegou o chapéu e, em meio à balbúrdia, escapou do apartamento. Quando todo o terror da anarquia atingiu o estágio derradeiro naquele apartamento agitado, antes tão pacífico, a porta se abriu e, de repente, como neve despencando sobre a cabeça, apareceu primeiro um senhor de aparência nobre, com uma expressão séria e insatisfeita, atrás dele Iarosláv Ilitch, e mais um depois de outro, e, atrás de todos, o desconcertado senhor Okeánov. O senhor sério mas de aparência nobre avançou diretamente para Semión Ivánovitch, examinou-o, fez uma careta, deu de ombros e anunciou aquilo que todos já sabiam, isto é, que o falecido estava morto, acrescentando apenas que o mesmo ocorrera recentemente com uma figura muito importante, que também havia morrido de repente durante o sono. Então o senhor de aspecto nobre mas insatisfeito afastou-se da cama, disse que havia sido incomodado em vão e saiu. Imediatamente foi substituído por Iarosláv Ilitch (enquanto isso Remnióv e Zimoviéikin eram levados sob custódia), que fez perguntas para alguns dos presentes, habilmente tomou posse do baú, que a senhoria já estava tentando esconder, colocou as botas no lugar, observando que estavam cheias de furos e já não tinham serventia, exigiu que lhe dessem o travesseiro, chamou Okeánov e pediu a chave do baú, que se encontrava no bolso do amigo beberrão, e, de forma cerimoniosa, como deve ser, revelou os bens de Semión Ivánovitch. Estava tudo à vista: dois trapos, um par de meias, um pequeno lenço, um chapéu velho, alguns botões, solas velhas e canos de bota. Em uma palavra, tranqueiras, ninharias, quinquilharias, isto é, lixo, tralha, entulho, bagatelas com cheiro de coisa velha; a única coisa boa era o cadeado alemão. Chamaram Okeánov e tiveram uma conversa séria com ele; mas Okeánov estava pronto para fazer seu juramento. Pediram o travesseiro, examinaram: estava apenas imundo, mas em todos os outros aspectos era um travesseiro comum. Pegaram o colchão, queriam erguê-lo, pararam para pensar um pouco, mas, subitamente, de forma totalmente inesperada, algo sonoro e pesado caiu no chão. Inclinaram-se, vasculharam e deram com um bolo de papel com dez notas de um rublo. "He-he-he!", disse Iarosláv Ilitch, apontando no colchão uma parte rasgada de onde saíam pelos e enchimento. Examinaram o local rasgado e viram que ele havia sido cortado com uma faca e tinha meio *archin* de comprimento; enfiaram a mão no buraco e de lá tiraram a faca de cozinha com a qual o colchão fora rasgado às pressas. Antes mesmo de Iarosláv Ilitch conseguir retirar a faca do buraco e dizer "He-he!", um outro embrulho caiu e atrás dele saíram rolando, uma atrás da outra, duas moedas de cinquenta copeques, uma de um quarto de rublo e, em seguida, algum trocado e uma enorme e antiga moeda de cinco copeques. Todas foram imediatamente recolhidas. Pediram uma tesoura...

Enquanto isso, o toco de vela que queimava iluminou uma cena extremamente curiosa para o observador. Sem terem sido convidados, sem terem se barbeado ou se lavado, sonolentos, ou seja, exatamente como estavam quando tinham ido dormir, cerca de dez inquilinos se agruparam junto à cama vestindo as mais pitorescas roupas. Alguns estavam totalmente pálidos, outros suavam na testa, uns estavam tomados por tremores, outros por febre. A senhoria, completamente estupefata, ficou em silêncio, de braços cruzados e esperava algum benefício de Iarosláv Ilitch. Do alto, de cima do fogão, a empregada Avdótia e o gato favorito da senhoria olhavam curiosos e assustados. Em volta estavam jogados os biombos quebrados, despedaçados; o baú aberto revelava seu ignóbil interior; o cobertor e o travesseiro estavam espalhados, cobertos de pedaços de enchimento do colchão — enfim, sobre a mesa de madeira com três pernas cintilava a crescente pilha de prata e de moedas. Apenas Semión Ivánovitch mantinha totalmente o sangue-frio, deitado tranquilamente sobre a cama e, ao que parece, sem qualquer suspeita de sua ruína. Quando trouxeram a tesoura, o ajudante de Iarosláv Ilitch, desejando ser de alguma serventia, sacudiu o colchão com alguma impaciência para retirá-lo debaixo do seu proprietário; Semión Ivánovitch, conhecendo os bons modos, inicialmente afastou-se um pouco, rolando para o lado e ficando de costas para os investigadores; depois, no segundo empurrão, virou de bruços, afastou-se mais um pouco e, como estava faltando a tábua lateral da cama, de repente, de modo totalmente inesperado, caiu de cabeça, deixando visíveis apenas suas duas pernas magras, ossudas e azuladas apontadas para o alto, como dois galhos de uma árvore carbonizada. Considerando que era a segunda vez naquela manhã que o senhor Prokhártchin resolvera fazer uma visita debaixo da cama, imediatamente levantou-se uma suspeita, e alguns dos inquilinos, sob o comando de Zinóvi Prokófievitch, enfiaram-se lá embaixo com a intenção de verificar se não havia nada escondido. Mas os investigadores apenas bateram as testas uma contra a outra em vão e, quando Iaroslár Ilitch gritou com eles e ordenou a retirada de Semión Ivánovitch daquele local desagradável, dois dos mais sensatos agarraram-no pelos braços e pelas pernas, arrastaram o inesperado capitalista para a luz do dia e o depuseram de atravessado na cama. Enquanto isso chumaços de pelos e flocos de enchimento voavam ao redor, a pilha de prata aumentava e, Deus!, o que não havia lá... Nobres moedas de um rublo, sólidas e fortes moedas de um rublo e meio, uma bela moeda de cinquenta copeques, as plebeias de um quarto e de vinte, e até umas ninharias pouco atraentes e de gente velha, moedas de dez e de cinco — tudo embrulhado em papéis especiais, na mais metódica e rígida ordem. Havia até raridades: dois distintivos, um *napoléon-d'or*, uma moeda desconhecida, mas muito rara... Alguns dos rublozinhos eram também extremamente antigos; moedas elisabetanas gastas e quebradas, moedas alemãs, moedas da época de Pedro e de Catarina; havia, por exemplo, moedas muito raras, cinco *altins*[8] furados para serem usados nas orelhas, todos muito gastos, mas com o número necessário de furos; havia até cobre, mas todo esverdeado, enferrujado... Encontraram uma nota de dez, mais não havia. Depois de investigarem toda a anatomia, de chacoalharem várias vezes o colchão e virem que não havia mais nada tilintando, juntaram todo o dinheiro sobre a mesa e começaram a contar. À primeira vista era possível se enganar e imaginar que havia um milhão, tamanha era a pilha! Mas não havia um milhão, ainda que fosse uma soma excepcionalmente significativa: exatamente 2.497,50 rublos, de modo que, se Zinóvi Prokófievitch tivesse conseguido as assinaturas no dia anterior, talvez chegasse a 2.500 rublos. Pegaram o dinheiro, lacraram o baú do defunto, ouvi-

---

[8] Moeda russa de três copeques que circulou até 1725. (N. da T.)

ram as reclamações da senhoria e informaram-lhe quando e onde deveria apresentar o certificado da dívida do morto. Pegaram a assinatura necessária; fizeram alusão à existência de uma cunhada; mas estavam convencidos de que ela era, em certo sentido, um mito, ou seja, uma criação da imaginação deficitária de Semión Ivánovitch, em função da qual tantas vezes o defunto fora censurado. Naquele momento resolveram abandonar essa ideia, por ser inútil, nociva e injuriosa para o bom nome do senhor Prokhártchin, e assim encerrou-se o caso. Quando o primeiro choque passou, quando voltaram à razão e se deram conta da existência de uma pessoa como aquele defunto, todos se acalmaram, se tranquilizaram e passaram a olhar uns para os outros com desconfiança. Alguns ficaram profundamente abalados pela atitude de Semión Ivánovitch e como que se ofenderam... Um capital daqueles! E como deve ter economizado! Mark Ivánovitch, sem perder a presença de espírito, começou a explicar por que Semión Ivánovitch se intimidara daquele modo, mas ninguém ouvia. Zinóvi Prokófievitch ficou muito pensativo com alguma coisa, Okeánov bebeu um pouco, os demais ficaram cabisbaixos, o pequeno Kantarióv, que se distinguia por seu nariz de pardal, depois de fechar e amarrar bem seus baús e pacotes, e explicar de modo frio aos curiosos que os tempos eram difíceis, que não tinha mais condições de pagar para ficar ali, saiu à noite do apartamento. A senhoria lamentava e amaldiçoava incessantemente Semión Ivánovitch por ter ofendido sua condição de órfã. Perguntaram a Mark Ivánovitch por que o defunto não pusera seu dinheiro para render.

— Era um homem simples, mãezinha, não tinha imaginação para tanto — respondeu Mark Ivánovitch.

— Mas a senhora também é simples, mãezinha — concluiu Okeánov. — Protegeu por vinte anos um homem que se abateu com uma pancadinha, a senhora ficava cozinhando sopa de repolho, não tinha tempo! E-he, mãezinha!

— Oh, como ele era, moleque de tudo! — continuou a senhoria. — Mas render o quê? Tinha era que ter trazido seu punhadinho para mim e dito: pegue, minha jovem Ustíniuchka, fique com as minhas coisinhas, cuide de mim com suas comidas, enquanto a mãe terra me mantiver por aqui. Juro por este ícone, eu lhe daria de comer, de beber, cuidaria dele. Ah, que pecador, que mentiroso! Mentiu, enganou uma órfã!

Aproximaram-se outra vez da cama de Semión Ivánovitch. Agora ele estava deitado como se deve, na sua melhor roupa, a única, aliás, que escondia seu queixo ossudo atrás da gravata, cujo nó não estava muito bem feito. Ele estava limpo, penteado, não totalmente barbeado, pois não havia navalha nos cantos: a única, que pertencia a Zinóvi Prokófievitch, estava cega desde o ano passado e fora vendida com lucro no mercado de pulgas; os demais iam à barbearia. Ainda não tinham conseguido arrumar a bagunça. Os biombos quebrados permaneciam como antes e, ao exporem a solidão de Semión Ivánovitch, eram emblemas de que a morte rasga os véus de todos os nossos segredos, intrigas e protelações. O enchimento do colchão também não fora recolhido, grandes nacos estavam espalhados ao redor. O cantinho subitamente arrefecido poderia muito bem ser comparado por um poeta ao ninho destruído de uma andorinha "doméstica": tudo fora destruído e arrasado por uma tempestade, a mãe e os passarinhos mortos, a caminha quente de penas, plumas e algodão espalhada ao redor... Contudo, Semión Ivánovitch mais parecia um velho vaidoso e um pardal ladrão. Agora estava calmo, parecia se esconder ali como se não fosse ele o culpado, como se não tivesse pregado peças para enganar e trapacear todas essas pessoas boas da forma mais indecente, sem vergonha e sem consciência. Agora já não ouvia o choro e os soluços da sua senhoria ofendida e desolada. Ao contrário, como um capitalista experiente, vivido, que não queria nem no túmulo perder um minuto sequer, parecia dedicar-se a certos cálculos especulativos. Em seu rosto surgiu como que um pensamento profundo, os lábios se contraíram numa expressão extremamente significativa, da qual ninguém jamais imaginaria que Semión Ivánovitch fosse capaz. Era como se tivesse ficado mais inteligente. Apertava seu olho direito como um velhaco; parecia que Semión Ivánovitch queria dizer algo, comunicar algo muito importante, explicar-se, e depressa, sem perda de tempo, pois as coisas eram urgentes e não havia tempo a perder... E foi como se pudessem ouvir: "O que é isso? Pare com isso! Ouça, mulher, você é estúpida? Não choramingue! Vai dormir, mãezinha, está ouvindo! Eu já estou morto, agora não precisa mais. O quê, na realidade? Deitar é bom... Ou seja, eu não estou falando disso, você, mulher, é uma mandachuva, está entendendo? Agora estou morto; mas e se isso, quer dizer, talvez não for possível, mas e se eu não estiver morto, está ouvindo, e seu eu levantar, o que vai ser, hein?".

Tradução de Priscila Marques

ROMANCE EM NOVE CARTAS[1]

I

De Piotr Ivánitch para Ivan Petróvitch

Prezado senhor e preciosíssimo amigo Ivan Petróvitch!

Já faz dois dias que estou, pode-se dizer, caçando o senhor, meu preciosíssimo amigo, para discutir um assunto urgentíssimo, mas não o encontro em parte alguma. Ontem, quando estávamos na casa de Semión Aleksiéitch, minha esposa ria-se do senhor, dizendo que o senhor e Tatiana Petróvna são dois traquinas. Não faz nem três meses que estão casados e já negligenciam o seio do lar. Rimos muito — do fundo da nossa mais absoluta e sincera simpatia em relação ao senhor, é claro —, mas, brincadeiras à parte, mui inestimável amigo, o senhor me deu trabalho. Semión Aleksiéitch me disse que o senhor poderia ter ido ao baile da Sociedade Unida. Deixei minha esposa com o casal Semión Aleksiéitch e corri para a Sociedade Unida. Riso e desgraça! Imagine minha situação: estou no baile sozinho, sem minha esposa! Ivan Andriéitch, ao me encontrar na entrada, sozinho, imediatamente percebeu (miserável!) minha enorme paixão por reuniões dançantes e, tomando-me pelo braço, quis arrastar-me à força para uma aula de dança, dizendo que a Sociedade Unida era muito apertada, que não havia espaço para uma alma intrépida se espalhar, e que a cabeça dele estava explodindo por causa do patchuli e do resedá. Não encontrei nem o senhor nem Tatiana Petróvna. Ivan Andriéitch garantiu e jurou que o senhor com certeza tinha ido assistir à peça *A desgraça de ter espírito*[2] no Teatro Aleksandrínski.

---

[1] Redigido em novembro de 1845, este conto só veio a ser publicado em 1847, na seção "Miscelânea" da revista *O Contemporâneo* (*Sovremiênnik*). (N. da T.)

[2] Peça de 1825, escrita por Aleksandr Griboiédov (1795-1829) e profundamente influente na cultura russa; alguns dos versos dessa comédia tornaram-se ditos populares. (N. da T.)

Corro para o Teatro Aleksandrínski: também não estava lá. Hoje pela manhã pensei que o encontraria em casa de Tchistogánov: nem sinal. Tchistogánov mandou-me para Perepálkin: deu na mesma. Em uma palavra, fiquei completamente exausto; julgue o senhor quanto trabalho tive! Agora escrevo-lhe (não há mais o que fazer!). Meu assunto não é de forma alguma literário (o senhor me compreende); seria melhor olho no olho, preciso muito falar com o senhor o quanto antes e, por isso, peço que venha hoje à minha casa com Tatiana Petróvna para um chá e uma conversa noturna. Minha Anna Mikháilovna ficará extremamente feliz com a visita. Sinceramente, como se diz, serei eternamente grato.

Aliás, mui inestimável amigo, já que o caso chegou à pena, então colocarei tudo nestas linhas; sinto-me forçado em parte a repreendê-lo e até a reprová-lo, respeitabilíssimo amigo, por uma marotagem, ao que parece, muito inofensiva, que o senhor maldosamente fez contra mim... seu miserável e imprudente! Em meados do mês passado, o senhor trouxe à minha casa um conhecido seu, Ievguêni Nikoláitch, garantiu que ele era amigável e, para mim, é claro, sua recomendação é sagrada; alegrei-me, recebi o jovem rapaz de braços abertos e com isso coloquei a corda no pescoço. Não é bem uma corda, mas aquilo que chamam uma coisa boa. Não tenho tempo de explicar agora, e de fato por escrito seria esquisito, mas tenho um pedido muito vil para o senhor, maldoso amigo e companheiro: será que não poderia de algum jeito, de modo delicado, entre parênteses, ao pé do ouvido, a meia-voz, sussurrar para o seu jovem rapaz que na capital existem muitas casas além da nossa? Não tenho mais força, paizinho! Jogamo-nos aos seus pés, como diz nosso amigo Simonevitch. Vamos nos encontrar e eu lhe conto tudo. Não quero dizer que o jovem rapaz não tenha boas maneiras, qualidades espirituais, ou que tenha falhado de algum outro modo. Ao contrário, ele é até amável e gentil, mas... espere, vamos nos ver; enquanto isso, caso o encontre, por Deus, sussurre-lhe, respeitabilíssimo amigo. Eu mesmo o faria, mas o senhor sabe como sou: simplesmente não consigo. O senhor o recomendou. Ademais, à noite, em todo caso, me explicarei em detalhes. Agora, até breve. Concluo aqui.

P.S.: Já faz uma semana que meu pequeno está adoentado e só piora a cada dia. Os dentinhos doem, estão nascendo. Minha esposa se desfaz em cuidados, está triste, pobrezinha. Venha. Nos alegrará verdadeiramente, preciosíssimo amigo.

II

De Ivan Petróvitch para Piotr Ivánitch

Prezado senhor Piotr Ivánitch!
Recebi sua carta ontem, li e fiquei perplexo. O senhor me procurou sabe Deus por que lugares, e eu simplesmente estava em casa. Fiquei esperando Ivan Ivánitch Tolkonov até as dez horas. No mesmo instante, peguei minha esposa, chamei um cocheiro, tive um gasto e fui até sua casa perto das seis e meia. O senhor não estava em casa, mas sua esposa nos recebeu. Esperei-lhe até dez e meia, não pude ficar mais. Peguei minha esposa, gastei, chamei um cocheiro, levei-a para casa e fui até Perepálkin, pensando que o encontraria lá, mas novamente errei os cálculos. Voltei para casa, não dormi nada, estava preocupado, e pela manhã fui até sua casa três vezes: às nove, às dez e às onze; tive de gastar três vezes, chamei cocheiros e de novo o senhor me deixou na mão.

Fiquei surpreso ao ler sua carta. O senhor escreve sobre Ievguêni Nikoláitch, pede que sussurre e não diz o motivo. Agradeço pelo cuidado, mas há papéis e papéis, e eu não dou papéis importantes para com eles minha esposa enrolar seus cachos. Enfim, estou perplexo com o que levou o senhor a escrever-me tudo aquilo. Aliás, se chegou a tanto, o que tenho eu a ver com isso? Eu não sou de meter o nariz nesse tipo de coisa. O senhor mesmo poderia se recusar a recebê-lo; vejo apenas que preciso ter uma conversa breve e decisiva com o senhor; além disso, o tempo está passando. Estou constrangido, e não sei o que devo fazer caso desconsidere as condições do nosso acordo. Minha viagem está se aproximando, uma viagem tem lá seus custos, e agora até minha esposa está choramingando: quer que lhe mande fazer o roupão de veludo da moda. Quanto a Ievguêni Nikoláitch apresso-me em observar: ontem, em casa de Pável Semiónitch Perepálkin, sem perda de tempo, consegui informações definitivas. Ele tem cinquenta almas na província de Iaroslavl e tem esperança de receber da avó uma propriedade com trezentas almas próxima de Moscou. Quanto dinheiro tem, não sei, mas acho que o senhor sabe melhor que eu. Por fim, peço que determine um lugar para nos vermos. O senhor encontrou Ivan Andriéitch ontem e diz que ele afirmou que eu estava no Teatro Aleksandrínski com minha esposa. Pois digo que ele mente, e além disso não se deve acreditar nele em tais casos; não faz nem dois dias, ele torrou oitocentos rublos da avó. Então, tenho a honra de concluir aqui.

P.S.: Minha esposa está grávida; por isso ela está com medo e às vezes fica melancólica. No teatro, de vez em quando encenam-se incêndios e fazem barulho de trovão. Com receio de assustá-la, não a levo ao teatro. Eu mesmo não tenho muito gosto por apresentações teatrais.

III

De Piotr Ivánitch para Ivan Petróvitch

Mui inestimável amigo Ivan Petróvitch!

Sou culpado, culpado, mil vezes culpado, mas vou logo me justificar. Ontem, entre cinco e seis horas, justamente no momento em que nos lembrávamos do senhor com a mais profunda sinceridade, chegou o mensageiro do titio Stepan Aleksiéitch com a notícia de que titia estava mal. Temendo assustar minha esposa, não lhe disse palavra, dei uma desculpa e fui à casa de titia. Descobri que ela estava quase morrendo. Exatamente às cinco horas sofrera um ataque, o terceiro em dois anos. Karl Fiódoritch, o médico da família, declarou que ela talvez não durasse nem mais uma noite. Julgue minha situação, preciosíssimo amigo. Passei a noite toda em pé, preocupado e inconsolável! Somente pela manhã, com as forças exauridas, o corpo abatido e a alma fraca, deitei-me no sofá; esqueci de pedir para me acordarem no horário e acabei dormindo até as onze e meia. Titia estava melhor. Voltei para casa; minha esposa, pobrezinha, estava atormentada me esperando. Peguei uma coisa qualquer para comer, abracei o pequeno, tranquilizei minha esposa e fui até sua casa. O senhor não estava. Encontrei aí Ievguêni Nikoláitch. Voltei para casa, tomei a pena e agora escrevo-lhe. Não se queixe nem fique bravo comigo, sincero amigo. Bata em mim, arranque minha cabeça culpada, mas não me prive de sua boa vontade. Soube por sua esposa que esta noite o senhor vai à casa dos Slaviánov. Estarei lá sem falta. Aguardo-o impacientemente.

Termino aqui.

P.S.: Nosso pequeno nos colocou em verdadeiro desespero. Karl Fiódoritch prescreveu ruibarbo para ele. Ontem ele gemia e não reconhecia ninguém. Hoje nos reconheceu e balbuciou — papai, mamãe, bu... Minha esposa passou a manhã toda aos prantos.

IV

De Ivan Petróvitch para Piotr Ivánitch

Prezado senhor Piotr Ivánitch!
Escrevo-lhe de sua casa, de sua sala, de seu escritório; mas antes de tomar a pena, fiquei esperando o senhor por mais de duas horas e meia. Agora permita-me dizer diretamente, Piotr Ivánitch, minha opinião franca acerca de toda essa mesquinha situação. Lendo sua última carta, concluí que o senhor estaria na casa dos Slaviánov e pedia para que eu fosse até lá; fui, esperei cinco horas, e o senhor não apareceu. Por acaso pensa que sirvo para fazer os outros rirem? Permita-me, prezado senhor... Fui à sua casa pela manhã, esperava encontrá-lo; não fiz como certos sujeitos mentirosos, que procuram pessoas sabe Deus em que lugares, quando se pode encontrá-las em casa na hora que for mais conveniente. Em sua casa não havia nem sombra do senhor. Não sei o que me impede de dizer agora toda a dura verdade. Digo apenas que o senhor, ao que me parece, está dando para trás em relação às nossas conhecidas condições. E só agora, refletindo sobre o caso todo, não posso deixar de confessar que estou decididamente surpreso com as artimanhas da sua mente. Agora vejo claramente que o senhor há muito alimenta uma intenção nefasta. Serve de prova para a minha suposição o fato de que o senhor, ainda na semana passada, de forma quase inadmissível, tomou posse da sua carta endereçada a mim, na qual o senhor estabelecia, ainda que de forma bastante obscura e incoerente, os termos daquele acordo que o senhor sabe bem qual é. O senhor teme os documentos, os destrói e me leva a bancar o tolo. Mas eu não permito que me façam de tolo, uma vez que até hoje ninguém nunca me considerou como tal e todos me têm em alta conta nesse quesito. Estou abrindo os olhos. O senhor me deixa atordoado, me confundiu falando de Ievguêni Nikoláitch, e quando eu, com a indecifrável carta que o senhor me enviou no dia 7 deste mês, busco explicações suas, o senhor arranja encontros falsos e se esconde. Prezado senhor, será que pensa que eu não tenho condições de perceber tudo isso? O senhor prometeu me recompensar por serviços, que o senhor bem sabe quais são, quanto à recomendação de diversas pessoas; enquanto isso, não sei como, o senhor arranja as coisas de tal modo que toma de mim emprestado uma quantia considerável de dinheiro, sem recibo, como aconteceu não faz nem uma semana. Agora que já pegou o dinheiro, se esconde e ainda renega o serviço que lhe prestei em relação a Ievguêni Nikoláitch. Deve estar contando com minha partida em breve para Simbirsk e acredita que não teremos tempo de con-

cluir nossos negócios. Mas aviso solenemente e dou minha palavra de honra de que, se chegar a tanto, estarei pronto para ficar ainda dois meses em Petersburgo para resolver esta questão; alcançarei meus objetivos e encontrarei o senhor. Eu também sei ser desaforado às vezes. Para concluir, comunico-lhe que se o senhor não se explicar satisfatoriamente comigo hoje, primeiramente por escrito, depois pessoalmente, olho no olho, se não expuser numa carta novamente todos os principais pontos do nosso acordo, se não explicar de uma vez por todas as suas ideias sobre Ievguêni Nikoláitch, serei obrigado a tomar medidas extremamente desfavoráveis para o senhor e até repugnantes para mim.

Permita-me concluir aqui.

V

De Piotr Ivánitch para Ivan Petróvitch

11 de novembro
Mui amável e honrado amigo Ivan Petróvitch!

Do fundo de minha alma, fiquei amargurado com sua carta. Será que o senhor não tem vergonha, meu querido, porém injusto amigo, de agir dessa forma com quem lhe quer tão bem? De se apressar, não explicar todo o caso e, enfim, me insultar com tais suspeitas ofensivas?! Mas vou logo responder às suas acusações. O senhor, Ivan Petróvitch, não me encontrou ontem pois fui subitamente chamado a um leito de morte. Titia Evfímia Nikolavna faleceu ontem à noite, às onze horas. Os parentes decidiram que eu organizaria a triste e dolorosa cerimônia. Tive tanto trabalho que até a manhã de hoje não pude encontrar-me com o senhor ou mesmo escrever-lhe. Estou profundamente aflito com o mal-entendido ocorrido entre nós. Minhas palavras sobre Ievguêni Nikoláievitch, ditas de passagem e em tom de gozação, foram compreendidas de modo equivocado pelo senhor, e o senhor conferiu ao caso um sentido que me ofende ao extremo. O senhor fala em dinheiro e expressa sua preocupação a respeito dele. Mas, sem rodeios, mesmo estando disposto a satisfazer todos os seus desejos e exigências, não posso deixar de lembrá-lo agora, de passagem, que peguei o dinheiro, os 350 rublos de prata, com o senhor na semana passada sob determinadas condições, não foi um empréstimo. Se fosse esse o caso, haveria sem falta um recibo. Não me dignarei a dar explicações sobre os demais pontos expostos em sua carta. Vejo que se trata de um mal-entendido, vejo nisso sua costumeira pressa, impetuosidade e franqueza. Sei que sua bondade e caráter sincero não permitirão que restem dúvidas em seu coração e que, no fim das contas, o senhor será o primeiro a estender-me a mão. O senhor está enganado, Ivan Petróvitch, muitíssimo enganado!

Embora sua carta tenha me ferido profundamente, estaria disposto a ir hoje mesmo à sua casa para reconhecer meus erros, mas estive tão atarefado desde ontem que agora estou morto e mal consigo ficar em pé. Para completar minhas desgraças, minha esposa está de cama; temo que esteja gravemente doente. Quanto ao pequeno, graças a Deus está melhor. Largarei a pena... os deveres me chamam, montes deles.

Permita-me, inestimável amigo, concluir aqui.

VI

De Ivan Petróvitch para Piotr Ivánitch

14 de novembro
Prezado senhor Piotr Ivánitch!
Esperei três dias; tentei empregá-los de maneira útil; enquanto isso, uma vez que sinto que o respeito e a decência são os principais adereços de todo homem, desde minha última carta, enviada no dia 10 deste mês, não lembrei o senhor de minha existência nem por palavras, nem por atitudes, em parte para que o senhor pudesse cumprir com serenidade o dever cristão para com a sua tia, em parte porque precisei desse tempo para algumas considerações e investigações sobre certo assunto. Agora, apresso-me em prestar-lhe explicações de forma decisiva e definitiva.

Admito francamente que, lendo suas duas primeiras cartas, pensei a sério que o senhor não compreendera o que eu desejava; eis por que procurei ao máximo encontrar o senhor e explicar-me olho no olho; tive medo da pena e acusei-me de ser vago na expressão de meus pensamentos no papel. O senhor sabe que não tenho educação ou bons modos, que evito floreios inúteis, pois a amarga experiência me ensinou quão enganosa pode ser, às vezes, a aparência exterior, e que por vezes a serpente se esconde sob as flores. Mas o senhor me compreendeu, e se não me respondeu como se deve é porque, na deslealdade de sua alma, planejou trair sua palavra de honra e a relação de amizade que existia entre nós. Isso está totalmente provado por seu comportamento vil em relação a mim nos últimos tempos, um comportamento pernicioso para os meus interesses, o qual eu não esperava e que, até o presente momento, não queria acreditar que fosse verdade, de tão encantado que estava, desde que travamos conhecimento, com suas maneiras inteligentes, com a delicadeza de seu tratamento, com seu conhecimento dos negócios e com as vantagens que teria em sua companhia, que acreditava ter encontrado um verdadeiro amigo e uma pessoa bem-intencionada. Agora vejo claramente que existem muitas pessoas que, por baixo de uma aparência brilhante e bajuladora, escondem veneno no coração; que usam sua inteligência para engendrar mentiras e intrigas inadmissíveis sobre o próximo, e, portanto, temem o papel e a pena e usam seu estilo não em prol do próximo e da pátria, mas para adormecer e enfeitiçar a razão daqueles que se põem a entrar em todo tipo de acordo e condições com elas. Sua deslealdade em relação a mim, prezado senhor, é claramente visível pelo seguinte.

Em primeiro lugar, prezado senhor, quando revelei em termos claros e distintos minha situação e, ao mesmo tempo, perguntei em minha primeira carta o que o senhor quis dizer com certas expressões e intenções, principalmente em relação a Ievguêni Nikoláitch, o senhor na maior parte das vezes tentou calar e, atormentando-me com dúvidas e suspeitas, tranquilamente evitou a questão. Depois de me fazer tais coisas, que não podem ser descritas com palavras decentes, começou a dizer que está amargurado. Diga-me, prezado senhor, qual o nome disso? Em seguida, quando cada minuto me era precioso, quando me obrigou a lhe caçar por toda a capital, o senhor me escreveu, fingindo amizade, evitando de propósito a questão e tratando de coisas totalmente alheias: da doença da sua esposa, que, em todo caso, respeito, e do ruibarbo que deram ao seu filho por causa de um dente que estava nascendo. O senhor falou de tudo isso em cada carta com uma regularidade vil e ofensiva para mim. Evidentemente, concordo que o sofrimento de um filhinho corta a alma de um pai, mas para que falar disso quando é preciso tratar de outra coisa, de maior importância e interesse? Suportei em silêncio; agora o tempo passou, tenho a obrigação de me explicar. Por fim, o senhor me enganou algumas vezes designando falsos locais de encontro, me obrigou a bancar o tolo e fez de mim motivo de chacota, coisa que nunca tive a intenção de ser. Em seguida, convidou-me antecipadamente à sua casa, mentindo do começo ao fim disse que fora chamado à casa de sua tia, que sofrera um ataque exatamente às cinco horas, como afirmou com vergonhosa exatidão. Para minha felicidade, prezado senhor, durante esses três dias pude me informar, e fiquei sabendo que sua tia sofreu o ataque ainda na véspera do dia 8, pouco antes da meia-noite. A partir desse fato, vi que o senhor fez uso das sagradas relações familiares para enganar terceiros. Por fim, em sua última carta, o senhor menciona a morte de um parente como se ela tivesse ocorrido justo na hora em que eu deveria ter ido à sua casa para discutir certos assuntos. Mas aqui a infâmia de seus cálculos e ardis ultrapassou todos os limites, já que, por meio das mais confiáveis investigações, que, para a minha grande felicidade, pude realizar a tempo, soube que sua tia falecera exatamente um dia depois da data inescrupulosamente determinada em sua carta para o falecimento da mesma. Se for listar todos os indícios que denunciam sua deslealdade para comigo, esta carta não terá fim. Para um observador imparcial, basta dizer que, em todas as suas cartas, o senhor me chama de "sincero amigo", usa palavras gentis, e o faz, no meu entendimento, por nenhum outro motivo senão para anestesiar minha consciência.

Passarei agora à mais importante mentira e deslealdade do senhor em relação a mim, que consiste no seguinte: em seu constante silêncio nos últimos tempos acerca de nosso interesse comum, no roubo descarado da carta na qual o senhor estabelecia, ainda que de forma obscura e incompreensível para mim, nossas condições e acordos mútuos, no empréstimo bárbaro e forçado de 350 rublos de prata, sem recibo, e, enfim, na vil calúnia sobre nosso conhecido Ievguêni Nikoláitch. Agora vejo claramente que o senhor queria demonstrar que ele, permita-me dizer, é como um bode, não dá nem leite nem lã, que ele não é nem uma coisa nem outra, nem peixe nem carne, descrevendo-o como imoral em sua carta do dia 6 deste mês. Mas eu conheço Ievguêni Nikoláitch como um jovem modesto e bem-comportado, que atrai, recebe e merece respeito na sociedade. Sei também que o senhor, toda noite, já faz duas semanas, tem embolsado algumas dezenas e até centenas de rublos de prata jogando cartas com Ievguêni Nikoláitch. Agora o senhor nega tudo, e não apenas não concorda em compensar-me pelos esforços, mas até se apropriou definitivamente do meu dinheiro, induzindo-me a virar seu parceiro e tentando-me com as diversas vantagens que haveria no empréstimo. Agora, tendo se apropriado ilegalmente do meu dinheiro e do de Ievguêni Nikoláitch, abstém-se da compensação e recorre à calúnia, por meio da qual irracionalmente denigre diante de mim aquele que eu, com zelo e esforço, levei até sua casa. O senhor mesmo, ao contrário, segundo relato de amigos, anda de afagos com ele, dizendo para todos que é seu melhor amigo, apesar de que não deve existir no mundo alguém tão idiota que não tenha descoberto imediatamente suas intenções e o que significam de fato suas relações de amizade. Digo logo que significam mentira, deslealdade, desprezo pela decência e pelo direito dos homens, são contra as leis de Deus e imorais de todas as formas. Eu mesmo sou um exemplo e uma prova. Como foi que eu o ofendi e por que agiu de maneira tão inescrupulosa comigo?

Termino a carta. Expliquei-me. Agora concluo: se o senhor, meu prezado, em primeiro lugar, não me devolver o mais brevemente possível toda a quantia por mim emprestada, os 350 rublos de prata, e, em segundo lugar, toda a quantia que o senhor prometeu entregar, eu recorrerei a todos os meios possíveis para obrigá-lo a entregar mesmo que à força e a cumprir as leis; aviso, por fim, que estou de posse de certas evidências que, deixadas nas mãos deste seu humilde servo e admirador, podem arruinar e profanar seu nome aos olhos de toda a sociedade.

Permita-me concluir aqui.

VII

De Piotr Ivánitch para Ivan Petróvitch

15 de novembro
Ivan Petróvitch!
Ao receber sua mensagem vulgar e além disso estranha, eu, num primeiro momento, quis rasgá-la em pedacinhos, mas guardei-a como uma lembrança rara. Aliás, sinto profundamente por nossos mal-entendidos e aborrecimentos. Eu não tinha intenção de responder. Mas a necessidade me obriga. Por meio destas linhas, devo informar-lhe que receber o senhor a qualquer momento em minha casa seria muito desagradável para mim, assim como para minha esposa: ela está fraca de saúde e o cheiro de alcatrão lhe faz mal.

Receba, de parte de minha esposa, o livro que sua senhora deixou conosco, *Dom Quixote de la Mancha*, e seu agradecimento. Quanto às suas galochas, que o senhor esqueceu na última visita, lamento dizer que elas não foram encontradas em parte alguma. Ainda estamos procurando, mas se não as encontrarmos, comprarei novas.

De resto, tenho a honra de concluir.

VIII

Em 16 de novembro, Piotr Ivánitch recebeu pelo correio duas cartas em seu nome. Ao abrir a primeira, encontrou uma notinha, engenhosamente dobrada e escrita em papel rosa-claro. Era a letra de sua esposa. Estava endereçada a Ievguêni Nikoláitch e datada de 2 de novembro. Piotr Ivánitch lê:

Querido Eugène! Ontem foi absolutamente impossível. Meu marido ficou em casa a noite toda. Venha amanhã sem falta às onze em ponto. Às dez e meia, meu marido vai para Tsárskoie e retorna à meia-noite. Fiquei com raiva a madrugada inteira. Agradeço por mandar notícias e a correspondência. Quanto papel! Será que ela escreveu tudo aquilo? Aliás, tem estilo; obrigada; vejo que me ama. Não fique bravo por ontem e, por Deus, venha amanhã.

A.

Piotr Ivánitch abre a segunda carta:

Piotr Ivánitch!
Jamais colocarei os pés em sua casa; o senhor se dignou a sujar papel à toa.

Na semana que vem, parto para Simbirsk; Ievguêni Nikoláitch permanecerá seu inestimável e amável amigo; desejo sucesso, e quanto às galochas, não se preocupe.

IX

Dia 17 de novembro, Ivan Petróvitch recebeu pelo correio duas cartas em seu nome. Ao abrir a primeira, encontrou uma notinha, escrita às pressas e sem cuidado. Era a letra de sua esposa; estava endereçada a Ievguêni Nikoláitch e datada de 4 de agosto. Não havia mais nada no envelope. Ivan Petróvitch lê:

Adeus, adeus, Ievguêni Nikoláitch! Que Deus o recompense por isso também. Seja feliz, mas a minha sina é cruel, terrível! Foi feita sua vontade. Se não fosse pela minha tia, eu não teria confiado tanto no senhor. Não ria de mim ou de minha tia. Amanhã me casarei. A tia está feliz por terem encontrado um homem bom que me aceitou sem dote. Hoje, pela primeira vez, olhei fixamente para ele. Parece uma boa pessoa. Estão me apressando. Adeus, adeus... meu querido!! Lembre-se de mim de vez em quando; eu jamais me esquecerei de você. Adeus. Assinarei esta última carta como assinei a primeira... está lembrado?

Tatiana[3]

---

[3] Tatiana é o nome da heroína apaixonada de *Ievguêni Oniéguin* (1833), o romance

Na segunda carta havia o seguinte:

Ivan Petróvitch! Amanhã o senhor receberá galochas novas; não estou acostumado a surrupiar nada do bolso alheio; tampouco gosto de recolher pela rua tralhas desse tipo.

Ievguêni Nikoláitch irá em breve para Simbirsk por conta dos negócios de seu avô, e me pediu para encontrar-lhe um companheiro de viagem; o senhor não aceitaria?

Tradução de Priscila Marques

---

em versos de Púchkin, que também utiliza a forma epistolar; seu par amoroso é precisamente o protagonista Ievguêni. (N. da T.)

UM CORAÇÃO FRACO[1]

Sob o mesmo teto, no mesmo apartamento, no mesmo quarto andar moravam dois jovens colegas de trabalho: Arkadi Ivánovitch Nefediévitch e Vássia Chumkóv... O autor, é claro, sente a necessidade de explicar ao leitor por que um herói é tratado pelo nome completo e o outro por um diminutivo,[2] para que, ao menos, tal forma de expressão não seja considerada um tanto inadequada e sem cerimônia. Mas, para tanto, primeiro seria necessário explicar e descrever o grau hierárquico, o tempo de serviço, o título, a função e, enfim, até o caráter dos personagens; e uma vez que muitos escritores começam exatamente assim, o autor desta novela, apenas para não se parecer com eles (ou seja, como dirão alguns, talvez devido ao seu infinito amor-próprio), decidiu começar direto com a ação. Terminado esse preâmbulo, ele começa.

À noite, na véspera do Ano-Novo, por volta das cinco, Chumkóv voltou para casa. Arkadi Ivánovitch, que estava deitado na cama, despertou e olhou para seu colega com os olhos semicerrados. Viu que ele usava seu melhor terno e estava com o peitilho limpíssimo. Isso, é claro, o deixou estupefato. "Para onde Vássia teria ido desse jeito? Ele nem almoçou em casa!" Nesse meio-tempo, Chumkóv acendeu uma vela e Arkadi Ivánovitch logo adivinhou que o amigo pretendia acordá-lo de forma inesperada. De fato, Vássia tossiu duas vezes, andou de lá para cá pelo quarto, até que, de forma inteiramente inesperada deixou cair o cachimbo que tinha começado a encher num canto perto do fogão. Arkadi Ivánovitch riu consigo mesmo.

— Vássia, chega de manha! — disse.
— Arkacha,[3] não está dormindo?
— Palavra, não sei dizer ao certo; me parece que não.
— Ah, Arkacha! Como vai, querido? Ah, irmão! Ah, irmão, você não sabe o que tenho para contar!

---

[1] Publicado originalmente em *Anais da Pátria*, nº 2, fevereiro de 1848. (N. da T.)

[2] Vássia é diminutivo de Vassili. (N. da T.)

[3] Arkacha é diminutivo de Arkadi. (N. da T.)

— Não sei mesmo, chegue mais perto.

Como se estivesse esperando ouvir isso, Vássia se aproximou imediatamente, sem imaginar, contudo, o que tramava Arkadi Ivánovitch. Este, com extrema habilidade, agarrou o outro pelo braço, girou-o, jogou-o para baixo de si e começou, como se diz, a "sufocar a presa", o que parecia despertar um prazer incrível no alegre Arkadi Ivánovitch.

— Peguei! — gritou. — Peguei!

— Arkacha, Arkacha, o que está fazendo? Me solte, por Deus, me solte, vai sujar o terno!

— E daí, para que precisa de um terno? É tão inocente que se deixou cair nas minhas mãos! Diga, para onde foi? Onde almoçou?

— Arkacha, por Deus, me solte!

— Onde almoçou?

— Disso eu não quero falar.

— Diga logo!

— Primeiro me solte.

— De jeito nenhum, não solto enquanto não contar!

— Arkacha, Arkacha! Não entende que não posso, que é totalmente impossível! — gritou Vássia, sem forças, tentando se soltar das mãos fortes do amigo. — Existem certos assuntos...

— Que assuntos?

— Você sabe, assuntos que se forem discutidos nessa posição, me farão perder a dignidade, não posso, vai parecer engraçado, e o caso não tem graça nenhuma, é sério.

— Veja só, um assunto sério! Essa é nova! Conte algo que me faça rir, isso sim; não quero saber de nada sério; que tipo de amigo é você? Me diga, que tipo de amigo é você? Hein?

— Arkacha, por Deus, não posso!

— Não quero nem ouvir...

— Mas, Arkacha! — começou Vássia, deitando atravessado na cama e tentando com todas as forças conferir seriedade às suas palavras. — Arkacha! Está bem, gostaria apenas de dizer...

— E então?

— Bem, eu fiquei noivo!

Sem quaisquer felicitações, em silêncio, Arkadi Ivánovitch pegou Vássia no colo como uma criança, embora Vássia não fosse lá muito baixinho, ao contrário, era bastante comprido e magro, e, com enorme destreza, carregou-o pelo quarto de um canto para outro, fazendo de conta que o estava ninando.

— Vou embalar você como a um bebê, noivinho — disse. Mas ao ver que Vássia permanecia imóvel em seus braços, sem dizer palavra, logo caiu em si e percebeu que a brincadeira havia ido longe demais; colocou-o no meio do quarto e de forma muito sincera e amistosa beijou-lhe o rosto.

— Vássia, está bravo?

— Arkacha, ouça...

— Ah, vá, pelo Ano-Novo.

— Não é nada, mas por que é tão maluco, tão desajuizado? Quantas vezes eu disse: Arkacha, por Deus, não é engraçado, nem um pouco engraçado?

— Então não está bravo?

— Não, tudo bem. Quando é que eu fico bravo com alguém? Mas você me deixou aflito, entende?

— Como assim, aflito? De que maneira?

— Procurei um amigo em você, vim de coração aberto, me abri completamente, contei toda a minha felicidade...

— Mas que felicidade? Que coisas está dizendo?

— Bem, eu vou me casar! — respondeu Vássia irritado, pois estava de fato um tanto furioso.

— Você! Se casar! De verdade? — gritou Arkacha em alto e bom som. — Não, não... Como assim? Só de falar me saltam lágrimas! Vássia, meu Vássiuk, minha criança, basta! É verdade mesmo? — E Arkadi Ivánovitch se atirou em sua direção para abraçá-lo.

— Pois então, agora entende a situação? — disse Vássia. — Você é mesmo uma pessoa boa, um amigo, sei disso. Vim procurar você com tanta alegria, com a alma entusiasmada e, de repente, tive de revelar toda a alegria do meu coração, todo esse entusiasmo, me debatendo, atravessado na cama, sem nenhuma dignidade... Você compreende, Arkacha — continuou Vássia com um leve sorriso —, de fato, acabou sendo engraçado: é como se eu, de certa forma, estivesse fora de mim naquele momento. Não podia ter rebaixado esse assunto... E se você tivesse perguntado o nome dela, juro, preferiria que me matasse a ter de responder.

— Ei, Vássia, por que não me contou? Se tivesse me dito antes, não teria brincado — gritou Arkadi Ivánovitch em verdadeiro desespero.

— Está bem, já chega, chega! É que eu... Você sabe o motivo de tudo isso: é que eu tenho um coração bom. O que me deixa irritado é não ter podido contar do jeito que gostaria, trazer alegria, satisfação, contar de uma maneira boa, adequada... Palavra, Arkacha, eu o amo tanto que, se não fosse você, acho que não me casaria, nem sequer viveria neste mundo!

Arkadi Ivánovitch, que era excessivamente sentimental, ria e chorava ao ouvir o amigo. Vássia também. Eles se abraçaram outra vez e esqueceram o acontecido.

— Como é isto, como é? Conte tudo, Vássia! Irmão, me desculpe, estou atônito, totalmente atônito; como se tivesse sido atingido por um raio, mesmo! Não pode ser, irmão, está inventando, só pode, está mentindo! — gritou Arkadi Ivánovitch e olhou para o rosto de Vássia com genuína dúvida, mas, ao ver nele a radiante confirmação de sua real intenção de se casar o quanto antes, jogou-se na cama e começou a dar cambalhotas de entusiasmo, de um jeito que as paredes tremeram.

— Vássia, sente-se aqui! — gritou, acomodando-se enfim na cama.
— Irmão, palavra, não sei como nem por onde começar!
Entreolharam-se animados.
— Quem é, Vássia?
— Artiémeva! — disse Vássia com a voz enfraquecida de felicidade.
— Não!
— Eu enchi seus ouvidos falando dela, depois me calei e você não notou nada. Ah, Arkacha, como foi difícil esconder isso de você; tinha medo, medo de falar! Achava que estragaria tudo, mas estou mesmo apaixonado, Arkacha! Meu Deus, meu Deus! Veja só que história — começou, interrompendo-se a cada minuto de tanta agitação. — Ela tinha um noivo, há um ano, mas ele foi mandado para algum lugar a serviço; eu o conhecia: era um tipo, palavra... Que Deus o abençoe! O fato é que ele nunca escrevia, simplesmente desapareceu. Elas esperaram, esperaram: o que significava aquilo? De repente, quatro meses atrás, ele voltou casado e nem sequer deu as caras. Grosseria! Baixeza! E não havia quem as defendesse. A coitada chorava, chorava, e eu me apaixonei por ela... na verdade, me apaixonei há tempos, sempre fui apaixonado! Comecei a consolá-la, visitava-a sempre... a verdade é que não sei como tudo aconteceu, apenas que ela também se apaixonou; há uma semana, não aguentei, chorei, solucei e contei tudo, ou seja, que a amava: em uma palavra, tudo! "Eu mesma estou pronta para amar o senhor, Vassíli Petróvitch, sou uma moça pobre, não ria de mim; não ouso amar ninguém." Entende, irmão? Entende? Ficamos noivos na mesma hora; fiquei pensando, pensando e disse: "Como vamos contar para sua mãe?". Ela respondeu: "Difícil, melhor esperar um pouco; ela tem medo, pode ser que não permita o casamento, ela mesma tem chorado muito". Sem avisá-la, contei para a velha hoje. Lízanka[4] caiu de joelhos aos seus pés, eu também... então,

---

[4] Lízanka é diminutivo de Liza. (N. da T.)

ela nos abençoou. Arkacha, Arkacha! Meu querido! Vamos viver juntos. Não! Não vou me separar de você por nada.

— Vássia, por mais que olhe para você, não acredito, por Deus, não acredito, juro! Palavra, isso tudo parece... Escute, como é que vai se casar? Como eu não sabia de nada, hein? Palavra, Vássia, confesso que eu mesmo, irmão, pensei em me casar; mas já que você vai se casar, dá na mesma! Que seja feliz, seja feliz!

— Irmão, agora estou com o coração alegre, a alma tranquila... — disse Vássia, levantando e pondo-se a caminhar agitado pelo quarto. — Não é verdade, não é verdade? Não está sentindo o mesmo? Teremos uma vida pobre, é claro, mas seremos felizes; não é uma ilusão, nossa felicidade não é coisa de livro: seremos felizes de verdade!

— Vássia, Vássia, escute!

— O quê? — disse Vássia, parado diante de Arkadi Ivánovitch.

— Me ocorreu uma questão, mas tenho até medo de perguntar! Perdoe, mas me tire uma dúvida. Do que você vai viver? Sabe, estou entusiasmado com o fato de que vai se casar, é claro, tanto que nem consigo me controlar, mas do que vai viver? Hein?

— Ah, meu Deus, meu Deus! Veja você, Arkacha! — disse Vássia, olhando para Nefediévitch com profunda surpresa. — O que quer dizer? Nem mesmo a velha chegou a hesitar, por dois minutos que fosse, quando coloquei tudo às claras para ela. Ao invés disso, pergunte-me: "De que elas têm vivido?". Quinhentos rublos por ano para três pessoas: essa é a pensão que recebem desde a morte do marido. Dessa quantia têm vivido ela, a velha e ainda um irmãozinho, cuja escola foi paga com esse dinheiro: eis como vivem! Nós é que somos capitalistas! Eu, às vezes, num bom ano, chego a receber até setecentos rublos.

— Ouça, Vássia, me perdoe, eu sou assim mesmo. Só estou pensando para não estragar as coisas. Como assim, setecentos? Apenas trezentos...

— Trezentos!? E Iulian Mastákovitch? Esqueceu?

— Iulian Mastákovitch! Mas esse negócio é incerto, irmão; não é o mesmo que ter trezentos rublos de ordenado, quando cada rublo é um amigo em que se pode confiar. É claro que Iulian Mastákovitch é até um homem importante, eu o respeito, compreendo, não é à toa que chegou onde chegou, até o amo, por que ele ama você e paga pelo seu trabalho, sendo que poderia não pagar e pedir para um de seus funcionários. Mas convenhamos, Vássia... Escute: não estou dizendo bobagem; concordo que em toda Petersburgo não há uma caligrafia como a sua, admito — disse por fim Nefediévitch, entusiasmado —, mas vai que, Deus o livre!, ele se desagrada com você; de repente, você não o satisfaz; de repente, o trabalho é interrompido; de repente, ele contrata outro: enfim, tantas coisas podem acontecer! Iulian Mastákovitch pode sumir de um hora para outra, Vássia...

— Ouça, Arkacha, de fato, pode acontecer de o teto desabar sobre nossas cabeças...

— Sim, claro, claro... eu apenas...

— Não, ouça, ouça o que vou dizer. É o seguinte: de que forma ele pode romper comigo? Não, ouça, apenas ouça. Eu faço tudo com capricho, ele é um homem tão bom, ele, Arkacha, me deu hoje cinquenta rublos de prata!

— É mesmo, Vássia? Uma gratificação?

— Que gratificação que nada! Do próprio bolso. Disse: "Afinal, irmão, você não recebe nada há cinco meses; se quiser, pegue; obrigado, agradeço, estou satisfeito... de verdade! Você não trabalha para mim de graça". Palavra! Falou isso mesmo. Me fez derramar lágrimas, Arkacha. Santo Deus!

— Escute, Vássia, você terminou aqueles papéis?

— Não... ainda não.

— Vá... ssienka! Meu anjo! O que fez?

— Escute, Arkadi, não é nada, ainda tenho dois dias, vou conseguir...

— Mas como ainda não fez?

— Está bem, está bem! Você está me olhando com uma cara tão horrível que me virou do avesso, o coração dói! Você sempre faz isso comigo! Sempre gritando: *aaaah!* Pense: qual o problema? Vou terminar, juro, vou terminar...

— E se não conseguir? — gritou Arkadi, levantando de um salto. — Hoje ele deu uma gratificação! E você logo vai se casar... Ai, ai, ai!

— Não é nada, não é nada! — gritou Chumkóv. — Vou me sentar para trabalhar agora, sentarei neste minuto; não é nada!

— Como foi falhar dessa forma, Vássiutka?

— Ah, Arkacha! Por acaso eu conseguia trabalhar? Do jeito que estava? No escritório, eu quase não conseguia, não podia aguentar meu coração... Ah! Ah! Agora passarei as noites trabalhando, amanhã, depois de amanhã também e... terminarei!

— Falta muito?

— Não atrapalhe, pelo amor de Deus, não atrapalhe, fique calado...

Arkadi Ivánovitch se aproximou da cama na ponta dos pés e sentou-se; depois quis levantar-se de repente, mas foi obrigado a sentar, lembrando que poderia atrapalhar, embora não conseguisse ficar sentado, tamanha a sua agitação: era óbvio que a novidade o atordoara e o entusiasmo inicial ainda não se dissipara. Olhou para Chumkóv, este olhou para ele, sorriu, ameaçou com o dedo, franziu o cenho terrivelmente (como se nisso residissem toda a força e o êxito do trabalho) e fixou os olhos no papel.

Parecia que ele também não conseguia controlar sua agitação, trocava a pena, remexia na cadeira, reorganizava tudo e tentava retomar a escrita, mas sua mão tremia e recusava-se a mover.

— Arkacha! Eu falei de você para elas — gritou de repente como se acabasse de se lembrar.

— Verdade? — gritou Arkadi. — Queria mesmo perguntar. E então?

— Então? Ah, sim, conto tudo depois! Eu mesmo sou culpado, esqueci que não queria falar nada antes de terminar quatro páginas, mas aí me lembrei de você e delas. Irmão, não consigo escrever, fico pensando em vocês... — Vássia sorriu.

Ficaram em silêncio.

— Ah, que porcaria de pena! — gritou Chumkóv, jogando a pena na mesa, irritado. Pegou outra.

— Vássia! Ouça! Uma palavra...

— Tudo bem, rápido e pela última vez.

— Falta muito?

— Ah, irmão! — Vássia fez uma careta como se nada no mundo fosse mais horrível e mortal do que aquela pergunta. — Muito, muito mesmo!

— Sabe, tive uma ideia...

— O quê?

— Ah, nada, nada, escreva.

— O quê? O quê?

— Já passa das seis, Vássiuk!

Nefediévitch sorriu e deu uma piscadela marota para Vássia, um pouco tímido, pois não sabia como o outro reagiria.

— E então? — disse Vássia, parando de escrever, olhando-o nos olhos e até empalidecendo de ansiedade.

— Quer saber?

— Por Deus, o quê?

— Quer saber? Você está agitado, não vai conseguir produzir muito... Pare, pare, pare, pare, estou vendo, estou vendo, escute! — disse Nefediêvitch, dando um salto entusiasmado, interrompendo Vássia e, com todas as forças, impedindo suas objeções. — Antes de tudo, precisa se acalmar, se recompor, não é?

— Arkacha! Arkacha! — gritou Vássia, pulando da poltrona. — Trabalharei a noite toda, juro, trabalharei!

— Sim, sim! E dormirá pela manhã...

Um coração fraco

— Não dormirei, de jeito nenhum...

— Não, impossível, impossível; claro que vai dormir, às cinco. Eu o acordarei às oito. Amanhã é feriado; vai poder sentar e escrever o dia todo... depois à noite... ainda falta muito?

— Sim, veja, veja!

Vássia tremendo de entusiasmo e ansiedade, mostrou o caderno.

— Veja!

— Ouça, irmão, não é tanto...

— Meu querido, ainda tem isso — disse Vássia, olhando muito acanhado para Nefediévitch, como se a decisão de ir ou não dependesse dele.

— Quanto?

— Duas... páginas...

— E daí? Escute! Vamos conseguir terminar, por Deus, vamos conseguir!

— Arkacha!

— Vássia! Escute! Agora é quase Ano-Novo, estão todos reunidos em família, nós dois somos simples órfãos, sem-teto... Ah, Vássienka!

Nefediévitch agarrou Vássia e o esmagou com seu abraço de urso...

— Arkadi, está decidido!

— Vássiuk, eu só queria dizer isso. Veja, Vássiuk, você é meu desajeitado! Escute! Escute! Realmente...

Arkadi parou de boca aberta, pois não conseguia falar de tanta empolgação. Vássia o segurava pelos ombros, olhava-o fixamente e movia os lábios, como se quisesse falar por ele.

— Então? — disse, por fim.

— Apresente-as para mim hoje!

— Arkadi! Vamos lá tomar um chá! Quer saber? Quer saber? Não ficaremos nem até o Ano-Novo, sairemos antes — gritou Vássia com autêntica inspiração.

— Ou seja, duas horas, nem mais, nem menos!

— Depois nos separaremos até que eu termine!

— Vássiuk!

— Arkadi!

Em três minutos Arkadi estava pronto. Vássia apenas escovou a roupa, pois nem sequer havia tirado o terno, tamanha fora sua ânsia de começar a trabalhar.

Saíram rápido para a rua, um mais alegre que o outro. O caminho seguia do Lado Petersburgo até Kolomna. Arkadi Ivánovitch dava passos animados e vigorosos, de modo que apenas pelo seu caminhar era possível perceber toda a sua alegria com a prosperidade do amigo Vássia, que estava cada vez mais feliz. Este, por sua vez, dava passos mais curtos, mas sem perder a dignidade. Ao contrário, Arkadi Ivánovitch nunca o tinha visto com aspecto mais favorável. Naquele instante, sentiu ainda mais respeito por ele, e o conhecido defeito físico de Vássia, ainda desconhecido do leitor (Vássia era meio manco), que sempre suscitara um forte sentimento de compaixão no bom coração de Arkadi Ivánovitch, agora contribuía ainda mais para o profundo afeto que o amigo nutria por ele, sentimento de que Vássia, é claro, naquele momento era digno em todos os sentidos. Arkadi Ivánovitch quis até chorar de felicidade, mas se conteve.

— Para onde estamos indo, Vássia? É mais perto por aqui! — gritou Arkadi, ao ver que Vássia pretendia virar na Voznessiênski.

— Quieto, Arkacha, quieto...

— Verdade, é mais perto, Vássia.

— Arkacha! Quer saber? — começou Vássia em tom de segredo, com a voz trêmula de alegria. — Quer saber? Quero levar um presentinho para a Lízanka...

— Mas o quê?

— Aqui na esquina, irmão, fica a Madame Leroux, uma loja magnífica!

— Ah, é!

— Uma touca, querido, uma touca. Hoje eu vi uma belezinha de touca, perguntei, disseram que o modelo se chama *Manon Lescaut*,[5] uma maravilha! As fitas são cor de cereja, e se não for cara... Arkacha, mesmo que seja cara!

— Para mim você é o maior de todos os poetas, Vássia! Vamos!

Eles correram e dois minutos depois entraram na loja. Foram recebidos por uma francesa de cabelos cacheados e olhos pretos, que, ao avistar os compradores, ficou tão alegre e feliz quanto eles mesmos, até mais feliz, se é que se pode dizer. Vássia estava disposto a beijar Madame Leroux de tanta empolgação...

— Arkacha! — disse a meia-voz, dirigindo um olhar casual a todas as coisas belas e grandiosas que estavam nas prateleiras de madeira sobre o enorme balcão da loja. — Magnífico! O que é isso? O que é? Veja, por exemplo, esse bombonzinho, está vendo? — sussurrou Vássia, mostrando uma touca muito graciosa, não aquela que pretendia comprar, pois de longe vira

---

[5] Personagem do romance *L'histoire du chevalier Des Grieux et de Manon Lescaut* (A história do cavaleiro Des Grieux e de Manon Lescaut), do Abade Prévost, publicado em 1731. (N. da T.)

e fixara os olhos em outra, notável, autêntica, que estava do outro lado. Olhava-a de tal forma, que era possível pensar que alguém ia roubá-la ou que a própria touca sairia voando pelo ar para não ser entregue a Vássia.

— Veja — disse Arkadi Ivánovitch apontando para uma. — Para mim, aquela é a melhor.

— Bem, Arkacha, ela até lhe faz jus! Começo a respeitar você pelo seu gosto — disse Vássia, enganando-o de forma matreira e com o coração comovido. — Maravilha de touca, mas venha cá!

— Onde há uma melhor, irmão?

— Veja aqui!

— Esta? — disse Arkadi em dúvida.

Mas quando Vássia, incapaz de se conter, pegou a touca do aparador onde ela parecia ter pousado espontaneamente, como se estivesse feliz de encontrar tão bom comprador depois de uma longa espera; quando farfalharam todas as suas fitinhas, *ruches* e laços, o peito de Arkadi Ivánovitch soltou um inesperado grito de êxtase. Até Madame Leroux, que observava tudo com sua incontestável dignidade e superioridade em questão de gosto e, no momento da escolha, apenas mantinha um silêncio condescendente, premiou Vássia com um sorriso de total aprovação, de modo que tudo nela, o olhar, o gesto e aquele sorriso, tudo dizia ao mesmo tempo: sim! O senhor acertou e merece a felicidade que o espera.

— Está coqueteando, coqueteando ali sozinha! — gritou Vássia, transmitindo todo o seu amor à bela touca. — Estava se escondendo de propósito, tratante, minha querida! — E ele a beijou, ou melhor, beijou o ar que a cercava, pois teve medo de tocar aquela preciosidade.

— Assim se escondem o verdadeiro mérito e a virtude — acrescentou Arkadi em êxtase, citando, para fazer graça, um dos jornais satíricos que havia lido pela manhã. — E então, Vássia, que tal?

— Viva, Arkacha! Você está afiado hoje, vai ser a *sensação*, como dizem, entre as mulheres, já estou prevendo. Madame Leroux, Madame Leroux!

— Pois não?

— Madame Leroux, querida!

Madame Leroux olhou para Arkadi Ivánovitch e sorriu de forma condescendente.

— A senhora não vai acreditar como eu a adoro neste momento... Permita-me beijá-la... — e Vássia beijou a dona da loja.

Definitivamente foi preciso apelar por um minuto para toda a sua dignidade a fim de não comprometer sua imagem com tal patife. Mas garanto que era preciso ter também toda a graça e amabilidade inata e genuína, com a qual Madame Leroux acolhera o entusiasmo de Vássia. Ela o desculpou e com que inteligência, com que graciosidade soube se safar daquela situação! Afinal, era impossível ficar zangado com Vássia!

— Madame Leroux, qual o preço?

— Cinco rublos de prata — respondeu, recompondo-se com um novo sorriso.

— E esta, Madame Leroux — disse Arkadi Ivánovitch, apontando para a que havia escolhido.

— Esta custa oito rublos de prata.

— Permita-me! Permita-me! Convenhamos, Madame Leroux, qual é a melhor, a mais graciosa e encantadora, a que fica melhor na senhora?

— Aquela é mais rica, mas a que o senhor escolheu *c'est plus coquet*.[6]

— Então vamos levá-la!

Madame Leroux pegou uma folha de papel bem fino, passou um alfinete e ficou parecendo que o papel, depois de embrulhar a touca, tornara-se ainda mais leve do que antes. Vássia pegou com cautela, prendendo a respiração, fez uma reverência a Madame Leroux, disse-lhe ainda alguma coisa muito amável e saiu.

— Sou um *bon vivant*, Arkacha, nasci para ser um *bon vivant*! — gritou Vássia, gargalhando, transbordando num riso surdo, nervoso e delicado, enquanto se desviava dos pedestres, que suspeitava estarem o tempo todo tentando amassar sua preciosíssima touca!

— Ouça, Arkacha, ouça! — começou depois de um minuto, de forma um tanto solene e com um tom extremamente amoroso na voz. — Arkadi, estou tão feliz!

— Vássienka! Eu é que estou feliz, meu querido!

— Não, Arkacha, não, seu amor por mim é infinito, eu sei; mas você não pode sentir nem um centésimo do que estou sentindo neste momento. Meu coração está tão pleno, tão pleno! Arkacha! Não mereço essa felicidade! Eu percebo, sinto isso. Por que eu? — disse com a voz entrecortada por soluços abafados. — O que eu fiz para merecer isso? Me diga! Veja quantas pessoas, quantas lágrimas, quanto sofrimento, quanta vida de dias úteis sem feriado! E eu! Esta jovem me ama, a mim... você mesmo vai vê-la agora, vai poder apreciar seu coração virtuoso. Nasci de classe baixa, agora tenho uma

---

[6] Em francês no original: "É mais coquete". (N. da T.)

posição e uma renda independente, um salário. Nasci com um defeito físico, sou meio manco. Veja, ela se apaixonou por mim como sou. Hoje Iulian Mastákovitch foi tão gentil, tão atencioso, tão respeitoso; ele raramente fala comigo; chegou e disse: "E então, Vássia (juro que ele me chamou de Vássia), vai aproveitar o feriado, hein?" (ele até mesmo riu).

"Na verdade, Vossa Excelência, tenho trabalho para fazer", então me animei e disse, "E pode ser que me divirta, Vossa Excelência!" — juro que disse. Ele me deu dinheiro na mesma hora, depois ainda trocou duas palavras comigo. Eu chorei, irmão, juro que derramei lágrimas, e ele, parece, ficou comovido, deu um tapinha no meu ombro e disse: "Sinta, Vássia, sinta sempre o que está sentindo agora...".

Vássia ficou em silêncio por um instante. Arkadi Ivánovitch se virou e também limpou uma pequena lágrima com o punho.

— Tem mais... — continuou Vássia. — Nunca lhe disse isso, Arkadi... Arkadi! Você me deixa tão feliz com sua amizade, sem você eu nem existiria no mundo... Não, não, não diga nada, Arkacha! Deixe-me apertar sua mão, deixe-me a-gra-de-cer! — outra vez Vássia não conseguiu terminar.

Arkadi Ivánovitch quis atirar-se nos braços de Vássia, mas como estavam atravessando a rua e ouviram bem de perto os gritos — "saiam, saiam!" —, ambos, assustados e agitados, correram para a calçada. Arkadi Ivánovitch sentiu-se até aliviado com aquilo. Perdoou o arroubo de gratidão de Vássia apenas pela excepcionalidade daquele momento. Ele mesmo estava irritado. Sentia que, até aquele momento, tinha feito tão pouco por Vássia! Teve até vergonha quando Vássia começou a agradecer-lhe por aquela ninharia! Mas ainda havia uma vida inteira pela frente e Arkadi Ivánovitch suspirou com mais liberdade.

Decididamente, elas tinham desistido de esperar por eles! Prova disso é que já estavam tomando chá! De fato, às vezes uma pessoa mais velha é mais perspicaz que os jovens, ainda mais estes jovens! Lízanka garantiu firmemente que ele não viria, "não virá, mamãezinha; meu coração está sentindo que não virá"; já a mamãezinha dizia que o coração dela, ao contrário, sentia que ele viria sem falta, que não iria aguentar, viria correndo, pois não estaria ocupado com o serviço, já que era véspera de Ano-Novo! Lízanka, mesmo ao abrir a porta, não esperava absolutamente, não podia acreditar no que via, recebeu-os sem fôlego, com seu pequeno coração palpitante como o de um pássaro capturado, corou e enrubesceu feito uma cereja, fruta com a qual ela se parecia muito. Meu Deus, que surpresa! Que suspiro alegre surgiu em seus lábios! "Trapaceiro! Meu querido!" — gritou, lançando-se nos braços de Vássia... Imagine seu espanto, seu súbito embaraço: atrás de Vássia, como que querendo esconder-se, estava Arkadi Ivánovitch, um tanto perdido. É preciso reconhecer que ele não tinha jeito com as mulheres, jeito nenhum, até aconteceu um dia de... Mas isso fica para depois. Contudo, coloque-se no lugar dele: não havia nada engraçado ali — ele estava na antessala, de galochas, capote, com um gorro de orelhas, que se apressou em tirar, um cachecol amarelo de crochê ridiculamente enrolado e que, para piorar, ainda estava com o nó para trás. Tinha que consertar tudo isso, tirar logo tudo, mostrar-se sob um aspecto mais favorável, pois não há ninguém que não queira se apresentar sob um aspecto mais favorável. Vássia estava irritante e insuportável, embora fosse aquele Vássia gentil e bondoso de sempre; naquele momento estava insuportável e impiedoso! "Veja, Lízanka", gritou, "este é meu Arkadi! Sabe? É meu melhor amigo, abrace-o, beije-o, Lízanka, beije-o agora, depois, quando o conhecer melhor, vai querer enchê-lo de beijos você mesma..." E então? E então, eu pergunto, o que poderia fazer Arkadi Ivánovitch? Ele só tinha desenrolado metade do cachecol! Palavra, às vezes até eu fico sem graça com os arroubos de entusiasmo de Vássia; arroubos que, é claro, revelam a bondade de seu coração, mas... é constrangedor, não é nada bom!

Enfim, eles entraram. A velha estava infinitamente alegre por conhecer Arkadi Ivánovitch; ouvira tanto sobre ele, que... Ela não conseguiu terminar — um alegre "Ah!" ressoou alto pelo cômodo e a interrompeu no meio da frase. Meu Deus! Lízanka parou diante da touca que fora desembrulhada de surpresa, juntou as mãos com muita simplicidade e sorriu, sorriu de tal forma que... Meu Deus, será que Madame Leroux não tinha uma touca mais bonita?

Ah, meu Deus, mas onde haveria uma touca ainda mais bonita? Isso já seria impossível! Onde conseguir uma melhor? Digo seriamente! Enfim, fico até um pouco indignado, magoado com a ingratidão dos apaixonados. Vejam os senhores mesmos, vejam — o que pode ser melhor do que esse amorzinho de touca? Pois, observem... Mas não, não, meus lamentos são em vão, eles todos já concordaram comigo, foi um engano momentâneo, um nevoeiro, uma febre do sentimento, estou disposto a perdoá-los... Mas então olhem... Os senhores me perdoem, não paro de falar da touca: feita de tule, levíssima, com uma larga fita cor de cereja coberta por um laço que passa entre o tule e o *ruche*, e com duas fitinhas na parte de trás, largas e compridas, que cairão um pouco abaixo da nuca, no pescoço... A touca só precisava ser colocada na nuca. Vejam! Depois eu perguntarei. Senhores, vejo que não estão olhando! Para os senhores parece que tanto faz! Estão olhando para outro lado... Estão olhando para duas lágrimas, grandes como pérolas, que num instante surgiram nos olhos pretos cor de azeviche, estremeceram por um instante nos longos cílios e depois desapareceram naquele tule, que mais parecia feito de ar e que era a obra de arte de Madame Leroux... Estou outra vez irritado: essas duas lágrimas quase não foram pela touca! Não! Acho que uma coisa dessas deve ser dada a sangue-frio. Só assim poderá ser realmente apreciada! Reconheço, senhores, só falo da touca!

Sentaram-se: Vássia com Lízanka e a velha com Arkadi Ivánovitch; começaram a conversar e Arkadi Ivánovitch se manteve firme. É com alegria que lhe faço essa justiça. Era inclusive difícil esperar isso dele. Depois de duas palavras sobre Vássia, conseguiu mudar o assunto para Iulian Mastákovitch, seu benfeitor. Falou com tanta inteligência, que a conversa durou mais de uma hora. Precisavam ver com que habilidade, com que tato, Arkadi Ivánovitch falou sobre algumas particularidades de Iulian Mastákovitch relacionadas direta ou indiretamente a Vássia. A velha ficou fascinada, de verdade: ela mesma reconheceu, chamou Vássia de canto e disse-lhe que seu amigo era excelente, um jovem amabilíssimo e, o principal, tão sério e confiável que Vássia por pouco não gargalhou de deleite. Lembrou-se de como o confiável Arkadi rolou com ele na cama durante quinze minutos! Depois a velha piscou para Vássia e pediu-lhe para que a seguisse em silêncio e com cuidado para outro quarto. É preciso admitir que ela não agiu muito bem em relação a Lízanka: por excesso de sentimento, é claro, ela a traiu e inventou de mostrar às escondidas o presente de Ano-Novo que Lízanka havia preparado para Vássia. Era uma carteira bordada com miçangas e fios dourados, com um desenho esplêndido: de um lado havia um cervo igualzinho a um verdadeiro, que corria extremamente rápido, tão bem e de modo tão parecido, tão bem feito! Do outro, havia o retrato de um famoso general, também esplêndido e muito parecido com o original. Nem falarei do entusiasmo de Vássia. Enquanto isso, na sala, o tempo não era desperdiçado. Lízanka se aproximou de Arkadi Ivánovitch. Pegou-o pelas mãos, agradeceu-lhe por algo e Arkadi Ivánovitch entendeu, afinal, que ela falava do preciosíssimo Vássia. Lízanka estava profundamente emocionada: ouvira que Arkadi Ivánovitch era um grande amigo de seu noivo, que o amava tanto, que cuidava dele e o guiava a cada passo com bons conselhos que, palavra, Lízanka não podia deixar de lhe agradecer, não conseguia conter a gratidão, e esperava, enfim, que pudesse merecer ao menos a metade do amor que ele tinha por Vássia. Depois, ela começou a encher-lhe de perguntas: quis saber se Vássia cuidava da saúde, expressou certo receio em relação a sua personalidade impetuosa, a sua falta de conhecimento sobre as pessoas e sobre a vida prática; disse que, com o tempo, cuidaria dele religiosamente, protegeria e cuidaria do seu destino e, enfim, que esperava que Arkadi Ivánovitch não apenas não os abandonasse, mas até que morasse com eles.

— Viveremos os três como se fôssemos um! — gritou com um entusiasmo extremamente ingênuo.

Mas era preciso partir. É claro que tentaram impedir, mas Vássia foi categórico, era impossível permanecer mais tempo. Arkadi Ivánovitch atestou o mesmo. Evidentemente, perguntaram o motivo. Revelaram imediatamente que se tratava de um trabalho, encomendado a Vássia por Iulian Mastákovitch, necessário, urgente, terrível, que deveria ser entregue dali a dois dias, de manhã, e que não só não estava pronto, como fora inteiramente deixado de lado. A mãezinha soltou um suspiro ao ouvir aquilo, já Lízanka simplesmente se assustou, estremeceu e até expulsou Vássia. O último beijo não foi pior por isso, foi mais curto, apressado, entretanto, mais forte e ardente. Despediram-se por fim e os amigos foram para casa.

Assim que se viram na rua, eles começaram imediatamente a confidenciar suas impressões um para o outro. Bem, é assim que deveria ser: Arkadi Ivánovitch estava apaixonado, perdidamente apaixonado por Lízanka! E a quem melhor confidenciar isso se não ao próprio felizardo Vássia? Assim o fez: não se acanhou e foi logo confessando tudo. Vássia riu muito, estava terrivelmente feliz, até observou que aquilo não era bobagem e que agora eles se tornariam ainda mais amigos. "Você percebeu tudo, Vássia" — disse Arkadi Ivánovitch. "Sim, eu a amo assim como amo você. Ela vai ser meu anjo também, da mesma forma que é o seu, pois a felicidade de vocês vai se irradiar sobre mim e me confortar. Ela também será minha senhoria, Vássia, minha felicidade estará nas mãos dela. Que ela esteja a cargo tanto de você quanto de mim. Sim, minha amizade por você será amizade por ela. Vocês são inseparáveis para mim agora. Eu terei duas criaturas como você ao invés de uma..." Arkadi calou transbordando de emoção. Vássia foi tocado até as profundezas da alma por aquelas palavras. O fato é que jamais esperara ouvir tais palavras de Arkadi. Arkadi Ivánovitch não falava bem, tampouco gostava de sonhar, mas agora deixou-se tomar pelos sonhos mais alegres, mais frescos e otimistas! "Como cuidarei de vocês, como vou mimá-los" — disse novamente. — "Em primeiro lugar, Vássia, serei padrinho de todos os filhos que tiverem, de todos. Em segundo lugar, intercederei pelo nosso futuro. Precisamos comprar móveis, alugar um apartamento para que cada um tenha seu canto. Sabe, Vássia, amanhã vou correr para procurar anúncios nas portas. Três... não, dois quartos, não precisamos de mais. Vássia, acho que mais cedo disse bobagem, o dinheiro vai dar. Como não? Assim que olhei nos olhinhos dela, logo calculei que vai dar. Tudo para ela! E como vamos trabalhar! Agora, Vássia, é possível arriscar pagar uns 25 rublos por um apartamento. Um apartamento é tudo, irmão! Bons quartos... e pronto, será um homem feliz e com sonhos otimistas! Em segundo lugar, Lízanka vai ser nosso caixa: não desperdiçaremos nenhum copeque! Até parece que vou frequentar tavernas! Quem pensa que sou? De jeito nenhum! Vamos receber bônus e recompensas porque trabalharemos com zelo! Ah, trabalharemos como bois arando a terra! Imagine só" — e a voz de Arkadi Ivánovitch fraquejou de satisfação —, "de repente, de forma totalmente inesperada, 25 ou trinta rublos cairão no nosso colo! Cada recompensa será uma touquinha, um xalezinho, umas meiazinhas! Ela precisa, sem falta, tricotar um cachecol para mim: veja como o meu está horrível: amarelado, encardido, hoje me causou aborrecimento! E você também, Vássia, foi me apresentar enquanto eu estava lá com aquele cabresto... mas a questão não é essa! Veja só: vou comprar toda a prataria! Tenho que dar um presentinho, é uma questão de honra, de amor-próprio! Minhas recompensas não vão desaparecer: acha que vão dar para Skorokhódov? Com certeza não vão parar no bolso daquela garça. Irmão, comprarei colheres de prata, belas facas, não de prata, mas ótimas facas, e um colete, ou seja, um colete para mim, afinal serei o padrinho! Mas agora controle-se, controle-se, vou ficar atrás de você, irmão, hoje, amanhã, ficarei a noite toda atrás de você com um pedaço de pau para que trabalhe: termine! Termine, irmão, mais rápido! E depois, durante a noite outra vez, então seremos felizes, vamos jogar na loteria! Trabalharemos à noite, ah, que bom! Ufa, diabos! Que chateação não poder ajudá-lo; senão pegaria tudo, escreveria tudo por você... Por que não temos a mesma caligrafia?"

— Sim! — respondeu Vássia. — Sim! Preciso me apressar. Acho que agora já devem ser umas onze horas; preciso me apressar... Ao trabalho! — ao dizer isso, Vássia, que até aquele momento, ora sorria, ora tentava interromper a efusão de sentimentos amistosos com alguma observação entusiasmada, ou seja, demonstrava a mais perfeita animação, de repente aquietou-se, calou e pôs-se quase a correr pela rua. Parecia que alguma ideia subitamente congelara sua cabeça em chamas, foi como se seu coração ficasse apertado.

Arkadi Ivánovitch até ficou preocupado: Vássia quase não respondia às suas apressadas perguntas, limitava-se a usar uma palavra ou outra, às vezes apenas uma exclamação que, com frequência, nada tinha a ver com o assunto. "O que há com você, Vássia?" — gritou, enfim, quase sem conseguir alcançá-lo. — "Está mesmo tão preocupado?" "Ah, irmão, chega de tagarelar!" — respondeu Vássia aborrecido. "Não fique desanimado, Vássia" —

interrompeu Arkadi —, "já vi você escrever muito mais em menos tempo... O que há? Você é um verdadeiro talento! Na pior das hipóteses, pode até acelerar a pena: não vão litografar para um livro de caligrafia. Vai conseguir! Quanto mais agitado e confuso ficar agora, mais pesado será o trabalho..." Vássia não respondeu ou resmungou alguma coisa entre os dentes, e ambos seguiram decididamente inquietos para casa.

 Vássia pôs-se logo a trabalhar. Arkadi Ivánovitch acalmou-se e calou, tirou o casaco em silêncio e deitou na cama sem tirar os olhos de Vássia... Foi tomado por certo terror... "O que há com ele?", disse de si para si, olhando o rosto pálido de Vássia, seus olhos em chamas, a intranquilidade que transparecia em cada movimento. "Até a mão está tremendo... Juro! Não será melhor aconselhá-lo a dormir umas duas horas para que essa agitação passe?" Assim que terminou uma página, Vássia levantou os olhos, olhou acidentalmente para Arkadi e imediatamente baixou os olhos, tomando outra vez a pena.

— Ouça, Vássia — começou Arkadi Ivánovitch —, não seria melhor tirar um cochilo? Veja, você está febril...

Vássia olhou irritado, e até com raiva, para Arkadi e não respondeu.

— Escute, Vássia, o que está fazendo consigo mesmo?

Vássia caiu em si.

— Que tal um chá, Arkacha? — disse.

— Como assim? Para quê?

— Para dar forças. Não quero, nem vou dormir! Vou continuar a escrever. Mas agora poderia descansar, tomar um chá e esse momento difícil passaria.

— Ótimo, irmão, maravilha! Era exatamente isso o que eu queria propor. Não acredito que não me tenha passado pela cabeça. Mas sabe qual o problema? A Mavra não vai levantar, não vai acordar de jeito nenhum...

— Sim...

— Bobagem, não é nada! — gritou Arkadi Ivánovitch, levantando de um salto da cama, descalço. — Vou preparar o samovar. Não será a primeira vez...

Arkadi Ivánovitch correu para a cozinha e ocupou-se do samovar; enquanto isso, Vássia escrevia. Arkadi Ivánovitch se vestiu e ainda correu à padaria para que Vássia tivesse algo que o sustentasse durante a noite. Quinze minutos depois, o samovar estava na mesa. Eles começaram a beber, mas a conversa não fluía. Vássia continuava distraído.

— Então — disse ele, enfim, como se tivesse voltado a si —, amanhã temos que dar os cumprimentos...

— Você não precisa ir.

— Não, irmão, impossível — disse Vássia.

— Eu assino por você... Vamos! Melhor você trabalhar amanhã. Hoje, se você trabalhar até as cinco, como eu disse, poderia dormir. Senão, como vai estar amanhã? Eu o acordarei às oito em ponto...

— Será que não tem problema assinar por mim? — perguntou Vássia, quase concordando.

— O que seria melhor? Todos fazem isso!

— Palavra, tenho medo...

— Medo de quê?

— Os outros, tudo bem, mas Iulian Mastákovitch, ele é meu benfeitor, Arkacha, quando perceber que a letra é de outro...

— Perceber? Como você é, Vássiuk! Como é que ele vai perceber? Eu sei assinar seu nome igualzinho, faço até aquela voltinha, juro! Chega, o que há? Quem vai perceber?

Vássia não respondeu e terminou de beber seu copo com pressa... Depois, balançou a cabeça em dúvida.

— Vássia, querido! Ah, se conseguíssemos! Vássia, o que há com você? Está me assustando! Sabe, agora não vou me deitar, Vássia, não vou dormir. Mostre-me quanto falta.

Vássia olhava-o de tal forma que o coração de Arkadi Ivánovitch revirou e a língua travou.

— Vássia, o que há com você? O que você tem? Por que está olhando assim?

— Arkadi, amanhã vou mesmo cumprimentar Iulian Mastákovitch.

— Então que vá! — disse Arkadi, olhando para ele com olhos arregalados e uma expectativa aflita. — Ouça, Vássia, apresse a pena; digo para o seu bem, por Deus! Quantas vezes o próprio Iulian Mastákovitch disse que o que mais gosta em sua escrita é que ela seja legível? É só o Skoropliókhin que gosta que ela seja legível e bonita, como um caderno de caligrafia, para depois surrupiar de algum jeito e levar para casa a fim de que seus filhos copiem: o tolo não pode comprar cadernos de caligrafia! Já Iulian Mastákovitch diz apenas, exige apenas que seja legível, legível e legível! O que há? Palavra! Vássia, já nem sei como falar com você... tenho até medo... está me matando com a sua angústia.

— Não é nada, não é nada! — disse Vássia e caiu exausto na cadeira. Arkadi ficou alarmado.

— Não quer água? Vássia! Vássia!

— Chega, chega — disse Vássia apertando-lhe a mão. — Não é nada, apenas fiquei um pouco triste, Arkadi. Eu mesmo não posso dizer a razão. Escute, melhor falar de outra coisa, não me faça lembrar...

— Acalme-se, por Deus, acalme-se, Vássia. Vai conseguir terminar, juro, vai conseguir! E se não terminar, qual é o problema? Parece até que seria um crime!

— Arkadi — disse Vássia, olhando para o amigo de tal forma que este ficou definitivamente assustado, pois que Vássia nunca estivera tão alarmado. — Se eu estivesse só, como antes... Não! Não é isso. O que quero dizer, confidenciar, como a um amigo... Aliás, para que deixá-lo preocupado? Veja, Arkadi, alguns recebem muito, outros fazem coisas pequenas, como eu. E se exigissem sua gratidão, seu reconhecimento e você não pudesse oferecê-los?

— Vássia, não consigo entender!

— Eu nunca fui ingrato — continuou Vássia baixinho, como se estivesse falando consigo mesmo. — Mas se não tenho condições de expressar tudo o que sinto, então é como se... Arkadi, vai parecer que sou ingrato, e isso está me matando.

— Mas o que é isso? Será possível que toda gratidão esteja no fato de entregar o trabalho no prazo? Vássia, pense no que está dizendo! Será que é assim que se expressa gratidão?

Súbito Vássia calou e olhou fixamente para Arkadi, como se aquele argumento inesperado tivesse destruído todas as dúvidas. Até sorriu, mas imediatamente retomou a expressão pensativa de antes. Arkadi, tendo interpretado aquele sorriso como o fim de todos os sofrimentos e a preocupação que se seguiu como determinação de fazer algo melhor, alegrou-se ao extremo.

— Arkadi, irmão — disse Vássia —, dê uma olhada em mim ao acordar; se eu cair no sono será uma desgraça; vou sentar para trabalhar agora... Arkacha?

— O quê?

— Não, eu apenas, não é nada... eu queria... — Vássia sentou e ficou em silêncio, Arkadi se deitou. Nenhum dos dois disse uma palavra sobre Kolomna. É possível que ambos tenham sentido que não fizeram bem em farrear fora de hora. Arkadi Ivánovitch logo adormeceu, ainda preocupado com Vássia. Para sua surpresa, acordou exatamente às sete horas. Vássia estava dormindo na cadeira, com a pena na mão, pálido e exausto, a vela tinha se apagado. Na cozinha, Mavra cuidava do samovar.

— Vássia, Vássia! — gritou Arkadi assustado... — Quando dormiu? Vássia abriu os olhos e pulou da cadeira...

— Ah! — disse. — Simplesmente caí no sono!

Correu imediatamente para os papéis. Nada, estava tudo em ordem: nenhuma mancha de tinta, nenhuma gota do sebo da vela.

— Acho que dormi por volta das seis — disse Vássia. — Como estava frio à noite! Vamos tomar um chá e eu volto...

— Recarregou um pouco as energias?

— Sim, sim, agora está tudo bem, tudo bem!

— Feliz Ano-Novo, Vássia, meu irmão.

— Saudações, irmão, saudações, para você também, querido.

Eles se abraçaram. O queixo de Vássia tremia e seus olhos ficaram marejados. Arkadi Ivánovitch ficou em silêncio: estava amargurado. Eles beberam o chá apressadamente.

— Arkadi! Decidi que eu mesmo vou à casa de Iulian Mastákovitch...

— Mas ele não vai perceber...

— Ficarei com a consciência pesada, irmão.

— Mas é para ele que está trabalhando, é para ele que está se matando... chega! Quer saber, eu vou passar lá...

— Onde? — perguntou Vássia.

— Na casa das Artiémeva, darei nossos cumprimentos.

— Amado, querido amigo! Bem, eu vou ficar aqui. Vejo que sua ideia é boa. Fico aqui trabalhando. Não perderei tempo com festa! Espere um minuto, vou escrever uma carta!

— Escreva, irmão, escreva, dá tempo; ainda vou me lavar, fazer a barba e limpar o terno. Vássia, meu irmão, ficaremos felizes e satisfeitos! Me dê um abraço, Vássia!

— Ah, tomara, irmão!

— Aqui mora o funcionário senhor Chumkóv? — ouviu-se uma voz infantil na escada...

— Aqui, paizinho, aqui — disse Mavra, recebendo o visitante.

— Quem é? Quem, quem? — gritou Vássia, saltando da cadeira e correndo para a antessala. — Piétenka,[7] é você?

— Bom dia! Tenho a honra de trazer-lhe os cumprimentos pelo Ano-Novo, Vassíli Petróvitch — disse o menino de uns dez anos, de belos cabelos pretos e cacheados —, da parte de minha irmã e de minha mãe. Minha irmã mandou-me dar-lhe um beijo por ela...

Vássia levantou o mensageiro no ar e deu um beijo doce, demorado e entusiasmado em seus lábios, que tanto se pareciam com os de Lízanka.

---

[7] Piétenka é diminutivo de Piotr. (N. da T.)

— Beije-o, Arkadi! — disse Vássia, lhe entregando Piétia que, sem tocar no solo, passou aos braços fortes e ávidos, no pleno sentido da palavra, de Arkadi Ivánovitch.

— Meu querido, quer um chazinho?

— Agradeço muito. Já bebemos! Hoje levantamos cedo. Os nossos foram à missa. Minha irmãzinha ficou duas horas fazendo meus cachos, passando pomada, me lavando, costurou minha calça, pois eu a rasguei ontem com Sachka na rua. Estávamos brincando na neve...

— Ora, veja só!

— Me arrumou todo para vir até aqui, depois passou pomada, encheu-me de beijos e disse: "Vá até a casa de Vássia, dê os cumprimentos e pergunte se estão bem, se passaram bem a noite e... e mais alguma coisa! E se terminou o trabalho que... como era mesmo?... ah, sim, trouxe anotado — disse o garoto, lendo um papel que tirou do bolso —, sim, que o preocupava.

— Terminarei! Terminarei! Pode dizer para ela que terminarei, sem falta, dou minha palavra!

— E o que mais...? Ah! Estava esquecendo, minha irmã mandou um bilhetinho e um presente, eu já estava esquecendo!

— Meu Deus! Ah, meu querido! Onde está... onde? Aí está! Veja, irmão, o que ela escreveu. Como é que-ri-da e adorável! Sabe, ontem, na casa dela, vi a carteira que ela está fazendo para mim. Ainda não está pronta, então, ela diz: "estou mandando um cacho do meu cabelo, fique sempre com ele". Veja, irmão, veja!

Abalado de entusiasmo, Vássia mostrou para Arkadi Ivánovitch um cacho dos cabelos mais bastos e negros do mundo, depois beijou-o ardentemente e escondeu no bolso lateral, perto do coração.

— Vássia, vou encomendar um medalhão para esses cabelos! — disse resoluto Arkadi Ivánovitch.

— Teremos vitela assada, amanhã teremos miolos, mamãe quer fazer pão de ló... não teremos mingau de painço — disse o garoto, pensando em como terminar sua história da carochinha.

— Ah, mas que ótimo garoto! — gritou Arkadi Ivánovitch. — Vássia, você é o mais feliz dos mortais!

O garoto terminou o chá, recebeu o bilhete, mil beijos e foi embora feliz e saltitante como antes.

— Bem, irmão — disse o alegre Arkadi Ivánovitch —, veja que beleza, veja! Tudo terminou bem, não sofra, não fique desanimado! Adiante! Termine, Vássia, termine! Retornarei em duas horas; vou passar na casa delas e depois na casa de Iulian Mastákovitch...

— Bem, adeus, irmão, adeus... Ah, tomara! Tudo bem, pode ir, tudo bem. — disse Vássia. — Eu, irmão, realmente não vou à casa de Iulian Mastákovitch.

— Adeus!

— Espere, irmão, espere; diga-lhes... bem, diga o que achar melhor. Mande um beijo... ah, e me conte, depois me conte tudo...

— Sim, sim, sim... já sabemos! Foi a felicidade que virou você de pernas para o ar! Foi o inesperado. Você já não é o mesmo de ontem. Nem descansou das impressões. Mas é claro! Recupere-se, querido Vássia! Adeus, adeus!

Os amigos, enfim, se despediram. Durante toda a manhã, Arkadi Ivánovitch esteve distraído e só pensava em Vássia. Ele conhecia seu caráter fraco e irritadiço. "Sim, foi a felicidade que virou você de pernas para o ar, eu não me engano!" — disse para si mesmo. — "Meu Deus! Até eu fiquei melancólico. Veja o que ele consegue transformar em tragédia! Quanta agitação! Ah, é preciso salvá-lo! É preciso salvá-lo!" — disse Arkadi, sem perceber que em seu coração o que parecia ser uma pequena contrariedade doméstica, insignificante até, era sentido como verdadeira desgraça. Somente às onze horas conseguiu chegar à portaria de Iulian Mastákovitch para acrescentar seu modesto nome à longa lista de pessoas ilustres que haviam assinado a folha manchada e inteiramente preenchida. Mas qual não foi sua surpresa quando viu diante de si a própria assinatura de Vássia Chumkóv! Isso o deixou atônito. "O que deu nele?" — pensou. Arkadi Ivánovitch, que há pouco estava cheio de esperança, saiu desanimado. De fato, uma confusão estava se formando, mas onde? Qual?

Chegou a Kolomna com pensamentos sombrios, estava distraído a princípio, mas, depois de falar com Lízanka, saiu com lágrimas nos olhos, pois ficou realmente assustado por Vássia. Foi correndo para casa e no rio Nievá deu de cara com Chumkóv. Ele também estava correndo.

— Para onde vai? — gritou Arkadi Ivánovitch.

Vássia parou como se tivesse sido flagrado cometendo um crime.

— Bem, irmão, eu... queria dar uma volta.

— Não aguentou, estava indo para Kolomna? Ah, Vássia, Vássia! E para que foi à casa de Iulian Mastákovitch?

Vássia não respondeu; depois abanou a mão e disse:

— Arkadi! Eu não sei o que se passa comigo! Eu...

— Chega, Vássia, chega! Eu sei o que é isso. Acalme-se! Você está agitado e abalado desde ontem! Pense em como é difícil aguentar! Todos amam você, todos à sua volta, seu trabalho está caminhando, vai terminá-lo sem falta, já sei: você imaginou alguma coisa, teve algum medo...

— Não, não é nada, não é nada...

— Lembra, Vássia, lembra que isso já aconteceu com você? Lembra de quando recebeu seu título, por felicidade e gratidão duplicou o zelo e durante uma semana só estragou o trabalho... Agora está acontecendo a mesma coisa...

— Sim, Arkadi, sim. Mas agora é diferente, não é a mesma coisa...

— Como não é a mesma coisa? Pode ser que o trabalho nem seja urgente, e você está se matando...

— Não é nada, não é nada, eu apenas estava dizendo... Bem, vamos!

— O que é isso? Está indo para casa em vez de visitá-las?

— Irmão, com que cara vou aparecer lá? Mudei de ideia. Não consegui ficar lá sozinho, sem você. Agora que está comigo, vou trabalhar. Vamos!

Caminharam em silêncio por um tempo. Vássia apressava o passo.

— Não vai me perguntar sobre elas? — disse Arkadi Ivánovitch.

— Ah, sim! E então, Arkáchenka, como foi?

— Vássia, não reconheço você!

— Bem, não é nada, não é nada. Conte tudo, Arkacha! — disse Vássia com voz de súplica, como se evitasse maiores explicações. Arkadi Ivánovitch suspirou. Estava realmente perdido olhando para Vássia.

O relato sobre Kolomna o reanimou. Ficou até falante. Haviam almoçado. A velha encheu o bolso de Arkadi Ivánovitch de pão de ló, que os amigos se alegraram ao comer. Depois do almoço, Vássia prometeu dormir para trabalhar a noite toda. De fato, foi se deitar. Pela manhã, Arkadi Ivánovitch recebeu um convite para tomar chá que, vindo de quem vinha, não podia ser recusado. Os amigos se separaram. Arkadi disse que voltaria o quanto antes, se possível até as oito. As três horas de separação foram, para ele, como três anos. Por fim, voltou para Vássia. Ao entrar no quarto, viu que estava tudo escuro. Vássia não estava em casa. Perguntou para Mavra. Ela disse que ele só havia trabalhado e não tinha dormido nada, depois tinha caminhado pelo quarto, e, uma hora atrás, saíra às pressas, dizendo que voltaria em meia hora — "e quando Arkadi Ivánovitch chegar, diga para ele, velha, que saí para passear" — concluiu Mavra — "ele repetiu a ordem três, não, quatro vezes".

"Está na casa das Artiémeva!" — pensou Arkadi Ivánovitch e balançou a cabeça.

Um minuto depois levantou de um salto, com esperanças renovadas. "Ele deve ter terminado", pensou, "é isso, não aguentou e correu para lá. Aliás, não! Ele teria me esperado... Vou dar uma olhada no que ele tem aqui!"

Acendeu uma vela e atirou-se na direção da escrivaninha de Vássia: o trabalho havia caminhado, e parecia não estar tão longe do fim. Arkadi Ivánovitch queria continuar a investigar, mas de repente Vássia entrou...

— Ah, você está aqui? — gritou, sobressaltado. Arkadi Ivánovitch ficou em silêncio. Tinha medo de fazer perguntas a Vássia. Este baixou os olhos e, também em silêncio, começou a arrumar os papéis. Enfim, os olhos de ambos se encontraram. O olhar de Vássia exprimia tanto apelo, súplica e abatimento que Arkadi estremeceu. Seu coração tremeu e transbordou...

— Vássia, meu irmão, o que está acontecendo? O que há com você? — gritou, atirando-se em sua direção e abraçando-o. — Me dê uma explicação. Eu não entendo você nem essa sua tristeza. O que se passa, meu mártir? O quê? Não esconda nada. Não é possível que isso tudo seja apenas por...

Vássia se apertou forte contra ele e não conseguiu dizer nada. Estava sem ar.

— Chega, Vássia, chega! E se não terminar? Não entendo. Fale sobre seu sofrimento. Veja, eu sou para você... Ah, meu Deus, meu Deus! — disse, caminhando pelo quarto e agarrando-se a tudo o que via pela frente, como se procurasse com urgência um remédio para Vássia. — Eu mesmo irei amanhã no seu lugar encontrar Iulian Mastákovitch, pedirei, implorarei para que lhe dê mais um dia de prazo. Explicarei tudo, tudo, se é só isto que o atormenta tanto...

— Deus o livre! — gritou Vássia, pálido como um papel. Mal conseguia ficar em pé.

— Vássia, Vássia!

Vássia recobrou os sentidos. Seus lábios tremiam; quis dizer algo, mas conseguiu apenas, em silêncio, apertar convulsivamente as mãos de Arkadi... Suas mãos estavam frias. Arkadi ficou diante dele cheio de uma expectativa aflitiva e torturante. Vássia levantou os olhos.

— Vássia! Que seja, Vássia! Está torturando meu coração, amigo, querido.

Lágrimas jorravam dos olhos de Vássia; ele se atirou sobre o peito de Arkadi.

— Eu o enganei, Arkadi! — disse. — Enganei, me perdoe, me perdoe! Traí sua amizade...

— Como é, Vássia? Do que está falando? — perguntou Arkadi totalmente apavorado.

— Veja!

Num gesto desesperado, Vássia tirou de uma gaveta e jogou sobre a mesa seis cadernos grossos como aquele que estava copiando.

— O que é isso?

— É o que tenho que terminar até depois de amanhã. Não fiz nem um quarto! Não pergunte, não pergunte... como isso aconteceu! — continuou Vássia, explicando o que o atormentava tanto. — Arkadi, meu amigo! Eu mesmo não sei o que me aconteceu! Parece que estou saindo de um sonho. Perdi três semanas inteiras à toa. Eu... ia até a casa dela... Meu coração doía, eu sofria pela... incerteza... e não conseguia trabalhar. Nem pensava nisso. Só agora que a felicidade está ao meu alcance é que eu voltei a mim.

— Vássia! — começou Arkadi Ivánovitch, decidido. — Vássia! Vou salvar você. Entendo tudo. Este caso não é brincadeira. Vou salvar você! Escute, escute: amanhã vou ter com Iulian Mastákovitch... Não balance a cabeça, não, escute! Vou contar tudo para ele, como aconteceu. Me deixe fazer isso... Vou explicar para ele... Dizer tudo! Dizer como você está acabado, como está sofrendo.

— Será que sabe que é você que está me matando agora? — disse Vássia, gelado de espanto.

Arkadi Ivánovitch empalideceu, mas voltou a si e imediatamente começou a rir.

— Só? É só isso? — disse. — Ah, Vássia, faça-me o favor! Não tem vergonha? Bem, ouça! Vejo que estou deixando você aflito. Olha, eu entendo: sei o que está acontecendo com você. Afinal, faz cinco anos que moramos juntos, graças a Deus! Você é bom e muito carinhoso, mas é fraco, imperdoavelmente fraco. Até Lizavieta Mikháilovna notou. Além disso, você é um sonhador, e isso também não é bom: pode até perder o juízo, irmão! Ouça, eu sei o que você quer! Quer, por exemplo, que Iulian Mastákovitch fique fora de si e ainda, quem sabe, fique tão alegre que dê um baile pelo seu casamento... Pare, pare! Está fazendo caretas. Veja, por causa de uma palavra minha ficou ofendido por Iulian Mastákovitch! Vou deixar ele para lá. Pois eu mesmo o respeito tanto quanto respeito você! Mas não vai me contestar, não vai me impedir de pensar que você gostaria que não houvesse no mundo sequer um homem infeliz no dia do seu casamento... Sim, irmão, há de convir que gostaria que eu, por exemplo, seu melhor amigo, de repente ganhasse uma fortuna de cem mil rublos; que todos os inimigos que existissem na terra, de repente, sem mais nem por quê, fizessem as pazes, que todos se abraçassem de alegria no meio da rua e depois, quem sabe, viessem para cá como convidados. Meu amigo! Meu querido! Não estou caçoando, é assim. Há muito você demonstra isso de várias formas. Pois se você está feliz, quer que todos, absolutamente todos fiquem felizes de uma vez. Para você, ser feliz sozinho é doloroso, difícil! Por isso, agora você quer com todas as forças

Um coração fraco

ser digno dessa felicidade e, quem sabe, para aliviar a consciência, fazer alguma proeza! Eu entendo que você esteja disposto a se atormentar porque, quando deveria ter mostrado zelo e inteligência... e até gratidão, como diz, você de repente falhou! É terrivelmente penoso para você pensar que Iulian Mastákovitch ficará zangado e até bravo ao ver que não fez jus às esperanças que ele depositou em você. É doloroso pensar que vai ser repreendido por aquele que você considera seu benfeitor. Ainda mais agora, quando seu coração está cheio de alegria e não sabe em quem despejar sua gratidão... Não é isso? Não é verdade? Não é?

Arkadi Ivánovitch, cuja voz estava trêmula ao terminar, calou e respirou fundo.

Vássia olhava para o amigo com amor. Deixou escapar um sorriso entre os lábios.

Foi como se uma expectativa de esperança reavivasse seu rosto.

— Então, ouça — recomeçou Arkadi Ivánovitch, ainda mais inspirado pela esperança —, não vai ser nem preciso que Iulian Mastákovitch altere a boa vontade que tem em relação a você. Não é mesmo, querido? É esse o problema? Se for, então eu — disse Arkadi levantando de um salto —, eu me sacrificarei por você. Amanhã irei até Iulian Mastákovitch... E não me contradiga! Você, Vássia, está transformando seu erro em um crime. Enquanto ele, Iulian Mastákovitch, é generoso e misericordioso, não é como você! Vássia, meu irmão, ele vai nos ouvir e nos tirar da desgraça. E então, está mais calmo?

Vássia, com lágrimas nos olhos, apertou a mão de Arkadi.

— Basta, Arkadi, basta — disse. — A questão está resolvida. Eu não terminei, está bem. Se não terminei, não terminei. Não precisa ir lá, eu mesmo contarei tudo, eu mesmo irei. Agora estou mais calmo, totalmente calmo. Só não vá até lá... Eu lhe peço.

— Vássia, meu querido! — gritou de alegria Arkadi Ivánovitch. — Estou de acordo com suas palavras; estou feliz que tenha repensado e se recuperado. Mas não importa o que aconteça com você, seja o que for, estarei ao seu lado, lembre-se disso! Vejo que está atormentado pela ideia de que eu vá falar com Iulian Mastákovitch. Não direi, não direi nada, diga você mesmo. Veja: amanhã você vai... ou não, não vai, fique aqui trabalhando, está entendendo? E eu vou até lá para saber que trabalho é este, se é muito urgente ou não, se precisa ser entregue no prazo ou não, e o que pode acontecer se perder o prazo. Depois volto correndo para cá... Está vendo, está vendo? Existe esperança: suponha que o trabalho não seja urgente, poderia até se sair bem. Iulian Mastákovitch pode não se lembrar, e tudo estará salvo.

Vássia, duvidoso, assentiu com a cabeça. Mas não desviou seu olhar grato do rosto do amigo.

— Bem, chega, chega! Estou tão fraco, tão cansado, não quero nem pensar nisso — disse ofegante. — Vamos mudar de assunto! Eu, veja, nem vou escrever agora, só vou terminar essas duas paginazinhas para chegar a algum ponto. Ouça... Faz tempo que quero perguntar: como pode você me conhecer tão bem?

Lágrimas escorreram dos olhos de Vássia sobre as mãos de Arkadi.

— Se você soubesse, Vássia, o quanto amo você, nem me faria essa pergunta!

— Sim, sim, Arkadi, não sei, é que... não sei por que você me ama tanto! Sim, Arkadi, sabe que até seu amor estava me matando? Sabe quantas vezes, especialmente antes de dormir, pensava em você (pois sempre penso em você quando vou dormir), derramava lágrimas e meu coração estremecia de tanto, de tanto... bem, de tanto que você me amava, não havia jeito de aliviar meu coração, não havia como lhe agradecer...

— Está vendo, Vássia, está vendo como você é! Veja como agora está abalado — disse Arkadi, cuja alma se consumia naquele momento e se lembrava da cena do dia anterior na rua.

— Basta! Você quer que eu me acalme, mas eu nunca estive tão calmo e feliz! Quer saber... Ouça, queria contar tudo, mas sempre tenho medo de magoar você... Você sempre se magoa e grita comigo; e eu me assusto... olha como estou tremendo agora, e não sei por quê. Está vendo? Era isso o que eu queria contar. Tenho a impressão de que antes não me conhecia, sim! E que só ontem fui conhecer os outros também. Eu, irmão, não percebia, não tinha como avaliar plenamente. Meu coração... era duro... Ouça, isso aconteceu porque eu nunca fiz nada de bom para ninguém, ninguém no mundo, até na aparência sou ruim... E mesmo assim fizeram o bem para mim! Você foi o primeiro: acha que não estou vendo? Eu apenas fiquei calado, calado!

— Vássia, basta!

— O que é isso, Arkacha? Por favor! Está tudo bem... — interrompeu Vássia, quase sem conseguir falar de tanto que chorava. — Ontem falei de Iulian Mastákovitch. Você mesmo sabe que ele é um homem forte, severo, até você já foi repreendido por ele algumas vezes, e ontem ele resolveu brincar comigo, me agradar e abrir seu coração, que, com prudência, esconde de todos.

— Pois então, Vássia? Isso apenas demonstra que você é digno de sua felicidade.

— Ah, Arkacha! Como gostaria de terminar esse trabalho! Não, estou arruinando minha felicidade! Tenho um pressentimento! Não, não por causa disto — acrescentou Vássia, ao ver que Arkadi olhou de relance para a montanha de trabalho urgente que esperava sobre a mesa —, isso não é nada, são só papéis escritos... Bobagem! Esse assunto está resolvido... Eu... Arkacha, estive ontem na casa delas... mas não entrei. Foi muito difícil e penoso para mim! Fiquei apenas parado perto da porta. Ela estava tocando piano e eu fiquei ouvindo. Veja, Arkadi — disse, baixando o tom de voz —, não tive coragem de entrar...

— Ouça, Vássia, o que há com você? Por que me olha assim?

— O quê? Não é nada! Não estou me sentindo bem, as pernas tremem, isso é por que trabalhei durante a noite. Sim! Minha vista está ficando verde. Sinto aqui, aqui...

Apontou para o coração. Desmaiou.

Quando Vássia voltou a si, Arkadi queria tomar medidas violentas. Queria deitá-lo na cama à força. Vássia não concordou de jeito nenhum. Chorava, torcia os braços, queria imediatamente terminar suas duas páginas. Para não o irritar ainda mais, Arkadi permitiu que voltasse ao trabalho.

— Olhe — disse Vássia, sentando-se —, olhe, tive uma ideia, existe esperança.

Ele sorriu para Arkadi e seu rosto pálido como que se iluminou por um raio de esperança.

— É o seguinte: depois de amanhã levarei o que tiver feito. Quanto ao restante, mentirei, direi que pegou fogo, que caiu na água, que perdi... Bem, enfim, direi que não terminei, não consigo mentir. Eu mesmo explicarei, quer saber? Explicarei tudo; direi: é isso e isso, não consegui... Contarei do meu amor; não faz muito que ele se casou, vai me entender! Farei tudo isso, é claro, de forma discreta, respeitosa. Ele verá minhas lágrimas, ficará comovido com elas.

— Sim, claro, vá, vá falar com ele, se explicar... nem vai precisar de lágrimas! Para quê? Palavra, Vássia, você me deixou completamente assustado.

— Sim, irei, irei. Agora me deixe trabalhar, me deixe trabalhar, Arkacha. Não estou incomodando ninguém, me deixe trabalhar.

Arkadi se jogou na cama. Não confiava em Vássia, decididamente não confiava. Vássia era capaz de tudo. Mas pedir desculpas, por quê, como? Não se tratava disso. O problema era que Vássia não tinha cumprido com sua obrigação, se sentia culpado *diante de si mesmo*, se sentia ingrato em relação ao destino, estava abalado, pressionado pela felicidade da qual se considerava indigno, enfim, encontrara apenas um pretexto para perder a cabeça, e não tinha se recuperado da surpresa do dia anterior. "É isso!", pensou Arkadi Ivánovitch. "Preciso salvá-lo. Preciso reconciliá-lo consigo mesmo. Ele está cavando a própria cova." Pensou, pensou e decidiu ir ter com Iulian Mastákovitch já no dia seguinte, e contar tudo.

Vássia estava sentado, trabalhando. Arkadi Ivánovitch deitou-se exausto para pensar sobre o assunto novamente e acordou ao amanhecer.

— Ah, diabo! De novo! — gritou ao olhar Vássia, que estava sentado, escrevendo.

Arkadi atirou-se em sua direção, agarrou-o e deitou-o na cama à força. Vássia sorria: seus olhos estavam se fechando de fraqueza. Mal conseguia falar.

— Eu queria mesmo me deitar — disse. — Sabe, Arkadi, tenho uma ideia: vou terminar. *Acelerei* a pena! Não iria conseguir continuar. Me acorde às oito.

Não chegou a concluir sua fala e caiu no sono como um morto.

— Mavra! — sussurrou Arkadi Ivánovitch a Mavra, que trazia o chá. — Ele pediu para que o acordasse daqui a uma hora. Mas de jeito nenhum! Deixe-o dormir dez horas que seja, entendeu?

— Entendi, senhor-paizinho.

— Não prepare o almoço, não traga a lenha, não faça barulho, ou será pior para você! Se perguntar de mim, diga que saí para trabalhar, entendeu?

— Entendi, paizinho-senhor, que durma à vontade! Fico feliz de ver o senhor dormir, cuido bem do senhor. Outro dia me repreendeu por quebrar uma xícara, mas tinha sido a gata Machka e não eu que tinha quebrado, não fiquei de olho nela, disse: xô, maldita!

— Psiu, calada, calada!

Arkadi Ivánovitch acompanhou Mavra até a cozinha, exigiu que lhe desse a chave e a trancou lá. Depois foi para o trabalho. No caminho, refletiu sobre como se apresentaria para Iulian Mastákovitch, se aquilo seria apropriado ou desrespeitoso. Entrou tímido no escritório e timidamente perguntou por Sua Excelência. Disseram-lhe que não estava e que não viria. No mesmo instante, Arkadi Ivánovitch pensou em ir até sua residência, mas em boa hora imaginou que, se Iulian Mastákovitch não viera, provavelmente estava ocupado em casa. Resolveu ficar. As horas pareciam infinitas. Tentou discretamente saber mais sobre o trabalho de que Chumkóv estava encarregado. Mas ninguém sabia de nada. Sabiam apenas que Iulian Mastákovitch o contratava para encomendas especiais, das quais ninguém sabia. Enfim, bateram três horas e Arkadi Ivánovitch decidiu voltar correndo para casa —

porém, no vestíbulo foi detido por um escrivão que disse que Vassíli Petróvitch Chumkóv estivera lá depois do meio-dia e, acrescentou o escrivão, perguntara por Iulian Mastákovitch. Ao ouvir aquilo, Arkadi Ivánovitch chamou um cocheiro e foi para casa fora de si de tanto pavor.

Chumkóv estava em casa. Andava pelo quarto numa agitação enorme. Quando viu Arkadi Ivánovitch, logo se controlou, caiu em si e apressou-se em esconder sua inquietação. Em silêncio, sentou-se à mesa de trabalho. Parecia se esquivar das perguntas do amigo, sentia-se oprimido por elas, pensou alguma coisa de si para si e resolveu não revelar sua decisão, pois nem na amizade podia mais confiar. Isso deixou Arkadi estupefato, seu coração foi tomado por uma dor terrível, lancinante. Sentou-se na cama e revirou um livro qualquer, o único que possuía, sem tirar os olhos do pobre Vássia. Mas Vássia se manteve teimosamente calado, escrevia sem levantar a cabeça. Assim passaram-se algumas horas, e o sofrimento de Arkadi chegou ao último grau. Por fim, por volta das onze horas, Vássia levantou a cabeça e com um olhar vazio e imóvel olhou para Arkadi. Arkadi esperou. Passaram-se dois ou três minutos, Vássia estava calado. "Vássia!" — gritou Arkadi. Vássia não respondeu. — "Vássia!" — repetiu, levantando da cama de um salto. — "Vássia, o que há com você? O que há?" — gritou, correndo em sua direção. Vássia levantou a cabeça e novamente olhou para ele com o mesmo olhar vazio e imóvel. "Está petrificado!" — pensou Arkadi, tremendo de pavor. Pegou uma moringa com água, ergueu Vássia, derramou água em sua cabeça, umedeceu suas têmporas, esfregou as mãos dele nas suas, e Vássia voltou a si. "Vássia, Vássia!" — gritou Arkadi, vertendo as lágrimas que não conseguia mais conter. — "Vássia, não acabe consigo, acorde, acorde!" Não terminou de falar e o apertou num abraço forte. Uma sensação opressora percorreu o rosto de Vássia; esfregou a testa e levou as mãos à cabeça, como se estivesse literalmente com medo de que ela se estilhaçasse.

— Não sei o que há comigo! — disse, enfim. — Parece que estou arrebentado. Bom, está bem, está bem! Chega, Arkadi, não sofra, chega! — repetiu, olhando para ele com um olhar triste e esgotado. — Para que se preocupar? Chega!

— Logo você, me consolar? — gritou Arkadi, cujo coração estava destruído. — Vássia — disse enfim —, deite, durma um pouco, sim? Não fique sofrendo a troco de nada! É melhor voltar a trabalhar depois!

— Sim, sim! — repetiu Vássia. — Como queira! Vou me deitar, está bem, sim! Sabe, eu queria terminar, mas agora mudei de ideia, sim...

E Arkadi o arrastou para a cama.

— Ouça, Vássia — disse de forma dura —, é preciso resolver isso de uma vez! Diga, o que você está pensando?

— Ah! — disse Vássia, com um movimento da mão enfraquecida e virando a cabeça para o outro lado.

— Chega, Vássia, chega! Decida-se! Não quero ser o seu carrasco: não posso mais me calar. Você não vai dormir até se decidir, eu sei.

— Como quiser, como quiser — repetiu Vássia enigmaticamente.

"Está se rendendo!", pensou Arkadi Ivánovitch.

— Siga meu conselho, Vássia — disse —, lembre-se de que eu disse que vou salvar você amanhã. Amanhã decidirei o seu destino! O que estou dizendo, destino? Você me assustou tanto, Vássia, que eu mesmo estou usando suas palavras. Que destino? Não passa de besteira, bobagem! Você não quer perder a simpatia, o amor, se quiser, de Iulian Mastákovitch, sim? E não vai perder, você vai ver... eu...

Arkadi Ivánovitch poderia ainda falar por muito tempo, mas Vássia o interrompeu. Sentou-se na cama, em silêncio, colocou os braços em volta do pescoço de Arkadi Ivánovitch e o beijou.

— Basta — disse com uma voz fraca —, basta! Chega de falar disso!

E de novo virou a cabeça para a parede.

"Meu Deus!", pensou Arkadi, "Meu Deus! O que há com ele? Está totalmente perdido! O que será que ele decidiu? Vai se destruir."

Arkadi olhava para ele em desespero.

"Se ele adoecesse", pensou Arkadi, "poderia ser melhor. Com a doença a preocupação passaria, seria uma ótima maneira de consertar tudo. Mas estou dizendo besteira! Ah, pai do céu!"

Enquanto isso, Vássia parecia ter caído no sono. Arkadi Ivánovitch se alegrou. "Bom sinal!", pensou. Decidiu passar a noite inteira sentado ao lado dele. Mas Vássia estava inquieto. O tempo todo estremecia, agitava-se na cama e abria os olhos por um instante. Por fim, foi vencido pela exaustão; parecia dormir como um morto. Eram quase duas da manhã e Arkadi Ivánovitch dormiu na cadeira, o cotovelo apoiado na mesa.

Seu sono foi estranho e agitado. Parecia-lhe que não estava dormindo e que Vássia continuava deitado na cama. Uma coisa estranha! Parecia-lhe que Vássia estava fingindo, enganando-o até, que logo iria se levantar sem fazer barulho, observá-lo com o rabo do olho e sorrateiramente sentar-se à escrivaninha. Uma dor pungente invadiu o coração de Arkadi: era-lhe triste, lastimável e difícil ver que Vássia não confiava mais nele, se escondia e se ocultava dele. Queria agarrá-lo, gritar com ele, carregá-lo para a cama... Então, Vássia gritava em seus braços e ele colocava sobre a cama aquele corpo sem vida. Um suor frio brotava na testa de Arkadi, seu coração batia terrivelmente. Abriu os olhos e acordou. Vássia estava sentado à mesa diante dele e escrevia.

Sem conseguir acreditar nos próprios sentidos, Arkadi olhou para a cama: Vássia não estava lá. Assustado, Arkadi deu um salto ainda sob influência de seus sonhos. Vássia não se mexeu. Continuava a escrever. De repente, Arkadi observou aterrorizado que Vássia passava pela folha uma pena seca, virava páginas inteiramente em branco, e se apressava, se apressava em preencher a folha como se estivesse fazendo um excelente e exitoso trabalho! "Não, não está catatônico!", pensou Arkadi Ivánovitch, cujo corpo todo tremia.
— Vássia, Vássia!? Responda! — gritou, agarrando-o pelos ombros. Mas Vássia permaneceu calado e continuou a escrever com a pena seca no papel.

— Finalmente *acelerei* a pena — disse, sem voltar os olhos para Arkadi. Arkadi agarrou sua mão e arrancou-lhe a pena.

Um gemido escapou dos lábios de Vássia. Soltou a mão e olhou para Arkadi, depois, com um sentimento opressivo e angustiado, passou a mão pela testa, como se quisesse se livrar de um fardo pesado, de chumbo, que sobrecarregava todo seu ser, e devagar, como que meditando, deixou a cabeça cair na direção do peito.

— Vássia, Vássia! — gritou Arkadi Ivánovitch em desespero. — Vássia!

Um minuto depois, Vássia olhou para ele. Seus grandes olhos azuis estavam marejados, e seu rosto pálido e doce exprimia infinito sofrimento... Sussurrou algo.

— O que foi? O que foi? — gritou Arkadi, inclinando-se na direção do outro.

— Por quê? Por que eu? — sussurrava Vássia. — Por quê? O que foi que eu fiz?

— Vássia! O que há? Do que está com medo, Vássia? Do quê? — gritou Arkadi, torcendo os braços em desespero.

— Por que estão me mandando para o exército? — disse Vássia, olhando direto nos olhos do amigo. — Por quê? O que foi que eu fiz?

Os cabelos de Arkadi ficaram em pé, ele não queria acreditar. Permaneceu parado feito um cadáver.

Um minuto depois, recobrou os sentidos. "Deve ser algo momentâneo!" — disse de si para si, todo pálido, com lábios trêmulos e azulados, e correu para se vestir. Queria sair correndo para buscar um médico. Súbito, Vássia o chamou. Arkadi lançou-se em sua direção e o abraçou, como uma mãe que estivesse sendo separada de seu filho...

— Arkadi, Arkadi, não diga nada para ninguém! Ouça, essa desgraça é minha! Deixe-me aguentá-la sozinho...

— O que há com você? O que há? Volte a si, Vássia, volte a si!

Vássia respirou fundo e lágrimas silenciosas escorreram por seu rosto.

— Por que matá-la? Que culpa ela tem? — resmungou com uma voz agonizante, de dilacerar a alma. — É meu pecado, meu pecado!

Calou-se por um minuto.

— Adeus, meu amor! Adeus, meu amor! — sussurrou, balançando sua cabeça infeliz. Arkadi estremeceu, se recompôs e quis correr para buscar um médico. — Vamos! Está na hora! — gritou Vássia, arrebatado pelo último movimento de Arkadi. — Vamos, irmão, vamos, estou pronto! Me acompanhe! — calou-se e olhou para Arkadi com um olhar mortificado, desconfiado.

— Vássia, não venha atrás de mim, por Deus! Me espere aqui. Volto já — disse Arkadi Ivánovitch, perdendo a cabeça e pegando a boina para correr atrás de um médico. Vássia sentou-se imediatamente; estava quieto e dócil, apenas seus olhos irradiavam certa determinação desesperada. Arkadi voltou, pegou na mesa um canivete aberto, olhou uma última vez para o coitado e saiu correndo do apartamento.

Eram sete horas. A luz há muito expulsara a escuridão do quarto.

Não encontrou ninguém. Correu durante uma hora inteira. Todos os médicos, cujos endereços descobriu com zeladores, perguntando se por acaso não morava algum médico no prédio, já tinham saído para o trabalho ou para cuidar dos próprios afazeres. Havia um que estava atendendo pacientes. Fez muitas e detalhadas perguntas ao criado que anunciara Nefediévitch: da parte de quem, quem era, como viera, por qual motivo, e até a descrição do visitante madrugador. Concluiu que não podia atender, que tinha muito trabalho e não poderia sair, e que aquele tipo de doente devia ser levado ao hospital.

Então, Arkadi, derrotado e destruído, sem esperar de forma alguma aquele desfecho, largou tudo, todos os médicos do mundo, e foi para casa, extremamente alarmado por Vássia. Entrou correndo no apartamento. Mavra, como se nada tivesse acontecido, varria o chão, cortava lenha e se preparava para acender o forno. Entrou no quarto: nem sinal de Vássia. Ele tinha saído de casa.

"Para onde? Cadê? Para onde fugiu o infeliz?", pensou Arkadi, gelado de terror. Começou a interrogar Mavra. Esta não sabia de nada, não viu nem ouviu ele sair, que o senhor o perdoe! Nefediévitch correu para Kolomna.

Sabe Deus por quê, passou-lhe pela cabeça que ele estaria lá.

Um coração fraco

Já eram nove horas quando chegou. Elas não estavam esperando por ele, não sabiam nem tinham visto nada. Ficou parado diante delas assustado, perturbado e perguntava, "Onde está Vássia?". As pernas da velha cederam; ela desabou no sofá. Lízanka, tremendo de pavor, começou a perguntar o que tinha acontecido. O que ele poderia dizer? Arkadi Ivánovitch logo se desembaraçou, inventou alguma lorota na qual, é claro, não acreditaram, e saiu correndo, deixando-as abaladas e agoniadas. Correu para o departamento para que ao menos não se atrasasse e para avisar sobre o ocorrido de modo que alguma medida fosse tomada o quanto antes. No caminho, ocorreu-lhe que Vássia estivesse em casa de Iulian Mastákovitch. Isso era o mais certo: Arkadi tinha pensado nisso antes de tudo, antes de Kolomna. Ao passar diante da casa de Sua Excelência, quis parar, mas logo pediu para o cocheiro seguir adiante. Decidiu tentar descobrir se não teria acontecido algo na repartição, e depois, caso não o encontrasse lá, seguiria para a casa de Sua Excelência nem que fosse para reportar sobre Vássia. Era preciso reportar-se a alguém!

Ainda na sala de recepção, alguns colegas mais jovens o cercaram, a maioria do mesmo grau hierárquico que o seu, interrogando-o em uníssono: "O que aconteceu com Vássia?". Todos disseram ao mesmo tempo que Vássia enlouquecera e metera na cabeça que queriam mandá-lo para o exército por não ter cumprido seu trabalho no prazo. Arkadi Ivánovitch respondia em todas as direções ou, melhor dizendo, não respondia diretamente a ninguém, e correu para os aposentos do fundo. No caminho, ficou sabendo que Vássia estava no escritório de Iulian Mastákovitch, e que todos tinham ido para lá, até Esper Ivánovitch. Então foi interpelado. Um dos funcionários mais velhos lhe perguntou para onde ia e o que queria. Sem distinguir o rosto, disse algo sobre Vássia e seguiu direto para o escritório. Já escutava a voz de Iulian Mastákovitch vinda de lá. "Para onde o senhor vai?" — alguém lhe perguntou quando já estava na porta. Arkadi Ivánovitch quase se perdeu; quis dar meia-volta, mas viu seu pobre Vássia pela porta entreaberta. Abriu-a e deu um jeito de enfiar-se no escritório. Lá reinavam a confusão e a perplexidade, uma vez que Iulian Mastákovitch estava, ao que parecia, profundamente amargurado. Perto dele estavam as pessoas mais respeitáveis que conversavam entre si sem resolver absolutamente nada. Vássia estava parado a certa distância. Ao olhar para ele, Arkadi sentiu o peito congelar. Vássia estava pálido, com a cabeça erguida, o corpo esticado e os braços pendentes. Olhava direto nos olhos de Iulian Mastákovitch. Percebeu imediatamente a presença de Nefediévitch, e alguém que sabia que eles moravam juntos informou Sua Excelência sobre isso. Então conduziram Arkadi. Ele tinha intenção de responder às perguntas, mas olhou para Iulian Mastákovitch e, vendo que seu rosto expressava verdadeira piedade, começou a tremer e soluçar feito uma criança. Fez mais: atirou-se na direção do chefe, agarrou sua mão, levou-a até os olhos, molhou-a com suas lágrimas, de modo que Iulian Mastákovitch viu-se obrigado a retirá-la rapidamente, balançá-la no ar e dizer: "Bem, basta, irmão, basta; vejo que tem um bom coração". Arkadi soluçava e lançava olhares suplicantes para todos. Parecia-lhe que todos eram irmãos de seu pobre Vássia, que todos estavam aflitos e choravam por ele. "Como foi isso, como foi que isso aconteceu?" — perguntou Iulian Mastákovitch. — "O que fez com que ele enlouquecesse?"

— A gra-gra-tidão! — foi o que conseguiu dizer Arkadi Ivánovitch.

Todos ouviram perplexos aquela resposta, todos acharam estranho e inacreditável: como é que pode um homem enlouquecer por gratidão? Arkadi explicou como pôde.

— Deus, que pena! — disse, enfim, Iulian Mastákovitch. — E o trabalho que lhe foi encarregado não era tão importante e nem um pouco urgente. Não era o caso de alguém querer se matar! Bom, levem-no daqui! — Então, Iulian Mastákovitch se voltou para Arkadi Ivánovitch e voltou a interrogá-lo. — Ele pede — disse, apontando para Vássia — que não diga nada para uma moça; ela é o quê, noiva dele?

Arkadi começou a explicar. Enquanto isso, Vássia parecia pensar em alguma coisa, parecia ter se lembrado de alguma coisa da maior importância, necessária, que seria útil bem naquela hora. De tempos em tempos, movia ansiosamente os olhos, como que a esperar que alguém o lembrasse daquilo que havia esquecido. Voltou-se para Arkadi. Por fim, uma esperança repentina pareceu brilhar em seus olhos, levantou-se do lugar com a perna esquerda, deu três passos tão habilmente quanto pôde e até bateu com a bota direita, como fazem os soldados ao responder ao chamado de um oficial. Todos ficaram esperando o que aconteceria.

— Eu tenho um defeito físico, Vossa Excelência, sou fraco e pequeno, não sirvo para o serviço militar — disse com a voz entrecortada.

Nesse momento, todos que estavam na sala sentiram como se lhes apertasse o coração, e por mais que Iulian Mastákovitch fosse de caráter severo, uma lágrima escorreu de seu olho. "Levem-no daqui" — ordenou, chacoalhando a mão.

— Em frente! — disse Vássia a meia-voz, virou-se para a esquerda e saiu do escritório. Atrás dele se precipitaram todos aqueles interessados no seu destino; Arkadi enfiou-se no meio deles. Sentaram Vássia na sala de recepção para esperar uma prescrição médica e uma carruagem que o levasse a um hospital. Ele permaneceu calado e, ao que parece, extremamente preocupado. Acenava com a cabeça para aqueles que conhecia, como que se despedindo. Olhava a todo instante para a porta e se preparava para quando lhe dissessem, "Está na hora". Ao seu redor se aglomeraram muitas pessoas; todos balançavam a cabeça, todos lamentavam. Muitos se impressionaram com sua história, que, de repente, já se tornara conhecida. Alguns discutiam, outros tinham pena e elogiavam Vássia, diziam que ele era uma pessoa tão calma e discreta, que era tão promissor; contavam como ele se esforçava para estudar, amava aprender, tentava se instruir. "Com seu próprio esforço, saiu de uma condição baixa!" — observou alguém. Falavam com emoção sobre o afeto que Sua Excelência tinha por ele. Alguns se puseram a explicar por que passou pela cabeça de Vássia e por que o perturbara a ideia de que o mandariam para o exército por não ter terminado o trabalho. Disseram que o coitado não fazia muito saíra da classe tributada e que havia recebido seu primeiro grau hierárquico apenas pela intervenção de Iulian Mastákovitch, que soubera distinguir seu talento, obediência e rara docilidade. Em uma palavra, muitas foram as opiniões e interpretações. Entre os que estavam abalados, chamava a atenção um rapaz de baixa estatura, colega de trabalho de Vássia Chumkóv. Não era tão jovem, tinha aproximadamente trinta anos. Estava pálido como papel, seu corpo todo tremia e ele sorria de forma um tanto estranha, talvez por que casos chocantes ou cenas terríveis tanto assustam quanto alegram, de certa forma, o observador externo. Corria em volta do círculo de pessoas que rodeava Chumkóv e, como era baixo, ficava na ponta dos pés e se agarrava aos botões de quem encontrava, ou melhor, aos que tinha direito de segurar, e dizia a todos que ele sabia o motivo daquilo tudo e que não se tratava de uma questão simples, mas bastante séria, que não podia ficar assim; depois voltou a ficar na ponta dos pés, sussurrou no ouvido de alguém, ainda acenou umas duas vezes com a cabeça e, de novo, continuou correndo. Por fim, tudo terminou: apareceram um guarda e o enfermeiro do hospital, eles se aproximaram de Vássia e disseram que estava na hora de partir. Ele deu um salto, agitou-se e foi com eles, olhando ao redor. Buscava alguém com os olhos! "Vássia! Vássia!" — gritou Arkadi Ivánovitch, soluçando. Vássia parou e Arkadi se enfiou entre as pessoas para chegar até ele. Lançaram-se um nos braços do outro e pela última vez deram um forte abraço... Foi uma cena triste. Que infelicidade quimérica arrancava lágrimas dos olhos deles? Por que choravam? Qual era a desgraça? Por que não entendiam um ao outro?

— Aqui, aqui, pegue! Cuide disso — pediu Chumkóv, enfiando um papel nas mãos de Arkadi. — Vão tirar de mim. Traga-me depois, traga, guarde... — Vássia não terminou, haviam-no chamado. Correu escada abaixo, acenando para todos com a cabeça, despedindo-se de todos. O desespero transparecia em seu rosto. Enfim, sentaram-no na carruagem e levaram-no. Arkadi apressou-se em abrir o papel: era o cacho dos cabelos negros de Liza, que Chumkóv levava sempre consigo. Lágrimas ardentes escorreram dos olhos de Arkadi. "Ah, pobre Liza!"

Ao final do horário de trabalho, Arkadi foi até Kolomna. Nem é preciso dizer o que lá ocorreu! Até Piétia, o pequenino Piétia, mesmo sem entender totalmente o que acontecera com o bondoso Vássia, foi para um canto, escondeu o rosto com suas mãozinhas e soluçou tanto quanto pôde seu coração infantil. Já estava totalmente escuro quando Arkadi voltou para casa. Ao passar pelo Nievá, ele parou por um minuto e lançou um olhar penetrante ao longo da extensão turva, nebulosa e congelada do rio, subitamente avermelhada pelos últimos tons de cor púrpura do crepúsculo sangrento que se extinguia na bruma do horizonte. A noite caía sobre a cidade, e toda a imensa clareira do Nievá, inchada pela neve congelada, refletia os últimos raios de sol com uma infinita miríade de faíscas da geada espinhosa. O gelo se formara a vinte graus negativos. Um bafo congelado saía dos cavalos mortalmente exaustos e das pessoas que corriam. O ar denso vibrava ao menor ruído, dos telhados dos dois lados do rio erguiam-se colunas de fumaça pelo céu gelado, feito gigantes, que se entrelaçavam e se desentrelaçavam no caminho, de modo a parecer que novos edifícios se erguiam sobre os velhos, uma nova cidade se formava no ar... Parecia, enfim, que todo este mundo, com todos os seus habitantes, os fortes e os fracos, com todas as suas moradas, os abrigos dos miseráveis ou os palácios dourados que serviam ao conforto dos fortes deste mundo, nesta hora crepuscular parecia um devaneio mágico, fantástico, um sonho que por sua vez imediatamente vai desaparecer e se desfazer como vapor no céu azul-escuro. Certo pensamento estranho ocorreu ao amigo órfão do pobre Vássia. Ele estremeceu e seu coração parecia transbordar naquele instante como uma fonte ardente de sangue que, súbito, entrara em ebulição por uma sensação poderosa, mas até então desconhecida. Somente então parecia ter compreendido todo aquele desassossego e entendido por que enlouquecera seu pobre Vássia, que não pôde aguentar a própria felicidade. Seus lábios começaram a tremer, os olhos inflamaram, ele empalideceu e, naquele momento, foi como se tivesse a visão de algo novo...

Ficou chateado e triste, perdeu toda a sua alegria. Passou a odiar o antigo apartamento — mudou-se para outro. Não queria mais ir à Kolomna e nem conseguiria. Dois anos depois, encontrou Lízanka na igreja. Ela já estava casada; atrás dela vinha sua mãe com uma criança de colo. Eles se cumprimentaram e por muito tempo evitaram falar do passado. Liza disse que ela, graças a Deus, era feliz, não era pobre, que seu marido era um homem bom, que ela o amava... Mas, de repente, no meio da conversa, seus olhos se encheram de lágrimas, sua voz falhou, ela virou para o lado e se apoiou no estrado da igreja para esconder de todos sua dor...

Tradução de Priscila Marques

POLZUNKOV[1]

Comecei a examinar bem aquele homem. Até na sua aparência havia algo singular, que nos obrigava, automática e subitamente, por mais distraídos que estivéssemos, a cravar nele o olhar e, no mesmo instante, rebentar no riso mais desbragado. Assim aconteceu comigo. É preciso observar que os olhinhos daquele pequeno senhor eram tão irrequietos ou, no final das contas, que ele próprio, inteiro, era tão suscetível ao magnetismo de qualquer olhar a ele dirigido, que, quase por instinto, adivinhava estar sendo observado e, no mesmo instante, virava-se para o observador e analisava o seu olhar com inquietação. Por causa da constante mobilidade, da agilidade dos rodopios, ele parecia na verdade uma ventoinha. Que estranho! Parecia ter medo de zombarias, mas, ao mesmo tempo, ganhava o seu pão praticamente como um completo bufão e, com humildade, oferecia a própria cabeça a todo tipo de piparote, no aspecto moral e até no físico, dependendo da companhia em que se encontrasse. Bufões voluntários não despertam nem pena. Mas logo observei que aquela criatura estranha, aquele homem engraçado não era de modo algum bufão por profissão. Nele restava ainda algo de nobre. Uma aflição, um receio constante e doentio por si próprio já depunham a seu favor. Parecia-me que todo o seu desejo de agradar vinha antes do bom coração do que dos ganhos materiais. Permitia com prazer que rissem dele alto e do modo mais indecoroso, na cara; porém, ao mesmo tempo — e quanto a isso posso jurar — o seu coração apertava e sangrava ao pensar que os espectadores pudessem ser tão cruéis a ponto de rirem não de um fato, mas dele, de todo o seu ser, do seu coração, da sua cabeça, da sua aparência, de todo o seu suor e sangue. Estou convencido de que ele sentia nesse instante toda a estupidez da sua posição; mas o protesto logo morria em seu peito, embora forçosamente renascesse a cada vez do modo mais magnânimo. Estou convencido de que tudo isso não acontecia por outro motivo senão por seu bom coração, e de modo algum pela desvantagem mate-

---

[1] Escrito em 1847 e publicado originalmente no *Almanaque Ilustrado* (*Illiustrírovanii Almanakh*), de Ivan Panáiev e Nikolai Nekrássov, em fevereiro de 1848. O nome Polzunkov é derivado do verbo *polzat*: rastejar, humilhar-se, rebaixar-se. (N. da T.)

rial de ser enxotado a tapas e assim não poder pegar dinheiro emprestado dos outros: aquele senhor pedia emprestado constantemente, ou seja, era assim que pedia esmolas, quando, depois de ter feito caretas e provocado riso por conta própria, sentia que, de certa forma, tinha direito de tomar emprestado. Mas, Deus meu! Que empréstimo era aquele! E com que cara ele o tomava! Eu nem podia supor que, em um espaço tão pequeno como o rosto enrugado e anguloso daquele homem, pudessem caber, a um só tempo, caretas tão diversas, sensações tão estranhas e variadas, tantas impressões das mais fulminantes. O que não havia ali! Certa vergonha, um descaramento simulado, irritação acompanhada de súbito rubor no rosto, e ainda cólera, vergonha pelo fracasso, desculpas por ter ousado incomodar, a consciência do próprio valor e a mais completa consciência da própria insignificância — tudo isso passava como um raio por seu rosto. Há seis anos inteiros ele sobrevivia assim neste mundo de Deus e ainda não tinha conseguido formar uma imagem definitiva para si no interessante momento do empréstimo! É evidente que se transformar em um insensível e infame ele não poderia nunca. O seu coração era muito vivo, ardente! Digo até mais: em minha opinião, ele era o homem mais honesto e nobre do mundo, porém com uma pequena fraqueza: cometer infâmias à primeira ordem, de bom coração e com desinteresse, apenas para satisfazer o próximo. Numa palavra, era inteiramente o que se chama de homem-trapo. O mais engraçado de tudo é que se vestia quase igual aos outros, nem pior, nem melhor, limpo, até com certo requinte e pretensão à solidez e à dignidade. Essa igualdade externa e desigualdade interna, a preocupação consigo e, ao mesmo tempo, a autodepreciação contínua, tudo isso produzia o mais impressionante contraste e era digno de riso e de pena. Se ele tivesse a certeza, de todo o coração (o que, apesar da experiência, a cada minuto lhe acontecia), de que todos os seus espectadores eram as pessoas mais bondosas do mundo, que riam apenas do fato engraçado e não da sua pessoa, irremediavelmente perdida, então com prazer tiraria o fraque e o vestiria de qualquer jeito, do avesso, e sairia assim pelas ruas, para satisfação dos outros e para seu próprio deleite, apenas para fazer rir os seus protetores e proporcionar prazer a todos eles. Mas à igualdade ele não poderia chegar nunca e de modo nenhum. Mais um traço: o excêntrico tinha muito amor-próprio e, por impulso, posto que não houvesse perigos, podia ser até generoso. Era preciso ver e ouvir como ele sabia imitar, às vezes sem se poupar e, portanto, com risco, quase com heroísmo, algum dos seus *protetores* que o tivesse enfurecido ao extremo. Mas isso acontecia só por alguns minutos... Em resumo, ele era um mártir no pleno sentido da palavra, mas o mártir mais inútil e, consequentemente, o mártir mais cômico.

Entre os convidados começou uma discussão geral. De repente, vi o meu excêntrico pular em cima de uma cadeira e gritar com todas as forças, querendo que só a ele dessem a palavra.

— Escute — sussurrou-me o anfitrião. — Ele às vezes conta coisas curiosíssimas... O senhor o considera interessante?

Eu balancei a cabeça e apertei-me no meio da multidão.

Realmente, a visão daquele senhor bem-vestido, pulando em cima de uma cadeira e gritando a plenos pulmões, despertou a atenção geral. Muitos que não conheciam o excêntrico entreolhavam-se perplexos, outros gargalhavam bem alto.

— Eu conheço Fedossiêi Nikoláitch![2] Eu melhor do que todos devo conhecer Fedossiêi Nikoláitch! — gritava o excêntrico do alto de onde estava. — Senhores, permitam-me contar. Vou contar uma boa sobre Fedossiêi Nikoláitch! Eu conheço uma história, uma maravilha!

— Conte, Óssip Mikháilitch,[3] conte.

— Vá contando!

— Então escutem...

— Escutem, escutem!!!

— Vou começar; mas, senhores, essa é uma história singular...

— Está bem, está bem!

— Essa é uma história cômica.

— Muito bem, extraordinário, maravilhoso, vamos lá!

— Esse é um episódio da vida pessoal do seu mais profundo...

— Mas pra que então se deu ao trabalho de informar que é cômica?

— E até um pouco trágica!

— Ah???!

— Numa palavra, essa história, que dará a todos os senhores a felicidade de me ouvirem agora, senhores, essa história, por causa da qual acabei em companhia de tanto *interesse*.

— Sem trocadilhos!

— Essa história...

— Numa palavra, essa história, pois termine logo o apólogo, essa história, que tem um custo — manifestou-se com voz rouca um jovem loiro de bigodes, enfiando a mão no bolso da sobrecasaca e tirando de lá, como que por acaso, o porta-moedas em vez do lenço.

---

[2] Corruptela do patronímico Nikoláievitch. (N. da T.)

[3] Corruptela do patronímico Mikháilovitch. (N. da T.)

— Essa é uma história, meus senhores, depois da qual eu gostaria de ver muitos dos senhores no meu lugar. E, enfim, esta é a história por causa da qual não me casei!

— Não se casou!... Casar-se!... Polzunkov queria casar!!

— Imagino, queria ver agora a madame Polzunkova!

— Permita-me perguntar, como se chamava a possível madame Polzunkova? — piou um rapazinho, abrindo caminho até o narrador.

— O primeiro capítulo, então, senhores: isso foi exatamente seis anos atrás, na primavera, trinta e um de março, observem a data, senhores, na véspera...

— Do primeiro de abril! — gritou um rapazinho de cabelos encaracolados.

— O senhor acertou em cheio. Era final de tarde. Sobre a cidade provinciana de N. adensava-se o crepúsculo, a lua queria despontar... bem, tudo como deve ser. Eis que, no mais derradeiro crepúsculo, às escondidas, também eu despontei da minha casinhola — depois de me despedir da falecida e tapada vovozinha. Desculpem-me, senhores, por usar essa expressão da moda, que ouvi pela última vez na casa de Nikolai Nikoláitch. Mas a minha vovó era de todo *tapada*: cega, surda, muda, e burra, enfim tudo o que quiserem!... Reconheço, eu estava tremendo, preparava-me para um negócio grandioso; o meu coraçãozinho batia como o de um gatinho quando uma manzorra ossuda, não se sabe de quem, pega-o pelo cangote.

— Permita-me, *monsieur* Polzunkov!

— O que deseja?

— Simplifique; por favor, não se esforce demais!

— Entendo, senhor — pronunciou Óssip Mikháilitch, um pouco embaraçado. — Entrei na casinha de Fedossiêi Nikoláitch (adquirida com esforço próprio). Fedossiêi Nikoláitch, como se sabe, não era nenhum colega, era um verdadeiro chefe. Anunciaram-me e, já no mesmo instante, levaram-me ao gabinete. Vejo como se fosse hoje: um cômodo quase completamente escuro, mas não traziam velas. Olhei, vi que Fedossiêi Nikoláitch vinha entrando. E assim ficamos nós dois na escuridão...

— E o que foi que aconteceu entre os senhores? — perguntou um oficial.

— O que o senhor acha? — perguntou Polzunkov, voltando de imediato o rosto convulsivamente agitado na direção do jovem de caracóis.

— E então, senhores, houve um estranho desenvolvimento. Isto é, de estranho aqui não havia nada, havia o que se costuma chamar de negócio corriqueiro; eu, muito simplesmente, tirei do bolso um rolo de papéis, e ele tirou do dele um rolo de papeizinhos, só que do governo...

— Em notas?

— Em notas, e fizemos a troca.

— Posso apostar que aí tem cheiro de propina — pronunciou um jovem senhor, elegante, de cabelos bem cortados.

— Propina! — replicou Polzunkov. — Eh!

Que eu seja um liberal,
Quantos deles eu vi!

O senhor também, se servisse na província, ia querer aquecer as mãos... no fogo da pátria... um literato disse:

A fumaça da pátria nos parece doce e agradável![4]

A mãe, a mãe pátria, senhores, a pátria nossa, somos filhotinhos, por isso mamamos nela!

Ergueu-se um riso geral.

— Apenas, senhores, acreditem ou não, eu nunca recebi propinas — disse Polzunkov, esquadrinhando toda a assembleia com um olhar suspeitoso.

Um riso homérico, contínuo, numa única explosão, abafou as palavras de Polzunkov.

— Verdade, assim é, senhores...

Mas aqui ele parou e, com uma expressão estranha no rosto, continuou a esquadrinhar todos. Pode ser — quem sabe — pode ser que, nesse minuto, ele tenha percebido que era mais honrado do que muitos daquela honrada plateia... Mas a expressão séria do seu rosto só desapareceu depois da hilaridade geral.

— Pois então — começou Polzunkov, quando todos emudeceram —, embora eu nunca aceitasse propina, daquela vez pequei: guardei no bolso a propina... do propinador... Ou seja, havia uns documentozinhos em minhas mãos, que, se eu resolvesse mandar a certa pessoa, o negócio ficaria mal para Fedossiêi Nikoláitch.

— Então, quer dizer que ele os resgatou?

— Resgatou...

— Deu muito?

— Deu o tanto pelo qual, no nosso tempo, alguém venderia a própria

---

[4] Palavras do personagem Tchátski na peça *A desgraça de ter espírito*, de Griboiédov, ato I, cena 7, alusivas ao poema de G. R. Derjávin, "Harpa" (1798) — numa referência ao dito latino *"Dulcis fumus patriae"*. (N. da T.)

consciência, inteirinha, com todas as suas variações... se apenas lhe dessem algo. Só que me enchi de breu quando coloquei no bolso aquele cobrinho. Palavra, não sei como isso sempre acontece comigo, senhores, mas, vejam bem, mais morto do que vivo, lábios tremendo, joelhos batendo; sim, culpado, culpado, completamente culpado, a consciência na lama, pronto a pedir perdão a Fedossiêi Nikoláitch...

— E ele, perdoou?

— Eu é que não pedi... só estou dizendo que foi assim que aconteceu; quer dizer, tenho o coração ardente. Vi que ele me olhava diretamente nos olhos: — "Será", ele disse, "que o senhor não teme a Deus, Óssip Mikháilitch?" Mas, o que fazer! Assim, por decência, abri os braços, virei a cabeça. — "O que é isso, Fedossiêi Nikoláitch? Como não temer a Deus?" Falei assim só por decência, na verdade estava pronto a desaparecer terra adentro. — "Sendo há tanto tempo amigo da nossa família, sendo, posso dizer, um filho; mas quem sabe o que os céus pretendem, Óssip Mikháilitch! De repente, veja o quê, uma denúncia, prepara uma denúncia, e eis agora! Depois disso, o que pensar das pessoas, Óssip Mikháilitch?" Pois então, senhores, que sermão pregava! — "Agora me diga, o senhor me diga, o que pensar das pessoas depois disso, Óssip Mikháilitch?" "O que pensar", penso eu! Sabem, a minha garganta raspava e a vozinha tremia, pois eu já pressentia o meu mau caráter, então peguei o chapéu... — "Mas aonde está indo, Óssip Mikháilitch? Será que na véspera de um dia como esse... Será que justo agora o senhor vai mostrar rancor; que pecado cometi contra o senhor?" — "Fedossiêi Nikoláitch, digo eu, Fedossiêi Nikoláitch!" Bem, isto é, derreti, senhores, como um homem meloso, derreti. Que coisa! E o pacote que eu tinha no bolso, com os títulos, também ele parecia gritar: você é um ingrato, bandido, larápio maldito, como se houvesse cinco *puds*[5] dentro dele, de tanto que pesava... (Se de verdade houvesse cinco *puds* nele!...) — "Estou vendo", disse Fedossiêi Nikoláitch, "estou vendo o seu arrependimento... o senhor, sabe, amanhã..." — "É o dia de Maria Egipcíaca..."[6] — "Bem, não chore", disse Fedossiêi Nikoláitch, "basta: pecou e arrependeu-se! Vamos! Talvez eu consiga colocar o senhor, disse ele, de volta no bom caminho... Talvez, meus modestos penates (exatamente assim, eu me lembro, penates, foi assim que

---

[5] Antiga medida russa equivalente a 16,38 kg. (N. da T.)

[6] Na Igreja Ortodoxa Russa, o dia de Santa Maria Egipcíaca é comemorado em 14 de abril (1º de abril no calendário juliano, vigente na Rússia até 1918). Tendo vivido uma juventude de pecados, Maria Egipcíaca, ou Maria do Egito, arrependeu-se e passou 47 anos no deserto em penitência. (N. da T.)

se expressou, bandido) reconfortem, disse ele, o seu coração endureci... não direi endurecido, mas desviado..." Ele me pegou pela mão, senhores, e me levou aos de casa. Um frio percorreu a minha espinha, comecei a tremer! Pensei: com que cara vou me apresentar... Mas os senhores precisam saber... como posso dizer, que aqui estava acontecendo um negocinho delicado!

— Não seria a senhora Polzunkova?

— Maria Fedossiêievna apenas não estava destinada; parece que teria sido essa a senhora de que os senhores falam, mas não chegou a ter essa honra! Isso, vejam, esse Fedossiêi Nikoláitch estava certo em dizer que naquela casa me consideravam quase como filho. Já era assim meio ano antes, quando ainda estava vivo o cadete reformado Mikhailo Maksímitch, de sobrenome Dvigáilov. Só que ele foi chamado por Deus, e terminar o testamento isso ele não fez, engavetou e ficou adiando; acontece que depois não o acharam em gaveta nenhuma.

— Ooh!!!

— Mas, tudo bem, fazer o quê? Senhores, perdão, me descuidei, esse pequeno trocadilho saiu mal, mas tudo bem ter saído mal porque a coisa foi ainda pior quando fiquei, por assim dizer, sem nenhuma perspectiva, já que o tal cadete reformado, embora não tivessem me deixado entrar para vê-lo (vivia à larga, isso porque tinha costas quentes!), me considerava um filho de sangue, e, talvez, não equivocadamente.

— Aha!!!

— Sim, eis como foi! E então começaram a torcer o nariz pra mim na casa de Fedossiêi Nikoláitch. Eu fiquei reparando, reparando, e tentando, tentando resistir, mas, então, de repente, para minha desgraça (ou talvez para minha felicidade!), como neve despencando do céu, um oficial da cavalaria veio parar em nossa cidadezinha. O negócio dele, é verdade, era algo assim apressado, ligeiro, de cavalaria, só que se fixou tão firmemente na casa de Fedossiêi Nikoláitch, bem, feito um morteiro, entrincheirou-se! E eu, fazendo rodeios, meio à parte, com esse meu caráter vil, "foi assim e assim", digo a Fedossiêi Nikoláitch, "por que então ofender? De certa forma, sou um filho, ora... então até quando vou ter de esperar algo paternal, de pai...?". Ele então começou, meus senhores, a responder! Quer dizer, bem, começou a falar, veio com um poema inteiro, doze cantos em versos, e o outro escutando, lambendo os beiços e abrindo os braços de tanta doçura, mas, sentido, não tinha nem um pingo, ou seja, qual era o sentido não se percebia, não se entendia, o outro ficava lá com cara de bobo, ele deixava tudo enevoado, agitava-se como uma enguia, escapava, eh, um talento, simplesmente um talento, tinha tal dom que vendo de fora causava medo. Eu me lançava pra todos os lados, ora pra cá, ora pra lá! Até arrastava cantorias, levava bombons, chocava trocadilhos, ais e uis, o meu coração doía, digo, doía por causa do Cupido, e ainda lágrimas, toda uma explicação misteriosa! Que estúpido! Nem confirmou com o sacristão que eu já tinha trinta anos... que nada! Queria dar uma de esperto! Isso não! Mas o meu negócio não ia bem, zombarias e risos, e eu, bem, fiquei enfurecido, sufocava-me a garganta, saí de banda, naquela casa não punha mais o pé, pensei-pensei, e zás: a denúncia! Bem, foi uma vileza, era um amigo que eu queria denunciar, reconheço, material mesmo havia muito, material dos bons, negócio capital! Mil e quinhentos em prata, foi o que peguei quando fiz a troca pela denúncia, em títulos!

— Ah! Aí está, a propina!

— Sim, senhor, havia ali uma propinazinha, recebi de um propinador! (E nem é pecado, verdade, não é mesmo!) Mas, então, vou continuar: ele me arrastou, se fizerem a gentileza de lembrar, até a sala de chá, e mais morto do que vivo; todos me receberam como que ofendidos, isto é, não estavam bem ofendidos, mas tão pesarosos que, simplesmente... Bem, arrasados, completamente arrasados, mas, ao mesmo tempo, um ar de importância brilhando no rosto, uma solidez no olhar, algo assim paternal, de família... o filho pródigo voltou para nós — eis a que ponto chegava! Convidaram a sentar para o chá, mas eu sentia como se tivesse um samovar no peito, fervendo dentro de mim, e as pernas congelavam: me rebaixei, me acovardei! Maria Fominichna, esposa dele, conselheira estatal de sétimo grau (agora de terceiro), começou a me tratar por *você* já na primeira frase: "O que aconteceu, querido, você emagreceu tanto", disse ela. "Pois é", digo, "estou adoentado, Maria Fominichna...". E sai uma vozinha tremida! Mas, sem mais nem menos, ela pelo visto temporizava com insinuações, uma víbora: "Que coisa, pelo visto, a sua consciência", dizia ela, "está fora da medida, Óssip Mikháilitch, filho querido! Nossa hospitalidade de parente", diz, "clama por você!", diz. "Terá de pagar, pelo visto, as minhas lágrimas de sangue!" Juro, foi assim que ela falou, contra a própria consciência; e o que esperar dela, velhaca estridente! Não fazia nada senão ficar servindo o chá. "Eh, minha pombinha", eu pensava, "no mercado, é capaz de gritar mais do que todas." Eis quem era a mulher, a nossa conselheira! Mas aqui, para minha desgraça, entra Maria Fedossiêievna, a filhinha, com todas as suas inocências, um tantinho pálida, os olhinhos vermelhos, parece que de lágrimas; eu, feito bobo, fui abatido ali mesmo, na hora. Depois se esclareceu: era pelo oficial da cavalaria que ela derramara lágrimas; este fugiu de volta pra casa, deu no pé são e salvo, porque, os senhores sabem, pelo visto (a propósito, é bom dizer), tinha chegado a hora de partir, vencera o prazo, mas não porque houvesse um prazo na caserna! Pois então... só depois é que os veneráveis pais se aperceberam, ficaram sabendo de toda a sujeira, mas o que fazer? Às escondidas remendaram a desgraça que se abatera sobre a própria casa! Bem, não havia o que fazer, assim que olhei pra ela, fiquei perdido, simplesmente perdido, busquei o chapéu com o rabo do olho, queria passar a mão nele e fugir bem rápido, mas nada ali: tinham levado o meu chapéu... Pois eu, pra ser franco, até sem chapéu queria ir, aí pensei, não, passaram o trinco na porta; começaram uns risinhos amigáveis, piscadelas e bajulações, eu me desconcertei, inventei mentiras, falei de Cupido; ela, minha pombinha, sentou-se ao clavicórdio, foi cantando num tom ofendido: o hussardo, apoiando-se no sabre...[7] Ai, minha morte! "Muito bem", disse Fedossiêi Nikoláitch, "está tudo esquecido, venha, venha... um abraço!" Eu, do jeito que estava, assim mesmo, afundei o rosto no colete dele. "Meu benfeitor, meu pai querido!" — eu disse, e que lágrimas amargas verti! Senhor, Deus meu, o que se viu então! Ele chorando, a mulher dele chorando, Máchenka chorando... e estava ali ainda uma mulher aloirada, e essa também chorando... e então, de todos os cantos, apareceram criancinhas, uma atrás da outra (o Senhor abençoou a casinha dele), e essas também berravam... quanta lágrima, ou seja, que comoção, que alegria, recebiam o filho pródigo, como se um soldado voltasse à pátria! Então serviram comes e bebes, e vieram as prendas: ai, está doendo! O que está doendo? O coração; por quem? Ela enrubesceu, a pombinha! Eu e o velho bebíamos ponche. Então safaram-se, adoçaram-me completamente.

Voltei para a casa da minha avó. A cabeça andava em círculos; fiz o caminho todo rindo, em casa gastei duas horas inteiras andando pelo cubículo, acordei a velha, comuniquei a ela toda a minha felicidade. "Então, deu o dinheiro, o ladrão?" — "Deu, vovó, deu, deu, minha querida, deu, a sorte nos sorriu, abra os portões!" — "Pois agora pode se casar, já passava da hora de se casar", disse a velha, "quer dizer que ouviram as minhas preces!" Acordei Sofron. "Sofron", digo, "tire as minhas botas." Sofron arrancou as botas dos meus pés. "Muito bem, Sofrocha![8] Agora me dê os parabéns, um beijo! Vou me casar, simples assim, irmão, vou me casar, amanhã beba até cair, sol-

---

[7] Tem-se em vista a romança popular de M. I. Vielgórski, cuja letra é a elegia de K. N. Bátiuchkov "Separação" ("O hussardo, apoiando-se no sabre..."), de 1812-13. Essa mesma romança é lembrada pela personagem Catierina Ivánovna no romance *Crime e castigo*. (N. da T.)

[8] Hipocorístico de Sofron. (N. da T.)

te a alma, digo: o seu senhor vai se casar!" Risos e folias no coração!... Eh, já começava a chegar o sono; mas não, de novo despertei, sentei e fiquei pensando; de repente, um lampejo: eh, amanhã, primeiro de abril, um dia tão luminoso, divertido, e então? Aí tive a ideia! É isso, pensei! Pois então, senhores! Levantei da cama, acendi a vela, sentei à escrivaninha nesse estado, ou seja, completamente fora de mim, sem noção do tempo — sabem como é, senhores, em turbilhão! De caso pensado, meus senhores, fui parar na lama! Ou seja, eis o meu caráter: eles tomam isto, e você ainda entrega mais aquilo: diz peguem, tomem mais isso! Dão-lhe uma na face, e você oferece as costas inteiras, todo contente.[9] Depois lá vêm eles com um pedaço de pão, como a um cachorro, começam a atrair, e você, na mesma hora, de todo o coração, de toda a alma, levanta as patinhas tolas, e beijos! Pois ainda agora, senhores! Os senhores estão rindo, ficam cochichando, pois eu estou vendo! Depois, assim que eu contar todo o meu segredo, vão começar a rir de mim, vão querer me tocar daqui, ainda assim eu falo, falo, falo! Mas quem me mandou falar? Então, quem vai me tocar daqui? Quem fica às minhas costas, sussurrando: "fale, fale, conte tudo"?! Pois bem, eu falo, eu conto, vou fundo na alma, como se os senhores fossem todos, por exemplo, irmãos queridos, amigos íntimos... he, he!

Uma gargalhada começou a se erguer aos pouquinhos, de toda parte, e afinal abafou de todo a voz do narrador, que havia chegado realmente ao êxtase. Ele parou; por alguns minutos percorreu a assembleia com os olhos, e depois, de repente, como que arrebatado por um turbilhão, acenou com a mão, começou a gargalhar também, parecendo achar engraçada a própria situação e, de novo, pôs-se a contar:

— Mal peguei no sono naquela noite, senhores; a madrugada inteira, fiquei rabiscando um papel; pois, vejam só, inventei uma peça! Eh, senhores! Só de lembrar, dá vergonha! Ainda se fosse só de noite — com olhos bêbados, me perdi, fiz besteiras, menti —, mas não! De manhã, acordei ao romper do dia, no total dormi uma horinha ou duas, e pronto! Troquei a roupa, lavei-me, arrumei o cabelo, passei gomalina, enfiei um fraque novo e fui direto à casa de Fedossiêi Nikoláitch, comemorar o feriado, com a folha metida no chapéu. Ele próprio me recebeu, de braços abertos, e eu de novo ao colete paternal! E eu, com ares de importância, na cabeça ainda tudo do dia anterior! Recuei um passo. "Não", eu disse, "Fedossiêi Nikoláitch, aqui está, se quiser, faça o favor, leia esse papel." E então lhe entreguei o informe;

---

[9] Paráfrase do ensinamento evangélico: "Mas se alguém te ferir na tua face direita, oferece-lhe também a outra" (Mateus, 5, 39). (N. da T.)

e, no informe, sabem o que estava escrito? Estava escrito: por isso e mais aquilo, este Óssip Mikháilitch entrega o pedido de dispensa, e, depois do pedido, ainda a assinatura! Eis o que eu tinha inventado, senhores! Não podia ter pensado em nada mais engenhoso! Quer dizer, hoje é primeiro de abril, então, de brincadeira, faço de conta que não esqueci a ofensa, que pensei melhor à noite, pensei melhor e fiquei chateado, fiquei ainda mais ofendido, e, além disso, dos senhores, meus queridos benfeitores, nem dos senhores, nem da sua filhinha não quero saber; ontem embolsei um dinheirinho e pronto, estou garantido; eis aqui o informe com o pedido de dispensa. Não quero servir sob o comando de um chefe como esse Fedossiêi Nikoláitch! Quero outro serviço. E lá, veja bem, a denúncia será entregue. Que canalha me mostrei, inventei de assustá-los! E o que inventei! Ah? Boa ideia, hein, senhores? Ou seja, o meu coração tomara afeição por ele desde o dia anterior, então vou lançar uma brincadeirinha de família, zombar do coraçãozinho paterno de Fedossiêi Nikoláitch...

Assim que pegou no papel, virou-se, e eu vi toda a sua fisionomia tremer. "O que é isso, Óssip Mikháilitch?" E eu, feito bobo: "Primeiro de abril! Bom feriado, Fedossiêi Nikoláitch!". Ou seja, igual a um garotinho que se esconde caladinho atrás da poltrona da vovó e depois: Buuu! Na orelha dela, bem alto — inventei de assustar! Sim... bem, dá até vergonha contar, senhores! Não, melhor não. Não vou mais contar!

— Ora essa! E depois?

— Ora, nada disso, conte! Agora conte! — ouviu-se de todos os lados.

— Ergueram-se boatos, mexericos, meus senhores, ais e uis! Que travesso que eu era, que engraçadinho, tinha assustado todos, mas tudo tão açucarado, eu até fiquei com vergonha, estava ali, pensando com paixão: como é que um pobre pecador tem um lugar santo como esse! "Ai, meu querido", choramingou a conselheira, "assustou-me tanto que as pernas estão tremendo até agora, mal conseguem se firmar! Fui correndo, meio louca, falar com Macha: Máchenka, eu disse, o que vai ser de nós! Veja só, aquele *seu*, que tipo é! Que pecado o meu, querido, você perdoe essa velha, cometi uma gafe. Então pensei: depois que saiu daqui ontem, foi pra casa tarde, começou a pensar, quem sabe, talvez tenha achado que ontem o bajulamos intencionalmente, com artimanhas, fiquei até paralisada! Basta, Máchenka, basta, não precisa piscar pra mim, Óssip Mikháilitch não é um estranho; e eu sou sua mãe, não direi nada de mal! Graças a Deus, estou neste mundo há mais de vinte anos: quarenta e cinco anos inteiros!"

Então, senhores! Por pouco não me esborrachei ali mesmo, aos seus pés! De novo derramamos lágrimas, de novo beijos! Começamos com piadas! Fedossiêi Nikoláitch também se permitiu inventar umas piadas de primeiro de abril! Disse então: apareceu um pássaro de fogo, com bico de brilhante, e no bico trazia uma carta! Veja só o que inventou, foi uma risada e tanto! Que comoção! *Fuu!* É até vergonhoso contar.

Pois então, meus queridinhos, agora falta pouco! Assim passamos um dia, outro, um terceiro, uma semana; e eu já completamente noivo! Pra quê! Alianças encomendadas, marcaram o dia, só não queriam anunciar antes do tempo, iam esperar o inspetor. Eu não aguentava mais esperar, a minha felicidade dependia dele! Se pudesse liberar logo o tal, eu pensava. Enquanto isso Fedossiêi Nikoláitch, alegre e azafamado, ia deixando todos os negócios em cima de mim: contas, escrever informes, fazer balanços; olho aquilo: a mais terrível desordem, tudo largado, cheio de garranchos e risquinhos! Bem, penso, uma labuta pelo meu sogrinho! Enquanto isso, ele passa mal, cai doente e, pelo visto, vai piorando dia após dia. E eu também, fino feito um palito, à noite não durmo, com medo de não aguentar! No entanto, terminei o negócio às mil maravilhas! No prazo! De repente mandaram me chamar às pressas. "Rápido", disseram, "Fedossiêi Nikoláitch está mal!" Saio correndo, quebrando a cabeça: o que será? Chego lá, olho: o meu Fedossiêi Nikoláitch sentado, enrolado, tinha aplicado vinagre na cabeça, fazia caretas, gemia, soltava ais, oh e mais oh! "Meu querido, meu amado", disse, "vou morrer, aos cuidados de quem deixarei vocês, meus pintinhos?" A esposa e as crianças chegaram, arrastados, Máchenka em lágrimas, e até eu caí no choro! "Não, não será assim", disse, "Deus terá misericórdia! Não cobrará de vocês pelos meus pecados!" Aqui dispensou todos eles, ordenou trancar a porta, ficamos só nós dois, olho no olho. "Tenho um pedido a lhe fazer!" — "Qual?" — "É, irmão, nem no leito de morte temos sossego, estou em apuros!" — "Como assim?" Eu até empalideci, perdi a fala. "Pois é isso, irmão, tive de pegar a mais do erário; eu, irmão, para o bem geral não faço conta de nada, nem da própria vida! Você não pense mal de mim! Fico pesaroso porque uns caluniadores mancharam o meu nome diante de você... Você se enganou, vivi amargurado desde então! O inspetor está chegando, e na casa de Matvéiev faltam sete mil, mas quem responde por isso... sou eu, quem mais? É de mim, irmão, que vão cobrar: o que esperar? E pegar o que de Matvéiev?! Dele já tive bastante; para que dar ainda mais um golpe no desgraçado?" Deus meu, penso eu, é um justo! Que alma! E ele: "Bem, da filha não quero pegar, do dote que lhe cabe; essa soma é sagrada! Tenho os meus, é verdade, mas estão emprestados com outros, onde é que vou arranjar agora?". Eu, nessa hora, assim como estava, caí de joelhos diante dele. "Meu benfeitor", gritei, "eu o insultei, ofendi demais, caluniadores escreveram contra você, não se torture, pegue de volta o seu dinheirinho!" Ficou olhando pra mim, lágrimas escorriam de seus olhos. "Eu já esperava isso de você, meu filho, levante-se; já o perdoara antes pelas lágrimas de minha filha! Agora o perdoo também com o coração. Você curou, disse ele, as minhas chagas! Eu o abençoo para sempre!" Assim que ele me abençoou, fui a toda para casa, peguei a soma: "Eis aqui tudo, paizinho, gastei só cinquenta rublos!". — "Não tem problema", disse ele, "não se deve culpar a pessoa por uma coisa qualquer; o tempo é curto, escreva aí um informe, com data retroativa, dizendo que precisou de um adiantamento do ordenado de cinquenta rublos. Assim eu mostro oficialmente que foi dado a você de adiantamento...". Pois então, senhores! O que acham? Pois eu escrevi o tal informe!

— E depois? Como é que isso terminou?

— Depois que escrevi o informe, meus senhores, eis o que aconteceu. Um dia depois, no dia seguinte, de manhã bem cedinho, um pacote com o selo do tesouro. Abro e o que vejo? Dispensado! Negócio fechado, faça as contas e pode seguir o seu caminho!

— Como assim?

— Pois foi isso mesmo que eu também gritei, feito louco: Como assim?! Senhores! Os meus ouvidos zuniam! Eu pensei: foi obra do acaso, algum inspetor chegou à cidade. Meu coração sobressaltou-se! Mas depois, pensei, foi de caso pensado! Do jeito que estava fui procurar Fedossiêi Nikoláitch: "O que é isso?", eu disse. — "Isso o quê?", disse ele. — "Esta dispensa, ora!" — "Que dispensa?" — "Esta!" — "É isso, uma dispensa!" — "Mas, como assim, eu pedi, por acaso?" — "Como não, o senhor entregou o informe, no primeiro de abril entregou." (Pois eu não tinha pegado o papel de volta!) — "Fedossiêi Nikoláitch! Será que estou ouvindo isso, será que estou vendo isso!" — "O que há?" — "Senhor, Deus meu!" — "Sinto muito, senhor, sinto muito, realmente, é uma pena que resolveu pedir dispensa tão cedo! O jovem precisa servir, mas o senhor parece que não está bem da cabeça. Quanto ao atestado de bons serviços, fique tranquilo: eu cuidarei disso. O senhor sempre prestou bons serviços!" — "Mas se eu estava de brincadeira, Fedossiêi Nikoláitch! Eu não queria, eu só entreguei o papel em família... foi isso!" — "Como assim? Que brincadeira, senhor! Será que se pode brincar com esses documentos? O senhor vai acabar na Sibéria por causa dessas brincadeiras. Agora adeus, estou sem tempo, temos um inspetor, as obrigações do serviço acima de tudo; o senhor está de papo pro ar, mas nós temos o nosso serviço. Mas eu vou fazer o seu atestado, como deve ser. E mais uma coisa, negociei a compra da casa de Matvéiev, vamos nos mudar por esses dias, de modo que espero não ter o prazer de vê-lo no novo endereço. Boa viagem!"

Corri para casa às pressas: "Estamos perdidos, vovó!". Ela rugiu, colérica; nesse momento, vimos que vinha chegando um moleque, da parte de Fedossiêi Nikoláitch, com um bilhete e uma gaiola, dentro da gaiola um estorninho; era o mesmo que eu, transbordando de sentimentos, tinha dado a ela de presente, um estorninho falante; e no bilhete estava escrito: *primeiro de abril*, além disso não havia mais nada. Pois então, senhores, o que acharam?

— Mas, e depois, o que aconteceu depois???

— Depois! Uma vez encontrei Fedossiêi Nikoláitch, queria dizer na cara dele: canalha...

— E...

— Não sei por quê, não disse nada, senhores!

Tradução de Denise Sales

UMA ÁRVORE DE NATAL E UM CASAMENTO
(Das notas de um desconhecido)[1]

Dia desses, vi um casamento... mas não! Melhor lhes contar sobre a árvore de Natal. O casamento foi bom, eu gostei muito, mas o outro acontecimento foi melhor. Não sei como, ao assistir àquele casamento, eu me lembrei dessa árvore de Natal. Foi assim que aconteceu. Há exatos cinco anos, na véspera do Ano-Novo, fui convidado para uma festa infantil. A pessoa que fez o convite era um famoso homem de negócios, com relações, conhecidos e intrigas, de modo que era possível pensar que a festa infantil não passava de um pretexto para os pais se reunirem e conversarem sobre outros assuntos interessantes de um jeito inofensivo, casual e imprevisto. Eu era de fora, não tinha nada a ver com aquilo e, por isso, passei a noite de modo bastante independente. Lá estava ainda um senhor aparentemente solitário e sem parentesco, mas que, assim como eu, fora parar no meio daquela cena familiar... Foi ele quem mais me chamou a atenção. Era um homem alto, esguio, bastante sério e muito bem-vestido. Mas era óbvio que não estava nem um pouco interessado na alegria e na felicidade familiar: quando se afastava para um canto, imediatamente parava de sorrir e franzia as bastas sobrancelhas negras. Além do anfitrião, não conhecia absolutamente ninguém na festa. Era óbvio que estava terrivelmente entediado, mas sustentou com coragem, até o final, o papel de alguém que estava feliz e se divertindo. Depois soube que se tratava de um senhor da província, que tinha algum negócio complicado e decisivo na capital, e trouxera uma carta de recomendação ao nosso anfitrião, o qual o apadrinhara, embora não *con amore*,[2] e apenas por educação o convidara para a festa. Não o convidaram para jogar cartas, não lhe foram oferecidos charutos e ninguém chegou a conversar com ele, talvez por de longe reconhecerem a ave pela plumagem; por isso, na falta do que fazer com as mãos, o senhor foi obrigado a passar a noite alisando as próprias suíças. Elas eram, de fato, excelentes. Mas ele mexia nelas com tanto zelo que, olhando para ele, dava realmente para pensar que elas vieram ao mundo primeiro e só depois o senhor foi designado para acariciá-las.

---

[1] Publicado originalmente em *Anais da Pátria*, nº 60, setembro de 1848. (N. da T.)

[2] Em italiano no original, "com amor". (N. da T.)

Além desse tipo, que assim participava da felicidade familiar do anfitrião, o qual tinha cinco filhos bem nutridos, me agradou ainda outro senhor. Mas este já era inteiramente diferente. Era um figurão. Chamava-se Iulian Mastákovitch. À primeira vista, era possível perceber que se tratava de um convidado de honra e que tinha o mesmo tipo de relação com o anfitrião que este tinha com o senhor que mexia nas suíças. O anfitrião e a anfitriã diziam um punhado de gentilezas, cuidavam dele, davam de beber, mimavam, levavam seus convidados até ele para uma recomendação, e ele mesmo não era levado até ninguém. Notei que uma lágrima brilhou nos olhos do anfitrião quando, referindo-se àquela noite, Iulian Mastákovitch disse que raramente passava o tempo de forma tão agradável. Por algum motivo, senti medo diante daquele sujeito e, por isso, depois de admirar as crianças, me dirigi a uma pequena sala de estar que estava totalmente vazia e me sentei no florido sofá da anfitriã, o qual ocupava quase metade do cômodo.

As crianças eram incrivelmente doces e não queriam de modo algum se parecer com os grandes, apesar de todas as advertências das governantas e das mamães. Elas desmontaram a árvore de Natal num instante, até o último enfeite, e conseguiram inclusive quebrar metade dos brinquedos antes de saber quem iria ganhar o quê. Havia ainda um garoto excepcional, de olhos negros e cabelos encaracolados, que insistia em disparar contra mim com sua espingardinha de madeira. Mas quem mais chamava a atenção era sua irmã, uma menina de uns onze anos, encantadora como um pequeno cupido, calada, branca e pensativa, com grandes olhos meditativos. Fora de algum modo ofendida pelas crianças e, por isso, resolveu ir para a mesma sala onde eu estava, onde ficou num canto brincando com sua boneca. Os convidados apontavam com respeito para um rico rentista, o pai da garota, e alguns sussurravam que já havia sido reservado para ela um dote de trezentos mil rublos. Voltei-me para olhar os interessados nessa situação e me deparei com Iulian Mastákovitch, que com as mãos cruzadas nas costas e inclinando a cabeça um pouco para o lado, ouvia com extrema atenção o palavrório daqueles senhores. Depois, não pude deixar de me admirar com a sabedoria dos anfitriões na distribuição dos presentes para os pequenos. A garota que já tinha trezentos mil rublos de dote ganhou a boneca mais cara. Em seguida, os presentes foram diminuindo de valor conforme diminuía a posição dos pais de todas aquelas crianças felizes. A última delas, por fim, um garoto de uns dez anos, magro, baixinho, sardento e ruivo recebeu apenas um livrinho de histórias sobre a grandeza da natureza, lágrimas de emoção etc., que não tinha ilustrações nem vinhetas. Era o filho da governanta dos filhos do anfitrião, uma pobre viúva; um menino retraído e amedrontado ao extremo. Vestia uma jaqueta de algodão pobre. Depois de receber seu livrinho, passou um bom tempo caminhando perto dos outros brinquedos; queria muito brincar com as outras crianças, mas não ousava; era óbvio que ele já sentia e compreendia sua posição. Gosto muito de observar as crianças. Uma coisa extremamente curiosa nelas é sua primeira manifestação independente na vida. Notei que o garoto ruivo se sentia tão atraído pelos brinquedos caros das outras crianças, especialmente o teatro, no qual queria tanto desempenhar algum papel, que resolveu fazer uma traquinagem. Ele sorria e brincava com as outras crianças, deu sua maçã para um moleque rechonchudo, que andava com um lenço amarrado cheio de guloseimas, e até resolveu carregar um dos garotos nas costas para que não o expulsassem do teatro. Mas um minuto depois, um moleque travesso lhe deu uma coça. O menino nem teve coragem de chorar. Então apareceu a governanta, sua mãe, e ordenou que ele não atrapalhasse a brincadeira das outras crianças. O menino entrou na mesma sala onde estava a menina. Ela deixou que ele se sentasse ao seu lado e ambos começaram, com muito afinco, a vestir a boneca cara.

Já fazia meia hora que eu estava sentado no sofá felpudo, quase cochilando, enquanto escutava a conversa entre o garoto ruivo e a bela de trezentos mil rublos de dote, entretidos com a boneca, quando, de repente, Iulian Mastákovitch entrou na sala. Ele se aproveitou de uma escandalosa cena de briga entre as crianças e saiu de fininho do salão. Notei que um minuto antes ele falava muito entusiasmado com o pai da futura noiva rica, o qual ele acabara de conhecer, sobre a vantagem de determinado serviço em relação a outro. Agora ele estava pensativo como se contasse algo nos dedos.

— Trezentos... trezentos — sussurrava. — Onze... doze... treze e assim por diante. Dezesseis — cinco anos! Vamos supor que a quatro por cento: doze vezes cinco: sessenta, sim sobre esses sessenta... Bem, vamos supor que daqui a cinco anos vão ser quatrocentos. Sim! É isso... Mas ele não vai ficar com quatro por cento, aquele vigarista! Talvez tome oito ou dez por cento. Bem, quinhentos, vamos supor, quinhentos mil, pelo menos, é certo; bem, e além disso uns trapos, hum...

Terminou seu raciocínio, assoou o nariz e quis sair do quarto quando, de repente, viu a garota e parou. Não me viu atrás dos vasos de plantas. Pareceu-me agitado ao extremo. As contas ou alguma outra coisa haviam surtido efeito sobre ele; o fato é que esfregava as mãos e não conseguia ficar parado. A agitação aumentou *nec plus ultra*[3] quando ele parou e lançou um

---

[3] Em latim no original; entenda-se, "até não (poder) mais". (N. da T.)

novo e decisivo olhar para a futura noiva. Quis fazer um movimento para a frente, mas antes olhou ao redor. Em seguida, começou a rodear a criança na ponta dos pés, como que se sentindo culpado. Aproximou-se com um sorriso, curvou-se e deu-lhe um beijo na testa. Ela, sem esperar o ataque, deu um grito de susto.

— O que está fazendo aqui, minha doce criança? — sussurrou ele, olhando ao redor e apertando as bochechas da menina.

— Estamos brincando...

— Ah, é? Com ele? — Iulian Mastákovitch olhou torto para o menino.

— Você, queridinho, vá lá para o salão — disse. O menino ficou quieto e o encarou com os olhos arregalados. Iulian Mastákovitch novamente olhou em volta e outra vez se inclinou em direção à menina.

— O que tem aí, uma boneca, minha doce criança? — perguntou.

— Uma boneca — respondeu a menina, franzindo o cenho, um pouco acanhada.

— Uma boneca... Por acaso sabe, doce criança, de que é feita sua boneca?

— Não sei... — sussurrou a menina, baixando totalmente a cabeça.

— De trapinhos, querida. Menino, vá lá para o salão junto com os da sua idade — disse Iulian Mastákovitch, olhando sério para a criança. A menina e o menino fizeram uma careta e se abraçaram. Não queriam se separar.

— E você sabe por que ganhou essa boneca? — perguntou Iulian Mastákovitch, com um tom de voz cada vez mais baixo.

— Não sei.

— Por que foi uma criança doce e bem-comportada a semana toda.

Então Iulian Mastákovitch, agitado ao extremo, olhou ao redor e, diminuindo ainda mais o tom, perguntou enfim com uma voz inaudível, que quase falhava de tanta agitação e impaciência:

— E vai gostar de mim, doce menina, quando eu for visitar seus pais?

Ao dizer aquilo, Iulian Mastákovitch ainda quis beijar a doce menina, mas o garoto ruivo, ao ver que ela estava prestes a chorar, pegou-a pelo braço e começou a choramingar com total compaixão por ela. Iulian Mastákovitch ficou furioso de verdade.

— Saia, saia já daqui! — disse para o menino. — Vá para o salão! Junto com os da sua idade!

— Não, não precisa, não precisa! Vá o senhor — disse a menina —, deixe-o em paz, deixe-o em paz! — falou quase aos prantos.

Alguém fez um barulho na porta. Iulian Mastákovitch imediatamente se assustou e ergueu seu tronco imponente. Mas o menino ruivo ficou ainda mais assustado, largou a menina e, calado e apoiado na parede, saiu para a sala de jantar. Para não levantar suspeitas, Iulian Mastákovitch também foi para lá. Estava vermelho como um caranguejo e, olhando-se no espelho, ficou como que envergonhado de si mesmo. Talvez tenha ficado aborrecido com a irrupção de sua impaciência. Talvez as contas que fez nos dedos o tenham impressionado tanto, seduzido e inspirado de tal forma, que ele, apesar de toda a sua gravidade e seriedade, acabou agindo feito um moleque e foi logo abordando seu alvo, ainda que seu alvo só viesse a se tornar propriamente um alvo depois de pelo menos cinco anos. Segui o honrado senhor até a sala de jantar e vi um estranho espetáculo. Iulian Mastákovitch, todo vermelho de raiva e aborrecimento, intimidava o menino ruivo que, afastando-se cada vez mais e mais dele, não sabia para onde fugir de tanto medo.

— Fora! O que está fazendo aqui? Fora, moleque travesso, fora! Está pegando frutas escondido, hein? Está pegando as frutas escondido? Fora, moleque travesso, fora, seu remelento, vá lá com os da sua idade!

Bastante assustado, o garoto tomou uma medida desesperada e tentou se enfiar debaixo da mesa. Então seu caçador, irritado ao extremo, tirou um lenço de cambraia do bolso e começou a açoitar a criança, que ficou totalmente paralisada. É preciso observar que Iulian Mastákovitch era um pouco gorducho. Tratava-se de um homem bem nutrido, forte, corado, barrigudo e de coxas grossas; em uma palavra, era forte e roliço como uma noz. Estava terrivelmente suado, ofegante e vermelho. Enfim, estava quase enfurecido, tamanho era seu sentimento de indignação e talvez (quem sabe?) ciúme. Soltei uma gargalhada com vontade. Iulian Mastákovitch voltou-se e, apesar de toda a sua importância, ficou completamente envergonhado. Nesse momento, o anfitrião entrou pela porta oposta. O menino saiu debaixo da mesa, limpando os joelhos e os cotovelos. Iulian Mastákovitch se apressou em levar ao nariz o lenço que segurava pela ponta.

O anfitrião olhou com certa estupefação para nós três, mas como era um homem que conhece a vida e a encara com seriedade, imediatamente aproveitou o fato de encontrar seu convidado sozinho.

— Eis o menino — disse, apontando para o garoto ruivo — sobre o qual tive a honra de pedir...

— Hein? — respondeu Iulian Mastákovitch, ainda se endireitando.

— É o filho da governanta das minhas crianças — continuou o anfitrião em tom suplicante —, uma mulher pobre, viúva de um honrado funcionário; e por isso... Iulian Mastákovitch, se possível...

— Ah, não, não — foi logo gritando Iulian Mastákovitch —, me desculpe Filipp Aleksêievitch, é totalmente impossível. Eu me informei: não há vagas e, se houvesse, já existem dez candidatos que têm muito mais direito do que ele... É uma pena, uma pena...

— Pena — repetiu o anfitrião —, é um menino tímido, tranquilo...

— Muito travesso, pelo que observei — respondeu Iulian Mastákovitch, entortando a boca de forma histérica. — Vá, menino, o que está esperando? Vá com os da sua idade! — disse, dirigindo-se à criança.

Ao que parece, ele não conseguiu se conter e espiou-me com um olho. Eu também não me contive e gargalhei na sua cara. Iulian Mastákovitch imediatamente virou-se para o outro lado e, claramente referindo-se a mim, perguntou ao anfitrião quem era aquele jovem estranho. Eles cochicharam e saíram do cômodo. Vi como Iulian Mastákovitch, ao ouvir o anfitrião, balançava a cabeça desconfiado.

Depois de umas boas gargalhadas, eu voltei para o salão. Lá, o grande homem, cercado por pais e mães de família e pelos anfitriões, disse algo entusiasmado para uma dama que tinham acabado de levar até ele. A dama segurou pelo braço a menina que, dez minutos atrás, estava na cena com Iulian Mastákovitch na sala de estar. Agora ele era todo elogios à beleza, talentos, graça e boa educação da doce criança. Era evidente que a adulava diante da mamãezinha. Ela o ouvia prestes a verter lágrimas de entusiasmo. Os lábios do pai esboçaram um sorriso. O anfitrião ficou satisfeito com a efusão de alegria generalizada. Todos os convidados compartilhavam essa sensação, as crianças até pararam de brincar para não atrapalhar a conversa. O ar estava repleto de um sentimento de veneração. Depois ouvi a mãe da interessante menina, profundamente tocada, pedir com palavras bem escolhidas que Iulian Mastákovitch presenteasse a casa deles com sua ilustre presença; ouvi com que genuíno entusiasmo Iulian Mastákovitch recebeu o convite e como os convidados se espalharam, como requer o bom-tom, cada um para seu lado, desfazendo-se em elogios emocionados ao rentista, à sua esposa, à menina e, em especial, a Iulian Mastákovitch.

— Este senhor é casado? — perguntei quase em voz alta a um conhecido que estava muito perto de Iulian Mastákovitch.

Iulian Mastákovitch lançou-me um olhar penetrante e maligno.

— Não! — respondeu-me o conhecido, profundamente ofendido pela minha falta de tato, que foi deliberada...

Não faz muito tempo, estava passando diante da igreja de ...ski, e fiquei impressionado com a multidão que lá se aglomerava. O grupo falava de um casamento. O dia estava nublado, começava a garoar; enfiei-me no meio da multidão e vi o noivo. Era um homem pequeno, roliço, bem nutrido, barrigudo e muito enfeitado. Ele corria, resolvia coisas e dava ordens. Por fim, espalhou-se o rumor de que haviam trazido a noiva. Apertei-me no meio da multidão e vi uma estonteante beldade, para quem a primeira primavera mal havia chegado. Mas a beldade estava pálida e triste. Olhava distraída; tive até a impressão de que seus olhos estavam vermelhos de um choro recente. A rigidez clássica de cada traço do seu rosto conferia um ar grave e solene à sua beleza. Mas por trás dessa rigidez e gravidade, por trás dessa tristeza, reluzia ainda um aspecto inocente de primeira infância, que expressava algo extremamente ingênuo, vacilante e pueril, que parecia implorar sem palavras por misericórdia.

Diziam que ela mal passara dos dezesseis anos. Olhando com atenção para o noivo, de repente reconheci Iulian Mastákovitch, a quem não via havia exatamente cinco anos. Olhei para ela... Meu Deus! Tentei me desvencilhar rapidamente e sair da igreja. Na multidão, dizia-se que a noiva era rica, que tinha quinhentos mil de dote... e ainda uns trapos...

"E não é que a conta estava certa!" — pensei, saindo para a rua...

Tradução de Priscila Marques

A MULHER DE OUTRO
E O MARIDO DEBAIXO DA CAMA
(Um acontecimento extraordinário)[1]

I

— Por gentileza, prezado senhor, permita-me perguntar...

O transeunte estremeceu e olhou assustado para o senhor que vestia pele de guaxinim e o interpelara sem rodeios após as sete da noite em plena rua. Sabe-se que, caso um senhor petersburguês comece de repente a falar alguma coisa na rua com alguém que lhe seja completamente desconhecido, o outro necessariamente se assustará.

Assim, o transeunte estremeceu e se assustou um pouco.

— Desculpe incomodá-lo — disse o senhor de guaxinim —, mas eu... eu, palavra, não sei... o senhor, certamente, vai me desculpar. Veja, meu espírito está um tanto perturbado...

Só então o jovem rapaz de sobretudo notou que o senhor de guaxinim estava perturbado. Sua face contraída estava bastante pálida, a voz trêmula, os pensamentos claramente atrapalhados, as palavras saíam com dificuldade e era evidente que tivera enorme dificuldade em aceitar dirigir-se humildemente a alguém que, talvez, pertencesse a um grau ou classe social inferior à sua, devido à necessidade imperiosa de fazer um pedido. Além disso, o pedido era, de todo modo, indecente, indigno e estranho para um homem que vestia um casaco de pele tão vistoso e um fraque verde-escuro tão excelente e respeitável, coberto por condecorações tão memoráveis. Era óbvio que tudo aquilo constrangia o próprio senhor de guaxinim, de modo que, por fim, com o espírito perturbado, o senhor não se conteve e decidiu controlar sua agitação e dar um termo àquela situação desagradável que ele mesmo causara.

---

[1] Publicado em 1860, na primeira edição das *Obras reunidas*, organizada por Dostoiévski, "A mulher de outro e o marido debaixo da cama" é o resultado da montagem de dois contos — "A mulher de outro" e "O marido ciumento", publicados em *Anais da Pátria* (nºs 56 e 61, de janeiro e dezembro de 1848, respectivamente), e reproduzidos às pp. 463-77 e 479-505 deste volume. As alterações mais significativas recaem sobre o segundo conto. (N. da T.)

— Desculpe-me, estou fora de mim. O fato é que o senhor não me conhece... Sinto muito por tê-lo incomodado; mudei de ideia.

Levantou o chapéu em um gesto de cortesia e saiu correndo.

— Mas, faça o favor, tenha a bondade.

O pequeno homem, contudo, desapareceu na escuridão, deixando estupefato o jovem de sobretudo.

"Que pessoa esquisita!", pensou o jovem de sobretudo. Depois de ficar um tanto atônito, como era de se esperar, saiu do estado de estupefação, voltou a si e pôs-se a andar para lá e para cá, olhando fixamente o portão de um prédio de incontáveis andares. Começou a cair uma névoa e o jovem se alegrou um pouco, pois assim seu passeio chamaria menos atenção, ainda que, por outro lado, algum cocheiro que tivesse passado o dia sem ganhar nada pudesse notá-lo.

— Com licença!

O transeunte estremeceu outra vez: o mesmo senhor de guaxinim apareceu diante dele.

— Desculpe, novamente... — começou — ... mas o senhor, o senhor, decerto é uma pessoa nobre! Não me olhe como se eu fosse alguma figura importante no sentido social; eu, aliás, estou atrapalhado. Examine de forma humana... diante do senhor está um homem que precisa do mais humilde favor.

— Se eu puder ajudar... de que precisa?

— Pode ser que esteja pensando que vou lhe pedir dinheiro! — disse o homem misterioso, entortando a boca, rindo histericamente e empalidecendo.

— De modo algum...

— Não, vejo que estou estorvando o senhor! Desculpe, não consigo suportar a mim mesmo; considere que está diante de um homem espiritualmente perturbado, quase louco, mas não tire nenhuma conclusão...

— Vá direto ao ponto, ao ponto! — respondeu o jovem rapaz, acenando com a cabeça de forma positiva e impaciente.

— Ah! Veja só! O senhor, um rapaz tão jovem, me pedindo para ir direto ao ponto, como se eu fosse um rapazote descuidado! Eu devo ter perdido o juízo mesmo!... Como o senhor me vê agora em minha humilhação, diga francamente?

O jovem ficou confuso e calou.

— Permita-me perguntar francamente: o senhor não viu uma dama? É só isso que quero saber! — disse por fim, decididamente, o senhor com casaco de pele de guaxinim.

— Uma dama?

— Sim, uma dama.

— Vi... mas devo dizer que passaram muitas por aqui...

— Certo — respondeu o homem misterioso com um sorriso amargo. — Eu me confundi, não era isso que queria perguntar, me desculpe. Gostaria de saber se o senhor não teria visto uma senhora com casaco de pele de raposa, capuz de veludo escuro e véu preto.

— Não, essa eu não vi... não que eu tenha percebido.

— Ah! Nesse caso, desculpe-me!

O jovem quis perguntar algo, mas o senhor de guaxinim novamente desapareceu, deixando outra vez seu paciente interlocutor estupefato. "Que o diabo o carregue!", pensou o jovem de sobretudo, evidentemente perturbado.

Com irritação, fechou seu colarinho de pele de castor e voltou a caminhar com cautela diante do portão do prédio de infinitos andares. Estava furioso.

"Por que ela ainda não saiu?", pensou, "Já vai dar oito horas!"

O relógio da torre bateu oito horas.

— Ah! Que o diabo o carregue!

— Com licença!

— Desculpe por falar assim... Mas o senhor chegou tão de repente, que me assustou — disse o transeunte com a cara fechada, desculpando-se.

— Sou eu de novo. É claro que eu devo estar parecendo inquieto e estranho.

— Faça o favor, diga logo o que quer sem rodeios; ainda não consegui descobrir o que deseja.

— Está com pressa? Veja só. Direi tudo abertamente, sem palavras desnecessárias. Não há saída! As circunstâncias, às vezes, reúnem pessoas de caráter totalmente diverso... Mas vejo que o senhor é impaciente, meu jovem... Pois então... aliás, nem sei como dizer: estou procurando uma dama (agora decidi dizer tudo). Preciso saber para onde ela foi. Quem ela é — penso que não há necessidade de que saiba o nome dela, meu jovem.

— Sim, prossiga...

— Prossiga! Veja o seu tom! Desculpe, pode ser que eu o tenha ofendido ao chamar-lhe de meu jovem, mas eu não tinha nada... em uma palavra, se puder prestar-me um enorme serviço, pois então: trata-se de uma dama, ou seja, quero dizer uma mulher correta, de excelente família de conhecidos meus... foi-me confiada... veja, eu mesmo não tenho família...

— Sei.

A mulher de outro e o marido debaixo da cama

— Coloque-se no meu lugar, meu jovem (ah, outra vez!, desculpe, eu continuo chamando-o de meu jovem). Cada minuto custa caro... Imagine só, essa dama... mas, será que não pode me dizer quem mora nesse prédio?

— Sim... muitas pessoas moram aí.

— Sim, quer dizer, o senhor está correto — respondeu o senhor de guaxinim, rindo de forma sutil em nome dos bons modos. — Sinto que estou um pouco atrapalhado... mas por que esse tom? O senhor me vê admitir de coração aberto que estou atrapalhado e, se é um homem arrogante, já viu humilhação suficiente... Refiro-me a uma dama, de comportamento respeitável, ou seja, de conteúdo leve — desculpe, estou tão atrapalhado, que é como se estivesse falando de literatura: inventaram que Paul de Kock tem conteúdo leve, e toda desgraça vem dele... veja só!...

O jovem rapaz olhou com piedade para o senhor de guaxinim, que, ao que parece, atrapalhou-se de vez, calou, olhou para ele, e, com um sorriso sem sentido, as mãos trêmulas e sem nenhum motivo aparente, agarrou-o pela lapela do sobretudo.

— O senhor está perguntando quem mora aqui? — disse o jovem rapaz, recuando.

— Sim, muita gente, o senhor disse.

— Aqui... sei que aqui também mora Sofia Ostafiévna — disse o jovem rapaz sussurrando e até com ar de comiseração.

— Veja só, veja só! O senhor sabe de algo, meu jovem?

— Garanto que não sei de nada... Apenas julguei pelo aspecto perturbado do senhor.

— Fiquei sabendo por uma cozinheira que ela costuma vir aqui; mas o senhor está equivocado em relação a Sofia Ostafiévna... Elas não se conhecem...

— Não? Então, me desculpe...

— Está claro que nada disso interessa ao senhor, meu jovem — disse o estranho senhor com amarga ironia.

— Ouça — disse o jovem rapaz com hesitação —, eu não sei em essência a causa da sua situação, mas, seja direto, o senhor está sendo traído?

O jovem deu um sorriso de satisfação.

— Pelo menos vamos nos entender — acrescentou, e todo o seu corpo manifestou generosamente o desejo de fazer uma discreta meia reverência.

— O senhor acabou comigo! Mas reconheço honestamente que é isso... Acontece com todo mundo!... Estou profundamente tocado por seu interesse. Convenhamos, aqui entre nós, jovens... Não que eu seja jovem, mas, o senhor sabe, o hábito, a vida de solteiro, entre solteiros, sabemos que...

— Sim, sabemos, sabemos! Mas em que posso ajudá-lo?

— Pois então, o senhor há de convir que visitar Sofia Ostafiévna... Aliás, ainda não sei ao certo para onde ela foi; sei apenas que está nesse prédio; mas, ao ver que o senhor passeava e eu mesmo também passeava daquele lado, pensei: veja só, estou aqui esperando essa dama... sei que ela está lá; gostaria de encontrá-la e explicar como é indecente e sórdido... em uma palavra, o senhor me entende...

— Hum! E então?

— Não faço isso por mim, nem pense nisso: trata-se da mulher de outro! O marido está lá, na ponte Voznessiênski; ele quer surpreendê-la, mas não tem coragem. Ele ainda não acredita, como todo marido... (nesse momento o senhor de guaxinim quis sorrir). Eu sou amigo dele; convenhamos, sou um homem que merece algum respeito, não posso ser o que o senhor pensa que sou.

— Claro, e então?

— O caso é que eu vou surpreendê-la; fui encarregado disso (que marido infeliz!); mas eu sei que essa jovem e esperta dama (tem Paul de Kock para sempre debaixo do travesseiro); estou certo de que ela se esgueira furtivamente... Confesso que a cozinheira me contou que ela costuma vir aqui e eu, feito um louco, corri para cá assim que soube; quero surpreendê-la; faz tempo que desconfio e por isso queria pedir-lhe, o senhor costuma vir aqui... o senhor... o senhor... não sei...

— Está bem, mas o que quer, afinal?

— Sim... Não tive a honra de conhecer o senhor; não me atrevi a indagar quem seja... Em todo caso, permita que me apresente... Muito prazer!

O senhor, trêmulo, apertou calorosamente a mão do jovem rapaz.

— É o que deveria ter feito no começo — acrescentou —, mas me esqueci de toda a decência!

O senhor de guaxinim não conseguia ficar parado enquanto falava, olhava inquieto para os lados, andava a passo miúdo e constantemente agarrava o braço do jovem rapaz como se estivesse morrendo.

— Veja — continuou —, quis dirigir-me ao senhor amigavelmente... desculpe-me por tomar tal liberdade... gostaria de pedir que andasse pelo outro lado da rua saindo da esquina onde há um portão preto, descrevendo assim *com calma* um retângulo. Eu também, por meu turno, caminharei a partir da entrada principal, de modo que não a deixaremos escapar; meu temor era que sozinho a deixasse escapar; não quero que isso aconteça. O senhor, assim que a vir, pare e grite... Mas estou louco! Só agora vejo a tolice e a indecência de minha proposta!

— Não, imagine! Por favor!

— Não, me desculpe; meu espírito está perturbado, estou perdido como nunca antes! É como se estivesse diante de um juiz! Até admito, meu jovem, serei nobre e franco: cheguei a pensar que o senhor fosse o amante!

— Ou seja, trocando em miúdos, o senhor quer saber o que estou fazendo aqui?

— É um homem nobre, prezado senhor, não me passa pela cabeça que o senhor seja *ele*; não o difamarei com esse pensamento, mas... poderia me dar sua palavra de honra de que o senhor não é o amante?

— Está bem, que seja, tem minha palavra de honra de que eu sou o amante, mas não da sua esposa; do contrário, não estaria aqui na rua, mas com ela!

— Esposa? Quem falou em esposa, meu jovem? Sou solteiro, eu mesmo sou um amante...

— O senhor disse que há um marido... na ponte Voznessiênski...

— Claro, claro, estou tergiversando; mas há outros laços! E convenhamos, meu jovem, há certa leviandade de caráter, ou seja...

— Sim, sim, está bem!

— Ou seja, eu não sou absolutamente o marido...

— Acredito plenamente. Mas serei franco, ao fazê-lo mudar de ideia, eu mesmo quero me tranquilizar e, por isso, serei honesto: o senhor me perturbou e está me atrapalhando. Prometo que o chamarei. Mas peço mui gentilmente que se retire e me deixe só. Eu também estou esperando alguém.

— Claro, claro, vou me retirar. Respeito a impaciência passional de seu coração. Compreendo, meu jovem. Oh, como eu o compreendo agora!

— Está bem, está bem...

— Até logo!... Aliás, com licença, meu jovem, queria novamente... Não sei como dizer... Dê-me novamente sua nobre e honrada palavra de que não é o amante!

— Ah, Deus do céu!

— Mais uma pergunta, a última: o senhor sabe o nome do marido da sua... ou seja, daquela que é objeto de seus sentimentos?

— Claro que sei, não é o seu nome e caso encerrado!

— Mas como sabe meu nome?

— Ouça, é melhor ir embora. Está perdendo tempo: ela vai fugir milhares de vezes... O que pretende? A sua usa casaco de raposa e capuz, a minha veste capa xadrez e chapéu de veludo azul... O que mais quer? O quê?

— Chapéu de veludo azul! Tem uma capa xadrez e um chapéu azul — gritou o homem impertinente, olhando para trás num relance.

— Ah, que o diabo o carregue! Isso pode bem acontecer... Sim, aliás, o que estou fazendo? A minha não costuma vir aqui!

— E onde ela está, a sua?

— Para que quer saber?

— Admito que eu apenas...

— Ah, por Deus! O senhor não tem vergonha nem nada? A minha tem conhecidos aqui, no terceiro andar, no apartamento que dá para a rua. O que mais quer, que eu diga os nomes?

— Meu Deus! Eu tenho conhecidos no terceiro andar, no apartamento que dá para a rua. Um general...

— Um general?!

— Um general. Posso até dizer qual general: o general Polovítsin.

— Veja o senhor! Não! Não é esse! (Ah, que o diabo carregue! Que o diabo carregue!)

— Não é esse?

— Não é esse.

Ambos se calaram e se entreolharam perplexos.

— Mas por que está me olhando assim? — gritou o jovem rapaz, irritado, sacudindo o estupor e a hesitação.

O senhor alvoroçou-se.

— Eu, eu admito...

— Não, por favor, permita-me, agora vamos falar a sério. É um assunto comum a nós dois. Explique-me... Quem o senhor tem lá?

— Quer dizer, meus conhecidos?

— Sim, seus conhecidos.

— Ora, veja bem! Pelos seus olhos vejo que adivinhei!

— Que o diabo o carregue! Não, não, que o diabo o carregue! O senhor é cego ou o quê? Não está vendo que estou aqui diante do senhor, que não estou com ela? Ora! Para mim tanto faz o senhor falar ou não!

O jovem rapaz, furioso, girou sobre os calcanhares e deu de ombros.

— Não é nada, tenha misericórdia, como homem honrado, direi tudo: no começo, minha esposa vinha para cá sozinha; ela é parente deles, e eu não desconfiava de nada, ontem encontrei Sua Excelência: dizem que já faz três semanas que ele se mudou daqui para outro apartamento, então minha espo... ou melhor, não minha, mas a esposa do outro (o da ponte Voznessiênski), essa dama disse que há três dias visitou esse apartamento... Mas a cozinheira me contou que o apartamento fora alugado pelo jovem rapaz Bobinítsin...

— Ah, que o diabo o carregue, que o diabo o carregue!...

A mulher de outro e o marido debaixo da cama

— Prezado senhor, estou apavorado, aterrorizado!

— Eh, que o diabo o carregue! E o que tenho a ver com o fato de o senhor estar apavorado e aterrorizado? Ah! Ali, apareceu alguém lá...

— Onde? Onde? Basta gritar "Ivan Andriêitch" e eu saio correndo...

— Está bem, está bem. Ah, que o diabo o carregue, que o diabo o carregue! Ivan Andriêitch!!

— Aqui — gritou Ivan Andrêievitch, retornando totalmente sem fôlego. — E então? O quê? Onde?

— Não, eu apenas... queria saber como se chama essa dama.

— Glaf...

— Glafira?

— Não, não é mesmo Glafira... desculpe, não posso dizer o nome dela. — Ao dizer isso, o honrado homem ficou branco como um lençol.

— Sim, claro, não é Glafira, eu mesmo sei que não é Glafira, a minha também não é Glafira; aliás, com quem ela está?

— Onde?

— Lá! Ah, para o diabo, para o diabo! (O jovem rapaz não conseguia ficar parado tamanha sua fúria.)

— Mas veja! Como sabia que o nome dela é Glafira?

— Que o diabo o carregue! Que confusão! O senhor mesmo não disse que a sua não se chama Glafira?

— Prezado senhor, que tom é esse?

— Diabos, o que tem o tom? Ela é o que do senhor, esposa?

— Não, eu não sou casado... Mas eu não ficaria amaldiçoando um homem honrado, alguém que é, não diria digno de respeito, mas pelo menos educado. O senhor toda hora diz "que o diabo carregue! Que o diabo carregue!".

— É isso mesmo, que o diabo carregue! É isso mesmo, entendeu?

— O senhor está cego pela raiva e eu não vou dizer nada. Meu Deus, quem é esse?

— Onde?

Ouviu-se um barulho e gargalhadas; duas belas garotas saíram da entrada principal, os dois correram na direção delas.

— O que é isso? Quem são os senhores?

— Para onde estão correndo?

— Não são elas!

— Quer dizer que não são essas? Cocheiro!

— Para onde as raparigas estão indo?

— Para Pokróv; sente-se Annúchka, eu levo você.

— Vou sentar do outro lado, vamos! Rápido...
O cocheiro partiu.
— De onde veio isso?
— Meu Deus, meu Deus! Não seria melhor ir para lá?
— Para onde?
— Para a casa de Bobinítsin.
— Não, de jeito nenhum...
— Por quê?
— Eu até iria, mas então ela dirá outra coisa; ela... vai dar um jeito; eu a conheço! Dirá que foi de propósito para me surpreender com alguém, e aí eu é que estarei encrencado!
— E só de pensar que ela pode estar lá! Digamos que o senhor, por algum motivo, vai visitar o general...
— Mas ele se mudou!
— Tanto faz, entende? Ela foi, então o senhor também vai, entendeu? Faça de conta que não sabe que o general se mudou, apareça na casa dele como se estivesse indo encontrar sua esposa e assim por diante.
— E depois?
— Bem, depois desmascare quem tiver que desmascarar na casa de Bobinítsin. Que diabos, como é estúpido...
— E que diferença faz para o senhor quem eu vou desmascarar? Está vendo, está vendo!
— Como é que é, paizinho? O quê? De novo essa história? Oh, senhor, senhor! Está passando vergonha, homem ridículo, estúpido!
— Mas por que está tão interessado? Quer descobrir...
— Descobrir o quê? O quê? Ah, que o diabo o carregue, não aguento mais o senhor! Vou sozinho; saia da frente, chispe, suma, desapareça já!
— Prezado senhor, está a ponto de perder a cabeça! — gritou o senhor de guaxinim, desesperado.
— E daí? E daí que estou perdendo a cabeça? — disse o jovem rapaz, cerrando os dentes e avançando furioso sobre o senhor de guaxinim. — E daí? Estou perdendo a cabeça com quem?! — ressoou num estrondo, apertando os punhos.
— Mas, prezado senhor, me permita...
— E então, quem é o senhor, que está me fazendo perder a cabeça, qual é o seu nome?
— Eu não sei de nada, meu jovem, para que quer saber meu nome? Não posso dizer... Melhor ir com o senhor. Vamos, não vou ficar para trás, estou pronto para tudo... Mas, acredite, eu mereço ser tratado com mais respeito!

Não é preciso perder a presença de espírito e, se está perturbado... até imagino o porquê... pelo menos, não precisa perder a cabeça... O senhor ainda é muito, muito jovem!...

— E o que eu tenho a ver com o fato de o senhor ser velho? Grande coisa! Vá embora; por que está zanzando por aqui?

— Velho? Como assim eu sou velho? Estou em melhor posição, é claro, mas não estou zanzando...

— Isso é óbvio. Mas desapareça logo daqui...

— Não, eu vou com o senhor. Não pode me impedir, também estou envolvido, vou com o senhor...

— Mas então fique quieto, quieto, calado!

Ambos entraram pela porta principal e subiram pelas escadas até o terceiro andar. Estava um tanto escuro.

— Espere! Tem fósforo?

— Fósforo? Que fósforo?

— O senhor fuma charuto?

— Ah, sim! Tenho, tenho; aqui está um, aqui. Espere um pouco... — O senhor de guaxinim ficou alvoroçado.

— Arre, que estupidez... diabos! Parece que esta porta...

— Esta-esta-esta-esta-esta...

— Esta-esta-esta... por que está berrando? Quieto!

— Prezado senhor, estou relutando... o senhor é um homem insolente, é isso!...

Acendeu o fósforo.

— Aqui está, eis a plaquinha de cobre! Aqui está, Bobinítsin, está vendo: Bobinítsin...

— Estou vendo, estou vendo!

— Quie-to! O que foi? Apagou?

— Apagou.

— Será que devemos bater?

— Sim, devemos — respondeu o senhor de guaxinim.

— Então bata!

— Não, por que eu? O senhor começou, o senhor que bata...

— Covarde!

— Covarde é o senhor!

— S-suma daqui!

— Estou quase arrependido de ter-lhe confessado meu segredo; o senhor...

— Eu? Eu o quê?

— O senhor se aproveitou da minha perturbação! Viu que eu estava com o espírito transtornado...
— Não dou a mínima! Acho ridículo, é isso!
— Por que está aqui?
— E o senhor, por que está aqui?
— Que beleza de moral! — observou indignado o senhor com o guaxinim...
— Quem é o senhor para falar em moral? Quem?
— Mas é imoral!
— O quê?!
— Sim, para o senhor todo marido ofendido é um imbecil!
— E por acaso o senhor é marido de alguém? O marido não está na ponte Voznessiênski? O que tem o senhor com isso? Para que está se intrometendo?
— Estou achando que o senhor é que é o amante!...
— Ouça, se for continuar assim, então terei de admitir que o senhor é que é um imbecil! Ou seja, o senhor sabe quem.
— Ou seja, está querendo dizer que eu sou o marido! — disse o senhor de guaxinim, recuando como se lhe tivessem lançado um balde de água quente.
— *Psss!* Silêncio! Ouça...
— É ela.
— Não!
— Arre, que escuro!
Fez-se silêncio; no apartamento de Bobinítsin, ouvia-se um barulho.
— Por que estamos brigando, prezado senhor? — sussurrou o senhor de guaxinim.
— Que o diabo o carregue, foi o senhor quem se ofendeu!
— Mas o senhor me fez perder as estribeiras!
— Calado!
— Convenhamos que o senhor ainda é um homem muito jovem...
— Ca-la-do!
— Claro, concordo com a sua ideia de que o marido nessa situação é um imbecil.
— Vai se calar ou não? Oh!
— Para que essa perseguição exasperada ao marido infeliz?
— É ela!
Mas, naquele momento, o barulho cessou.
— Ela?

— Ela! Ela! Ela! Mas por que toda essa agitação? Não é problema seu!

— Prezado senhor, prezado senhor! — murmurou o senhor de guaxinim, pálido e soluçando. — Eu, é claro, estou perturbado... o senhor viu o suficiente de minha humilhação; agora já é noite, é claro, mas amanhã... aliás, nós certamente não nos encontraremos amanhã, ainda que eu não tenha medo de encontrá-lo. Além disso, não sou eu, mas meu amigo que está na ponte Voznessiênski, palavra! É a mulher dele, é a mulher de outro! Que homem infeliz! Eu garanto. Conheço-o bem, permita-me contar-lhe tudo. Sou seu amigo, como pode ver, do contrário não estaria assim agora, o senhor mesmo está vendo. Disse-lhe algumas vezes: por que vai se casar, querido amigo? Você tem uma boa posição, tem recursos, é respeitado, para que trocar tudo isso por um capricho de coquetismo? Convenhamos! Não; vou me casar, disse: felicidade conjugal... Eis sua felicidade conjugal! Antes ele mesmo enganava os maridos, agora está provando do veneno... o senhor me desculpe, mas essa explicação era de fundamental importância! É um homem infeliz e está provando do veneno, é isso! — Nesse momento, o senhor de guaxinim deu um soluço como se começasse a chorar de verdade.

— Que o diabo carregue a todos! Quantos idiotas! E quem é o senhor, afinal?

O jovem rapaz rangeu os dentes de raiva.

— Bem, depois disso o senhor há de convir que... eu fui nobre e franco com o senhor... mesmo assim continua com esse tom!

— Não, permita-me, com licença... qual o seu nome?

— Não, para que nome?

— Ah!!

— Não posso dizer meu nome...

— Conhece Chabrin? — disse rapidamente o jovem rapaz.

— Chabrin???

— Sim, Chabrin! Ah!!! (Nesse momento, o jovem de sobretudo provocou o senhor de guaxinim). Está entendendo?

— Não, qual Chabrin? — respondeu estupefato o senhor de guaxinim. — Não se trata de Chabrin, ele é um homem respeitável! Perdoarei sua falta de respeito pelas torturas do ciúme.

— É um canalha, uma alma mercenária, um corrupto, trapaceiro, ladrão do tesouro nacional! Logo vai parar na Justiça!

— Desculpe — disse o senhor de guaxinim, pálido —, o senhor não o conhece; pelo visto, o senhor não o conhece absolutamente.

— Sim, não o conheço pessoalmente, mas conheço fontes muito próximas a ele.

— Prezado senhor, que fontes são essas? Veja, estou confuso...

— Idiota! Ciumento! Não cuida da esposa! Eis o que ele é, se quer mesmo saber!

— Desculpe, o senhor está terrivelmente enganado, meu jovem...

— Ah!

— Ah!

No apartamento de Bobinítsin ouviu-se um barulho. Começaram a abrir a porta. Ouviram-se vozes.

— Ah, não é ela, não é ela! Conheço sua voz; agora entendi tudo, não é ela! — disse o senhor de guaxinim, pálido como um lençol.

— Calado!

O jovem rapaz recostou-se na parede.

— Prezado senhor, vou-me embora: não é ela, estou muito feliz.

— Certo, certo! Então vá!

— E o senhor, por que vai ficar?

— Por que quer saber?

A porta se abriu e o senhor de guaxinim não se conteve e precipitou-se escada abaixo.

Uma mulher e um homem passaram pelo jovem rapaz e seu coração congelou... Ouviu uma conhecida voz feminina e depois uma voz masculina rouca, mas totalmente desconhecida.

— Tudo bem, vou chamar uma carruagem — disse a voz rouca.

— Ah! Sim, sim, de acordo; faça isso...

— Um instante.

A dama ficou só.

— Glafira! Onde estão as suas juras? — gritou o jovem rapaz de sobretudo, agarrando a dama pelo braço.

— Ai, quem é? É o senhor, Tvórogov? Meu Deus! O que está fazendo?

— Com quem estava?

— Aquele é meu marido, vá embora, vá embora, ele já vai voltar de lá... da casa de Polovítsin; vá embora, pelo amor de Deus, vá embora.

— Polovítsin se mudou há três semanas! Eu sei de tudo!

— Ai! — a dama saiu correndo pela escada. O jovem rapaz a alcançou.

— Quem disse isso para o senhor? — perguntou a dama.

— O seu marido, senhora, Ivan Andriêitch; ele está aqui, está diante da senhora.

De fato, Ivan Andriêitch estava diante da entrada principal.

— Ah, é a senhora! — gritou o senhor de casaco de guaxinim.

— Ah! *C'est vous?*[2] — gritou Glafira Petróvna atirando-se em seus braços com genuína alegria. — Deus! Não sabe o que se passou comigo? Estava na casa de Polovítsin, imagine só... sabe que agora eles moram perto da ponte Izmáilovski; eu disse, não se lembra? Saindo de lá peguei uma carruagem. Os cavalos se enfureceram, arrancaram e quebraram a carruagem, fui lançada uns cem passos de distância, levaram o cocheiro. Fiquei desesperada. Felizmente, o *monsieur* Tvórogov...

— Como?

M. Tvórogov mais parecia um fóssil do que M. Tvórogov.

— *Monsieur* Tvórogov me viu aqui, resolveu me acompanhar; mas agora você está aqui e eu posso apenas expressar meu profundo agradecimento ao senhor, Ivan Andriêitch...

A dama ofereceu a mão ao estupefato Ivan Andriêitch e que quase deu-lhe um beliscão ao invés de apertá-la.

— *Monsieur* Tvórogov é um conhecido meu; tive o prazer de ser apresentada a ele no baile dos Skorlupov: acho que disse, não? Será que não se lembra, Koko?

— Ah, claro, claro! Sim, me lembro! — disse o senhor de casaco de guaxinim, que fora chamado de Koko. — Muito prazer, muito prazer.

Apertou calorosamente a mão do senhor Tvórogov.

— Quem é? O que significa isso? Estou esperando — soou a voz rouca.

Diante do grupo apareceu um senhor infinitamente alto; ele pegou o lornhão e olhou atentamente para o senhor com casaco de guaxinim.

— Ah, *monsieur* Bobinítsin! — chilreou a dama. — De onde está vindo? Que encontro! Imagine que acabei de ser derrubada por cavalos... Mas esse é meu marido! Jean! Conheci *Monsieur* Bobinítsin no baile dos Kárpov...

— Ah, muito, muito, muito prazer! Mas agora vou chamar minha carruagem, amigo.

— Chame, Jean, chame: estou tão assustada, tremendo e até com tontura... Hoje, no baile de máscaras — sussurrou para Tvórogov... — Adeus, adeus, senhor Bobinítsin! Amanhã decerto nos encontraremos no baile dos Kárpov.

— Não, sinto muito, amanhã não irei. Não sei como será amanhã... — O senhor Bobinítsin resmungou ainda alguma coisa entre os dentes, fez um rapapé, entrou em sua carruagem e partiu.

---

[2] Em francês, no original, "É o senhor?". (N. da T.)

Outra carruagem se aproximou, a dama sentou-se nela. O senhor de casaco de guaxinim se deteve; ele parecia não estar em condições de fazer nenhum movimento e olhou de maneira inexpressiva para o jovem de sobretudo. O jovem de sobretudo sorriu de forma muito pouco inteligente.

— Não sei...

— Com licença, foi um prazer conhecê-lo — respondeu o jovem rapaz, inclinando-se com curiosidade e um pouco acuado.

— Um prazer, um prazer...

— Parece que o senhor perdeu suas galochas...

— Eu? Ah, sim! Agradeço, agradeço; quero comprar umas de borracha...

— Nas de borracha os pés suam — disse o jovem rapaz, aparentemente com enorme interesse.

— Jean! Está vindo?

— De fato, suam. Já vou, querida, a conversa está tão interessante! Exato, como o senhor observou, os pés suam... Aliás, com licença, eu...

— Por favor.

— Muito, muito prazer em conhecê-lo...

O senhor de guaxinim sentou-se na carruagem e a carruagem arrancou. O jovem rapaz permaneceu parado, acompanhando atônito com o olhar.

II

Na noite seguinte, aconteceu certa apresentação na ópera italiana.[3] Ivan Andrêievitch irrompeu no salão como uma bomba. Nunca antes havia sido notado nele tamanho *furore*,[4] tamanha paixão pela música. O que se sabia ao certo era que Ivan Andrêievitch gostava muitíssimo de cochilar por cerca de uma hora na ópera italiana; até comentou algumas vezes como isso era-lhe agradável e encantador. "A prima-dona", dizia para os amigos, "mia feito um gatinho branco, uma verdadeira canção de ninar."[5] Mas faz tempo que dizia isso, na temporada passada. Agora, puxa! Ivan Andrêievitch nem em casa, à noite, consegue dormir. Contudo, irrompeu feito uma bom-

---

[3] Trata-se do Teatro Bolchói, que ficava na Praça Teatralnaia onde hoje é o conservatório musical de São Petersburgo. (N. da T.)

[4] Em italiano no original, "fúria, furor". (N. da T.)

[5] O personagem brinca com o nome da célebre soprano italiana Erminia Frezzolini (1818-1884). (N. da T.)

ba no salão abarrotado. Até o ajudante de camarote observou-o com desconfiança e passou os olhos pelo bolso lateral, esperançoso de ver ali a ponta de um punhal escondido, de prontidão. É preciso notar que, naquele tempo, surgiram dois partidos e cada um defendia sua prima-dona. Uns eram chamados ...sistas, os outros, ...listas.[6] Ambos os partidos amavam música a tal ponto que os ajudantes de camarote começaram, no fim das contas, a temer definitivamente manifestações de amor mais enfáticas à beleza e à elevação que as duas prima-donas combinavam. Eis o motivo pelo qual, ao ver aquela explosão juvenil no salão do teatro vinda de um senhor grisalho, que, contudo, não era absolutamente grisalho, mas tinha perto de cinquenta anos, meio careca, um homem com aparência respeitável, o ajudante de camarote lembrou-se involuntariamente das elevadas palavras de Hamlet, o príncipe da Dinamarca:

>Quando a velhice chega é terrível,
>O que é a juventude?
>Etc.[7]

E, como foi dito antes, passou os olhos pelo bolso lateral do fraque, na esperança de ver um punhal. Mas lá havia apenas uma carteira e nada mais.

Tendo se precipitado teatro adentro, Ivan Andrêievitch num instante sobrevoou com o olhar todos os camarotes da segunda fileira e — o horror! Seu coração congelou: ela estava ali! No camarote! Lá estava também o general Polovítsin com a esposa e a cunhada; lá estava também o ajudante de campo do general, um rapaz extremamente hábil; lá estava ainda um civil... Ivan Andrêievitch prestou muita atenção, aguçou o olhar, mas — o horror! O civil se escondeu traiçoeiramente atrás do ajudante de campo e permaneceu nas trevas da incerteza.

Ela estava ali, embora tivesse dito que não estaria!

Era essa duplicidade, que às vezes se mostrava a cada passo de Glafira Petróvna, que acabava com Ivan Andrêievitch. Aquele jovem civil o deixou em completo desespero. Ele se afundou na poltrona totalmente abatido. Mas por quê? O caso é muito simples...

---

[6] Trata-se da querela entre os "borsistas" e os "frezzolistas", isto é, admiradores das cantoras Tereza de Giuli Borsi (1817-1877) e de Erminia Frezzolini, as quais excursionaram pela ópera italiana de Petersburgo na temporada de 1847-1848. (N. da T.)

[7] Citação imprecisa de *Hamlet*, terceiro ato, cena 3. (N. da T.)

É preciso observar que a poltrona de Ivan Andrêievitch ficava perto da frisa, além do mais, o camarote traiçoeiro da segunda fileira ficava exatamente acima da sua poltrona, de modo que ele, para seu extremo desagrado, não podia ver nada do que se fazia acima da sua cabeça. Por isso, ficou furioso e esquentado como um samovar. Todo o primeiro ato passou despercebido para ele, ou seja, não ouviu uma nota sequer. Dizem que o bom da música é que se pode ter impressões musicais sob qualquer estado de espírito. Uma pessoa feliz encontra felicidade nos sons, aquele que sofre, sofrimento; nos ouvidos de Ivan Andrêievitch bramia uma verdadeira tempestade. Para completar seu aborrecimento, vozes terríveis vindas de trás, da frente e dos lados gritavam que o coração de Ivan Andrêievitch estava partido. Enfim, o ato terminou. Mas no minuto mesmo em que a cortina descia, nosso herói passou por tal aventura que nenhuma pena poderá descrever.

Às vezes acontece de um programa de ópera cair das fileiras superiores. Quando a peça é tediosa e os espectadores bocejam, isso se torna um verdadeiro acontecimento para eles. Olham com especial interesse o voo desse papel tão leve desde a fileira superior e têm prazer em seguir sua jornada em zigue-zague até a plateia, onde ele invariavelmente pousa sobre a cabeça de alguém que não está preparado para tal. Com efeito, é muito curioso observar como essa cabeça fica confusa (pois ela necessariamente ficará confusa). Tenho pavor também dos binóculos das damas, que, com frequência, são colocados na ponta dos camarotes: imagino que eles, a qualquer momento, podem sair voando e cair numa dessas cabeças despreparadas. Vejo que essa observação trágica não vem ao caso, por isso, vou encaminhá-la para os folhetins daqueles jornais que nos protegem contra mentiras, contra a falta de escrúpulos, contra as baratas (caso elas existam na sua casa), com recomendações do famoso senhor Príntchipe, terrível inimigo e opositor de todas as baratas do mundo, não apenas das russas, mas até das estrangeiras, como as prussianas etc.

Mas o incidente que se deu com Ivan Andrêievitch nunca fora descrito antes. Sobre sua cabeça, que, como já foi dito, era um tanto careca, não caiu o programa da ópera. Confesso que fico constrangido de contar o que caiu sobre a cabeça de Ivan Andrêievitch, pois é embaraçoso dizer que sobre a respeitável e nua, ou seja, parcialmente desprovida de cabelo, cabeça do ciumento e irritado Ivan Andrêievitch caiu um objeto tão imoral quanto, por exemplo, um bilhete de amor perfumado. Pelo menos, o pobre Ivan Andrêievitch, que não estava em absoluto preparado para esse acontecimento inesperado e repugnante, estremeceu como se um rato ou algum outro animal selvagem tivesse caído sobre a sua cabeça.

Não havia dúvida de que o conteúdo do bilhete era amoroso. Fora escrito em papel perfumado, exatamente como as cartas dos romances, e traiçoeiramente dobrado tantas vezes que podia ser escondido na luva de uma senhora. Deve ter caído por acidente no momento da entrega: devem ter, por exemplo, pedido o programa no meio do qual o bilhete fora colocado e, quando ele estava sendo entregue ao devido destinatário, num instante um esbarrão acidental do ajudante de campo, que muito habilmente se desculpou por sua inabilidade, fez com que o bilhete escorregasse daquelas mãos pequenas e trêmulas de embaraço; o jovem civil, que já estendia sua impaciente mão, recebeu no lugar do bilhete apenas o programa, com o qual definitivamente não sabia o que fazer. Um caso desagradável e estranho, sem dúvida! Mas convenhamos que para Ivan Andrêievitch era ainda mais desagradável.

— *Prédestiné* — sussurrou, suando frio e apertando o bilhete nas mãos. — *Prédestiné!*[8] "A bala encontrou o culpado!", passou por sua cabeça. "Não, não é isso! Que culpa tenho eu? É aquele outro provérbio: desgraça pouca etc. etc."

Mas as batidas surdas repicando em sua cabeça por conta daquele súbito incidente não foram o bastante! Ivan Andrêievitch sentou-se petrificado na cadeira, como se diz, mais morto do que vivo. Estava certo de que o acontecimento tinha sido percebido por todos, ainda que em todo o salão, naquele momento, tivesse começado um rebuliço e pedidos de bis. Sentou-se tão confuso, tão enrubescido e sem conseguir levantar os olhos, como se lhe tivesse ocorrido algum infortúnio inesperado, alguma dissonância naquela bela reunião de pessoas. Por fim, resolveu levantar os olhos.

— Cantaram lindamente! — comentou para um dândi que estava sentado à sua esquerda.

O dândi, que estava no último estágio do entusiasmo e aplaudia, mas principalmente batia os pés, olhou de forma superficial e confusa para Ivan Andrêievitch, em seguida colocou as mãos ao redor da boca e gritou o nome da cantora. Ivan Andrêievitch, que nunca antes ouvira tamanho berro, estava em êxtase. "Não percebeu nada!", pensou e voltou-se para trás. Mas o senhor gordo que estava sentado atrás dele ficou de costas e olhava os camarotes pelo lornhão. "Este também não", pensou Ivan Andrêievitch. À frente, é claro, não viram nada. Tímido, e com uma feliz esperança, olhou de esguelha para a frisa, junto da qual ficava sua poltrona, e estremeceu com

---

[8] Em francês no original, "predestinado". (N. da T.)

o mais desagradável sentimento. Lá estava sentada uma bela dama que, cobrindo a boca com um lenço e recostando na poltrona, gargalhava freneticamente.

— Ah, essas mulheres! — sussurrou Ivan Andrêievitch e dirigiu-se para a saída pisando nos pés dos outros espectadores.

Agora proponho que os próprios leitores decidam, peço que julguem a mim e a Ivan Andrêievitch. Será que ele estava certo naquele momento? O Teatro Bolchói, como se sabe, tem quatro fileiras de camarotes e uma quinta fileira, a galeria. Por que supor que o bilhete caiu justamente daquele camarote, justamente daquele e não de algum outro? Poderia ter caído, por exemplo, da quinta fileira, onde também havia damas. Mas a paixão é excepcional, e o ciúme, a mais excepcional paixão do mundo.

O ciúme é a mais ridícula das paixões, senhores! Eu insisto.[9]

Ivan Andrêievitch precipitou-se para o *foyer*, parou perto da luminária, abriu o bilhete e leu:

"Hoje, logo depois do espetáculo, na rua G...vaia, travessa ...ski, no prédio K..., no terceiro andar do lado direito da escada. Entrada principal. Esteja lá, *sans faute*,[10] por Deus."

Ivan Andrêievitch não reconheceu a letra, mas não havia dúvida: um encontro havia sido marcado. "Pegar no flagra, capturar e cortar o mal pela raiz", foi a primeira ideia de Ivan Andrêievitch. Passou-lhe pela cabeça desmascarar agora, ali mesmo; mas como fazê-lo? Ivan Andrêievitch correu até a segunda fileira, mas prudentemente voltou. Não sabia em absoluto para onde fugir. Sem saber o que fazer, começou a correr para o outro lado e, pela porta aberta do camarote de outra pessoa, olhou para o lado oposto do teatro. Ora, ora! Em todas as cinco fileiras no sentido vertical havia jovens moças e rapazes. O bilhete podia ter caído de qualquer uma das cinco fileiras de uma vez, pois Ivan Andrêievitch desconfiava que todas as fileiras estavam tramando contra ele. Mas nada o fazia sentir-se melhor, nada perceptível. Durante todo o segundo ato ele correu pelos corredores e não encontrou paz de espírito em parte alguma. Passou pela bilheteria, na esperança de descobrir com o bilheteiro os nomes daqueles que ocupavam os camarotes de todas as quatro fileiras, mas a bilheteria estava fechada. Enfim, ouviram-se exclamações exaltadas e aplausos. A apresentação havia terminado.

---

[9] Esta frase não aparece na segunda versão. (N. da T.)

[10] Em francês no original, "sem falta". (N. da T.)

Começaram os gritos, havia duas vozes particularmente estrondosas vindas do alto: eram os líderes dos partidos rivais. Mas isso pouco importava para Ivan Andrêievitch. Já começava a pensar no que faria a seguir. Vestiu o sobretudo e foi para a rua G...vaia, para capturar, descobrir, desmascarar e agir de forma um pouco mais enérgica do que no dia anterior. Logo encontrou o prédio e estava prestes a entrar quando, de repente, apareceu bem ao seu lado a figura de um dândi vestindo uma sobrecasaca que passou por ele e subiu pela escada até o terceiro andar. Ivan Andrêievitch teve a impressão de que era aquele mesmo dândi, embora não tivesse conseguido distinguir seu rosto. Seu coração congelou. O dândi já estava dois lances de escada acima. Enfim, ouviu abrirem a porta do terceiro andar sem que a campainha tivesse sido tocada, como se o recém-chegado fosse esperado. O jovem rapaz desapareceu dentro do apartamento. Ivan Andrêievitch chegou até o terceiro andar antes que fechassem a porta. Queria ter ficado diante da porta, refletido com prudência sobre o próximo passo, esperado um pouco e depois resolvido de forma muito decidida o que fazer; mas naquele exato minuto ouviu-se uma carruagem na entrada, a porta se abriu ruidosamente e, entre tosses e gemidos, os pesados passos de alguém começaram a ascender pela escada. Ivan Andrêievitch não conseguiu ficar parado, abriu a porta e entrou no apartamento com toda a solenidade de um marido ofendido. A criada correu ao seu encontro muito agitada, depois apareceu um homem, mas era impossível deter Ivan Andrêievitch. Voou como uma bomba, atravessou dois cômodos escuros e, de repente, viu-se no quarto diante de uma jovem e bela dama, que tremia toda de pavor e olhava horrorizada para ele, como que sem entender o que estava acontecendo ao seu redor. Naquele instante, ouviram-se passos pesados no cômodo vizinho, que dava para o quarto: eram os mesmos passos que subiram a escada.

— Deus! É meu marido! — gritou a dama, apertando as mãos e com o rosto mais branco que seu *peignoir*.

Ivan Andrêievitch sentiu que estava no lugar errado, que tinha feito uma travessura tola, infantil, que não tinha calculado direito seus passos, que não esperara o suficiente na escada. Mas não havia o que fazer. A porta já estava aberta, o marido pesado, se julgarmos por seus passos, estava entrando no quarto... Não sei quem Ivan Andrêievitch pensou que era naquele instante! Não sei o que o impediu de ir na direção do marido e dizer que metera os pés pelas mãos, reconhecer que agiu sem pensar e de forma inaceitável, pedir desculpas e desaparecer, claro que não com orgulho ou glória, mas, ao menos, sair de maneira nobre e franca. Mas não, Ivan Andrêievitch novamente agiu como um menino, como se se considerasse um Don Juan ou um Lovelace! Primeiro, escondeu-se atrás da cortina que havia perto da cama, depois, quando sentiu o espírito em total decadência, deixou-se cair no chão e arrastou-se absurdamente para debaixo da cama. O susto agiu sobre ele com mais força do que a prudência e Ivan Andrêievitch, ele mesmo um marido ofendido, ou, pelo menos alguém que se considerava um, não suportou o encontro com o outro marido, talvez por recear ofendê-lo com sua presença. Seja como for, lá estava ele debaixo da cama, sem saber de todo como aquilo havia acontecido. Mas o mais surpreendente é que a dama não esboçou nenhuma resistência. Não gritou ao ver aquele estranhíssimo senhor de idade buscar refúgio no seu quarto. Decerto estava tão assustada que, é muito provável, ficou sem palavras.

O marido entrou gemendo e resmungando, cumprimentou a esposa com uma voz cantada e muito velha e atirou-se na poltrona como se tivesse acabado de carregar lenha para uma fogueira. Uma tosse rouca e prolongada ressoou. Ivan Andrêievitch, que de um tigre furioso transformara-se em um cordeiro, tímido e acanhado como um ratinho diante de um gato, quase não respirava de medo, embora soubesse por experiência própria que nem todos os maridos ofendidos mordem. Mas isso não lhe passou pela cabeça, fosse por falta de raciocínio ou por algum surto qualquer. Com cuidado, calma e às apalpadelas começou a se endireitar debaixo da cama, para ficar em posição mais confortável. Qual não foi sua surpresa quando sentiu um objeto, que, para seu enorme espanto, se mexeu e agarrou-lhe o braço! Havia outro homem debaixo da cama...

— Quem é? — sussurrou Ivan Andrêievitch.

— Até parece que vou dizer quem sou! — murmurou o estranho desconhecido. — Fique deitado aí em silêncio, já que meteu os pés pelas mãos!

— Contudo...

— Calado.

E o sujeito sobressalente (uma vez que já bastava um debaixo da cama) apertou o braço de Ivan Andrêievitch de tal forma que ele quase gritou de dor.

— Prezado senhor...

— *Psss!*

— Não me esprema ou vou gritar.

— Ah, então grite! Experimente!

Ivan Andrêievitch enrubesceu de vergonha. O desconhecido era seco e estava zangado. Talvez fosse um homem que mais de uma vez experimentara as perseguições do destino e já se vira naquele aperto antes; mas Ivan Andrêievitch era novato e mal conseguia respirar. O sangue subira à cabeça.

Contudo, não havia o que fazer: era preciso ficar ali deitado de bruços. Ivan Andrêievitch aceitou e calou-se.

— Eu, querida, começou o marido, estava em casa de Pável Ivánitch. Sentamos para jogar *préférence*, então, *cof-cof-cof!* (começou a tossir), então... *cof!* Minhas costas... *cof!*, ah, minhas costas! *Cof! Cof! Cof!*

E o velhote afogou-se em sua tosse.

— Minhas costas... — disse, enfim, com lágrimas nos olhos — começaram a doer... maldita hemorroida! Não dá nem para ficar em pé, nem para sentar... nem para sentar! *Cof-cof-cof!*

Parecia que essa tosse estava destinada a durar muito mais que o próprio velho. O velhote ainda resmungava alguma coisa nos intervalos, mas não era possível entender uma palavra.

— Prezado senhor, por Deus, vá um pouco para lá! — sussurrou o infeliz Ivan Andrêievitch.

— Para onde? Não tem espaço.

— Mas convenhamos que assim está impossível. É a primeira vez que me encontro numa situação tão abjeta.

— É a primeira vez que estou tão mal acompanhado.

— Contudo, meu jovem...

— Quieto!

— Quieto? Está sendo extremamente mal-educado, meu jovem... Se não estou enganado o senhor ainda é muito jovem, eu sou mais velho que o senhor.

— Quieto!

— Prezado senhor! Está fora de si, não sabe com quem está falando!

— Com um senhor que está debaixo da cama...

— Fui trazido por uma surpresa... um equívoco, já o senhor, se não estou enganado, foi por imoralidade.

— Aí é que o senhor se engana.

— Prezado senhor! Sou mais velho que o senhor, estou dizendo...

— Prezado senhor! Saiba que estamos no mesmo barco. Peço que solte meu rosto!

— Prezado senhor! Não consigo ver nada. Me desculpe, mas não há espaço.

— Por que é tão gordo?

— Deus! Nunca sofri tamanha humilhação!

— Sim, impossível descer mais baixo.

— Prezado senhor, prezado senhor! Não sei quem é, não entendo como isso aconteceu, mas estou aqui por engano, não sou quem o senhor pensa...

— Não precisaria pensar nada do senhor se não tivesse se metido aqui. Agora, calado!

— Prezado senhor! Se não se afastar um pouco, terei um ataque. Será responsável pela minha morte. Garanto... sou um homem respeitável, pai de família. Não posso estar nesta situação!

— O senhor mesmo se meteu nessa situação. Está bem, pode vir! Abri um espaço aqui, mais não é possível!

— Nobre rapaz! Prezado senhor! Vejo que me enganei em relação ao senhor — disse Ivan Andrêievitch, em êxtase de gratidão pelo espaço cedido e esticando seus membros esmagados —, compreendo o embaraço da sua situação, mas o que fazer? Vejo que está pensando mal de mim. Permita-me tentar melhorar minha reputação diante do senhor, vim parar aqui contra a minha vontade, garanto; não sou quem o senhor pensa... Estou terrivelmente apavorado.

— Será que não pode ficar quieto? Será que não entende que se nos ouvirem será pior? *Psss*... Ele está falando. — De fato, parecia que a tosse do velho começara a passar.

— Então, querida — arquejava numa melodia penosa —, então, querida, *cof! Cof!* Ah, desgraça! O tal Fedosiêi Ivánovitch me disse: deveria provar chá de mil-folhas. Está ouvindo, querida?

— Estou, querido.

— Pois então, disse que eu deveria experimentar tomar chá de mil-folhas. Aí eu falei que uso sanguessugas. E ele: não, Aleksandr Demiánovitch, mil-folhas é melhor, limpa a garganta, estou dizendo... *cof! Cof!* Ai, meu Deus! O que você acha, querida? *Cof-cof!* Ah, senhor! Será que mil-folhas é melhor? *Cof-cof-cof!* Ah! *Cof!* — e assim por diante.

— Acho que não custa experimentar — respondeu a esposa.

— Sim, não custa! Diz que estou com tísica, *cof-cof!* Mas eu digo que é gota e irritação do estômago; *cof-cof!* Ele diz: pode ser gota também. O que, *cof-cof!*, você acha, querida, será tísica?

— Ah, meu Deus, do que está falando?

— Sim, tísica! Querida, é melhor se trocar e ir se deitar, *cof! Cof!* Hoje estou, *cof!*, resfriado.

— Arre! — disse Ivan Andrêievitch. — Afaste-se um pouco, por Deus!

— Definitivamente não sei qual é o seu problema, mas parece que é incapaz de ficar deitado em silêncio...

— Está exasperado comigo, meu jovem; quer me ferir. Estou vendo. O senhor deve ser o amante desta dama, não?

— Calado!

A mulher de outro e o marido debaixo da cama   171

— Não me calarei! Não permito que me dê ordens! Com certeza o senhor é o amante! Se nos descobrirem eu não terei culpa alguma, não sei de nada.

— Se não se calar — disse o jovem rapaz, rangendo os dentes —, direi que o senhor me arrastou para cá; direi que é meu tio que torrou sua fortuna. Então ao menos não pensarão que eu sou o amante dessa dama.

— Prezado senhor! Está caçoando de mim. Está exaurindo minha paciência.

— *Psss!* Ou eu mesmo farei com que se cale! O senhor é a minha desgraça! Diga-me, o que está fazendo aqui? Sem o senhor, eu daria um jeito de ficar deitado aqui até amanhã de manhã e depois iria embora.

— Mas eu não posso ficar deitado aqui até amanhã: sou um homem prudente, tenho laços, é claro... O senhor acha mesmo que ele vai passar a noite aqui?

— Quem?

— Esse velho...

— Claro que vai. Nem todos os maridos são como o senhor. Alguns passam a noite em casa.

— Prezado senhor, prezado senhor! — gritou Ivan Andrêievitch, gelando de pavor. — Esteja certo de que eu também fico em casa, e que esta é a primeira vez; mas, meu Deus, vejo que o senhor me conhece. Quem é o senhor, meu jovem? Diga imediatamente, eu lhe rogo em nome de uma amizade desinteressada, quem é o senhor?

— Ouça! Vou partir para a violência...

— Permita-me, permita-me contar-lhe, prezado senhor, permita-me explicar-lhe toda essa história abjeta.

— Não quero nenhuma explicação nem saber de nada. Fique quieto ou...

— Mas eu não posso...

Seguiu-se um leve confronto debaixo da cama, e Ivan Andrêievitch cedeu.

— Querida, parece que há gatos chiando por aqui!

— Gatos? Que coisas está inventando?

É claro que a esposa não sabia do que falar com seu marido. Estava tão atônita que perdera o rumo. Agora ela estremeceu e levantou as orelhas.

— Que gatos?

— Gatos, querida. Dia desses entrei e tinha um bichano sentado no meu escritório, *sssh, sssh, sssh!*, ele chiava. Disse: o que há, bichano? E ele respondeu: *sssh, sssh, sssh!*, como se estivesse chiando. Pensei: Pai do Céu! Será que está anunciando minha morte?

— Que bobagens está dizendo hoje! Deveria se envergonhar.

— Não é nada; não fique brava, querida; vejo que não quer que eu morra, não fique brava; só estou dizendo. Quanto a você, querida, deveria se trocar e ir dormir, eu vou ficar por aqui enquanto você vai se deitar.

— Pelo amor de Deus, depois...

— Não, não se aborreça, não se aborreça! Só acho que deve ter ratos aqui.

— Uma hora são gatos, agora ratos! Realmente não sei o que está se passando com o senhor.

— Ah, não é nada, eu... *cof!* Nada mesmo, *cof-cof-cof-cof!* Ai, meu Deus! *Cof!*

— Está vendo, fez tanto barulho que ele ouviu — sussurrou o jovem rapaz.

— Ah, se o senhor soubesse o que se passa comigo. Meu nariz está sangrando.

— Deixe sangrar, calado; espere ele sair.

— Meu jovem, coloque-se em meu lugar; eu nem sequer sei ao lado de quem estou deitado.

— Por acaso seria melhor se soubesse? Já eu não tenho nenhum interesse em saber seu nome. Aliás, qual seu nome?

— Não, para que quer saber meu nome? Eu só queria explicar de que maneira absurda eu...

— *Psss...* ele voltou a falar.

— É verdade, querida, estão sussurrando.

— Que nada! São os algodões nos seus ouvidos que saíram do lugar.

— Ah, por falar em algodões: sabe que no andar de cima... *cof-cof!*, no andar de cima, *cof-cof-cof!* — e assim por diante.

— No andar de cima! — sussurrou o jovem rapaz. — Ah, diabo! Pensei que esse fosse o último andar; será que é o segundo?

— Meu jovem — sussurrou Ivan Andrêievitch, agitado —, do que está falando? Por Deus, por que quer saber isso? Eu também achei que esse fosse o último andar. Por Deus, será que há mais andares?

— Tem alguém se mexendo — disse o velho, que enfim tinha parado de tossir...

— *Psss!* Ouça! — sussurrou o jovem rapaz, apertando ambas as mãos de Ivan Andrêievitch.

— Prezado senhor, está apertando meu braço com violência. Solte-me.
— *Psss...*
Seguiu-se um leve confronto e depois, novamente, silêncio.
— Então encontrei uma moça bonitinha... — começou o velho.
— Como assim, moça bonitinha? — interrompeu a esposa.
— Sim... já não disse que encontrei uma moça bonitinha na escada, ou será que esqueci? Estou fraco da memória. É a milfurada... *cof!*
— O quê?
— Tenho que beber milfurada, dizem que faz bem... *cof-cof-cof!* Faz bem!
— Foi o senhor que o interrompeu — disse o jovem rapaz, novamente rangendo os dentes.
— Estava dizendo que encontrou uma moça bonitinha. Quem era? — perguntou a esposa.
— Hein?
— Encontrou uma moça bonitinha?
— Quem encontrou?
— Você, oras!
— Eu? Quando? Pudera!
— Mas será possível! Mas que múmia! Nossa — sussurrou o jovem rapaz, amaldiçoando em pensamento o velho esquecido.
— Prezado senhor! Estou tremendo de pavor. Meu Deus, o que estou ouvindo? É como ontem; exatamente como ontem!
— *Psss.*
— Sim, sim, sim! Lembrei-me: uma trapaceira de marca maior! Aqueles olhinhos... com aquele chapéu azul...
— De chapéu azul! Ai, ai!
— É ela! Ela tem um chapéu azul. Meu Deus! — gritou Ivan Andrêievitch...
— Ela? Quem é ela? — sussurrou o jovem rapaz, espremendo as mãos de Ivan Andrêievitch.
— *Psss!* — foi a vez de Ivan Andrêievitch pedir silêncio. — Ele está falando.
— Ah, meu Deus! Meu Deus!
— Por outro lado, quem não tem um chapéu azul?
— E que trapaceira! — continuou o velho. — Vem visitar uns conhecidos. Faz caras e bocas. E outros conhecidos também vêm visitar esses conhecidos.
— Ah, que tédio! — interrompeu a dama. — Por que está interessado?

174   Fiódor Dostoiévski

— Está bem, está bem! Não fique brava! — respondeu o velho arrastando as palavras. — Se não quer, não falo mais. Parece que não está nos seus melhores dias...

— Como o senhor veio parar aqui? — disse o jovem rapaz...

— Está vendo, está vendo! Agora está interessado, antes não queria escutar!

— Para mim dá na mesma! Não diga nada, por favor! Ah, que diabo, mas que história!

— Meu jovem, não fique bravo; não sei o que digo; é o seguinte, só quis dizer que não deve ter se interessado a troco de nada... Aliás, quem é o senhor? Vejo que nos conhecemos; afinal, quem é o senhor, seu desconhecido? Deus, não sei o que estou falando!

— Eh! Faça o favor de desaparecer! — interrompeu o jovem rapaz como que refletindo sobre alguma coisa.

— Mas vou contar tudo, tudo. O senhor pode pensar que eu não vou contar, que estou com raiva do senhor, não! Dê-me um aperto de mão! Apenas meu espírito está decadente, nada mais. Mas, por Deus, conte-me tudo desde o começo: como veio parar aqui? Por ocasião de quê? Quanto a mim, não estou bravo, pelos céus, não estou bravo, dê-me um aperto de mão. Aqui está empoeirado, minha mão está suja, mas isso não é nada para o sentimento elevado.

— Eh, vá com essa mão para lá! Não tem espaço para se virar e fica metendo a mão aqui.

— Mas, prezado senhor! O senhor me trata, se me permite dizer, como uma sola velha — disse Ivan Andrêievitch num acesso de desespero e com uma voz de súplica. — Trate-me com mais civilidade, nem que seja um pouco, e eu contarei tudo! Estamos nos afeiçoando um ao outro; estou até pronto para convidá-lo para almoçar em minha casa. Digo francamente: não podemos ficar aqui deitados um ao lado do outro. O senhor está enganado, meu jovem! Não sabe...

— Quando foi que ele a encontrou? — sussurrou o jovem rapaz, claramente muito agitado. — Talvez ela esteja agora me esperando... Preciso sair daqui!

— Ela? Quem é ela? Meu Deus! De quem está falando, meu jovem? Está pensando que no andar de cima... Meu Deus! Meu Deus! Por que me castiga assim?

Ivan Andrêievitch tentou virar-se de bruços em sinal de desespero.

— Para que quer saber quem é ela? Ah, diabo! Se foi ela ou não, vou sair daqui!

— Prezado senhor! O que está dizendo? E eu, e eu como fico? — sussurrou Ivan Andrêievitch num acesso de desespero, agarrando-se à ponta do fraque do vizinho.

— E quanto a mim? O senhor que fique aí sozinho. Se não quiser, direi que é meu tio, que torrou a fortuna, assim o velho não vai achar que sou eu o amante da esposa dele.

— Mas, meu jovem, isso é impossível; é absurdo que eu seja seu tio. Ninguém acreditaria. Nem uma criança acreditaria — sussurrou desesperado Ivan Andrêievitch.

— Então pare de tagarelar e fique aí deitado quieto, esticado! É provável que passe a noite aqui e amanhã dê um jeito de escapar; ninguém vai notar o senhor; se um escapar ninguém vai achar que ainda há outro. Mesmo que exista uma dúzia! Aliás, o senhor mesmo vale por uma dúzia. Afaste-se um pouco ou eu sairei!

— O senhor está me magoando, meu jovem... E se eu começar a tossir? É preciso pensar em tudo!

— *Psss!*

— O que é isso? Parece que estou ouvindo um rebuliço vindo do andar de cima — disse o velhote que, nesse meio-tempo, ao que parece, tinha tirado um cochilo.

— Do andar de cima?

— Ouça, meu jovem, de cima!

— Pois estou ouvindo!

— Meu Deus! Vou sair, meu jovem.

— Então eu não sairei! Para mim tanto faz! Se a confusão está formada, para mim tanto faz! Sabe qual é a minha suspeita? Suspeito que o senhor seja um marido enganado, é isso!

— Deus, quanto cinismo! Será possível que o senhor tenha tal suspeita? Mas por que justo um marido?... Não sou casado.

— Como não é casado? Até parece!

— Talvez eu mesmo seja o amante!

— Que beleza de amante!

— Prezado senhor, prezado senhor! Está bem, vou contar-lhe tudo. Ouça meu desespero. Não se trata de mim, eu não sou casado. Também sou solteiro, como o senhor. O marido é um amigo meu, companheiro de infância... e eu sou o amante... Ele me disse: "Sou um homem infeliz, estou provando do veneno, desconfio de minha esposa". "Mas", disse-lhe com prudência, "por que desconfia dela?" O senhor não está prestando atenção. Ouça, ouça! "O ciúme é ridículo", digo, "o ciúme é um vício!" — "Não", ele disse, "sou um homem infeliz! Eu... provando do veneno, ou seja, estou desconfiado." "Você", digo, "é meu amigo, companheiro de tenra infância. Juntos colhemos as flores do prazer. Nos lambuzamos com o mel das delícias." Deus, não sei o que estou dizendo! O senhor está me deixando louco.

— Agora o senhor está mesmo louco!

— Veja, eu pressenti que o senhor ia dizer isso... quando falei de loucura. Ria, ria, meu jovem! Eu também era assim no meu tempo. Ah! Devo estar com o cérebro inflamado!

— O que foi isso, querida, parece que ouvi alguém espirrar? — entoou o velhote. — Foi você que espirrou, meu bem?

— Oh, meu Deus! — disse a esposa.

— *Psss!* — ressoou debaixo da cama.

— Devem estar batendo no andar de cima — observou a esposa, sobressaltada, pois, de fato, havia barulho debaixo da cama.

— Sim, no andar de cima! — disse o marido. — No andar de cima! Eu disse que vi um dândi *cof-cof!* Um dândi de bigode *cof-cof!* Oh, Deus, minhas costas! Encontrei um dândi de bigode.

— De bigode! Meu Deus, só pode ser o senhor — sussurrou Ivan Andrêievitch.

— Minha nossa, mas que homem! Eu não estou aqui, deitado com o senhor? Como ele poderia ter me visto? Solte meu rosto!

— Deus, acho que vou desmaiar.

Nesse momento, ouviu-se realmente um barulho vindo do andar de cima.

— O que foi isso? — sussurrou o jovem rapaz.

— Prezado senhor! Estou em pânico, apavorado. Ajude-me.

— *Psss!*

— É barulho mesmo, querida; uma verdadeira gritaria. Bem em cima da sua cama. Não será o caso de mandar alguém até lá?

— Veja só que coisas inventa!

— Está bem, não vou fazer isso. Palavra, como está brava hoje!

— Oh, Deus! O senhor deveria ir se deitar.

— Liza! Você não me ama absolutamente.

— Ah, amo sim! Por Deus, estou tão cansada.

— Tudo bem, tudo bem. Estou indo.

— Ah, não, não! Não vá — gritou a esposa. — Ou melhor, vá, vá!

— O que há com você? Uma hora quer que eu vá, outra hora quer que fique! *Cof-cof!* Está mesmo na hora de dormir... *cof-cof!* A filha de Panafídin... *Cof-cof!* A filha... *Cof!* Vi a boneca de Nuremberg da filha, *cof-cof...*

— E agora bonecas!

— *Cof-cof!* Uma bela boneca, *cof-cof!*

— Está se despedindo — disse o jovem rapaz —, está indo embora, e nós sairemos logo em seguida. Está ouvindo? Alegre-se!

— Oh, Deus queira! Deus queira!

— É uma lição para o senhor...

— Meu jovem, lição por quê? Estou percebendo... Mas o senhor ainda é jovem; não pode me dar lições.

— Mesmo assim darei. Ouça.

— Deus! Quero espirrar!

— *Psss!* Não ouse.

— Mas o que posso fazer? Aqui cheira a ratos; não posso evitar; pegue o lenço no meu bolso, por Deus; não consigo me mexer... Oh, Deus, Deus! Por que me castiga assim?

— Aqui está o lenço! Vou dizer já por que está sendo castigado. O senhor é ciumento. Sabe Deus com base em quê o senhor corre como um desvairado, invade o apartamento de outro, cria confusão...

— Meu jovem! Eu não criei confusão nenhuma.

— Calado!

— Meu jovem, não pode me dar lição de moral: tenho mais moral que o senhor.

— Calado!

— Oh, meu Deus! Meu Deus!

— Criou confusão, assustou uma jovem e tímida dama, que não sabe o que fazer de tanto pavor e talvez até adoeça; perturbou um respeitável idoso, abatido pela hemorroida, que antes de tudo precisa de sossego: tudo isso por quê? Porque inventou alguma baboseira que o fez sair correndo por todo lado! Compreende, compreende quão abjeta é sua situação agora? Percebe?

— Prezado senhor, está bem! Percebo, mas o senhor não tem o direito de...

— Calado! Que direito? Compreende que isso pode acabar de maneira trágica? Compreende que o velho ama sua esposa e pode enlouquecer ao vê-lo sair de debaixo da cama? Mas não, o senhor não é capaz de provocar uma tragédia! Quando sair daqui, penso que qualquer um que veja o senhor começaria a gargalhar. Eu gostaria de ver o senhor na luz: deve ser muito ridículo.

— E o senhor? Também é ridículo nesse caso! Também gostaria de ver o senhor.

— Até parece!

— O senhor deve carregar o estigma da imoralidade, meu jovem!

— Ah! O senhor está falando de moral! Por acaso sabe por que estou aqui? Por engano; me enganei de andar. E o diabo sabe por que me deixaram entrar! Ela devia estar esperando alguém (não o senhor, é claro). Eu me escondi debaixo da cama quando ouvi seus passos estúpidos e vi que a dama se assustou. Além disso, estava escuro. E eu não lhe devo satisfações! O senhor é um velho ridículo e ciumento. Sabe por que ainda não saí? Deve estar pensando que tenho medo! Não, senhor, eu já teria saído há muito; só estou aqui por compaixão ao senhor. O que seria do senhor se eu não estivesse aqui? Estaria parado feito um poste na frente deles, não saberia o que fazer...

— Como assim, feito um poste? De onde tirou isso? Será que não poderia me comparar a alguma outra coisa, meu jovem? Como não saberia o que fazer? Não, claro que saberia.

— Oh, meu Deus, como late esse cachorro!

— *Psss!* Ah, de fato... Isso é porque fica tagarelando. Está vendo, acordou o cachorro! Agora estamos enrascados.

Com efeito, o cachorro da dona da casa, que até aquele momento dormia sobre uma almofada num canto, acordou de repente, cheirou os estranhos e atirou-se latindo para debaixo da cama.

— Oh, meu Deus! Que cachorro tonto! — sussurrou Ivan Andrêievitch. — Vai nos entregar. Vai nos desmascarar. Ainda mais esse castigo!

— Pois o senhor é tão medroso que é capaz que isso aconteça.

— Ami, ami, para cá! — gritou a dona — *ici, ici*.[11]

Mas o cachorro não deu ouvidos e correu direto na direção de Ivan Andrêievitch.

— Querida, por que Amíchka está latindo? — disse o velhote.

— Devem ser ratos ou o bichano. Ouço espirros e mais espirros... O bichano está resfriado hoje.

— Fique parado! — sussurrou o jovem rapaz. — Não se mexa! Pode ser que ele pare.

— Prezado senhor, prezado senhor! Largue meu braço! Para que o está segurando?

— *Psss!* Calado!

— Mas, meu jovem, ele vai morder meu nariz! Quer que eu perca o nariz?

---

[11] "Aqui, aqui", em francês no original. (N. da T.)

Seguiu-se uma disputa e Ivan Andrêievitch conseguiu soltar o braço. O cachorro não parava de latir. De repente parou de latir e começou a uivar.

— Ai! — gritou a dama.

— Monstro! O que está fazendo? — sussurrou o jovem rapaz. — Vai nos matar! Para que o agarrou? Meu Deus, está sufocando! Não faça isso, largue-o! Monstro! O senhor não sabe nada sobre o coração das mulheres! Se sufocar o cachorro, ela vai nos entregar.

Mas Ivan Andrêievitch já não ouvia nada. Conseguiu pegar o cachorro e num ímpeto de autopreservação esmagou seu pescoço. O cachorrinho uivou e deu o último suspiro.

— Estamos perdidos! — sussurrou o jovem rapaz.

— Amíchka! Amíchka! — gritou a dama. — Meu Deus, o que fizeram com minha Amíchka? Amíchka! Amíchka! *Ici!* Monstros! Bárbaros! Deus, estou passando mal!

— O que é isso? O que é isso? — gritou o velhote, levantando-se de um salto da poltrona. — O que há com você, minha querida? Amíchka está aqui! Amíchka, Amíchka, Amíchka! — gritou o velhote, estalando os dedos e a língua para chamar o cachorro que estava debaixo da cama. — Amíchka! *Ici, ici.* O bichano não pode tê-la comido. Precisamos dar uma surra nele, minha amiga. Já tem um mês que esse safado não apanha. O que acha? Amanhã falarei com Praskóvia Zakhárievna. Mas, meu Deus, minha amiga, o que há com você? Está pálida, oh! Oh! Criados! Criados!

E o velho começou a correr pelo quarto.

— Canalhas! Monstros! — gritou a dama, rolando para o sofá.

— Quem? Quem? De quem está falando? — gritou o velho.

— Tem pessoas ali, estranhos! Ali, debaixo da cama! Oh, meu Deus! Amíchka! Amíchka! O que fizeram com você?

— Ah, meu Deus, senhor! Que pessoas? Amíchka... Não, criados, criados, venham aqui! Quem está lá? Quem está lá? — gritou o velho, segurando uma vela e agachando-se debaixo da cama. — Quem é? Criados, criados!

Ivan Andrêievitch estava deitado, mais morto do que vivo, ao lado do cadáver sem respiração de Amíchka. Mas o jovem rapaz captou todos os movimentos do velho. Súbito, o velho foi para o outro lado, perto da parede, e agachou-se. Num instante, o jovem rapaz saiu rastejando e pôs-se a correr, enquanto o marido procurava suas visitas do outro lado do leito nupcial.

— Deus! — sussurrou a dama, ao ver o jovem rapaz. — Quem é você? Eu pensei que...

— O monstro está lá — sussurrou o jovem rapaz. — Ele é o culpado pela morte de Amíchka!

— Ai! — gritou a dama.

Mas o jovem rapaz já havia desaparecido do quarto.

— Ai! Tem alguém aqui. Aqui estão os sapatos! — gritou o marido, pegando os pés de Ivan Andrêievitch.

— Assassino! Assassino! — gritou a dama. — Oh, Ami! Ami!

— Saia daí, saia! — gritou o velho, batendo os dois pés. — Saia; quem é o senhor? Diga, quem é o senhor? Deus, que homem estranho!

— São bandidos!

— Por Deus, por Deus! — gritou Ivan Andrêievitch, saindo de debaixo da cama. — Por Deus, Vossa Excelência, não chame os criados! Vossa Excelência, não chame os criados! Não é absolutamente necessário. O senhor não pode me enxotar... Não sou esse tipo de gente! Sou um homem independente... Vossa Excelência, isso tudo foi um engano! Já explicarei, Vossa Excelência — continuou Ivan Andrêievitch, soluçando. — É tudo por causa da mulher, ou seja, não da minha mulher, mas da mulher de outro... eu não sou casado, eu... Trata-se do meu amigo e companheiro de infância...

— Mas que companheiro de infância? — gritou o velho, batendo os pés. — O senhor é um ladrão, veio roubar... Não tem nada de companheiro de infância...

— Não, não sou ladrão, Vossa Excelência; sou realmente um companheiro de infância... Apenas me enganei por acidente, vim parar no lugar errado.

— Estou vendo, senhor, onde veio se enfiar.

— Vossa Excelência! Não sou esse tipo de pessoa. O senhor está enganado. Digo que está cruelmente equivocado, Vossa Excelência. Olhe para mim, examine e verá por alguns sinais e indícios que eu não posso ser um ladrão. Vossa Excelência! Vossa Excelência! — gritou Ivan Andrêievitch, juntando as mãos e se dirigindo à jovem dama. — A senhora é uma dama, vai me entender... Fui eu quem tirou a vida de Amíchka... Mas não sou culpado, eu, pelos céus, não sou culpado... Foi tudo culpa da mulher. Sou um homem infeliz, estou provando do veneno!

— E o que tenho eu a ver se o senhor está ou não provando do veneno? Talvez não seja só o veneno, está claro, a julgar por sua condição; mas como o senhor veio parar aqui, prezado senhor? — gritou o velho, trêmulo de agitação, mas, de fato, tendo se certificado por alguns sinais e indícios que Ivan Andrêievitch não podia ser um ladrão. — Eu pergunto: como veio parar aqui? O senhor, feito um bandido...

— Não sou um bandido, Vossa Excelência. Apenas entrei no lugar errado; palavra, não sou bandido! Tudo porque sou ciumento. Contarei tudo,

Vossa Excelência, contarei honestamente, como se falasse com meu próprio pai, uma vez que o senhor nessa idade poderia ser meu pai.

— Como assim "nessa idade"?

— Vossa Excelência! Talvez tenha ofendido o senhor. De fato, uma dama tão jovem... e a sua idade... é algo bonito de se ver, Vossa Excelência; de fato é bonito ver um matrimônio assim... na flor da idade... Mas não chame os criados... pelo amor de Deus, não chame os criados... Eles apenas ririam... eu os conheço... Isto é, não quero dizer com isso que conheço apenas criados, eu também tenho lacaios, Vossa Excelência, e eles só riem... esses idiotas! Vossa Excelência... Parece, se não estiver enganado, que estou falando com um príncipe...

— Não, não está falando com um príncipe. Eu, prezado senhor, sou um homem independente. Não venha me adular com suas "altezas". Como veio parar aqui, prezado senhor? Como veio parar aqui?

— Vossa Alteza, ou melhor, Vossa Excelência... desculpe, pensei que fosse Vossa Alteza. Olhei ao redor... refleti... essas coisas acontecem. O senhor se parece tanto com o príncipe Korotkoúkhov, a quem eu tive a honra de encontrar na casa de um conhecido, o senhor Puzirióv... Veja, eu também conheço príncipes, conheci um príncipe na casa de um conhecido: o senhor não pode me tomar por aquilo que está me tomando. Não sou um ladrão. Vossa Excelência, não chame os criados; não chame os criados; de que adiantaria?

— Mas como veio parar aqui? — gritou a dama. — Quem é o senhor?

— Sim, quem é o senhor? — acompanhou o marido. — E eu, querida, pensando que era o bichano que espirrava debaixo da cama. Mas era ele. Ah, seu devasso, devasso! Quem é o senhor? Diga!

E o velho novamente bateu os pés no tapete.

— Não consigo falar, Vossa Excelência. Estou esperando o senhor terminar... Ouço suas piadas espirituosas. Quanto à mim, trata-se de uma história ridícula, Vossa Excelência. Contarei tudo. Posso explicar tudo, isto é, quero dizer: não chame os criados, Vossa Excelência! Seja generoso comigo... O fato de que estava debaixo da cama não quer dizer nada... não perdi minha dignidade por isso. Trata-se de uma história bastante cômica, Vossa Excelência! — gritou Ivan Andrêievitch, dirigindo-se à dama com ar de súplica. — O senhor em particular, Vossa Excelência, vai rir! Está vendo um marido enciumado em cena. Veja que estou me humilhando, estou me humilhando voluntariamente. Tirei a vida de Amíchka, é claro, mas... Meu Deus, não sei o que estou dizendo!

— Mas como veio parar aqui?

— Com a ajuda da escuridão da noite, Vossa Excelência, com a ajuda da escuridão... Culpado! Perdoe-me, Vossa Excelência! Peço humildemente perdão! Sou apenas um marido ofendido, nada mais! Não pense, Vossa Excelência, que eu seja um amante, não sou um amante! Sua esposa é muito virtuosa, se me permite a ousadia de dizê-lo. Ela é pura e inocente!

— Como é que é? O que tem a ousadia de dizer? — gritou o velho, novamente batendo os pés. — Por acaso enlouqueceu? Como ousa falar de minha esposa?

— É um canalha, um assassino que matou Amíchka! — gritou a esposa irrompendo em lágrimas. — E ainda tem tamanha ousadia!

— Vossa Excelência, Vossa Excelência! Estou dizendo mentiras — gritou estupefato Ivan Andrêievitch —, mentiras e nada mais! Considere que não estou em meu perfeito juízo... Por Deus, considere que não estou em meu perfeito juízo... Peço solenemente que me faça esse enorme favor. Até estenderia minha mão, mas não tenho coragem... Eu não estava só, eu sou o tio... ou melhor, quero dizer que não posso ser considerado o amante... Deus! Já estou mentindo de novo... Não se ofenda, Vossa Excelência — gritou Ivan Andrêievitch para a esposa. — A senhora é uma dama, entende o que é o amor, é um sentimento delicado... Mas o que estou dizendo? Mentiras! Ou seja, quero dizer que sou um velho, isto é, um ancião e não um velho, não posso ser o amante da senhora, o amante é um Richardson, um Lovelace...[12] Estou mentindo; mas, veja Vossa Excelência, sou um homem educado e conheço a literatura. O senhor está rindo, Vossa Excelência! Fico feliz, muito feliz por ter *provocado*[13] o riso do senhor, Vossa Excelência. Oh, como estou feliz por ter provocado seu riso!

— Meu Deus! Que homem ridículo! — gritou a dama, irrompendo numa gargalhada.

— Sim, ridículo e imundo — disse o velho, alegre por ver a esposa rir. — Querida, ele não pode ser um ladrão. Mas como veio parar aqui?

— É realmente estranho! Realmente estranho, Vossa Excelência, parece até um romance! Como? Na calada da noite, numa cidade grande, um homem debaixo da cama? Ridículo, estranho! De certa forma, um Rinaldo

---

[12] Samuel Richardson (1689-1761), escritor inglês, autor de *Clarissa*, que tem como personagem central o sedutor Lovelace. (N. da T.)

[13] No original, tem-se o emprego da forma russificada do verbo francês *provoquer*, daí o destaque. (N. da T.)

Rinaldini.[14] Mas não é nada disso, nada disso, Vossa Excelência. Contarei tudo... Arrumarei um cãozinho novo, Vossa Excelência... Um ótimo cãozinho! Com o pelo tão comprido e as patinhas tão curtas que não conseguirá dar nem dois passos: quando correr, vai se enroscar no próprio pelo e cair. Só se alimentará de doce. Trarei, Vossa Excelência, sem falta.

— Ha-ha-ha-ha-ha! — a dama rolava de um lado para outro no sofá de tanto rir. — Meu Deus, vou ter um ataque! Oh, como é ridículo!

— Sim, sim! Ha-ha-ha! *Cof-cof-cof!* Ridículo e imundo, *cof-cof-cof!*

— Vossa Excelência, Vossa Excelência, agora estou plenamente feliz! Até estenderia a mão, mas não ouso, Vossa Excelência, sinto que estou perdido, mas agora meus olhos se abriram. Acredito que minha esposa é pura e inocente! Errei ao suspeitar dela.

— A esposa, a esposa dele! — gritou a dama com lágrimas nos olhos de tanto rir.

— Ele é casado? Mas será possível? Nunca teria imaginado! — acrescentou o velho.

— Vossa Excelência, minha esposa é culpada de tudo, ou melhor, eu sou o culpado: suspeitei dela; soube que aqui havia sido marcado um encontro, no andar de cima; interceptei o bilhete, mas errei o andar e me escondi debaixo da cama...

— He-he-he-he!

— Ha-ha-ha-ha!

— Ha-ha-ha-ha! — caiu na gargalhada, enfim, Ivan Andrêievitch. — Oh, como estou feliz! Como é comovente ver que estamos todos de acordo e felizes! E minha esposa é totalmente inocente! Tenho quase certeza disso. É verdade, não é, Vossa Excelência?

— Ha-ha-ha, *cof-cof!* Sabe quem é, querida? — disse enfim o velho, recuperando-se do riso.

— Quem? Ha-ha-ha! Quem?

— Deve ser aquela moça bonitinha que faz caras e bocas para o dândi. É ela! Aposto que é a esposa dele!

— Não, Vossa Excelência, tenho certeza de que não é ela; certeza absoluta.

— Mas, meu Deus! Está perdendo tempo — gritou a dama, interrompendo a gargalhada. — Corra, vá lá para cima. Pode ser que os surpreenda...

---

[14] *Rinaldo Rinaldine, der Rauberhauptmann* (1797-1800), romance em três volumes de Christian August Vulpius. (N. da T.)

184   Fiódor Dostoiévski

— É verdade, Vossa Excelência, melhor correr. Mas não vou surpreender ninguém, Vossa Excelência; não é ela, estou certo de antemão. Ela está agora em casa! O problema sou eu! Sou ciumento, apenas isso... A senhora acha mesmo que eu os surpreenderei lá em cima, Vossa Excelência?

— Ha-ha-ha!

— *Cof-cof-cof! Cof-cof!*

— Vá, vá logo! E quando voltar, venha contar o que viu — gritou a dama. — Ou não: melhor amanhã de manhã, e traga ela também. Quero conhecê-la.

— Adeus, Vossa Excelência, adeus! Trarei sem falta; terei prazer em apresentá-la. Fico feliz e contente por tudo ter terminado de maneira inesperada e da melhor forma.

— E o cãozinho! Não se esqueça: antes de tudo, traga o cãozinho!

— Trarei, Vossa Excelência, sem falta — acrescentou Ivan Andrêievitch correndo de volta para o quarto, pois já havia feito uma reverência e saído. — Trarei sem falta. Um bem bonitinho! Feito uma bala confeitada. Daqueles que caminham, se enroscam no próprio pelo e caem. Um desses, palavra! Direi ainda para minha esposa: "Por que está sempre caindo, querida?"; e ela dirá: "Sim, não é uma gracinha?". Como se fosse feito de açúcar, Vossa Excelência, pelos céus, de açúcar! Adeus, Vossa Excelência, muito, muito prazer, foi um enorme prazer conhecê-lo!

Ivan Andrêievitch fez uma reverência e saiu.

— Ei! Prezado senhor! Pare, voltei aqui! — gritou o velhote para Ivan Andrêievitch.

Ivan Andrêievitch retornou pela terceira vez.

— Ainda não encontrei o bichano. Será que o senhor não o viu enquanto estava debaixo da cama?

— Não vi, Vossa Excelência; aliás, foi um prazer conhecê-lo. Considero uma grande honra...

— Ele está resfriado, anda só espirrando e espirrando! Precisa levar uma surra!

— Sim, Vossa Excelência, claro; a punição corretiva é necessária em animais domésticos.

— O quê?

— Disse que a punição corretiva, Vossa Excelência, é necessária para tornar os animais domésticos obedientes.

— Ah! Bem, vá com Deus, vá com Deus, era só isso.

Ao sair na rua, Ivan Andrêievitch ficou parado muito tempo na mesma posição, como se esperasse sofrer um ataque imediatamente. Tirou o chapéu, limpou o suor frio da testa, esfregou os olhos, pensou em algo e foi para casa.

Qual não foi sua surpresa ao chegar em casa e descobrir que Glafira Petróvna há muito chegara do teatro, tivera dor de dente e fora levada ao médico, às sanguessugas, e agora estava deitada na cama esperando por Ivan Andrêievitch.

Ivan Andrêievitch deu um tapa na testa, pediu que lhe preparassem um banho, lavou-se e, enfim, resolveu ir ao quarto da esposa.

— Onde o senhor andou passando o tempo? Veja sua situação. Está desfigurado! Onde foi parar? Tenha piedade: sua esposa está morrendo e o senhor não é encontrado em parte alguma! Por onde andou? Vai dizer que foi me desmascarar de novo, atrapalhar um encontro marcado por não sei quem? Que vergonha, que espécie de marido é o senhor? Logo vão apontá-lo na rua!

— Querida! — principiou Ivan Andrêievitch.

Mas naquele momento ele sentiu tamanha perturbação que precisou pegar o lenço no bolso e interromper o discurso iniciado, pois faltavam-lhe palavras, pensamentos e coragem... Qual não foi sua surpresa, pavor, terror quando, junto do lenço, caiu de seu bolso o cadáver de Amíchka! Ivan Andrêievitch não notara que, num acesso de desespero, ao ser obrigado a sair de debaixo da cama, num incompreensível surto de pavor, enfiou Amíchka no bolso com a remota esperança de apagar os vestígios, de esconder a prova de seu crime e fugir do merecido castigo.

— O que é isso? — gritou a esposa. — Um cachorrinho morto! Deus! De onde... Como fez isso? Onde esteve? Diga agora, onde esteve?

— Querida — retorquiu Ivan Andrêievitch, mais morto do que Amíchka —, querida...

Mas agora deixaremos nosso herói até uma próxima, pois aqui começa outra aventura inteiramente nova. Um dia, senhores, contaremos até o fim todas essas calamidades e infortúnios do destino. Mas os senhores hão de convir que o ciúme é uma paixão imperdoável. Mais do que isso: é até uma desgraça!

Tradução de Priscila Marques

O LADRÃO HONRADO
(Das notas de um desconhecido)[1]

Certa manhã, quando eu já estava inteiramente pronto para ir ao trabalho, apareceu-me Agrafiêna, minha cozinheira, lavadeira e governanta, e, para minha surpresa, iniciou uma conversa.

Até aquele momento, ela tinha sido uma mulher tão calada e simples que, a não ser pelas perguntas diárias sobre o que preparar para o almoço, durante cerca de seis anos não dissera quase nenhuma palavra. Eu, pelo menos, nunca a tinha ouvido dizer nada além disso.

— Gostaria de dizer, senhor — começou de repente —, que deveria alugar o quartinho.

— Qual quartinho?

— Aquele ao lado da cozinha. O senhor sabe qual.

— Para quê?

— Para quê? Para poder ter inquilinos. O senhor sabe para quê.

— Mas quem vai alugar?

— Quem vai alugar? Inquilinos. Como assim quem?

— Mas lá, mãezinha, não dá para colocar uma cama, ficaria apertado. Quem iria querer viver lá?

— Para que viver lá? Ele só ia querer um lugar para dormir; ele pode viver na janela.

— Qual janela?

— O senhor sabe qual, parece até que não sabe! Naquela que fica na antessala. Ele vai ficar sentado lá, costurar ou fazer alguma outra coisa. Talvez se sente na cadeira. Ele tem uma cadeira, e também uma mesa, tem tudo.

— Mas quem é ele?

— Um homem bom, vivido. Vou fazer comida para ele. Pelo quarto e pela mesa receberei três rublos de prata por mês...

---

[1] Publicado em 1860 na primeira edição das *Obras reunidas*, organizada por Dostoiévski, traz alterações significativas em relação à primeira versão, publicada nos *Anais da Pátria* em abril de 1848, sob o título "Histórias de um homem vivido" — reproduzida às pp. 507-28 deste volume. (N. da T.)

Enfim, depois de prolongados esforços, soube que certo homem de idade convenceu ou de alguma forma persuadiu Agrafiêna a aceitar que ele vivesse na cozinha como inquilino para ter onde dormir e comer. Qualquer coisa que Agrafiêna enfiasse na cabeça tinha de ser feito; do contrário, eu sabia que ela não me daria sossego. Nesses casos, quando alguma coisa não era do seu agrado, ela logo ficava pensativa, caía em profunda melancolia, e essa situação se prolongava por duas ou três semanas. Durante esse tempo, estragava a comida, não lavava a roupa direito, não limpava o chão, em resumo, ocorria uma série de incômodos. Há muito eu havia percebido que essa mulher de poucas palavras não tinha condições de tomar uma decisão ou fixar-se em qualquer pensamento propriamente seu. Contudo, se em seu frágil cérebro por acaso se formasse qualquer coisa parecida com uma ideia, um empreendimento, então impedir que aquilo fosse levado a cabo significava nocauteá-la moralmente por algum tempo. Por isso, mais do que tudo por amor ao meu próprio sossego, concordei de imediato.

— Ele ao menos tem algum documento, passaporte[2] ou algo do tipo?

— Ora! Claro que tem. É um homem bom e vivido, prometeu pagar três rublos.

Já no dia seguinte, apareceu em meu modesto apartamento de solteiro o novo inquilino; mas isto não me irritou, intimamente cheguei até a ficar feliz. Vivo sozinho, totalmente recluso. Quase não tenho conhecidos; raramente saio. Tendo vivido dez anos sem sair da toca, eu, é claro, me acostumei à solidão. Mas viver ainda dez, quinze anos, talvez mais, nessa solidão, com essa Agrafiêna, nesse apartamento de solteiro, evidentemente era uma perspectiva bastante sem graça! Por isso, um outro homem tranquilo, nessas circunstâncias, era uma bênção dos céus!

Agrafiêna não mentira: o inquilino era mesmo um homem vivido. O passaporte mostrava que ele era um soldado reformado, o que percebi à primeira vista, antes de ver o documento, só de olhar em seu rosto. Era fácil perceber. Astáfi Ivánovitch, meu inquilino, era dos melhores de sua espécie. Nossa convivência era boa. Mas o melhor era que Astáfi Ivánovitch às vezes contava histórias, casos de sua vida. Diante do tédio diário do meu cotidiano, um contador de histórias como aquele era um verdadeiro tesouro. Certa vez, ele me contou uma dessas histórias. Ela me causou alguma impressão. Eis o caso que deu origem a esta narrativa.

Uma vez estava sozinho no apartamento: tanto Astáfi quando Agrafiêna tinham saído para cuidar de suas coisas. Súbito, ouvi do outro quarto que

---

[2] Passaporte era o nome dado ao documento de identificação russo. (N. da T.)

alguém havia entrado; pareceu-me ser algum estranho; então saí: de fato, na antessala havia um estranho, de baixa estatura, vestindo apenas uma sobrecasaca, apesar do tempo frio de outono.

— O que deseja?

— O funcionário Aleksándrov mora aqui?

— Não, irmão. Adeus.

— Mas o zelador disse que é aqui — falou o visitante, recuando com cuidado em direção à porta.

— Para fora, para fora, irmão. Saia daqui.

No dia seguinte, depois do almoço, quando provava uma sobrecasaca que Astáfi Ivánovitch ajustara para mim, novamente alguém entrou na antessala. Entreabri a porta.

Diante de meus olhos, o senhor do dia anterior tirou meu casaco do cabide com toda a tranquilidade, colocou-o debaixo do braço e pôs-se para fora do apartamento. Agrafiêna ficou o tempo todo olhando para ele, boquiaberta de espanto, sem fazer nada para proteger o casaco. Astáfi Ivánovitch saiu atrás do vigarista e voltou depois de dez minutos, sem fôlego, de mãos abanando. O homem simplesmente desaparecera!

— Que azar, Astáfi Ivánovitch! Ainda bem que o capote ficou! Senão o vigarista nos deixaria em apuros!

Contudo, aquilo deixou Astáfi Ivánovitch tão estupefato que até me esqueci do roubo ao olhar para ele. Ele não conseguia voltar a si. Toda hora largava o trabalho que estava fazendo, toda hora voltava a contar como tudo ocorrera; como ele estava parado e como, diante de seus olhos, a dois passos de distância, levaram o casaco e tudo se deu de tal forma que foi impossível pegar o ladrão. Depois, novamente se sentava para trabalhar; em seguida, largava tudo; vi como, por fim, foi até o zelador para contar o caso e reprová-lo por ter deixado uma coisa daquelas acontecer em seu pátio. Em seguida, voltou e começou a ralhar com Agrafiêna. Outra vez sentou-se para trabalhar e por muito tempo ficou resmungando de si para si sobre o que acontecera, sobre como ele estava aqui e eu lá e como, bem diante de seus olhos, a dois passos de distância, levaram o casaco etc. Em resumo, Astáfi Ivánovitch, embora soubesse fazer seu trabalho, era um sujeito muito irrequieto e enrolado.

— Fizeram-nos de idiotas, Astáfi Ivánitch! — disse-lhe à noite, entregando-lhe um copo de chá e incitando-o, para espantar o tédio, a contar novamente a história do casaco desaparecido, que, de tanto ser repetida e pela profunda franqueza do narrador, estava começando a ficar muito engraçada.

— Fizeram-nos de idiotas, senhor! Mesmo para quem está de fora é de aborrecer, de dar raiva, ainda que não seja a minha a roupa que desapareceu. Para mim, no mundo inteiro não existe canalha pior do que um ladrão. Alguém vem e leva uma coisa de mão beijada, mas essa coisa é o seu trabalho, que custou suor e tempo... Arre, canalhice! Não dá nem para falar disso de tanta raiva que dá. O que o senhor acha, não lamenta ter perdido um pertence seu?

— Sim, é verdade, Astáfi Ivánitch; melhor seria se tivesse pegado fogo. É uma chateação perder para o ladrão, isso ninguém quer.

— Sim, ninguém mesmo! É claro que há ladrões e ladrões... Comigo, senhor, aconteceu uma vez de topar com um ladrão honrado.

— Como assim, honrado? Como pode um ladrão ser honrado, Astáfi Ivánitch?

— Isso é verdade, senhor! Um ladrão honrado é coisa que não existe. Eu só quis dizer que parecia um homem honrado, mas roubou. Dava pena dele.

— Como foi isso, Astáfi Ivánitch?

— Foi há uns dois anos, senhor. Me aconteceu de ficar quase um ano sem trabalho, mas quando ainda estava no último emprego me aproximei de um homem totalmente perdido. Isso aconteceu numa taverna. Era um beberrão, vagabundo, parasita, costumava trabalhar em algum lugar, de onde há muito tinha sido demitido pelas bebedeiras. Não valia nada! Sabe Deus o que vestia! Algumas vezes eu me perguntava se tinha uma camisa debaixo do capote; tudo o que ele tinha, ia embora com a bebida. Mas não era encrenqueiro, tinha um caráter pacífico, era bom e gentil, não pedia nada, tinha vergonha de tudo: dava para ver que o pobre coitado queria beber, então as pessoas acabavam oferecendo. Tornamo-nos amigos, melhor dizendo, ele se afeiçoou a mim... tanto faz. E que homem era aquele! Apegou-se a mim feito um cachorrinho: você ia para lá, ele ia atrás; tínhamos nos visto apenas uma vez, aquele imprestável! Primeiro pediu que o deixasse passar uma noite em minha casa. Deixei! Vi que seu passaporte estava em ordem, não tinha nada errado! Depois, no dia seguinte, outra vez pediu que o deixasse passar a noite; no terceiro dia, passou o tempo todo à janela e também ficou para pernoitar. Bom, então comecei a achar que ele estava se encostando em mim: dava-lhe de beber e de comer, ainda deixava passar a noite; já sou um homem pobre e ainda aparece um parasita para viver às minhas custas. Antes de mim, e da mesma forma que estava fazendo comigo, ele andou frequentando a casa de outro funcionário, se agarrou a ele e juntos só faziam beber; até que o outro se acabou na bebida e morreu por alguma desgraça. Este chamava-se Emeliá, Emelián Ilitch. Fiquei pensando, pensando — o que poderia fazer com ele? Tinha vergonha de expulsá-lo, sentia pena: era um homem tão perdido e deplorável que meu Deus do Céu! E era tão calado, não pedia nada, ficava sentado e, feito um cachorrinho, olhava-me nos olhos. Veja como a bebida acaba com um homem! Como é que vou chegar e dizer: "Cai fora, Emeliánuchka,[3] fora! Você não tem nada o que fazer aqui, está no lugar errado. Eu mesmo logo não terei o que comer, como é que vou dividir minhas migalhas com você?". Sentei e pensei no que ele faria se eu dissesse aquilo. Então imaginei como ele me olharia longamente quando ouvisse meu discurso, como ficaria sentado por muito tempo sem entender palavra, como depois, quando entendesse, se levantaria da janela, pegaria sua trouxinha — é como se eu a estivesse vendo agora: xadrez, vermelha, esburacada, sabe Deus o que havia enfiado ali, levava-a consigo para todo lado —, endireitaria seu capotezinho para que ficasse decente e aquecido, e para que não desse para ver os furos, era um homem delicado! Como, em seguida, abriria a porta e, deixando cair uma lagrimazinha, desceria pelas escadas. Não se pode deixar um homem se arruinar assim, dá pena! Depois, pensei, mas e quanto a mim? Espere só, Emeliánuchka, disse para mim mesmo, não vai ficar muito tempo banqueteando por aqui; logo vou-me embora e você não vai me achar. Bem, senhor, nos mudamos. Naquela época, meu senhorio, Aleksandr Filimónovitch (hoje falecido, que Deus o tenha), dizia: fico muito satisfeito com você, Astáfi, quando voltarmos do campo, não esqueceremos de você, o contrataremos novamente. Fui mordomo na casa dele, era um bom senhor, mas morreu naquele mesmo ano. Quando nos despedimos, peguei minhas coisas e um dinheirinho que tinha e pensei, vou descansar, então fui até uma velhinha e aluguei um canto em sua casa. Ela só tinha mesmo um canto vago. Tinha sido babá em algum lugar, agora vivia sozinha e recebia pensão. Então, pensei, adeus Emeliánuchka querido, agora você não vai me encontrar! O que o senhor acha? Quando voltei à noite (tinha ido ver um conhecido), a primeira coisa que vejo é Emeliá, sentado sobre meu baú, do lado da trouxa de pano xadrez, vestindo seu capotezinho e me esperando... Chegou, por tédio, a pegar com a velha um livro religioso e o segurava de cabeça para baixo. Não é que me encontrou! Fiquei até desanimado. Mas, pensei, não há o que fazer, por que não o expulsei de cara? Fui logo perguntando: "Trouxe o passaporte, Emeliá?".

    Sentei-me, senhor, e comecei a refletir: que transtorno vai me causar um vadio desses? Dessa reflexão, concluí que não seria tanto transtorno assim. Tenho de lhe dar de comer, pensei. Um pedacinho de pão pela manhã e, pa-

---

[3] Diminutivo de Emelián. (N. da T.)

ra temperar, compro um tantinho de cebola. Ao meio-dia, outra vez darei pão com cebola; à noite, também cebola com *kvas* e pão, se quiser. E se tiver alguma sopa de repolho, então encheremos a pança. Eu mesmo não como muito, já os bêbados, como se sabe, não comem nada: só precisam de licor ou de um vinho verde. Vai acabar comigo pela bebedeira, mas, por outro lado, me ocorreu outra ideia, que tomou conta de mim. Isto é, se Emeliá for embora, eu não terei mais alegria na vida... Então resolvi ser para ele como um pai, um benfeitor. Vou impedir que ele caia em desgraça, farei com que se desacostume de estar sempre com o copo na mão! Espere, pensei: está bem, Emeliá, pode ficar, mas se comporte e obedeça!

Então pensei comigo: vou ensinar-lhe algum trabalho. Não de imediato, deixarei que se divirta um pouco no começo; enquanto isso eu fico de olho, vou encontrar em você, Emeliá, talento para alguma coisa. Pois, para qualquer coisa, senhor, é preciso antes de tudo ter talento. E eu ficaria de olho nele, na surdina. Vejo que é um homem desesperado, Emeliánuchka! Comecei com palavras doces, senhor, disse tal e tal, Emelián Ilitch, você precisa olhar para si e se emendar.

Chega de farra! Veja com que trapos se veste. Seu capotezinho, desculpe dizer, parece mais uma peneira, está péssimo! Parece que está na hora de conhecer a palavra "honra". Ficou escutando, sentado, de cabeça baixa, o meu Emeliánuchka. Pois é, senhor! Chegou ao ponto de perder a língua de tanto beber, era incapaz de dizer uma palavra com sentido. Se falasse de pepinos, ele respondia com feijões! Ficou me escutando, por um bom tempo, depois deu um suspiro.

— Por que está suspirando, Emelián Ilitch? — perguntei.

— Por nada, Astáfi Ivánitch, não se preocupe. Sabe, hoje duas mulheres brigaram na rua, Astáfi Ivánitch, uma derrubou sem querer a cesta de frutinhas silvestres da outra.

— Mas e daí?

— Daí que a outra derrubou a cesta de frutas da primeira de propósito, e ainda começou a pisar em cima.

— E o que tem isso, Emelián Ilitch?

— Nada, Astáfi Ivánitch, falei por falar.

"Nada, falei por falar. Eh, Emeliá, Emeliúchka!",[4] pensei. "Farreou e bebeu tanto que a cabeça já não funciona!"

— Aí um senhor deixou cair uma nota de dinheiro na calçada da rua Gorókhovaia, quer dizer, da Sadóvaia. Um mujique viu e disse: "que felici-

---

[4] Outra forma de tratamento íntimo para o nome Emeliá. (N. da T.)

dade!"; então outro viu também e disse: "Não, é minha esta felicidade! Eu vi primeiro...".

— E então, Emelián Ilitch?

— E os mujiques brigaram, Astáfi Ivánitch. Um policial se aproximou, pegou a nota, entregou ao senhor e ameaçou levar os mujiques para a cadeia.

— Mas e daí? O que isso tem de edificante, Emeliánuchka?

— Bem, nada. O povo riu, Astáfi Ivánitch.

— Eh, Emeliánuchka! Que povo? Você vendeu sua alma por três copeques. Por acaso sabe, Emelián Ilitch, o que quero lhe dizer?

— O quê, Astáfi Ivánitch?

— Arrume um trabalho, qualquer um, de verdade, arrume. Pela centésima vez, eu digo: arrume um trabalho, tenha pena de si!

— O que eu poderia arrumar, Astáfi Ivánitch? Nem sei que tipo de trabalho poderia conseguir, e ninguém vai querer me contratar, Astáfi Ivánitch.

— Foi por isso que foi mandado embora, Emeliá, seu beberrão!

— Vlas, o garçom, foi chamando para trabalhar no escritório hoje, Astáfi Ivánitch.

— E para que foi chamado, Emeliánuchka?

— Aí já não sei, Astáfi Ivánitch. Acho que precisavam dele para algo, então resolveram chamá-lo...

"Eh! Estamos os dois perdidos, Emeliánuchka!", pensei. "Deus vai nos punir por nossos pecados!" Mas o que poderia fazer com um homem daqueles? Me diga, senhor!

Só que era um sujeito esperto! Ouvia, ouvia, depois se entediava e, ao ver que eu estava ficando bravo, pegava o capotezinho e escapulia — se escafedia! — passava o dia perambulando e voltava à noite meio alto. Quem lhe dava de beber, onde conseguia dinheiro, só Deus sabe, disso eu não tinha culpa!

— Não, Emelián Ilitch, vai acabar morrendo! Chega de beber, está escutando? Chega! Da próxima vez que voltar bêbado, vai dormir na escada. Não deixarei você entrar!

Ao ouvir tal ordem, meu Emeliá passou um, dois dias sentado; no terceiro, escapuliu de novo. Esperei, esperei, ele não voltou! Admito que tive muito medo e fiquei com pena. "O que foi que eu fiz para ele?", pensei. "Assustei o homem. Mas para onde teria ido aquele pobre-diabo? Será que se perdeu, meu Deus?" A noite caiu, ele não apareceu. Na manhã seguinte, fui até a entrada, olhei e vi que ele havia dormido ali. Apoiou a cabeça num pequeno degrau e se deitou; ficou petrificado pelo frio.

— O que é isso, Emeliá? Meu Deus! Por onde andou?

— É que o senhor, Astáfi Ivánitch, outro dia ficou bravo, se irritou, me mandou embora e disse que iria me colocar para dormir na porta, daí que eu não tive coragem de entrar, Astáfi Ivánitch, e me deitei aqui mesmo...

A raiva e a piedade tomaram conta de mim!

— Você bem que poderia arrumar algum outro serviço, Emelián — disse. — Ao invés de ficar aqui tomando conta da escada!

— Mas que outro serviço, Astáfi Ivánitch?

— É uma alma perdida mesmo! — disse (a raiva tomou conta de mim!). — Poderia ao menos aprender alfaiataria. Veja o seu capote! Já não bastavam os furos que tem, agora resolveu varrer a escada com ele! Se ao menos pegasse uma agulha e fechasse esses buracos, como exige a honra. Eh, mas é um bêbado mesmo!

Imagine o senhor que de fato ele pegou uma agulha; eu tinha dito de brincadeira, mas ele se intimidou. Tirou o capotezinho e começou a passar a linha na agulha. Olhei para ele, sabe como é, os olhos começaram a arder, ficaram vermelhos; as mãos tremiam, tentava, tentava, mas não conseguia passar a linha; apertava os olhos, molhava a linha com a saliva, enrolava com os dedos: nada! Largou tudo e olhou para mim...

— Bem, Emeliá, você me entendeu mal! Se estivesse na frente de outras pessoas, teria arrancado sua cabeça! Eu disse apenas de brincadeira, homem tolo, para repreender você... Afaste-se do pecado e fique com Deus! Fique sentado, não faça nenhuma sem-vergonhice, não vá passar a noite na escada, não me faça passar vergonha!

— E o que posso fazer, Astáfi Ivánitch? Eu mesmo sei que estou sempre meio alto e não sirvo para nada!... só o senhor, meu ben... benfeitor... em vão guardo... no coração...

De repente, seus lábios azulados começaram a tremer, uma lagrimazinha começou a escorrer pela face branca, tremulou pela barba por fazer, e, súbito, meu Emelián irrompeu num pranto... Paizinho! Foi como se tivessem ferido meu coração com uma faca.

"Eh, não é que ele é uma pessoa sensível. Nunca tinha imaginado! Quem saberia, quem teria adivinhado? Não, Emelián, acho que vou desistir totalmente de você. Suma como um traste velho!"

Bem, senhor, para que continuar contando? Ainda mais uma coisa vazia, reles, que não vale as palavras, isto é, o senhor, por assim dizer, não daria nem dois tostões furados por ela; já eu daria muito, se muito tivesse, para que nada disso tivesse acontecido! Eu tinha, senhor, umas calças culotes boas, ótimas, azuis com estampa xadrez, que o diabo as carregue! Haviam sido encomendadas por um senhor de terras que tinha vindo para cá. Ele depois desistiu delas, disse que tinham ficado apertadas, então resolveu deixá-las para mim. Pensei: é uma coisa de valor! No mercado, pode ser que consiga até cinco rublos, ou então posso transformá-las em duas calças para senhores petersburgueses e ainda sobra para um colete. Para gente pobre, para os nossos irmãos, o senhor sabe, tudo serve! Nessa época, Emeliánuchka estava passando por um período difícil, triste. Observei que passou um, dois, três dias sem beber... não colocou sequer uma gota na boca, ficou anestesiado, dava até pena de vê-lo ali sentado. Então pensei: ou está sem nenhum tostão, ou resolveu entrar no caminho de Deus, deu um basta e ouviu a razão. Foi assim mesmo, senhor, que tudo aconteceu. Era época de um grande feriado. Fui para as Vésperas.[5] Quando voltei, meu Emeliá estava na janelinha, meio bêbado, balançando o corpo. "E-he! Então é isso, amigo?", pensei e fui pegar algo no baú. Olhei e não achei as calças culotes! Olhei por toda parte: tinham desaparecido! Revirei tudo, vi que não estavam lá. Foi como se tivessem apunhalado meu coração! Corri para a velha, comecei a interrogá-la, pequei, mas de Emeliá não tive nenhuma suspeita, apesar de ele estar ali sentado, bêbado! "Não", dizia a velha, "por Deus, senhor, para que eu iria querer calças culotes? Eu mesma, dia desses, perdi uma saia na mão de um de vocês... Ou seja, não estou sabendo de nada." — "Quem esteve aqui, quem veio?", perguntei. "Não veio ninguém, cavalheiro, eu estava aqui o tempo todo. Emelián Ilitch saiu e depois voltou, agora está ali sentado! Pergunte a ele." — "Por acaso, Emelián, não pegou por algum motivo minhas novas calças culotes? Está lembrado, aquela que fiz para o proprietário de terras?", perguntei. "Não, Astáfi Ivánitch, eu, quer dizer, não peguei, não."

Que coisa esquisita! Voltei a procurar, procurar e nada! Enquanto isso, Emeliá permaneceu sentado, balançando o corpo. Eu estava agachado, senhor, bem na frente dele, sobre o baú, quando o olhei de relance... "Hummm!", pensei. Nesse momento, senti meu coração arder no peito, fiquei até ruborizado. De repente, Emeliá olhou para mim.

— Não, Astáfi Ivánitch, suas calças, aquelas... pode ser que o senhor pense que... mas não fui eu quem pegou.

— Então onde elas foram parar, Emeliá Ilitch?

— Não, Astáfi Ivánitch, eu não vi mesmo.

— Quer dizer, Emelián Ilitch, que, sabe-se lá como, elas fugiram?

---

[5] Ofício festivo dos ortodoxos que acontecia durante toda a noite que antecedia os feriados cristãos. (N. da T.)

O ladrão honrado

— Podem ter sumido sozinhas, Astáfi Ivánitch.

Assim que terminei de ouvi-lo, levantei, fui até a janela, acendi uma luminária e me sentei para costurar. Remendei o colete do funcionário que morava no andar de baixo. Sentia uma ardência e uma dor no peito. Teria sido mais fácil se tivesse queimado todo o guarda-roupa no fogão. Pois Emeliá farejou a raiva que eu guardava no peito, e quando um homem está com raiva, senhor, ele pressente a desgraça que está por vir, tal como o pássaro no céu pressente a tempestade.

— Pois então, Astáfi Ivánovitch — começou Emeliúchka (cuja voz tremia) —, hoje, Antip Prokhóritch, o enfermeiro, se casou com a mulher do cocheiro, o que morreu esses dias...

Pois eu olhei de tal forma para ele, com tanta raiva que... Emeliá compreendeu. Vi que se levantou, foi até a cama e começou a procurar algo. Esperei; ele ficou ali enrolando um tempo e repetindo: "Nada de nada, onde foi parar o diabo dessas calças?!". Esperei para ver o que aconteceria; vi que Emeliá se agachou e se enfiou debaixo da cama. Perdi a paciência.

— O que está fazendo aí agachado, Emelián Ilitch?

— Procurando as calças, Astáfi Ivánitch. Estou olhando, quem sabe não estão em algum lugar por aqui?

— E para quê, meu senhor (chamei-o assim por irritação), está ajudando um pobre homem, um homem simples como eu? Está arrastando os joelhos à toa!

— Imagine, Astáfi Ivánitch, o que é isso... Se procurarmos, pode ser que ainda encontremos as calças.

— Hum... Escute aqui, Emelián Ilitch!

— O quê, Astáfi Ivánitch?

— Será que você simplesmente não as roubou de mim como um ladrão, como um patife, em agradecimento ao pão e ao sal[6] que de bom grado lhe ofereço? — foi assim mesmo que falei, senhor, tão irritado que fiquei quando o vi se arrastar de joelhos na minha frente.

— Não... Astáfi Ivánovitch...

E ficou ali, na mesma posição, com o rosto virado para o chão. Ficou muito tempo deitado, depois ergueu-se. Olhei para ele: estava branco como um lençol. Levantou-se, sentou ao meu lado na janela e permaneceu assim por uns dez minutos.

— Não, Astáfi Ivánitch — ficou em pé e se aproximou de mim. É como se eu o estivesse vendo agora, medonho feito o pecado em pessoa.

---

[6] O pão e o sal são símbolos de hospitalidade na Rússia. (N. da T.)

— Não, Astáfi Ivánitch, as suas calças, eu não peguei não...

Tremia todo, apontava o dedo trêmulo para o peito, até sua voz falhava de modo que eu mesmo, senhor, perdi a coragem e grudei na janela.

— Bem, Emelián Ilitch, como queira, me desculpe se fui tolo e o acusei injustamente. Deixemos as calças para lá, sumiram; não vamos morrer sem elas. Temos nossas mãos, graças a Deus, não vamos sair roubando... Nem mendigar na casa de um outro necessitado, vamos ganhar nosso próprio pão...

Emeliá ouviu com atenção, ficou ali parado na minha frente, depois se sentou. Passou a noite toda sentado, sem se mexer; já eu fui me deitar, enquanto Emeliá continuava no mesmo lugar. Pela manhã, vi que estava deitado no chão, encurvado em seu capotezinho. Sentiu-se tão humilhado que nem foi para a cama. Mas, senhor, desde então deixei de amá-lo, ou, melhor dizendo, nos primeiros dias passei até a odiá-lo. Exatamente isso. É como se meu próprio filho tivesse me roubado, como se tivesse cometido uma ofensa sangrenta contra mim. Pensei: "ah, Emeliá, Emeliá!". E ele, senhor, bebeu durante duas semanas sem descanso. Perdeu o juízo, bebia até cair. Saía pela manhã, voltava tarde da noite e, nessas duas semanas, não ouvi uma palavra sua. Ou seja, decerto aquilo fez com que ele se inflamasse de sofrimento ou quisesse se exasperar de algum modo. Enfim deu um basta, acabou com aquilo, bebeu tudo o que tinha para beber e se sentou novamente à janela. Lembro que, por três dias, ficou sentado e em silêncio; de repente vi que chorava. Ou seja, estava sentado e chorando, senhor, e muito! Parecia um lago, como se ele mesmo não percebesse as lágrimas escorrerem. É triste, senhor, ver um homem adulto, ainda mais um velho como Emeliá, irromper assim num choro de tristeza.

— O que foi, Emeliá? — perguntei.

Seu corpo inteiro começou a tremer. Ficou sobressaltado. Era a primeira vez que eu lhe dirigia a palavra desde o incidente.

— Não é nada... Astáfi Ivánitch.

— Fique em paz, Emeliá, o que se perdeu, está perdido, vamos esquecer. Por que está aí sentado feito uma coruja? — Senti muita pena dele.

— Bem, Astáfi Ivánitch, não é isso. Eu apenas queria encontrar algum trabalho, Astáfi Ivánitch.

— Mas que trabalho seria esse, Emelián Ilitch?

— Bem, qualquer um. Pode ser que eu encontre algum serviço, como antes. Até já fui pedir a Fedossiéi Ivánitch... Não é certo que eu magoe o senhor, Astáfi Ivánitch. Pode ser, Astáfi Ivánitch, que eu arrume um trabalho, assim devolverei tudo, recompensarei pelo que gastou comigo.

— Chega, Emeliá, chega! A falta aconteceu; mas passou! Isso está morto e enterrado! Vamos voltar a viver como antes.

— Não, Astáfi Ivánitch, pode ser que o senhor ainda... Mas eu não peguei suas calças...

— Está bem, como queira. Fique em paz, Emeliánuchka!

— Não, Astáfi Ivánitch. Está claro que não posso mais ser seu inquilino. O senhor vai me desculpar, Astáfi Ivánitch.

— Fique em paz. Quem o está ofendendo, colocando-o porta afora, eu, por acaso?

— Não, é indecente que eu fique morando aqui com o senhor, Astáfi Ivánitch... Melhor ir embora...

Estava de tal forma ofendido, que cismou com essa ideia. Olhei para ele, e ele de fato se levantou, carregando o capotezinho nos ombros.

— Mas para onde está indo, Emelián Ilitch? Seja razoável, o que é isso? Para onde vai?

— Não, Astáfi Ivánitch! Adeus! Não tente me impedir (voltou a choramingar); estou me afastando do pecado, Astáfi Ivánovitch. O senhor já não é o mesmo.

— Como não sou o mesmo? Como?! Emelián Ilitch, você mais parece uma criança sem juízo, vai se acabar sozinho.

— Não, Astáfi Ivánitch, o senhor agora, quando sai, tranca o baú e eu, Astáfi Ivánitch, vejo isso e choro... Não, melhor o senhor me deixar ir, Astáfi Ivánitch, perdoe por todo o trabalho que lhe dei durante nossa convivência.

E sabe de uma coisa, senhor? O homem foi mesmo embora. Esperei um dia, e pensei: "deve voltar à noite", mas não! Passaram-se dois, três dias e nada. Então me apavorei, fui dominado pela angústia: não bebia, não comia, não dormia. O homem me desarmou completamente! No quarto dia, saí para olhar e perguntar em todas as tavernas — e nada: Emeliúchka tinha desaparecido! "Será que conseguiu se safar?", pensei, "Quem sabe esse bêbado não caiu morto debaixo de uma cerca e está agora deitado como uma tora apodrecida." Meio vivo, meio morto, voltei para casa. No dia seguinte, saí novamente para procurá-lo. Amaldiçoava a mim mesmo por ter permitido que aquele tolo me deixasse por sua própria vontade. No quinto dia (era feriado), logo cedo, a porta rangeu. Vi Emelián entrar, estava com uma cor azulada e com os cabelos imundos, como se tivesse dormido na rua, magro como um graveto. Ele tirou o capotezinho, sentou-se ao meu lado sobre o baú e olhou para mim. Eu me alegrei, embora a angústia que senti fosse ainda maior do que antes. Veja só, senhor: tivesse eu cometido um pecado daqueles, palavra, preferiria morrer como um cachorro do que voltar. Mas Emeliá voltou! Claro que era difícil ver o homem naquela situação. Comecei a cuidar dele, tratar bem, consolar.

— Bem, Emeliánuchka, estou feliz com a sua volta. Se demorasse um pouquinho mais para vir, eu teria ido atrás de você de taverna em taverna. Por acaso comeu alguma coisa?

— Comi, Astáfi Ivánitch.

— Comeu mesmo? Veja, irmão, sobrou um pouco de sopa de repolho de ontem, tinha carne nela, coisa boa. Aqui também tem pão com cebola. Coma, vai fazer bem.

Eu o servi, e logo vi que o homem passara três dias inteiros sem comer, tamanho era seu apetite. Quer dizer, a fome o obrigou a voltar. Olhando para ele, senti ternura. Pensei, vou correndo até a taverna, trago algo para aquecer a alma dele e pronto, acabamos com isso! Não tenho mais raiva de você, Emeliánuchka! Trouxe uma bebida. "Aqui está, Emelián Ilitch, vamos beber pelo feriado. Está servido? É uma ótima bebida."

Esticou a mão com tanta vontade, estava prestes a pegar e parou; esperou um pouco. Fiquei olhando: ele pegou a bebida, levou à boca, deixando cair um pouco na manga. Não; levou até a boca, mas imediatamente devolveu o copo à mesa.

— O que foi, Emeliánuchka?

— Não é nada, é que eu... Astáfi Ivánitch.

— Como é, não vai beber?

— É que eu, Astáfi Ivánitch... não vou mais beber, Astáfi Ivánitch.

— Como assim? Vai parar de vez, Emeliúchka, ou apenas hoje?

Ficou em silêncio. Observei: um minuto depois, levou a mão à cabeça.

— Será que está doente, Emeliá?

— Sim, não estou bem, Astáfi Ivánitch.

Eu o peguei e coloquei para deitar na cama. Fiquei olhando: de fato, estava mal, a cabeça fervia, o corpo tremia de febre. Passei o dia ao seu lado, à noite, piorou. Misturei *kvas* com manteiga e cebola, acrescentei um pãozinho. Disse: "Coma um pouco desta papa, pode ser que melhore!". Sacudiu a cabeça. "Não", disse, "hoje não vou comer, Astáfi Ivánitch." Preparei-lhe um chá, deixei a velhinha totalmente extenuada: nenhuma melhora. Pensei: "deve estar ruim!". Na terceira manhã, procurei um médico. O doutor Kostoprávov, meu conhecido, morava perto. Nos conhecemos quando ainda estava na casa dos Bosomiáguin, já naquela época ele me atendia. O doutor veio e examinou: "Não, não, isto está mal. Nem adiantava ter ido me buscar. Talvez se dermos este pó para ele". Bem, o pó eu não dei, achei que era bobagem do médico. Nesse meio-tempo, chegou o quinto dia.

Ele ficou deitado, senhor, diante de mim; se acabava. Eu me sentei perto da janela, com meu trabalho nas mãos. A velhinha aquecia o forno. Todos estavam calados. Meu coração se dilacerava por aquele imprestável, senhor: era exatamente como se estivesse enterrando meu próprio filho. Percebi que Emeliá me olhava; de manhã mesmo vi que o homem se esforçava para dizer algo e obviamente não se atrevia. Enfim, encarei-o: vi tanta angústia nos olhos do coitado, ele não desgrudava os olhos de mim; assim que percebeu que eu o olhava, baixou a vista.

— Astáfi Ivánitch!

— O quê, Emeliúchka?

— Se por acaso levar meu capotezinho para a feira, quanto será que dariam por ele, Astáfi Ivánitch?

— Só Deus sabe quanto dariam. Talvez dessem uma nota de três rublos, Emelián Ilitch.

A verdade é que se eu levasse mesmo, não me dariam nem um tostão, além do mais iriam rir na minha cara por colocar um trapo daqueles à venda. Disse aquilo só para consolar aquela criatura de Deus, sabendo de sua índole simplória.

— Eu pensei, Astáfi Ivánitch, que poderia pedir três rublos de prata por ele; é de feltro, Astáfi Ivánitch. Como não vale três rublos, se é de feltro?

— Não sei, Emelián Ilitch; se quer levar, precisa, é claro, pedir três rublos logo de primeira.

Emeliá ficou um tempo em silêncio; depois me chamou novamente.

— Astáfi Ivánitch!

— O que foi, Emeliánuchka?

— Livre-se do capotezinho assim que eu morrer, não me enterre com ele. Eu vou ficar lá deitado, e essa é uma peça de valor; pode lucrar algo com ela.

Aquilo apertou meu coração de tal forma, senhor, que não posso descrever. Percebi a chegada da angústia que antecede a morte. Outra vez nos calamos. Assim se passou uma hora. Olhei para ele novamente: continuava me olhando e, quando seu olhar se cruzava com o meu, voltava a baixar a vista.

— Não gostaria de beber um copinho d'água, Emelián Ilitch?

— Sim, que Deus o abençoe, Astáfi Ivánitch.

Dei-lhe algo para beber. Ele bebeu.

— Agradecido, Astáfi Ivánitch.

— Precisa de algo mais, Emeliánuchka?
— Não, Astáfi Ivánitch, não preciso de nada, eu...
— O quê?
— Aquelas...
— Aquelas o quê, Emeliúchka?
— As calças culotes... aquelas... fui eu quem pegou daquela vez... Astáfi Ivánitch...
— Mas o Senhor vai perdoá-lo, Emeliánuchka, você é um pobre-diabo, um coitado! Vá em paz...

Mal conseguia respirar, lágrimas caíam dos meus olhos; quis me virar por um minuto.

— Astáfi Ivánitch...

Olhei: Emeliá queria me dizer algo; tentava se levantar, fazia força, movia os lábios... Súbito, enrubesceu todo, olhava para mim... De repente, vi que ficou pálido, pálido, murchou todo em um instante; inclinou a cabeça para trás, deu o último suspiro e imediatamente entregou a alma a Deus.

Tradução de Priscila Marques

O CROCODILO
(Um acontecimento extraordinário ou Passagem na Passagem)[1]

> Relato verídico de como um cavalheiro de idade e aspecto conhecidos foi engolido vivo e inteiro por um crocodilo da Passagem, e o que disto resultou.

I

Ohè, Lambert?
Oú est Lambert! As-tu vu Lambert?[2]

No dia treze de janeiro do ano corrente de mil oitocentos e sessenta e cinco, ao meio-dia e meia, Ielena Ivânovna, esposa de Ivan Matviéitch,[3] meu culto amigo, colega de serviço e parente em grau afastado, quis ver o crocodilo que era então exibido na Passagem mediante determinada quantia. Tendo já no bolso uma passagem de trem para o estrangeiro (aonde ia mais para ver as coisas novas que para tratar da saúde), e estando por conseguinte já de licença na repartição e completamente livre naquela manhã, Ivan Matviéitch não só não se opôs ao desejo incoercível da esposa, mas também se abrasou de curiosidade. "Bela ideia", disse com muita alegria. "Vamos ver o crocodilo! Preparando-me para visitar a Europa, não é mau familiarizar-me previamente com os aborígenes que a povoam." E, com estas palavras, tomou o braço da esposa e dirigiu-se com ela para a Passagem. Quanto a mim, como de costume, caminhei ao lado de ambos, na qualidade de amigo da casa. Nunca eu vira Ivan Matviéitch num estado de ânimo mais agradá-

---

[1] Escrito em 1864 e publicado originalmente na revista *A Época* (*Epokha*), em fevereiro de 1865. No subtítulo, no primeiro caso a palavra "passagem" está empregada como episódio e, no segundo, refere-se à galeria com lojas. No início da década de 1860, a Passagem de São Petersburgo, onde se passa a ação, e que existe até hoje, continha também salas de conferências, concertos e exposições. (N. do T.)

[2] Em francês, no original: "Eh, Lambert! Onde está Lambert? Você viu Lambert?". Segundo jornais da época, o chiste teve origem na cerimônia de coroação de Napoleão III em Paris, em 1852. Em meio ao tumulto, uma senhora teria perdido o marido, e seus chamados foram logo imitados, de forma zombeteira, pela multidão. (N. do T.)

[3] Corruptela de Matviéievitch. No decorrer do relato, o autor substitui quase todos os patronímicos por corruptelas, o que infunde à narrativa um tom familiar e cotidiano. (N. do T.)

vel que naquela manhã, memorável para mim. Na verdade, não sabemos prever o nosso futuro! Ao entrar na Passagem, ele imediatamente se pôs a admirar a magnificência do edifício e, acercando-se da loja em que se exibia o monstro recém-trazido à capital, resolveu espontaneamente pagar por mim um quarto de rublo ao homem do crocodilo, o que não acontecera até então. Penetrando na pequena sala, notamos que, além do crocodilo, ela continha ainda papagaios de raça estrangeira, chamados cacatuas, e um grupo de macacos encerrados numa vitrine especial, colocada numa reentrância da parede. Bem na entrada, junto à parede esquerda, havia uma grande tina de folha de flandres, espécie de banheira, coberta por uma forte rede de ferro, em cujo fundo havia cerca de um *vierchók* de água. Nessa poça rasa é que estava um enormíssimo crocodilo, deitado em completa imobilidade, como um pedaço de pau, e que provavelmente perdera todas as suas faculdades ao contato com o nosso clima, úmido e inóspito para os estrangeiros. A princípio este monstro não despertou em nós uma curiosidade especial.

— Então isto é um crocodilo! — disse Ielena Ivânovna, com voz cantante e de lástima. — E eu que pensei que ele fosse... diferente!

Com certeza ela pensou que fosse de diamante. O alemão, o patrão, proprietário do crocodilo, que viera ao nosso encontro, olhava-nos com ar extremamente altivo.

— Ele tem razão — murmurou para mim Ivan Matviéitch —, pois tem consciência de ser atualmente a única pessoa na Rússia a exibir um crocodilo.

Devo atribuir igualmente esta observação de todo absurda à extraordinária boa disposição que tomara conta de Ivan Matviéitch, que em outras ocasiões era bastante invejoso.

— Tenho a impressão de que o seu crocodilo não é vivo — tornou a falar Ielena Ivânovna, ressentida com a pouca afabilidade do patrão e dirigindo-se a ele com um sorriso gracioso, a fim de domar a arrogância daquele homem grosseiro, procedimento esse tão próprio das mulheres.

— Oh, não, madame! — respondeu ele, num russo arrevesado, e, no mesmo instante, ergueu até a metade a rede de ferro e começou a cutucar com um pauzinho a cabeça do crocodilo.

Então, o monstro traiçoeiro, querendo mostrar indícios de vida, moveu ligeiramente as patas e a cauda, soergueu a carantonha e emitiu algo semelhante a um prolongado resfolegar.

— Ora, não se zangue, Karlchen![4] — disse carinhosamente o alemão, satisfeito em seu amor-próprio.

---

[4] Em alemão, no original: "Carlinhos". (N. do T.)

— Como é nojento este crocodilo! Até me assustei — chilreou Ielena Ivânovna com redobrada faceirice. — Agora, ele me aparecerá em sonhos.

— Mas ele não a morderá em sonhos, madame — retrucou o alemão, num tom de conversa de armarinho, e riu com o espírito das suas próprias palavras; nenhum de nós o acompanhou.

— Vamos, Siemión Siemiônitch — continuou Ielena Ivânovna, dirigindo-se a mim exclusivamente. — É melhor olharmos os macacos. Eu gosto terrivelmente de macacos; são tão simpatiquinhos... e o crocodilo é terrível.

— Oh, não tenha medo, querida — exclamou Ivan Matviéitch, querendo parecer valente aos olhos da esposa. — Este ranhoso habitante do reino dos faraós não nos fará nada. — E permaneceu junto à tina. Mais ainda, apanhando a luva, começou a fazer com ela cócegas no focinho do crocodilo, com a intenção, conforme confessaria mais tarde, de obrigá-lo a resfolegar novamente. O patrão, por cavalheirismo, acompanhou Ielena Ivânovna até a vitrine dos macacos.

Deste modo, tudo se passou admiravelmente e não se podia prever nada. Ielena Ivânovna distraiu-se, folgazona, vendo os macacos, e parecia completamente entregue àquela contemplação. Dava gritinhos de satisfação, dirigindo-se incessantemente a mim, como que não querendo sequer notar o patrão, e dava gargalhadas ao perceber a semelhança daqueles macaquinhos com os seus amigos e conhecidos. Diverti-me também, pois a semelhança era indiscutível. O alemão proprietário não sabia se devia rir também ou não, e por isso acabou ficando de todo sombrio. Pois bem, foi justamente nesse instante que um grito terrível, posso até dizer pouco natural, abalou a sala. Não sabendo o que pensar, a princípio fiquei congelado; mas, percebendo que Ielena Ivânovna já estava gritando também, voltei-me depressa, e o que vi? Eu vi — oh, meu Deus! — vi o infeliz Ivan Matviéitch entre as terríveis mandíbulas do crocodilo, já erguido horizontalmente no ar e agitando desesperadamente as pernas. Mais um instante e desapareceu. Mas eu vou descrever tudo com pormenores, porque passei o tempo todo parado, imóvel, e pude observar o processo que se desenrolava, diante de mim, com uma atenção e curiosidade que não lembro ter sentido em outra ocasião. "É verdade", pensava eu no momento fatal, "se tudo isto tivesse acontecido comigo e não com Ivan Matviéitch, como seria desagradável!" Mas vamos ao caso. O crocodilo, depois de fazer o pobre Ivan Matviéitch girar entre as suas terríveis mandíbulas, de modo que as pernas ficassem voltadas em sua direção, engoliu-as; em seguida, soltou um pouco Ivan Matviéitch, que se esforçava por pular fora e agarrava-se com as mãos à tina, e puxou-o de novo para dentro de si, desta vez até acima da cintura. E, depois de soltá-lo novamente um pouco, deglutiu mais uma vez, e ainda outra. Deste modo, Ivan Matviéitch ia desaparecendo aos nossos olhos. Finalmente, numa tragada decisiva, o crocodilo fez entrar em si o meu culto amigo, inteiro, sem qualquer sobra. Podia-se notar, na superfície do crocodilo, como Ivan Matviéitch, com todas as suas formas, passava pelas entranhas do animal. Já me dispunha a gritar também, mas, de súbito, o destino, mais uma vez, quis zombar perfidamente de nós: o crocodilo fez um esforço, provavelmente engasgando em virtude do tamanho descomunal do objeto engolido, tornou a escancarar toda a sua terrível goela, da qual, na forma de um derradeiro regurgitar, saltou por um segundo a cabeça de Ivan Matviéitch, com o desespero no semblante, e, nesse momento, os óculos caíram-lhe do nariz para o fundo da tina. Aquela cabeça desesperada, tinha-se a impressão, saltara fora tão somente para lançar um derradeiro olhar a todos os objetos e se despedir mentalmente de todos os prazeres do mundo. Mas ela não teve tempo de cumprir este desígnio: o crocodilo reuniu de novo as suas forças, deu uma tragada e, no mesmo instante, ela tornou a desaparecer, desta vez para sempre. Este surgir e desaparecer de uma cabeça humana ainda viva era tão terrível, mas ao mesmo tempo — quer fosse pela velocidade e inesperado do ocorrido, quer em virtude da queda dos óculos — encerrava algo a tal ponto engraçado que eu, de súbito e de modo absolutamente inopinado, deixei escapar uma risada; mas percebendo que, na qualidade de amigo da casa, não me ficava bem rir num momento daqueles, voltei-me no mesmo instante para Ielena Ivânovna e disse-lhe com simpatia:

— Agora, o nosso Ivan está liquidado!

Não posso sequer tentar expressar como era intensa a perturbação de Ielena Ivânovna no decorrer de todo este processo. A princípio, após o primeiro grito, ela ficou como que petrificada e olhava, segundo parecia, com indiferença para a confusão que se desenrolava à sua vista, mas com os olhos desmesuradamente arregalados; logo rompeu em soluços lancinantes, mas eu lhe segurei as mãos. Neste momento, o dono do animal, que a princípio também ficara estupidificado de horror, agitou de repente os braços e gritou, olhando para o céu:

— Oh, meu crocodilo, *O Mein Allerliebster Karlchen! Mutter, Mutter, Mutter!*[5]

Após este grito, abriu-se a porta dos fundos e apareceu *Mutter*, de barrete, corada, de meia-idade, despenteada e, gritando esganiçadamente, correu na direção do seu alemão.

---

[5] "Oh, meu queridíssimo Carlinhos! Mamãe, mamãe, mamãe!" (N. do T.)

Começou aí uma grande confusão: Ielena Ivânovna exclamava, qual possessa, uma única palavra: "Espancar! Espancar!",[6] e corria para o dono do animal e para *Mutter*, pedindo-lhes, segundo parecia, e provavelmente esquecida de tudo, que espancassem alguém por alguma razão. Mas o dono e *Mutter* não davam atenção a nenhum de nós: estavam berrando qual bezerros, junto à tina.

— Está perdido, vai rebentar agora, porque engoliu um funcionário *ganz*[7] — gritava o dono.

— *Unser Karlchen, unser allerliebster Karlchen wird sterben!*[8] — uivava a patroa.

— Somos órfãos privados de pão — acudia o dono.

— Espancar, espancar, espancar! — gorjeava Ielena Ivânovna, agarrada ao redingote do alemão.

— Ele estava provocando o crocodilo; por que o seu marido provocou o meu crocodilo?! — gritava o alemão, procurando livrar-se. — A senhora vai pagar, se Karlchen morrer. *Das war mein Sohn, das war mein einziger Sohn!*[9]

Confesso que eu estava terrivelmente indignado vendo semelhante egoísmo por parte do alemão e a secura de coração da sua desgrenhada *Mutter*; por outro lado, os gritos incessantemente repetidos de Ielena Ivânovna, "Espancar, espancar!", excitavam ainda mais a minha intranquilidade e absorveram-me, por fim, toda a atenção, de modo que até me assustei... Direi de antemão: compreendi completamente ao contrário aquelas estranhas exclamações; tive a impressão de que Ielena Ivânovna perdera por um instante a razão e, ao mesmo tempo, querendo vingar a perda do seu caro Ivan Matviéitch, propunha que lhe fosse dada a compensação de ver espancar o crocodilo. No entanto, ela queria dizer algo bem diferente. Olhando um tanto confuso para a porta, comecei a pedir a Ielena Ivânovna que se acalmasse e, sobretudo, não empregasse a melindrosa palavra "espancar". Pois um desejo tão retrógrado, ali, no próprio coração da Passagem e da sociedade culta, a dois passos daquela mesma sala em que, talvez naquele próprio momento, o senhor Lavróv estivesse lendo uma conferência pública,

---

[6] Neste trecho há um jogo de palavras, pois o mesmo termo russo que significa espancar indica também o ato de abrir a barriga do animal. (N. do T.)

[7] Em alemão, no original: "Todo". (N. do T.)

[8] "O nosso Carlinhos, o nosso queridíssimo Carlinhos vai morrer!" (N. do T.)

[9] "Era meu filho, era o meu único filho!" (N. do T.)

era não só impossível, mas inconcebível até e, a qualquer instante, poderia suscitar contra nós as vaias da cultura e as caricaturas do senhor Stiepanov.[10] Para meu grande horror, justificaram-se logo meus temores: descerrou-se de repente a cortina que separava a sala do crocodilo da saleta de entrada, onde se recolhiam os quartos de rublo, e apareceu no umbral um vulto de barba e bigodes e com um quepe na mão, que inclinava bem acentuadamente a parte superior do corpo e procurava, com muita cautela, manter as pernas fora do umbral da sala do crocodilo, a fim de conservar o direito de não pagar entrada.

— Um desejo tão retrógrado, minha senhora — disse o desconhecido, esforçando-se por manter-se fora do umbral e não cair na sala em que estávamos —, não honra a sua instrução e só pode provir da falta de fósforo em seu cérebro. A senhora logo será vaiada na crônica do progresso e nas nossas folhas satíricas...

Mas ele não acabou de falar: voltando a si e vendo, horrorizado, um homem que falava na sala do crocodilo sem ter pago nada, o patrão atirou-se enfurecido contra o desconhecido progressista e, com os punhos, tocou-o fora a pescoções. Por um instante, ambos desapareceram de nossa vista, além da cortina, e foi somente nesse momento que eu adivinhei que toda aquela confusão surgira por nada; Ielena Ivânovna era bem inocente: ela nem sequer pensara, conforme observei acima, em submeter o crocodilo ao retrógrado e humilhante castigo do espancamento com vergas,[11] mas quisera simplesmente que lhe abrissem a barriga com uma faca e, deste modo, tirassem Ivan Matviéitch das suas entranhas.

— Como! A senhora quer que o meu crocodilo se perca! — urrou o dono da casa, voltando. — Não, antes se perca o seu marido!... *Mein Vater*[12] exibia crocodilo, *mein Grossvater*[13] exibia crocodilo, *mein Sohn*[14] vai mos-

---

[10] Informações de I. Z. Siérman em notas à edição soviética de 1956-58: Piotr Lávrovitch Lavróv (1823-1900), então popular nos meios democráticos, proferiu, em novembro de 1860, na Passagem de São Petersburgo, três conferências públicas "Sobre a importância atual da filosofia", que se tornaram um acontecimento na vida cultural da cidade; a frase "assobios da cultura" (na Rússia, vaia tem relação com assobio) constitui provavelmente uma alusão à seção "O Assobio" do periódico *O Contemporâneo*; N. A. Stiepanov (1807-1877) era então famoso como caricaturista. (N. do T.)

[11] Assim se castigavam antigamente, na Rússia, as crianças e a criadagem. (N. do T.)

[12] Em alemão, no original: "Meu pai". (N. do T.)

[13] "Meu avô". (N. do T.)

[14] "Meu filho". (N. do T.)

trar crocodilo e eu também vou mostrar crocodilo! Todos vão mostrar crocodilo! Sou famoso na *ganz* Europa, e a senhora não é conhecida na *ganz* Europa e deve pagar-me multa.

— *Ja, ja!*[15] — acudiu a rancorosa alemã. — Não vamos deixar que vocês escapem e, se Karlchen morrer, vocês têm que pagar multa!

— E é inútil abrir-lhe a barriga — acrescentei calmamente, querendo levar Ielena Ivânovna o quanto antes para casa —, pois o nosso querido Ivan Matviéitch, a estas horas, deve estar pairando no Empíreo.

— Meu amigo! — ressoou naquele instante, de todo inopinadamente, a voz de Ivan Matviéitch, que nos deixou muito espantados. — Meu amigo, sou de opinião de que se deve agir por intermédio do posto da guarda, pois, sem ajuda da polícia, não se poderá convencer este alemão.

Essas palavras, ditas com firmeza e convicção, e que expressavam extraordinária presença de espírito, deixaram-nos, a princípio, tão surpreendidos que nos recusamos a acreditar em nossos próprios ouvidos. Mas, naturalmente, corremos no mesmo instante para a tina do crocodilo e, imbuídos tanto de veneração quanto de desconfiança, ficamos ouvindo o infeliz prisioneiro. Sua voz era abafada, fininha e até esganiçada, como se viesse de uma distância considerável. Assemelhava-se aos sons que se ouvem quando algum brincalhão, indo para um quarto contíguo e cobrindo a boca com um travesseiro, põe-se a gritar, querendo representar para as pessoas que ficaram na outra sala como gritam entre si dois mujiques perdidos no deserto ou separados por uma profunda ravina, conforme tive o prazer de ouvir em casa de conhecidos, em véspera do Natal.

— Ivan Matviéitch, meu querido, então você está vivo? — balbuciou Ielena Ivânovna.

— Vivo e com saúde — respondeu Ivan Matviéitch — e, graças ao Altíssimo, fui engolido sem qualquer dano. Preocupo-me apenas com o fato de como os meus superiores vão encarar este episódio, pois, tendo recebido uma passagem para o estrangeiro, fui parar dentro de um crocodilo, o que não tem lá muita graça...

— Mas, meu querido, não se preocupe em ser engraçado; em primeiro lugar, é preciso esgravatar você de algum modo para fora daí — interrompeu-o Ielena Ivânovna.

— Esgravatar! — exclamou o patrão. — Eu não vou permitir esgrava-

---

[15] "Sim, sim". (N. do T.)

tar crocodilo. Agora, virá ainda muito mais *publicum*, vou pedir *funfzig*[16] copeques, e Karlchen não precisará mais comer.

— *Gott sei dank*[17] — acudiu a patroa.

— Eles têm razão — observou tranquilamente Ivan Matviéitch. — O princípio econômico em primeiro lugar.

— Meu amigo — gritei —, vou agora mesmo correndo à procura dos nossos chefes e apresentarei queixa, pois estou pressentindo que não poderemos cozinhar sozinhos este mingau.

— Eu também penso assim — observou Ivan Matviéitch —, mas, em nossos tempos de crise financeira, é difícil abrir a barriga de um crocodilo sem uma compensação econômica e, ao mesmo tempo, surge uma pergunta inevitável: quanto cobrará o dono do crocodilo? E outra ainda: quem pagará? Pois você sabe que não disponho de meios...

— Talvez por conta do ordenado — aventei a medo, mas o patrão interrompeu-me no mesmo instante.

— Eu não vender crocodilo, eu vender crocodilo por três mil, eu vender crocodilo por quatro mil! Agora, virá muito *publicum*. Eu vender crocodilo por cinco mil!

Numa palavra, animava-se de modo intolerável; o amor ao ganho e uma ignóbil cupidez fulgiam-lhe nos olhos, alegremente.

— Eu vou! — gritei indignado.

— Eu também! Eu também! Procurarei Andrei Óssipitch, vou comovê-lo com as minhas lágrimas — choramingou Ielena Ivânovna.

— Não faça isso, querida — interrompeu-a depressa Ivan Matviéitch, que já de há muito tinha ciúme da esposa por causa de Andrei Óssipitch e sabia que ela ficaria contente de ir chorar perante uma pessoa culta, pois as lágrimas iam-lhe muito bem.

— E também a você, meu amigo, não lhe aconselho isto — prosseguiu, dirigindo-se a mim. — Não se deve ir assim, sem mais nem menos; isto ainda pode ter uma consequência desagradável. É melhor você ir hoje à casa de Timofiéi Siemiônitch, mas simplesmente como quem faz uma visita. Ele é um homem do velho estilo e não muito inteligente, mas é sério e, sobretudo, leal. Transmita-lhe as minhas lembranças e descreva-lhe a nossa situação. Como eu lhe devo sete rublos da nossa última partidinha, entregue-os a ele nessa conveniente ocasião; isto amaciará o velho severo. Em todo caso, o conselho

---

[16] "Cinquenta". (N. do T.)

[17] "Graças a Deus!" (N. do T.)

dele pode servir-nos de orientação. E agora leve daqui, por enquanto, Ielena Ivânovna... Acalme-se, querida — continuou, dirigindo-se à esposa. — Fiquei cansado com todos esses gritos e brigas de mulher e quero dormir um pouco. Isto aqui é quente e macio, se bem que eu ainda não tive tempo de examinar este inesperado abrigo...

— Examinar! Mas você tem luz aí? — exclamou com alegria Ielena Ivânovna.

— Rodeia-me a noite indevassável — respondeu o pobre prisioneiro —, mas posso apalpar e, por assim dizer, examinar com as mãos... Adeus, pois, fique tranquila e não se prive de divertimentos. Até amanhã! E você, Siemión Siemiônitch, vá a minha casa à noitinha, e, como você é distraído e pode esquecer, faça um nozinho...

Confesso que eu estava contente pelo fato de ir embora, pois me cansara demais e, em certa medida, aquilo me enfadara. Pegando depressa o braço da tristonha Ielena Ivânovna, que se tornara, no entanto, mais bonita com a emoção, levei-a o quanto antes para fora da sala do crocodilo.

— À noite, será novamente um quarto de rublo pela entrada! — gritou-nos o patrão.

— Oh, meu Deus, como eles são gananciosos! — disse Ielena Ivânovna, examinando-se em cada espelho das paredes da Passagem e, segundo parecia, percebendo que ficara mais bonita.

— O princípio econômico — respondi, ligeiramente perturbado e orgulhoso da minha dama perante os transeuntes.

— O princípio econômico... — arrastou ela, com vozinha simpática. — Eu não compreendi nada do que falou ainda há pouco Ivan Matviéitch sobre esse repugnante princípio econômico.

— Vou explicar-lhe — respondi e, no mesmo instante, pus-me a contar-lhe os benéficos resultados da atração de capitais estrangeiros à nossa pátria, sobre os quais lera naquela manhã nas *Notícias de São Petersburgo* e em *O Cabelo*.[18]

— Como tudo isto é esquisito! — interrompeu-me ela, depois de ter-me ouvido um pouco. — Mas pare de uma vez, enjoado; que bobagens está falando... Diga-me: estou muito vermelha?

— Está encantadora, e não vermelha[19] — observei, aproveitando a ocasião para um galanteio.

---

[18] *Sankt-Peterbúrgskie Viédomosti* e *Gólos* (*A Voz*), jornais da época. Certamente, por brincadeira, Dostoiévski trocou o nome *Gólos* por *Vólos* (*O Cabelo*). (N. do T.)

[19] Em russo, um jogo de palavras com os termos *priekrásni* e *krásni*. (N. do T.)

— Traquinas! — gorjeou ela, satisfeita consigo mesma. — Pobre Ivan Matviéitch — acrescentou um instante depois, inclinando com faceirice a cabecinha sobre o ombro. — Palavra que tenho pena dele. Ah, meu Deus! — exclamou de repente. — Diga-me: como é que ele vai lá comer hoje e... e... como é que ele... se precisar de alguma coisa?

— Uma pergunta imprevista — respondi, intrigado também.

Realmente aquilo não me ocorrera. A tal ponto as mulheres são mais práticas que nós, homens, em se tratando de problemas cotidianos!

— Coitado, e como foi que ele se deixou desgraçar assim... Ali não há divertimentos, é escuro... Pena que eu não tenha ficado com nenhuma fotografia dele... Então, sou agora uma espécie de viúva — acrescentou com um sorrisinho sedutor, evidentemente interessada em sua nova condição. — Hum... mesmo assim, tenho pena dele!...

Em suma, expressava uma angústia bem compreensível e natural, de uma esposa jovem e atraente, pelo marido desaparecido. Acompanhei-a finalmente até sua casa, tranquilizei-a, jantei com ela e, depois de uma xícara de café aromático, fui às seis horas à casa de Timofiéi Siemiônitch, confiante em que, a essa hora, todas as pessoas de família, de determinadas profissões, estão em casa, sentadas ou deitadas.

Tendo escrito o meu primeiro capítulo num estilo digno do acontecimento relatado, pretendo empregar em seguida um outro que, embora não seja tão elevado, é, em compensação, mais natural, do que advirto antecipadamente o leitor.

II

O respeitável Timofiéi Siemiônitch recebeu-me de certo modo apressado e como que um tanto confuso. Acompanhou-me ao seu acanhado escritório e, fechando bem a porta, disse com visível inquietação: "É para que as crianças não atrapalhem". Em seguida, fez-me sentar na cadeira junto à escrivaninha, sentou-se na poltrona, fechou as abas de um velho roupão de algodão e assumiu, por via das dúvidas, um ar oficial, quase severo até, embora não fosse de modo algum meu chefe ou de Ivan Matviéitch e se considerasse até então simples colega e mesmo pessoa das nossas relações.

— Em primeiro lugar — começou —, leve em conta que não sou chefe, mas um subalterno, como o senhor e como Ivan Matviéitch... Fico de parte em tudo isso, e não tenho nenhuma intenção de me intrometer.

Fiquei surpreso, pois, evidentemente, ele já estava a par de tudo. Apesar disso, contei-lhe de novo o caso, minuciosamente. Falei até comovido, pois estava, nesse momento, cumprindo um dever de amigo verdadeiro. Ouviu-me sem especial surpresa, mas com evidentes sinais de desconfiança.

— Imagine — disse —, eu sempre pensei que isto haveria de acontecer com ele.

— Mas por quê, Timofiéi Siemiônitch? O caso em si é bem incomum...

— Estou de acordo. Mas Ivan Matviéitch, no decorrer de toda a sua vida funcional, tendeu justamente para um resultado destes. Era vivo, arrogante até. Só tratava de "progresso" e de umas certas ideias, e eis aonde conduz o progresso!

— Mas este caso é dos mais extraordinários, e não se pode de modo nenhum admiti-lo como regra comum a todos os progressistas...

— Não, é assim mesmo. Assim mesmo, entende? Isto acontece em virtude de um excesso de instrução, pode crer em mim. Pois as pessoas demasiado instruídas procuram penetrar em todos os lugares e, sobretudo, naqueles onde não são chamadas. Aliás, talvez saiba disso mais que eu — acrescentou, como que ofendido. — Sou uma pessoa velha e não tenho a sua instrução; comecei como filho de soldado, e este ano é o jubileu do meu quinquagésimo ano de serviço.

— Oh, não, Timofiéi Siemiônitch, por favor! Pelo contrário, Ivan Matviéitch implora os seus conselhos, a sua orientação. Por assim dizer, implora de lágrimas nos olhos.

— "Por assim dizer, de lágrimas nos olhos." Hum! Ora, são lágrimas de crocodilo, e não se pode acreditar totalmente nelas. Bem, diga-me, por que lhe deu na veneta ir para o estrangeiro? E com que dinheiro? Ele nem sequer dispõe dos meios necessários, não é verdade?

— Com dinheiro economizado das últimas gratificações, Timofiéi Siemiônitch — respondi num tom lastimoso. — Ele queria apenas passar três meses na Suíça... na pátria de Guilherme Tell.

— Guilherme Tell? Hum!

— Queria encontrar a primavera em Nápoles. Ver o museu, os costumes, os animais...

— Hum! Os animais? Mas, a meu ver, foi simplesmente por orgulho! Que animais? Temos acaso poucos animais? Temos jardins zoológicos, museus, camelos. Há ursos vivendo bem perto de São Petersburgo. E aí está: ele mesmo foi parar dentro de um crocodilo...

— Mas, por favor, Timofiéi Siemiônitch! Uma pessoa encontra-se na desgraça, recorre a outra como a um amigo, um parente mais velho, anseia por um conselho seu, e o senhor o censura... Compadeça-se ao menos da infeliz Ielena Ivânovna!

— É da esposa que o senhor fala? Uma damazinha interessante — disse Timofiéi Siemiônitch, evidentemente de humor mais brando e cheirando com apetite o seu rapé. — Uma pessoa delicada. E como é rechonchuda, a cabecinha sempre de lado, de lado... muito agradável. Ainda anteontem, Andrei Óssipitch referiu-se a ela.

— Referiu-se?

— Referiu-se, e com expressões muito lisonjeiras. "O busto", disse ele, "o olhar, o penteado... Um bombom", disse, "e não uma senhorazinha", e riu no mesmo instante. É gente ainda moça. — Timofiéi Siemiônitch assoou-se com estrépito. — No entanto, ainda moço, e que carreira já está iniciando...

— Mas, agora, trata-se de caso completamente diverso, Timofiéi Siemiônitch.

— Naturalmente, naturalmente.

— E então, Timofiéi Siemiônitch?

— Mas o que é que eu posso fazer?

— Dê um conselho, uma orientação, como homem de experiência, como um parente! Que iniciativa tomar? Procurar os superiores hierárquicos ou...

— Os superiores? De modo nenhum — disse apressado Timofiéi Siemiônitch. — Se querem um conselho, é preciso antes de tudo abafar o caso e agir, por assim dizer, em caráter particular. O caso é suspeito e ainda inédito. Sobretudo inédito, não há precedente e, além disso, recomenda mal... Por isso, a prudência deve vir em primeiro lugar... Que ele permaneça lá deitado algum tempo. É preciso aguardar, aguardar...

— Mas como esperar, Timofiéi Siemiônitch? E se ele ficar sufocado?

— Mas por quê? O senhor disse, parece-me, que ele se ajeitou lá com bastante conforto até, não é verdade?

Tornei a contar-lhe tudo. Timofiéi Siemiônitch ficou pensativo.

— Hum! — deixou escapar, girando nas mãos a caixinha de rapé. — A meu ver, será até bom ele ficar lá deitado algum tempo, em lugar de viajar para o estrangeiro. Que reflita um pouco, aproveitando o lazer; está claro que não deve ficar asfixiado e, por isso, precisa tomar medidas adequadas para a conservação da saúde: prevenir a tosse e outras coisas assim... E, quanto ao alemão, na minha opinião pessoal ele está no seu direito, e mais até do que a parte contrária, pois entrara no crocodilo *dele* sem pedir licença, e não foi *ele* quem entrou no crocodilo de Ivan Matviéitch, que, aliás, tanto quanto posso lembrar, nunca possuiu sequer um crocodilo. Ora, o crocodilo constitui uma propriedade e, por conseguinte, não se pode abrir-lhe a barriga sem uma compensação.

— É para a salvação de um ser humano, Timofiéi Siemiônitch.

— Isto já compete à polícia. E é a ela que se deve recorrer.

— Mas Ivan Matviéitch pode tornar-se também necessário na nossa repartição. Poderia ser chamado.

— Tornar-se necessário? Ivan Matviéitch? Eh, eh! Ademais, ele está de licença e, por conseguinte, podemos ignorar tudo; que fique por lá, olhando as terras da Europa. Já o caso será diferente se ele não se apresentar no prazo certo; então, teremos que tomar informações...

— Três meses! Tenha dó, Timofiéi Siemiônitch!

— Ele mesmo tem culpa. Ora, quem foi que o empurrou para lá? Ao que parece, seria necessário contratar para ele uma ama-seca por conta do Estado, mas isto nem está previsto nos orçamentos. E, sobretudo, o crocodilo é uma propriedade e, por conseguinte, aqui já entra em ação o chamado princípio econômico. E o princípio econômico vem em primeiro lugar. Ainda anteontem, numa reunião em casa de Luká Andréitch, Ignáti Prokófitch falou neste sentido; conhece Ignáti Prokófitch? É um capitalista, tem negócios em andamento, e fala tão bem... "Precisamos", disse ele, "da indústria, a nossa é insuficiente. É preciso engendrá-la."

— "É preciso engendrar capitais, quer dizer, engendrar a classe média, a chamada burguesia. E, visto que não temos capitais, devemos atraí-los do estrangeiro. É preciso, em primeiro lugar, dar permissão a companhias estrangeiras para que adquiram terras em nosso país, como se pratica em toda parte no exterior. A propriedade coletiva[20] é um veneno", disse ele, "uma perdição!" E — sabe? — ele fala com tanto entusiasmo!... É verdade que para eles fica bem: gente que possui capital... e que não faz parte do serviço público. "Com a propriedade coletiva", diz ele, "nem a indústria nem a agricultura poderão desenvolver-se." "É preciso", diz ele, "que as companhias estrangeiras comprem, se possível, todas as nossas terras, as quais, depois, será preciso fragmentar, fragmentar, fragmentar nos menores lotes possí-

---

[20] Alusão às formas de propriedade coletiva das terras, então ainda existentes na Rússia a par da completa miséria da grande maioria dos camponeses, mesmo após a libertação dos servos. O movimento "populista" russo procuraria valorizar estas tendências para a propriedade coletiva e chegaria a apontar a comunidade rural primitiva, o *mir*, como um modelo de socialismo, válido mesmo nos tempos modernos. (N. do T.)

veis"; e — sabe? — ele pronuncia com acento tão decidido: fragmentar, diz ele; e depois vender, mas também simplesmente arrendar. "Quando", diz ele, "toda a terra estiver nas mãos das companhias estrangeiras, será possível estabelecer o preço de arrendamento que se quiser. Por conseguinte, o mujique trabalhará três vezes mais apenas para ganhar o pão de cada dia, e será possível enxotá-lo quando bem se entender. Quer dizer que há de sentir a responsabilidade, será manso, esforçado, e trabalhará o triplo pelo mesmo dinheiro. E agora, nas propriedades coletivas, como é que vive?! Sabe que não vai morrer de fome, e por isto se entrega à preguiça e à bebedeira. E, pelo outro processo, atrairemos dinheiro para o nosso país, vão se formar capitais, vai originar-se a burguesia. Ainda outro dia, o jornal político e literário inglês *Times*, ao tratar da nossa situação financeira, afirmava que as nossas finanças não aumentam justamente porque não temos classe média nem grandes fortunas nem proletários serviçais..." Ignáti Prokófitch fala bem. Um orador. Ele mesmo quer encaminhar a sua opinião, por escrito, às autoridades, e depois publicá-la em *As Notícias*. Isto já não são versinhos, como os de Ivan Matviéitch...

— Bem, e o que me diz sobre Ivan Matviéitch? — aventei, tendo deixado o velho tagarelar à vontade.

Timofiéi Siemiônitch gostava disto às vezes, mostrando deste modo que estava a par de tudo.

— Ivan Matviéitch? É a isto mesmo que eu quero me referir. Nós mesmos nos afanamos para atrair os capitais estrangeiros à nossa pátria, mas veja bem: mal foi atraído para o nosso meio, o capital do homem do crocodilo duplicou-se por intermédio de Ivan Maviéitch, e nós, em lugar de proteger o proprietário estrangeiro, queremos abrir a barriga do próprio capital de base. Ora, há coerência nisto? A meu ver, Ivan Matviéitch, como um verdadeiro filho de sua pátria, deve ainda alegrar-se e orgulhar-se com o fato de ter duplicado, ou talvez até triplicado, com a sua pessoa, o valor de um crocodilo estrangeiro. Isto é necessário para atrair os capitais. Se um tiver êxito, outro virá com outro crocodilo, um terceiro há de trazer dois ou três de uma vez, e junto a eles hão de se agrupar capitais. Aí se tem uma burguesia. Isto deve ser estimulado.

— Perdão, Timofiéi Siemiônitch! — exclamei. — O senhor exige uma abnegação quase antinatural do infeliz Ivan Matviéitch!

— Não exijo nada e, em primeiro lugar, peço-lhe, como já pedi antes, que compreenda que não sou uma autoridade; por conseguinte, não posso exigir nada de ninguém. Falo como filho da pátria, isto é, não como O *Filho da Pátria*,[21] mas simplesmente como filho da pátria. Mais uma vez, pergunto: quem o mandou entrar no crocodilo? Uma pessoa séria, na posse de determinado cargo, que vive em matrimônio legítimo, e de repente... um tal passo! Há coerência nisto?

— Mas este passo ocorreu sem querer.

— E quem garante? Além do mais, com que dinheiro se vai pagar ao dono do crocodilo? Diga-me, por favor.

— Talvez por conta do ordenado, Timofiéi Siemiônitch?

— Será suficiente?

— Não basta, Timofiéi Siemiônitch — respondi com tristeza. — O dono do crocodilo, a princípio, ficou com medo de que o animal rebentasse; mas, depois de se convencer de que tudo ia bem, fez-se de importante e alegrou-se com o fato de poder duplicar o preço.

— Triplicar, quadruplicar, talvez! O público virá agora em multidão, e os donos do crocodilo são gente esperta. Ademais, não estamos na Quaresma, temos que levar em conta a busca de divertimentos, e por isso, repito, é preciso que, a princípio, Ivan Matviéitch fique observando tudo incógnito e não se apresse. Não importa que todos saibam que ele está dentro de um crocodilo, contanto que não o saibam oficialmente. Sob este ponto de vista, Ivan Matviéitch está mesmo em condições particularmente favoráveis, porque o consideram ausente no estrangeiro. Vão dizer-nos que está dentro do crocodilo, mas nós não acreditaremos. É possível tratar o caso deste modo. O principal é que espere um pouco e, além disso, para que vai se apressar?

— Bem, e se...

— Não se preocupe, ele é de compleição robusta...

— Bem, e o que acontecerá se ele aguentar até o fim?

— Não lhe esconderei que o caso é dos mais complicados. Não se consegue chegar a uma conclusão e, sobretudo, o que mais atrapalha é o fato de não ter havido até hoje algo semelhante. Se houvesse um precedente, ainda poderíamos nos orientar de algum modo. Mas, como é que se vai resolver agora? Enquanto se procura uma solução, o tempo passa.

Um pensamento feliz brilhou-me na mente.

— Não se poderá acomodar tudo — disse eu — de modo tal que, se ele estiver destinado a permanecer nas profundezas do monstro e, por vontade da Providência, se conservar vivo, lhe seja possível apresentar um requerimento, no sentido de continuar fazendo parte do quadro de funcionários?

— Hum... Só se for em forma de licença sem vencimentos...

---

[21] *Sin Otiétchestva*, jornal liberal moderado da época. (N. do T.)

— Mas não se poderia obtê-la com vencimentos?
— Com que base?
— Em forma de missão oficial...
— Mas qual, e para onde?
— Para as próprias profundezas do crocodilo... Por assim dizer, para informações, para o estudo dos fatos no próprio local. Está claro que será algo novo, mas até que isto é progressista e, ao mesmo tempo, demonstrará uma preocupação com a instrução pública...

Timofiéi Siemiônitch ficou pensativo.

— Comissionar especialmente um funcionário — disse por fim — para as profundezas de um crocodilo, a fim de cumprir determinações especiais, é, na minha opinião pessoal, um absurdo. Não está previsto no regimento. E que missão poderia desempenhar ali?

— Uma missão, por assim dizer, de estudo da natureza no próprio local, no próprio ser vivo. Atualmente, cuida-se tanto das ciências naturais, da botânica... Ele ficaria lá vivendo e enviando comunicações... sobre a digestão, ou simplesmente sobre costumes. Seria útil para o acervo de dados.

— Isto é, trata-se de estatística. Ora, não é este o meu forte e, ademais, não sou filósofo. O senhor me diz: dados; mas se já estamos abarrotados de dados e não sabemos o que fazer com eles! Além do mais, essa estatística é perigosa...

— Mas como?

— É perigosa, sim. E o senhor deve, ainda, convir comigo que ele há de transmitir os dados deitado de lado,[22] por assim dizer. Mas pode-se acaso cumprir um dever funcional deitado de lado? Isto já é outra inovação, e bastante perigosa; e, mais uma vez, não houve um precedente assim. Se nós arranjássemos um precedentezinho que fosse, então se poderia, na minha opinião, enviá-lo talvez em missão oficial.

— Mas, até hoje, ninguém trouxe crocodilos vivos para cá, Timofiéi Siemiônitch.

— Hum, sim... — Ele tornou a ficar pensativo. — Realmente, esta sua objeção é justa e poderia até servir de base para a tramitação de um processo. Mas considere também o seguinte: se, com o aparecimento de crocodilos vivos, começarem a desaparecer funcionários, e estes, depois, a pretexto de que ali é quente e macio, passarem a exigir comissões no bucho desses animais e ficarem deitados de lado... convenha comigo que será um mau

---

[22] A expressão russa do texto tem, igualmente, o sentido de "ficar sem fazer nada". (N. do T.)

exemplo. Deste modo, cada um irá para lá, a fim de receber dinheiro sem trabalhar.

— Faça um esforço para ajudá-lo, Timofiéi Siemiônitch! E, a propósito, Ivan Matviéitch pediu-me que lhe transmitisse uma dividazinha de jogo, são sete rublos...

— Ah, ele perdeu isso outro dia, em casa de Nikífor Nikíforitch! Estou lembrando. E como estava alegre então, dizia piadas, e agora...

O velho ficou sinceramente comovido.

— Faça uma forcinha, Timofiéi Siemiônitch.

— Vou fazer. Vou falar em meu próprio nome, como particular, na forma de um pedido de informações. E, quanto ao senhor, procure saber, de modo não oficial, indiretamente, que preço o dono do crocodilo aceitaria pelo animal.

Timofiéi Siemiônitch parecia mais bondoso.

— Sem falta — respondi. — E, logo a seguir, virei relatar o que souber.

— E a esposa... está agora sozinha? Ela se aborrece?

— Deveria visitá-la, Timofiéi Siemiônitch.

— Vou visitá-la; ainda outro dia pensei nisto, e agora é uma ocasião conveniente... E o que foi que o impeliu a ir ver o crocodilo?! Aliás, eu também gostaria de ir vê-lo.

— Vá visitar o infeliz, Timofiéi Siemiônitch.

— Vou visitá-lo. Naturalmente, não quero, com este meu passo, infundir esperanças. Irei lá em caráter particular... Bem, até logo, vou de novo à casa de Nikíforitch; o senhor vai lá também?

— Não, vou para junto do prisioneiro.

— Sim, agora vai ver o prisioneiro!... Eh, leviandade!

Despedi-me do velho. Pensamentos variados circulavam-me pela mente. Timofiéi Siemiônitch é um homem bondoso e honestíssimo, mas, mesmo assim, saindo de sua casa, alegrei-me pelo fato de que ele já tivesse celebrado o seu quinquagésimo aniversário de vida funcional e que os Timofiéi Siemiônitch fossem já uma raridade em nosso meio. Está claro, corri imediatamente para a Passagem, a fim de comunicar tudo ao coitado do Ivan Matviéitch. Sentia também muita curiosidade: como teria ele se acomodado dentro do crocodilo e como se poderia viver ali? Seria realmente possível viver no interior de um crocodilo? Por vezes, é verdade, tinha a impressão de que tudo aquilo não passava de um sonho monstruoso, tanto mais que se tratava realmente de um monstro...

III

E, no entanto, não se tratava de sonho, mas de uma autêntica, indubitável realidade. Do contrário, iria eu querer contar isto?! Continuo, porém...

Quando cheguei à Passagem já era tarde, quase nove horas, e tive que entrar na sala do crocodilo pelos fundos, pois o alemão fechara a loja antes da hora habitual. Caminhava pela sala, em trajes caseiros de que fazia parte um redingotezinho velho e ensebado; estava três vezes mais contente que de manhã. Era evidente que não tinha agora medo de nada e que "apareceu muito *publicum*". *Mutter* se apresentou mais tarde, ao que parece para me vigiar. O alemão frequentemente cochichava com ela. Embora a loja estivesse já fechada, cobrou-me o quarto de rublo. Que meticulosidade desnecessária!

— O senhor terá de pagar toda vez que vier; o *publicum* pagará um rublo, mas o senhor só um quarto, pois é um bom amigo do seu bom amigo, e eu admiro a amizade...

— Está vivo, está acaso vivo o meu culto amigo?! — exclamei alto, aproximando-me do crocodilo e esperando que as minhas distantes palavras chegassem até Ivan Matviéitch e lisonjeassem o seu amor-próprio.

— Vivo e com saúde — respondeu ele, como que de longe ou debaixo de uma cama, embora eu estivesse a seu lado. — Vivo e com saúde... Mas deixemos isto para mais tarde... Como está o caso?

Como que deixando intencionalmente de ouvir a pergunta, comecei por meu turno a interrogá-lo, apressado e com simpatia: como estava, como se sentia dentro do crocodilo e, de modo geral, o que havia ali? A amizade e a simples delicadeza o exigiam. Mas ele me interrompeu, manhoso e aborrecido.

— Como está o caso? — gritou, autoritário para comigo, como de costume, com sua voz esganiçada, desta vez particularmente desagradável.

Relatei-lhe, em todos os pormenores, a minha palestra com Timofiéi Siemiônitch. Relatando-a, esforcei-me por imprimir às minhas palavras um tom de ressentimento.

— O velho tem razão — decidiu Ivan Matviéitch, com o tom ríspido que sempre costumava ter comigo. — Gosto dos homens práticos e não suporto os maricas melífluos. Devo, no entanto, confessar que também a ideia que você expressou a respeito de uma missão oficial não é de todo absurda. Realmente, posso comunicar muita coisa, tanto do ponto de vista moral como científico. Mas agora tudo isto assume uma forma nova e inesperada e não vale a pena empenhar-se unicamente pelo ordenado. Ouça com atenção. Você está sentado?

— Não, de pé.

— Sente-se sobre alguma coisa, ou mesmo no chão, e ouça com atenção.

Irritado, apanhei uma cadeira e bati com ela fortemente no chão.

— Ouça — começou ele, impositivo. — Hoje veio um sem-fim de visitantes. Ao anoitecer, não havia mais lugar e chegou a polícia, para manter a ordem. Às oito, isto é, antes da hora habitual, o patrão achou mesmo necessário fechar a loja e interromper o espetáculo, a fim de contar o dinheiro e preparar-se melhor para o dia de amanhã. Sei que amanhã isto vai virar uma feira livre. É de supor que passem por aqui todas as pessoas mais cultas da capital, as senhoras da alta sociedade, embaixadores estrangeiros, juristas e outros. Mais ainda: começará a chegar gente das mais variadas províncias de nosso vasto e curioso império. Resultado: sou exposto perante todos e, ainda que escondido, estou em primeiro lugar. Passarei a instruir a multidão ociosa. Ensinando pela experiência, apresentarei com a minha pessoa um exemplo de grandeza e espírito conformado perante o destino! Serei, por assim dizer, uma cátedra da qual hei de instruir a humanidade. São preciosas mesmo as informações de ciências naturais que posso comunicar sobre o monstro por mim habitado. E, por isto, não só não maldigo o caso que me aconteceu, mas tenho até sólidas esperanças na mais brilhante das carreiras.

— Não será maçante? — observei, ferino.

O que mais me irritou foi o fato de que, impado de orgulho, ele tivesse deixado quase completamente de empregar os pronomes pessoais. Ademais, tudo aquilo me deixou confuso. "Por que, por que esta leviana cabeçorra fica aí fanfarronando?!", murmurei de mim para mim, rangendo os dentes. "É caso de chorar e não de fanfarronar."

— Não me aborrecerei! — respondeu ele abruptamente à minha observação. — Pois, inteiramente imbuído de ideias grandiosas, somente agora, dispondo de lazer, posso sonhar com a melhoria da sorte de toda a humanidade. Do crocodilo hão de sair agora a verdade e a luz. Sem dúvida, inventarei uma nova teoria pessoal de novas relações econômicas e vou orgulhar-me dela, o que não me foi possível até hoje, por falta de lazer, em virtude do meu trabalho e dos vulgares divertimentos mundanos. Negarei tudo e serei um novo Fourier. Aliás, você devolveu os sete rublos a Timofiéi Siemiônitch?

— Do meu dinheiro — respondi, procurando expressar isso também com o tom da voz.

— Ajustaremos as contas — respondeu com altivez. — Espero sem falta um aumento de ordenado, pois quem, senão eu, há de ser aumentado? É infinito o benefício que estou fornecendo agora. Mas vamos aos fatos. Minha mulher?

— Você provavelmente está perguntando por Ielena Ivânovna?[23]

— Minha mulher! — gritou ele, desta vez até esganiçado.

Que fazer? Humilde, mas rangendo de novo os dentes, contei-lhe como deixara Ielena Ivânovna. Nem sequer me ouviu até o fim.

— Tenho em relação a ela projetos especiais — começou com impaciência. — Se eu ficar famoso aqui, quero que ela o seja lá. Cientistas, poetas, filósofos, mineralogistas em viagem, estadistas, depois de uma palestra matinal comigo, frequentarão à noite o seu salão. A partir da próxima semana, ela deverá receber todas as noites. O ordenado duplicado fornecerá os meios para as recepções, e, visto que tudo deverá limitar-se ao chá e a criados por hora, não haverá maiores complicações. Serei assunto obrigatório tanto aqui como lá. Há muito ansiava por uma oportunidade em que todos falassem de mim, mas, tolhido pela minha pouca importância e pelo posto subalterno, não o conseguia. Agora todavia, tudo isso foi alcançado pela simples tragada de um crocodilo. Cada palavra minha será ouvida, cada uma das minhas afirmações será pensada, transmitida, impressa. E eu hei de mostrar quem sou! Compreenderão, finalmente, que capacidade deixaram desaparecer nas profundezas do monstro. "Este homem podia ser ministro das Relações Exteriores e governar um reino", dirão alguns. "E este homem não governou um reino estrangeiro!", dirão outros. Ora, em que, em que sou pior do que qualquer Garnier-Pagesinho,[24] ou sei lá como se chama? A mulher deve fazer *pendant* comigo: eu com a inteligência, ela com a beleza e afabilidade. "É linda, por isto é esposa dele", dirão uns. "É linda *por ser* esposa dele", corrigirão outros. Por via das dúvidas, Ielena Ivânovna deve comprar amanhã mesmo o dicionário enciclopédico editado sob a direção de Andrei Kraiévski,[25] para que possa falar de todos os assuntos. Mais que tudo, porém, deve ler o "Premier Politique",[26] das *Notícias de São Petersburgo*, comparando-o diariamente com *O Cabelo*. Creio que o patrão vai concordar em me levar de vez em quando, juntamente com o crocodilo, para o brilhante

---

[23] O uso do patronímico indica tratamento respeitoso. (N. do T.)

[24] Alusão ao político francês liberal Louis-Antoine Garnier-Pagès (1803-1878). (N. do T.)

[25] Começara a sair em 1861, financiado pelo Estado, um dicionário enciclopédico, sob a direção de Andrei Kraiévski, o que provocou muitas críticas pela imprensa, devido à falta de credenciais deste para semelhante função. (N. do T.)

[26] Designavam-se assim os artigos de fundo, de caráter político. (N. do T.)

salão da minha mulher. Ficarei na tina, em meio à magnífica sala de visitas, e direi sem cessar frases de espírito coligidas ainda de manhã. Comunicarei meus projetos ao estadista; falarei em rimas com o poeta; com as senhoras, serei divertido, além de moral e simpático, e portanto de todo inofensivo para os respectivos esposos. Servirei a todos os demais como exemplo de submissão ao destino e aos desígnios da Providência. Transformarei minha mulher numa brilhante dama literária; hei de impeli-la para a frente e explicá-la ao público. Na qualidade de minha mulher, ela deve estar imbuída das maiores qualidades, e se, com justiça, chamam a Andrei Aleksándrovitch o nosso Alfred de Musset,[27] mais justo ainda será chamá-la a nossa Eugênia Tour.[28]

Embora, confesso, toda esta algaravia se assemelhasse um pouco à que era comum em Ivan Matviéitch, veio-me à mente que ele estava febril e delirava. Seria o mesmo Ivan Matviéitch, comum e cotidiano, mas observado por uma lente que o aumentasse vinte vezes.

— Meu amigo — perguntei-lhe —, você tem esperança de uma longa vida? E diga-me: de modo geral, vai bem de saúde? Como é que você está comendo, dormindo, respirando? Sou seu amigo, e convenhamos que o caso é por demais extraordinário e, por conseguinte, a minha curiosidade é bem natural.

— Uma curiosidade ociosa e nada mais — respondeu ele sentencioso. — Mas você será satisfeito. Pergunta-me como eu me arranjei nas profundezas do monstro. Em primeiro lugar, o crocodilo, para meu espanto, é completamente vazio. O seu interior consiste como que num enorme saco vazio, de borracha, parecido com aqueles objetos de borracha que se encontram facilmente na Gorókhovaia, na Morskaia e, se não me engano, na avenida Vozniessênski. De outro modo, pense bem, poderia eu caber nele?

— Será possível? — gritei, com um espanto compreensível. — Então o crocodilo é completamente oco?

— Completamente — confirmou Ivan Matviéitch, com ar sério e imponente. — E, segundo é de todo provável, está arranjado assim de acordo com as leis da própria natureza. O crocodilo possui somente mandíbulas, providas de dentes aguçados, e uma cauda consideravelmente longa; realmente, é tudo. E, no meio, entre essas duas extremidades, fica um espaço vazio, cercado por algo que se assemelha a borracha, e provavelmente é.

---

[27] Trata-se de uma comparação irônica entre Kraiévski, já citado, e Alfred de Musset. (N. do T.)

[28] Alusão a Ievguênia Tur (1815-1892), escritora liberal russa da época, confundida aí com personagem estrangeira. (N. do T.)

— E as costelas, e o estômago, e as tripas, e o fígado, e o coração? — interrompi-o, com certa raiva até.

— Nada, não existe absolutamente nada disso e, provavelmente, nunca existiu. Tudo isso provém da imaginação ociosa de viajantes levianos. Assim como se infla uma almofada hemorroidal, assim eu inflo agora o crocodilo com a minha pessoa. Ele é incrivelmente elástico. Até você, na qualidade de amigo da casa, poderia caber ao meu lado, se tivesse espírito generoso, e ainda assim sobraria espaço. Penso até em mandar vir Ielena Ivânovna para cá, se for preciso. Aliás, semelhante disposição oca do crocodilo está plenamente de acordo com as ciências naturais. Pois suponhamos, por exemplo, que você seja encarregado de instalar um novo crocodilo; naturalmente, vai surgir-lhe a pergunta: qual é a propriedade fundamental do crocodilo? A resposta é clara: engolir gente. Como conseguir então, pela disposição do crocodilo, que ele engula gente? A resposta é ainda mais clara: fazendo-o oco. Já está há muito resolvido pela física que a natureza não tolera o vazio. De acordo com isto, também as entranhas do crocodilo devem ser justamente vazias, para não tolerar o vazio; por conseguinte, devem incessantemente engolir e encher-se de tudo o que esteja à mão. E eis o único motivo plausível por que todos os crocodilos engolem a nossa espécie. Não foi o que sucedeu, porém, na disposição do homem: quanto mais oca, por exemplo, é uma cabeça humana, tanto menos ela sente ânsia de se encher; e esta é a única exceção à regra geral. Tudo isto me é atualmente claro como o dia, tudo isto eu alcancei com a minha própria agudeza e experiência, encontrando-me, por assim dizer, nos abismos da natureza, na sua retorta, e prestando atenção às suas pulsações. A própria etimologia concorda comigo, pois mesmo o nome do crocodilo significa voracidade. Crocodilo, *crocodillo*, é uma palavra provavelmente italiana, contemporânea talvez dos antigos faraós egípcios e originária, ao que parece, da raiz francesa *croquer*, que significa comer, devorar e, de modo geral, aproveitar como alimento. Tudo isto eu pretendo proferir como minha primeira conferência ao público reunido no salão de Ielena Ivânovna, quando me levarem para lá dentro da tina.

— Meu amigo, não será melhor você tomar agora um purgante?! — exclamei sem querer. "Ele está com febre, está ardendo em febre!", repetia eu para mim mesmo, horrorizado.

— Absurdo! — respondeu-me com desprezo. — Ademais, na minha atual situação, isto é de todo inconveniente. Aliás, eu já sabia em parte que você haveria de falar em purgante.

— Mas, meu amigo, de que maneira... de que maneira utiliza você agora a comida? Já jantou?

— Não, mas estou satisfeito, e o mais provável é que, de agora em diante, eu nunca mais necessite comer. E isto também é absolutamente compreensível: enchendo com a minha pessoa todo o interior do crocodilo, deixo-o saciado para sempre. Agora, podem passar alguns anos sem alimentá-lo. Por outro lado, saciado com a minha pessoa, ele naturalmente me comunicará todos os sucos vitais do seu corpo; isto se assemelha ao procedimento de algumas faceiras requintadas que cobrem as suas formas, antes de dormir, com pedaços de carne crua, e na manhã seguinte, após o banho, tornam-se frescas, elásticas, suculentas e tentadoras. Deste modo, alimentando o crocodilo com a minha pessoa, eu recebo dele também alimento; depreende-se, pois, que nos alimentamos mutuamente. Mas, considerando que, mesmo para um crocodilo, é difícil digerir uma pessoa como eu, ele deve sentir, nessa ocasião, certo peso no estômago — estômago que ele, diga-se de passagem, não tem —, e eis a razão por que, procurando não causar uma dor supérflua ao monstro, eu raramente me viro. Poderia fazê-lo, mas, por humanidade, abstenho-me disso. Este é o único defeito da minha posição atual e, num sentido alegórico, Timofiéi Siemiônitch tem razão de me chamar de preguiçoso.[29] Mas eu vou demonstrar que mesmo deitado de lado, ou melhor, que somente assim deitado é que se pode transformar a sorte da humanidade. Todas as grandes ideias e a orientação dos nossos jornais e revistas foram geradas provavelmente por gente deitada de lado. Eis por que são chamadas ideias de gabinete; mas pouco importa que assim as chamem! Vou inventar agora todo um sistema social, e você não acreditará em como isto é fácil! Basta ir para um canto bem afastado ou para o bucho de um crocodilo, fechar os olhos e, no mesmo instante, se inventa um verdadeiro paraíso para toda a humanidade. Quando você me deixou, eu me pus no mesmo instante a inventar; já inventei três sistemas e estou preparando um quarto. É verdade que se torna necessário, primeiramente, negar tudo; mas é tão fácil negar estando dentro do crocodilo! Mais ainda, dentro do crocodilo tudo se torna como que mais evidente... Aliás, há certos inconvenientes na minha situação, embora insignificantes: o interior do crocodilo é um tanto úmido e como que recoberto de mucosidade, e, além disso, cheira um pouco a borracha, exatamente como as minhas galochas do ano passado. Eis tudo, não há outros inconvenientes.

— Ivan Matviéitch — interrompi eu —, tudo isso são coisas fantásticas, em que mal posso acreditar. Mas será possível, será possível que você pretenda nunca mais jantar?

---

[29] Literalmente: que fica deitado de lado. (N. do T.)

O crocodilo

— Com que tolices você se preocupa, cabeça fútil e ociosa! Eu lhe falo das grandes ideias, e você... Pois saiba que estou saciado tão somente com as grandes ideias, que iluminaram a noite ao redor de mim. Aliás, o bondoso dono do monstro, depois de conversar com a bondosíssima *Mutter*, resolveu com ela, ainda há pouco, enfiar cada manhã entre as mandíbulas do crocodilo um tubo metálico curvo, semelhante a um flautim, e pelo qual eu poderia ingerir café ou caldo com pão branco. O flautim já foi encomendado na vizinhança, mas creio que é um luxo desnecessário. Espero viver pelo menos mil anos, se é verdade que os crocodilos vivem tanto; aliás, foi bom lembrá-lo, e peço-lhe que se informe amanhã mesmo em algum compêndio de história natural e me comunique o fato, pois eu posso ter-me enganado, confundindo o crocodilo com algum outro fóssil. Existe, porém, uma consideração que me deixa confuso: visto que estou com terno de casimira e de botas, o crocodilo, provavelmente, não consegue digerir-me. Além disso, estou vivo e, por esta razão, resisto com toda a minha vontade à digestão da minha pessoa, pois é compreensível que não me queira transformar naquilo em que todo alimento se transforma, pois seria demasiado humilhante para mim. Mas temo o seguinte: em mil anos, a casimira do meu terno, infelizmente de fabricação russa, pode apodrecer, e então, desprovido de roupas, talvez eu comece a ser digerido, apesar de toda a minha indignação; e embora de dia eu não permita isso de modo algum, de noite, dormindo, quando a vontade se separa do homem, posso ser vítima da mesma humilhante sorte de uma batata, de umas panquecas ou de carne de vitela. Semelhante ideia me deixa enfurecido. Só por esta razão, já seria necessário modificar a tarifa alfandegária e estimular a importação de casimiras inglesas, que são mais fortes e, por conseguinte, resistirão mais tempo à natureza, no caso de se ir parar dentro de um crocodilo. Na primeira oportunidade, comunicarei este meu pensamento a algum estadista, e também aos comentaristas políticos dos nossos jornais diários de São Petersburgo. Que façam um pouco de barulho. Estou prevendo que todas as manhãs vai acotovelar-se em volta de mim uma verdadeira multidão de jornalistas, armados de quartos de rublo fornecidos na redação, a fim de captar os meus pensamentos sobre os telegramas da véspera. Em suma, o futuro apresenta para mim a cor mais rósea.

"É a febre, a febre!", murmurava eu no íntimo.

— Meu amigo, e a liberdade? — aventurei, desejando conhecer plenamente sua opinião. Você está, por assim dizer, numa prisão, e o homem deve gozar a liberdade.

— Você é estúpido — respondeu. — Os homens selvagens amam a independência, enquanto os sábios amam a ordem, mas não há ordem...[30]

— Tenha dó, Ivan Matviéitch!

— Fique quieto e ouça! — exclamou esganiçadamente, aborrecido porque eu o interrompera. — Nunca meu espírito pairou tão alto. Em meu acanhado abrigo, temo apenas a crítica literária das revistas grossas[31] e as vaias dos nossos jornais satíricos. Tenho medo de que os visitantes levianos, os néscios e invejosos e, de modo geral, os niilistas me tornem alvo de sua chacota. Mas eu vou tomar medidas. Espero com impaciência os comentários do público amanhã e, sobretudo, o que escreverão os jornais. Comunique-me amanhã mesmo o que tiver saído neles.

— Está bem, vou trazer para cá, amanhã mesmo, uma pilha de jornais.

— Não se pode esperar já para amanhã repercussão na imprensa, pois as notícias tardam uns três dias a sair. Mas, a partir de hoje, venha todas as noites, pela entrada dos fundos, através do pátio. Pretendo utilizar você na qualidade de meu secretário. Vai ler para mim jornais e revistas, e eu lhe ditarei os meus pensamentos e vou dar alguns encargos. Não esqueça sobretudo os telegramas. Que eu tenha aqui, diariamente, todos os telegramas da Europa. Mas chega; provavelmente, está agora com sono. Vá para casa e não pense no que eu disse ainda há pouco a respeito da crítica: não a temo, pois ela mesma se encontra numa situação crítica. Basta ser sábio e virtuoso para que nos coloquem obrigatoriamente sobre um pedestal. Se não for um Sócrates, serei um Diógenes, ou ambos reunidos, eis o meu papel futuro na humanidade.

Deste modo leviano e insistente (é verdade que estava febril), Ivan Matviéitch apressava-se em expor-me a sua opinião, a exemplo das mulheres de ânimo fraco das quais diz o provérbio que não sabem guardar segredo. Ademais, pareceu-me extremamente suspeito tudo o que ele me comunicou sobre o crocodilo. Como era possível que o animal fosse completamente oco? Sou capaz de jurar que ele estava contando vantagem, em parte por vaidade e em parte para me humilhar. É verdade que ele estava doente, e é preciso

---

[30] Segundo nota de I. Z. Siérman à edição soviética de 1956-58, trata-se de uma citação alterada de um trecho da novela de N. M. Karamzin *Marfa Possádnitza* (a mulher do *possádnik*, termo que designava, na Rússia Kieviana, um governador-geral nomeado pelo príncipe, e no Grande Nóvgorod, 1126-1478, e em Pskov, 1348-1510, um governador eleito). Karamzin escreveu: "Os povos selvagens amam a liberdade, enquanto os sábios amam a ordem: mas não há ordem sem um poder absoluto". (N. do T.)

[31] Publicações que se ocupavam geralmente de assuntos elevados. (N. do T.)

fazer a vontade dos doentes; mas, confesso francamente, nunca suportei Ivan Matviéitch. A vida inteira, desde a infância mesmo, eu quis e nunca pude me livrar da sua tutela. Mil vezes desejei romper de vez com ele, mas, em cada ocasião dessas, via-me novamente impelido para ele, como se eu ainda esperasse convencê-lo de não sei o quê, e vingar-me por fim. Que estranha amizade! Posso seguramente afirmar que nove décimos dela eram puro ódio. Todavia, daquela vez, despedimo-nos comovidos.

— O seu amigo é uma pessoa muito inteligente — disse-me a meia-voz o alemão, preparando-se para acompanhar-me; durante todo o tempo, estivera prestando atenção aplicadamente à nossa conversa.

— *À propos* — disse eu —, para não esquecer: quanto o senhor cobraria pelo seu crocodilo, se alguém resolvesse comprá-lo?

Ivan Matviéitch, que ouvira a pergunta, esperava curioso a resposta. Via-se que ele não queria que o alemão cobrasse pouco; pelo menos fungou de certo modo peculiar quando fiz a pergunta.

A princípio, o alemão nem quis ouvir e ficou até zangado.

— Ninguém se atreva a comprar meu crocodilo particular! — gritou enfurecido, enrubescendo como uma lagosta. — Eu não quero vender o crocodilo. Não aceitarei pelo crocodilo nem um milhão de táleres. Hoje, recebi do *publicum* cento e trinta táleres, amanhã terei dez mil táleres, depois vou receber todos os dias cem mil táleres. Não quero vender!

Ivan Matviéitch deu até um risinho de satisfação.

De coração confrangido, com sangue-frio e judiciosamente, pois estava cumprindo os deveres de um amigo verdadeiro, observei ao destrambelhado alemão que os seus cálculos não estavam de todo corretos; que, se ele tivesse cada dia cem mil visitantes, toda a população de São Petersburgo passaria por ali em quatro dias, e depois não haveria mais de quem cobrar ingresso; que somente Deus dispõe da vida e da morte, que o crocodilo podia levar a breca e Ivan Matviéitch adoecer e morrer etc. etc.

O alemão ficou pensativo.

— Pedirei umas gotas na farmácia — disse, depois de refletir —, e o seu amigo não morrerá.

— Quanto às gotas, vá lá — disse eu. — Mas lembre-se também de que pode ser dado início a um processo judicial. A esposa de Ivan Matviéitch pode exigir o seu legítimo esposo. O senhor está decidido a enriquecer, mas estará também disposto a estipular alguma pensão para Ielena Ivânovna?

— Não, eu não disposto! — respondeu o alemão, decidido e com severidade.

— Na-ão, não disposto! — acudiu também *Mutter*, com raiva.

— Pois bem, não será melhor que aceitem agora uma quantia, ainda que modesta, mas certa, indiscutível, do que se fiarem no desconhecido? Considero também meu dever acrescentar que não lhes pergunto isto apenas por curiosidade ociosa.

O alemão foi conferenciar com *Mutter* e conduziu-a para um canto da sala, onde ficava uma vitrine com o maior e mais horrendo macaco de toda a coleção.

— Vai ver uma coisa! — disse-me Ivan Matviéitch.

Quanto a mim, nesse momento, ardia de desejo de espancar fortemente o alemão, de espancar ainda mais a sua *Mutter* e, sobretudo, de espancar mais fortemente que todos Ivan Matviéitch, a fim de castigar a sua desmedida vaidade. Mas tudo isto nada significava em comparação com a resposta do ganancioso alemão.

Depois de se aconselhar com a *Mutter*, exigiu pelo seu crocodilo cinquenta mil rublos, em títulos do último empréstimo interno, com sorteio, uma casa de pedra na Gorókhovaia, com uma farmácia para explorar, e tudo isto acrescido da patente de coronel do exército russo.

— Está vendo! — exclamou triunfante Ivan Matviéitch. — Eu bem que disse a você! Excetuando-se este insensato desejo de promoção a coronel, ele tem toda a razão, pois compreende inteiramente o valor atual do monstro por ele exibido. O princípio econômico em primeiro lugar!

— Com licença! — gritei furioso para o alemão. — Por que se vai conceder ao senhor a patente de coronel? Qual foi seu feito, quais foram os seus serviços, qual a glória militar obtida? Depois de tudo isto, o senhor nega que é louco?

— Louco! — exclamou ofendido o alemão. — Não, eu sou um homem muito inteligente, e o senhor é muito estúpido! Eu mereço ser coronel porque expus um crocodilo que tem dentro um *Hofrat*[32] vivo. Que russo é capaz de mostrar um crocodilo com um *Hofrat* vivo? Sou um homem muito inteligente e tenho muita vontade de ser coronel!

— Então, adeus, Ivan Matviéitch! — gritei, trêmulo de furor, e saí quase correndo da sala do crocodilo.

Sentia que um instante mais e eu não poderia conter-me. Eram intoleráveis as esperanças antinaturais daqueles dois imbecis. O ar frio me refrescou e atenuou em certa medida a minha indignação. Por fim, depois de cuspir energicamente umas quinze vezes, à direita e à esquerda, aluguei um car-

---

[32] Conselheiro da corte. No caso, provavelmente tradução canhestra do nome de uma categoria de funcionários públicos da Rússia tsarista. (N. do T.)

ro. Cheguei em casa, tirei a roupa e atirei-me ao leito. O que mais me irritava era o fato de ter-me tornado secretário de Ivan Matviéitch. Agora teria de ficar lá, todas as noites, morrendo de tédio, para cumprir os deveres de amigo verdadeiro! Estava pronto a espancar-me por isto e, realmente, tendo apagado a vela e envolvendo-me no cobertor, bati algumas vezes com o punho na minha própria cabeça e em outras partes do corpo. Isto me aliviou um pouco, e acabei adormecendo profundamente, pois estava muito cansado. Sonhei a noite inteira somente com macacos, mas, logo ao amanhecer, sonhei com Ielena Ivânovna...

IV

Os macacos, suponho eu, me apareceram em sonho porque estavam encerrados na vitrine do crocodileiro, mas Ielena Ivânovna constituía já um assunto à parte.

Desde já, direi que eu amava esta senhora; mas apresso-me, e apresso-me a todo vapor, a esclarecer: amava-a como um pai, nem mais nem menos. Concluo isto porque muitas vezes me aconteceu sentir um desejo invencível de beijar-lhe a cabecinha ou o rostinho rosado. E, embora eu nunca tenha realizado isto, confesso que não me recusaria até a beijar-lhe os labiozinhos. E não só os labiozinhos, mas também os dentinhos, que ela sempre exibia de modo tão encantador, quando ria, qual uma fileira de pérolas bonitas e bem selecionadas. E ela ria com surpreendente frequência. Ivan Matviéitch, nas ocasiões de carinho, chamava-a de seu "simpático absurdo" — um nome sobremaneira justo e característico. Aquela mulher era um bombom, e nada mais. Por este motivo, não compreendo de modo nenhum por que Ivan Matviéitch achou de ver nela a Eugênia Tour russa. Em todo caso, o meu sonho, deixando-se de lado os macacos, causou-me uma impressão agradabilíssima e, examinando mentalmente, durante o chá matinal, todos os acontecimentos da véspera, decidi passar em casa de Ielena Ivânovna sem mais tardança, a caminho da repartição, o que, aliás, devia fazer na própria qualidade de amigo da casa.

Encontrei-a na saleta minúscula junto ao quarto de dormir, e que eles chamavam de pequena sala de visitas — embora a grande sala de visitas fosse igualmente pequena —, sentada num divãzinho elegante, diante de uma mesinha de chá, vestida com um roupãozinho matinal um tanto vaporoso; tomava café numa xicrinha, molhando nele uma torrada ínfima. Estava sedutora, mas pareceu-me pensativa.

— Ah, é você, seu brincalhão?! — disse ela, recebendo-me com um sorriso distraído. — Sente-se, cabeça de vento, e tome café. O que fez ontem? Esteve no baile de máscaras?

— E você esteve lá, por acaso? Eu não costumo ir... e, além disso, fui visitar o nosso prisioneiro...

Suspirei e, aceitando o café, compus uma expressão compenetrada.

— Quem? Que prisioneiro? Ah, sim! Coitado! Bem, ele se aborrece? Mas, sabe... eu queria perguntar a você... Acho que poderia requerer agora divórcio, não?

— Divórcio! — exclamei indignado e quase derrubei o café. "É aquele escurinho!", pensei furioso.

Existia realmente certo indivíduo escurinho, de bigodinho, que trabalhava em construções e que ia à casa deles com demasiada frequência e sabia muito bem fazer Ielena Ivânovna rir. Confesso que eu o odiava, e não havia dúvida de que se encontrara na véspera com Ielena Ivânovna, no baile de máscaras, ou talvez ali mesmo, e lhe dissera toda espécie de tolices!

— E então? — apressou-se de repente Ielena Ivânovna, como alguém que tivesse decorado a lição. — Quer dizer que ele vai permanecer lá, dentro do crocodilo, e talvez passe a vida toda assim, e eu tenho de esperá-lo aqui?! Um marido tem que residir em casa e não dentro de um crocodilo...

— Mas é que se trata de uma circunstância imprevista — comecei, preso de compreensível perturbação.

— Ah, não, não me diga isso! Não quero, não quero! — gritou ela, de súbito completamente aborrecida. — Você me contraria sempre, imprestável que é! Não se obtém nada de você, é incapaz de um conselho! Até pessoas estranhas já me afirmaram que o divórcio me será concedido porque Ivan Matviéitch agora não vai mais receber ordenado.

— Ielena Ivânovna! É você mesma que estou ouvindo? — gritei em tom patético. — Que malvado lhe poderia ter sugerido isto?! O próprio divórcio se torna de todo impossível por um motivo tão frágil como o ordenado. E o pobre, o pobre Ivan Matviéitch arde, por assim dizer, de amor por você, mesmo nas profundezas daquele monstro. Mais ainda: derrete-se de amor como um torrãozinho de açúcar. Ainda ontem à noite, enquanto você se divertia no baile de máscaras, ele me lembrou que, em último caso, talvez se decida a chamá-la, na qualidade de sua esposa legítima, para junto de si, para aquelas profundezas, tanto mais que o crocodilo é bem espaçoso não só para duas, mas até para três pessoas...

E contei-lhe logo toda essa interessante parte da minha conversa da véspera com Ivan Matviéitch.

— Como, como! — exclamou ela com espanto. — Você quer que eu também me introduza lá, para juntar-me a Ivan Matviéitch? Quanta fantasia! E como vou fazer isto, assim de chapeuzinho e crinolina? Meu Deus, que tolice! E que figura faria eu quando me estivesse introduzindo lá, se alguém talvez me espiasse. É ridículo! E o que vou comer ali?... E... como me arranjarei quando... Ah, meu Deus, o que eles foram inventar!... E que distrações há por lá?... Você diz que aquilo tem um cheiro de goma-elástica? E, no caso de eu brigar com ele, ainda continuaremos deitados lado a lado? Ui, como é nojento!

— Concordo, concordo com todos estes argumentos, queridíssima Ielena Ivânovna — interrompi, ansiando por expressar-me com aquele compreensível arrebatamento que sempre se apodera da pessoa que sente estar com a verdade. — Mas você não avaliou uma circunstância em tudo isto; quero dizer, não avaliou que ele não pode viver sem você e por isto a está chamando; isto significa que se trata de amor, um amor ardente, fiel... Você não avaliou o amor, minha cara Ielena Ivânovna, o amor!

— Não quero, não quero, não quero ouvir nada! — Sacudiu a mãozinha bonita, em que brilhavam unhinhas recém-lavadas e limpas com escovinha. — Seu antipático! Vai obrigar-me a chorar. Vá você mesmo para lá, se isto lhe agrada. Você é amigo dele; pois vá deitar-se ao seu lado, por amizade, e fiquem lá discutindo a vida toda não sei que ciências maçantes...

— É em vão que você caçoa assim desta possibilidade — disse eu, interrompendo com ar grave aquela fútil mulher. — De fato, Ivan Matviéitch já me chamou para lá. Está claro que, no seu caso, o dever a impele; mas, no meu, trata-se simplesmente de generosidade. E ontem, falando-me da extraordinária elasticidade do crocodilo, Ivan Matviéitch fez uma alusão bem clara ao fato de que não só vocês dois, mas também eu, na qualidade de amigo da casa, poderia ficar junto, sobretudo se eu o quisesse, e por isso...

— Como assim, os três?! — exclamou Ielena Ivânovna, olhando-me com espanto. — Então, nós... ficaremos lá assim, os três? Ha, ha, ha! Como vocês dois são estúpidos! Ha, ha, ha! Eu passarei lá o tempo todo beliscando você, sem falta, seu imprestável. Ha, ha, ha! Ha, ha, ha!

E, deixando-se descair sobre o espaldar do divã, riu até chorar. Tanto as lágrimas como o riso eram tão tentadores que não me contive e, arrebatado, comecei a beijar-lhe as mãozinhas, ao que ela não se opôs; apenas me puxou de leve as orelhas, em sinal de pazes.

Ficamos muito alegres, e eu lhe contei minuciosamente todos os planos que Ivan Matviéitch expusera na véspera. Agradou-lhe particularmente a ideia das recepções e do salão.

— Mas será necessário encomendar muitos vestidos novos — observou —, e por isto é preciso que Ivan Matviéitch me mande o seu ordenado o quanto antes e na maior quantidade possível... Apenas... apenas, como é que — acrescentou pensativa — como é que vão trazê-lo a minha casa naquela tina? É muito ridículo. Não quero que o meu marido seja carregado numa tina. Terei muita vergonha perante as visitas... Não quero, não, não quero.

— A propósito, para não esquecer, Timofiéi Siemiônitch esteve aqui ontem à noite?

— Ah, esteve sim; veio consolar-me e, imagine, ficamos jogando cartas o tempo todo. Quando ele perdia, dava-me bombons, e quando perdia eu, beijava-me as mãos. Tão imprestável e, imagine, quase foi ao baile de máscaras comigo. Realmente!

— Arrebatamento! — observei. — E quem é que não fica arrebatado por você, sedutora!

— Lá vem você com os seus galanteios! Espere, vou-lhe dar um beliscão como despedida. Aprendi a beliscar terrivelmente bem. E então, que tal?! E, a propósito, você diz que Ivan Matviéitch falou ontem de mim com frequência?

— Nã-ã-ão, não é que falasse muito... Confesso-lhe que, atualmente, o que faz mais é pensar nos destinos de toda a humanidade e pretende...

— Pois bem, que fique com isso! Não conte mais nada! Deve ser muito aborrecido. Um dia desses vou fazer-lhe uma visita. Ou melhor, irei amanhã sem falta. Hoje não; estou com dor de cabeça e, além disso, haverá tanta gente lá... Vão dizer: é a mulher dele. Vão deixar-me envergonhada... Até a vista. De noite, você estará... lá?

— Junto dele, sim, junto dele. Disse-me que eu fosse e levasse jornais.

— Ótimo. Vá para junto dele e leia-os. E não venha hoje a minha casa. Estou adoentada e talvez vá fazer uma visita. Bem, até a vista, brincalhão.

"À noite ela vai receber aqui o tal escurinho", pensei.

Na repartição, naturalmente, nem deixei transparecer que era acometido por tais cuidados e afazeres. Mas logo notei que alguns dos nossos jornais mais progressistas começaram, naquela manhã, a passar com particular velocidade de mão em mão, entre os meus colegas, sendo lidos com expressões de rosto extraordinariamente sérias. O primeiro que pude ler foi *A Folhinha*,[33] jornalzinho sem qualquer orientação especial, mas de caráter

---

[33] Trata-se do jornal *Peterbúrgskii Listók* (*A Folhinha de Petersburgo* ou *Boletim de Petersburgo*), que tinha como subtítulo: "Jornal Literário e da Vida Citadina". Este perió-

humanitário em geral, pelo que era comumente desprezado em nosso meio, mas lido assim mesmo. Espantado, achei o seguinte:

"Ontem, em nossa vasta capital, ornada de magníficos edifícios, espalharam-se boatos incomuns. Um certo N., conhecido gastrônomo da alta sociedade, provavelmente enfastiado com a cozinha do Borel[34] e do clube de N..., entrou no edifício da Passagem, dirigiu-se ao local em que se exibe um enorme crocodilo, recém-trazido à capital, e exigiu que este lhe fosse preparado para o jantar. Combinado o preço com o dono do estabelecimento, passou a devorá-lo ali mesmo (isto é, não ao dono da casa, um alemão assaz pacífico e propenso à pontualidade e exatidão, mas ao seu crocodilo), ainda vivo, cortando os pedaços sumarentos com um canivete e engolindo-os com extraordinária rapidez. Pouco a pouco, todo o crocodilo desapareceu em suas nédias profundezas, de modo que ele já se preparava até para passar ao icnêumon,[35] companheiro constante do crocodilo, supondo talvez que fosse igualmente saboroso. Não somos de modo algum contrários ao uso deste novo manjar, há muito já conhecido dos gastrônomos estrangeiros. Chegamos até a predizer isto. Lordes ingleses e outros viajantes costumam caçar no Egito crocodilos em grandes lotes e aproveitam-lhes o lombo, em forma de bife, com mostarda, cebola e batata. Os franceses, que aí chegaram acompanhando Lesseps,[36] preferem as patas, assadas no borralho, o que, aliás, fazem como um desaforo aos ingleses, que deles caçoam. Provavelmente, um e outro prato serão apreciados em nosso meio. De nossa parte, estamos contentes com o novo ramo da indústria, que fundamentalmente falta à nossa poderosa e multiforme pátria. Após este primeiro crocodilo, desaparecido nas profundezas do

---

dico, lançado em 1864, tratava exclusivamente dos acontecimentos ocorridos na cidade (informação de I. Z. Siérman, em nota à edição soviética de 1956-58). (N. do T.)

[34] Restaurante caro da época. (N. do T.)

[35] Mamífero carnívoro chamado cientificamente de *Herpestes ichneumon Gray*. O nome de icnêumone é estendido às vezes a todos os animais do gênero *Herpestes*. Os antigos egípcios tinham o icnêumon em alto apreço, por julgar que devorasse ovos de crocodilo. (N. do T.)

[36] Na época, estava em construção o Canal de Suez, sob a direção de Ferdinand de Lesseps. (N. do T.)

gastrônomo de nossa cidade, não passará provavelmente um ano, e por certo hão de trazer centenas deles para o nosso país. E por que não aclimatar o crocodilo na Rússia? Se a água do Niévá[37] é por demais fria para estes interessantes forasteiros, a capital tem ainda açudes e, fora da cidade, existem riachos e lagos. Por que, por exemplo, não criar crocodilos em Pargolov ou em Pavlovsk, e em Moscou, nos açudes Priésnienskie no Samotiók? Fornecendo um alimento agradável e sadio aos nossos refinados gastrônomos, eles poderiam ao mesmo tempo alegrar as senhoras que passeiam junto a esses açudes e constituir para as crianças uma lição de história natural. Com o couro dos crocodilos, poderiam fabricar estojos, malas, cigarreiras e carteiras de notas. E provavelmente muitos milhares de rublos, em forma de ensebadas cédulas, pertencentes aos nossos comerciantes — que lhes dão especial preferência —, se acomodariam dentro de couro de crocodilo. Esperamos tratar ainda mais de uma vez deste interessante assunto."

Embora eu pressentisse algo no gênero, o inopinado desta notícia me deixou confuso. Não encontrando com quem partilhar minhas impressões, dirigi-me a Prókhor Sávitch, sentado à minha frente, e notei que ele há muito me seguia com os olhos, tendo nas mãos o número de *O Cabelo*, e como que pronto a passá-lo para mim. Recebeu em silêncio *A Folhinha*, transmitindo-me *O Cabelo*, marcou fortemente com a unha um artigo para o qual provavelmente queria chamar a minha atenção. Este nosso Prókhor Sávitch era pessoa muito estranha: solteirão velho e calado, não mantinha qualquer espécie de relação com nenhum de nós, não falava com quase ninguém no trabalho, tinha sempre sua própria opinião a respeito de qualquer assunto, mas não suportava comunicá-la a alguém. Vivia só. Quase nenhum de nós tinha estado em sua casa.

Eis o que li no lugar marcado em *O Cabelo*:

"Todos sabem que somos progressistas e humanos e que, neste sentido, procuramos às carreiras alcançar a Europa. Mas, apesar de todo o nosso empenho e dos esforços de nosso jornal, ainda estamos longe de ter 'amadurecido'[38] como o testemunha o revol-

---

[37] Rio que banha São Petersburgo. (N. do T.)

[38] Segundo nota de I. Z. Siérman à edição soviética de 1956-58, a expressão "ainda estamos longe de ter amadurecido" foi dita em 1859 por E. I. Lamânski (1825-1902), nu-

tante fato que se deu ontem na Passagem e que já havíamos predito. Chega à nossa capital um proprietário estrangeiro, trazendo consigo um crocodilo, e começa a exibi-lo na Passagem. Apressamo-nos imediatamente a saudar um novo ramo de indústria útil, que de modo geral falta à nossa poderosa e multiforme pátria. Mas eis que ontem, de repente, às quatro e meia da tarde, aparece na loja do proprietário estrangeiro certa pessoa desmesuradamente gorda e em estado de embriaguez; paga o ingresso e, no mesmo instante, sem qualquer aviso prévio, introduz-se pela goela do crocodilo, o qual, naturalmente, não tinha outro remédio senão engoli-lo, até por mero sentimento de autodefesa, para não engasgar. Deixando-se cair nas entranhas do animal, o desconhecido imediatamente adormece. Não lhe causaram qualquer impressão nem os gritos do proprietário estrangeiro nem os soluços da sua assustada família nem as ameaças de chamar a polícia. De dentro do crocodilo, vinha apenas um gargalhar e a promessa de liquidar o caso a vergastadas (sic), e o pobre mamífero, forçado a engolir massa tão considerável, derrama abundantes lágrimas. Um hóspede não convidado é pior que um tártaro,[39] mas, apesar deste provérbio, o insolente visitante não se decide a sair. Não sabemos sequer como explicar fatos tão bárbaros, que testemunham a nossa imaturidade e nos enxovalham aos olhos dos estrangeiros. A largueza do temperamento russo encontrou aí uma digna aplicação. É caso de se perguntar: o que queria o indesejável visitante? Uma acomodação aquecida e confortável? Mas em nossa capital existem numerosos e magníficos prédios, com apartamentos baratos e assaz confortáveis, com água canalizada do Nievá e uma escada iluminada a gás, junto à qual os proprietários colocam, não raro, um porteiro. Chamamos ainda a atenção dos nossos leitores para o tratamento bárbaro dispensado a animais domésticos: está claro que é difícil ao crocodilo forasteiro digerir de uma vez tão considerável massa, e agora ele jaz inflado como uma montanha, es-

---

ma discussão sobre a situação da Sociedade Russa de Comércio e Navegação, tornando-se depois corrente e sendo citada com frequência pela imprensa, na década de 1860. (N. do T.)

[39] Provérbio russo. A alusão aos tártaros é devida às invasões e aos assaltos que os tártaros efetuaram durante séculos seguidos, na Idade Média, contra os territórios russos. (N. do T.)

perando a morte, em meio a sofrimentos intoleráveis. Na Europa, há muito tempo já se perseguem judicialmente os que tratam de modo desumano os animais domésticos. Mas, apesar da iluminação europeia, das calçadas europeias, da arquitetura europeia, ainda levaremos muito tempo a abandonar os nossos preconceitos íntimos.

Em casas novas, mas com velhos preconceitos,[40] e as próprias casas, não é que sejam novas, mas, pelo menos, as escadas são. Já lembramos mais de uma vez em nosso jornal que, num arrabalde da cidade, em casa do comerciante Lukianov, os degraus da escada de madeira, que já desabaram em parte, estão apodrecidos, sendo que os inferiores há muito constituem um perigo para a mulher de soldado Afímia Skapidárova, que se encontra a seu serviço, e que tem de subir frequentemente por aquela escada, carregando água ou um feixe de lenha. Finalmente, realizaram-se as nossas predições: ontem às oito e meia da noite a mulher de soldado Afímia Skapidárova caiu da escada, quando carregava uma sopeira, e quebrou a perna. Não sabemos se Lukianov vai consertar agora a sua escada; os russos têm a cabeça dura, mas a vítima do russo talvez já tenha sido levada para o hospital. Do mesmo modo, não nos cansaremos de repetir que os zeladores de edifícios, que limpam a lama das calçadas na Víborgskaia, não devem sujar os pés dos transeuntes, mas sim acumular a lama em montículos, a exemplo do que se faz na Europa, ao se limparem as botas... etc."

— Mas o que é isto? — disse eu, olhando um tanto perplexo para Prókhor Sávitch. — O que é isto, afinal?

— O quê?

— Veja, por favor: em lugar de lamentar Ivan Matviéitch, lamentam o crocodilo.

— E por que não? Tiveram pena até de um animal selvagem, de um *mamífero*. Em que somos diferentes da Europa? Lá também se tem muita pena dos crocodilos. Ih, ih, ih!

Dito isso, o original Prókhor Sávitch baixou o nariz para os seus papéis e não disse mais palavra.

---

[40] Verso da comédia de Griboiédov, *A desgraça de ter espírito*. (N. do T.)

Meti no bolso *O Cabelo* e *A Folhinha* e reuni ainda, para divertimento noturno de Ivan Matviéitch, todos os números atrasados das *Notícias* e de *O Cabelo* que pude encontrar; e, embora ainda faltasse muito para o anoitecer, escapei o quanto antes da repartição, a fim de ficar um pouco na Passagem e ver ao menos de longe o que ocorria por lá e ouvir a diversidade de opiniões do vulgo. Pressenti que ali eu iria encontrar verdadeira multidão e, por via das dúvidas, escondi bem o rosto na gola do capote, pois me sentia um pouco envergonhado: a tal ponto estamos desacostumados da publicidade! Mas pressinto que não tenho o direito de transmitir as minhas impressões particulares, prosaicas, em vista de um acontecimento tão admirável e original.

Tradução de Boris Schnaiderman

O SONHO DE RASKÓLNIKOV[1]

Os sonhos de um homem doente se distinguem frequentemente por um relevo inusual, pela expressividade e uma excepcional semelhança com a realidade. Às vezes forma-se um quadro monstruoso, mas o clima e todo o processo de toda a representação chegam a ser aí tão verossímeis e cheios de detalhes sutis, que surpreendem, mas correspondem artisticamente a toda a plenitude do quadro, que não podem ser inventados na realidade por esse mesmo sonhador, ainda que ele seja um artista como Púchkin ou Turguêniev. Tais sonhos, doentios sonhos, sempre ficam por muito tempo na memória e produzem forte impressão sobre o organismo perturbado e já excitado do homem.

Raskólnikov teve um sonho medonho. Sonhou com sua infância, ainda na cidadezinha natal.[2] Está com uns sete anos e passeia nos arredores da cidade com o pai no entardecer de um dia de festa. O tempo está acinzentado, o dia sufocante, o lugar é exatamente o mesmo que permaneceu intacto na sua memória: inclusive estava bem mais apagado em sua memória do que se lhe apresentava agora em sonho. A cidadezinha aparece descoberta, como na palma da mão, nenhum salgueiro ao redor; em um ponto, lá muito longe,

---

[1] Extraído do romance *Crime e castigo*, 1866, primeira parte, capítulo 5. (N. do T.)

[2] A descrição desse sonho foi inspirada por lembranças autobiográficas. Na fazenda dos pais, Dostoiévski pode ter visto pangarezinhas camponesas trêmulas de fraqueza, estafadas, em pele e osso. Nos materiais preparatórios de *Crime e castigo* ele escreveu: "A primeira ofensa pessoal que eu sofri foi com o cavalo de um estafeta". E narra um episódio que presenciou com seu irmão, quando os dois viajavam da sua província para ingressarem na escola de engenharia de Moscou, e envolveu um estafeta de correio: "O cocheiro deu a partida, e mal teve tempo de fazê-lo quando o estafeta soergueu-se e, calado, sem pronunciar qualquer palavra, ergueu o seu imenso punho direito e, de cima para baixo, desceu sobre a nuca do cocheiro de forma dolorosa. O cocheiro deu um solavanco com todo o corpo para a frente, levantou o chicote e açoitou com toda a força os cavalos. Estes arrancaram, mas isso não amansou de maneira nenhuma o estafeta... que continuou batendo e batendo, e assim teria continuado se a troica não tivesse saído das nossas vistas. Naturalmente o cocheiro, que a muito custo se segurava ao impacto dos socos, açoitava sem cessar e a cada segundo os cavalos, como um louco, e os açoitou tanto que eles acabaram desembestando". (N. do T.)

bem no extremo do céu, negreja um bosque. A alguns passos da última horta da cidade há uma taberna, taberna grande, que sempre produzira nele a mais desagradável das impressões e até medo quando ele passava ao lado passeando com o pai. Ali havia sempre um bando, e como berravam sempre, gargalhavam, xingavam, que indecência e que vozes roufenhas quando cantavam, e com que frequência brigavam; em volta da taberna sempre circulavam umas carrancas bêbadas e sinistras... Ao deparar com elas, ele se apertava fortemente ao pai e tremia. Ao lado da taberna passa uma estrada vicinal, sempre coberta de poeira, e uma poeira sempre negra. Ela continua, serpenteando, e adiante, a uns trezentos passos, contorna pela direita o cemitério da cidade. Dentro do cemitério há uma igreja de pedra com uma cúpula verde, onde uma ou duas vezes por ano ele assistia com o pai e a mãe à missa pela alma da sua avó, morta há muito tempo e que ele nunca chegara a ver. Nessas ocasiões eles sempre levavam consigo a *kutyá*[3] em um prato branco enrolado em um guardanapo, e a *kutyá* era de açúcar, arroz e passas, amassadas no arroz em forma de cruz. Ele gostava daquela igreja e dos ícones antigos que ali havia, a maioria sem guarnição, e do velho padre com a cabeça trêmula. Ao lado do túmulo da avó, coberto por uma lápide, ficava o pequeno túmulo do irmão menor dele, que morrera aos seis meses, que ele também desconhecia completamente e de quem nem podia se lembrar; mas lhe diziam que ele havia tido um irmão pequeno, e sempre que ele visitava o cemitério benzia-se de forma religiosa e respeitosa sobre o túmulo, fazia-lhe reverência e o beijava. E eis o seu sonho: anda com o pai pela estrada que leva ao cemitério e passam ao lado da taberna; ele segura a mão do pai e olha apavorado para a taberna. Uma circunstância especial lhe chama a atenção: desta feita é como se ali houvesse uma festa, com um bando de pequeno-burguesas empetecadas, camponesas com seus maridos, e toda uma gentalha misturada. Todos estão bêbados, cantando, e ao lado do terraço da taberna há uma telega, mas uma telega estranha. É uma daquelas telegas grandes às quais se atrelam grandes cavalos de carroça e em que se transportam mercadorias e barris de vinho. Ele sempre gostou de ficar olhando para esses enormes cavalos de carroça, de crinas longas, patas grossas, que caminham com tranquilidade, a passos cadenciados, e arrastam uma verdadeira montanha sem um mínimo de esforço, como se lhes fosse mais fácil andar puxando cargas do que sem elas. Mas agora, coisa estranha, na telega grande há uma pangaré de camponeses, baia, pequena, em pele e osso,

---

[3] Comida de arroz ou outro grão, com mel e passas, consumida durante as cerimônias fúnebres, exéquias etc. (N. do T.)

daquelas que ele via frequentemente e vez por outra se arrebentavam com alguma carga alta de lenha ou feno, sobretudo se a carga encalhava na lama ou numa trilha deixada por rodas de carroça, e aí os mujiques sempre as chicoteavam de modo tão dolorido, tão dolorido, às vezes em pleno focinho e nos olhos, que ele ficava com tanta pena, tanta pena de assistir àquilo que por pouco não chorava, e a mãe sempre o retirava da janela. Mas súbito se ouve uma barulheira muito grande: camponeses grandalhões saem da taberna gritando, cantando, de balalaicas em punho e bêbados de cara cheia, em camisas azuis e vermelhas sob *armiaks*.[4] "Senta, senta todos! — grita um deles, ainda jovem, pescoço grosso e rosto carnudo, vermelho feito cenoura — levo todo mundo, senta!" Mas no mesmo instante ouvem-se risadas e exclamações:

— Essa pangaré aguenta!

— Ora, Mikolka, tu tá bem da cuca? Atrelar essa eguinha a uma telega como essa!

— E essa baia já tem na certa uns vinte anos, maninhos!

— Senta, levo todo mundo! — torna a gritar Mikolka, pulando antes dos outros em cima da telega, pegando as rédeas e pondo-se de corpo inteiro na parte dianteira. — O baio foi embora há muito tempo com Matviêi — grita ele da telega —, mas essa eguinha, meus irmãozinhos, é o meu tormento: é mais fácil eu matá-la que deixar comer de graça. Tô mandando: senta! Vai sair galopando!! Vai sair galopando! — E ele pega o chicote, preparando-se deliciado para açoitar a baia.

— Vamos, senta, que estão esperando? — gargalham na turba. — Ouviram, vai sair galopando!

— Faz pelo menos uns dez anos que ela não galopa.

— Vai galopar!

— Não tenham pena, irmãos, pegue cada um o seu chicote, se preparem!

— E mãos à obra! Açoitem!

Todos sobem na telega de Mikolka às gargalhadas e aos gracejos. Sobem uns seis homens, e ainda cabe mais. Levam uma camponesa, gorda e rosada. Ela veste roupa de tecido de algodão de um vermelho vivo, usa *kitchka*[5] com miçangas, tem nos pés calçados de inverno, quebra umas nozes

---

[4] Antiga veste camponesa de tecido grosso em forma de cafetã, usada sobre a roupa. (N. do T.)

[5] Espécie de touca antiga russa para mulheres casadas, usada especialmente em festas. (N. do T.)

e ri. Na turba ao redor também riem; aliás, como não rir: essa eguinha em pele e osso vai puxar a galope esse peso todo! Dois rapazes da telega pegam imediatamente os chicotes a fim de ajudar Mikolka. Ouve-se um "toma!", a pangaré arranca com todas as forças, mas além de não galopar, mal chega a dar um passo, apenas dá um trote miúdo, geme e coxeia à força dos golpes de três chicotes que choviam sobre ela. As risadas duplicam na telega e na turba, mas Mikolka está zangado e, tomado de fúria, fustiga a eguinha com golpes acelerados, supondo realmente e de fato que ela começará a galopar.

— Deixem eu subir também, irmãos! — grita da turba um rapaz empanturrado de petiscos.

— Suba! Suba todos! — grita Mikolka — Ela leva todos. Vou matar de chicotada. — E açoita, açoita, e já não sabe mais com que bater de tanta fúria.

— Paizinho, paizinho — grita ele ao pai —, paizinho, o que é que eles estão fazendo? Paizinho, estão espancando a pobre da égua!

— Vamos embora, vamos embora! — diz o pai. — Estão bêbados, fazendo travessuras, imbecis: vamos, não olhe! — e tenta levá-lo dali mas ele se livra das mãos dele e, fora de si, corre para a eguinha. Mas a pobre da eguinha está em maus lençóis. Arqueja, para, torna a arrancar, por pouco não cai.

— Açoitem até matar! — grita Mikolka. — Já que se começou. Vou açoitar até matar!

— Você parece que não tem coração, seu capeta! — grita um velho do meio da turba.

— Onde já se viu uma eguinha como essa puxar uma carga desse tamanho! — acrescenta outro.

— Vai matar o bicho! — grita um terceiro.

— Não se metam! É um bem meu! Faço o que quiser. Senta mais gente! Senta todos! Quero que ela saia de todo jeito galopando!...

De repente uma explosão de gargalhadas abafa tudo: a eguinha não suporta os golpes acelerados e sem forças começa a dar coices. Nem o velho se conteve e sorriu. Realmente: uma eguinha em pele e osso e ainda dando coices!

Dois rapazes da turba pegam um chicote cada um e correm para a eguinha a fim de chicoteá-la pelos lados. Cada um corre do seu lado.

— Açoite no focinho, nos olhos, nos olhos! — grita Mikolka.

— Música, irmãos! — grita alguém da telega, e todos na telega o secundam. Ouve-se uma cantiga de festança, tocam um pandeiro, assobiam nos refrãos. A camponesa quebra nozes e ri.

... Ele corre ao lado da égua, corre para a frente, vê como a chicoteiam, nos olhos, em plenos olhos! Ele chora. Sente um aperto no coração, as lágrimas escorrem. Um dos açoitadores o atinge no rosto: ele não sente, ele torce as mãos, grita, lança-se para o velho de cabelo e barba encanecidos, que balança a cabeça e censura tudo isso. Uma mulher o pega pela mão e quer tirá-lo dali; mas ele se livra e torna a correr para a eguinha. Esta já está em suas últimas forças, mas ainda volta a dar coices.

— Que vá pro diabo que te carregue! — exclama Mikolka em fúria. Ele larga o chicote, abaixa-se e tira do fundo da telega o varal, segura-o pela ponta com as duas mãos e num esforço o levanta sobre a baia.

— Vai arrebentá-la! — gritam ao redor.

— Vai matá-la!

— É um bem meu! — grita Mikolka e o desce com toda a força. Ouve-se um golpe pesado.

— Açoita, açoita! Por que pararam? — gritam vozes da turba.

Enquanto isso Mikolka torna a levantar num ímpeto o varal e um golpe cai com toda a força nas costas da infeliz pangaré. Ela arreia toda de traseiro no chão, mas salta e arranca, arranca com todas as últimas forças para lados diferentes querendo sair; mas é recebida de todos os lados por seis chicotes, e o varal torna a subir e cair pela terceira vez, depois pela quarta, cadenciado, com toda a força. Mikolka está tomado de fúria porque não consegue matá-la de um só golpe.

— É resistente! — gritam ao redor.

— Agora mesmo vai cair sem falta, irmãos, agora vai ser o fim dela! — grita do meio da turba um aficionado.

— Machado nela, o que é que estão esperando! Acabem com ela de uma vez — grita um terceiro.

— Ei, parecem mosquitos! Vamos abrindo passagem! — Mikolka grita tomado de fúria, larga o varal, torna a inclinar-se para a telega e tira de lá uma alavanca de ferro. — Cuidado! — grita ele e com toda a força que tem atinge num ímpeto a sua pobre eguinha. Desaba um golpe; a eguinha cambaleia, arreia, quer arrancar, mas a alavanca torna a cair com toda a força no seu lombo, e ela cai no chão, como se lhe tivessem cortado todas as quatro patas.

— Acaba de matar! — grita Mikolka e salta da telega como se estivesse fora de si. Alguns rapazes, também vermelhos e bêbados, pegam o que aparece, chicotes, paus, o varal, e correm para a eguinha, que está morrendo. Mikolka se põe de um lado e começa a bater inutilmente com a alavanca no lombo. A pangaré espicha o focinho, suspira pesado e morre.

— Deu cabo dela! — gritam na turba.

— Quem mandou não sair galopando?

— É minha! — grita Mikolka com a alavanca nas mãos e os olhos vermelhos. Está postado, como se lamentasse não ter mais em quem bater.

— Realmente, tu és mesmo um desalmado! — já muitas vozes gritam da turba.

Mas o pobre menino já está fora de si. Com um grito abre caminho entre a turba na direção da baiazinha, abraça-lhe o focinho morto, ensanguentado, e a beija, beija-a nos olhos, nos beiços... Depois dá um salto de repente e tomado de fúria investe de punhozinhos cerrados contra Mikolka. Nesse instante o pai, que há muito já corria atrás dele, agarra-o finalmente e o retira do meio da turba.

— Vamos embora! Vamos! — diz ele — Vamos pra casa!

— Papaizinho! Por que eles... mataram... a pobrezinha da égua... — soluça ele, mas está com a respiração presa e as palavras saem aos gritos do peito confrangido.

— Estão bêbados, estão fazendo travessuras, não é da nossa conta, vamos! — diz o pai. Ele agarra o pai com as mãos, mas o peito está apertando, apertando. Ele quer tomar fôlego, gritar, e acorda.

Acordou banhado de suor, com os cabelos molhados de suor, arfando, e levanta-se aterrorizado.

"Graças a Deus que foi apenas um sonho! — disse, sentando-se debaixo de uma árvore e tomando fôlego profundamente. — Mas o que é isso? Vai ver que é a minha febre que está voltando. Que sonho repugnante!"

Tradução de Paulo Bezerra

VLÁS[1]

Os senhores se recordam de "Vlás"?[2] Volta e meia me pego a pensar nele.

> O *armiák*, a gola sem atar,
> A cabeça toda ao vento,
> Cruza a vila com vagar
> Tio Vlás, um velho cinzento.
>
> O ícone de cobre ao peito:
> Esmola ao templo de Deus...

Em outros tempos, para Vlás, como sabemos, simplesmente "Não havia Deus" e:

> ... de tantos os bofetões
> Levou a mulher ao jazigo,
> Só fez roubar e aos ladrões
> De cavalos deu abrigo.

Até ladrões de cavalos, dá de nos assustar o poeta, com o tom de uma velhinha devota. Vejam só, que pecados! Então, um trovão ressoou. Vlás adoeceu e teve uma visão, depois da qual jurou que vagaria pelo mundo a recolher caridades para erigir uma igreja. Teve, nada mais nada menos, que uma visão do inferno:

---

[1] Publicado originalmente na coluna "Diário de um escritor" ("Dnievník pissátelia"), em O *Cidadão* (*Grajdanin*), nº 4, 22 de janeiro de 1873. (N. dos T.)

[2] Trata-se de um poema de Nikolai Nekrássov, de 1855, que descreve a transformação espiritual do camponês Vlás, o qual, depois de levar uma vida dissoluta, adoece, arrepende-se e passa a levar uma vida de santidade. A referência a este poema de Nekrássov retorna explicitamente no romance O *adolescente*, de 1875. (N. dos T.)

Viu inteiro o fim do mundo,
Viu devassos no inferno:

Os torturam diabinhos,
Os mordem bruxas frementes.
Etíopes enegrecidos
Com olhos incandescentes.
[...]

Uns cravados em pértigas,
Uns lambem o chão quente...

Em suma, horrores tão inimagináveis que temos medo só de ler. "De tudo não se vai falar!", continua o poeta:

Mulheres sábias, devotas,
Sabem melhor como contar.

Oh, poeta![3] (para nossa infelicidade, um poeta nosso, autêntico), se não tivesse se aproximado do povo com seus arroubos, nos quais

Mulheres sábias, devotas,
Sabem melhor como contar,

não nos teria insultado tanto com a conclusão de que, no final das contas, é por força dessas tolices de mulheres que

Surgem moradas de Deus
Na face de nossa terra.

Embora Vlás tenha vagado pelo mundo com uma sacola na mão por essas "tolices", o senhor soube compreender a gravidade de seus sofrimentos; apesar de tudo, foi afetado pela figura majestosa de Vlás. (Pois o senhor é um poeta, e não poderia ser diferente.)

---

[3] A partir deste vocativo, durante alguns parágrafos o autor do texto dirige-se diretamente ao autor do poema, Nekrássov. (N. dos T.)

> A nobreza de sua alma
> Inteira à mercê de Deus,

diz o senhor de modo tão magnífico. Quero acreditar, no entanto, que tenha inserido certa zombaria sem intenção, por temor à liberalidade, pois a força de resignação de Vlás, tão espantosa e até intimidadora, a necessidade de salvar-se, a sede ardente por sofrimentos afetaram o senhor, um "homem universal" e um *gentilhomme*[4] russo, a imagem majestosa do povo arrancou admiração e respeito de sua alma altamente liberal!

> Vlás distribuiu seus bens,
> E com os pés esfolados
> Saiu juntando vinténs
> Para erguer o lar sagrado.
>
> Virou errante desde então
> Faz pra lá de *trinta* anos,
> Que as esmolas lhe dão pão —
> E guardou os votos sem dano.
> [...]
>
> Seu pesar não tem cansaço
> *Alto e ereto e bronzeado,*

Que formidável, como é bom!

> *Percorrendo passo a passo*
> Cada vila e povoado.
> [...]
>
> A imagem e o livro à mão,
> *De tudo consigo a falar*
> *E o seu grilhão de ferro*
> *Soa baixo, no caminhar.*

---

[4] Em francês, no original: "cavalheiro". (N. dos T.)

Formidável, formidável! É tão bom que parece não ter sido escrito pelo senhor, mas por outra pessoa, a mesma que depois, em seu lugar, zombaria em "Sobre o Volga",[5] em versos igualmente magníficos, das canções dos *burlaki*.[6] Contudo, em "Sobre o Volga", o senhor não zombou tanto, talvez apenas um pouco: no Volga o senhor se afeiçoou pelo que há de homem universal no *burlák* e realmente sofreu por ele, quer dizer, não por um *burlák* em particular, mas, por assim dizer, pelo *burlák* universal. Veja bem, amar o homem universal significa, talvez, desprezar, e por vezes até odiar, o homem real que está a seu lado. Por essa razão destaquei esses versos incomensuravelmente belos (tomados, perdão, como um todo) de seu poema burlesco.

A versão poética de "Vlás" me veio à lembrança porque dias atrás ouvi um relato fantástico surpreendente a respeito de outro Vlás, ou melhor, a respeito de dois outros, ambos muito particulares, dos quais ninguém nunca ouvira falar. Um acontecimento verídico e notável em sua singularidade.

Na *Rus*,[7] nos mosteiros, dizem que ainda hoje existe um tipo diferente de monge — há o monge confessor e, também, o conselheiro. Se isso é bom ou ruim, se esses monges são ou não necessários, não vem ao caso discutir agora, tampouco foi para isso que peguei minha pena. Mas, como vivemos na atualidade, não é possível enxotar o monge da história, já que é nele que ela se baseia. Os monges conselheiros, supostamente, são dotados, às vezes, de grande inteligência e instrução. Pelo menos, é o que relatam; nada sei sobre isso. Dizem que encontramos alguns com talento impressionante para como que perscrutar a alma humana e saber dominá-la. Algumas dessas figuras, pelo que dizem, são conhecidas por toda a Rússia, quer dizer, pelos que necessitam delas. Vamos supor que certo *stárietz*[8] viva na província de Kherson e que para vê-lo viajem pessoas de Petersburgo, de Arkhánguelsk, do Cáucaso e da Sibéria, algumas até a pé. Vão até ele, evidentemente, com a alma abatida e desesperada, já sem esperanças de cura, ou com um fardo tão terrível no coração que o pecador não consegue sequer falar sobre o assunto com o monge-confessor — não por medo ou desconfiança, mas sim-

---

[5] "Sobre o Volga", outro poema de Nekrássov, este de 1860. (N. dos T.)

[6] Trabalhadores que, da beira do rio, puxavam as embarcações contra a corrente. No início do século XIX, a cidade de Ríbinsk, na confluência dos rios Volga, Cheksná e Tcheriómukha, era conhecida como a "capital dos *burlaki*". (N. dos T.)

[7] Rus era o nome do principado medieval tido como origem comum à Rússia, à Bielorrússia e à Ucrânia. (N. dos T.)

[8] Ancião e guia espiritual típico do Cristianismo Ortodoxo russo, representado por Dostoiévski na figura de Zossima em *Os irmãos Karamázov* (1880). (N. dos T.)

plesmente por completo desespero quanto a sua salvação. Um dia ouve falar do tal monge-conselheiro e vai encontrá-lo.

— Veja — certo dia, numa conversa amigável, o *stárietz* disse a sós a seu ouvinte —, faz vinte anos que escuto toda gente e, nesses vinte anos, o senhor não acreditaria quanto conheci das doenças mais secretas e complexas da alma humana; mas, mesmo depois de todos esses anos, às vezes, ao ouvir certos segredos, ainda me surpreendo estremecido e indignado. Você perde a paz de espírito necessária para poder oferecer conforto e se vê obrigado a reforçar em si a humildade e a serenidade...

E aqui ele relatou algo surpreendente, que mencionei antes, acerca de certos costumes do povo:

— Um dia vejo um mujique se arrastando de joelhos em minha direção. Ainda da minha janela pude ver como ele se arrastava pela terra. As primeiras palavras dirigidas a mim foram: "Não há salvação, fui amaldiçoado! Não importa o que diga, serei sempre um amaldiçoado!". Eu o acalmei com dificuldade; percebi que o homem tinha vindo de longe e se arrastava em busca de sofrimentos.

"Nós reunimos alguns rapazes da aldeia (ele começou a contar) e nos pusemos a discutir: Qual de nós seria capaz da maior ousadia de todas? Com meu orgulho, fui o primeiro a me apresentar. Um dos rapazes me puxou para o lado e me disse olho no olho:

— Você não é capaz de fazer o que diz. Está se gabando.

Comecei a jurar.

— Não, espere, jure, por sua salvação no outro mundo, que fará tudo o que eu indicar — diz ele.

Dei minha palavra.

— Logo a Quaresma vai começar, e você deve jejuar. Quando for comungar, pegue a hóstia, mas não a engula! Ao sair da igreja, tire-a da boca e guarde-a. Depois direi o que fazer.

Assim fiz. Da igreja ele me levou direto a uma horta. Pegou uma pértiga, fincou-a na terra e disse:

— Ponha aqui!

Coloquei a hóstia na pértiga.

— Agora, traga uma espingarda — diz ele.

Eu a trouxe.

— Carregue.

Carreguei-a.

— Levante-a e dispare.

Levantei o braço e fiz pontaria.

Estava a ponto de disparar quando, de repente, me vi diante de uma cruz, e nela o Crucificado. Nesse instante, caí desacordado com a espingarda na mão."

Isso havia acontecido alguns anos antes de sua visita ao *stárietz*. O *stárietz*, evidentemente, não revelou quem era este Vlás, de onde vinha e como se chamava, tampouco contou a penitência que lhe prescreveu. Talvez tenha sobrecarregado aquela alma de fardos terríveis, além das forças humanas, considerando que, quanto mais difícil fosse, melhor seria: "Ele mesmo se arrastou em busca de sofrimentos". Não é verdade que, por um lado, este acontecimento é característico o suficiente, em suas inúmeras alusões, para merecer dois ou três minutos de reflexão? Sou de opinião que a última palavra será dada por eles, por estes diversos *Vlasses*, arrependidos ou não; eles irão nos dizer e nos mostrar um novo caminho e uma nova saída para nossas dificuldades aparentemente insolúveis. Não será Petersburgo que irá resolver o destino da Rússia em definitivo. É por isso que qualquer novo traço, por menor que seja, desta "nova gente" é digno de nossa atenção.

Em primeiro lugar, fiquei abismado — acima de tudo abismado — pelo próprio início do acontecido, isto é, com a possibilidade de tal discussão e de tal competição ocorrerem numa aldeia russa: "Qual de nós seria capaz da maior ousadia de todas?". Um fato terrível e repleto de alusões e, para mim, inteiramente inopinado — e eu já vi muita gente, e do tipo mais singular. No entanto, observo também que o caráter aparentemente excepcional do fato em si atesta sua veracidade: quando dizem mentiras, para que todos acreditem, inventam algo bem mais banal e condizente com a vida corriqueira.

Depois, o lado propriamente clínico do fato é notável. Em princípio, a alucinação é um fenômeno patológico, uma doença bastante rara. A possibilidade de uma alucinação súbita acometer uma pessoa inteiramente sã, ainda que extremamente agitada, talvez seja caso sem precedentes. Mas isto é assunto para a medicina, eu pouco o conheço.

Outra questão é o lado psicológico do fato. Surgem diante de nós dois tipos populares que, de modo extraordinário, retratam o povo russo como um todo. Antes de mais nada, é o esquecimento de qualquer medida, em tudo (e, notem, é algo quase sempre temporário e transitório, uma espécie de delírio). É o desejo de passar dos limites, o desejo de, com o coração desfalecido, ir até a beira de um precipício, de debruçar-se sobre ele, de olhar para o fundo e, em determinados casos, mas nada raros, de atirar-se nele de cabeça feito um atordoado. É o desejo de negação num homem, às vezes justamente no menos propenso a isso e no mais respeitoso, o desejo de negar tudo: o que lhe é mais sagrado, seu ideal mais pleno, as coisas sagradas do povo em sua plenitude — tudo o que antes ele respeitava torna-se de repente um fardo insuportável. O que em particular me surpreende é a urgência, o ímpeto com que o homem russo se apressa às vezes a manifestar-se, em determinados momentos de sua vida ou da vida do povo, no que é bom ou no que é sórdido. Às vezes simplesmente ele não tem como se conter. A um amor, ao vinho, à orgia, ao amor-próprio, à inveja, a qualquer coisa o russo se entrega quase como um abnegado, pronto a romper com tudo, a renunciar a tudo, à família, aos costumes, a Deus. Um homem bom pode de repente se transformar num desordeiro e num delinquente repulsivo — basta que ele seja atingido por este turbilhão, por este torvelinho fatal de súbita e desenfreada autonegação e autodestruição, como é peculiar ao caráter do povo russo nos momentos decisivos de sua existência. Mas, em compensação, com a mesma força, com o mesmo ímpeto, com a mesma sede de autopreservação e arrependimento, o homem russo, assim como o povo em conjunto, salva-se sozinho, e geralmente quando está no fundo do abismo, isto é, quando não tem mais para onde ir. Mas particularmente característico é o fato de o impulso de volta, o impulso de regeneração e salvação de si, apresentar-se sempre com mais seriedade do que o assomo anterior, o assomo de negação e de destruição de si. Quer dizer, este sempre acontece devido a uma espécie de covardia mesquinha; assim, para sua regeneração, o homem russo parte munido de um esforço enorme e sério, ao passo que o movimento de negação anterior o faz olhar para si mesmo com desprezo.

    Penso que o desejo espiritual do povo russo mais importante, mais fundamental, é o desejo de sofrimento, permanente e insaciável, em tudo e em toda parte. Ao que parece, esta sede o contagiou desde que o mundo é mundo. Um jorro de sofrimentos atravessa toda a sua história, e jorra não apenas de desgraças e calamidades exteriores, mas da fonte de seu coração. O povo russo, mesmo na felicidade, possui infalivelmente um lado sofredor, senão, sua felicidade não estaria completa. Jamais, nem mesmo nos momentos mais triunfais de sua história, ele exibirá ar de soberba e de triunfo, mas apenas o ar compadecido de quem sofreu; ele suspira e atribui sua glória à graça divina. É como se o povo russo se deleitasse com seu próprio sofrimento. O que vale para o povo em conjunto, vale para seus indivíduos em particular, embora apenas genericamente. Reparem, por exemplo, nos vários tipos de desordeiros russos. Não é apenas uma orgia sem limites, que algumas vezes surpreende pela ousadia de seus propósitos e pela vilania da decadência da alma de um ser humano. Este desordeiro, antes de tudo, é um sofredor. A satisfação ingênua e triunfal por si absolutamente não existe no homem russo, nem mesmo no mais tolo. Tomem um bêbado russo e, por exemplo, um bêbado alemão: o bêbado russo é mais indecente do que o alemão, mas o bêbado alemão é, sem dúvida, mais tolo e patético do que o russo. Os alemães são fundamentalmente um povo orgulhoso e cheio de si. Num alemão bêbado os traços fundamentais de seu povo crescem à medida que a cerveja é tomada. Um alemão bêbado é, sem dúvida, um homem feliz e que nunca chora; ele canta canções que o enaltecem e fica cheio de si. Volta para casa caindo de bêbado, mas cheio de si. O russo bêbado gosta de beber por desgosto e de chorar. Quando cai na farra, não celebra, apenas provoca desordens. Sem exceção, vai se lembrar de uma ofensa qualquer e passar um reproche no ofensor, esteja este presente ou não. Com atrevimento, ele na certa dá provas de que é praticamente um general, ralha amargamente se não acreditam e, para que acreditem, no final das contas, chama sempre por "socorro". Mas, se ele é tão desordeiro, se chama por "socorro", é porque, no íntimo de sua alma bêbada, está possivelmente convencido de que não é nenhum general, mas apenas um bêbado infame que fez sujeiras, abaixo de qualquer animal. O que achamos neste exemplo microscópico, achamos também em escala grande. O maior dos desordeiros, o mais belo em seu atrevimento e em seus vícios elegantes, até imitado pelos tolos, mesmo ele intui de algum modo, no íntimo de sua alma desordeira, que, no fim das contas, não passa de um imprestável, e nada mais. Não está satisfeito consigo mesmo; um sentimento de censura cresce em seu peito, e ele vinga-se disso nos que estão à sua volta, se enfurece e avança sobre todos, e aqui chega ao limite, lutando contra o sofrimento que se acumula a cada instante no coração e, ao mesmo tempo, como que se inebriando disso com deleite. Se é capaz de rebelar-se contra sua humilhação, pune a si mesmo pela decadência do passado de um modo cruel — o que é até mais doloroso do que punir os outros —, numa fumaça de indecência, pelos suplícios secretos de sua insatisfação pessoal.

Quem levou os dois rapazes a tal disputa, "Qual de nós seria capaz da maior ousadia de todas?", o que motivou a possibilidade de semelhante competição, nada disso é explicado, mas, sem dúvida, ambos sofreram — um ao aceitar o desafio, o outro ao propô-lo. É claro que aqui existia algum precedente: ou um ódio latente entre eles ou um ódio de infância, até mesmo inconsciente, que, de súbito, se revelou no instante da disputa e do desafio. A última suposição é a mais provável, assim como é também provável que, até aquele momento, eles fossem amigos e vivessem em harmonia, o que, com o passar do tempo, deve ter se tornado intolerável; assim, no momento do desafio, a tensão do ódio e da inveja entre a vítima e seu Mefistófeles já eram descomunais.

— Nada temerei, farei tudo o que me indicar; que minha alma padeça, irei cobri-la de vergonha!

— Está se gabando, irá correr feito um rato para o subsolo, e eu irei rir de você; que minha alma padeça!

Seria possível escolher para a competição algo igualmente insolente, mas de outro gênero — um roubo, um assassinato, um ato público violento contra algum homem poderoso. Pois o rapaz jurou que estaria disposto a tudo, e seu tentador sabia que, dessa vez, o acordo era para valer e que o outro estaria de fato disposto a tudo.

Não. As "ousadias" mais terríveis pareciam demasiado banais ao tentador. Ele arquitetou uma ousadia sem precedentes, inconcebível, e em sua escolha se revelou toda a visão de mundo do povo.

Inconcebível? Mas, no entanto, o fato de ele ter feito precisamente esta escolha mostra que talvez já tivesse pensado nela. Talvez fizesse tempo, se não desde a infância, que este desejo havia se embrenhado em sua alma, turvando-a com terror e, ao mesmo tempo, com um prazer aflitivo. O que ele arquitetara muito tempo antes — a horta, a espingarda — foi mantido como um segredo terrível; quanto a isso, praticamente não há dúvidas. Decerto ele não inventara tudo isso para que a coisa fosse executada, provavelmente não se atreveria, jamais sozinho. Aquela visão simplesmente lhe agradava, de vez em quando ela se infiltrava em seu íntimo, seduzia-o, e ele se entregava a ela timidamente e depois recuava, gelando de pavor. Um instante desta ousadia inconcebível, mesmo que tudo se acabe! E, certamente, ele acreditava que por isso iria padecer eternamente; mas "eu já estive no topo!...".

É possível não se ter consciência de muitas coisas e apenas senti-las. É possível saber muito de maneira inconsciente. Pois não é verdade que estamos diante de uma alma curiosa e, o que é mais importante, vinda de tal realidade? A questão toda está aí. Seria também interessante saber se o tentador se considerava mais culpado do que a vítima ou não. A julgar por seu aparente desenvolvimento intelectual, devemos supor que ele se considerava mais culpado ou, ao menos, igualmente culpado; de maneira que, ao provocar sua vítima a tal "ousadia", provocava-se a si mesmo.

Dizem que o povo russo não conhece bem o Evangelho, que desconhece as regras fundamentais da fé cristã. Sem dúvida, mas, no entanto, ele conhece Cristo e o carrega em seu peito desde que o mundo é mundo. Quanto a isto, não há dúvida nenhuma. Mas como é possível haver uma compreensão genuína de Cristo sem o aprendizado de sua doutrina? Esta já é outra questão. No entanto, o conhecimento sincero de Cristo, sua compreensão genuína, existe plenamente. É passado de geração em geração, unindo-se aos corações dos homens. Talvez o único amor do povo russo seja o amor a Cristo, mas o povo ama esta imagem à sua maneira, ou seja, a ponto de sofrer. Orgulha-se acima de tudo do epíteto de *pravoslávnii*,[9] quer dizer, aquele que professa Cristo com mais verdade. Repito: é possível saber muito de maneira inconsciente.

Mas profanar algo tão sagrado para o povo, rompendo com sua terra inteira, destruir-se a si mesmo pela eternidade por apenas um minuto triunfal de recusa e soberba... este Mefistófeles russo não poderia ter imaginado nada mais ousado! Surpreende a possibilidade de tal intensidade de paixão, a possibilidade de sensações tão sombrias e complexas existirem na alma de um homem simples! E, reparem, tudo isso evoluiu até quase uma ideia consciente.

A vítima, no entanto, não se entrega, não se submete, não se acovarda. Pelo menos, faz que não se acovarda. O rapaz aceita o desafio. Passam-se dias e ele não muda de opinião. E o que se aproxima já não é delírio, é a coisa em si: ele vai à igreja, ouve as palavras de Cristo todo santo dia, não recua. Existem casos de assassinos terríveis que não se perturbam nem mesmo diante da vítima que mataram. Um destes assassinos, manifesto e pego em flagrante, ficou sem confessar até o fim e continuou a contar mentiras ao juiz de instrução. Quando o juiz se levantou e ordenou que levassem o sujeito à prisão, este, com ar comovido, pediu que, por compaixão, o deixassem despedir-se da vítima ali deitada (sua ex-amante, que ele matara por ciúme). Curvou-se, beijou-a com comoção, começou a chorar e, ainda de joelhos, com a mão estendida, disse mais uma vez perante ela que não era culpado. Gostaria apenas de notar até que ponto bestial a insensibilidade de um homem pode chegar.

Mas, em nosso caso, não se tratava, no fundo, de insensibilidade. Além disso, havia algo muito particular — um pavor místico, a força mais colossal que pode acometer a alma de uma pessoa. Sem dúvida, ele estava presente, pelo menos a julgar pelo desenlace do acontecido. Mas a alma valente do rapaz ainda foi capaz de lutar contra este pavor; ele deu provas disso. Teria sido valentia ou o mais alto grau de covardia? Na certa, uma e outra coisa, um convívio de contrários. No entanto, este pavor místico não apenas não

---

[9] *Pravoslávnii* é o equivalente russo ao termo "ortodoxo", e se compõe dos radicais *prav'* ("reto", "correto") e *slav'* ("visão", "opinião"). (N. dos T.)

interrompeu a luta como ainda a prolongou e, provavelmente, contribuiu para a condução do desfecho, justamente por expulsar do peito do pecador qualquer sentimento de compaixão; e, quanto mais reprimido era, mais impossibilitado este sentimento se tornava. A sensação de pavor é um sentimento cruel, que seca e petrifica toda compaixão ou sentimento elevado dos corações dos homens. É por esta razão que o criminoso suportou aquele momento diante do cálice da comunhão, embora talvez estivesse paralisado de temor até a exaustão. Penso ainda que o ódio mútuo entre a vítima e seu torturador tenha desaparecido completamente naqueles dias. Envolvido em assomos, aquele poderia, com uma fúria doentia, odiar-se a si próprio, os que estão ao redor, os que rezam na igreja, poderia odiar qualquer um, menos o seu Mefistófeles. Ambos sentiam que precisavam um do outro para, em conjunto, pôr um ponto-final na questão. Cada qual, provavelmente, julgava-se incapaz de concluí-la sozinho. A troco de quê persistiram, a troco de quê tomaram para si tantos suplícios? Eles, porém, já não podiam romper aquela aliança. Caso o acordo fosse violado, o ódio entre eles, na hora reinflamado, seria dez vezes mais intenso do que antes, e, provavelmente, acabaria em homicídio: o mártir mataria seu torturador.

    Que seja. Mesmo isso nada seria diante do pavor suportado pela vítima. É aí que está — no fundo da alma, de um e de outro, devia existir obrigatoriamente uma espécie de prazer diabólico pela própria ruína, uma necessidade, de prender o fôlego, de inclinar-se ao precipício e mirá-lo no fundo, com uma satisfação espantosa por sua própria ousadia. Seria praticamente impossível levar o assunto até o fim sem estes sentimentos excitantes e apaixonados. Desde a competição pela maior "ousadia" até o desespero perante o *stárietz*, não se tratava apenas de uns rapazes travessos, de uns garotos tolos e estúpidos.

    Reparem ainda que o tentador não revelou todo o segredo à vítima; ao sair da igreja, ela ainda não sabia o que teria de fazer com o alimento sagrado e só o soube no instante em que o outro o mandou trazer uma espingarda. Os numerosos dias de incerteza mística só evidenciam novamente a terrível obstinação do pecador. Por outro lado, o Mefistófeles da aldeia mostra-se um grande psicólogo.

    No entanto, será que talvez, ao chegar à horta, ambos tivessem perdido a noção de si? Contudo, o rapaz lembrava como carregara a arma e como fizera pontaria. Será que, mesmo em sã consciência, estivesse agindo apenas de modo mecânico, como às vezes acontece em estado de pavor? Não acredito nisso: se ele tivesse se transformado tão somente numa máquina, que continua a agir apenas por inércia, na certa, depois, não teria tido visões, simplesmente teria caído sem sentidos logo que o estoque de inércia se houvesse esgotado, e não *antes*, só depois do tiro. Não, o mais provável é que sua consciência tenha se preservado, o tempo todo, com uma nitidez extraordinária, apesar do medo de morte que crescia progressivamente a cada instante. Insisto, se a vítima suportou a pressão do medo, que crescia progressivamente, sem dúvida era dotada de enorme força espiritual.

Atentemos ao fato de o carregamento de uma espingarda ser, em todo caso, uma operação que exige certa atenção. O mais difícil e o mais intolerável num momento como este é, a meu ver, a capacidade de desprender-se de ideias deprimentes, do medo. Em geral, as pessoas tomadas pelo medo em seu último grau já não conseguem retirar sua concentração dele e do objeto ou da ideia que as atingiu: elas ficam como que fincadas à frente deles e, para seu horror, olham para eles nos olhos como se estivessem enfeitiçadas. Mas o jovem havia carregado a espingarda com atenção, isso ele lembrava; lembrava que depois havia feito pontaria; lembrava-se de tudo até o último momento. Pode ser também que o processo de carregar a espingarda tenha sido para ele um alívio, uma saída para sua alma atormentada, e que ele tenha ficado feliz, ao menos por um instante, em poder se concentrar a princípio em qualquer objeto exterior. Assim acontece na guilhotina com os decapitados. Du Barry[10] gritara para o carrasco: "*Encore un moment, monsieur le bourreau, encore un moment!*".[11] Ela sofreria vinte vezes mais nesse minuto de graça se este lhe fosse cedido, mas, mesmo assim, gritara e suplicara por ele. Se supusermos que o carregamento da espingarda significou, para nosso pecador, mais ou menos o que significara *"encore un moment"* para Du Barry, certamente, depois de tal momento, ele não poderia voltar-se de novo para seu pavor, do qual uma vez se desprendera, e continuar o que queria fazer: apontar e atirar. Mesmo com a consciência e a vontade intactas, suas mãos simplesmente ficariam paralisadas e parariam de lhe obedecer, e a espingarda cairia.

Eis que, no último momento, toda a mentira, toda a vilania de sua conduta, toda a covardia, tomada em sua força, toda a vergonha de sua decadência, tudo isso, de súbito, num segundo, foi-lhe arrancado do peito e postou-se diante dele com uma acusação aterradora. Uma visão extraordinária lhe surgiu... e tudo se acabou.

---

[10] Madame du Barry (1743-1793), amante de Luís XV, guilhotinada durante a Revolução Francesa. (N. dos T.)

[11] Em francês, no original: "Mais um minuto, senhor carrasco, mais um minuto". (N. dos T.)

Certamente a justiça ressoou em seu coração. Por que ressoou de modo inconsciente, sem naquele mesmo instante elucidar seu intelecto e sua consciência, por que surgiu uma imagem quase que alheia, como um fato independente de sua alma? Aqui há uma enorme questão psicológica e uma obra de Deus. Para ele, para o criminoso, sem dúvida, tratava-se de uma obra de Deus. Vlás saiu vagando pelo mundo em busca de sofrimentos.

Mas e o outro Vlás, o que restou, o tentador? A lenda não diz se ele se arrastou atrás de penitências, nada menciona a seu respeito. Pode ter-se arrastado, assim como pode ter permanecido na aldeia e estar morando lá até hoje, bebendo de novo e aprontando nos dias de feriado: pois ele não teve uma visão. Mas será que foi assim? Seria desejável conhecer sua história, nem que seja pela informação em si, pelo estudo.

Seria desejável também por outra razão: se por acaso ele realmente fosse um verdadeiro niilista de aldeia, um contestador e um pensador primitivo, um homem sem fé que escolheu o objeto da competição por pura zombaria e arrogância, que não sofreu nem se abalou com sua vítima, como supomos em nosso estudo, que acompanhou as tremedeiras e as convulsões dela com uma curiosidade fria, que necessita unicamente do sofrimento alheio, da humilhação de outro ser humano, será que, sabe lá o diabo, não serviria ele para alguma observação científica?

Se tais traços existem até mesmo no caráter do povo (nos dias de hoje, é possível admitir qualquer coisa), e ainda mais em nossa aldeia, isso é uma verdadeira revelação, até um tanto inesperada. Nestes traços há algo de que ninguém nunca ouvira falar. O tentador do Sr. Ostróvski, em sua comédia formidável *Não viva como mais desejaria*, saiu-se relativamente mal.[12] Pena que a respeito disso não seja possível saber nada de fidedigno.

O interesse pela história que narrei — se é que existe — resume-se certamente no fato de ser ela verídica. Mas olhar de vez em quando para o íntimo de um Vlás da atualidade não é perda de tempo. O Vlás atual está em rápida transformação. Desde aquele 19 de fevereiro,[13] ele, nas camadas inferiores, sente algo em ebulição que reverbera aqui em cima. O *bogatir*[14]

---

[12] A. N. Ostróvski (1823-1886) foi um dramaturgo fundamental no desenvolvimento do teatro russo; sua peça *Não viva como mais desejaria* (1854) é uma comédia de inspiração popular. (N. dos T.)

[13] O dia 19 de fevereiro (3 de março no calendário gregoriano) de 1861 é a data da abolição da servidão na Rússia. (N. dos T.)

[14] Guerreiro de forças ou habilidades descomunais, da tradição pagã eslava. (N. dos T.)

despertou e ajeita os ombros; quer, talvez, cair na farra, passar dos limites. Dizem que já está fazendo isso. Contam e noticiam horrores: embriaguez, roubos, crianças e mães alcoolizadas, cinismo, miséria, desonestidade, ateísmo. Algumas pessoas sérias mas um tanto apressadas julgam, baseadas nos fatos, que, se a "farra" continuar por mais uma década, será impossível prever as consequências, ao menos do ponto de vista econômico. Mas nos lembraremos de "Vlás" e nos acalmaremos: no último instante, se houver alguma falsidade, esta irá saltar do coração do povo e se postar diante dele com uma acusação de força incomum. Vlás irá despertar e tomar para si a causa divina. Em todo caso, se ele realmente chegar ao infortúnio, irá salvar-se. Irá salvar-se e nos salvar, pois, mais uma vez, a verdade e a redenção irão brilhar de baixo (talvez de modo inteiramente inesperado para nossos liberais, e disso sairá muito de cômico). Já existem indícios do inesperado; surgem agora fatos... No entanto, podemos discutir sobre isto depois. Em todo caso, nossa inconsistência enquanto "pintinhos do ninho de Pedro",[15] no atual momento, é incontestável. Com o 19 de fevereiro, finalizou-se de fato o período pedrista da história russa, de maneira que há tempos entramos numa fase de plena incerteza.

Tradução de Daniela Mountian e Moissei Mountian

---

[15] A expressão "pintinhos do ninho de Pedro", que aparece no poema "Poltava" (1828), de Púchkin, referia-se aos correligionários de Pedro, o Grande. (N. dos T.)

BOBÓK[1]

Desta vez eu publico as "Notas de 'uma certa pessoa'". Essa pessoa não sou eu; é outra bem diferente. Acho que não é mais necessário nenhum prefácio.

Notas de "uma certa pessoa"

Anteontem Semión Ardaliônovitch me veio justamente com essa:

— A propósito, Ivan Ivánitch, será que algum dia você vai estar sóbrio? faz o obséquio de me dizer?

Estranha exigência. Não me ofendo, sou um homem tímido; e mesmo assim até de louco já me fizeram. Um pintor fez o meu retrato por acaso: "Seja como for, diz ele, você é um literato". Rendi-me, e ele o expôs. Depois li: "Ande, vá ver aquele rosto doentio à beira da loucura".

Vá lá, mas, não obstante, logo assim, tão direto na imprensa? Na imprensa deve ser tudo nobre; deve haver ideais, mas aqui...

Diga pelo menos de forma indireta, para isso você tem estilo. Não, de forma indireta ele já não quer. Hoje o humor e o bom estilo estão desaparecendo e se aceitam insultos em vez de gracejos. Não me ofendo: não sou desses literatos que levam o leitor ao desatino. Escrevi uma novela — não publicaram. Escrevi um folhetim — recusaram. Esses folhetins eu levei a redações de várias revistas e de todas elas recebi um não: "É sal, dizem, o que lhe está faltando".

— Que sal é esse — pergunto por brincadeira —, ático?[2]

Nem consigo entender. Estou traduzindo mais do francês para editores. Também escrevo anúncios para comerciantes: "Uma raridade! Chá bem vermelho, diz que de cultivo próprio...". Pelo panegírico a Sua Excelência o fa-

---

[1] Publicado originalmente na coluna "Diário de um escritor", em *O Cidadão*, n° 6, 5 de fevereiro de 1873. (N. do T.)

[2] "Sal ático", expressão figurada que significa gracejo refinado. Remonta a Marco Túlio Cícero (106-43 a.C.), que nutria alto apreço pela arte oratória grega. (N. do T.)

lecido Piotr Matvêievitch recebi uma boa bolada. Escrevi *A arte de agradar às mulheres* por encomenda de editores. Pois bem, em minha vida publiquei uns seis livros como esse. Estou com vontade de reunir os aforismos de Voltaire, mas receio que pareçam insossos aos nossos leitores. Isso lá é tempo de Voltaire: é tempo de palerma, não de Voltaire! De tanto se morderem acabaram quebrando uns aos outros até o último dente! Aí está toda a minha atividade literária. Não faço outra coisa senão enviar cartas gratuitamente às redações, com meu nome completo. Vivo a fazer sermões e sugestões, a criticar e indicar o caminho. Na semana passada enviei a uma única redação a quadragésima carta em dois anos; só com selos gastei quatro rublos. Tenho um caráter asqueroso, é isso.

Acho que o pintor não me retratou por causa da literatura, mas de duas verrugas simétricas que tenho na testa: diz que é um fenômeno. Ideias mesmo andam escassas, porque hoje só há lugar para fenômenos. E como as minhas verrugas saíram no retrato que ele fez de mim: vivinhas! É isso que eles chamam de realismo.

Quanto à loucura, no ano passado muita gente foi registrada como louca em nosso país. E com que estilo: "Com um talento diz que tão original... e vejam o que acabou acontecendo... aliás, há muito tempo isso devia ter sido previsto...".[3] Aí ainda existe muita astúcia; de sorte que do ponto de vista da arte pura dá até para elogiar. Mas súbito aquela gente aparece ainda mais inteligente. Que em nosso país se leva à loucura, se leva, só que ainda não se fez ninguém ficar mais inteligente.

Acho que o mais inteligente é quem ao menos uma vez por mês chama a si mesmo de imbecil — capacidade de que hoje não se ouve falar! Antes ao menos uma vez por ano o imbecil sabia sobre si mesmo que era imbecil, mas

---

[3] Têm-se em vista as resenhas e as repercussões polêmicas do romance *Os demônios*, sobretudo a nota "Jornalismo e bibliografia", publicada pelo *Boletim da Bolsa* (*Birjevíe Viédomosti*) e assinada por M. N., que comparava o conteúdo do romance às alucinações de Popríchin, protagonista do "Diário de um louco", de Nikolai Gógol. Aqui se menciona o início da atividade literária de Dostoiévski, quando sua primeira obra "foi saudada por Bielínski, para quem o talento do escritor estreante pertencia à categoria daqueles que não se percebem nem se compreendem de imediato. Enquanto ele continuar em suas atividades, dizia o crítico, surgirão muitos talentos que irão opor-se a ele, mas estes acabarão esquecidos, ao passo que sua glória chegará ao apogeu. Não sabemos se o seu talento chegou a esse apogeu, mas, pelo que fez uma parte dos nossos jovens pátrios, ele realmente superou ao menos aqueles concorrentes que enveredam por esse caminho no *Mensageiro Russo* (*Rússki Viéstnik*) e em outras revistas da mesma natureza e que já foram esquecidas" (*Boletim da Bolsa*, nº 83, 24 de março de 1872). (N. do T.)

hoje, nem isso. E confundiram tanto a coisa que a gente não distingue o imbecil do inteligente. Isso eles fizeram de propósito.

Lembra-me uma galhofa espanhola do tempo em que os franceses construíram a primeira casa de loucos, há dois séculos e meio: "Eles trancaram todos os seus imbecis em uma casa especial para se certificarem de que eram pessoas inteligentes". E de fato: ao trancar o outro numa casa de loucos você ainda não está provando sua própria inteligência. "K. enlouqueceu, significa que agora somos inteligentes." Não, ainda não significa.

Aliás, com os diabos... por que toda essa celeuma com minha inteligência? Eu resmungo, resmungo. Até a empregada já enchi. Ontem me apareceu um amigo: "Teu estilo, diz ele, está mudando, está truncado. Truncas, truncas, e sai uma oração intercalada, após a intercalada vem outra intercalada, depois mais alguma coisa entre parênteses, e depois tornas a truncar, a truncar...".

O amigo está certo. Uma coisa terrível está acontecendo comigo. O caráter mudando, a cabeça doendo. Começo a ver e ouvir umas coisas estranhas. Não são propriamente vozes, mas é como se estivesse alguém ao lado: "*Bobók, bobók, bobók!*".[4]

Que *bobók* é esse? Preciso me divertir.

Saí para me divertir, acabei num enterro. Um parente distante. No entanto, conselheiro de colégio.[5] Viúva, cinco filhas, todas donzelas. Só em sapato, a quanto não vai isso! O falecido dava um jeito, mas agora é só uma pensãozinha. Vão ter de meter o rabo entre as pernas. Sempre me receberam com descortesia. Aliás, eu nem teria vindo não fosse um acontecimento tão especial. Acompanhei o cortejo até o cemitério no meio dos demais; evitam-me e se fazem de orgulhosas. Meu uniforme é realmente ruinzinho. Faz uns vinte e cinco anos, acho, que eu não vou a um cemitério; só me faltava um lugarzinho assim!

Em primeiro lugar, o espírito.[6] Com uns quinze mortos fui logo dando de cara. Mortalhas de todos os preços; havia até dois carros funerários: o de um general e outro de alguma grã-fina. Muitas caras tristes, e também muita dor fingida, e muita alegria franca. O pároco não pode se queixar: são rendas. Mas espírito é espírito... Eu não queria ser o pároco daqui.

---

[4] Em russo, *bobók* significa fava. (N. do T.)

[5] Classe civil de sexta categoria. (N. do T.)

[6] No original, *dukh*, que em russo também designa odor forte. (N. do T.)

Olho para as caras dos mortos com cautela, desconfiado da minha impressionabilidade. Há expressões amenas, como há desagradáveis. Os sorrisos são geralmente maus, uns até muito. Não gosto; sonho com eles.

Durante a missa saí da capela para tomar ar fresco; o dia estava acinzentado, mas seco. E frio; também pudera, estávamos em outubro. Comecei a caminhar entre as sepulturas. Classes diferentes. As de terceira classe custam trinta rublos: são bastante boas e não tão caras. As duas primeiras ficam na igreja, no adro; bem, isso custa os olhos da cara. Na terceira classe enterraram desta vez umas seis pessoas, entre eles o general e a grã-fina.

Dei uma olhada nas sepulturas — um horror: havia água, e que água! Toda verde e... só vendo o que mais! A todo instante o coveiro a retirava com uma vasilha. Enquanto transcorria a missa, saí para dar uma voltinha além dos portões. Fui logo encontrando um hospício, e um pouco adiante um restaurante. E um restaurantezinho mais ou menos: tinha de tudo e até salgadinhos. Havia muita gente, inclusive acompanhantes do enterro. Notei muita alegria e animação sincera. Comi uns salgadinhos e tomei um trago.

Depois ajudei com as próprias mãos a levar o caixão da igreja para o túmulo. Por que os mortos ficam tão pesados no caixão? Dizem, com base em alguma inércia, que o corpo já não teria domínio sobre si mesmo... ou algum absurdo dessa ordem; coisa contrária à mecânica e ao bom senso.[7] Não gosto quando alguém apenas com instrução geral se mete a especialista: entre nós isso acontece a torto e a direito. Civis gostam de julgar assuntos de militares, e até da alçada de marechais de campo, gente com formação em engenharia discute mais filosofia e economia política.

---

[7] Réplica polêmica ao artigo do crítico Viktor P. Buriênin (1841-1926), "O sentido purificador das galés e os folhetins cheios de nervosismo e clamor do sr. Dostoiévski" (*O Cidadão*, nºs 1, 2, 3). Buriênin assim avalia a publicística de Dostoiévski: "Mas quando o sr. Dostoiévski enverada pelo campo do pensamento teórico, quando ele se mete a publicista, filósofo, moralista, ele fica horrível; não, mais que horrível: *ele é irresponsável diante do bom-senso e da lógica*" (*Notícias de São Petersburgo* [*Sankt-Peterbúrgskie Viédomosti*], nº 20, 20 de janeiro de 1873 — grifos da redação). "Uma certa pessoa" modifica um pouco as palavras (grifadas) de Buriênin, substituindo "lógica" por "mecânica". Tudo indica que Dostoiévski o faz com uma finalidade polêmica complementar de atingir Ivan Turguêniev pelo artigo "A propósito de *Pais e filhos*", que antes Dostoiévski parodiara em *Os demônios*. Turguêniev conclui o artigo com esse apelo às "pessoas práticas": "respeitai ao menos as *leis da mecânica*, tirai de cada coisa todo o proveito possível! Senão o leitor, ao percorrer nas revistas algumas páginas de verborreia murcha, vaga, impotente de tão prolixas, palavra, deverá involuntariamente pensar que substituís exatamente *alavanca* por escoras primitivas, que estareis retornando à primeira infância da própria mecânica [...]" (Ivan Turguêniev, *Obras*, tomo XIV, p. 109 — grifos da edição russa). (N. do T.)

Não assisti ao Réquiem. Sou orgulhoso, e se me recebem apenas por extrema necessidade, por que vou me enfiar nos seus jantares, ainda que sejam de funerais? Só não entendo por que fiquei no cemitério: sentei-me em uma sepultura e passei a meditar de verdade.

Comecei por uma exposição de Moscou[8] e terminei refletindo sobre a admiração, falando do tema em linhas gerais. Eis o que concluí sobre a "admiração":

"Admirar-se de tudo é, sem dúvida, uma tolice, não se admirar de nada é bem mais bonito[9] e, por algum motivo, reconhecido como bom-tom. Mas é pouco provável que no fundo seja assim. Acho que não se admirar de nada é uma tolice bem maior do que se admirar de tudo. Além do mais, não se admirar de nada é quase o mesmo que não respeitar nada. Aliás, um homem tolo não pode mesmo respeitar."

— Sim, acima de tudo desejo respeitar. *Estou sequioso* por respeitar — disse-me certa vez, por esses dias, um conhecido.

Está sequioso por respeitar! Meu Deus, pensei, o que seria de ti se te atrevesses a publicar essa coisa hoje em dia!

Nisso comecei a dormitar. Não gosto de ler inscrições de túmulos; são sempre iguais. Sobre uma lápide, ao meu lado, havia um resto de sanduíche: coisa tola e inoportuna. Derrubei-o sobre a terra, pois não era pão mas apenas sanduíche. Aliás, parece que não é pecado esfarelar pão sobre a terra; sobre o assoalho é que é pecado. Procurar informações no almanaque de Suvórin.[10]

---

[8] Tudo indica tratar-se de uma exposição politécnica inaugurada em Moscou no dia 30 de maio de 1872 e encerrada no dia 30 de agosto do mesmo ano, em comemoração ao bicentenário de nascimento de Pedro, o Grande. Um grande resumo, "A exposição politécnica de Moscou", assinado com as iniciais B. K. N., foi publicado numa coletânea de *O Cidadão* em 1872 e consta na biblioteca de Dostoiévski. (N. do T.)

[9] Dostoiévski tem em vista Quinto Horácio Flaco (68-8 a.C.), autor da expressão *Nil admirari* ("De nada se admirar"). Em "Bobók" ela talvez atinja polemicamente o crítico de arte Lev Paniútin (1831-1882), que usava a expressão como pseudônimo. (N. do T.)

[10] Trata-se do *Almanaque Russo* (*Rússkii Almanakh*) de Aleksei Suvórin em sua edição de 1872 (São Petersburgo). O novo almanaque difere consideravelmente dos anteriores, que eram simples calendários. Essa circunstância foi ressaltada e explicada no prefácio à nova edição: "Diante do interesse pelas questões sociais e sua discussão que vem se expandindo nos últimos dez anos em nossa sociedade, colocamos como meta central do *Almanaque Russo* ser não só um livro de consulta como, ao mesmo tempo, um manual de informações sobre a Rússia e de dados para o conhecimento dos seus recursos físicos, econômicos e ético-políticos no estado em que estão disponíveis e, ainda, comparados com as mesmas potencialidades do resto da Europa". O calendário contava com quarenta e duas seções; pelo

Cabe supor que fiquei sentado muito tempo, até demais; ou seja, cheguei inclusive a me deitar em um longo bloco de pedra com formato de caixão de mármore. E como foi acontecer que de repente comecei a ouvir coisas diversas? A princípio não prestei atenção e desdenhei. Mas a conversa continuava. E eu escutava: sons surdos, como se as bocas estivessem tapadas por travesseiros; e, a despeito de tudo, nítidos e muito próximos. Despertei, sentei-me e passei a escutar atentamente.

— Excelência, isso simplesmente não se faz. O senhor canta copas, eu faço o jogo, e de repente o senhor aparece com um sete de ouros. Devia ter cantado ouros antes.

— Então, quer dizer que vamos jogar de memória? Que graça há nisso?

— Não, Excelência, não há meio de jogar sem garantias. Não pode faltar o morto, e as cartas têm de ser dadas viradas para baixo na mesa.

— Bem, morto por aqui não se arranja.

Que raio de conversa mais maçante! É estranha e surpreendente. Uma voz tão forte e grave, a outra parecendo suavemente adulçorada; não acreditaria se eu mesmo não estivesse ouvindo. Ao Réquiem parece que não compareci. E, no entanto, como é que podem jogar *préférence* aqui, e que general é esse? De que ouvi coisas de debaixo dos túmulos não há nenhuma dúvida. Inclinei-me e li uma inscrição em um túmulo:

"Aqui jaz o corpo do major-general Piervoiêdov... tais e tais medalhas de cavaleiro." Hum! "Faleceu em agosto deste ano... cinquenta e sete... Descansem em paz, queridos restos mortais, até o amanhecer radiante!"[11]

Hum! que diabo, é um general mesmo! Na outra cova, de onde vinha a voz bajuladora, ainda não havia túmulo; havia apenas uma lápide; pelo visto era de algum novato. Pela voz, um conselheiro da corte.[12]

---

visto, "uma certa pessoa" pretende "consultar" a quarta seção, "Calendário de superstições, costumes e crendices populares na Rússia", pp. 48-55. (N. do T.)

[11] Epitáfio do escritor Nikolai Karamzin (1766-1826). Por vontade dos irmãos Mikhail e Fiódor Dostoiévski, foi gravado em 1837 no monumento que eles colocaram no túmulo da mãe. O epitáfio já era amplamente popular em 1830. A. Chlekhter, no conto "Vítimas do vício: cenas da vida urbana" (1834), constata: "Com repetições particulares as pessoas usaram tanto, gastaram tanto essa inscrição maravilhosa que ela perdeu inteiramente o seu belo sentido. A gente a encontra sobre as cinzas de algum malvado, de um homem de quem se recebeu uma herança há muito esperada, sobre o túmulo de um inimigo, o corpo de um marido odiado pela mulher". O epitáfio de Karamzin já figurara antes (em contexto burlesco) no romance *O idiota*, de Dostoiévski. (N. do T.)

[12] Classe civil de sétima categoria. (N. do T.)

— Oh-oh-oh-oh! — ouviu-se uma voz bem nova a umas cinco braças do lugar do general e vinda de uma cova bem fresquinha, voz masculina e vulgar, porém atenuada pela maneira reverente e comovida.

— Oh-oh-oh-oh!

— Ah, ele está soluçando de novo! — ouviu-se de súbito a voz enojada e arrogante de uma dama irritada, parece que da alta sociedade. — Para mim é um castigo ficar ao lado desse vendeiro!

— Eu não estou soluçando coisa nenhuma, e além do mais nem comi nada, isso é só por causa de minha natureza. Tudo isso, senhora, é porque os seus caprichos aqui neste lugar nunca lhe dão paz.

— Então, por que o senhor se deitou aqui?

— Me botaram, foram a mulher e os filhos que me botaram e não eu que me deitei. É o mistério da morte! E eu não me deitaria a seu lado por nada, por ouro nenhum; estou deitado às custas de meu próprio capital, a julgar pelo preço. Porque sempre podemos pagar por uma sepultura de terceira classe.

— Juntou dinheiro; roubando as pessoas?

— De que jeito roubar a senhora se desde janeiro não recebemos nenhum pagamento da sua parte? Tem uma conta em seu nome na minha venda.

— Bem, isso já é uma bobagem; acho muita bobagem cobrar dívidas aqui! Vá lá em cima. Cobre da minha sobrinha; ela é a herdeira.

— Ora essa, onde é que se vai cobrar e aonde ir agora. Nós dois chegamos ao limite, e em matéria de pecados somos iguais perante o tribunal de Deus.

— De pecados! — arremedou a finada com desdém. — E não tenha o atrevimento de falar nada comigo!

— Oh-oh-oh-oh!

— Mas o vendeiro obedece à senhora, Excelência.

— E por que não haveria de obedecer?

— Sabe-se por quê, Excelência, já que reina aqui uma nova ordem.

— Que nova ordem é essa?

— É que nós, por assim dizer, estamos mortos, Excelência.

— Ah, é mesmo! Mas ainda assim é ordem...

Que obséquio! realmente um consolo! Se a coisa aqui chegou a esse ponto, o que se pode indagar no andar de cima? Que coisas estão acontecendo, sim senhor! Mas no entanto continuei a escutar, mesmo tomado de excessiva indignação.

— Não, eu ainda gostaria de viver! Não... eu, fiquem sabendo, eu ainda gostaria de viver! — ouviu-se de repente a voz nova de alguém em algum canto entre o general e a senhora irritadiça.

— Ouvi, Excelência, o nosso vizinho volta a bater na mesma tecla. Há três meses calado, e de repente: "Eu ainda gostaria de viver, não, eu ainda gostaria de viver!". E com que apetite, *cof-cof!*

— E leviandade.

— Está atônito, Excelência, e ficai sabendo, está entrando no sono, no sono definitivo, já está aqui desde abril, mas de repente: "Eu ainda gostaria de viver!".

— Isso é meio maçante, convenhamos — observou Sua Excelência.

— Meio maçante, Excelência; não seria o caso de tornarmos a mexer com Avdótia Ignátievna, *cof-cof*?

— Isso não, peço que me dispense. Não consigo suportar essa gritalhona provocante.

— Já eu, ao contrário, não consigo suportar vocês dois — respondeu a gritalhona com nojo. — Vocês dois são os mais maçantes e não sabem falar de nada em que haja ideal. A seu respeito, Excelência, por favor, não sejais presunçoso, conheço aquela historiazinha em que o criado vos varreu com a vassoura de debaixo da cama de um casal ao amanhecer.

— Mulher detestável! — rosnou o general entre dentes.

— Minha cara Avdótia Ignátievna — tornou a gritar subitamente o vendeiro —, minha senhorinha, esquece o mal e me diz se eu tenho de passar por todas essas provações ou devo agir de outro jeito?

— Ah, lá vem ele com a mesma ladainha, eu bem que pressenti, pois estou sentindo o cheiro que vem dele,[13] o cheiro, porque é ele que está se mexendo!

— Não estou me mexendo, minha cara, e não é de mim que está saindo nenhum cheiro especial, porque eu ainda estou inteiro no meu corpo plenamente conservado; já a senhorinha se mexeu mesmo, porque o cheiro é realmente insuportável até para um lugar como este. É só por delicadeza que eu fico calado.

— Ah, esse ofensor detestável! Fede que é um horror e diz que sou eu.

— Oh-oh-oh-oh! Se pelo menos os nossos acabassem logo essa quaren-

---

[13] Outro jogo de palavras com o duplo sentido de *dukh* (cheiro/espírito), desta vez junto ao verbo *slichat* (sentir/ouvir), de modo que a frase também pode ser lida como "estou ouvindo seu espírito". (N. do T.)

tena: escuto sobre mim vozes chorosas, o pranto da mulher e o choro baixinho dos filhos!...

— Vejam só por que ele está chorando: vão encher a pança de *kutyá* e ir embora. Ah, se ao menos alguém acordasse!

— Avdótia Ignátievna — falou o funcionário bajulador. — Espere um segundinho, os novatos vão falar.

— Também há jovens entre eles?

— Também há jovens, Avdótia Ignátievna. Até rapazinhos.

— Ah, como viriam a propósito!

— E por que ainda não começaram? — quis saber Sua Excelência.

— Nem os de anteontem acordaram, Excelência, o senhor mesmo sabe que às vezes ficam uma semana calados. Ainda bem que de repente trouxeram muitos ontem, anteontem e hoje. Senão a umas dez braças ao redor todos seriam do ano passado.

— É, interessante.

— Pois bem, Excelência, hoje sepultaram o conselheiro efetivo secreto[14] Tarassiêvitch. Reconheci-o pelas vozes. Conheço seu sobrinho, que ainda há pouco fez descer o caixão dele.

— Hum, onde estará ele por aqui?

— A uns cinco passos do senhor, Excelência, à esquerda. Quase bem aos vossos pés... Seria bom que os senhores se conhecessem, Excelência.

— Hum, essa não... eu, dar o primeiro passo.

— Ora, ele mesmo tomará a iniciativa, Excelência. Ele vai se sentir até lisonjeado, deixai comigo, Excelência, e eu...

— Ah, ah... ah, o que está acontecendo comigo? — súbito começou a ofegar a vozinha novata e assustada de alguém.

— Um novato, Excelência, um novato, graças a Deus, e foi tão depressa! Noutras ocasiões passam uma semana sem falar.

— Ah, parece que é um jovem! — guinchou Avdótia Ignátievna.

— Eu... eu... eu tive uma complicação, e tão de repente! — tornou a balbuciar o rapazinho. — Schultz me disse ainda na véspera: o senhor, diz ele, está com uma complicação, e de repente morri ao amanhecer. Ah! Ah!

— Bem, não há o que fazer, meu jovem — observou o general cheio de benevolência e notória alegria pelo novato —, precisa consolar-se. Seja bem-vindo ao nosso, por assim dizer, vale de Josafá.[15] Somos gente bondosa, vós

---

[14] Classe civil de segunda categoria. (N. do T.)

[15] Vale situado nos arredores de Jerusalém; segundo a lenda bíblica, o nome se deve a

o sabereis e apreciareis. Major-general Vassíli Vassíliev Piervoiêdov para servi-lo.

— Ah, não! não, não, de jeito nenhum! Estava no consultório de Schultz; andava com uma complicação, primeiro senti o peito tomado e tosse, depois peguei uma gripe: o peito e a gripe... e de repente tudo inesperado... e o pior, totalmente inesperado.

— O senhor está dizendo que primeiro foi o peito — intrometeu-se brandamente o funcionário, como se quisesse animar o novato.

— Sim, o peito e escarro, depois desapareceu o escarro e não senti o peito, não conseguia respirar... o senhor sabe...

— Sei, sei. Mas se era peito, seria melhor o senhor ter ido a Eckoud e não a Schultz.[16]

— Sabe, eu estava para ir a Bótkin... mas de repente...

— Bem, Bótkin arranca os olhos da cara — observou o general.

— Não, ele não arranca olho nenhum; ouvi dizer que ele é muito atencioso e antecipa tudo.

— Sua Excelência observou a propósito do preço — emendou o funcionário.

— Ah, o que é isso, apenas três rublos, e ele examina tão bem, e receita... e eu queria sem falta, porque me disseram... Então, senhores, devo ir a Eckoud ou a Bótkin?

— O quê? Aonde? — com uma gargalhada agradável começou a agitar-se o cadáver do general. O funcionário o repetiu em falsete.

— Querido menino, meu menino querido e radiante, como eu te amo! — ganiu em êxtase Avdótia Ignátievna. — Ah, se colocassem um assim ao meu lado!

Não, isso eu já não posso admitir! e olhe que esse é um morto moderno! Entretanto, vamos ouvir mais e sem pressa de concluir. Esse fedelho novato — lembro-me dele ainda há pouco no caixão — é a expressão de um frango assustado, a mais asquerosa do mundo! Mas vejamos o que vem pela frente.

Josafá, rei da Judeia. O vale de Josafá é um símbolo profético bíblico: é o lugar onde se dará o Dia do Juízo Final, quando o mundo acabar. (N. do T.)

[16] Estrelas da medicina de São Petersburgo. O *Almanaque Russo* de Suvórin informa sobre eles na rubrica "Médicos especialistas de Petersburgo", dando detalhes de endereço, dias de atendimento etc. Também aparecem nos manuscritos de *Crime e castigo* e *O idiota*. (N. do T.)

Mas depois começou tal pandemônio que não retive tudo na memória, porque muitos acordaram ao mesmo tempo; acordou um funcionário, conselheiro civil,[17] e começou imediatamente a discutir com o general o projeto de uma nova subcomissão no ministério e, conjugado com essa subcomissão, um provável remanejamento de ocupantes de cargos, o que deixou o general bastante entretido. Confesso que eu mesmo me inteirei de muitas novidades, de sorte que fiquei impressionado com os meios pelos quais às vezes podemos tomar conhecimento das novidades administrativas nesta capital. Depois semidespertou um engenheiro, que ainda levou tempo resmungando um completo absurdo, de sorte que os nossos nem implicaram com ele, mas deixaram que por ora continuasse deitado. Finalmente uma ilustre grã-senhora, sepultada pela manhã no catafalco, deu sinais de animação tumular. Lebieziátnikov (porque se chamava Lebieziátnikov o bajulador conselheiro da corte, objeto do meu ódio, que se colocara ao lado do general Piervoiêdov) ficou muito agitado e surpreso ao ver que desta vez todos estavam acordando muito depressa. Confesso que eu também me surpreendi; aliás, alguns dos despertos já estavam enterrados há três dias, como, por exemplo, uma mocinha bem jovem, de uns dezesseis anos, que dava risadinhas sem parar... dava risadinhas abjetas e sensuais.

— Excelência, o conselheiro secreto Tarassiêvitch está acordando! — anunciou de súbito Lebieziátnikov com uma pressa excepcional.

— Ahn, o quê? — resmungou o conselheiro secreto com voz ciciante e nojo, despertando de repente. No som da voz havia um quê de capricho e imposição. Por curiosidade agucei o ouvido, pois nos últimos dias eu ouvira falar coisas sumamente tentadoras e inquietantes a respeito desse Tarassiêvitch.

— Sou eu, Excelência, por enquanto apenas eu.

— Qual é o seu pedido e o que o senhor deseja?

— Apenas me inteirar da saúde de Vossa Excelência; por falta de hábito, cada um que chega aqui se sente meio tolhido da primeira vez... O general Piervoiêdov gostaria de ter a honra de conhecer Vossa Excelência e espera...

— Não ouvi.

— Perdão, Excelência, é o general Piervoiêdov, Vassíli Vassílievitch...

— O senhor é o general Piervoiêdov?

— Não, Excelência, sou apenas o conselheiro da corte Lebieziátnikov para servi-lo, mas o general Piervoiêdov...

---

[17] Classe civil de quinta categoria. (N. do T.)

— Absurdo! E peço-lhe que me deixe em paz.

— Deixai-o — finalmente o general Piervoiêdov deteve com dignidade a pressa torpe do seu protegido sepulcral.

— Ele ainda não acordou, Excelência, é preciso considerar; isso é falta do hábito: quando acordar o receberá de modo diferente...

— Deixai-o — repetiu o general.

— Vassíli Vassílievitch! Ei, Excelência! — gritou alto de súbito e entusiasmada ao lado da própria Avdótia Ignátievna uma voz inteiramente novata, voz fidalguesca e petulante, com a dicção lânguida da moda e descaradamente escandida —, já faz duas horas que vos observo todos; há três dias estou deitado aqui: o senhor se lembra de mim, Vassíli Vassílievitch? Kliniêvitch, nós nos encontramos em casa de Volokonski, onde o senhor, não sei por quê, também era recebido.

— Como, o conde Piotr Pietróvitch... não me diga que é o senhor... e em idade tão jovem... Como lamento!

— E eu também lamento, só que para mim dá no mesmo e doravante quero desfrutar de tudo o que for possível. E não sou conde, mas barão, apenas barão. Nós somos uns baronetes sarnentos, descendentes de criados, aliás, eu até desconheço a razão disso e estou me lixando. Sou apenas um pulha da "pseudo alta sociedade" e me considero um "amável *polisson*".[18] Meu pai era um generalote qualquer e houve época em que minha mãe era recebida *en haut lieu*.[19] No ano passado eu e o *jid*[20] Zifel pusemos em circulação cerca de cinquenta mil rublos em notas falsas, eu o denunciei, e o dinheiro Yulka Charpentier de Lusignan levou todinho para Bordeaux. E imaginai que eu já estava noivo — de Schevaliévskaia, moça ainda colegial, a menos de três meses para completar dezesseis anos, noventa mil rublos de dote. Avdótia Ignátievna, estais lembrada de como me pervertestes há quinze anos, quando eu ainda era um cadete de catorze anos?

— Ah, és tu, patife, pelo menos Deus te enviou, porque aqui...

— Em vão desconfiastes de mau cheiro no vosso vizinho negociante... Eu me limitei a calar e rir. Porque o mau cheiro sai de mim; é que me enterraram num caixão pregado.

---

[18] "Vadio", "vagabundo", em francês no original. (N. do T.)

[19] "Nas altas rodas", em francês no original. (N. do T.)

[20] Termo depreciativo usado no tratamento de judeus. (N. do T.)

— Ah, que tipo abominável! Mas mesmo assim estou contente; não acreditaríeis, Kliniêvitch, não acreditaríeis como isso aqui carece de vida e graça.

— Pois é, pois é, mas eu tenho a intenção de organizar aqui alguma coisa original. Excelência — não estou falando com o senhor, Piervoiêdov —, Excelência, o outro, o senhor Tarassiêvitch, o conselheiro secreto. Respondei! É Kliniêvitch, que na Quaresma vos levou à casa de *mademoiselle* Furie, estais lembrado?

— Eu vos estou ouvindo, Kliniêvitch, e muito contente, acreditai...

— Não acredito numa vírgula, e estou me lixando. Eu, amável velhote, quero simplesmente cobri-lo de beijos, mas graças a Deus não posso. Sabeis vós, senhores, o que esse *grand-père*[21] engendrou? Faz três ou quatro dias que morreu, e podeis imaginar que deixou um desfalque de quatrocentos mil rublos redondos em dinheiro público? A quantia estava em nome das viúvas e dos órfãos, mas não se sabe por que ele a administrava sozinho, de sorte que acabou ficando oito anos livre de fiscalização. Imagino a cara de tacho de todos eles lá e que lembrança guardam dele! Não é verdade que é uma ideia cheia de volúpia? Vivi todo o ano passado admirado de ver como esse velhote de setenta anos, cheio de gota nas mãos e nos pés, ainda conseguia conservar tanta energia para a libertinagem, e agora vejo o enigma decifrado! Aquelas viúvas e órfãos... aliás, a simples ideia de sua existência deveria deixá-lo em brasas!... Eu já conhecia essa história havia muito tempo, e era o único a conhecê-la, Charpentier me contou na Semana Santa e, mal tomei conhecimento, investi contra ele, amigavelmente: "Passa-me vinte e cinco mil, senão amanhã a fiscalização estará aqui"; imaginai, na ocasião ele só arranjou treze mil, de sorte que, parece, agora a morte dele vem bem a propósito. *Grand-père*, *grand-père*, estais ouvindo?

— *Chèr* Kliniêvitch, estou inteiramente de acordo convosco, e em vão... descestes a semelhantes detalhes. Na vida há tanto sofrimento, tanto martírio e tão pouco castigo... eu desejei finalmente aquietar-me e, até onde percebo, espero até neste lugar desfrutar de tudo...

— Aposto que ele já farejou Kátich Bieriestova!

— Qual?... Que Kátich? — tremeu lasciva a voz do velho.

— Ah-ah, que Kátich? Ali está, à esquerda, a cinco passos de mim, a dez do senhor. Ela já está aqui há cinco dias, e se o senhor, *grand-père*, soubesse que canalhinha... de um bom lar, educada, e um monstro, um mons-

---

[21] "Vovô", em francês no original. (N. do T.)

tro em último grau! Lá eu não a mostrava a ninguém, só eu sabia... Kátich, responda!

— Ih-ih-ih! — respondeu o som de cana rachada da voz da mocinha, mas nele se ouviu algo como uma alfinetada. — Ih-ih-ih!

— E é lou-ri-nha? — balbuciou o *grande-père* com três sons fragmentados.

— Ih-ih-ih!

— A mim... a mim já faz tempo — pôs-se a balbuciar ofegante o velho — que me atrai o sonho com uma lourinha... de uns quinze anos... e justamente numa situação como esta...

— Ah, que monstruosidade! — exclamou Avdótia Ignátievna.

— Basta! — resolveu Kliniêvitch —, estou vendo que o material é magnífico. Aqui vamos nos organizar rapidamente para atingir o melhor. O principal é que passemos com alegria o resto do tempo: mas que tempo? Ei, o senhor aí, Lebieziátnikov, funcionário de alguma coisa, parece que foi esse o nome que ouvi chamarem!

— Lebieziátnikov, conselheiro da corte, Semión Ievsêitchik, para vos servir e muito, muito contente.

— Estou me lixando para o seu contentamento, mas parece que o senhor é o único aqui que sabe tudo. Dizei, em primeiro lugar (desde ontem que estou admirado), de que modo nós falamos neste lugar? Porque estamos mortos e no entanto falamos; é como se falássemos, e no entanto nem falamos nem nos movemos! Que truques são esses?

— Isso, se o senhor desejar, barão, quem pode vos explicar melhor do que eu é Platon Nikoláievitch.

— Quem é esse Platon Nikoláievitch? Pare de mastigar, vamos ao assunto.

— Platon Nikoláievitch é o nosso filósofo da casa, naturalista e grão-mestre. Já lançou vários livros de filosofia, mas faz três meses que vem entrando no sono definitivo, de modo que aqui já não é mais possível desentorpecê-lo. Uma vez por semana balbucia algumas palavras sem nexo.

— Ao assunto, ao assunto!...

— Ele explica tudo isso com o fato mais simples, ou seja, dizendo que lá em cima, quando ainda estávamos vivos, julgávamos erroneamente a morte como morte. É como se aqui o corpo se reanimasse, os restos de vida se concentram, mas apenas na consciência... Isto não tenho como lhe expressar — é a vida que continua como que por inércia. Tudo concentrado, segundo ele, em algum ponto da consciência, e ainda dura de dois a três meses... às vezes até meio ano... Há, por exemplo, um fulano que aqui quase já se decompôs inteiramente, mas faz umas seis semanas que de vez em quando ainda balbucia de repente uma palavrinha, claro que sem sentido, sobre um tal *bobók*: "*Bobók, bobók*"; logo, até nele ainda persiste uma centelha invisível de vida...

— Coisa bastante tola. E como é que eu estou sem olfato, mas sinto fedor?

— Isso.. eh-eh... Nesse ponto o nosso filósofo meteu-se em zona nebulosa. Referindo-se precisamente ao olfato, ele observou que aqui se sente um fedor, por assim dizer, moral, eh-eh! É como se o fedor viesse da alma para que, nesses dois, três meses, nós nos apercebêssemos a tempo... e que isso, por assim dizer, é a última misericórdia... Só que eu, barão, acho que tudo isso já é delírio místico, bastante desculpável na situação dele...

— Basta, e estou certo de que todo o resto é absurdo. O importante é que há dois ou três meses de vida e, ao fim de tudo, *bobók*. Sugiro que todos passemos esses dois meses da maneira mais agradável possível, e para tanto todos nos organizemos em outras bases. Senhores!, proponho que não nos envergonhemos de nada!

— Ah, vamos, vamos, não nos envergonhemos de nada! — ouviram-se muitas vozes e, estranho, ouviram-se até vozes inteiramente novas, já que haviam tornado a despertar nesse ínterim. Um engenheiro que despertara completamente trovejou com voz de baixo a sua concordância, com uma presteza especial. A mocinha Kátich dava risadinhas de alegria.

— Ah, como eu quero não me envergonhar de nada! — exclamava em êxtase Avdótia Ignátievna.

— Ouvi, já que Avdótia Ignátievna quer não se envergonhar de nada...

— Não-não-não, Kliniêvitch, eu me envergonhava, apesar de tudo lá eu me envergonhava, mas aqui estou com uma terrível, uma terrível vontade de não me envergonhar de nada!

— Eu entendo, Kliniêvitch — falou o engenheiro com sua voz de baixo —, que estais propondo organizar a vida aqui, por assim dizer, em princípios novos e já racionais.

— Bem, para isso eu estou me lixando! Neste sentido aguardemos Kudeiárov, foi trazido ontem. Assim que despertar vos explicará tudo. Precisam ver que tipo, é um tipo agigantado! Amanhã, parece, vão trazer mais um naturalista, certamente um oficial e, se não estou enganado, dentro de uns três ou quatro dias um folhetinista, e parece que junto com o redator-chefe. Aliás, o diabo os tenha, porque tão logo se reúna a nossa turma, tudo entre nós se organizará naturalmente. Mas por enquanto eu quero que não se minta. É só o que eu quero, porque isto é o essencial. Na Terra é impossível viver e não mentir, pois vida e mentira são sinônimos; mas, com o intuito de rir, aqui não vamos mentir. Aos diabos, ora, pois o túmulo significa alguma coisa! Todos nós vamos contar em voz alta as nossas histórias já sem nos envergonharmos de nada. Serei o primeiro de todos a contar a minha história. Eu, sabei, sou dos sensuais. Lá em cima tudo isso estava preso por cordas podres. Abaixo as cordas, e vivamos esses dois meses na mais desavergonhada verdade! Tiremos a roupa, dispamo-nos!

— Dispamo-nos, dispamo-nos! — gritaram em coro.

— Estou com uma terrível, uma terrível vontade de tirar a roupa! — ganiu Avdótia Ignátievna.

— Ah... ah... Ah, estou vendo que a coisa aqui vai ficar alegre; não quero mais ir a Eckoud.

— Não, eu ainda gostaria de viver, não, ficai sabendo, eu ainda gostaria de viver!

— Ih-ih-ih — Kátich dava risadinhas.

— O principal é que ninguém pode nos proibir, e ainda que Piervoiêdov se zangue, como estou vendo, ele não pode mesmo me alcançar com a mão. *Grand-père*, o senhor está de acordo?

— Totalmente, totalmente de acordo e com o maior dos prazeres, mas contanto que Kátich seja a primeira a começar sua bi-o-grafia.

— Protesto, protesto com todas as forças — pronunciou com firmeza o general Piervoiêdov.

— Excelência! — balbuciou em voz baixa o canalha do Lebieziátnikov numa inquietação precipitada e em tom persuasivo. — Excelência, será até mais vantajoso para nós se concordarmos. Como sabeis, está em jogo essa menina... e, no fim das contas, todas essas coisinhas várias...

— Suponhamos, a menina, no entanto...

— Mais vantajoso, Excelência, juro que seria mais vantajoso! Ao menos uma provinha, ao menos experimentemos...

— Nem no túmulo nos deixam em paz!

— Em primeiro lugar, general, o senhor joga *préférence* no túmulo, em segundo, estamos nos li-xan-do para o senhor — escandiu Kliniêvitch.

— Meu caro senhor, não obstante, peço que não esqueçais as maneiras.

— O quê? Ora essa, o senhor não me alcança, e daqui eu posso provocá-lo como se faz com um cachorrinho. Em primeiro lugar, senhores, que general é ele aqui? Lá ele era general, mas aqui é um nada!

— Não, não sou um nada... eu até aqui...

— Aqui apodrecerá no caixão, e deixará seis botões de cobre.

— Bravo, Kliniêvitch, quá-quá-quá! — mugiram vozes.

— Eu servi ao meu soberano... tenho uma espada...

— Vossa espada serve para espetar ratos, e além do mais o senhor nunca a desembainhou.

— Não importa; eu era parte de um todo.

— Sabe-se lá que partes tem um todo.

— Bravo, Kliniêvitch, bravo, quá-quá-quá!

— Eu não entendo o que é uma espada — proclamou o engenheiro.

— Nós vamos fugir dos prussianos como ratos, eles nos reduzirão a pó! — gritou uma voz distante, estranha a mim, mas literalmente sufocada de êxtase.

— A espada, senhor, é honra! — ia gritando o general, mas só eu o ouvi. Ergueu-se uma berraria demorada e frenética, motim e alarido, e só se ouviam os guinchos impacientes e quase histéricos de Avdótia Ignátievna.

— Vamos logo com isso, logo! Ah, quando é que vamos começar a não ter vergonha de nada!

— Oh-oh-oh! a alma anda verdadeiramente atormentada! — ia-se ouvindo uma voz vinda do povão e...

E eis que de repente espirrei. Aconteceu de forma súbita e involuntária, mas o efeito foi surpreendente: tudo ficou em silêncio, exatamente como no cemitério, desapareceu como um sonho. Fez-se um silêncio verdadeiramente sepulcral. Não acho que tenham sentido vergonha de mim: haviam resolvido não se envergonhar de nada! Esperei uns cinco minutos e... nem uma palavra, nem um som. Também não dá para supor que tenham temido ser denunciados à polícia; porque, o que a polícia pode fazer neste caso? Concluo involuntariamente que, apesar de tudo, eles devem ter algum segredo desconhecido dos mortais e que eles escondem cuidadosamente de todo mortal.

"Bem, queridos, refleti, ainda hei de visitá-los" — e com essas palavras deixei o cemitério.

Não, isso eu não posso admitir; não, efetivamente não! O *bobók* não me perturba (vejam em que acabou dando esse tal *bobók*!).

Perversão em um lugar como este, perversão das últimas esperanças, perversão de cadáveres flácidos e em decomposição, sem poupar sequer os últimos lampejos de consciência! Deram-lhes, presentearam-nos com esses lampejos e... E o mais grave, o mais grave: num lugar como este! Não, isto eu não posso admitir...

Circulo em outras classes, escuto em toda parte. O problema é que preciso escutar em toda parte e não só de um lado para fazer uma ideia. Pode ser que eu depare com algo consolador.

Mas voltarei sem falta àqueles. Prometeram suas biografias e toda sorte de anedotas. Arre! Mas vou procurá-los, vou sem falta; é uma questão de consciência!

Vou levar ao *Cidadão*; lá também reproduziram o retrato de um redator-chefe. Pode ser que publiquem.

Tradução de Paulo Bezerra

MEIA CARTA DE "UMA CERTA PESSOA"[1]

Apresento abaixo uma carta ou, melhor dizendo, meia carta de "uma certa pessoa" endereçada ao editor do *Cidadão*; seria impossível publicá-la na íntegra. Em todo caso, essa "certa pessoa" é a mesma que já apareceu no *Cidadão* tratando de "sepulturas".[2] Reconheço que publico apenas para me livrar dela. A redação está literalmente atolada com seus artigos. Em primeiro lugar, essa "certa pessoa" sai de forma decidida em minha defesa contra meus "inimigos" literários. Ele já escreveu a meu favor três "Anticríticas", duas "Notas", três "Notas marginais", um "Acerca de" e, enfim, uma "Instrução sobre como se comportar". Nesta última obra polêmica ele, fingindo instruir meus "inimigos", ataca a mim, e emprega um tom cuja energia e fúria eu jamais havia encontrado nem mesmo entre estes meus "inimigos". E ele quer que eu a publique na íntegra! Já lhe esclareci de uma vez por todas que, em primeiro lugar, não tenho nenhum "inimigo", que isso são apenas fantasmas; em segundo lugar, ele está atrasado, pois todo alvoroço dos jornalistas desde a publicação do primeiro número do *Cidadão* em 1873, a ingenuidade, a intolerância e a inaudita fúria literária dos métodos de ataque, que começaram duas, até três semanas atrás, cessou de repente por motivos tão desconhecidos como os do seu surgimento. Disse-lhe, por fim, que se eu resolvesse responder a alguém, seria capaz de fazê-lo eu mesmo, sem sua ajuda.

Ele ficou bravo, discutiu e foi embora. Fiquei até feliz. É um homem enfermo... No texto anterior publicado por nós, já dera a conhecer em certa medida alguns traços de sua biografia: é um homem aflito, que diariamente "se aflige". Porém o que mais me assusta é a incomensurável força de "energia cívica" deste colaborador. Imaginem que ele, desde as primeiras palavras, anunciou que não exigia nenhum pagamento de honorários — escreve unicamente por "dever cívico". Chegou a admitir com orgulhosa franqueza,

---

[1] Publicado originalmente na coluna "Diário de um escritor", no semanário *O Cidadão*, nº 10, em 5 de março de 1873. (N. da T.)

[2] Trata-se do conto "Bobók" (reproduzido às pp. 259-76 deste volume), publicado em *O Cidadão*, em 5 de fevereiro de 1873. (N. da T.)

prejudicial a si mesmo, que de modo algum escrevia para me defender, mas apenas aproveitava a ocasião para expressar suas ideias, já que seus textos não eram aceitos em nenhuma redação. Ele única e simplesmente alimentou a doce esperança de, mesmo sem receber nada em troca, encontrar um cantinho fixo em nossa revista que lhe desse a possibilidade de expor suas ideias regularmente. Mas que ideias são essas? Ele escreve sobre tudo; trata de todas as coisas com ardor, fúria, fel e uma "lágrima de comoção". "Noventa por cento de fel e um por cento lágrima de comoção!" — diz ele em um de seus manuscritos. Logo que um jornal ou revista começa a ser publicado, lá está ele: oferece seus ensinamentos e instruções. É absolutamente verdade que chegou a enviar para certa revista quarenta cartas com instruções, isto é, sobre como editar, como se comportar, sobre o que escrever e a quais assuntos voltar a atenção. Nossa redação está abarrotada com suas 28 cartas recebidas ao longo desses dois meses e meio. Ele sempre assina o nome completo, de modo que já é conhecido em toda parte; e não apenas gasta seus últimos copeques com a postagem, mas ainda envia selos novos junto com a carta, supondo que alcançará seu objetivo e iniciará uma correspondência "digna de um cidadão" com os editores. O que me surpreende ainda mais, o que eu não consegui descobrir de modo algum, nem com suas 28 cartas, é sua direção, ou seja, aonde ele pretende chegar. É tamanha confusão... Junto à rispidez dos métodos, ao cinismo dos bêbados e ao "odor aflito" do estilo frenético e das botas gastas, surge certo desejo oculto por ternura, por um ideal, a fé na beleza, a *Sehnsucht*[3] por algo perdido, e tudo isso sai como algo repulsivo ao extremo. A questão é que estou farto dele. É verdade que sua grosseria é franca e ele não pede dinheiro por isso, nesse sentido é uma pessoa nobre; mas Deus me livre dele e de sua nobreza! Não menos do que três dias depois de nossa discussão, ele apareceu novamente com "uma última tentativa" e trouxe esta "Carta de 'uma certa pessoa'". Não há o que fazer, eu recebi e agora devo publicá-la.

A primeira metade da carta realmente não pode ser publicada. Ela cita pessoas e contém xingamentos a quase toda a imprensa de Petersburgo e Moscou. Nenhum dos veículos repreendidos por ele jamais chegou a tal nível de cinismo nas injúrias. E, mais importante, ele os xinga justamente pelo cinismo e tom perverso de suas polêmicas. Esta primeira parte da carta eu simplesmente cortei com uma tesoura e devolvi a ele. Publicarei a parte final apenas porque nesta, por assim dizer, o tema é geral: trata-se de uma exortação a um folhetinista imaginário, uma exortação, aliás, tão genérica que

---

[3] Em alemão no original: "anseio". (N. da T.)

serve para folhetinistas de todas as origens e épocas. O estilo é elevado e de uma força equiparável apenas à ingenuidade dos pensamentos expostos. Ao dirigir sua exortação ao folhetinista, ele usa "tu" como nas odes de tempos antigos. Ele não queria de modo algum que eu começasse no início de uma frase, mas na metade, uma vez que seu texto fora cortado com uma tesoura: "deixe que vejam como fui mutilado!". Ele mesmo escolheu o título: eu queria ter mantido "Carta de 'uma certa pessoa'", mas ele exigiu imediatamente que fosse "Meia carta de 'uma certa pessoa'".

Pois então, eis a meia carta:

Meia carta de "uma certa pessoa"

... e será que a palavra "porco" encerra um sentido tão mágico e sedutor que tu imediata e indubitavelmente o tomas por pessoal? Há muito observo que na literatura russa essa palavrinha carrega sempre certo sentido particular e até mesmo místico. Até o velho Krilov,[4] tendo compreendido isso, empregou "porco" com amor especial em seus apólogos. O literato que se depara com isso, mesmo que esteja sozinho, sente logo um arrepio e imediatamente começa a pensar: "Será que sou eu? Será que está falando de mim?". Concordo que se trata de uma palavrinha enérgica, mas por que pensar que se refere a ti e apenas a ti? Há outros além de ti. Ou será que tens motivos ocultos para tal? Do contrário como explicar tua suspeita?[5]

A segunda coisa que eu gostaria de observar, meu amigo folhetinista, é tua falta de contenção no planejamento dos folhetins. Tu amontoas tantos generais, acionistas, príncipes que precisam de tua ajuda e de tuas afiadas palavras, que, ao ler, chego a pensar que, pela enorme quantidade, não conheces nenhum deles. Em determinado momento, estás presente numa reu-

---

[4] Ivan Andrêievitch Krilov (1769-1844), famoso fabulista russo. (N. da T.)

[5] Isso, sem dúvida, é um exagero, mas tem algo de verdade. Há uma insinuação disso no fato de que, no primeiro número do *Cidadão*, eu tive a infelicidade de incluir uma antiga fábula indiana sobre o duelo entre um leão e um porco; ao fazê-lo, eliminei habilmente qualquer possibilidade de supor que por "leão" eu me referia imodestamente a mim mesmo. Mas e daí? De fato, muitos expressaram suspeitas agudas e apressadas. Houve até algo como um fenômeno: recebemos na redação uma carta de um assinante de uma distante região russa; o assinante acusava de forma violenta e desrespeitosa a redação de sugerir que "porcos" eram os assinantes, uma sugestão tão absurda que até certos folhetinistas de Petersburgo se eximiram de fazer uso dela em suas acusações... e isso dá a medida de tudo. (N. do A.)

nião do conselho e proferes uma tirada com arrogância e desembaraço, mas lanças luz e o conselho imediata e apressadamente dá um salto qualitativo. Doutra feita, ris na cara de um príncipe abastado que o convida para um almoço, mas tu passas por ele e recusas com orgulho, ainda que de forma liberal. Em outra ocasião, numa conversa íntima de salão com um milorde estrangeiro, revelas em tom de brincadeira a base secreta da Rússia: aterrorizado e impressionado, ele telegrafa para Londres e no dia seguinte o ministério da rainha Vitória cai. Então, na Niévski, em um passeio das duas às quatro resolves questões do governo para três ministros reformados, mas que correm à tua ajuda; encontras um capitão da guarda que perdeu tudo no jogo para quem emprestas duzentos rublos; acompanhas esse senhor até Fifina para expressar tua (supostamente) nobre indignação... Em uma palavra, estás aqui, estás acolá, estás em toda parte; estás esparramado na sociedade, as pessoas não largam do teu pé; devoras trufas, comes doces, andas com cocheiros para cima e para baixo, tens amizade com os criados de Palkin;[6] em resumo, sem ti nada acontece. Tua posição tão elevada, enfim, parece ser suspeita. Um leitor discreto da província pode de fato tomar-te por alguém que foi preterido para uma condecoração ou, pelo menos, um ministro reformado que deseja retomar seu posto por meio de uma imprensa livre, mas de oposição. Mas o morador experiente de ambas as capitais sabe a verdade: sabe que tu não passas de um escrevinhador contratado por um editor-empresário; foste contratado e és obrigado a defendê-lo. Ele mesmo (e ninguém mais) te incita contra quem lhe der na telha.

Assim, toda tua fúria e veemência, todo teu latido é de aluguel, incitados pela mão de outrem. Bom seria se pudesses te defender! Ao contrário, o que mais me admira em ti é que, por fim, quando estás realmente enervado e levas a sério como se fosse algo contigo, xingas o folhetinista rival como se defendesses uma ideia mui estimada, uma convicção que te fosse cara. Entretanto, sabes que há muito não tens ideias e convicções próprias. Ou será que depois de tantos anos de agitação e êxtase neste fétido sucesso, imaginas que tens uma ideia, que és capaz de ter convicções? Se assim for, como esperas ter meu respeito?

Houve um tempo em que foste um jovem honrado e bem-apessoado... Oh, lembras do poema de Púchkin, uma tradução do persa, se não me engano: um respeitável idoso fala a um jovem ávido por participar de uma batalha:

---

[6] Konstantin Palkin, proprietário de uma taverna em São Petersburgo, localizada na esquina das avenidas Niévski e Litéini. (N. da T.)

> Temo que em meio às guerras
> Tu para sempre abandones
> O doce recato dos gestos,
> O dom do prazer e da vergonha.[7]

Oh, há quanto tempo já abandonaste tudo isso! Veja como discutes com teu inimigo folhetinista e compreenderás a que ponto os senhores chegaram! Pois não são tão baixos quanto descrevem um ao outro. Lembrem-se de que na infância as crianças brigam principalmente porque ainda não aprenderam a expressar seus pensamentos de forma racional. Mas tu, criança grisalha, por não teres pensamentos, usas todas as palavras que conheces para maldizer: um péssimo procedimento! Justamente pela falta de convicções e de erudição genuína, sondas a vida pessoal de teu rival; és ávido para descobrir suas faltas, distorces e as tornas públicas. Não poupas nem a esposa nem os filhos. Fingindo que o outro está morto, escreves obituários em forma de pasquim. Diz, quem vai acreditar em ti? Ao ler teus folhetins, salpicados de saliva e tinta, sinto-me automaticamente inclinado a pensar que não tens razão, que em teus folhetins há um sentido especial e secreto, que os senhores decerto brigaram em alguma *datcha* e não conseguiram superar isso. Sinto-me forçado a decidir-me em favor de teu rival; o efeito que pretendes se perde. Afinal, qual o teu objetivo?

E que inépcia infantil tens! Depois de discutir com teu rival, concluis teu folhetim com as palavras: "Posso ver, senhor N. N., como o senhor, ao terminar de ler essas linhas, sairá correndo pelo quarto fora de si, arrancará os cabelos, gritará com a sua esposa que entra correndo assustada, expulsará as crianças e, rangendo os dentes, baterá na parede com o punho cerrado, tomado por uma fúria impotente...".

Amigo, és um mártir simplório, mas delirante de fúria fictícia e afetada em benefício de um empresário. Oh, meu amigo folhetinista! Diz: ao ler tais linhas em teus folhetins, que são supostamente sobre teu rival, imagino que sejas tu e não teu rival quem corre pelo quarto, arranca os cabelos, acossa o criado que aparece correndo, assustado, isso se tiveres algum que ainda não perdeu a inocência primordial depois do 19 de fevereiro;[8] és tu quem aos gritos e urros se joga contra a parede e a esmurra até sair sangue! Pois quem

---

[7] Versos do poema "A partir de Hafiz" (1829), de Púchkin. (N. da T.)

[8] Em 19 de fevereiro de 1861 foi decretada a emancipação dos servos no Império Russo. (N. da T.)

vai acreditar que seja possível escrever tais linhas a um rival sem ter feito sangrar os próprios punhos contra a parede? Dessa maneira, tu mesmo te entregas.

Volte a si e tenha vergonha. Quando tiveres vergonha, terás inteligência para escrever folhetins: eis a vantagem.

Apresento uma alegoria. De repente, resolves publicar um anúncio declarando que na próxima semana, na quarta ou na quinta (ou seja, no dia em que sai sua coluna), no teatro Berg ou em algum outro lugar especialmente arranjado para esse fim, tu te apresentarás nu até o último detalhe. Acredito que haverá quem se interesse: tais espetáculos atraem particularmente a sociedade contemporânea. Acredito, inclusive, que aparecerão muitos. Mas será que para prestar-te respeito? Se for o caso, em que consistirá, afinal, teu triunfo?

Agora reflita, se puderes: não é exatamente isso que teus folhetins representam? Tu não sais toda semana, num dia determinado, nu até o último detalhe diante do público? Por que e para quem te esforças tanto?

O mais engraçado é que o público sabe o segredo da guerra entre os senhores — sabe, mas não quer saber, passa pelos senhores com indiferença. Os senhores perdem a cabeça e pensam que todos estão acompanhando a querela. Que pessoa ingênua! O público está cansado de saber que os empresários dos periódicos da capital, quando veem ser fundada outra revista do mesmo tipo, dizem assustados para si mesmos, com as mãos nos bolsos: "Essa porcaria recém-fundada pode me privar de dois mil ou dois mil e quinhentos assinantes. Contratarei um vira-lata para avançar sobre o rival". Um vira-lata: eis o que és!

Teu empresário fica satisfeito; ele acaricia as suíças e depois do café da manhã, com um sorriso, pensa: "E não é que o aticei?".

Lembras-te do Antropka[9] de Turguêniev? Aquilo é algo verdadeiramente genial feito pelo escritor preferido do público. Antropka é um garotinho de província, ou melhor, irmão de outro garotinho de província (cujo nome é, digamos, Nefiód), que numa noite escura de verão fugiu de sua isbá por causa de uma travessura. O pai severo enviou o garoto mais velho para buscar o irmãozinho travesso e trazê-lo para casa. Na beira de um barranco, ressoam brados lancinantes:

— Antropka! Antropka!

---

[9] Personagem do conto "Os cantores", que aparece em *Memórias de um caçador*, de Ivan Turguêniev. (N. da T.)

Por muito tempo, o menino traquinas e culpado não responde, mas por fim ouve-se a voz trêmula e tímida do outro lado do barranco "como que do além-mundo":

— Quê-ê?

— O pai quer lhe dar uma sova! — e uma alegria afobada e maliciosa toma conta do irmãozinho mais velho.

A voz "do além-mundo" se cala, evidentemente. Mas impotentes e em agonia, gritos lancinantes e exasperados ainda são ouvidos na noite escura, gritos incontáveis, mas impotentes.

— Antropka-a! Antropka-a!

Esse engenhoso clamor a Antropka e — o principal — seu esforço impotente, porém rancoroso, pode se repetir não apenas entre os garotos provincianos, mas entre os adultos, com seus honoráveis cabelos grisalhos, membros da sociedade contemporânea agitada pelas reformas. E não há coisas que te fazem lembrar desses Antropkas na capital? Será que não vês algo de Antropka nos dois empresários, donos das publicações da capital? Será que tu e teu rival não foram enviados pelos donos para buscar Antropkas? Será que os Antropkas não são os supostos novos assinantes que poderiam acreditar na inocência dos senhores? Os senhores sabem que toda a sua fúria, esforço e sofrimento continuam sendo em vão, que Antropka não vai responder, que não arrancarão do outro um assinante sequer e que mesmo sem isso ainda teriam ambos o suficiente; mas já se afundaram tanto nesse jogo e tanto lhes agrada ter o coração dilacerado até sangrar por esse impotente esforço folhetinesco, que já não são capazes de se conter! Então, a cada semana, em dias determinados, no meio da noite escura que sufoca nossa literatura, ressoa com fúria e agonia: "Antropka-a! Antropka-a!". E nós ouvimos.

Ofereço uma nova alegoria.

Imagina que foste convidado para uma reunião de pessoas respeitáveis, pois suponho que o senhor frequente os círculos respeitáveis da sociedade. Foste convidado para a festa do dia do santo,[10] digamos, de um conselheiro de Estado. O anfitrião já havia prevenido os convidados sobre teu estilo sagaz. Compareces com decência, bem-vestido, fazes rapapés à anfitriã e a elogias. Com satisfação, sentes olhares vindo em tua direção e te preparas para te distinguir dos demais. De repente, o horror! Percebes do outro lado do salão teu rival literário, que chegara antes de ti e o qual, até aquele minuto,

---

[10] Na Rússia, há o costume de se comemorar o dia do santo em homenagem ao qual a pessoa foi batizada. (N. da T.)

jamais suspeitaras que tivesse conhecidos naquele local. Teu rosto se transforma; mas o anfitrião, atribuindo isso a um mal-estar momentâneo, se apressa, ingênuo, a apresentar-te a teu inimigo literário. Os senhores resmungam algo e imediatamente viram-se de costas um para o outro. O anfitrião fica confuso, mas se alegra ao supor que se trata apenas de uma nova saudação literária, que ele não conhece por estar sempre atarefado com o trabalho. Enquanto isso, todos se apressam para jogar cartas, e a anfitriã, com sua particular gentileza, convida-te para o *eralach*.[11] Para te veres livre do rival, aceitas a jogatina com alegria; novamente, o horror: ambos estão na mesma mesa. E já não podiam recusar, o motivo de tal eram duas desembaraçadas e amáveis senhoras da sociedade, suas parceiras. Ambos se sentam rapidamente, cercados por alguns parentes e conhecidos, ávidos para ouvir os dois literatos, olham, sem se desviar, para as suas bocas a fim de pescar a primeira palavra. Teu rival se dirige à senhora com tranquilidade e diz: "Parece que é sua vez de dar as cartas, minha senhora". Todos sorriem, se entreolham, as sagazes palavras têm sucesso, teu coração fica apertado de inveja. As cartas são distribuídas. Recebes as tuas: três, dois, seis, a mais alta, um valete. Tu ranges os dentes, já teu rival sorri. As cartas dele sim foram boas, e ele, orgulhoso, anuncia a dama. Teu olhar se turva. Agarras um pesado castiçal de bronze da família, do qual se orgulha o anfitrião, e que é mantido o ano inteiro num armário e exposto unicamente em dias de santo; tu o agarras e te precipitas a arremessá-lo contra a testa de teu rival. Estupor e gritaria! Todos erguem-se de um salto, mas os senhores já haviam se atracado, espumando de fúria e se agarrando pelos cabelos.[12] Pois, a julgar por tua impaciência na literatura e tua incapacidade de controlar a ti mesmo, tenho o direito de tirar conclusões acerca de tua impaciência em sociedade. Tua parceira, uma jovem dama que esperava de ti tanta sagacidade, esconde-se com um grito debaixo das asas do marido, um eminente engenheiro tenente-coronel. Este, apontando para os senhores que puxavam os cabelos um do outro, diz a ela: "Eu avisei, querida, o que se pode esperar dos beletristas de hoje em dia?". Mas os senhores já haviam sido arrastados escada abaixo e enxotados porta afora. O anfitrião que celebrava o dia de seu santo, sentindo-se culpado diante da sociedade ali convocada, se desculpa, pede que todos esqueçam a literatura russa e continuem o *eralach*. Desperdiçaste a festa da alta sociedade, momentos inocentes e agradáveis com uma dama

---

[11] Jogo de cartas que envolve quatro jogadores e 52 cartas, distribuídas entre todos os participantes. (N. da T.)

[12] A redação considera essa cena um tanto exagerada. (N. do A.)

de Petersburgo, e o jantar. Mas os senhores não dão a mínima para isso: param algum cocheiro e cada qual segue pelas fétidas ruas de Petersburgo rumo ao seu apartamento para imediatamente escrever um folhetim. Apressas o cocheiro, invejando, de passagem, sua inocência, mas já elaborando teu artigo. Ao chegar, tomas a pena e relatas ponto por ponto, nos mínimos detalhes, tudo o que aconteceu contigo na casa do conselheiro!

Condenas aquele que celebrava o dia do seu santo, a esposa dele, a comida, te insurges contra o costume de celebrar o dia do santo, contra o engenheiro tenente-coronel, contra as damas, parceiras de cartas, e, por fim, chegas a teu rival. Oh, aqui sim, relatas tudo até o último detalhe, seguindo a moda atual e generalizada de contar os podres. Relatas como ele te bateu, como tu bateste nele, como ambos juraram bater um no outro. Queres anexar ao artigo uma mecha dos cabelos que arrancaste do teu rival. Mas já é de manhã... Corres pelo quarto e esperas a hora de ir para a redação. Apareces por lá e, de repente, o editor anuncia com a maior tranquilidade do mundo que, na véspera, fizera as pazes com o empresário rival, que fechara seu periódico e passara a ele seus assinantes; os dois até beberam uma garrafa de champanhe no Dussot[13] para comemorar a reconciliação. Em seguida, te agradece pelos serviços e anuncia que não precisa mais deles. Diga, que situação é a tua?

A coisa que mais detesto são os últimos dias da *máslenitsa*,[14] quando o populacho bebe até o último estágio da degradação. As caretas imbecis dos bêbados, com seus casacos e sobrecasacas em farrapos, pululam nas tavernas. Dois deles param na rua: um afirma ser general, o outro responde: "Mentira!". O primeiro se enfurece e xinga. O segundo: "Men-tira!". O primeiro fica ainda mais injuriado. O segundo: "Men-tira!" — e assim por diante mais duzentas vezes! Ambos encontram beleza na repetição inócua e infinita de uma mesma palavra, emporcalhando-se, por assim dizer, na impotência prazerosa de sua própria humilhação.

Ao ler teus folhetins, imagino-me automaticamente numa *máslenitsa* infindável, bêbada e absurda que se prolonga excessivamente em nossa literatura. Afinal, não ages como aqueles dois bêbados absurdos parados na esquina com suas sobrecasacas esfarrapadas? Não é verdade que teu rival afirma em cada folhetim que é um general, e tu respondes como aquele coitado de sobrecasaca esfarrapada na esquina: "Men-tira!"? E isso tudo um sem-

---

[13] Restaurante francês localizado em São Petersburgo. (N. da T.)

[14] Comemoração pagã da chegada da primavera; antecede a Quaresma, assim como o Carnaval, terminando no Domingo do Perdão. (N. da T.)

-número de vezes, sem que suspeitem que, afinal, ninguém mais aguenta isso. Imagino os senhores exatamente como na *máslenitsa*, loucos e intoxicados no último dia (o Domingo do Perdão!). Imagino os senhores diante das janelas de suas redações, chafurdando na neve escura e suja da capital, gritando a plenos pulmões com uma voz rouca um para o outro:

— Socorro! So-corro! So-cooorro!

Mas eu me calo e desvio apressadamente...

Observador Calado

N.B. "Observador Calado" é o pseudônimo de "uma certa pessoa"; esqueci de mencionar isso antes.

Tradução de Priscila Marques

PEQUENOS QUADROS[1]

I

Verão, férias; poeira e calor, calor e poeira. É difícil permanecer na cidade. Todos foram embora. Esses dias me pus a reler os manuscritos acumulados na redação... Mas deixemos os manuscritos para depois, embora sobre eles haja o que dizer. Queremos ar, autonomia, liberdade; mas, ao invés de ar e liberdade, vagamos sem rumo pelas ruas cobertas de areia e cal, e nos sentimos como se estivéssemos ofendidos com alguém: palavra, a sensação é mais ou menos essa. É sabido que metade das desgraças desaparece se conseguimos ao menos encontrar um culpado por elas, e é muito irritante quando não há maneira de encontrar alguém...

Dia desses, estava atravessando a avenida Niévski do lado do sol para o da sombra. Como se sabe, é preciso cuidado para atravessar a avenida Niévski e não ser atropelado: é preciso ir pelas bordas, olhar com atenção, escolher o momento para se lançar num caminho perigoso, esperar uma pequena brecha entre as carruagens que passam uma atrás da outra em duas ou três faixas. No inverno, dois ou três dias antes do Natal, por exemplo, é especialmente interessante atravessar a avenida: é um grande risco, sobretudo se a cidade estiver coberta por uma neblina branca e gélida desde o amanhecer, de modo que um transeunte a três passos de distância mal pode ser distinguido. Eis que consegui passar pela primeira fileira de charretes e cocheiros que passavam do lado da ponte Politsiéiski e me alegrei por ter me livrado deles; o tropel, estrondo e fortes gritos dos cocheiros ficam para trás, mas não há motivo para se alegrar: apenas metade da perigosa travessia foi percorrida, adiante há apenas risco e o desconhecido. Depois de examinar com pressa e agitação, você logo descobre como vai cruzar a segunda fileira de carruagens que passam do lado da ponte Anítchkov. Mas sente que não há tempo para pensar, e ainda tem aquela neblina infernal: ouve apenas o tropel e os gritos e vê não mais do que um *sájen* à frente. Súbito, da neblina

---

[1] Publicado originalmente na coluna "Diário de um escritor", em *O Cidadão*, nº 29, 16 de julho de 1873. (N. da T.)

surgem sons rápidos, frequentes e fortes de alguma coisa que se aproxima, sons terríveis e sinistros naquele momento, como se seis ou sete pessoas estivessem cortando repolho com um facão numa tina. "Para onde ir? Para a frente ou para trás? Será que vou conseguir?" E sorte a sua por ter ficado parado; da neblina, a apenas um passo de distância, surge de repente o focinho cinza de um cavalo de trote que exala um ar quente e passa desenfreado, rápido como um trem expresso, fumaça nos freios, arco distanciado, rédeas puxadas; patas fortes e belas, que a cada passada rápida, equilibrada e firme chegam a cobrir um *sájen*. Um instante, o grito desesperado do cocheiro e tudo some num piscar de olhos — o tropel, o corte, os gritos —, da neblina para a neblina, tudo desaparece novamente como se fosse uma visão. Uma visão genuinamente petersburguesa! Você faz o sinal da cruz, já desprezando a segunda fileira de carruagens, que tanto o assustara um minuto antes; rapidamente alcança a desejada calçada, ainda trêmulo pelas impressões recentes e, coisa estranha, sentindo ao mesmo tempo, não se sabe por que motivo, certo prazer, não por ter escapado ao perigo, mas precisamente por ter se exposto a ele. É um prazer conservador, não discuto, e além disso, no nosso século, inútil, ainda mais porque seria preciso, ao contrário, protestar e não sentir prazer, seja porque o cavalo de trote é algo absolutamente não liberal, seja porque faz lembrar os hussardos ou os comerciantes farristas, isto é, a imoralidade, a insolência, *la tyrannie*[2] etc. Sei disso e não discuto, mas agora gostaria apenas de concluir. Então, dia desses, com a costumeira cautela de inverno, eu atravessava a avenida Niévski quando, de repente, despertando de minhas reflexões, parei surpreso bem no meio do caminho: não havia ninguém, nenhuma carruagem, nem mesmo um cocheiro em seu *drójki*[3] tilintante! Não havia nada num raio de cinquenta *sájens*, seria possível até parar e discutir literatura russa com um amigo de tão seguro! Chega a ser ultrajante. Quando é que já aconteceu uma coisa dessas?

Poeira e calor, odores impressionantes, calçadas quebradas e prédios reformados. Cada vez mais as fachadas são refeitas para que fiquem sofisticadas e distintas. Acho surpreendente a arquitetura da nossa época. Em geral, a arquitetura de Petersburgo é muitíssimo característica e original, e sempre me impressionou precisamente por expressar toda a falta de caráter e de personalidade que marca sua existência. Num sentido positivo, o que é próprio e característico da cidade são apenas esses predinhos carcomidos de ma-

---

[2] Em francês no original, "a tirania". (N. da T.)

[3] Carruagem leve e aberta, de quatro rodas. (N. da T.)

deira que ainda estão de pé mesmo nas ruas mais elegantes ao lado de prédios colossais e que, de repente, impressionam o olhar como se fossem uma pilha de lenha ao lado de um palácio de mármore. Quanto aos palácios, é justamente neles que se reflete toda a falta de caráter da ideia, toda negatividade da essência do período petersburguês, do começo ao fim. Nesse sentido não existe cidade igual; sua arquitetura é o reflexo de todas as arquiteturas do mundo, de todos os estilos e períodos; tudo foi tomado de empréstimo de forma paulatina e desfigurado à sua maneira. Nesses edifícios é possível ler, como se eles fossem livros, sedimentos de todas as ideias e ideiazinhas que, de forma apropriada ou acidental, vieram voando da Europa e aos poucos nos conquistaram e capturaram. Aqui temos a arquitetura indistinta de uma igreja do século passado, ali uma cópia lastimável do estilo romano do começo deste século, acolá algo do Renascimento e algo do estilo bizantino antigo, uma suposta descoberta do arquiteto Ton[4] no último reinado. Há ainda alguns edifícios — hospitais, institutos e até palácios das primeiras décadas do nosso século — no estilo Napoleão I, enormes, pseudomajestosos e incrivelmente entediantes, existe neles algo de forçado e deliberadamente artificial, como as abelhas no manto napoleônico, que expressavam a majestade da época que se iniciava e a inaudita dinastia que se pretendia eterna. Depois há os prédios, ou quase palácios, pertencentes às nossas famílias nobres, mas que são de uma época bem mais recente. Foram construídos à moda de algum palácio italiano ou no estilo francês não totalmente puro da época pré-revolucionária. Mas lá, nos palácios romanos ou venezianos, gerações inteiras de famílias antigas viveram ou vivem, umas depois das outras, ao longo de séculos. Já nós construímos nossos palácios ainda no último reinado, mas também, ao que parece, com a pretensão de durar séculos: a ordem das coisas estabelecida na época parecia tão rígida e encorajadora, e o surgimento desses palácios como que professava o credo de que eles também hão de durar séculos. Tudo isso aconteceu, contudo, às vésperas da guerra da Crimeia e, em seguida, houve a libertação dos servos... Ficarei muito triste se, algum dia, vir num desses palácios alguma placa de taverna com um jardim de lazer ou um hotel francês para visitantes. Enfim, eis a arquitetura desses hotéis enormes e modernos: esses já são de negócios, americanismos, centenas de quartos, enormes empreendimentos industriais — basta vermos surgirem ferrovias e de repente nos tornamos homens de negócios. Mas agora, agora... palavra, não somos capazes de determinar nossa

---

[4] Konstantin Andrêievitch Ton (1794-1881), arquiteto russo, cujas construções dos anos 1830 a 1850 empregavam formas estilizadas da arquitetura bizantina. (N. da T.)

arquitetura atual. É uma desordem tamanha, que, aliás, corresponde integralmente à desordem do momento presente. Essa infinidade de prédios com inquilinos, extremamente altos (antes de tudo eles são altos), segundo dizem, têm paredes muito finas, foram construídos com poucos recursos, com fachadas de estilos impressionantes: Rastrelli,[5] rococó tardio, sacadas e janelas no estilo Doge,[6] obrigatoriamente com *oeil-de-beuf*[7] e cinco andares, tudo isso numa mesma fachada. "Irmão, você tem que colocar umas janelas no estilo Doge, pois eu não sou pior do que nenhum doge maltrapilho; e faça cinco andares para que eu possa ter inquilinos; janelas são uma coisa, mas andares são andares; não posso arriscar todo o nosso capital em brincadeiras." Contudo, não sou um folhetinista de Petersburgo e não era disso que eu estava falando. Comecei com os manuscritos da redação e cheguei em um assunto completamente diferente.

II

Poeira e calor. Dizem que, para os que ficam em Petersburgo, abriram alguns jardins e parques de recreação onde se pode "respirar" ar puro. Não sei se existe ar para respirar lá, mas eu mesmo ainda não fui a lugar nenhum. Petersburgo é melhor, mais abafado e mais triste. É possível caminhar e contemplar na mais plena solidão: isso é melhor do que o ar puro dos parques de recreação. Além disso, inúmeros jardins foram abertos na cidade, nos lugares mais inesperados. É possível encontrar quase que em todas as ruas, diante de algum portão, às vezes cheio de cal e tijolos, uma placa "Entrada para o jardim da taverna". Lá, no pátio, diante de um velho prédio anexo, há uns quarenta anos cercaram um pequeno jardim de uns dez passos de comprimento e cinco de largura; bem, isso é, agora, o "jardim da taverna". Digam-me, por que Petersburgo é tão mais triste aos domingos do que em dias de semana? Por causa da vodca? Da bebedeira? Porque os mujiques bê-

---

[5] Francesco Bartolomeo Rastrelli (1700-1771), arquiteto de origem italiana que desenvolveu sua carreira em São Petersburgo, onde se tornou representante da arquitetura barroca russa. Assinou grandes construções, como o Palácio de Inverno e o Palácio de Catarina em Tsárskoie Sieló. (N. da T.)

[6] Referência ao Palácio do Doge, construção de estilo gótico, símbolo da cidade de Veneza. (N. da T.)

[7] Em francês russificado no original; refere-se às janelas circulares ou elípticas, conhecidas em português como "olho-de-boi". (N. da T.)

bados perambulam e dormem na Niévski em plena luz do dia... ou à noite, como eu mesmo vi? Acho que não. A farra dos trabalhadores não me incomoda; agora que fiquei em Petersburgo, me acostumei totalmente a ela, embora antes não suportasse e até a detestasse. Nos feriados eles andam bêbados, às vezes em multidões, empurrando as pessoas e tropeçando nelas, não para causar confusão mas apenas porque para os bêbados é impossível não empurrar e tropeçar; xingam em voz alta, embora estejam passando por uma multidão de mulheres e crianças, não por grosseria mas porque os bêbados não conhecem outra língua além do xingamento. Precisamente esta língua, toda ela (não faz tempo que me convenci disso), é a mais cômoda, original e adaptada aos bêbados ou àqueles em condição de embriaguez, de tal modo que, não fosse ela, eles sequer poderiam existir — *il faudrait l'inventer*.[8] Não estou brincando. Considerem. Sabemos que a primeira coisa que acontece com alguém que está embriagado é a língua enrolar, já o fluxo dos pensamentos e sensações dos embriagados, ou de qualquer um que não esteja caindo de bêbado, é dez vezes maior. Por isso é natural que seja necessário procurar uma língua que satisfaça essas duas condições contraditórias entre si. Desde que o mundo é mundo, essa língua foi descoberta e aceita em toda a Rússia. Trata-se pura e simplesmente de um substantivo não dicionarizado, de modo que toda língua é formada por apenas uma palavra de pronúncia excepcionalmente simples. Certo domingo, já à noite, aconteceu-me de estar a uns quinze passos de um grupo de seis trabalhadores bêbados e, num átimo, perceber que é possível expressar todos os pensamentos e sensações, e até em uma elaboração profunda, utilizando apenas esse substantivo, que, aliás, tem pouquíssimas sílabas. Eis que um rapaz pronuncia o substantivo de forma brusca e enérgica para expressar sua rejeição desdenhosa de algum assunto a respeito do qual estavam falando. Outro, em resposta, repete o mesmo substantivo, mas em tom e sentido inteiramente diversos, ou seja, de total dúvida quanto à veracidade da rejeição do primeiro. De repente, um terceiro fica indignado com o primeiro, se mete na conversa de forma brusca e empolgada e grita o mesmo substantivo, mas com intenção de xingar e praguejar. Outra vez, o segundo se envolve indignado com o terceiro, o ofensor, e o interrompe como se dissesse: "Por que é que se meteu na conversa? Estamos conversando tranquilamente, por que raios veio brigar com Filka?". E todo esse pensamento foi comunicado por aquela mesma palavra proibida, aquele monossílabo que indica certo objeto, no momento em que ele levan-

---

[8] Em francês no original, "seria preciso inventá-la". (N. da T.)

tava a mão para pegar o terceiro pelos ombros. Então, de repente, um quarto rapaz, o mais jovem do grupo, que até aquele momento permanecera sentado em silêncio, pareceu ter encontrado a solução para a dificuldade inicial que dera origem à disputa, levantou entusiasmado o braço e gritou... "Eureca", você deve estar pensando? "Descobri, descobri"? Não, nada de "eureca", não descobriu nada; ele apenas repetiu o mesmo substantivo não dicionarizado, uma única palavra, apenas uma, mas com entusiasmo, com gritos de êxtase e, parece, ênfase exagerada, pois o sexto, um homem soturno e o mais velho entre eles, "não gostou nada" e num instante conteve o entusiasmo do novato, repetindo numa voz grave, soturna e edificante... exatamente o mesmo substantivo que não deve ser pronunciado na frente das damas, mas que, dessa vez, significava claramente: "Por que está gritando assim até arrebentar a garganta?". Desse modo, sem recorrer a nenhuma outra palavra, eles repetiram aquela palavrinha de que tanto gostavam seis vezes seguidas, uma depois da outra, e se compreenderam totalmente. Este é um fato que eu testemunhei. "Tenham misericórdia!" — gritei de repente, sem quê nem por quê (estava bem no meio do grupo). — "Vocês deram apenas dez passos e repetiram (tal e tal) seis vezes! É uma infâmia! Os senhores não têm vergonha?"

De repente todos me olharam como se olha para algo totalmente inesperado, e ficaram em silêncio por um instante; pensei que iriam me xingar, mas não xingaram, apenas o mais jovenzinho deu dez passos, virou-se para mim e, enquanto caminhava, gritou:

— E por que é que resolveu dizer *isso* pela sétima vez, sendo que já ouviu seis?

Soltaram uma gargalhada e foram embora, já sem se importar comigo.

III

Não, não estou falando desses farristas, não é por causa deles que fico especialmente triste aos domingos. Com grande surpresa, descobri há pouco tempo que existem em Petersburgo mujiques, pequenos proprietários e artesãos totalmente sóbrios, que não "se utilizam" de nada nem aos domingos; e não foi isso que me deixou surpreso, mas o fato de que eles são em número incomparavelmente maior do que eu supunha. Porém olhar para eles me deixa ainda mais triste do que olhar para os farristas bêbados, e não porque sinta compaixão por eles — não existe nenhum motivo para isso; mas certo pensamento estranho me ocorre... Aos domingos à noite (não é possível vê-

-los em dias de semana) muitas dessas pessoas que trabalham a semana inteira, mas são totalmente sóbrias, saem às ruas. Saem justamente para passear. Notei que nunca vão para a avenida Niévski; em geral passeiam perto de suas casas ou vão "tomar um ventinho", voltando com suas famílias de alguma visita. (Parece que em Petersburgo há muitos artesãos com suas famílias.) Caminham de forma grave, com rostos terrivelmente sérios, como se não estivessem passeando, conversam muito pouco uns com os outros, em especial o marido e a esposa seguem quase em silêncio absoluto, mas sempre vestidos com roupas de feriado. As vestes são pobres e velhas, as das mulheres são coloridas, mas foram limpas e lavadas para o feriado, talvez especialmente para aquele momento. Há algumas vestes russas, mas muitas são alemãs e as barbas estão aparadas. O mais triste é que eles, ao que parece, de fato imaginam a sério que caminhando assim estão realmente aproveitando o domingo. Mas o que há para se aproveitar nessa rua larga, vazia e empoeirada, que até depois do pôr do sol tem poeira? Mas é isso: para eles aquilo é o paraíso; enfim, cada cabeça, uma sentença.

Com frequência eles estão acompanhados dos filhos; há também muitas crianças em Petersburgo, e dizem ainda que muitas morrem. Todas essas crianças, que são, como observei, em sua maior parte muito novas, ainda na primeira infância, mal sabem andar ou sequer aprenderam; será que há poucas crianças mais velhas porque elas não sobrevivem e morrem? Observo na multidão um artesão solteiro, mas com uma criança, um menino, ambos sozinhos, ambos com uma aparência muito solitária. O artesão tem uns trinta anos, um rosto chupado e nada saudável. Está com sua roupa de feriado: sobrecasaca alemã de costuras gastas, botões velhos e colarinho sebento; calças "ordinárias", de terceira mão, mas tão limpas quanto possível. Peitilho de chita e gravata, cartola muito amassada, barba feita. Deve trabalhar em alguma gráfica ou serralheria. Seu rosto tem uma expressão sombria, taciturna, pensativa, cruel, quase má. Levava a criança pela mão; esta cambaleava atrás dele mal conseguindo se equilibrar. Era um menino de pouco mais de dois anos, muito frágil e branquinho, vestia um pequeno caftã, botinhas com as bordas vermelhas e uma pluma de pavão no chapéu. Ficou cansado; o pai lhe disse alguma coisa; talvez tenha apenas dito, mas soou como se tivesse ralhado. O pequeno se aquietou. Ainda deram uns cinco passos e o pai se inclinou, levantou a criança com cuidado, pegou-a nos braços e a carregou. Ela se agarrou a ele como de costume e, com carinho, abraçou seu pescoço com o braço direito, e com uma admiração infantil pôs-se a olhar fixamente para mim: por que será que estou indo atrás deles e os observo? Estava prestes a inclinar a cabeça e sorrir, mas ele franziu o cenho e se agarrou ainda mais forte ao pescoço paterno. Eles deviam ser grandes amigos.

Quando vago pelas ruas, adoro observar pessoas totalmente desconhecidas, perscrutar seus rostos e tentar adivinhar quem são, como vivem, o que fazem e o que lhes interessa em particular naquele momento. Sobre o artesão com a criança, me ocorreu então que ele havia perdido a esposa há apenas um mês e, por alguma razão, necessariamente de tuberculose. O menino órfão (cujo pai passa a semana trabalhando na oficina) é cuidado por uma velhota num porão, onde eles alugam um quartinho, ou talvez apenas um canto. Agora, no domingo, o viúvo e seu filho caminhavam para algum lugar longe no Lado Víborski para visitar o último parente que restara, provavelmente a irmã da falecida, à qual antes não visitavam com frequência e que era casada com um suboficial uniformizado e morava em algum prédio do governo também no subsolo, mas em cômodo separado. É possível que tenha lamentado pela falecida, mas não muito; o viúvo por certo também não lamentou muito durante a visita, mas ficou o tempo todo melancólico, falou pouco e raramente, mudou o assunto para algum tema especial do trabalho, mas também logo o abandonou. Devem ter servido o samovar e tomado chá com um torrão de açúcar. O menino ficou o tempo todo sentado no banco a um canto, acanhado e de cenho franzido, até que cochilou. Tanto a tia quanto seu marido prestavam pouca atenção nele, mas enfim serviram-lhe leite com pão; o anfitrião, o suboficial, que até aquele momento não havia dado atenção a ninguém, fez uma brincadeira, algo que era para ser afetuoso, mas que saiu muito amargo e inconveniente, e de que ele mesmo riu (sozinho, aliás); o viúvo, ao contrário, no mesmo instante, não se sabe por quê, levantou a voz para o menino, que, em consequência, imediatamente teve vontade de fazer pipi; então o pai, com ar sério e já sem se exaltar, o levou para fora do cômodo... A despedida foi tão melancólica e cerimoniosa quanto a conversa e foram observados toda a polidez e o decoro. O pai pegou o menino nos braços e o levou para casa, do Lado Víborski para a Litéini. No dia seguinte estará de novo na oficina e o pequeno com a velhota. Assim, você caminha e caminha e inventa tais quadros vazios para sua própria diversão. Isso não tem utilidade nenhuma, e "nada de instrutivo" pode-se extrair disso.[9] É por isso que fico melancólico nos domingos e nas férias, nas

---

[9] Alusão a uma passagem do "Diário de um louco", de Nikolai Gógol — na tradução de Paulo Bezerra, ver *O capote e outras histórias*, São Paulo, Editora 34, 2010, p. 64. (N. da T.)

ruas poeirentas e lúgubres de Petersburgo. Que tipo de coisas não passam pela nossa cabeça nas lúgubres ruas de Petersburgo? Parece-me que é a cidade mais lúgubre que pode existir no mundo!

É verdade que nos dias de semana há muitas crianças nas ruas, mas aos domingos à noite há dez vezes mais. Não importa quão macilentos, pálidos, anêmicos e subnutridos sejam seus rostinhos, em especial daquelas que ainda são levadas no colo; já as que andam, têm perninhas tortas que cambaleiam de um lado para o outro. Quase todas, aliás, estão muito bem-vestidas. Mas, meu Deus, uma criança é como uma flor, a folha de uma árvore na primavera: ela precisa de luz, ar, liberdade, comida fresca, e recebe, em vez disso, um porão abafado com cheiro de *kvas* ou repolho, um fedor terrível à noite, comida ruim, baratas e moscas, mofo, umidade correndo pelas paredes e, no pátio, poeira, tijolos e cal.

Mas eles amam seus filhos pálidos e magricelas. Eis uma menina de três anos, bonitinha, de roupa nova, correndo em direção à mãe, que estava sentada junto do portão acompanhada de muitas pessoas que tinham saído de suas casas para conversar por uma ou duas horas. A mãe conversava, mas estava de olho na filha que brincava a uns dez passos de distância. A menina se inclinou para pegar uma pedra e tropeçou na barra do vestido. Agora não conseguia de jeito nenhum se levantar, tentou duas vezes, caiu e começou a chorar. A mãe estava indo ajudá-la a se levantar, mas eu cheguei antes. Ela se endireitou, olhou-me rápido e com curiosidade, ainda com lágrimas nos olhos, e de repente correu para a mãe, um pouco assustada e com uma perturbação infantil. Aproximei-me e com educação perguntei quantos anos a menina tinha; a mãe respondeu de forma simpática, mas muito reservada. Eu disse que também tinha uma menina, mas isso não foi seguido de resposta: "Pode ser que você seja uma boa pessoa" — a mãe me olhava em silêncio —, "mas o que está fazendo aqui parado? Não seria melhor ir embora?". Todos que estavam conversando também ficaram quietos e pareciam pensar exatamente a mesma coisa. Acenei com o chapéu e continuei meu caminho.

Eis mais uma menina num movimentado cruzamento. Ela ficou para trás, mas até pouco tempo era levada pela mão por sua mãe. O fato é que a mulher encontrou, a uns quinze passos de distância, um amigo que tinha vindo visitá-la; confiando que a criança conhecesse o caminho, largou sua mão e saiu correndo para encontrar o visitante, mas a criança, que de repente se viu sozinha, se assustou, começou a gritar e foi atrás da mãe com lágrimas nos olhos.

Um pequeno proprietário grisalho, de barba e totalmente desconhecido, parou a mulher que corria e a agarrou pelo braço:

— Por que está correndo? Não está vendo a criança gritando ali atrás? Isso não se faz! Ela pode se assustar.

A mulher quis dar uma resposta afiada, mas não o fez; ficou pensativa. Sem nenhum sinal de irritação ou impaciência, pegou pela mão a menina que corria em sua direção e se aproximou do visitante de modo grave. O pequeno proprietário aguardou severo até o fim e depois seguiu seu caminho.

Quadros vazios, extremamente vazios, que dá até vergonha de colocar no *Diário*. De agora em diante, tentarei ser muito mais sério.

Tradução de Priscila Marques

PEQUENOS QUADROS (DURANTE UMA VIAGEM)[1]

Quero dizer uma viagem de navio ou trem a vapor. Daqueles caminhos antigos, percorridos "a cavalo", como disse recentemente um mujique, nós, habitantes das capitais, estamos nos esquecendo de todo. Pode ser que mesmo essas viagens já não sejam como antes. Eu, pelo menos, ouvi muitos relatos curiosos e como não acredito totalmente na história de que há bandidos por toda parte, costumo viajar quase todo verão para algum lugar afastado, pelos caminhos antigos, para minha própria edificação e aprendizado. Por ora, peço gentilmente que me acompanhe na estrada de ferro.

Agora, estamos entrando no vagão. Os russos da *intelligentsia*, quando estão em público e em grande número, sempre são objeto de curiosidade para um observador interessado em aprender, ainda mais numa viagem. Nos vagões, as pessoas dificilmente conversam entre si; nesse sentido, são particularmente característicos os primeiros momentos da viagem. Todos estão como que indispostos em relação aos outros, todos se sentem desconfortáveis; trocam olhares de uma curiosidade desconfiada e invariavelmente misturada com hostilidade, ao mesmo tempo, fingem não notar e nem querer notar a existência uns dos outros.

Nos setores do trem onde ficam os membros da *intelligentsia*, os primeiros instantes de localização do assento e início da viagem são instantes de verdadeiro sofrimento, impossíveis em qualquer outro lugar, como no estrangeiro, por exemplo, pois lá todos sabem seus lugares e localizam seus assentos imediatamente. Já nós, sem ajuda de um funcionário ou sem orientação, temos dificuldade de encontrar nossos lugares em qualquer parte do trem, inclusive quando temos o bilhete em mãos. Não se trata só de discussões sobre o assento. Se acontecer de perguntar algo muito necessário para o vizinho desconhecido, perto de quem se está sentado, a pergunta soa com um tom apreensivo e delicado, como se envolvesse um grande risco. O

---

[1] Publicado originalmente em *Skládtchina* (literalmente, *Vaquinha* ou *Coleta de fundos*), em março de 1874. Trata-se de uma coletânea reunindo textos de 48 escritores russos, de diferentes tendências, publicada com o intuito de ajudar as vítimas da fome que assolou a província de Samara no ano anterior. (N. da T.)

inquirido, é claro, logo se assusta e olha com extrema inquietação e nervosismo e, apesar de responder com o dobro de paciência e delicadeza, ambos, não obstante a sutileza recíproca, continuam sentindo o mais fundamental receio: tomara que isso não termine em briga! Essa suposição raramente se realiza, mas nos primeiros momentos, quando russos educados se veem em meio a uma multidão desconhecida, ela sempre passa pelos seus corações nem que seja por um instante ou, ao menos, na forma de uma sensação inconsciente.

— E isso — observou com violência um pessimista "de coração partido" —, não é porque eles não acreditam no caráter europeu de sua educação, mas porque entre nós quase todos concordam, do fundo de suas almas europeias, que merecem apanhar... — Ah, não, quanta bobagem! — gritou meu pessimista, corrigindo-se imediatamente —, nosso europeu nunca vai admitir que merece apanhar! Não, isso lhe conferiria muita honra! A consciência, mesmo que remota, de merecer ser açoitado, já é um princípio de virtude; e onde há virtude entre nós? Mentir para si mesmo é algo mais arraigado em nós do que mentir para os outros. Qualquer um pode sentir que merece ser açoitado, mas nunca reconhecerá, nem para si mesmo, que o de que precisaria mesmo era de uma boa surra.

Introduzi a opinião do pessimista por ser original e até curiosa; eu mesmo não concordo totalmente com ele e tendo a ter uma opinião muito mais conciliadora.

O segundo momento dos russos educados em viagem, ou seja, o momento em que as conversas se desenrolam, começa sempre logo depois do primeiro, ou seja, do período de tiques e análises apreensivas. É só no começo que parecem não saber conversar, depois é como se não pudessem se conter. Fazer o quê: o excesso é nossa característica. A culpa é da nossa precariedade; diga o que quiser, o fato é que entre nós há pouca gente com qualquer tipo de talento; ao contrário, há muitíssimos que estão no "meio-termo". O meio-termo tem algo de covarde, impessoal e, ao mesmo tempo, arrogante e provocador. As pessoas têm medo de conversar, para evitar, de certa forma, que se comprometam, têm receio e vergonha: os inteligentes, porque consideram qualquer passo independente como abaixo de sua inteligência; os tolos, por orgulho. Mas como o homem russo é, por natureza, ao mesmo tempo o tipo mais sociável e gregário de todo o globo terrestre, nesse primeiro quarto de hora eles sofrem tanto, se sentem tão mal que aceitam com alegria quando alguém resolve quebrar o gelo e inicia algum diálogo. Nas ferrovias, às vezes o gelo se quebra de forma bastante engraçada, mas quase sempre ocorre de outro modo em embarcações (o motivo será explicitado abaixo). Às vezes, entre os precários e "medianos", de repente aparece um gênio e fascina todos com seu exemplo. De repente, toma a palavra tal senhor que, em meio àquele tenso silêncio geral e esforço convulsivo, sem nenhum pretexto ou convite, ainda por cima sem um pingo de afetação, necessária, segundo nosso entendimento, a todo cavalheiro que, de repente, se vê em companhia de desconhecidos; sem um pingo daquele maneirismo infame na pronúncia das palavras mais comuns, hábito que tanto se arraigou em alguns dos nossos cavalheiros logo depois da libertação dos camponeses como sinal de indignação com esse tema — ao contrário, com ares do mais antigo e antiquado dos cavalheiros, esse homem começa a contar para todos em geral, e para ninguém em particular, nada mais, nada menos do que sua própria biografia, obviamente para total assombro e incredulidade dos ouvintes. Todos, a princípio, ficam perdidos e se entreolham de forma interrogativa; a única coisa que os alegra é o pensamento de que, em todo caso, não são eles que estão falando, mas o outro. Esse tipo de narrativa, cheia de detalhes dos mais íntimos e às vezes até maravilhosos, pode durar trinta minutos, uma hora, o quanto desejar.

Pouco a pouco todos começam a sentir em si a influência mágica do talento, sentem justamente que não estão ofendidos, embora até desejassem estar. Todos se impressionam com o fato de que ele não lisonjeia nem bajula ninguém, definitivamente não precisa de ouvintes, como um tagarela comum, precário; fala apenas porque não pode esconder para si seu tesouro. "Se quiserem, ouçam; se não quiserem, não ouçam. Para mim tanto faz, eu só quero alegrar os senhores" — eis o que ele poderia dizer; contudo, nem isso ele diz, pois todos se sentem perfeitamente livres, sendo que logo no começo (bem, não poderia ser diferente), assim que ele começa a falar de forma tão inesperada, é claro que todos se sentem, nos primeiros instantes, como que pessoalmente ofendidos. Pouco a pouco ganham tanta coragem que começam a interromper, fazer perguntas, entrar em detalhes, bem, é óbvio que com muita cautela. O cavalheiro ouve com atenção incomum, mas sem qualquer condescendência, escuta e responde, corrige caso se engane, e imediatamente concorda se o interlocutor tiver nem que seja um pouquinho de razão. Mas seja ao corrigir, seja ao concordar, ele sem dúvida deixa o senhor satisfeito; o senhor o sente com todo o seu ser, a cada minuto, e compreende como ele consegue fazer aquilo bem. Se o senhor lhe faz uma objeção, por exemplo, mesmo que ele há menos de um minuto tenha dito exatamente o contrário, agora ele diz aquilo que o senhor observou e em absoluta concordância, de modo que o senhor fica lisonjeado e ele mantém sua total independência. Às vezes acontece de o senhor ficar tão lisonjeado depois de uma objeção bem-sucedida, ainda mais diante de todos, que começa a olhar para o público como se fosse o aniversariante do dia, não obstante toda a sua inteligência, tamanho é o fascínio por seu talento. Oh, ele viu tudo, sabe de tudo, esteve em toda parte, visitou todos os lugares, se sentou em todos os lugares, e apenas ontem todos se despediram dele. Há apenas trinta anos esteve com um famoso ministro do reinado anterior, depois com o governador geral B...ov para se queixar de um parente que ficou famoso por publicar suas memórias, B...ov imediatamente o convidou a se sentar e fumar um charuto. Nunca mais fumaria charutos como aquele. Ele, é claro, parecia ter cinquenta anos, de modo que poderia se lembrar de B...ov, mas ontem mesmo acompanhou o conhecido judeu F., que estava fugindo para o exterior e nos últimos instantes lhe revelou seus últimos segredos, de forma que agora ele é a única pessoa em toda a Rússia que sabe tudo o que se pode saber dessa história. Enquanto falava de B...ov, todos ainda estavam calmos, ainda mais porque o tema era charutos; mas quando chegou em F., mesmo os ouvintes mais sérios assumiram uma postura interessada, chegaram até a se inclinar na direção do narrador e ouviram avidamente, além do mais não tinham a mínima inveja do fato de que o narrador tinha amizade com um judeu de classe alta e eles não. O balão *Jules Favre* estoura com um assopro;[2] na guerra franco-prussiana ele viajou em outro, um novo. Ali *un mot de Jules Favre*[3] sobre o príncipe Bismarck foi-lhe sussurrado secretamente ao ouvido no ano anterior em Paris, aliás, acredite se quiser, o narrador parece não se importar especialmente com isso, mas ele sabe tudo sobre o projeto das novas leis tributárias, sobre o qual foi falado no terceiro dia no conselho

---

[2] Em 3 de maio de 1872, o jornal *A Voz* informou: "Dia 1º de maio, enfim, depois de muitos adiamentos, foi lançado o balão de ar *Jules Favre* do capitão Bunell. A subida do balão [...] ocorreu do pátio na rua Pávlovskaia, às cinco horas da tarde [...]. Havia quatro viajantes: o capitão Bunell, o tenente Rikatchev, o couraceiro Bessonov e Miloch, amador que fez seu 12º voo de balão. [...] O balão *Jules Favre* ganhou altura significativa, desceu às oito horas da noite a 28 verstas de Petersburgo" (*A Voz*, 3 de maio de 1873, nº 121). Na edição de 6 de maio de 1873, no jornal *A Voz* foi publicado um artigo de um dos participantes do voo, o marido de uma prima de Dostoiévski, M. A. Rikatchev, diretor do observatório de física, "A subida do balão em 1º de maio de 1873". No final do artigo, ele recorda como, depois do pouso, Bunell contou que "corria um boato de que ele não era um aeronauta, mas viera para Petersburgo para abrir um restaurante, e só subira no balão para fazer propaganda" (*A Voz*, 6 de maio de 1873, nº 124). O balão *Jules Favre* voltou a voar em 20 de maio (*A Voz*, 23 de maio de 1873, nº 141). (N. da T.)

[3] Em francês no original, "uma palavra de Jules Favre". (N. da T.)

do governo, sabe até mais do que os próprios membros do conselho. Além disso, contou uma anedota sagaz sobre taberneiros. Todos riram e ficaram muito interessados, pois parecia ser verdadeira. Um engenheiro-coronel contou a meia-voz para o vizinho que ele ouvira quase a mesma coisa há alguns dias e que ele tinha quase certeza de que era verdade; o crédito do narrador aumenta no mesmo instante. Viajou com G...ev no mesmo vagão milhares de vezes,[4] mi-lha-res, e aqui não se trata de uma anedota qualquer, mas de uma história que ninguém conhece, e nada vai acontecer com o Desconhecido, pois certa pessoa está envolvida e essa pessoa quer colocar limites em tudo. A pessoa perdoou e disse que não iria se intrometer, mas só até certo ponto, contudo, ambos ultrapassaram esse ponto, e a pessoa, é claro, se intrometeu. Ele estava lá e viu tudo, ele mesmo assinou o livro do cartório como testemunha. Evidentemente, se reconciliaram. Já sobre cães de caça, sobre certos cães, nosso cavalheiro fala como se a principal tarefa de sua vida consistisse neles. Óbvio que no final das contas estava claro para todos, como dois e dois são quatro, que ele nunca viajou com G...ev, não assinou livro nenhum, não fumou com B...ov, não tinha cachorro nenhum e nunca chegou nem perto do conselho do governo; todos, não obstante, inclusive os especialistas, compreendiam que ele sabia de tudo e muito bem, de modo que era absolutamente possível ouvir sem se comprometer. A questão não eram as informações, mas o prazer de ouvi-las. É perceptível, contudo, uma lacuna nas histórias desses sabe-tudo: eles quase nunca falam sobre a questão educacional, sobre universidades, sobre classicismo, realismo e até sobre literatura, como se nem suspeitassem da existência desses temas. Você se pergunta quem ele poderia ser e definitivamente não encontra resposta. Sabe apenas que tem talento, mas não é capaz de adivinhar sua profissão. Pressente, entretanto, que se trata de um tipo e, como todo tipo claramente definido, necessariamente tem uma profissão, e, se você não consegue descobrir qual, é porque não conhece este tipo ou até então nunca havia se deparado com ele. Sua aparência impressiona de forma especial: veste-se bem, o dele, aparentemente, era um ótimo alfaiate; no verão estará necessariamente ves-

---

[4] Dostoiévski faz referência a uma polêmica de 1873 envolvendo A. D. Suvórin (que usava o pseudônimo de Desconhecido), folhetinista do periódico *Notícias de Petersburgo*, e o diretor da ferrovia de Orlovski-Vitebsk, V. F. Gólubev. Em sua coluna, Suvórin denunciou a notícia de que Gólubev ordenara a expulsão dos ocupantes de uma cabine na primeira classe para fins pessoais. O artigo ainda descreve o diretor da ferrovia em termos bastante negativos. Gólubev foi à imprensa para refutar tais informações, acusou Suvórin de calúnia e levou o caso à Justiça. O caso teve grande ressonância na época e voltou a ser tratado por Dostoiévski no *Diário de um escritor*, em 1876. (N. da T.)

tindo roupas de verão, casaco de *kolomiánka*,[5] polainas e chapéu de verão, só que... tudo isso parece um tanto antiquado, de modo que se o alfaiate era ótimo, ele apenas *era* ótimo, e agora talvez não seja mais. É alto, esbelto, muito esbelto até, não se comporta de acordo com a sua idade; olha sempre para a frente; demonstra ousadia e uma irresistível dignidade; nem rastro de imprudência; ao contrário, é benevolente com todos, mas sem afetação. Cavanhaque grisalho, não totalmente à Napoleão, mas em estilo nobre. No geral, tem modos irretocáveis, e de modos nós entendemos bem. Fuma muito pouco, ou não fuma absolutamente. Não traz bagagem, só um saco fininho, uma espécie de bolsa sem dúvida feita há muito tempo no estrangeiro, mas agora já inadmissivelmente desgastada, e só. Tudo termina com o inesperado desaparecimento do cavalheiro, quase sempre em alguma estação insignificante, em alguma junção totalmente desimportante para onde ninguém viaja. Depois de sua partida, alguém entre os ouvintes mais atentos, que sempre assentia com a cabeça, resolve dizer que ele "só disse mentiras". É claro que sempre aparecem uns dois que acreditaram em tudo e começam a discutir; em contrapartida, há sempre outros dois que desde o começo estavam ofendidos e, se ficaram calados e não refutaram o "mentiroso", foi apenas por indignação. Agora eles protestam de forma acalorada. O público ri. Alguém, que até aquele momento permanecera em sério e discreto silêncio, sugere com conhecimento de causa que se trata de um tipo especial da nobreza antiga, um tipo de nobre parasita de marca maior, um pequeno proprietário, um mandrião desde o ventre materno, com boas relações, a vida toda em volta de pessoas de classe alta, um tipo extremamente útil na sociedade, em especial em cidades do interior, onde com frequência gosta de ser visto e as quais gosta particularmente de visitar. De repente, todos concordam de algum modo com essa opinião inesperada, as discussões são interrompidas; o gelo foi quebrado, as conversas se desenrolaram. Mesmo sem conversar, todos se sentem em casa, todos se sentem livres. Tudo isso, graças ao talento.

Entretanto, se descontarmos os chamados escândalos casuais e algumas surpresas inevitáveis, às vezes bastante desagradáveis e, infelizmente, ainda muito frequentes, é possível, no final das contas, fazer uma boa viagem. Tomadas as devidas precauções, é claro.

Certa vez, escrevi que a tarefa de se fazer uma viagem de trem alegre e agradável em nossas ferrovias consiste, principalmente, em "saber permitir que o outro minta e acreditar tanto quanto possível no mentiroso; assim o

---

[5] Russificação do termo inglês *calamanco*, tecido muito usado na Inglaterra até o início do século XVIII. (N. da T.)

senhor também terá o direito de contar uma mentirinha, caso se sinta tentado a fazê-lo; ou seja, a vantagem é mútua".[6] Confirmo aqui que ainda mantenho a mesma opinião e que digo isso sem nenhuma conotação humorística, ao contrário, no sentido mais positivo. Sobre mentiras, em especial mentiras de trem, disse então que quase não as considero um vício, ao contrário, são uma função natural da nossa boa natureza. Praticamente não temos mentirosos maus, quase todos os mentirosos russos são pessoas bondosas. Não estou dizendo, contudo, que sejam pessoas boas.

Por outro lado, é sempre surpreendente quando, durante a viagem, nos vagões, surge uma sede renovada por conversas sérias, uma sede de ensinar os mais variados temas sociais. Assim surgem os professores. Sobre eles, eu também já escrevi, mas o que impressiona de modo especial é que a maioria dos aspirantes a ensinar e a aprender são mulheres, damas e senhoritas, mas nunca as tosadas,[7] e isso eu posso garantir. Diga, onde é possível encontrar hoje em dia uma senhora ou senhorita sem um livro em viagens ou mesmo na rua? Pode ser que eu esteja exagerando, mas mesmo assim muitas andam com seus livros, e não romances, mas livros louváveis, de pedagogia ou ciências naturais; estão até lendo Tácito traduzido.[8] Em uma palavra, há muita sede e ânsia, do tipo mais nobre e esclarecido, porém... porém tudo isso ainda não leva a nada. Não há nada mais fácil do que, por exemplo, persuadir uma dessas alunas do que quer que seja, principalmente se souber falar bem. Uma mulher profundamente religiosa, de repente, diante de seus olhos, concorda com conclusões quase ateístas e recomenda que elas sejam colocadas em prática. Quanto à pedagogia, por exemplo, é incrível o tipo de coisas que lhes são inculcadas e nas quais elas são capazes de acreditar! Chega a dar arrepios o pensamento de que elas, ao voltarem para casa, comecem a aplicar nas crianças e nos maridos aquilo que aprenderam. O único consolo é a suposição de que, talvez, elas não tenham entendido o professor, ou entenderam totalmente o contrário, e em casa sejam salvas pelo instinto materno e de esposa, e também pelo senso comum, que é tão forte na mulher russa desde o começo dos tempos. De todo modo, a educação cien-

---

[6] Dostoiévski faz uma citação imprecisa de seu artigo "Algo sobre a mentira", publicado em 1873 no *Diário de um escritor*. (N. da T.)

[7] Durante as décadas de 1860 e 1870, a imprensa conservadora se referia às mulheres niilistas como "tosadas", em referência aos cabelos curtos que eram moda nos círculos mais progressistas. (N. da T.)

[8] Dostoiévski provavelmente se refere à edição das *Obras* de Tácito, com tradução, prefácio e apêndice histórico de A. Klevanov, publicada em 1870. (N. da T.)

tífica é desejável, mas que seja firme e verdadeira, e não feita com quaisquer livrinhos pelos vagões. Ali os mais louváveis passos podem se tornar passos deploráveis.

O bom das nossas viagens é que, novamente sem contar os diversos "casos", é possível passar quase *incógnito* por todo o caminho, em silêncio e sem conversar com quase ninguém, se realmente não tiver vontade de falar. Hoje em dia são só os padres que começam com perguntas: quem é, para onde vai, fazer o quê, o que espera. Contudo, mesmo esse tipo bondoso está desaparecendo. Ao contrário, nos últimos tempos, encontros muito inesperados têm acontecido, tais que é até difícil acreditar nos próprios olhos.

Nas embarcações, como já disse, as conversas se desenrolam de maneira diferente do que nos trens. O motivo é natural: para começar o público é *selecionado*. É claro que me refiro ao público da primeira classe da embarcação, o público *da popa*. Não vale a pena falar do público *da proa*, ou seja, da segunda classe; ele nem pode ser chamado de público, são apenas passageiros. Ali ficam os peixes pequenos, bagagens, aglomeração e aperto, viúvas e órfãos, mães amamentando seus filhos, velhinhos pensionistas amontoados, padres transferidos, cooperativas inteiras de trabalhadores, mujiques com suas esposas e pedaços de pão em sacolas, tripulação, cozinha. Em qualquer parte e em qualquer época, o público da popa ignora absolutamente o da proa, e não sabe nada a seu respeito. Pode parecer estranha a ideia de que o público "de primeira classe" das embarcações seja sempre *mais selecionado* que o seu equivalente nos trens. Em essência, isso não é verdade, pois logo que saem da embarcação e chegam em casa, no seio de suas famílias, abaixam o tom até voltar ao natural; mas enquanto a família está a bordo, o tom se eleva involuntariamente até a mais insuportável fidalguia, apenas para não parecerem piores que as outras famílias. O motivo para tal é que lá há mais espaço para se movimentar e mais tempo livre para se desfigurar do que nos trens, ou seja, como disse antes, o motivo é natural. Lá as pessoas não ficam tão amontoadas, não correm o risco de formar um *monte*, não têm que sair voando, não estão tão submetidas à necessidade, às regras, aos minutos, às crianças que dormem e choram; não são forçadas a revelar para os outros seus instintos de forma tão natural e apressada; ao contrário, aquilo mais parece uma sala de estar formal; ao saírem para o deque, é como se fossem convidados de alguém. Por outro lado, os senhores estão ligados uns aos outros pelo mesmo trajeto por cinco ou seis horas, às vezes até um dia inteiro; sabem necessariamente que é preciso perfazer esse caminho juntos e travar conhecimento com alguém. As damas quase sempre estão mais bem-

-vestidas em embarcações do que nos trens, as crianças vestem os mais magníficos trajes de verão, isto é, caso o senhor tenha um pingo de respeito por si mesmo. É claro que às vezes encontram-se damas com trouxas e pais de família que se comportam exatamente como se estivessem em casa, às vezes até com os filhos nos braços e, em todo caso, as condecorações no peito; mas esse é apenas o tipo mais baixo de "viajante verdadeiro", o que leva as coisas plebeiamente a sério. Eles não têm uma ideia elevada, mas apenas um sentimento afoito de autopreservação. O verdadeiro público logo ignora tais pessoas lamentáveis; embora possam estar sentadas ao lado, elas mesmas começam a entender sua posição e se agarram firmemente ao assento pelo qual pagaram, mas diante do tom geral elas se apagam humildemente.

Em uma palavra, o tempo e o lugar alteram as condições de forma radical. Aqui, nem mesmo o maior "talento" poderia começar a contar sua biografia, seria preciso procurar outro caminho. E pode ser que não tivesse nenhum sucesso. Aqui a conversa quase não se desenrola devido a uma necessidade de viagem. O mais importante é que o tom da conversa deve ser inteiramente outro, "de salão" — isso é o essencial. Não é preciso dizer que, se os passageiros não se conhecem, é ainda mais difícil quebrar o gelo do que num trem. Uma conversa geral em embarcações é algo extremamente raro. O sofrimento derivado das próprias mentiras, das caras e bocas, especialmente nos primeiros momentos da viagem, é significativamente maior do que num trem. Caso o senhor seja um observador um pouquinho atento, ficará impressionado com a quantidade de mentiras que se pode contar em um quarto de hora, com o quanto mentem estas pomposas damas e seus respeitáveis esposos. Tudo isso, é claro, pode ser visto com mais frequência e de modo mais puro nos trens, nas chamadas viagens de lazer, de férias, em percursos que levam de duas a seis horas. Mentem com tudo: boas maneiras, belas poses; é como se estivessem o tempo todo se olhando no espelho. O tom afetado e agudo das frases, antinatural e repulsivo, a forma impossível de pronunciar as palavras, a qual ninguém que tivesse um pingo de amor-próprio seria capaz de empregar, são, me parece, mais frequentes nos trens. Pais e mães de família (ou seja, antes que tenha início alguma conversa geral no deque) tentam falar entre si com um tom de voz absurdamente alto, fazem um esforço enorme para mostrar que se sentem em casa, mas falham vergonhosamente em manter o personagem: conversam entre si sobre bobagens, assuntos fora de propósito e inadequados para o local e a situação; por vezes o marido se dirige à mulher como se fosse um cavalheiro totalmente estranho que acaba de conhecer uma dama totalmente estranha na casa de alguém. De repente, de forma rápida e sem motivo aparente, interrompem o diálogo em curso e começam a falar em fragmentos; olham nervosos e intranquilos para os vizinhos, ouvem as respostas dos outros com desconfiança e até espanto, às vezes chegam a ficar enrubescidos uns pelos outros. Se acontecer de eles falarem (ou seja, se forem obrigados pela necessidade) sobre alguma coisa que seja pertinente e adequada, sobre alguma coisa que qualquer casal possa ser obrigado a conversar no começo de uma viagem — por exemplo, alguma questão doméstica ou familiar, sobre as crianças, seja a tosse do pequeno Micha e o tempo fresco ou o vento que está levantando a saia da pequena Sônia —, então ficam confusos e logo começam a sussurrar para que ninguém escute, ainda que não haja nada de indecente ou censurável no que digam, ao contrário, é tudo digno do mais profundo respeito, ainda mais porque essas preocupações não lhes são exclusivas, todos as têm, inclusive naquela mesma embarcação. Contudo, justo esse pensamento extremamente simples não entra de modo algum em suas cabeças, e apenas aventá-lo parece algo indigno. Ao contrário, cada grupo familiar está mais inclinado, ainda que por inveja, a considerar qualquer outro grupo familiar daquele deque, em primeiro lugar, como se pertencesse a uma classe superior, e em segundo lugar, como se viesse de outro mundo, o do balé, por exemplo, mas de jeito nenhum como pessoas que, assim como eles, podem ter uma vida doméstica, filhos, babás, carteiras vazias, dívidas etc. Tal pensamento seria excessivamente ofensivo; desolador até; destruiria, por assim dizer, os ideais.

Nas embarcações, as primeiras a começar a conversar em voz alta são quase sempre as governantas, que evidentemente falam em francês com as crianças. As governantas de famílias de classe média são sempre iguais, ou seja, todas jovenzinhas, estudos recém-concluídos, não muito bonitas mas nunca totalmente feias; todas com vestidos escuros, cinturas afinadas, tentam mostrar os pezinhos, têm uma modéstia orgulhosa, mas um aspecto muito espontâneo, sinal de grande ingenuidade; são todas excepcionalmente dedicadas às suas obrigações, carregam sem falta um livrinho inglês ou francês de conteúdo edificante, geralmente algum guia de viagem. Eis que uma delas pega uma menina de dois anos em seus braços e, sem desviar os olhos, de modo sério, mas amoroso, chama a irmã de seis anos que está brincando (ela veste um chapéu de palha com um não-me-esqueças, um vestidinho rendado branco e encantadoras botinhas infantis) em seu francês de governanta: "*Wera, venez-ici*", o clássico "*venez-ici*" com ênfase especial no som de ligação *zi*.[9] A mãe de família, uma mulher corpulenta de classe alta (o mari-

---

[9] Em francês no original, "Vera, venha cá". (N. da T.)

do também está lá, um senhor de aspecto europeu, talvez proprietário de terras, alto, mais para o robusto do que para o magro, levemente grisalho, barba loura, um pouco comprida, mas sem dúvida à parisiense, chapéu felpudo branco, vestes de verão, de grau hierárquico incerto) —, a mãe de família logo observa que a governanta, ao pegar Nina, a menina de dois anos, nos braços, realiza um trabalho extra, não acertado em contrato, e para lembrar que ela não vai ser reconhecida por aquilo, observa, com uma voz extremamente doce, que, no entanto, exclui qualquer vislumbre da mais remota intimidade com a subordinada, que Nina deve estar "pe-sa-da" e que era necessário chamar a babá, ao mesmo tempo em que olha ao redor de forma tranquila e imperativa procurando a babá que se havia escondido. O cônjuge europeu faz um movimento incompleto semelhante, como se quisesse correr para procurar a babá, mas muda de ideia e permanece no mesmo lugar, visivelmente satisfeito por ter mudado de ideia e não ter corrido atrás da babá. Ele parece ser moço de recados da esposa, que pertence a uma classe social mais elevada, e ao mesmo tempo se aborrece com isso. A governanta se apressa em tranquilizar a dama de classe alta, garantindo em bom som e cadenciando as palavras que ela "ama tanto a Nina" (beija a menininha apaixonadamente). Então, chama outra vez a menina com um leve gritinho em francês, com o mesmo "*zici*", mas o amor é tanto que até irradia dos olhos da dedicada donzela para a culpada Vera. Enfim, Vera se aproxima correndo e pulando com falsa bajulação (uma criança de seis anos, ainda considerada um anjo, e já mentindo e estragada!). Mademoiselle imediatamente começa a ajeitar, sem nenhuma necessidade, sua gola; foi para isso que a havia chamado...

A viagem nesta embarcação dura apenas seis horas e é até alegre. Repito: sem dúvida, dois ou três dias de viagem em algum lugar pelo rio Volga ou de Kronchtadt até Ostend[10] seria diferente: a necessidade teria dissipado o clima de sala de estar, o balé teria desbotado e se desarranjado, os instintos vergonhosamente ocultados viriam à tona da forma mais explícita, até alegres pela oportunidade de aparecerem. Mas entre três dias e seis horas há uma diferença, e em nossa embarcação tudo se manteve com uma "aparência pura" do começo ao fim. Então, nesse esplêndido dia de junho, às dez da manhã, navegamos pela superfície calma e ampla do lago. A proa da embarcação ficou adernada de tantos "passageiros", mas lá está apenas a ralé, pe-

---

[10] O município de Kronchtadt fica na ilha de Kotlin, e nele está localizado o principal porto de São Petersburgo. Ostend é uma cidade costeira na Bélgica. (N. da T.)

la qual não temos nenhum interesse; afinal, como disse, temos nosso salão. Contudo, entre nós existem aqueles que criam problemas por todo lado, de modo que não sabemos o que fazer com eles; é o caso do médico alemão com a família, composta pela *Mutter*[11] e três moças alemãs de boca torta, que dificilmente deixariam algum pretendente russo tentado. Nossas leis não foram escritas para essas pessoas. O velho médico está totalmente à vontade; até veste seu quepe de viagem alemão feito de oleado, de formato tolo, e o faz de propósito para demonstrar independência, ou seja, pelo menos é o que nos parece. Mas como recompensa por essa visão absurda, há uma dama muito bonita e um engenheiro-coronel, uma senhora de idade com suas três filhas quase adultas, mas bastante chiques, pertencentes ao círculo dos generais petersburgueses de nível médio-alto, moças que parecem provocadoras e experientes. Há dois janotas, um artista, que é cadete, e um oficial cavalheiro de algum regimento famoso; mas ele se mantém em altivo silêncio e num arrogante isolamento, considerando decerto que não está em seu ambiente, fato que claramente agrada a todos. Contudo, quem mais chama a atenção e ocupa o melhor lugar é a *autoridade*. Sua Excelência, aliás, tem uma aparência sempre bem-disposta, veste seu quepe e roupas semi-informais. Todos ficam sabendo que ele é o funcionário mais antigo e, por assim dizer, o "dono da província"; afirmam ainda que está indo a algum lugar para "inspecionar". O mais provável é que ele esteja acompanhando a esposa e a família para sua residência de verão em algum lugar não muito distante. Sua esposa é uma dama de extraordinária beleza, de 36 ou 37 anos, da nobre família S...v (fato que todos na embarcação conhecem muito bem), viaja com suas crianças (todas meninas, a mais velha tem dez anos) e com a governanta suíça; para indignação de algumas de nossas damas, comporta-se de forma excessivamente pequeno-burguesa, embora "levante o nariz" além da conta. Veste roupas do dia a dia, "parece que agora isso está na moda entre elas, mã-es de fa-mí-lia", disse a meia-voz uma das filhas do general, examinando com inveja o vestido de modelo elegante, mas excessivamente modesto da esposa do dono da província. Também chama muita atenção um senhor alto, esguio e bastante grisalho, de uns 56 ou 57 anos, que se sentara sozinho em uma cadeira dobrável da embarcação, quase no meio da passagem, decididamente de costas para o público, com um olhar preguiçoso e vazio em direção à água. Todos sabem que se trata *dele*, o camareiro e dândi do reinado anterior, cuja importância atual nem Deus sabe, mas que continua frequentando os mais elevados círculos, já gastara muito dinheiro

---

[11] Em alemão russificado no original, "mãe". (N. da T.)

na vida e nos últimos tempos tem passeado pelo estrangeiro. Veste-se de forma um tanto negligente e ostenta uma aparência muito particular, mas tem uma inequívoca postura de milorde russo que quase não sofreu a interferência de um cabeleireiro francês, o que constitui uma raridade absoluta entre os verdadeiros lordes britânicos russos. Ele tem dois criados na embarcação e um cachorro da raça *setter* de impressionante beleza. O cão caminha pelo deque enfiando-se entre os joelhos das pessoas sentadas em sequência, a fim de travar conhecimento com todos. Apesar de ser incômodo, ninguém se ofende e alguns de nós até experimentam fazer carinho no cachorro, assumindo ares de conhecedor do assunto, de alguém que sabe apreciar o valor de um cão de raça e como se tivesse a intenção de adquirir um *setter* no dia seguinte. O *setter* recebe os afagos com indiferença, como um verdadeiro aristocrata. Não permanece muito tempo nos joelhos e, se balança um pouco o rabo, é apenas pelos bons modos da sociedade, com indolência e indiferença. O milorde, é claro, não tem conhecidos ali, mas por seu aspecto flácido e fofo é evidente que ele não precisa de ninguém, não por um princípio qualquer, mas simplesmente porque não precisa. Em relação à importância administrativa do "dono da província", ele, do alto de sua cadeira dobrável, fica indiferente no último grau, e tal indiferença também é totalmente desprovida de princípios. Contudo, é perceptível que a conversa entre eles está prestes a se desenrolar. O administrador caminha próximo à cadeira dobrável e deseja com toda a determinação iniciar um diálogo. Apesar de ser casado com uma S...v, com a franqueza que lhe é característica reconhece que está muito abaixo do milorde, isso, é claro, sem perder em nada a dignidade; esta é, agora, a última tarefa que tem diante de si. Então apareceu um senhor do "degrau de baixo" e, graças aos seus esforços, o dono e o milorde conseguiram, por acaso e sem serem apresentados, trocar duas palavras. Isso se deu por ocasião da notícia, reportada pelo senhor do "degrau de baixo", sobre o governador de uma província vizinha, também um conhecido aristocrata que, com pressa de levar a família para um balneário no estrangeiro, quebrou a perna no trem. Nosso general ficou terrivelmente impressionado e quis saber detalhes. O milorde sabia mais detalhes e prontamente murmurou entre os dentes postiços algumas palavras, sem, contudo, olhar para o general, de modo que não se sabia se estava falando com ele ou com o informante do "degrau de baixo". O general esperava com indisfarçada impaciência, parado próximo à cadeira com as mãos nas costas. Mas o milorde era definitivamente suspeito e poderia, de um instante para outro, calar-se e esquecer do que estava falando. Ao menos, parecia ser capaz disso. O palpitante senhor do "degrau de baixo" estava muito ansioso, desejando impedir que ele se calasse. Colocou para si o dever sagrado de aproximar esses senhores de classe alta e apresentá-los um ao outro.

É notável que tais senhores do "degrau de baixo" sempre viajem perto de pessoas "mais velhas", e isso se dá unicamente pelo fato de que em uma viagem não há para onde enxotá-los. Além disso, eles não são expulsos por serem bastante úteis, se, é claro, estiverem em certas condições favoráveis e adequadas. O nosso, por exemplo, carrega até uma condecoração no pescoço e, embora esteja com roupas comuns, parece estar de uniforme, até seu quepe tem uma faixa como que de uniforme, de modo que, em certo sentido, está apresentável. Esse senhor começa se colocando diante da pessoa mais velha, sem palavras, apenas sua imagem, e diz em tom de alerta: "Eu sou do degrau de baixo e não tenho, de jeito nenhum, a intenção de me equiparar, nunca subirei até o seu degrau. É impossível o senhor se ofender comigo, Vossa Excelência; seria uma alegria servir de entretenimento, de modo que o senhor poderá sempre me tratar como alguém de classe inferior, pois eu sei e saberei até a morte o meu lugar". Não há dúvida, é claro, que esses senhores tentam tirar proveito, mas o "tipo puro" dessa classe age até a despeito de qualquer proveito, mas por certa inspiração típica de funcionários; são nesses casos que eles vêm a ser úteis, sentem-se verdadeiramente alegres, são de uma simplicidade tal que o lacaio que têm em si desaparece — o proveito vem por si só, como um fato e sua consequência necessária.

Todos começam a prestar atenção à conversa recém-iniciada entre as "duas pessoas importantes" no deque; não que quisessem participar, isso já seria demais, mas apenas ver e ouvir. Alguns começam a caminhar por perto, mas quem mais sofre é o marido europeu da "dama de classe alta". Ele sente que pode não apenas se aproximar, mas também participar da conversa, e até teria algum direito de fazê-lo: generais são generais, mas, afinal de contas, a Europa é a Europa. E ele seria capaz de falar do governador que quebrou a perna tão bem quanto qualquer um! Com esse objetivo, até pensou em afagar o *setter* e, com isso, ter algum pretexto para começar, mas orgulhosamente recolheu a mão já estendida, e sentiu até um irresistível impulso de chutar o cão. Pouco a pouco, assumiu uma expressão solitária e ofendida, afastou-se por um minuto e examinou a imensidão reluzente do lago. A esposa, ele percebe, olha-o com a mais sarcástica ironia. Isso ele já não pode suportar e outra vez se volta à "conversa", caminha e perambula próximo a ela, como uma alma no purgatório. E se aquela alma sem pecado é capaz de odiar alguma coisa, naquele minuto o que ela odeia é o senhor do "degrau de baixo", odeia-o com todas as forças, pois se não fosse por ele é possível que nada daquilo estivesse acontecendo!

— Te-le-gra-fou para cá — escandiu o emaciado milorde, olhando para o *setter* e mal respondendo ao general — e eu, no primeiro momento, i-ma-gi-ne o senhor, fiquei per-di-do...

— Será que ele não é seu parente? — quis se informar o general, mas se conteve e esperou.

— Imagine só, a família está em Karlsbad, e ele te-le-gra-fou — resmungou o milorde de forma desconexa, obcecado com a palavra "telegrafou".

Sua Excelência continuava esperando, ainda que sua expressão revelasse enorme impaciência. Mas o milorde se calou em definitivo, e decididamente se esqueceu da conversa.

— De fato ele, ao que parece... sua principal propriedade... fica na província de Tver? — pergunta, enfim, o general com certo acanhamento e insegurança.

— Ambos, ambos são es-quá-li-dos, Iákov e A-ris-tarkh... São irmãos. Um está agora na Bes-sa-rá-bia. Iákov quebrou a perna e Aristarkh está na Bes-sa-rá-bia.

O general ergueu a cabeça, perplexo ao extremo.

— Es-quá-li-dos, a propriedade é da esposa, dos Ga-ru-nin. Ela é Ga-ru-ni-na de nas-ci-men-to.

— Ah! — alegrou-se o general. Estava visivelmente satisfeito com o fato de que "ela era Garunina". Agora ele estava entendendo.

— Uma pessoa magnífica, ao que parece — exclamou com entusiasmo... — Eu o conhecia... ou melhor, pensei que o conheceria aqui... uma pessoa magnífica!

— Uma pessoa magnífica, Vossa Excelência, excelente! É exatamente como o senhor definiu: "magnífica!" — disse com fervor o homem desembaraçado do degrau de baixo, cujos olhos brilhavam com sincero entusiasmo. Olhou para os passageiros com compostura e se sentiu moralmente superior a todos os que estavam no deque.

Isso o senhor europeu, que perambulava "perto da conversa", não pôde tolerar em absoluto. Que desgraça, esse era o seu destino!

O mais importante nesse destino é que sua esposa, "a dama de classe alta", ainda quando solteira, foi quase amiga da esposa do "dono da província", uma S. de nascimento, que na época também era solteira. A "dama de classe alta" — também era alguma coisa "de nascimento" e também se considerava de um tipo um tanto superior em relação ao marido.

Pequenos quadros (durante uma viagem)

Antes de embarcar, sabia perfeitamente que a dona da província estaria ali, e imaginava "encontrá-la". Mas, que desgraça, não "se encontraram", e desde o primeiro passo, desde o primeiro olhar ficou absolutamente claro que não poderiam se encontrar! "E tudo isso por causa daquele homem intolerável!"

Aquele "homem intolerável", por sua vez, conhecia muito bem os pensamentos não expressos de sua esposa, aprendera a reconhecê-los muitíssimo bem ao longo dos sete anos de união. Entretanto, ele também "nasceu na Arcádia".[12] Ali, naquela mesma província, chegou a ter oitocentas almas! Passaram aqueles sete anos no estrangeiro com a compensação recebida pela liberação dos servos e com o carvalho (trezentas dessiatinas!),[13] vendido três anos antes. Então, quatro meses atrás, retornaram à pátria e agora rumavam para as ruínas de sua propriedade, sem saber eles mesmos por quê. O mais importante é que a dama de classe alta parecia não querer nem saber que não havia mais nem compensação nem carvalho. O que mais a irritava era que já fazia quatro meses que eles haviam voltado e ela ainda não conseguira "se encontrar" com ninguém. O caso da mulher do general não era o primeiro. "E tudo por causa dele, desse homenzinho insignificante!"

— E daí que ele tem uma barba europeia? Isso não quer dizer nada, ele não tem nem um titulozinho sequer, não tem conexões! Não foi capaz de ter uma ideia, não conseguiu nem se casar. O que fez com que eu meu casasse com ele? Fui seduzida pela barba! Deixe que ele fale que conversou com Mill, que ajudou a derrubar Thiers;[14] isso não vai levá-lo a lugar algum; além do mais, ele mente: se ele tivesse derrubado Thiers, eu teria visto...

O marido feliz sabe muitíssimo bem que sua "dama de classe alta" está pensando precisamente isso dele, naquele exato momento. Ela não externou o desejo de "se encontrar" com a esposa do dono da província, mas ele sabe que se não proporcionar esse encontro, ela não lhe dará sossego pelo resto da vida. Além disso, ele mesmo quer que ela seja a primeira a admitir que ele é capaz de conversar não apenas com Mill, mas até com generais do go-

---

[12] Alusão a um verso do poema "Resignação", de Schiller: "Auch ich war in Arkadien geboren" ("Eu também nasci na Arcádia"), por sua vez uma variação do mote latino *Et in Arcadia ego*, que pode ser traduzido como "Também na Arcádia eu existo". (N. da T.)

[13] Antiga medida agrária russa, correspondente a 1,09 hectares. (N. da T.)

[14] Alusão a duas figuras públicas de renome: John Stuart Mill (1806-1873), economista britânico, defensor do liberalismo e do utilitarismo; e Adolphe Thiers (1797-1877), estadista e historiador francês, que teve importante atuação na repressão da Comuna de Paris em 1871. (N. da T.)

verno, que ele também é grande coisa, não um zé-ninguém, mas um verdadeiro pássaro de fogo. Ah, este reconhecimento espontâneo de sua esposa sobre sua perfeição constituía, em essência, a mais importante tarefa de toda a sua vida falha e foi seu verdadeiro objetivo nas primeiras horas do casamento! O relato de como tudo isso aconteceu tomaria muito tempo, mas foi assim e não há nada o que acrescentar. Eis que de repente ele se põe a caminhar de modo perdido e nervoso e estaciona na frente do milorde.

— Eu... general... eu também estive em Karlsbad — balbuciou — e, imagine, general, também tive um problema com a perna lá... Os senhores estavam falando de Aristarkh Iákovlevitch? — voltou-se rapidamente para o milorde, incapaz de aguentar o diálogo com o general.

O general sacudiu a cabeça e, com certa surpresa, olhou para o senhor que se aproximara correndo e que tremia todo ao falar. Já o milorde nem sequer se dignou a levantar o rosto enquanto — o horror! — estendia a mão; o senhor europeu sentiu claramente que o milorde ao puxar sua mão para o lado na direção de sua perna, fazia força para afastá-lo dali. Sentiu um sobressalto, olhou para baixo e no mesmo instante percebeu o motivo daquilo: ao correr e se colocar de modo irrefletido entre o banco e a cadeira do milorde, não notou que esbarrara na bengala deste último, a qual escorregara e estava prestes a cair. Recuou rapidamente, derrubou a bengala e o milorde, resmungando, se inclinou para levantá-la. No mesmo instante, ouviu-se um terrível ganido: era o *setter*, cuja pata tinha sido esmagada pelo senhor que recuara. Os ganidos eram insuportáveis e absurdos; o milorde girou todo o tronco e escandiu com violência para o senhor:

— Peço en-ca-re-ci-da-mente que deixe em paz meu ca-chor-ro...

— Não fui eu. Foi ele mesmo... — balbucia o interlocutor de Mill, desejando ser tragado pelo deque.

— O senhor não pode acreditar, não pode acreditar no quanto eu já sofri por causa desse in-com-pe-ten-te! — ouviu atrás de si a esposa sussurrar furiosa ao ouvido da governanta, ou melhor, não chegou a ouvir, mas pressentiu com todo o seu ser; é possível que a esposa não tenha sussurrado nada para a governanta...

A verdade é que tanto faz! Ele não só estava disposto a ser tragado pelo deque, como também a desaparecer em algum lugar na proa, esconder-se atrás do timão. Ao que parece, foi isso que ele fez. Ao menos, não voltou a ser visto no deque durante todo o restante da viagem.

Tudo terminou com o administrador cedendo, apresentando sua esposa ao milorde e seguindo para a cabine onde, graças aos esforços do capitão, uma mesa de jogo já estava montada. Todos conheciam essa pequena fraqueza do administrador. O senhor do degrau de baixo organizou tudo e conseguiu os parceiros adequados às condições: foram convidados um funcionário, que acompanhava a construção da ferrovia mais próxima, recebia um salário exorbitante e já era conhecido de Sua Excelência; e um engenheiro-coronel que, apesar de desconhecido, concordou em ser parceiro no jogo. Este era um pouco rabugento e um tanto estúpido (devido ao excesso de amor-próprio), mas jogava bem. O funcionário da ferrovia era um tanto trivial, mas sabia se controlar; o senhor do degrau de baixo, que completou o quarteto, se comportou exatamente como era esperado. O general sentiu grande satisfação.

Nesse meio-tempo, o milorde travou conhecimento com a generala. Quanto ao fato de que ela era S. de nascimento, ele tinha se esquecido de todo e nem suspeitava. Agora, de repente se lembrou de quando ela era uma garota de dezesseis anos. A generala se dirigia a ele de modo um tanto arrogante e displicente, mas isso era apenas pose. Fazia um crochê qualquer e mal olhava para ele; mas o milorde foi se tornando cada vez mais agradável; ele ficou animado; resmungava e cuspia, é verdade, mas como conversava bem (em francês, é claro); lembrou-se de anedotas magníficas, de coisas realmente sagazes... E quantas fofocas ele conhecia! A generala estava cada vez mais sorridente. O charme daquela magnífica mulher agiu de modo estranho sobre o milorde, ele aproximou mais e mais sua cadeira até que ela, por fim, esmoreceu e começou a dar estranhas risadinhas... Isso já foi absolutamente insuportável para a pobre "dama de classe alta". Ela começou a ter um tique (*tic douleureux*)[15] e se retirou para a cabine das damas, em uma seção especial, com a governanta e Nina. Começaram a fazer compressas de vinagre, ouviram-se gemidos. A governanta sentiu que "a manhã estava perdida" e desanimou. Não quis conversa, colocou Vera sentada e ficou olhando um livro que, aliás, não estava lendo.

"Não é a primeira vez que ela fica assim nesses três meses" — pensa a dama convalescente, olhando-a de cima a baixo. "Ela tem a obrigação de falar, a obrigação! Deve me entreter e se lamentar por mim; é uma governanta, tem que me adular, me defender; tudo isso por causa daquele lá, tudo por causa daquele insignificante!" — continua olhando com ódio e de soslaio para a garota. Por orgulho, recusa-se a falar com ela. Enquanto isso, a garota sonha com a Petersburgo que acabara de deixar, com as suíças do pri-

---

[15] Em francês no original, "tique doloroso", hoje conhecida como "nevralgia do nervo trigêmeo". (N. da T.)

mo, com um oficial, seu amigo, com dois estudantes. Sonha com o lugar onde se reuniam estudantes, moças e rapazes, e para o qual já fora convidada.

"Para o diabo!" — decide de uma vez por todas. "Vou passar um mês ainda com essa gente esquisita e se continuar entediada, fujo para Petersburgo. Se estiver passando fome, viro parteira. Não estou nem aí!"

Enfim a embarcação chega a seu destino; todos se precipitam para a saída como se estivessem deixando um porão sufocante. Que dia quente, claro, que céu lindo! Mas nós não olhamos para o céu, não temos tempo. Temos pressa, temos pressa; o céu não vai fugir.

O céu é algo corriqueiro, não é engenhoso; mas a vida é para ser vivida, não só de passagem.

Tradução de Priscila Marques

A HISTÓRIA DE MAKSIM IVÁNOVITCH[1]

Aconteceu em nossa cidade, Afímievsk; vou contar agora, vejam só que maravilha.[2] Havia um comerciante chamado Skotobóinikov, Maksim Ivánovitch, e no distrito não tinha ninguém mais rico. Ele construíra uma fábrica de chita e empregava várias centenas de operários; e se achava o máximo. É preciso dizer que tudo transcorria segundo suas incumbências, as autoridades não criavam nenhum empecilho e o arquimandrita[3] lhe era grato pelo zelo que ele demonstrava: destinava muitas contribuições para o mosteiro e, quando lhe dava a louca, suspirava muito por sua alma e não se preocupava pouco com a vida futura. Era viúvo e não tinha filhos; a respeito de sua esposa corriam rumores de que a havia levado à morte no primeiro ano de casados de tanto surrá-la e que, desde jovem, gostava de brigar; só que isso eram coisas de muitos anos antes; quanto a voltar a assumir as obrigações do casamento, não queria. Também tinha um fraco pela bebida, e quando estava de cara cheia corria nu pela cidade, aos berros; a cidade não é grande e tudo vira escândalo. Quando vinha a ressaca ficava zangado, tudo o que julgava dava por bem julgado e tudo o que ordenava dava por bem ordenado. Ajustava as contas com as pessoas de forma arbitrária; pegava o ábaco, punha os óculos: "Fomá, quanto tens a receber?" — "Não recebi nada desde o Natal, Maksim Ivánovitch, então tenho a receber trinta e nove rublos." — "Ah, quanto dinheiro! É muito para ti; inteiro não vales esse dinheiro todo, isso não é para o teu bico: adeus dez rublos, toma vinte e nove". E o homem se cala; aliás, ninguém se atreve a soltar um pio, ficam todos de bico calado.

"Eu", diz ele, "sei quanto se deve pagar a eles. Com essa gente daqui não dá para ser diferente. A gente daqui é depravada; sem mim todos aqui já teriam morrido de fome, todos, sem exceção. Torno a dizer, a gente daqui

---

[1] Extraído do romance O *adolescente*, 1875, terceira parte, capítulo 3, subcapítulo 4. Na obra a história é narrada pelo velho Makar, pai adotivo do protagonista Arkadi Dolgorúki. (N. do T.)

[2] Literalmente, "matador de gado". (N. do T.)

[3] Superior de mosteiro, tal como na Igreja Ortodoxa Grega. (N. do T.)

é toda formada por ladrões: roubam tudo o que veem e não têm coragem para nada. E ainda é preciso acrescentar que são todos uns bêbados: é só receberem o pagamento que vão logo para a taberna, por lá ficam lisos, a nenhum, e saem pelados. E depois são uns patifes: ficam sentados numa pedra diante da taberna e começam a lamentar: 'Mamãe querida, por que me deste à luz, um bêbado inveterado como eu? Teria sido melhor se tivesses me estrangulado, a mim, este bêbado inveterado, quando nasci!'. Ora, isso lá é um homem? É um bicho e não um homem. Antes de mais nada é preciso educá-lo, e depois lhe dar dinheiro. Sei a hora de dar."

Era assim que Maksim Ivánovitch falava do povo de Afímievsk; embora fosse ruim que falasse dessa maneira, mesmo assim havia ali uma verdade: o povo era fatigado, fracote.

Vivia nessa mesma cidade outro comerciante, mas morreu; era um homem jovem e leviano, que tinha falido e perdido todo o seu capital. No último ano, debatera-se como um peixe fora da água, mas sua hora havia chegado. Sempre se desentendera com Maksim Ivánovitch e estava encalacrado com ele. Em sua última hora ainda amaldiçoou Maksim Ivánovitch. E deixou uma viúva ainda jovem, com cinco filhos. Uma viúva que fica sozinha é como uma andorinha sem ninho — não é pequena sua provação, e não só pelos cinco filhos que não tem com que alimentar: sua última fazendinha com a casa de madeira, Maksim Ivánovitch tomou-lhe por conta da dívida. Então ela pôs todos os filhos em fila no adro da igreja: o mais velho era um menino de oito anos, os restantes eram meninas, cada uma um ano mais nova que a outra; a mais velha tinha quatro anos e a caçula ainda mamava. Terminada a missa, Maksim Ivánovitch sai, e todas as criancinhas, todas enfileiradas, ajoelham-se diante dele — ela lhes ensinara antes como proceder, e todos de uma vez lhe estendem as mãozinhas abertas, enquanto atrás, com a caçulinha nos braços, ela o saúda inclinando-se até o chão diante de todo mundo: "*Bátiuchka* Maksim Ivánovitch, tem piedade destes pobres órfãos, não lhes tires seu último pedaço de pão, não os enxotes do ninho paterno!". E todos os que presenciaram a cena, todos, derramaram lágrimas — tão bem ela ensinara aos filhos! Ela pensava assim: "diante dos outros, ele ficará vaidoso e perdoará, devolverá a casa aos órfãos", só que não aconteceu assim. Maksim Ivánovitch para e diz: "Tu és uma viúva jovem, queres um marido, e não é por causa destes órfãos que estás chorando. Teu falecido me amaldiçoou no leito de morte" — e passou ao largo, não devolveu a casa. "Por que haveria de imitar (quer dizer, endossar) as parvoíces dos outros? Fosse ele fazer um benefício, logo iriam reclamar ainda mais; isso tudo não dá para nada e só faz aumentar os boatos." Mas corriam mesmo os boatos de que, uns dez anos antes, quando essa viúva ainda era donzela, ele teria mandado procurá-la e doado uma alta quantia (ela era muito bonita), esquecido de que cometer um pecado como esse é o mesmo que arruinar um templo de Deus; porém não conseguiu nada. Mas indecências como essa ele cometeu muitas, tanto na cidade como no resto da província, e nisso perdeu todos os limites.

    A mãe berrou, acompanhada de seus pintinhos, ele expulsou os órfãos da casa, e não só por malvadeza, pois às vezes não se sabe o que faz um homem não dar o braço a torcer. Bem, primeiro a ajudaram, depois ela saiu a procurar trabalho. Mas onde, em nossa cidade, arranjar trabalho a não ser na fábrica? Lavar um assoalho aqui, cuidar de um jardim ali, esquentar um banho, e ainda com uma criança chorando nos braços e os outros quatro correndo em camisa pela rua! Quando ela os pusera ajoelhados no adro da igreja, eles ainda tinham seus sapatinhos e suas roupinhas, tudo, pois eram filhos de comerciante; mas agora corriam de pés descalços; sabe-se que roupa em criança evapora. Ora, o que basta para as crianças: havendo um solzinho ficam contentes, não sentem a morte, parecem passarinhos, suas vozinhas são que nem campainhas. A viúva pensava: "O inverno vai chegar, onde vou enfiar vocês? Se pelo menos Deus se lembrasse de mim nesse momento!". Porém ela não precisou esperar até o inverno. Há em nossos lugares uma tosse infantil, a coqueluche, que passa de uma pessoa para a outra. Primeiro morreu a criança de peito, depois os outros caíram doentes, e as quatro meninas, no mesmo outono, foram levadas uma atrás da outra. É verdade que uma foi esmagada pelos cavalos no meio da rua. Então, o que achas? Enterrou-as entre uivos; antes as amaldiçoava, mas quando Deus as levou teve compaixão. Coração de mãe!

    Só restava vivo o menino, o mais velhinho, e ela se desfazia em cuidados com ele, estremecia. Era fraquinho e meigo, tinha uma carinha graciosa como uma menininha. Ela o levou para a fábrica, para a casa de seu padrinho, que era administrador, e depois se empregou como aia na casa de um funcionário. Uma vez o menino corria pelo pátio, chega Maksim Ivánovitch em sua carruagem puxada por uma parelha de cavalos, totalmente bêbado. O menino, que vinha direto da escada, corre por acaso em sua direção, escorrega e choca-se com ele no momento em que descia da carruagem, batendo-lhe com ambas as mãos na barriga. O outro o agarra pelos cabelos, aos berros: "De quem ele é filho? As varas! Açoitem-no agora mesmo, na minha frente!". O menino fica morto de medo, passam a açoitá-lo, ele começa a gritar. "E ainda gritas? Açoitem-no até que pare de gritar!" Se o açoitaram pouco ou muito não se sabe, mas ele não parou de gritar enquanto não pareceu completamente sem vida. Então pararam de açoitá-lo, assustados: o menino não respirava mais, continuava estirado no chão, sem sentidos. Contaram depois que até não o tinham açoitado muito, mas que ele era muito medroso. Maksim Ivánovitch também ficou assustado! "De quem é filho?", perguntou. Disseram-lhe. "Vejam só! Levem-no para a casa da mãe dele; o que andava fazendo aqui na fábrica?" Dois dias depois ele perguntou: "E o menino?". As coisas estavam ruins para o menino: estava doente, deitado em um canto na casa da mãe, que abandonara o emprego na casa do funcionário porque seu filho estava com pneumonia. "Vejam só", disse, "e por que isso? Se pelo menos o tivessem açoitado para valer: só lhe fizeram um medinho à toa. Eu mesmo dei surras como essa em todos os outros; e nunca redundou nessas bobagens." Esperava que a mãe fosse dar queixa e, envaidecido, calava-se; mas, queixar-se a quem? Ela não se atreveu a dar queixa. E então ele lhe enviou de sua parte quinze rublos e um médico; não porque tivesse ficado com medo de alguma coisa; fizera-o por fazer, ficara matutando. Logo lhe chegou a hora de beber, passou umas três semanas de cara cheia.

O inverno terminara e, na plena alegria do domingo de Páscoa, no mais grandioso dos dias, Maksim Ivánovitch torna a perguntar: "E o que aconteceu com aquele menino?". Ficara o inverno todo calado, sem perguntar nada. Segue-se a resposta: "Curou-se, está na casa da mãe, e ela passa o dia todo trabalhando fora". No mesmo dia, Maksim Ivánovitch procura a viúva, mas não entra na casa, permanece na carruagem e manda chamá-la da entrada: "Ouve, digna viúva, quero ser o verdadeiro benfeitor de teu filho e lhe prestar benefícios ilimitados; a partir de hoje, levo-o para a minha própria casa. Se ele me agradar um pouco, deixo-lhe capital suficiente; e se me agradar completamente, posso fazê-lo herdeiro de toda a minha fortuna depois de minha morte, como se fosse meu filho de verdade, mas com a única condição de que jamais venhas à minha casa, exceto nos dias de grandes festas. Se concordares, leva-me o menino amanhã de manhã, ele não pode continuar brincando à toa". Dito isso, ele foi embora, deixando a mãe como que louca. As pessoas tinham ouvido, e lhe dizem: "O menino vai crescer e ele mesmo há de te censurar porque o privaste desse destino". Ela passou a noite chorando sobre ele e na manhã seguinte levou a criança. O menino estava mais morto do que vivo.

Maksim Ivánovitch o vestia como um jovem senhor e contratou um preceptor, e desde aquele momento o pôs diante dos livros; e chegou ao ponto de não tirar os olhos de cima dele, tinha-o sempre a seu lado. Quando o menino ficava distraído, ele logo bradava: "Ao livro! Estuda: quero fazer de ti um homem". Mas o menino era fraquinho, desde a surra tinha passado a tossir. "Será que leva uma vida ruim em minha casa?", surpreende-se Maksim Ivánovitch, "na casa da mãe vivia correndo descalço, mastigava cascas de pão. Por que está mais fraco que antes?" Então o preceptor lhe disse: "Toda criança precisa também de brincar, não pode viver sempre estudando; tem necessidade de exercitar-se...". E lhe explicou tudo isso com argumentos. Maksim Ivánovitch pensou: "Estás falando a verdade". O preceptor era Piotr Stiepánovitch — que Deus o tenha em seu reino, ele parecia um *iuród*;[4] bebia muito, e até demais, e por isso mesmo já tinha sido despedido há muito tempo de todos os empregos e vivia pela cidade apenas de esmolas, embora fosse um homem de grande inteligência e sólido em ciências. "Eu não era para estar aqui", dizia a si mesmo, "eu deveria estar na universidade como professor, porque aqui vivo afundado na lama 'e até minhas próprias roupas têm nojo de mim'".[5] Senta-se Maksim Ivánovitch, grita ao menino: "Vai brincar!" — mas o outro mal consegue respirar diante dele. A coisa chegara a tal ponto que a criança não conseguia suportar aquela voz dele — começou a tremer da cabeça aos pés. Maksim Ivánovitch ficava cada vez mais surpreendido: "Ele não ata nem desata; tirei-o da lama, vesti-o com roupas finas; ele usa botinas forradas de tecido, camisa bordada, trato-o como um filho de general, e ele não se apega a mim? Por que é calado feito um lobinho?". E embora há muito tempo ninguém mais se surpreendesse com Maksim Ivánovitch, súbito as surpresas voltaram: o homem perdera as estribeiras; tinha se apegado a um menino tão pequeno e não conseguia largá-lo. "Nem que eu morra, mas vou torcer esse pepino. Seu pai me amaldiçoou em seu leito de morte quando já tinha recebido a extrema-unção. Ele saiu ao pai pelo caráter." E olhem que nenhuma vez usou a vara (desde aquela vez ele ficara com medo). Ele o havia amedrontado, era isso. Amedrontado sem usar vara.

Então aconteceu uma coisa. Certa vez ele tinha acabado de deixar o recinto, o menino largou o livro e subiu numa cadeira: antes tinha atirado uma

---

[4] Miserável, tipo atoleimado, excêntrico, inimputável, bastante comum na vida russa, sobretudo à porta das igrejas. Pessoas religiosas e supersticiosas viam no *iuród* um louco com dons proféticos e até filosóficos. Com esses dons aparece com frequência na literatura russa e Dostoiévski o tomou como um dos protótipos do príncipe Míchkin no romance *O idiota*. (N. do T.)

[5] O preceptor usa a seu modo palavras de Jó: "Por mais que me lavasse na neve, que limpasse minhas unhas na lixívia, tu me atirarias na imundície, e as minhas próprias vestes teriam horror de mim". Livro de Jó, 9, 30-1. (N. do T.)

bola em cima de uma cômoda e queria apanhá-la, mas a manga do casaco enganchou numa lâmpada de porcelana que estava sobre a cômoda; a lâmpada despencou, espatifou-se no chão e seus cacos retiniram pela casa inteira, e era um objeto caro — porcelana de Saxe. Maksim Ivánovitch ouviu do terceiro cômodo e começou a esbravejar. Amedrontado, o menino desata a correr sem rumo, corre para o terraço, atravessa o jardim e, pela cancela traseira, vai direto para a marginal do rio. Pela marginal estende-se um bulevar, com velhos salgueiros, é um lugar alegre; ele desce correndo para o rio, as pessoas o notam, ele ergue os braços no mesmo lugar onde o vapor atraca, parece sentir pavor da água — estaca como que plantado. O lugar é amplo, o rio corre veloz, passam barcas, do outro lado há vendas, uma praça, um templo de Deus com cúpulas douradas brilhando. Justo nesse momento a coronela Ferzing descia às pressas da barca com a filha — havia ali um regimento de infantaria. A filha, também uma criancinha de uns oito anos, passa com seu vestidinho branco, olha para o menino e ri, leva nas mãos um cestinho de madeira, e dentro do cestinho um ouriço. "Olhe, mamãe, como o menino está olhando para o meu ouriço!" — "Não", diz a coronela, "ele se assustou com alguma coisa." — "Por que você se assustou tanto, bom menino?" (Foi assim que contaram depois.) "E que menino bonitinho", diz ela, "e como está bem-vestido; de quem você é filho, menino?" Acontece que ele nunca tinha visto um ouriço: chega-se e fica olhando, e já esquecido — coisa da infância! "O que é isso que você tem aí dentro?" — "Isto", responde a menina, "é o nosso ouriço, compramos ainda agora de um mujique: ele o achou num bosque." — "Como assim", diz ele, "um ouriço?" — e já está rindo, e começa a tocá-lo com um dedinho, o ouriço se eriça todo e a menina fica contente pelo menino: "Nós", diz ela, "vamos levá-lo para casa e domá-lo." — "Ah! me dê seu ouriço de presente". Ele pediu com muita meiguice e, mal tinha acabado de falar, ouviu de repente Maksim Ivánovitch falando do alto: "Ah! Eis onde estás! Segurem-no!" (tinha ficado tão enfurecido que saíra de casa atrás dele sem chapéu). Foi só se lembrar de tudo que o menino deu um grito, precipitou-se para o rio, apertou cada mãozinha contra o peito, olhou para o céu (as pessoas viram, viram!) — e, pimba!, na água. Bem, pessoas gritaram, pularam da balsa, tentaram capturá-lo, mas a água o arrastou, o rio era veloz, e quando o tiraram já estava sufocado — mortinho. Era fraco do peito, não resistiu à água e, aliás, nem é preciso tanto. Pois bem, ainda não havia na lembrança das pessoas daquele lugar uma criança pequena que tivesse atentado contra a própria vida! Um pecado como esse! E o que essa alminha pequenina pode dizer a Deus no outro mundo?

Foi com essas coisas que desde então Maksim Ivánovitch pôs-se a refletir. E o homem mudara tanto que não dava para reconhecê-lo. Uma tristeza de doer o dominava. Meteu-se a beber, bebia muito, mas desistiu — não ajudava. Deixou também de ir à fábrica, não dava ouvidos a ninguém. Se alguém lhe dirigia a palavra ele calava ou dava de mão. Assim passou coisa de dois meses, e depois deu para falar sozinho. Vivia falando sozinho. Um incêndio atingiu a aldeiazinha de Váskova, nos arredores da cidade, nove casas foram consumidas: Maksim Ivánovitch foi lá dar uma olhada. As vítimas do incêndio o rodearam, rugiram — ele prometeu ajudar e deu uma ordem, depois chamou o administrador e cancelou tudo: "Não precisa dar nada" — e não disse por quê. "O Senhor", diz ele, "me entregou a todos os homens para ser desprezado como um verdadeiro monstro, então que assim seja." "Minha fama", diz ele, "se espalhou como o vento." O próprio arquimandrita o visitou, o *stárietz* era severo e havia introduzido a vida comum no mosteiro. "O que pretendes?" — e lhe falou de um jeito um tanto severo. "Veja o que pretendo" — e Maksim Ivánovitch abriu o livro e lhe mostrou essa passagem:

"Mas se alguém fizer cair em pecados um destes pequenos que creem em mim, melhor fora que lhe atassem ao pescoço a mó de um moinho, e o lançassem no fundo do mar."[6]

— Sim — disse o arquimandrita —, embora aí não haja referência direta a isso, mas mesmo assim há uma ligação. É um mal se o homem perde sua medida; acaba liquidado.

Maksim Ivánovitch está sentado, como que petrificado. O arquimandrita o olha, olha:

— Ouve — diz ele —, e guarda na memória. Foi dito: "As palavras de um desesperado voam ao vento". E lembra-te ainda que nem os anjos de Deus são perfeitos, que perfeito e puro só nosso Jesus Cristo, e é a ele que os anjos servem. Ademais não quiseste a morte daquela criança, apenas foste um insensato. Eis — diz ele — o que para mim é até maravilhoso: pouco importa que tenhas cometido excessos ainda mais nefastos, pouco importa que puseste tanta gente na mendicância, pouco importa quantos corrompeste, quantos arruinaste; não é tudo uma espécie de assassinato? E não foram as irmãs dele que antes morreram, todas as quatro criancinhas, quase perante os teus olhos? Por que aquele foi o único a te deixar perturbado? Ora, de

---

[6] Evangelho de Mateus, 18, 6. (N. do T.)

todas as anteriores não tiveste, suponho, já nem digo compaixão, mas sequer a preocupação de pensar nelas, hein? Por que ficaste tão aterrorizado com aquela criança, por cuja morte não tens tanta culpa?

— Tenho sonhado com ele — disse Maksim Ivánovitch.

— E então?

Contudo, ele não revelou mais nada, continuou sentado, em silêncio. O arquimandrita ficou surpreso e assim foi embora: nada mais havia a fazer.

E então Maksim Ivánovitch mandou chamar o preceptor, mandou chamar Piotr Stiepánovitch; este não aparecia desde aquele incidente.

— Tu te lembras dele? — pergunta.

— Lembro-me.

— Pintaste quadros a óleo na taberna daqui e fizeste uma cópia do retrato do bispo. Podes pintar um quadro em cores para mim?

— Posso tudo — diz o outro. — Eu tenho talento para tudo e posso tudo.

— Então pinta para mim o maior quadro possível, em toda a parede, e pinta nele antes de tudo o rio, a encosta e a barca, e com todas as pessoas que lá estavam naquela ocasião. E que também estejam a coronela e a menina, e até mesmo o ouriço. Sim, e também pinta a outra margem toda, para que fique vista como é: e a igreja, e a praça, e as vendas, e onde os cocheiros ficam; pinta tudo como é. E o menino ali, junto da barca, sobre a margem do rio, naquele mesmo lugar, e na certa com os dois punhozinhos apertados assim contra o peito, contra ambos os biquinhos do peito. Isto sem falta. E abre à frente dele o céu inteiro do outro lado, acima da igreja, e que na claridade do céu todos os anjos voem ao encontro dele. Podes me comprazer com isso ou não?

— Eu posso tudo.

— Olha que eu não preciso chamar um Trifão como tu;[7] posso mandar vir até o primeiro pintor de Moscou, e inclusive da própria Londres; trata de te lembrar das feições dele. Se não sair parecida, mas pouco parecida, só te dou cinquenta rublos, mas, se sair totalmente parecida, então te dou duzentos rublos. Lembra-te, os olhinhos azuizinhos... Sim, e que o quadro seja o maior, o maior.

---

[7] Provável alusão a Trifão de Constantinopla (?-933), patriarca desta cidade entre 923 e 931, que, vítima de um complô para destituí-lo da função, foi acusado de não saber escrever. (N. do T.)

Aprestaram-se; Piotr Stiepánovitch começou a pintar, mas de repente ele diz:

— Não, desse jeito não posso pintar.

— Por quê?

— Porque esse pecado, o suicídio, é o maior de todos os pecados. Então, como é que os anjos vão recepcioná-lo depois de um pecado como esse?

— Ora, ele era uma criança, e não era responsável.

— Não, não era uma criança, mas um adolescente: já estava com oito anos quando a coisa se deu. Apesar de tudo, ao menos alguma responsabilidade devia ter.

Maksim Ivánovitch estava ainda mais horrorizado.

— Veja o que pensei — diz Piotr Stiepánovitch —: não vou abrir o céu e nada de pintar anjos; faço cair um raio do céu como que ao encontro dele; um raio bem luminoso: seja como for, alguma coisa há de sair.

E ele lançou o raio. E depois eu mesmo vi esse quadro, e o próprio raio, e o rio — estendido por toda a parede, todo azul; e o amável adolescente ali, com ambas as mãozinhas apertadas contra o peito, e a pequena senhorinha, e o ouriço — tudo como fora pedido. Entretanto Maksim Ivánovitch nunca franqueou o quadro a ninguém, e trancou-o debaixo de chave em seu gabinete, longe de todos os olhos. Contudo, as pessoas se precipitaram à cidade para vê-lo: ele mandava escorraçar todo mundo. Isso deu muito o que falar. Por outro lado, Piotr Stiepánovitch parecia não caber em si: "Eu", dizia, "agora já posso tudo; eu tinha era que estar em São Petersburgo, servindo na corte". Era um homem amabilíssimo, mas tinha um gosto inaudito de engrandecer-se. E a sina logo o abateu: assim que recebeu todos os duzentos rublos, foi logo tratando de beber e mostrar o dinheiro a todo mundo, vangloriando-se; uma noite, um morador da cidade que bebia com ele o assassinou em estado de embriaguez e roubou-lhe o dinheiro; tudo isso foi esclarecido na manhã seguinte.

Tudo terminou de tal modo que até hoje o assunto é o primeiro a ser lembrado por lá. De uma hora para outra Maksim Ivánovitch chega e procura aquela mesma viúva: ela morava como inquilina na isbá de uma mulher no extremo da cidade. Desta vez ele entrou no pátio; parou diante dela e lhe fez uma reverência até o chão. Ela estava doente desde aqueles incidentes, mal se movimentava. "Minha cara, honrada viúva", disse em voz alta, "casa-te comigo, com este monstro, deixa-me viver neste mundo!" Ela observa mais morta do que viva. "Quero", diz ele, "que ainda tenhamos um menino, e se nascer, significará que o outro menino perdoou a nós dois. Foi assim que o menino me ordenou." Ela percebe que o homem está tresvariado, como que delirando, mas mesmo assim não se contém:

— Tudo isso são tolices — responde-lhe — e mera covardia. Foi por essa mesma covardia que perdi todos os meus pintinhos. Não posso nem vê-lo à minha frente, quanto mais aceitar esse suplício eterno!

Maksim Ivánovitch foi embora, mas não sossegou. Esse milagre ribombou pela cidade inteira. Então Maksim Ivánovitch arranja intermediários. Faz vir da província duas tias suas, que levavam uma vida pequeno-burguesa. Tias ou não, em todo caso eram parentas, uma honra, portanto; elas se põem a persuadir a viúva, a lisonjeá-la, não saem da isbá. Ele manda para lá também pessoas da cidade, mulheres de comerciantes, a mulher do arcipreste da catedral e esposas de funcionários; a cidade inteira passa a cortejá-la, mas ela se esquiva: "Se", diz ela, "meus órfãos ressuscitassem, mas agora, para que isso? Eu aceitaria um pecado perante meus pobres órfãos!". Ele persuade até o arquimandrita, e este também vai soprar no ouvido dela: "Tu", diz ele, "podes despertar nele um novo homem". Ela fica horrorizada. As pessoas se surpreendem com ela: "Mas como é que pode recusar uma felicidade como essa!". E eis de que maneira ele acabou por conquistá-la. "Apesar de tudo", disse-lhe, "ele se suicidou, não era uma criança, mas um adolescente, e pela idade não lhe era mais permitido receber a santa comunhão sem se confessar, logo, alguma responsabilidade devia ter. Se te casas comigo, te faço uma grande promessa: edifico uma nova igreja unicamente para o repouso eterno da alma dele." A este argumento ela não resistiu e concordou. E assim se casaram.

O resultado surpreendeu todo mundo. Desde o primeiro dia passaram a viver em grande e sincera harmonia, mantendo à risca sua vida conjugal como uma só alma em dois corpos. Ela concebeu naquele mesmo inverno, e eles começaram a visitar os templos de Deus e temer a cólera do Senhor. Foram a três mosteiros e ouviram com atenção as profecias. Quanto a ele, ergueu o templo prometido e edificou na cidade um hospital e um asilo para velhos. Deu uma parte de seu capital às viúvas e aos órfãos. Lembrou-se de todos que havia ofendido, e desejou fazer restituições; mas passou a distribuir dinheiro a torto e a direito, de modo que sua esposa e o arquimandrita lhe ataram as mãos: "Isso já é o bastante!". Maksim Ivánovitch obedeceu: "Uma vez, enganei Fomá". Fomá foi reembolsado. Até derramou lágrimas: "Nós", disse ele, "já estávamos satisfeitos e ficamos eternamente obrigados a orar a Deus". Portanto, todos estavam comovidos, e então era verdade o que diziam, que o homem vive dos bons exemplos. A gente daquelas paragens é bondosa.

Foi a própria mulher dele que passou a administrar a fábrica, e de tal maneira que ainda hoje se lembram dela. Ele não deixou de beber, porém ela passou a vigiá-lo nesses dias e depois tentou curá-lo. Seu modo de falar passou a ser grave, e até a voz mudou. Tornou-se incomparavelmente piedoso, até com os animais: certa vez viu pela janela um mujique açoitando de modo revoltante a cabeça de um cavalo e no mesmo instante mandou comprar o animal pelo dobro do preço. E ganhou o dom das lágrimas; quem quer que começasse a conversar com ele, ia logo se debulhando em lágrimas. Quando chegou o momento de ela dar à luz, o Senhor finalmente atendeu às suas orações e lhes enviou um filho, e pela primeira vez desde aquela ocasião Maksim Ivánovitch ficou radiante; distribuiu muitas esmolas, perdoou muitas dívidas, convidou a cidade inteira para o batizado. Convidou a cidade, mas no dia seguinte, assim que a noite desceu, saiu de casa. A esposa viu que algo estava lhe acontecendo e levou até ele o recém-nascido. "O adolescente", disse ela, "nos perdoou, atendeu às nossas lágrimas e orações por ele." É preciso dizer que nesse assunto eles não haviam tocado uma única vez durante o ano inteiro, limitando-se ambos a guardá-lo consigo. E Maksim Ivánovitch olhou para ela sombrio como a noite: "Espera", diz ele, "durante o ano inteiro ele não me apareceu em sonho, mas esta noite sonhei com ele". "E foi então que pela primeira vez o horror penetrou em meu coração depois daquelas palavras estranhas" — lembrou-se ele mais tarde.

Não foi à toa que a criança lhe reaparecera em sonho. Assim que Maksim Ivánovitch disse isso, quase, por assim dizer, no mesmo instante, algo aconteceu com o recém-nascido: num átimo caiu doente. E a criança passou oito dias doente, rezaram sem esmorecer, e chamaram médicos, e mandaram vir de Moscou, pela ferrovia, o primeiro de todos os doutores. Chegou e zangou-se: "Eu", disse ele, "sou o primeiro de todos os médicos, toda Moscou me espera". Receitou umas gotas e se foi às pressas. Cobrou oitocentos rublos. Mas à noite o menino morreu.

E o que aconteceu depois? Maksim Ivánovitch legou toda a fortuna à sua encantadora esposa, entregou-lhe todo o seu capital e os documentos, legou tudo de forma correta e legal, e depois se inclinou diante dela e lhe fez uma referência até o chão: "Deixa-me partir, minha inestimável esposa, para salvar minha alma enquanto posso. Se eu passar o tempo sem êxito para minha alma, já não retornarei. Fui duro e cruel e fiz os outros sofrerem, mas penso que por minhas futuras tristezas e peregrinações o Senhor não me negará a recompensa, pois abandonar tudo isto não é uma cruz pequena nem uma tristeza pequena". Sua mulher tentou contê-lo com muitas lágrimas: "Agora és a única pessoa que tenho no mundo, quem cuidará de mim? Neste ano, ganhei ternura em meu coração". E durante um mês a cidade inteira lhe pediu que ficasse, e lhe suplicou, e resolveu mantê-lo à força. Porém ele não deu ouvidos a ninguém, partiu uma noite às escondidas e já não voltou mais. Dizem que continua a peregrinar e a sofrer, e que todos os anos visita sua encantadora esposa.

Tradução de Paulo Bezerra

UM MENINO NA FESTA DE NATAL DE CRISTO[1]

I. Um menino com a mãozinha estendida

As crianças são estranhas, elas sonham e imaginam coisas. Nos dias que antecedem o Natal, e mesmo na véspera, eu sempre encontrava numa determinada esquina um garotinho de não mais que sete anos de idade. Naquela temperatura extremamente fria, ele usava roupas leves, mas levava trapos velhos enrolados no pescoço, o que significava que alguém o havia preparado para sair à rua. Ele caminhava "com a mãozinha estendida"; esse é um termo técnico que descreve aquele que pede esmolas. O termo foi inventado pelos próprios meninos. Há muitos assim como ele; eles aparecem no seu caminho e berram alguma coisa que decoraram; mas aquele não vociferou, falou de forma tão inocente e incomum, olhou-me nos olhos de forma tão confiante, que era como se tivesse acabado de começar nessa profissão. Em resposta às minhas perguntas, informou que tinha uma irmã desempregada e doente. Pode até ser verdade, mas depois fiquei sabendo que existe um montão de garotinhos como ele: são enviados "com a mãozinha estendida" mesmo no inverno mais rigoroso, e se não conseguem nada, acabam levando uma surra. Depois de juntarem uns copeques, voltam com as mãos vermelhas e congeladas para algum porão, onde uma corja de exploradores enche a cara, os mesmos que "saem da fábrica na madrugada de sábado para domingo e voltam para o trabalho não antes de quarta-feira à noite". Nos porões, suas mulheres famintas e espancadas também bebem, as crianças de peito choram. Vodca, sujeira e depravação, mas, principalmente, vodca. Imediatamente mandam o menino que arrebanhou os copeques para uma taverna para lhes trazer mais álcool. Por diversão, às vezes pingam um gole em sua boca e dão gargalhadas quando ele, com a respiração entrecortada, cai no chão quase desacordado,

---

[1] Publicado originalmente em *Diário de um escritor* (a partir de então uma publicação independente), no número de janeiro de 1876. As duas partes da narrativa foram publicadas separadamente no *Diário*, como textos I e II da segunda seção. (N. da T.)

...e em minha boca a vodca asquerosa
pingaram cruelmente...[2]

Quando for um pouco maior, será logo repassado para alguma fábrica, e será obrigado a entregar tudo o que ganhar para os exploradores, que vão beber tudo. Mas antes mesmo de chegarem às fábricas essas crianças terão se tornado perfeitos criminosos. Irão vagar pela cidade e conhecer diversos porões, lugares onde poderão se enfiar e passar a noite despercebidos. Um deles passou várias noites seguidas na casa de um zelador dentro de um cesto sem que ninguém notasse. Não é preciso dizer que se tornam bandidinhos. A bandidagem se transforma em paixão até mesmo entre crianças de oito anos, que às vezes não têm nenhuma consciência do caráter criminoso de suas ações. No final, aguentam tudo — a fome, o frio, as surras — por uma única coisa, isto é, pela liberdade; escapam de seus exploradores e fogem para longe até de si mesmos. Uma criatura selvagem como esta muitas vezes não entende nada: nem onde mora, nem de onde vem, nem se Deus ou qualquer soberano existe. Até contam histórias a seu respeito que são difíceis de acreditar; no entanto, é tudo verdade.

II. Um menino na festa de Natal de Cristo

Mas sou romancista, e, ao que parece, eu mesmo "criei uma história". Por que digo "parece" quando sei que provavelmente a criei? Mesmo assim fico imaginando que, em algum lugar, em alguma época, ela aconteceu, e aconteceu justamente na véspera do Natal, em *alguma* cidade enorme, num dia de frio terrível.

Imagino um menino muito novo, de uns seis anos ou menos, que estava num porão. De manhã, o menino acordou naquele porão úmido e gelado. Vestia só um casaco e tremia. Sua respiração exalava um vapor branco e ele, sentado a um canto, sobre um baú, soltava o vapor pela boca como que de propósito, por tédio, e se divertia ao vê-lo sair voando. Mas ele estava com muita fome. Naquela manhã, ele se aproximou algumas vezes da tarimba onde, sobre um colchão de palha fino como uma panqueca e com uma trouxa fazendo as vezes de travesseiro, estava deitada sua mãe doente. Como ela

---

[2] Citação imprecisa do poema "Infância" (1855), de Nikolai Nekrássov. (N. da T.)

fora parar ali? Deve ter vindo de outra cidade com seu menino e de repente adoeceu. A dona daquele canto fora levada à polícia havia dois dias; os inquilinos estavam espalhados por aí, resolvendo as coisas do feriado, o único que havia ficado estava já há um dia inteiro deitado, totalmente bêbado — esse nem tinha esperado o feriado. Em outro canto do quarto, uma senhora octogenária gemia de reumatismo; antes trabalhara como babá em algum lugar, agora estava morrendo sozinha, resmungando, chiando e rosnando com o menino, de modo que ele até começou a ficar com medo de se aproximar do canto onde ela estava. Conseguiu matar a sede em algum lugar no corredor, mas não arrumou nenhuma lasquinha de pão. Tentou acordar a mãe umas dez vezes. Por fim, começou a ficar com medo do escuro: a noite começara há muito e nenhuma vela fora acesa. Tocou o rosto da mãe e ficou impressionado com o fato de que ela estava imóvel e fria como uma parede. "Como está frio aqui!", pensou, ficou um pouco em pé, deixando inconscientemente a mão sobre o ombro da falecida, depois assoprou os dedos para aquecê-los; depois de procurar sua boina na tarimba às apalpadelas e em silêncio, saiu do porão. Ele teria saído antes, mas tinha medo de um cachorro grande que havia no andar de cima, na escada, que passava o dia todo na porta dos vizinhos. Mas o cachorro não estava lá e ele saiu para a rua.

Deus, que cidade! Ele nunca tinha visto nada parecido. Lá, de onde tinha vindo, à noite era um breu absoluto, havia apenas um lampião em toda a rua. As casinhas baixas de madeira ficavam com as janelas cerradas. Mal anoitecia e já não havia ninguém na rua, todos se fechavam em suas casas, sobrava apenas uma matilha de cachorros, centenas e milhares deles, que uivavam e latiam a noite toda. Só que lá era quente e davam-lhe de comer, enquanto aqui — Deus, se ao menos houvesse o que comer! Quanto barulho e estrondos, quanta luz, quanta gente, cavalos e carruagens, geada e mais geada! Cavalos exaustos exalavam um bafo congelado de seus focinhos quentes; através da neve macia as ferraduras tilintavam sobre as pedras; todos se empurravam e, Deus, como queria comer, mesmo que fosse um bocadinho só, e como de repente seus dedos começaram a doer! Um guarda passou e deu meia-volta para não ver o menino.

A rua outra vez: como era larga! Aqui certamente ia ser atropelado; como todos gritam, correm e passam com suas carruagens — e a luz, a luz! O que é isso? Que vidraça enorme, atrás dela uma sala; na sala, uma árvore que vai até o teto; é uma árvore de Natal, com tantas velas, tantas maçãs e papeizinhos dourados, cercada de bonecas, cavalinhos; pela sala correm crianças limpinhas, bem-vestidas, elas sorriem, brincam, comem, bebem. Eis que uma menina começa a dançar com um menino, que belezinha de menina! Dá para ouvir a música através do vidro. Embora os dedos dos pés doam e os das mãos estejam vermelhos, duros e doloridos, o menino olha, fica surpreso e sorri. De repente, o menino se lembrou de como doíam seus dedos, começou a chorar e saiu correndo; novamente viu através de outra vidraça uma sala, outra árvore e muitas tortas sobre a mesa, de todos os tipos: amarelas, vermelhas, de amêndoas; quatro senhoras estão sentadas à mesa e dão tortas aos que chegam; toda hora há alguém à porta e muitos senhores entrando. O menino se esgueirou, abriu a porta e entrou. Oh, como gritaram e se agitaram! Uma dama se aproximou rapidamente, enfiou-lhe um copeque na mão e abriu-lhe ela mesma a porta para a rua. Como ele se assustou! O copeque rolou escada abaixo e ele não conseguiu dobrar os dedos vermelhos de frio para pegá-lo. O menino saiu correndo com muita pressa sem ao menos saber para onde ia. Quis chorar novamente, mas teve medo; então correu e correu baforando nas mãos. Foi tomado pela angústia ao se ver tão sozinho e tão, tão apavorado, quando, de repente, Deus! O quê, agora? Uma multidão se aglomera impressionada: numa vitrine há três bonecas pequenas, tão bem-arrumadas em seus vestidinhos verde e vermelho, que parecem vivas de verdade! Um velhote está sentado como se estivesse tocando um violino grande, outros dois, em pé, tocam um pequeno, acenam com a cabeça, olham um para o outro, movem os lábios, falando e falando, mas não é possível ouvir o que dizem através do vidro. O menino a princípio pensou que eram pessoas de verdade e quando percebeu que se tratavam de bonecos soltou uma gargalhada. Nunca vira bonecos como aqueles, nem sabia que existiam! Tinha vontade de chorar, mas como são engraçados os bonecos. De repente, pareceu-lhe ter sido agarrado por trás pelo casaco: um menino grande e malvado que estava ao seu lado acertou sua cabeça, arrancou o quepe e deu-lhe um chute. O menino caiu no chão, as pessoas começaram a gritar, ele ficou atordoado, ergueu-se de um salto e correu, correu; correu sem saber para onde, passou por um vão, entrou num pátio e sentou-se atrás de uma pilha de lenha: "Aqui não vão me encontrar, além do mais está escuro".

Sentou-se e encolheu-se; nem conseguia respirar de tanto medo quando, de forma repentina, inteiramente repentina, começou a se sentir bem: os braços e as pernas pararam de doer e esquentaram, como se estivessem perto de um forno. Ficou todo arrepiado: ah, como queria dormir! Como seria bom dormir: "Vou ficar um pouco aqui e depois volto a olhar os bonecos", pensou o menino e, ao se lembrar deles, sorriu: "Como pareciam vivos!". De repente, foi como se ouvisse sua mãe cantar uma canção. "Mamãe, estou dormindo, ah, como é bom dormir aqui!"

— Venha comigo ver minha árvore de Natal, menino — sussurrou, inesperadamente, uma voz suave.

Ele pensou que ainda era sua mãe, mas não, não era ela. Não viu quem o tinha chamado, mas alguém se inclinou e o abraçou na escuridão, ele estendeu o braço e... de repente, oh, que luz! Oh, que árvore de Natal! Nunca vira uma árvore como aquela! Onde será que ele estava? Todos brilhavam, todos reluziam, ao seu redor havia apenas bonecos... mas não, eram meninos e meninas, só que tão brilhantes; eles o cercaram, voaram ao seu redor, beijaram-no e o levaram consigo; ele mesmo voou e viu: sua mãe olhava para ele e sorria com alegria.

— Mamãe! Mamãe! Ah, como é bom aqui, mamãe! — gritou o menino, novamente beijando as crianças e desejando contar-lhes sobre aqueles bonecos da vitrine. — Quem são vocês, meninos? Quem são vocês, meninas? — perguntou rindo, cheio de ternura por eles.

— Esta é a "festa de Natal de Cristo" — responderam-lhe. — Cristo sempre oferece uma festa neste dia para as criancinhas que não têm uma... — Ficou sabendo ainda que aqueles meninos e meninas eram crianças como ele, mas alguns haviam congelado nos cestos onde foram abandonados na porta de funcionários de Petersburgo, outros morreram sufocados nas mãos das *tchukhonkas* nas casas educacionais,[3] outros morreram nos peitos ressequidos de suas mães na época da fome em Samara; havia os que tinham sido sufocados pelo cheiro fétido dos vagões de terceira classe, e todos agora estavam aqui, como anjos, todos com Cristo, e o próprio Cristo estava ali no meio estendendo-lhes os braços, abençoando a eles e às suas mães pecadoras... E as mães também estavam ali chorando, de lado; cada qual reconhecia seu filho ou filha, e eles corriam na direção delas, beijavam-nas, limpavam as lágrimas delas com suas mãozinhas e pediam para que não chorassem, pois estavam muito bem ali...

No final da manhã, os zeladores encontraram o pequeno cadáver do menino que tinha fugido, congelado atrás da pilha de lenha. Procuraram por sua mãe... Esta havia morrido ainda antes; ambos se encontraram diante do senhor Deus no céu.

---

[3] *Tchukhonka* é uma denominação depreciativa para as mulheres de nacionalidade finlandesa ou estoniana que moravam nos arredores de Petersburgo. Eram chamados de "casas educacionais" os abrigos para crianças enjeitadas e de rua. Dostoiévski já havia chamado a atenção, no periódico *A Voz* (9 de março de 1873), para a alta taxa de mortalidade nestes estabelecimentos, que eram administrados por mulheres camponesas chegadas em Petersburgo. (N. da T.)

No fim das contas, para que criei essa história, que não deveria fazer parte nem de um diário comum, muito menos do diário de um escritor? Além disso, prometi histórias que tratassem predominantemente de acontecimentos reais! Mas essa é a questão: me parece, e fico imaginando, que tudo isso poderia ter acontecido na realidade, isto é, aquilo que aconteceu no porão e atrás da pilha de lenha. Quanto à festa de Natal de Cristo, não sei dizer se poderia ter acontecido ou não. Para isso sou romancista, para poder inventar.

Tradução de Priscila Marques

MUJIQUE MAREI[1]

No entanto, acho muito entediante ler sobre todas essas *professions de foi*,[2] e por isso contarei uma anedota, aliás, não é nem uma anedota, apenas uma lembrança distante que, por algum motivo, gostaria muito de contar justamente aqui e agora, na conclusão de nosso tratado sobre o povo. Naquela época, eu tinha apenas nove anos de idade... não, melhor começar com quando eu tinha 29 anos de idade.

Era o segundo dia do feriado santo. O ar estava tépido, o céu azul, o sol alto, "quente", brilhante, mas minha alma estava bastante soturna. Eu vagava atrás das casernas, olhava, contava as estacas da resistente cerca da prisão, mesmo sem vontade, embora esse fosse meu costume. Já era o segundo dia do "feriado" na prisão, os forçados não tinham sido levados para o trabalho, havia muitos bêbados, xingamentos, a cada minuto começavam brigas em todos os cantos. Canções horríveis, baixas, *maidanes*[3] com jogos de azar debaixo das tarimbas, uns presos, por algum excesso particular, espancados quase até a morte conforme sentença dos próprios camaradas e cobertos com casacos nas tarimbas até que voltassem à consciência e despertassem; algumas vezes chegavam a mostrar facas: tudo isso, nos dois dias de feriado, me atormentou até me deixar doente. De fato, nunca pude suportar sem repulsa uma farra popular regada a álcool, e especialmente aqui, neste lugar. Nesses dias, a chefia da prisão nem vinha dar uma olhada, não passava em revista, não procurava vinho, entendia que era preciso permitir que

---

[1] Publicado originalmente em *Diário de um escritor*, no número de fevereiro de 1876. Com base nas indicações do texto, o episódio que inspirou este conto data de 1831. Marei é a forma vulgar do nome Marii; no entanto, entre os servos que pertenciam à família Dostoiévski não havia ninguém com esse nome. O personagem provavelmente foi baseado no camponês Mark Efriémov. O texto imediatamente anterior do *Diário*, "Sobre o amor ao povo. Um pacto necessário com o povo", faz parte de uma série em que Dostoiévski trata das características do povo russo. (N. da T.)

[2] "Profissão de fé", em francês no original. (N. da T.)

[3] Gíria que os criminosos usavam para se referir a jogos de azar, também mencionada em *Escritos da casa morta*. (N. da T.)

mesmo esses miseráveis se divertissem uma vez no ano, ou então poderia ser pior. Enfim, meu coração ardia de raiva. Encontrei o polonês M...cki,[4] um dos presos políticos; ele me olhou de modo soturno, seus olhos brilharam e os lábios começaram a tremer: "*Je hais ces brigands!*",[5] rangeu ele a meia-voz e passou direto. Retornei à caserna, apesar de ter saído feito um louco de lá apenas quinze minutos antes, quando seis homens saudáveis se atiraram de uma vez no bêbado tártaro Gazin para acalmá-lo e começaram a bater nele; espancaram-no absurdamente, seria possível matar um camelo com aqueles golpes, mas sabiam que esse Hércules era difícil de matar e por isso batiam sem medo. Então, de volta, observei no final da caserna, na tarimba do canto, que Gazin já estava deitado inconsciente, quase sem sinal de vida, coberto por um casaco de pele, e todos desviavam dele em silêncio, embora esperassem que ele despertasse na manhã seguinte, "mas com golpes assim, nunca se sabe, é possível acabar com um homem". Fui até meu lugar, de frente para a janela com gradil de ferro e deitei de costas com as mãos atrás da cabeça e os olhos fechados. Eu gostava de deitar dessa forma: não se importuna quem dorme, assim é possível sonhar e pensar. Mas não conseguia sonhar, o coração batia inquieto, nos ouvidos ressoavam as palavras de M...cki: "*Je hais ces brigands!*". Aliás, de que serve descrever impressões? Mesmo agora, por vezes ainda sonho à noite com essa época e não há sonhos mais torturantes que esses. Talvez tenham observado que até hoje quase não publiquei nada sobre minha vida nas galés, escrevi *Escritos da casa morta* quinze anos atrás, usando um personagem ficcional, um criminoso que teria matado sua esposa. A propósito, acrescento como detalhe, desde então muitos ainda pensam e afirmam que fui preso pelo assassinato de minha esposa.[6]

Aos poucos, eu de fato comecei a divagar e, sem perceber, me afundei em lembranças. Durante os quatro anos que passei nas galés lembrava sempre de todo o meu passado e, parece, revivi assim toda a minha vida anterior. As lembranças surgiam por si mesmas, eu raramente as suscitava por vonta-

---

[4] Trata-se de Alexander Mirecki, preso em 1846 por "participação na conspiração pela criação de uma revolta no reino da Polônia". (N. da T.)

[5] "Odeio estes bandidos!", em francês no original. (N. da T.)

[6] Segundo a observação de Anna Dostoiévskaia: "Até o casamento com Fiódor Mikháilovitch, eu também ouvia que 'Dostoiévski matou sua esposa', embora soubesse pelo meu pai que ele fora preso por crimes políticos. Esse boato absurdo ainda corria na colônia russa em Dresden na época em que moramos lá, entre 1869 e 1871". (N. da T.)

de própria. Começava com algum ponto, um traço às vezes imperceptível, e então, pouco a pouco, tornava-se um quadro completo, uma impressão forte e integral. Eu analisava essas impressões, acrescentava novos traços àquilo que fora há muito vivido e, o principal, corrigia, corrigia sem parar: nisso consistia minha diversão. Desta vez, subitamente lembrei-me, por algum motivo, de um momento insignificante da minha primeira infância, quando tinha apenas nove anos de idade; parecia-me ter esquecido completamente desse instante, mas, naquela época, gostava especialmente das lembranças da primeira infância. Veio-me à memória um mês de agosto no campo: um dia seco e claro, mas um pouco frio e ventoso; o verão chegava ao fim, logo seria preciso voltar a Moscou para de novo entediar-se durante todo o inverno com aulas de francês e eu estava com pena de deixar o campo. Passei atrás das eiras e, descendo pelo barranco, subi no *Lustro* — assim chamávamos os densos arbustos do outro lado do barranco até o pequeno bosque. Então me encafurnei ainda mais nos arbustos e ouvi, não muito longe, a uns trinta passos, um mujique lavrando sozinho na clareira. Sei que ele lavrava firmemente no monte; o cavalo seguia com dificuldade e, de quando em quando, chegava até mim seu grito: "Eia, eia!". Conhecia quase todos os nossos mujiques, mas não esse que agora lavrava, e para mim dava no mesmo, eu estava imerso no meu assunto, também estava ocupado: arrancava uma vergasta de noz para fustigar sapos; vergastas de noz são tão bonitas e frágeis, muito diferentes das de bétula. Também me ocupava de bichos e besouros, eu os colecionava, alguns são muito elegantes; também gostava dos lagartos pequenos, ligeiros, vermelhos e amarelos com pintinhas pretas, mas das cobras tinha medo. Se bem que é muito mais raro encontrar cobras do que lagartos. Aqui há poucos cogumelos, para colhê-los é preciso ir ao bosque de bétulas, e era o que pretendia fazer. Não havia nada na vida que eu amasse tanto quanto o bosque com seus cogumelos e frutas silvestres, com seus bichinhos e passarinhos, ouriços e esquilos, com seu úmido aroma de folhas apodrecidas que eu tanto amava. E mesmo agora, quando escrevo isto, é como se sentisse o aroma de nossos bosques de bétulas: tais impressões permanecem por toda a vida. De repente, em meio a esse silêncio profundo, ouvi um grito clara e distintamente: "É um lobo!". Soltei um grito ruidoso, fora de mim pelo susto, e corri para a clareira na direção do mujique que lavrava.

Era nosso mujique Marei. Não sei se existe tal nome, mas todos o chamavam assim: um mujique de uns cinquenta anos, corpulento, bastante alto, com muitos fios grisalhos em sua vasta barba castanho-escura. Eu o conhecia, mas até então quase nunca acontecera de conversarmos. Ele até parou a eguazinha ao ouvir meu grito e, quando cheguei correndo e agarrei o arado com uma mão e seu braço com a outra, ele percebeu meu pavor.

— É um lobo! — gritei ofegante.

Ele ergueu a cabeça e involuntariamente olhou ao redor, por um instante quase acreditando em mim.

— Onde está o lobo?

— Gritaram... Alguém acabou de gritar: "É um lobo"... — balbuciei.

— Mas o que é isso, que lobo? Foi impressão sua, veja! Que lobo pode haver aqui? — murmurou, tentando me dar alento.

Mas eu tremia todo e agarrava ainda mais forte seu casaco, devia estar muito pálido. Ele me olhou com um sorriso intranquilo, parecia alarmado e preocupado comigo.

— Se assustou mesmo, hein! — balançou a cabeça. — Já chega, querido. Ei, rapazinho!

Ele estendeu a mão e, de repente, afagou minha bochecha.

— Bem, já chega, que Cristo esteja contigo, faça o sinal da cruz.

Mas eu não fiz, os cantos dos meus lábios tremiam e, parece, isso o impressionou muito. Devagar, estendeu seu dedo gordo, sujo de terra e com uma unha preta, e tocou suavemente meus lábios agitados.

— Ei, calma — ele sorriu para mim com um sorriso maternal e demorado. — Meu Deus, o que é isso, se acalme!

Enfim, entendi que não havia nenhum lobo e que apenas imaginara o grito "É um lobo". Não obstante, foi tão distinto e claro; já tivera a impressão, uma ou duas vezes, de ouvir gritos (não só sobre lobos) e sabia disso. (Depois, passada a infância, essas alucinações se foram.)

— Bem, eu já vou — disse, olhando para ele de forma interrogativa e acanhada.

— Então vá, vou ficar de olho. Não vou deixar nenhum lobo te atacar! — acrescentou, sorrindo da mesma forma maternal. — Que Cristo esteja com você, pode ir — fez um sinal da cruz em mim e em si mesmo.

Segui, olhando para trás quase a cada dez passos. Enquanto eu caminhava, Marei ficou ali com sua eguazinha e me seguiu com o olhar, sempre acenando com a cabeça quando eu me virava. Devo confessar que tive um pouquinho de vergonha diante dele por ter me assustado tanto, mas caminhei ainda com certo medo do lobo até subir a encosta do barranco, até a primeira eira, só então o pavor passou por completo; de repente, não sei de onde, nosso cachorro Lobinho[7] atirou-se em minha direção. Com Lobinho

---

[7] No original, *Voltchók*, diminutivo de lobo. (N. da T.)

eu já estava completamente seguro; virei-me uma última vez na direção de Marei, já não conseguia discernir direito seu rosto, mas sentia que ele sorria da mesma forma carinhosa e acenava com a cabeça. Acenei-lhe com a mão, ele fez o mesmo e seguiu com a eguazinha.

— Eia, eia! — soou novamente seu grito distante, e a eguinha outra vez puxou seu arado.

Tudo isso me veio à memória de uma vez, não sei por quê, mas com surpreendente exatidão de detalhes. De repente, despertei e sentei na tarimba, lembro que ainda era possível ver no meu rosto o sorriso calmo da lembrança. Continuei recordando por mais um minuto.

Então, ao chegar em casa depois do encontro com Marei, não contei a ninguém sobre minha "aventura". E que espécie de aventura foi aquela? Além disso, logo me esqueci do mujique. Depois, nas raras ocasiões em que o encontrei, nunca mais conversamos, nem sobre o lobo nem sobre qualquer outra coisa e, de repente, agora, 25 anos depois, na Sibéria, me recordo desse encontro com tamanha clareza, até o último detalhe. Isso quer dizer que o caso permaneceu sem se fazer notar em minha alma, por si mesmo, a despeito da minha vontade, e, de repente, me recordei dele quando foi necessário; recordei-me daquele sorriso maternal e carinhoso do pobre mujique camponês, de seu sinal da cruz, de seu aceno com a cabeça: "Se assustou mesmo, hein, rapazinho!". Mas em especial daquele seu dedo gordo, sujo de terra, com o qual ele suavemente e com tímida ternura tocou meus lábios trêmulos. É claro que qualquer um confortaria uma criança, mas naquele encontro solitário aconteceu algo inteiramente diverso, e ainda que eu fosse seu próprio filho, ele não poderia me dirigir um olhar que irradiasse amor mais puro; mas o que o levou a fazer isso? Ele era nosso servo, e eu o filho do seu senhor, ninguém ficaria sabendo como ele me afagou e nem o recompensaria por isso. Será que ele amava tanto assim as crianças pequenas? Existem pessoas desse tipo. O encontro foi solitário, no campo vazio e apenas Deus, quiçá, viu lá de cima que sentimento humano profundo e esclarecido e que ternura delicada, quase feminina, pode existir no coração de um mujique russo bruto, bestialmente ignorante, que ainda não esperava ou mesmo imaginava sua liberdade. Digam, não era isso que Konstantin Aksákov tinha em mente quando falava da elevada formação do nosso povo?

Então, quando saí da tarimba e olhei ao redor, lembro-me de sentir subitamente que podia olhar para aqueles infelizes de uma forma completamente diferente, e que, de repente, como que por um milagre, todo o ódio e a raiva tinham desaparecido do meu coração. Caminhei, olhando com atenção no rosto daqueles que encontrava. Esse mujique difamado e de cabeça raspada, com marcas no rosto, bêbado, bradando sua rouca e embriagada canção, pode ser aquele mesmo Marei: com efeito, eu não consigo perscrutar seu coração. Naquela mesma noite, encontrei-me outra vez com M...cki. Infeliz! Nele não poderia haver quaisquer reminiscências de nenhum Marei, ele não via nada nas pessoas, além de *"Je hais ces brigands!"*. Não, naquela época esses poloneses sofreram mais do que os nossos!

Tradução de Priscila Marques

A MULHER DE CEM ANOS[1]

"Naquela manhã, eu estava muito atrasada", contou-me dia desses uma dama.[2] "Quando saí de casa já era quase meio-dia e, para piorar, ainda tinha que fazer muitas coisas. Na rua Nikoláevski tinha que passar em dois lugares, um próximo do outro. Primeiro num escritório.[3] Bem no portão do prédio encontrei uma velhinha; ela parecia tão velha e encurvada com sua bengala, mas não consegui adivinhar sua idade. Ela caminhou até o portão e sentou-se ali num banquinho de madeira para descansar. Eu passei por perto, mas a vi apenas de relance."

"Dez minutos depois saí do escritório. Dois prédios depois ficava uma loja onde eu havia encomendado umas botas para Sônia,[4] então fui retirá-las. Lá vejo a mesma velhinha agora sentada neste outro prédio, novamente num banquinho perto do portão; estava sentada e olhava para mim; sorri para ela, entrei e peguei as botas. Então, três ou quatro minutos depois, segui para a Niévski. Lá vejo minha velhinha no terceiro prédio, novamente perto do portão, só que não num banquinho, mas acomodada numa saliência do solo, pois não havia nenhum banco perto daqueles portões. Parei de modo repentino e involuntário diante dela e pensei, 'Como pode ela estar sentada na frente de todos os prédios?'.

— Está cansada, minha velhinha? — perguntei.

— Fico cansada, minha querida, sempre fico cansada. Então penso: está quente, o sol está brilhando, acho que vou almoçar na casa dos netinhos.

— Então está indo almoçar, vovozinha?

---

[1] Publicado originalmente em *Diário de um escritor*, no número de março de 1876. (N. da T.)

[2] Este caso foi contado a Dostoiévski por sua esposa Anna Grigórievna. (N. da T.)

[3] Nesta rua localizava-se a gráfica onde o *Diário de um escritor* era impresso. (N. da T.)

[4] Trata-se de Liubóv, filha de Dostoiévski; aqui e em outro texto do *Diário* ("Os pilares de Hércules"), o autor chama Liubóv de Sônia, nome de sua filha que morreu com apenas três meses de idade. (N. da T.)

— Sim, almoçar, minha querida.

— Mas parece que não está conseguindo chegar.

— Não, vou conseguir. É que caminho um pouco, descanso, depois me levanto e continuo.

Olhei para ela e fiquei terrivelmente curiosa. A velhinha era pequenina, asseada, mas vestia trapos. Devia ser uma pequena proprietária, com sua bengala, o rosto pálido, amarelo, a pele muito seca, os lábios sem cor; parecia uma múmia ali sentada, recebendo os raios do sol.

— A senhora deve ter bastante idade, não é, vovozinha? — perguntei em tom de brincadeira.

— Cento e quatro anos, querida, tenho cento e quatro aninhos, só isso (agora era ela que brincava)... E você está indo para onde?

Ela me olhava e sorria, parecia estar feliz por ter alguém com quem conversar, mas achei muito estranha a preocupação daquela mulher de cem anos com o meu destino, como se aquilo lhe fosse necessário.

— É o seguinte, vovozinha — disse sorrindo —, fui pegar as botas da minha filha na loja e estou levando-as para casa.

— Que pequenininhos esses sapatinhos! Sua filha é nova? Que bom. Tem outros filhinhos?

Ela sorriu outra vez e olhou para mim. Seus olhos eram baços, quase mortos, mas era como se irradiassem calor.

— Vovozinha, aceite esta moeda de cinco copeques e compre um pãozinho — entreguei-lhe o dinheiro.

— Para que está me dando cinco copeques? De todo modo, obrigada, vou aceitar sua moeda.

— Aceite, vovozinha, não se acanhe. — Ela aceitou. Era óbvio que não mendigava, não havia chegado a tanto, mas aceitou de bom grado, não como caridade, mas como que por cortesia e pela bondade de seu coração. Aliás, pode ser que ela também tenha gostado muito de alguém ter lhe dirigido a palavra, a uma velhinha, e não apenas conversado, mas também demonstrado uma preocupação carinhosa por ela.

— Adeus, vovozinha — disse. — Espero que chegue bem.

— Chegarei, querida, chegarei. Hei de chegar. E você vá para a sua netinha — disse, esquecendo que eu tenho uma filha e não uma neta; devia pensar que todos têm netos. Continuei, voltei-me para olhá-la uma última vez e vi como ela se levantou lentamente e com dificuldade, e batia com a bengala no chão ao se arrastar pela rua. Talvez parasse para descansar ainda umas dez vezes pelo caminho até chegar aos seus para 'almoçar'. E para onde será que ela ia? Era estranha aquela velhinha."

Naquela manhã ouvi tal história — de fato, não é bem uma história, mas uma espécie de impressão sobre um encontro com uma mulher de cem anos (afinal, não é todo dia que se encontra uma pessoa de cem anos, e ainda tão cheia de vida interior!) —, e havia me esquecido completamente dela; apenas tarde da noite, depois ler um artigo numa revista e deixá-la de lado, lembrei-me dessa velhinha e por algum motivo rascunhei imediatamente uma continuação, isto é, como ela chegou aos seus para almoçar: o resultado foi uma pequena cena talvez bastante plausível.

Seus netos, talvez tataranetos (ela chama todos de netinhos), deviam ser trabalhadores, casados, é claro, do contrário ela não iria até a casa deles para almoçar; vivem num porão, talvez aluguem uma barbearia; são pobres, é claro, mas mesmo assim têm o que comer e observam a ordem. Já devia ser mais de uma da tarde quando ela conseguiu chegar. Não a esperavam, mas possivelmente a receberam bem.

— Vejam só, é Maria Maksímovna! Faça o favor de entrar, serva de Deus.

A velhinha entrou, dando uma risadinha enquanto o sininho da entrada ainda continuou tocando por muito tempo com um som agudo e estridente. Sua netinha é possivelmente a esposa do barbeiro; este não é velho, deve ter uns 35 anos, tem a compostura de seu ofício (embora este seja um ofício leve), veste, é claro, uma sobrecasaca oleosa como uma panqueca, deve ser por causa da pomada, ou algo assim, o fato é que nunca vi um "barbeiro" de outra forma, assim como o colarinho, que sempre parece ter sido passado na farinha. Imediatamente três crianças — um menino e duas meninas — correram na direção da bisavó. Em geral essas velhinhas bem idosas sempre se dão bem com crianças: elas mesmas passam a ser como que crianças em espírito, ficam, às vezes, igualzinho a crianças. A velhinha se sentou; lá estava um sujeito, visitando ou a trabalho, que tinha por volta de quarenta anos, era conhecido do anfitrião e já se preparava para ir embora. Havia também de visita um sobrinho, filho da irmã, um rapaz de uns dezessete anos que buscava trabalho numa gráfica. A velhinha fez o sinal da cruz e se sentou, olhando para os visitantes:

— Ah, estou cansada! E quem é este?

— Está falando de mim? — responde o visitante com uma risada. — Quer dizer que não está me reconhecendo, Maria Maksímovna? Faz três anos que combinamos de ir colher cogumelos na mata.

— Oh, mas é claro, sei quem você é, brincalhão. Estou lembrada, só não me recordo o seu nome, mas me lembro quem é. Ah, estou tão cansada.

— Mas me diga, Maria Maksímovna, uma velhinha distinta como a senhora não vai crescer nem um pouquinho?... É isso que eu gostaria de perguntar — brinca o visitante.

— Mas você, hein — ri a vovozinha, visivelmente satisfeita.

— Eu, Maria Maksímovna, sou um homem bom.

— É curioso falar com pessoas boas. Ah, mãe do céu, estou perdendo o fôlego. Parece que já arrumaram um casaquinho para o Seriójenka, não é?

Ela aponta para o sobrinho.

Este, um rapaz rechonchudo e saudável, abriu um sorriso largo e se aproximou; estava vestindo um casaquinho cinza novo, mas ainda não tinha conseguido se acostumar a ele. Talvez depois de uma semana se acostumasse, mas agora ficava o tempo todo olhando para o punho, a lapela e todo o restante no espelho, sentia um respeito especial por si mesmo.

— Pode dar uma voltinha — matraqueou a esposa do barbeiro. — Veja só, Maksímovna, que peça! Seis rublos, nem mais nem menos. Disseram na casa de Prokhóritch que por menos não valeria a pena nem começar, depois vai se arrepender; já este aqui não vai ficar gasto. Veja o material! Dê uma voltinha! Veja o forro como é resistente! Dê uma voltinha! Assim se foi nosso dinheirinho, Maksímovna, lá se foram nossos copeques.

— Oh, mãe do céu, as coisas andam tão caras que está difícil dar conta de tudo, melhor não me contar essas coisas, pois fico chateada — disse Maksímovna emocionada, ainda sem conseguir respirar.

— Já chega — observou o anfitrião —, temos que comer. Pelo que vejo, a senhora parece estar exausta, Maria Maksímovna.

— Ah, cansada, meu garoto, o dia está quente, ensolarado; pensei em fazer uma visita... não vou ficar só deitada. Ah! Conheci uma moça no caminho, jovem, tinha comprado uns sapatinhos para a filha: "Está cansada, minha velhinha?", ela perguntou. "Aceite esta moeda de cinco copeques e compre um pãozinho..." Sabe, resolvi pegar a moeda...

— Vovozinha, descanse um pouco primeiro. Por que está com dificuldade de respirar? — disse de repente o anfitrião, preocupado.

Todos olharam para ela; súbito, começou a ficar muito pálida, os lábios ficaram totalmente brancos. Ela também olhava para todos, mas como que sem expressão.

— Então, pensei... biscoito para as crianças... a moeda de cinco...

Outra vez parou, outra vez perdeu o fôlego. Todos ficaram em silêncio por cerca de cinco segundos.

— O quê, vovozinha? — inclinou-se o anfitrião na direção dela.

Mas a vovozinha não respondeu; novamente silêncio, novamente por cinco segundos. A velhinha foi ficando ainda mais pálida e seu rosto de repente ficou macilento. Seu olhar se fixou, o sorriso congelou nos lábios; ela olhava para a frente, mas era como se não visse nada.

— Chamem o pope! — disse a meia-voz, de forma apressada, o visitante atrás deles.

— Sim... não... já é tarde... — balbuciou o anfitrião.

— Vovozinha! Vovozinha! — chamou a esposa do barbeiro, tremendo toda; mas a vovozinha permaneceu imóvel, apenas a cabeça caiu para o lado; sua mão direita, que estava sobre a mesa, segurava a moeda de cinco copeques, a esquerda continuou no ombro do bisneto mais velho, Micha, um garoto de uns seis anos. Ele permanecia em pé sem se mexer e olhava a bisavó com seus grandes olhos atônitos.

— Partiu! — pronunciou de forma ritmada e solene o anfitrião, inclinando-se e fazendo um discreto sinal da cruz.

— Pois partiu mesmo! Vi como foi se inclinando — disse o visitante com ternura e a voz entrecortada; ele estava estupefato e olhava para todos.

— Ah, Deus! Que coisa! Como vai ser agora, Makáritch? Para onde levá-la? — matraqueou a anfitriã apressada e estarrecida.

— Levá-la para onde? — retorquiu imediatamente o anfitrião. — Vamos resolver tudo aqui; por acaso não é sua parente? Mas temos que avisar as pessoas.

— Cento e quatro aninhos, ah! — disse o visitante se remexendo no lugar, cada vez mais comovido. Até enrubesceu todo.

— Nos últimos anos já nem se lembrava da vida — observou de forma ainda mais solene e grave o anfitrião, enquanto procurava seu chapéu e vestia o capote.

— Não faz nem um minuto estava rindo, tão alegre! Veja a moeda em sua mão! Biscoitos, ela disse. Eh, que vida a nossa!

— Então, vamos, Piotr Stepánitch? — o anfitrião interrompeu o convidado e ambos saíram. Não era motivo para chorar. Cento e quatro anos, "partiu sem dor e sem nada de que se envergonhar". A anfitriã foi enviada para pedir ajuda aos vizinhos. Eles vieram imediatamente, quase contentes com a notícia, soltando gritos e suspiros. A primeira coisa, é claro, foi preparar o samovar. As crianças atônitas se amontoaram num canto para ver a vovozinha morta. Não importa quanto tempo Micha ainda viva, ele sempre vai se lembrar de como a velhinha morreu, com a mão pousada no seu ombro; e quando ele morrer ninguém em todo o mundo se lembrará e saberá que certa vez houve uma velhinha que viveu 104 anos — como e para quê não se sabe. E para quê se lembrar: na verdade, tanto faz. É assim com milhões de pessoas: vivem incógnitas, morrem incógnitas. Mas talvez o momento da morte desses velhinhos e velhinhas centenárias encerre algo de sereno e comovente, algo solene e pacificador: mesmo hoje em dia cem anos podem provocar um efeito estranho nas pessoas. Que Deus abençoe a vida e a morte das pessoas simples e boas!

Não obstante, que cena desimportante e sem conteúdo. A verdade é que com a intenção de recontar algo bastante interessante que ouvi há um mês, logo percebi que isso é impossível ou desnecessário, ou ainda que "não se diz tudo o que se sabe", no final das contas restam apenas as coisas mais sem conteúdo...

Tradução de Priscila Marques

O PARADOXALISTA[1]

A propósito, uma palavra sobre guerra e rumores de guerra. Tenho um conhecido que é um paradoxalista. Há muito que o conheço. É um tipo obscuro e de caráter estranho: um sonhador. Sobre isso, eu certamente falarei com mais detalhes. Mas agora lembrei-me de como, certa vez, aliás, há alguns anos, tivemos uma discussão sobre a guerra. Ele defendeu as guerras de modo geral e, talvez, unicamente pelo jogo do paradoxo. Vale notar que ele é um "civil", e a pessoa mais pacífica e gentil que poderia existir no mundo e também entre nós, em Petersburgo.

— É absurda — disse de passagem — a ideia de que a guerra é um flagelo para a humanidade. Ao contrário, é algo extremamente útil. Existe apenas um tipo de guerra que é odiosa e de fato perniciosa: a guerra civil fratricida. Ela mata e corrompe o Estado, sempre se prolonga excessivamente e brutaliza o povo por séculos inteiros. Mas a guerra política, entre nações, só traz benefícios em todos os sentidos e, por isso, é absolutamente necessária.

— Tenha dó, pessoas matando umas às outras, povo contra povo, o que há de necessário nisso?

— Tudo, e no mais elevado grau. Em primeiro lugar, é mentira que as pessoas se matem umas às outras, isso não está nunca em primeiro plano; pelo contrário, elas oferecem as próprias vidas em sacrifício, e é isso que deve ficar em primeiro plano. Algo completamente distinto. Não há ideia mais sublime do que sacrificar a própria vida para defender seus irmãos e sua pátria ou mesmo, simplesmente, os interesses da sua pátria. Sem ideias elevadas não é possível viver, e eu desconfio que é justamente por isso que a humanidade ama as guerras: para tomar parte em uma ideia elevada. Eis a necessidade.

— Mas será que a humanidade ama a guerra?

— Como não? Quem fica desanimado em tempos de guerra? Ao contrário, todos se animam, os espíritos se elevam, não há aquela apatia co-

---

[1] Publicado em *Diário de um escritor*, no número de abril de 1876. No texto imediatamente anterior do *Diário*, "Algo sobre questões políticas", Dostoiévski trata de política internacional e da possibilidade de uma guerra. (N. da T.)

mum, aquele tédio, como em tempos de paz. Depois, quando a guerra termina, como todos gostam de se lembrar dela, mesmo em caso de derrota! E não acredite quando as pessoas em tempos de guerra balançam a cabeça e dizem umas para as outras, "Que desgraça! A que ponto chegamos!". É só uma convenção. Pelo contrário, por dentro estão todos em festa. É terrivelmente difícil admitir tais ideias: dizem que é coisa de bestas, de retrógrados, julgam, têm medo delas. Ninguém tem coragem de louvar a guerra.

— Mas o senhor está falando de ideias elevadas, de humanização. Será que não é possível encontrar ideias elevadas sem guerra? Pelo contrário, é em tempos de paz que elas se desenvolvem com maior facilidade.

— Muito pelo contrário, é totalmente o oposto. As ideias elevadas definham em tempos de paz prolongada; no lugar delas aparecem o cinismo, a indiferença, o tédio e muito, muito escárnio maldoso, e isso como forma de entretenimento, não por algum motivo útil. É possível dizer com certeza que a paz prolongada torna as pessoas mais cruéis. Em tempos de paz prolongada a balança sempre pende para o que há de mais estúpido e grosseiro na humanidade, em especial para a riqueza e o capital. Depois de uma guerra, a honra, o amor ao próximo, o autossacrifício são respeitados, valorizados e tidos em alta conta, mas quanto mais tempo dura a paz, mais todas as coisas nobres e maravilhosas empalidecem, murcham, morrem, ao passo que tudo fica tomado pela ideia de riqueza e acúmulo. No final, resta apenas a hipocrisia, a hipocrisia da honra, do dever, do autossacrifício; essas coisas podem até continuar sendo respeitadas, apesar de todo o cinismo, mas apenas formalmente e em frases bonitas. Não haverá honra de verdade, sobrarão apenas fórmulas. A fórmula da honra é a morte da honra. A paz prolongada provoca apatia, pensamentos baixos, depravação, embota o sentimento. O prazer não se refina, mas torna-se grosseiro. A riqueza grosseira não é capaz de ter prazer com a grandeza de alma, ela requer um prazer mais carnal, mais próximo do concreto, ou seja, da satisfação direta da carne. O prazer se torna carnal. A volúpia suscita a sensualidade, e a sensualidade é sempre crueldade. É absolutamente impossível negá-lo, pois não se pode negar o fato principal: em tempos de paz prolongada, os ganhos sociais no fim se transformam em riqueza grosseira.

— Mas e quanto à ciência, às artes, será possível que floresçam em tempos de guerra? E essas são ideias sublimes e elevadas.

— Aí é que o senhor se engana. A ciência e as artes florescem sempre no momento imediatamente posterior à guerra. A guerra faz com que elas se renovem, se revigorem, sejam estimuladas, ela fortalece as ideias e lhes dá um empurrão. Em tempos de paz prolongada, ao contrário, a ciência entra em decadência. O fazer científico exige grandeza de alma e até abnegação, indubitavelmente. Mas será que muitos desses cientistas resistiriam à úlcera da paz? A falsa honra, o amor-próprio e a volúpia tomariam conta deles também. Tente vencer uma paixão como a inveja: ela é grosseira e vulgar, mas surge na alma do mais nobre dos cientistas. Ele também vai querer participar do esplendor geral, do *glamour*. Diante do triunfo da riqueza, que importância tem o triunfo de uma descoberta científica qualquer, a não ser que ela seja impressionante como, por exemplo, a descoberta de Netuno? O senhor por acaso acha que ainda existem muitos trabalhadores de verdade? Ao contrário, eles querem apenas a glória. Daí aparecerão charlatões na ciência, haverá uma caça por efeitos espetaculares e acima de tudo estará o utilitarismo, pois desejam apenas a riqueza. Na arte, ocorre o mesmo: a mesma busca pelo espetáculo, por um certo refinamento. Ideias simples, claras, elevadas e saudáveis já não estarão na moda: será necessário algo muito mais carnoso; será necessária uma artificialidade das paixões. Pouco a pouco, o sentido de medida e de harmonia será perdido; surgirá uma distorção dos sentimentos e das paixões, o assim chamado "refinamento dos sentimentos", que, em essência, é apenas o seu embrutecimento. A arte sempre se sujeita a isso ao final de um período de paz prolongada. Se não existissem guerras no mundo, a arte entraria definitivamente em declínio. Todas as melhores ideias da arte foram fornecidas por lutas, guerras. Veja a tragédia, as esculturas: veja o *Horácio* de Corneille, o Apolo do Belvedere, um monstro impressionante...

— E as Madonas? E o Cristianismo?

— O próprio Cristianismo reconhece o fato da guerra e profetiza que a espada não deixará de existir até o fim do mundo, o que é notável e impressiona. Oh, no sentido moral e sublime, ele sem dúvida recusa a guerra e exige o amor fraterno. Eu mesmo serei o primeiro a me regozijar quando as espadas forem convertidas em relhas de arado.[2] Mas a questão é: quando isso poderá acontecer? Será que vale a pena converter espadas em relhas neste momento? A paz atual é sempre, e em toda parte, pior do que a guerra; tão pior que, no fim das contas, chega a ser imoral apoiá-la: não é nada que deva ser valorizado, nada que valha a pena preservar; é vergonhoso e vulgar preservá-la. A riqueza e a grosseria dos prazeres engendram a indolência, a indolência engendra a escravidão. Para manter os escravos em situação de

---

[2] Referência a Isaías, 2, 4: "Ele julgará entre os povos, e corrigirá muitas nações; estes converterão as suas espadas em relhas de arados, e suas lanças em podadeiras: uma nação não levantará a espada contra outra nação, nem aprenderão mais a guerra". (N. da T.)

escravidão é preciso retirar deles o livre-arbítrio e a oportunidade de se educarem. De fato, não se pode passar sem um escravo, não importa quem o senhor seja, mesmo que o mais humano dos homens. Observo ainda que, em períodos de paz, a covardia e a desonra deitam raízes. Por sua natureza, o homem é terrivelmente inclinado à covardia e à falta de vergonha e, de si para si, sabe disso muito bem; eis o motivo pelo qual ele possivelmente anseia tanto pela guerra, a ama tanto: ela é como um remédio para ele. A guerra faz florescer o amor fraterno e une os povos.

— Como assim, une os povos?

— Obriga-os a se respeitarem. A guerra reanima as pessoas. O amor à humanidade floresce antes de tudo no campo de batalha. Chega a ser estranho o fato de que a guerra desperte menos raiva do que a paz. Na realidade, uma ofensa política em tempos de paz, um acordo imprudente, uma pressão política, uma exigência arrogante, como a feita pela Europa sobre nós em 1863,[3] despertam muito mais raiva do que uma luta aberta. Pense: por acaso odiávamos os franceses e os ingleses na época da campanha na Crimeia? Ao contrário, foi como se nos tornássemos mais próximos deles, como se fôssemos aparentados até. Ficamos interessados em saber a opinião deles sobre a nossa coragem, tratávamos bem os prisioneiros; durante a trégua nossos soldados e oficiais deixavam seus postos importantes e quase abraçavam os inimigos, até bebiam vodca juntos. A Rússia lia tais notícias nos jornais com prazer, e isso não impedia que lutassem de forma brilhante. Floresceu um espírito cavalheiresco. Sobre a pobreza material da guerra nem chegarei a falar: quem não conhece a lei segundo a qual, depois da guerra, todos têm suas forças renovadas? As forças econômicas do país ficam dez vezes maiores, como se uma nuvem carregada despejasse uma chuva abundante sobre a terra seca. Todos ajudam àqueles que sofreram na guerra, ao passo que em tempos de paz uma província inteira pode morrer de fome antes que alguém resolva ajudar ou doar três rublos.

— Mas por acaso não é o povo que, mais do que ninguém, sofre com a guerra, que carrega a ruína e um fardo inevitável, incomparavelmente maior do que a camada superior da sociedade?

— É possível, mas apenas temporariamente; por outro lado, ganha-se muito mais do que se perde. É precisamente para o povo que a guerra tem as melhores e mais sublimes consequências. Diga o que quiser, pode ser a

---

[3] Dostoiévski refere-se ao fato de que, durante a revolta polonesa (1863-1864), a França e a Inglaterra estabeleceram as condições para reformas na Polônia, pressionando o Império Russo. (N. da T.)

pessoa mais humana, mas o senhor ainda assim se considera superior ao homem comum. Em nossa época, quem poderá medir alma por alma, com uma régua cristã? Medem pelo bolso, pelo poder, pela força, e toda a massa de pessoas comuns sabe disso muito bem. Não se trata de inveja, mas de um sentimento insuportável de desigualdade moral, que é excessivamente corrosivo para o povo comum. Por mais que libertem e escrevam leis, não é possível exterminar a desigualdade entre as pessoas na sociedade atual. O único remédio é a guerra. Paliativo, momentâneo, mas gratificante para o povo. A guerra eleva o espírito do povo e a consciência de sua própria dignidade. A guerra iguala a todos no momento da batalha e reconcilia senhor e escravo na mais sublime manifestação da dignidade humana: o sacrifício da vida pelo bem comum, por todos, pela pátria. Será que o senhor pensa que a massa, mesmo a massa mais ignorante de mujiques e mendigos não sente necessidade de uma manifestação *ativa* dos sentimentos elevados? Em tempos de paz, como pode a massa manifestar sua grandeza de alma e dignidade humana? Vemos manifestações isoladas de grandeza entre a gente comum, que mal nos dignamos a notar, ora com um sorriso desconfiado, ora simplesmente sem acreditar, ora com suspeita. Quando acreditamos no heroísmo de um ato isolado, imediatamente fazemos um alvoroço como se estivéssemos diante de algo extraordinário; e o resultado é que nossa surpresa e nossos elogios mais parecem desprezo. Em tempos de guerra, tudo isso desaparece por si só e dá lugar à plena igualdade do heroísmo. O sangue derramado é uma coisa importante. Um feito compartilhado de grandeza engendra um vínculo sólido entre as classes e entre indivíduos não iguais. O proprietário de terras e o mujique, depois de terem lutado juntos em 1812,[4] aproximaram-se mais um do outro do que durante a convivência na pacífica propriedade do campo. A guerra é uma oportunidade para que o povo respeite a si mesmo, e é por isso que ele ama a guerra: escrevem-se canções e muito tempo depois ainda escutam-se lendas e histórias sobre ela... O sangue derramado é uma coisa importante! Não, a guerra é necessária *em nosso tempo*; sem ela o mundo entraria em colapso ou, ao menos, retornaria a uma espécie de lodo, uma lama vil contaminada por feridas putrefatas...

---

[4] Referência às campanhas napoleônicas em território russo. A união de pessoas de diferentes camadas sociais nessa empreitada militar teve enorme repercussão na cultura russa posterior a 1812. O efeito mais importante foi a conscientização por parte da elite sobre o abismo que a separava da grande maioria do povo. O evento encetou um forte sentimento de inquietação e desconforto entre os intelectuais em relação ao *status quo*, e o principal resultado disso foi a insurreição militar de 1825, conhecida como "levante dezembrista". (N. da T.)

Eu, é claro, abandonei a discussão. Não adianta discutir com sonhadores. Mas há, contudo, um fato estranhíssimo: atualmente estão sendo discutidas e levantadas questões sobre certas coisas que pareciam estar há muito resolvidas e arquivadas. Agora resolveram desenterrar tudo isso. E o principal é que está por toda parte.

Tradução de Priscila Marques

DOIS SUICÍDIOS[1]

Não faz muito tempo conversei com um de nossos escritores (um grande artista)[2] sobre a comicidade na vida, sobre a dificuldade de definir um acontecimento, chamá-lo pelo nome adequado. Observei justamente a esse respeito que eu, que conheço *A desgraça de ter espírito* há quase quatro décadas, apenas neste ano compreendi de fato um dos tipos mais brilhantes dessa comédia, Moltchálin, e compreendi justo quando ele, isto é, o escritor com quem eu conversava, me esclareceu quem era Moltchálin ao retratá-lo em um de seus ensaios satíricos. (Ainda falarei sobre Moltchálin em algum momento, é um grande tema.)

— Será que o senhor sabe — disse-me de repente meu interlocutor, que parecia estar há muito (e profundamente) impactado por sua própria ideia —, por acaso sabe que não importa o que escreva, o que deduza, o que reconheça em uma obra de arte, isto nunca poderá se igualar à realidade? Não importa o que represente, tudo será mais frágil do que a realidade. Pode ser que pense ter alcançado em uma obra o ápice da comicidade em determinado acontecimento da vida, ter capturado seu aspecto mais disforme: nem de longe! A realidade logo lhe apresentará alguma instância deste mesmo gênero que você jamais teria proposto, e que pode superar toda a sua capacidade de observação e imaginação!

Disso eu já sabia desde 1846, quando comecei a escrever, e talvez até antes; esse fato costumava me deixar perplexo e impactado quanto à questão da utilidade da arte em face de sua tão evidente impotência. Com efeito, investigue algum fato da vida real, mesmo que não seja o mais incrível à primeira vista, e se o senhor tiver olhos e forças, descobrirá nele uma profundidade que não existe em Shakespeare. Mas a questão consiste no seguinte:

---

[1] Publicado originalmente em *Diário de um escritor*, número de outubro de 1876. (N. da T.)

[2] Trata-se do escritor Mikhail Saltikov-Schedrin (1826-1889), autor, entre outras obras, do ciclo satírico *O Senhor Moltchálin*, inspirado no personagem da comédia *A desgraça de ter espírito*, de Griboiédov, ao qual Dostoiévski alude a seguir. O encontro entre os dois autores ocorreu em outubro de 1876. (N. da T.)

aos olhos de quem e com as forças de quem? Não apenas para criar e escrever obras literárias, mas para simplesmente notar o fato é preciso também ser como que um artista. Para alguns observadores, todos os acontecimentos da vida se desenrolam na mais comovente simplicidade e são tão óbvios que não há sobre o que pensar, não há sequer algo que mereça ser visto. Outro observador dos mesmos acontecimentos pode ficar tão alarmado que (como acontece com frequência), sem forças para sintetizá-los e simplificá-los, transformá-los numa linha reta e, com isso, tranquilizar-se, recorre a um novo tipo de simplificação e *pura e simplesmente* crava uma bala na testa para extinguir de uma só vez sua mente exaurida junto com todas as suas questões. Esses são apenas os dois extremos, mas é entre eles que reside todo o sentido disponível ao ser humano. Contudo, é claro que nunca será possível esgotar todo o acontecimento, nem alcançar seu princípio e seu fim. Conhecemos apenas o essencial do visível cotidiano, e ainda assim só de vista; já o princípio e o fim ainda representam para o ser humano algo fantástico.

Aliás, um de meus respeitáveis correspondentes informou-me ainda no verão acerca de um suicídio estranho e não solucionado, sobre o qual eu apesar de tudo gostaria de falar. Nesse suicídio tudo, tanto na aparência como na essência, é um enigma. Obedecendo, é claro, às propriedades da natureza humana, tentarei de alguma forma resolver esse enigma, para que possa "parar e me acalmar". A suicida é uma jovem de 23 ou 24 anos, não mais do que isso, filha de um emigrado russo muito conhecido;[3] cresceu no estrangeiro e, embora fosse de origem russa, sua educação era quase inteiramente não russa. Ao que parece, os jornais a mencionaram vagamente na época, mas os detalhes são muito curiosos: "Umedeceu um tecido de algodão com clorofórmio, colocou sobre o rosto e deitou-se na cama... Assim morreu. Antes, fez a seguinte anotação:

'Je m'en vais entreprendre un long voyage. Si cela ne réussit pas qu'on se rassemble pour fêter ma résurrection avec du Clicquot. *Si cela réussit*, je prie qu'on ne me laisse enterrer que tout à fait morte, puisqu'il est très désagréable de se réveiller dans un cercueil sous terre. *Ce n'est pas chic!*'"

Que, em tradução, significa:

---

[3] Trata-se de Elizavieta Aleksandrovna Herzen, filha do escritor Aleksandr Herzen (1812-1870); matou-se em Florença, com clorofórmio, em dezembro de 1875, aos dezessete anos. Dostoiévski soube do ocorrido de forma indireta. (N. da T.)

"Vou empreender uma longa viagem. Se o suicídio não for bem-sucedido, que todos se reúnam para celebrar minha ressurreição dos mortos com uma taça de Clicquot. Mas se for bem-sucedido, peço apenas que me enterrem plenamente convictos de que estou morta, pois não será nada agradável acordar num caixão embaixo da terra. *Não seria nada chique!*"

Nesse "chique" repulsivo e grosseiro, me parece, é possível ouvir um chamado, talvez de indignação ou raiva, mas contra o quê? Apenas naturezas grosseiras tiram a própria vida somente por causas materiais, visíveis, exteriores; mas o tom dessa nota evidencia que ela não poderia ter tais causas. Indignação com o quê? Com a simplicidade de tudo? Com a vida sem sentido? Seria ela um desses que julgam e negam a vida, tão conhecidos, indignados com a "estupidez" que é o aparecimento do homem na Terra, com a absurda casualidade desse aparecimento, com a tirania das causas inflexíveis com as quais não consegue se reconciliar? Aqui ouve-se uma alma revoltada com a "linearidade" dos acontecimentos, que não suportou essa linearidade que lhe fora ensinada na casa do pai desde a infância. E o que é inimaginável é que ela morreu, de fato, sem ter qualquer dúvida precisa. O mais provável é que em sua alma não houvesse dúvidas conscientes, nenhuma questão, por assim dizer; ela acreditava em tudo aquilo que lhe havia sido ensinado na infância, isso é o mais certo de tudo. Quer dizer, simplesmente morreu de uma "fria apatia e de tédio", com um sofrimento, por assim dizer, animal e inconsciente, era simplesmente sufocante viver assim, como se faltasse ar. Sua alma inconscientemente não suportou a linearidade, e inconscientemente exigiu algo mais complexo...

Há um mês, em todos os jornais de Petersburgo apareceram algumas linhazinhas em letras miúdas sobre um suicídio ocorrido na cidade: uma jovem moça pobre, costureira, jogou-se da janela do quarto andar, "pois não conseguiu de jeito nenhum encontrar um trabalho para seu sustento". Acrescentou-se que ela se jogou e chegou ao chão *segurando nas mãos uma imagem religiosa*. A imagem em suas mãos é o traço mais estranho e inaudito desse suicídio! Trata-se de um suicídio dócil, tranquilo.[4] Aqui, é claro, não houve murmúrios ou censura de nenhuma espécie, simplesmente não foi possível continuar vivendo, "Deus não quis", e ela morreu depois de rezar. Há coisas que, não importa quão *simples* pareçam, povoam nosso pensamento

---

[4] "A dócil" é o nome do conto escrito por Dostoiévski, inspirado nesse mesmo caso. O texto está reproduzido às pp. 361-400 deste volume. (N. da T.)

por muito tempo, elas surgem diante de nós como se nós mesmos fôssemos culpados. Essa alma dócil que aniquilou a si mesma atormenta involuntariamente o pensamento. Essa morte me fez lembrar do suicídio da filha do emigrado sobre o qual me contaram no verão. No entanto, como são diferentes essas duas consciências, duas criaturas distintas, como se cada uma fosse de um planeta! E como são diferentes as duas mortes! Qual dessas almas sofreu mais na Terra, se for decente e permitido fazer pergunta tão vã?

Tradução de Priscila Marques

O VEREDICTO[1]

Aliás, eis o raciocínio de um suicida que se matou *por tédio*; trata-se, evidentemente, de um materialista.

"... Na realidade que direito tinha a natureza de me trazer ao mundo como resultado de alguma de suas leis eternas? Eu fui criado com uma consciência e era *consciente* dessa natureza: que direito tinha ela de me fazer consciente, independentemente da minha vontade? Um ser consciente, ou seja, um ser que sofre; mas eu não quero sofrer, afinal, por que eu concordaria em sofrer? A natureza, por meio da minha consciência, anuncia-me uma tal harmonia com o todo. A partir desse anúncio, a consciência humana produziu as religiões. Ela me diz que — embora eu saiba perfeitamente que não posso nem nunca poderei tomar parte na 'harmonia com o todo', e sequer compreenda o que ela quer dizer — eu, de todo modo, devo me submeter a esse anúncio, devo ser humilde, aceitar o sofrimento tendo em vista a harmonia com o todo e concordar em viver. Mas, se fosse para escolher conscientemente, é óbvio que eu preferiria ser feliz apenas no momento em que existo; quanto ao todo e sua harmonia, eles já não terão nenhum significado depois que eu for aniquilado, quer o todo e sua harmonia permaneçam na terra depois de mim, quer sejam aniquilados comigo. E para quê eu deveria me preocupar tanto com a sua preservação depois que eu me for? Eis a questão! Melhor seria se eu tivesse sido criado como todos os animais, isto é, uma criatura viva mas não racionalmente consciente da própria existência; minha consciência não é harmonia, mas exatamente o contrário, desarmonia, pois sou infeliz com ela. Veja quem no mundo é feliz e quem são as pessoas que *concordam* em viver; são justamente aqueles que mais se parecem com os animais e se encontram mais próximos deles pelo pouco desenvolvimento de suas consciências. Eles concordam de bom grado em viver, contanto que vivam como animais, ou seja, comem, bebem, dormem, constroem ninhos e se reproduzem. Comer, beber e dormir como um homem quer dizer

---

[1] Publicado originalmente em *Diário de um escritor*, número de outubro de 1876, na sequência imediata ao texto anterior, "Dois suicídios". (N. da T.)

lucrar e pilhar; construir um ninho significa antes de tudo pilhar. Podem contestar dizendo que é possível se arranjar e construir um ninho baseando-se em princípios sociais racionais e cientificamente comprovados, e não pilhando, como ocorreu até agora. Que seja, mas eu pergunto: para quê? Para quê se arranjar e despender tantos esforços em se arranjar de forma correta, racional e moral na sociedade? Para isso, é claro, ninguém tem resposta. Tudo o que seriam capazes de me responder é: 'pelo prazer'. Sim, se eu fosse uma flor ou uma vaca, teria prazer. Mas ao me colocar perguntas ininterruptamente, como agora, eu não posso ser feliz, nem com a suprema e *direta* felicidade do amor ao próximo ou do amor da humanidade por mim, uma vez que sei que amanhã tudo estará acabado: eu, toda essa felicidade, todo o amor, toda a humanidade viraremos nada, o caos primordial. Em tais condições não posso de modo algum aceitar qualquer felicidade que seja; não por que não queira, ou por uma teimosia baseada em algum princípio, mas simplesmente porque não serei e nem posso ser feliz sob a condição do nada que ameaça o amanhã. É um sentimento, um sentimento imediato, e eu não consigo vencê-lo. Bem, vamos supor que eu morresse e em meu lugar restasse apenas a humanidade por toda a eternidade; nesse caso, talvez, me sentisse consolado. Mas nosso planeta, afinal, não é eterno, e para a humanidade, assim como para mim, foi reservado um período que é apenas um instante. E não importa que a humanidade se arranje no mundo de forma racional, alegre, correta e abençoada; tudo isso amanhã se igualará àquele mesmo nada. E ainda que haja algum motivo pelo qual isso seja necessário, alguma lei eterna, morta e todo-poderosa da natureza, acredite, nesse pensamento se encerra o mais profundo desrespeito pela humanidade; ele me ofende profundamente e o mais intolerável é que aqui não há culpados.

 Finalmente, se fosse para admitir a possibilidade de um conto de fadas em que o homem, no fim das contas, tenha estabelecido a vida na Terra em bases racionais e científicas — a possibilidade de acreditar nisso, de acreditar na felicidade futura das pessoas, a simples ideia de que a natureza precisou, por conta de certas leis inflexíveis, atormentar o homem por séculos antes de conduzi-lo à felicidade, este pensamento já seria intoleravelmente repugnante por si só. Agora acrescente a isso o fato de que essa mesma natureza, depois de permitir, enfim, que o homem seja feliz, amanhã será obrigada a transformar tudo isso em nada, apesar de todo o sofrimento que essa felicidade tenha custado à humanidade e, o principal, sem ocultar nada disso de mim e de minha consciência, como ocultou da vaca — então automaticamente vem à cabeça um pensamento muito engraçado, mas terrivelmente triste: 'e se o homem tiver sido colocado na terra como um experimento imprudente, apenas para verificar se tal criatura é ou não capaz de sobreviver aqui?' A tristeza desse pensamento consiste sobretudo em que, novamente, não há culpados, ninguém fez experimento nenhum, não há ninguém para amaldiçoar, tudo ocorreu simplesmente por causa das leis mortas da natureza, as quais não consigo compreender e que minha consciência não pode de forma alguma aceitar. *Ergo*:[2]

Uma vez que às minhas perguntas acerca da felicidade recebo da natureza por meio de minha consciência apenas a resposta de que não posso ser feliz de outra forma senão em harmonia com o todo, coisa que não compreendo e evidentemente nunca terei condições de compreender;

Uma vez que a natureza não apenas não reconhece meu direto de pedir uma explicação, mas sequer me responde — não porque não queira, mas porque não pode;

Uma vez que estou convencido de que a natureza, para responder às minhas perguntas, designou (inconscientemente) *a mim mesmo* e responde por meio de minha consciência (pois sou eu mesmo que estou dizendo tudo isso);

Uma vez que, enfim, nessas condições, assumo simultaneamente o papel de acusação e defesa, réu e juiz, considero essa comédia absolutamente estúpida da parte da natureza e, de minha parte, humilhante ter de suportá-la;

Portanto, na qualidade indubitável de acusação e defesa, juiz e réu, condeno a natureza, que de forma tão insolente e sem-cerimônia me causou sofrimento, à aniquilação... Uma vez que não sou capaz de destruir a natureza, destruirei a mim mesmo, unicamente pelo tédio de ter de suportar uma tirania pela qual não há culpados."

N. N.

Tradução de Priscila Marques

---

[2] Em latim no original. (N. da T.)

A DÓCIL
(Uma narrativa fantástica)[1]

Do autor

Peço desculpas aos meus leitores por dessa vez, em lugar do *Diário* em sua forma habitual, lhes oferecer apenas uma novela. Mas estive realmente ocupado com esta novela a maior parte do mês. Em todo caso, peço a condescendência dos leitores.

Agora, sobre a narrativa em si. Intitulei-a "fantástica", ainda que eu mesmo a considere realista no mais alto grau. Mas aqui de fato existe o fantástico, e justamente na própria forma da narrativa, o que considero necessário esclarecer de antemão.

Acontece que não se trata nem de um relato nem de memórias. Imaginem um marido, em cuja casa jaz sobre a mesa a mulher, suicida, que algumas horas antes se atirara da janela. Ele está confuso e ainda não conseguiu juntar os pensamentos. Anda pelos cômodos da casa e tenta entender o que aconteceu, "concentrar os pensamentos em um ponto". De mais a mais, trata-se de um hipocondríaco inveterado, daqueles que falam sozinhos. E eis que ele fala consigo mesmo, conta o ocorrido e o *esclarece* para si próprio. Apesar da aparente coerência do discurso, ele algumas vezes se contradiz, tanto na lógica como nos sentimentos. Ao mesmo tempo em que se justifica, culpa a mulher e deixa-se levar por explicações que não têm nada a ver: há nisso tanto rudeza de pensamento e do coração como um sentimento profundo. Aos poucos ele de fato *esclarece* para si o ocorrido e "concentra os pensamentos num ponto". A série de recordações evocadas por ele acabam por levá-lo irresistivelmente à *verdade*; a verdade engrandece-lhe irresistivelmente o espírito e o coração. No fim até o tom da narrativa se modifica, em comparação com o seu início desordenado. A verdade revela-se ao infeliz de modo bastante claro e determinante, ao menos para ele.

---

[1] Publicado originalmente em *Diário de um escritor*, ocupando todo o número de novembro de 1876. (N. da T.)

Eis o tema. É claro que o processo da narração prolonga-se por algumas horas, com intermitências e pausas e de modo incoerente: ora ele fala para si mesmo, ora dirige-se como que a um ouvinte invisível, a algum juiz. E na realidade é sempre assim mesmo que acontece. Se um estenógrafo o tivesse surpreendido e anotado tudo em seguida, então teria saído um pouco mais áspero e mais tosco do que o apresentado por mim, mas, ao que me parece, a ordem psicológica é provável que tivesse ficado a mesma. Pois é essa suposição de um estenógrafo que houvesse anotado tudo (cuja anotação eu teria reelaborado em seguida) que eu chamo de fantástica na narrativa. Mas, em parte, coisa semelhante já foi admitida mais de uma vez na arte: Victor Hugo, por exemplo, em sua obra-prima *O último dia de um condenado*, utilizou praticamente a mesma técnica e, ainda que não tenha lançado mão do estenógrafo, permitiu-se uma inverossimilhança ainda maior, ao propor que um condenado à morte pudesse (e tivesse tempo de) registrar as memórias não apenas do seu último dia, mas até da sua última hora e literalmente do seu derradeiro minuto. Mas, não tivesse ele se permitido essa fantasia, a obra nem mesmo existiria — a mais real e mais verdadeira de todas as que escreveu.

Primeira parte

I. Quem era eu e quem era ela

... É que enquanto ela está aqui — ainda está tudo bem: venho e olho a cada instante; mas amanhã a levarão embora — e como hei então de ficar sozinho? Agora ela está na sala em cima da mesa, juntaram duas mesas de jogo,[2] o caixão vem amanhã, um *gros de Naples*[3] todo branco, mas, aliás, não se trata disso... Não faço senão andar e querer esclarecer isso para mim mesmo. É que já faz seis horas que estou tentando esclarecer e não há meio de eu concentrar os pensamentos num ponto. Acontece que não faço senão andar e andar o tempo todo... Eis como aconteceu. Vou simplesmente contar pela ordem. (Ordem!) Senhores, estou longe de ser um literato, e isso os senhores estão vendo, mas não importa, contarei como eu mesmo en-

---

[2] No original russo *lombiérni*, mesa para o jogo de cartas *lomber* (do francês *l'hombre*). (N. da T.)

[3] Em russo *grodenapl*, tecido espesso de seda, do francês *gros de Naples*. (N. da T.)

tendo. É nisso justamente que está todo o meu horror, no fato de que entendo tudo!

Se querem saber, isto é, se começar bem do início, pois ela vinha à minha casa na época, sem a menor cerimônia, penhorar uns objetos para pagar um anúncio no *A Voz*,[4] em que dizia que, coisa e tal, preceptora, disposta até a viajar, dar aulas em domicílio etc. etc. Isso foi bem no começo, e eu, é claro, não a distinguia dos outros: vinha como todo mundo, e até com mais simplicidade. Mas depois passei a distinguir. Ela era tão franzina, loirinha, de estatura acima da mediana, sempre desajeitada comigo, como se ficasse perturbada (acho que era assim com todos os estranhos, e eu, sem dúvida, era igual a qualquer outro para ela, isto é, se pegar não pelo lado do penhorista, mas da pessoa). Assim que recebia o dinheiro, no mesmo instante dava meia-volta e ia embora. E o tempo todo calada. Os outros discutem, insistem e regateiam de tal modo para que lhes deem mais; essa não, o que derem... Parece que estou confundindo tudo... Sim, o que mais me surpreendeu foram os seus objetos: uns brinquinhos de prata banhados em ouro, um reles medalhãozinho — umas coisas de vinte copeques. E ela mesma sabia que valiam, quando muito, uma moeda de dez copeques, mas pelo seu rosto eu via que lhe eram preciosos — e, de fato, isso era tudo o que lhe restara de seu paizinho e de sua mãezinha, soube depois. Apenas uma vez me permiti caçoar de seus objetos. Isto é, vejam que isso não me permito nunca, meu tom com a clientela é de *gentleman*: poucas palavras, polido e severo. "Severo, severo e severo."[5] Mas ela de repente se permitiu trazer os restos (isto é, literalmente) de uma jaquetinha velha de pele de lebre — então eu não me contive e de repente disse-lhe alguma coisa, como que uma espécie de gracejo. Deus meu, como enrubesceu! Tem olhos azuis, grandes, pensativos, mas — como se inflamaram! Mas, sem deixar escapar uma palavra, pegou seus "restos" e — saiu. Foi aí precisamente que a notei pela primeira vez de *modo particular* e que pensei a seu respeito algo do gênero, isto é, justamente algo de gênero particular. Sim: e ainda me lembro até da impressão, isto é, se querem saber, a impressão principal, síntese de tudo: justamente que ela era terrivelmente jovem, tão jovem que parecia ter catorze anos. E no entanto, na época, só faltavam três meses para completar dezesseis. Aliás, não era isso o que eu queria dizer, a síntese não estava absolutamente nisso. No dia seguinte tornou a voltar. Soube depois que estivera nas casas de Mozer e de

---

[4] *Gólos*, jornal semanal. (N. da T.)

[5] "*Strogo, strogo i strogo*". Citação imprecisa do conto "O capote", de Nikolai Gógol. (N. da T.)

Dobronravov com essa jaquetinha, mas estes, afora ouro, não aceitam nada e nem quiseram conversa. Já eu, aceitei dela certa vez um camafeu (reles, também) e depois, ao ponderar, me surpreendi: eu, afora ouro e prata, também não aceito nada, mas aceitei seu camafeu. Esse foi então meu segundo pensamento sobre ela, disso me lembro.

Dessa vez, isto é, ao vir do Mozer, ela trouxe uma piteira de charuto de âmbar, uma pecinha à toa, coisa de amador, mas que para nós também não tem nenhum valor, porque para nós — só ouro. Visto que voltara mesmo depois da *revolta* do dia anterior, então a recebi com um ar severo. A severidade em mim é secura. Entretanto, ao lhe entregar dois rublos, não me contive e disse, como que com certa irritação: "Só faço isso *para a senhora*, Mozer não aceitaria esse tipo de coisa". Salientei particularmente as palavras "para a senhora", e justamente num *certo sentido*. Fui cruel. Ela tornou a enrubescer, ao ouvir esse "para a senhora", mas calou-se, não largou o dinheiro, pegou-o — o que não faz a pobreza! E como enrubesceu! Percebi que a tinha alfinetado. E depois que ela saiu, de repente me perguntei: será mesmo que esse triunfo sobre ela vale dois rublos? Eh, eh, eh! Lembro-me de que fiz essa pergunta exatamente duas vezes: "Será que vale? Será que vale?". E, rindo, decidi em meu íntimo pela afirmativa. Na hora, isso deixou-me até bem alegre. Mas não foi por um mau sentimento: foi com um propósito, com uma intenção; queria colocá-la à prova, porque de súbito em minha mente começaram a fermentar certos pensamentos a seu respeito. Este foi o meu terceiro pensamento *particular* sobre ela.

... Enfim, foi a partir daí que tudo começou. Naturalmente, fui logo tratando de tomar informações de todas as circunstâncias por vias indiretas e esperei a sua vinda com uma ansiedade particular. Pois eu pressentia que não tardaria a voltar. Quando voltou, puxei uma conversa amável, com uma cortesia fora do comum. Pois recebi uma boa educação e tenho bons modos. Hum! Foi aí justamente que descobri que ela era boa e dócil. As pessoas boas e dóceis não são de opor resistência por muito tempo, e ainda que não sejam lá de se abrir muito, esquivar-se de uma conversa, porém, não conseguem de jeito nenhum: mal respondem, mas respondem, e, quanto mais longe se vai, melhor, é só não se deixar cansar, se estiver interessado. Naturalmente que ela mesma na época não me explicou nada. Isso sobre o *A Voz* e o resto eu só fiquei sabendo depois. Publicava os anúncios então já no limite de seus recursos, de início, naturalmente, com arrogância: "Preceptora", dizia, "com disposição para viajar, enviar as condições pelo correio"; mas depois: "com disposição para tudo, tanto para dar aulas como para ser dama de companhia, cuidar dos afazeres domésticos, tratar de doente, e sei costurar" etc. etc., o de sempre! Naturalmente que isso tudo foi sendo acrescentado aos anúncios em várias ocasiões, mas por fim, quando já estava chegando à beira do desespero, até mesmo "sem ordenado, em troca de comida". Não, não encontrou trabalho! Decidi então colocá-la à prova uma última vez: pego de repente *A Voz* do dia e mostro-lhe um anúncio: "Jovem, órfã de pai e mãe, procura emprego de preceptora de crianças pequenas, de preferência em casa de viúvo idoso. Pode ajudar no trabalho da casa".

— Veja aqui, esta colocou o anúncio hoje de manhã, e até a noite, certamente, já terá encontrado uma colocação. É assim que se deve anunciar!

Tornou a enrubescer, os olhos voltaram a brilhar, deu meia-volta e foi embora no mesmo instante. A coisa me agradou muito. Pensando bem, a essa altura já estava plenamente convencido e não tinha nenhum receio: piteiras, ora, ninguém haveria de aceitar. E nem sequer piteiras ela tinha mais. E assim foi, no terceiro dia ela chega, tão palidazinha, perturbada — percebi que alguma coisa lhe havia acontecido em casa, e de fato aconteceu. Já vou explicar o que aconteceu, mas antes quero apenas recordar como na hora, de súbito, banquei o chique para ela e cresci aos seus olhos. Tal propósito ocorreu-me de repente. Acontece que ela tinha trazido a tal imagem (resolvera trazer)... Ah, ouçam! ouçam! Pois é agora que tudo começa, até agora só fiz me atrapalhar todo... Acontece que agora eu quero recordar isso tudo, tin-tim por tin-tim, cada minúcia. Não faço senão tentar concentrar os pensamentos num ponto e — não consigo, mas há essas minúcias, essas pequenas minúcias...

A imagem da Virgem. A Virgem com o menino, antiga, familiar, de casa, com moldura de prata banhada em ouro devia valer, digamos, uns seis rublos valia. Percebo que a imagem é preciosa para ela, que penhora a imagem toda, sem tirar da moldura. Digo-lhe: seria melhor tirar a moldura e levar a imagem; mesmo porque, a imagem, de qualquer maneira, não é muito apropriado.

— E por acaso é proibido?

— Não, proibido não é, mas assim, talvez, para a senhora mesma...

— Então, tire.

— Quer saber de uma coisa, não vou tirar, e vou colocar ali no nicho — disse eu, depois de refletir — com as outras imagens, embaixo da lamparina (desde que abri a caixa de penhores, mantinha sempre uma lamparina acesa), e não faça cerimônia, tome dez rublos.

— Não preciso de dez, dê-me cinco, vou resgatá-la sem falta.

— Mas não quer os dez? A imagem vale — acrescentei, notando que seus olhinhos tornaram a brilhar. Ela não abriu a boca. Tirei cinco rublos.

— Não se deve desprezar ninguém, eu mesmo já passei por tais apuros, e até piores, minha senhora, e se agora a senhora me vê nessa ocupação... pois isso foi depois de tudo o que suportei...

— O senhor está se vingando da sociedade, não é? — interrompeu-me de repente com um ar de troça bem sarcástico, que, aliás, transparecia muita ingenuidade (isto é, no geral, porque na época decididamente não me distinguia dos outros, tanto que o disse quase sem maldade). "A-há! — pensei — veja só quem é você, o caráter se revela sob um novo ângulo."

— Veja — observei no mesmo instante, meio brincalhão, meio enigmático —, "Eu sou uma parte daquela parte do todo que quer fazer o mal, mas cria o bem...".[6]

Ela olhou para mim imediatamente e com uma curiosidade, aliás, quase infantil:

— Espere... Que ideia é essa? De onde vem? Ouvi em algum lugar...

— Não precisa quebrar a cabeça, com estas palavras Mefistófoles recomenda-se a Fausto. Leu o *Fausto*?

— Não... não com muita atenção.

— Então não leu absolutamente. É preciso ler. E, aliás, torno a perceber nos lábios da senhora um sinal de troça. Por favor, não atribua a mim tanto mau gosto como se eu, para embelezar meu papel de penhorista, quisesse apresentar-me à senhora como Mefistófoles. Uma vez agiota, sempre agiota. Sabemos disso, minha senhora.

— O senhor é estranho... Eu não queria absolutamente lhe dizer nada disso...

Ela queria dizer: eu não esperava que o senhor fosse uma pessoa culta, mas não disse. Em compensação eu sabia que ela tinha pensado isso; eu estava extremamente satisfeito com ela.

— Veja — observei —, em qualquer atividade se pode fazer o bem. Não é o meu caso, é certo; eu, além do mal, vamos admitir, não faço nada, mas...

— É claro que se pode fazer o bem em qualquer situação — disse ela, olhando para mim com um olhar vivo e compenetrado. — Absolutamente em qualquer profissão — acrescentou de repente. Oh, eu me lembro bem, eu me lembro de todos esses momentos! E ainda quero acrescentar que quando essa juventude, essa adorável juventude, se põe a querer dizer alguma coisa inteligente e profunda, então mostra de repente com uma expressão extremamente sincera e cândida que: "Veja, diz, estou lhe dizendo agora uma coi-

---

[6] Citação do *Fausto*, de Goethe. (N. da T.)

sa inteligente e compenetrada" — e não que seja por vaidade, como é do nosso feitio, mas ainda assim percebe-se que ela própria dá muito valor a tudo isso, não só acredita como respeita e acha que também os senhores respeitam isso tudo exatamente do mesmo modo que ela. Oh, a sinceridade! É assim mesmo que vencem. E como isso era encantador nela!

Eu me lembro, não me esqueci de nada! Quando ela saiu, decidi de uma vez. Naquele mesmo dia saí para as últimas buscas e soube todo o resto sobre ela, já dos podres de agora; dos podres de antes eu já soubera de tudo por Lukéria, que nessa época trabalhava na casa delas e que eu tinha subornado alguns dias antes. Esses podres eram tão terríveis que eu não consigo compreender como ainda era possível rir como ela fizera havia pouco e mostrar curiosidade pelas palavras de Mefistófeles, achando-se ela mesma em tal horror. Mas são coisas da juventude! Foi exatamente o que pensei na hora a seu respeito com orgulho e alegria, porque aí também há magnanimidade: quer dizer, apesar de se encontrar à beira da ruína, as palavras grandiosas de Goethe resplandecem. A juventude, ainda que um pinguinho e ainda que meio sem rumo, é sempre magnânima. Ou seja, é dela que estou falando, dela apenas. E o mais importante é que então eu já a olhava como *minha* e não duvidava do meu poder. Os senhores sabem quão voluptuoso é esse pensamento, quando já não se tem nenhuma dúvida.

Mas o que se passa comigo? Se continuar assim, quando é que vou concentrar tudo num ponto? Mais rápido, mais rápido — não é disso absolutamente que se trata, oh, meu Deus!

II. Pedido de casamento

Os "podres" que descobri a seu respeito, vou resumir em poucas palavras: o pai e a mãe tinham morrido, já fazia tempo, três anos antes, e ela ficou na casa de umas tias sem eira nem beira. Isto é, chamá-las assim é pouco. Uma tia é viúva, de família grande, com seis filhos, um menor que o outro, a outra é uma velha solteirona, detestável. Ambas são detestáveis. O pai dela tinha sido funcionário público, simples escrivão porém, nada mais que um funcionário nobilitado[7] — em suma: eu estava com tudo nas mãos. Eu surgia como que de um mundo superior: seja como for, era um capitão-mor

---

[7] Funcionário nobilitado, que não possui título hereditário de nobreza, mas apenas individual. (N. da T.)

reformado de um regimento glorioso, nobre de nascimento, independente etc., e quanto à caixa de penhores, as tias só podiam ver com deferência. Havia três anos que estava na casa das tias na condição de serva, e apesar de tudo passara num exame em certo lugar — conseguira passar, achara tempo para passar, sob um trabalho diário desumano —, e isso da parte dela significava mesmo certa aspiração ao que é superior e nobre! Para que então queria eu me casar? Aliás, quanto a mim, estou pouco ligando, fica para depois... Por acaso é disso que se trata? Ensinava os filhos da tia, remendava a roupa branca, e ainda por cima lavava não só a roupa branca, mas também o chão, apesar de seu peito fraco. Elas chegavam pura e simplesmente a bater nela, a atirar-lhe na cara cada migalha. Por fim, tinham a intenção de vendê-la. Irra! Estou omitindo a sordidez dos detalhes. Mais tarde ela me contou tudo detalhadamente. Tudo isso foi observado durante todo um ano por um vizinho, um vendeiro gordo, porém não um vendeiro qualquer, mas com duas mercearias. Já havia enterrado duas mulheres e buscava uma terceira, foi então que pôs os olhos nela: "é quieta", diz ele, "cresceu na pobreza; quanto a mim, é pelos órfãos que me caso". De fato, ele tinha filhos órfãos. Pediu sua mão, começou a se entender com as tias e, mais ainda, tinha cinquenta anos; ela estava apavorada. Foi aí justamente que passou a me procurar com frequência para os anúncios do *A Voz*. Por fim, pôs-se a pedir às tias que lhe dessem um tiquinho de tempo que fosse para pensar. Deram-lhe esse tiquinho, mas apenas isso, mais não concederam, começaram a atormentá-la: "Mesmo sem uma boca a mais, nós mesmas não sabemos o que havemos de comer". Eu já sabia de tudo isso, mas naquele mesmo dia, depois da conversa da manhã, tomei a decisão. Então, ao anoitecer, chegou o vendeiro, trazendo da mercearia uma libra[8] de balas de cinquenta copeques; ela se sentou com ele, mas eu chamei Lukéria da cozinha e mandei que fosse cochichar para ela que eu estava no portão e desejava dizer-lhe algo absolutamente inadiável. Fiquei satisfeito comigo mesmo. E no geral passei aquele dia todo extremamente satisfeito.

Ali mesmo no portão, diante de Lukéria, expliquei a ela, que já estava surpresa pelo fato de eu tê-la chamado, que consideraria uma felicidade e uma honra... Em segundo lugar: que não se surpreendesse com os meus modos e por estar no portão: "sou um homem", digo, "franco, e analisei as circunstâncias do caso". E não estava mentindo ao dizer que sou franco. Enfim, estou pouco ligando. Falei não apenas de modo razoável, isto é, ao mostrar

---

[8] Medida de massa equivalente a 0,45 kg. (N. da T.)

que sou uma pessoa bem-educada, mas também original, e isso é o que importa. O que é que foi, por acaso há algum pecado em confessar isso? Quero julgar a mim mesmo e estou julgando. Devo falar *pró* e *contra*,[9] e estou falando. Mesmo depois eu me lembrava disso com deleite, ainda que seja estúpido: anunciei então diretamente, sem qualquer embaraço, que, em primeiro lugar, não sou lá muito talentoso, nem muito inteligente, talvez nem mesmo muito bom, um egoísta bem barato (lembro-me dessa expressão, eu a compus na ida e fiquei satisfeito) e que tenho muito — muitíssimo talvez — de desagradável também em outros aspectos. Tudo isso foi dito com um tipo de orgulho especial — não é nenhuma novidade como se costuma dizer essas coisas. Naturalmente, tive tanto gosto que, ao declarar nobremente os meus defeitos, não me precipitei a anunciar as qualidades: "Mas, digo, em troca disso tenho isso, aquilo e aquilo outro". Eu percebia que até aí ela ainda estava morrendo de medo, mas não atenuei nada, além do que, ao ver que estava com medo, reforcei de propósito: disse claramente que bem alimentada ela seria, mas quanto a vestidos, teatros, bailes — não haveria nada disso, a não ser mais tarde, quando tivesse alcançado meu objetivo. Este tom severo decididamente entusiasmava-me. Acrescentei, e também tanto quanto possível de passagem, que se tinha escolhido tal ocupação, isto é, se mantenho esse estabelecimento, é tão somente porque tenho um único objetivo, existe uma certa circunstância... Mas é que eu tinha o direito de falar assim: tinha de fato esse objetivo e essa circunstância existia. Esperem, senhores, a vida inteira eu fui o primeiro a odiar essa caixa de penhores, pois, no fundo, ainda que seja ridículo falar consigo mesmo por meio de frases enigmáticas, eu "me vingava mesmo da sociedade", de fato, de fato, de fato! De modo que o gracejo que fizera de manhã a propósito de "estar me vingando" tinha sido injusto. Isto é, vejam bem, tivesse eu lhe dito diretamente com estas palavras, "sim, estou me vingando da sociedade", ela teria caído na gargalhada, como ainda pela manhã, e realmente teria parecido ridículo. Enquanto que, com uma alusão indireta, ao soltar uma frase enigmática, verificou-se que era possível cativar a sua imaginação. E além do mais eu então já não receava nada: pois sabia que o vendeiro gordo, em todo caso, era para ela mais abjeto do que eu, e que eu, ali no portão, aparecia como um libertador. Isso eu compreendia bem. Oh, as coisas vis um homem compreende bem até demais. Mas seriam vis? Como é que se pode julgar um homem por isso? Por acaso naquele momento mesmo já não a amava?

---

[9] Em latim, no original. (N. da T.)

Esperem: é claro que naquela hora não lhe disse uma só palavra sobre o favor; ao contrário, bem ao contrário: "*Eu*, digo, é que serei o beneficiado, e não *a senhora*". De modo que cheguei a expressar isso com palavras, não me contive, e, talvez, tenha soado ridículo, porque notei uma ligeira ruga em seu rosto. Mas no geral havia decididamente vencido. Esperem, se é para recordar toda essa sujeira, então recordarei até a última porcaria: eu estava ali parado, mas remoendo em minha cabeça: você é alto, bem-apessoado, educado — e finalmente, falando sem fanfarronice, você em si não é mau. Eis o que cintilava em minha mente. É claro que ali mesmo no portão ela me disse "sim". Mas... mas eu devo acrescentar: ali mesmo no portão ela ficou um bom tempo pensando antes de dizer "sim". Refletiu tanto, mas tanto, que eu já estava para perguntar "E então?", e não me contive mesmo, com que elegância perguntei "Pois então, senhorita?", com o senhorita e tudo.

— Espere, estou pensando.

E sua carinha estava tão, mas tão séria — na hora mesmo já poderia ter lido tudo! Em vez disso, me senti ofendido: "Será que ela, pensei, está escolhendo entre mim e o vendeiro?". Oh, naquele momento eu ainda não compreendia! Eu ainda não compreendia nada, nada! Até hoje não tinha compreendido! Lembro-me de que Lukéria saiu correndo atrás de mim quando eu já estava indo embora, deteve-me no caminho e disse às pressas: "Deus lhe pague, senhor, por levar a nossa querida senhorita, só não lhe diga isso, que ela é orgulhosa".

Orgulhosa, então! Quanto a mim, digo, gosto das orgulhosinhas. As orgulhosas são particularmente boas quando... bem, quando já não se duvida do próprio poder sobre elas, hein? Oh, que sujeito inconveniente, infame! Oh, como eu estava satisfeito! Sabem, na hora em que ela estava no portão da casa pensando para me dizer o "sim" e eu estranhei, sabem, até poderia ter tido um pensamento assim: "Desgraça por desgraça, não seria melhor então escolher logo o pior, isto é, o vendeiro gordo, que importa se, caindo de bêbado, me mate o quanto antes!". Hein? O que acham? Podia ter tido tal pensamento?

E ainda hoje não compreendo, e ainda hoje não compreendo nada! Acabo de dizer que ela poderia ter tido tal pensamento: que das duas desgraças poderia escolher a pior, isto é, o vendeiro? E quem, então, havia de ser o pior para ela? Eu ou o vendeiro? O vendeiro ou o agiota que citava Goethe? É uma questão a resolver! Que questão? Nem isso você compreende: a resposta está em cima da mesa e você vem falar em "questão"! Estou pouco ligando! Não se trata de mim absolutamente... E a propósito, o que me importa agora se se trata ou não de mim? Pois isso, assim, já, eu não posso decidir de jeito nenhum. Seria melhor deitar e dormir. Minha cabeça dói...

III. O mais nobre dos homens, mas nem eu mesmo acredito

Não consegui pegar no sono. E como é que poderia se uma espécie de pulsação martela-me na cabeça? Gostaria de assimilar tudo isso, toda essa lama. Oh, que lama! Oh, de que lama eu a tirei então! Pois ela mesma deveria compreender isso, apreciar o meu procedimento! Agradavam-me também outros pensamentos, por exemplo, o de que eu tinha quarenta e um anos, enquanto ela acabava de completar dezesseis. Isso me fascinava, essa sensação de desigualdade, era muito doce isso, doce demais.

Eu, por exemplo, queria celebrar o casamento à *l'anglaise*,[10] isto é, só nós dois, decididamente, sem contar as duas testemunhas, uma das quais Lukéria, e depois direto para um vagão, ainda que, por exemplo, para Moscou (a propósito, acontece que eu tinha mesmo um negócio por lá), para um hotel, por umas duas semanas. Ela se opôs, não admitiu, e vi-me forçado a ir apresentar meus cumprimentos às tias, na qualidade de parentes das quais eu a estava tirando. Cedi, e prestou-se às tias o que lhes era devido. Cheguei até a presentear as tais com cem rublos e prometi mais, a ela, evidentemente, nada disso foi dito, para que essa situação aviltante não lhe causasse desgosto. As tias ficaram uma seda no mesmo instante. Houve disputa também sobre o enxoval: ela não tinha nada, literalmente, quase nada, mas também não queria nada. Entretanto, consegui demonstrar-lhe que sem absolutamente nada era inadmissível, e fui eu a fazer o enxoval, mesmo porque, quem então havia de fazer alguma coisa por ela? Bem, estou pouco ligando para mim. Entretanto, apesar de tudo, consegui transmitir-lhe várias das minhas ideias, pelo menos para que soubesse. Talvez tenha até me apressado. O importante é que ela, já bem de início, por mais que tentasse se conter, atirava-se para cima de mim com amor; quando eu chegava, ao anoitecer, vinha ao meu encontro com arroubos, contava balbuciando (o balbuciar encantador da inocência!) toda a sua infância, a primeira infância, sobre a casa paterna, o pai e a mãe. Mas eu arrefecia todo esse enlevo, no mesmo instante, com um balde de água fria. Aí está, justamente, no que consistia a minha ideia. Aos arroubos eu respondia com o silêncio, benévolo, é claro... mas ela rapi-

---

[10] Em francês, no original. (N. da T.)

damente percebeu tudo, que éramos diferentes e que eu era um enigma. E eu, o que é pior, até me deixei levar pelo enigma! Pois foi para que ela o adivinhasse que acabei por fazer a besteira toda! Em primeiro lugar, a severidade — assim, foi com severidade que a levei para a minha casa. Resumindo, mesmo estando satisfeito, concebi então todo um sistema. Ora, ele foi tomando forma por si mesmo, sem qualquer esforço. Mesmo porque, não poderia ser de outro modo, eu precisava criar esse sistema movido por uma circunstância incontestável — de que vale caluniar a mim mesmo? Havia realmente um plano. O sistema era verdadeiro. Não, ouçam, já que é para julgar um homem, então que o julguem com conhecimento de causa... Ouçam.

Por onde começar, isso é que é difícil. Quando você começa a se justificar é que são elas. Então reparem: a juventude, por exemplo, despreza o dinheiro, eu já de cara fiz finca-pé no dinheiro; aferrei-me ao dinheiro. Fiz tamanho finca-pé que ela começou a ficar cada vez mais calada. Arregalava os olhos, ouvia, olhava e emudecia. Reparem: a juventude é magnânima, isto é, a juventude sadia é magnânima e impetuosa, mas não é muito tolerante, por pouco que seja — lá vem o desdém. Mas eu queria nobreza, queria inculcar-lhe nobreza diretamente no coração, inculcá-la com nobres intenções, por acaso não era assim? Vou pegar um exemplo banal: como é que eu poderia, por exemplo, explicar minha caixa de penhores a alguém como ela? Naturalmente, não entrei direto no assunto, do contrário ia parecer que estava me desculpando pela caixa de penhores, mas, por assim dizer, recorri ao orgulho, falava-lhe como que em silêncio. Sou mestre na arte de falar em silêncio, passei minha vida toda conversando em silêncio e em silêncio acabei vivendo comigo mesmo tragédias inteiras. Oh, pois também eu era infeliz! Fui desprezado por todos, desprezado e esquecido, e ninguém, absolutamente ninguém sabe disso! E depois, de repente, vem essa garota de dezesseis anos, pega de gente infame detalhes sobre a minha vida e pensa que sabe tudo, enquanto o que é secreto continua encerrado no peito deste homem! Eu me calava o tempo todo, e principalmente, principalmente com ela eu me calava, até ontem mesmo — por que me calava? Mas que homem orgulhoso! Queria que ela ficasse sabendo por si, sem mim, mas também não pela boca de canalhas, queria que *ela própria adivinhasse* quem é este homem e o compreendesse. Ao acolhê-la em minha casa, queria conquistar toda a sua estima. Queria que se pusesse de joelhos diante de mim pelos meus sofrimentos — e eu bem que merecia isso. Oh, eu sempre fui orgulhoso, eu sempre quis tudo ou nada! Era por isso justamente que eu não queria uma felicidade pela metade, mas por inteiro — e foi precisamente por isso que me vi forçado então a agir assim: "Adivinhe por si mesma, digo, e avalie!". Porque hão de concordar que se fosse eu a chegar e lhe sugerir, adular e implorar estima, seria o mesmo que mendigar... Mas aliás... aliás, por que é que eu tenho que falar disso?!

É estúpido, estúpido, mil vezes estúpido! Eu lhe expliquei então, em duas palavras, sem rodeios e sem piedade (e saliento que foi sem piedade), que a magnanimidade da juventude é fascinante, mas não vale um vintém. Por que não vale? Porque lhe sai de graça, não provém do fato de ter vivido, tudo isso, por assim dizer, são "as primeiras impressões da vida",[11] pois bem, quero ver você pegar no pesado! A magnanimidade barata é sempre muito fácil, ainda que custe a própria vida — também ela sai de graça, porque não passa de sangue que ferve nas veias, de excesso de energias,[12] de sede de beleza! Não, vamos, pegue um ato de magnanimidade, um ato difícil, sem estardalhaço, sem ressonância, sem brilho, acompanhado de uma calúnia, no qual haja muito sacrifício e nem um pingo de glória, em que o senhor, pessoa em pleno esplendor, é exposto diante de todos como um canalha, quando é a pessoa mais honrada da face da Terra — então vamos, tente esse feito. Não, meu senhor, o senhor recusaria! Quanto a mim — não tenho feito outra coisa na vida toda a não ser carregar esse feito. No início ela discutia, e como, mas depois começou a se calar, até em demasia, só arregalava os olhos, ouvindo, uns olhos grandes, muito grandes e atentos. E... e além do quê, de repente, comecei a reparar num sorriso desconfiado, silencioso, nada bom. E foi com esse sorriso que eu a fiz entrar em minha casa. É verdade também que ela já não tinha para onde ir...

IV. Planos e mais planos

Quem foi então o primeiro a começar?

Ninguém. A coisa tinha começado por si mesma desde o primeiro passo. Eu disse que a havia introduzido em minha casa com severidade, entretanto já desde o primeiro passo amoleci. Quando ainda éramos noivos, foi-lhe explicado que se incumbiria de receber os penhores e entregar o dinhei-

---

[11] Citação imprecisa de um verso do poema "O demônio", de Aleksandr Púchkin (1799-1837). No original puchkiniano de 1823, se lê: "Naqueles dias, em que me eram novas/ Todas as impressões da vida...". (N. da T.)

[12] Citação imprecisa do verso do poema "Não acredite, não acredite em si, jovem sonhador...", de Mikhail Liérmontov (1814-1841). No original de 1839, se lê: "Ora é o sangue que ferve nas veias, ora é o excesso de energia!...". (N. da T.)

A dócil

ro, e olhe que na época ela não disse nada (notem bem). Mais ainda, dedicou-se ao negócio até mesmo com afinco. É claro que o apartamento, a mobília, tudo permaneceu como era antes. O apartamento é de duas peças: uma sala grande, onde ficam a divisória e a caixa, e outra também grande, o nosso aposento privado, incluindo aí o quarto. A mobília de casa é modesta; até a das tias era melhor. O nicho com a lamparina fica na sala, onde funciona a caixa; no quarto tenho o meu armário, contendo alguns livros, e um baú, cujas chaves guardo comigo; e, claro, a cama, as mesas e as cadeiras. Quando ainda éramos noivos, dissera-lhe que para o nosso sustento, isto é, para a alimentação, minha, dela e de Lukéria, que eu tinha convencido a vir junto, estabelecia um rublo por dia e nada mais: "Preciso, digo, de trinta mil em três anos, e não há outro modo de se arranjar dinheiro". Ela não fez objeções, entretanto eu mesmo acrescentei trinta copeques ao nosso sustento. A mesma coisa com o teatro. Eu tinha dito à minha noiva que não haveria teatro, e, no entanto, acabei admitindo que houvesse uma vez por mês, e num lugar decente, nas poltronas. Íamos juntos, fomos três vezes, assistimos *Em busca da felicidade*[13] e *Aves canoras*,[14] parece-me (Oh, estou pouco ligando, estou pouco ligando!). Íamos calados e voltávamos calados. Por que, por que demos para ficar calados bem desde o começo? Pois no início não havia brigas, mas reinava o silêncio. Lembro-me de que ela, então, ficava lançando olhares dissimulados para mim; eu, assim que percebi, intensifiquei o silêncio. É verdade, fui eu a fincar pé no silêncio, e não ela. Da parte dela, houve arroubos uma ou duas vezes, atirava-se nos meus braços; mas visto serem arroubos doentios, histéricos, quando o que eu precisava era de uma felicidade sólida, e que ela me respeitasse, então acolhi-os com frieza. Além do mais, eu tinha razão: toda vez, depois dos arroubos, havia brigas no dia seguinte.

Isto é, brigas não havia, mas tornava a haver o silêncio, e um ar cada vez mais insolente da parte dela. "Revolta e insubordinação" — foi isso o que houve, só ela não sabia. Sim, esse rosto dócil ia se tornando cada vez mais e mais insolente. Acreditem, eu estava me tornando uma pessoa insuportável para ela, e isso eu percebi bem. Quanto ao fato de ela ficar fora de si com os arroubos, disso não havia dúvida. Então, como é que podia, por exemplo, tendo saído de semelhante lama e miséria, depois de ter chegado até a lavar o chão, começar a torcer o nariz para a nossa pobreza? Vejam os

---

[13] Drama de P. I. Iurkevitch (morto em 1884). (N. da T.)

[14] Opereta *Perikola*, de Jacques Offenbach (1868), com libreto de A. Melian e L. Galeva. (N. da T.)

senhores: não se tratava de pobreza, mas de economia, mas no que é necessário havia luxo, sim, na roupa branca, por exemplo, no asseio. Eu vivia fantasiando, e mesmo antes, que o asseio do marido cativa a mulher. Pensando bem, ela não torcia o nariz para a pobreza, mas para essa minha mesquinhez na economia: "Objetivos ele tem, está demonstrando firmeza de caráter". Ao teatro ela mesma renunciou de repente. E a ruga nos lábios ia se tornando cada vez mais zombeteira... ao passo que eu ia redobrando cada vez mais o silêncio.

Não deveria então me justificar? O pior nisso tudo era essa caixa de penhores. Permitam-me, senhores: eu sabia que uma mulher, e ainda mais de dezesseis anos, não pode fazer outra coisa a não ser submeter-se completamente a um homem. Não há originalidade nas mulheres, ou seja, isso é um axioma, e mesmo agora, e ainda hoje, ainda hoje isso é para mim um axioma! O que é então que jaz lá na sala: a verdade é a verdade, e nesse caso o próprio Mill não poderia fazer nada![15] Uma mulher que ama, ora, uma mulher que ama endeusa até mesmo os vícios, até mesmo os crimes do ser amado. Ele mesmo nem chegaria a sentir o cheiro dos seus crimes, de tantas justificativas que ela encontraria para ele. Isso é magnânimo, mas não é original. A perdição das mulheres é unicamente a falta de originalidade. O que há, repito, o que os senhores estão me apontando lá em cima da mesa? E por acaso é original o que está em cima da mesa? Ora, bolas!

Vejam bem: do amor dela eu então me sentia seguro. Pois já naquele tempo se atirava ao meu pescoço. Amava, ou seja, mais exatamente — desejava amar. Sim, pois que fosse isso: desejava amar, tentava amar. E o pior é que nesse caso não houve nenhum crime de qualquer espécie para que se visse obrigada a sair em busca de justificativas. Os senhores dizem: "é um agiota", e todo mundo diz. E o que tem que é um agiota? Quer dizer que existiam mesmo motivos para que a mais magnânima das pessoas se tornasse um agiota. Vejam, meus senhores, há ideias... isto é, vejam, pronunciar, dizer com palavras certa ideia pareceria terrivelmente estúpido. Pareceria vergonhoso por si mesmo. E por quê? Por nada. Porque não passamos todos de um rebotalho e não suportamos a verdade, ou eu já não sei? Agora mesmo eu disse "a mais magnânima das pessoas". Isso é ridículo, e, entretanto, que fosse isso. Pois é a verdade, isto é, a verdade mais verdadeira! Sim, eu *tinha o direito*, então, de querer assegurar a minha subsistência e abrir esse estabelecimento: "Os senhores me repudiaram, os senhores, isto é, os ho-

---

[15] Referência ao filósofo inglês John Stuart Mill (1806-1873), cujo livro *A sujeição das mulheres* foi publicado na Rússia em 1869. (N. da T.)

mens, enxotaram-me com um silêncio desdenhoso. Ao meu impulso apaixonado para com vossas senhorias, responderam-me com uma ofensa para a vida inteira. Agora, pois bem, estava no meu direito proteger-me de vocês com um muro, juntar esses trinta mil rublos e passar o resto da vida em algum lugar da Crimeia, na costa Sul, nas montanhas e nos vinhedos, numa propriedade minha, e o principal, longe de todos os senhores, mas sem guardar-lhes rancor, com um ideal na alma, com a mulher amada no coração, com a minha família, se Deus permitisse, e ajudando aos vizinhos dos arredores". Claro, estou dizendo isso só agora, para mim mesmo, do contrário, não teria parecido uma rematada tolice se, na época, eu tivesse despejado tudo isso em voz alta para ela? Aí está o porquê do orgulhoso silêncio, aí está o porquê de termos ficado calados. Pois sim, teria ela compreendido? Justamente aos dezesseis anos, justamente na primeira juventude — o que poderia ela compreender das minhas razões, dos meus sofrimentos? Entram aí a retidão, a ignorância da vida, as convicções gratuitas da juventude, a cegueira profunda "das belas almas", mas o pior nisso tudo é a caixa de penhores e — chega (por acaso era eu algum canalha quanto à caixa de penhores, por acaso ela não via a minha maneira de proceder, se eu cobrasse a mais?)! Oh, quão terrível é a verdade na terra! Essa pérola, essa dócil, essa criatura celestial era uma tirana, a insuportável tirana da minha alma e meu algoz! Pois eu estaria caluniando a mim mesmo se não o dissesse! Os senhores acham que eu não a amava? Quem pode dizer que eu não a amava? Vejam, há uma ironia nisso, uma perversa ironia do destino e da natureza! Nós somos malditos, a vida dos homens em geral é maldita! (A minha, em particular!) Pois agora compreendo que devo ter cometido algum erro! Alguma coisa aí não saiu como devia. Estava tudo claro, meu plano era claro como o dia: "É um ser duro e orgulhoso, não precisa do conforto moral de ninguém, sofre em silêncio". Que fosse isso, eu não estava mentindo, não estava! "Ela mesma verá mais tarde que foi por magnanimidade, que ela só não soube perceber — e um dia, assim que o adivinhar, então vai saber dar dez vezes mais valor e estará reduzida a pó, as mãos postas em súplica". Aí está o plano. Mas nisso devo ter me esquecido de alguma coisa, ou perdido de vista alguma coisa. Algo que eu não soube fazer. Mas basta, basta. E para quem agora hei de pedir perdão? Está acabado, está acabado e pronto. Coragem, homem, seja orgulhoso! Não é você o culpado!...

Pois bem, eu direi a verdade, não tenho medo de me ver cara a cara com a verdade: *ela* é a culpada, a culpada é *ela*!...

V. A DÓCIL SE REBELA

As rusgas começaram quando de repente ela inventou de oferecer o dinheiro a seu bel-prazer, de avaliar os objetos por uma quantia superior, e até umas duas vezes achou-se no direito de discutir comigo sobre esse tema. Eu não concordei. Mas aí apareceu a tal viúva do capitão.

A velha viúva veio com um medalhão — presente do falecido, bem, era evidente que se tratava de uma lembrança. Ofereci trinta rublos. Começou a se queixar num tom lamuriento, a pedir que guardássemos o objeto — é claro que guardamos. Bem, resumidamente, de repente, cinco dias mais tarde, vem trocá-lo por um bracelete que não valia nem oito rublos; eu, é evidente que recusei. Pode ser que já nessa ocasião ela tenha adivinhado alguma coisa nos olhos da minha mulher, e foi só aparecer quando eu não estava que ela lhe trocou o medalhão.

Ao inteirar-me disso, naquele mesmo dia, pus-me a falar docilmente, mas com firmeza e sensatez. Ela estava sentada na cama, olhava para o chão, batendo com a ponta do pé direito no tapetinho (um costume que tinha); havia um sorriso sarcástico em seus lábios. Sem levantar absolutamente a voz, com toda a calma, declarei-lhe então que o dinheiro era *meu*, que eu tinha o direito de encarar a vida a *meu* modo, e que, ao convidá-la para viver em minha casa, não lhe tinha ocultado coisa alguma.

De repente levantou-se de um salto, de repente pôs-se a tremer todinha e — pasmem os senhores — de repente começou a espernear na minha frente; parecia um bicho, parecia um ataque, parecia um bicho tendo um ataque. Fiquei boquiaberto de assombro: jamais esperaria tal desatino. Mas não me desconcertei, sequer esbocei um gesto, e com a mesma voz tranquila de antes, declarei sem rodeios que dali em diante dispensaria sua participação em meus negócios. Ela riu na minha cara e saiu de casa.

Acontece que ela não tinha o direito de sair de casa. Sem mim, ela não podia ir a lugar nenhum, tinha sido esse o nosso trato ainda quando éramos noivos. Ela voltou ao anoitecer, eu não abri a boca.

No dia seguinte tornou a sair logo de manhã, e no outro dia a mesma coisa. Fechei o estabelecimento e dirigi-me à casa das tias. Havia rompido com elas já desde o casamento — nem elas vinham à minha casa nem eu ia à delas. De modo que agora lá ela não estava. Ouviram-me com curiosidade e zombaram de mim na minha cara: "Bem feito para o senhor, disseram". Mas eu já esperava pouco-caso da parte delas. Daí, então, por cem rublos subornei a tia mais nova, a solteirona, e ofereci vinte e cinco adiantados. Dois dias depois ela veio me procurar: "Diz que nisso tem um oficial envolvido, o Iefímovitch, um tenente, um antigo companheiro seu de regimento". Foi grande o meu espanto. Esse Iefímovitch, não obstante todo o mal que me causou no regimento, havia coisa de um mês tivera o descaramento de passar duas vezes pela caixa a pretexto de penhorar algo e, lembro-me bem, andara então de risadinhas com minha mulher. Eu, então, cheguei no ato para ele e disse-lhe que não se atrevesse mais a pôr os pés no meu estabelecimento, à lembrança de nossas relações; mas tal pensamento nem me passava pela cabeça, pensei tratar-se de um descarado, pura e simplesmente. E agora, de repente, vinha a tia comunicar-me que ela já estava de encontro marcado com ele e que quem estava arranjando o negócio todo era uma antiga conhecida das tias, Iúlia Samsónovna, uma viúva, e ainda por cima de um coronel — "é justamente à casa dela, diz, que sua esposa tem ido atualmente".

Vou encurtar essa passagem. O caso todo me custou cerca de trezentos rublos, mas providenciaram para que dali a quarenta e oito horas eu pudesse ficar no quarto vizinho e ouvir atrás de uma porta encostada o primeiro *rendez-vous*[16] que minha mulher teria a sós com Iefímovitch. Na véspera, enquanto esperava, aconteceu entre nós uma breve cena, mas extremamente significativa para mim.

Ela voltou pouco antes do anoitecer, sentou-se na cama, olhou para mim com um ar de troça, batendo o pezinho no tapete. De repente, ao olhar para ela, veio-me então à cabeça a ideia de que durante todo aquele último mês, ou, melhor dizendo, durante as duas últimas semanas, o seu caráter já não parecia mais absolutamente o mesmo, pode-se dizer até que andava virado do avesso: dera ensejo a uma criatura impetuosa, agressiva, não vou dizer descarada, mas desvairada, que estava atrás de confusão. Que dava tudo por uma confusão. Sua docilidade, entretanto, constituía um empecilho. Quando uma criatura dessas dá de se rebelar, então por mais que ultrapasse os limites, fica, no entanto, sempre evidente que ela está se forçando a fazer isso, deixando-se levar por si mesma, e que para ela, mais do que para qualquer um, é impossível vencer a própria virtude e o pudor. Aí é que está o porquê de certas mulheres às vezes se excederem a tal ponto que você chega a não acreditar no que a própria mente constata. A pessoa já acostumada à perversão, ao contrário, irá sempre moderar, procederá da maneira mais abjeta, mas com uma aparência de ordem e de decoro, cuja pretensão é a de levar vantagem sobre os senhores.

---

[16] Em francês, no original. (N. da T.)

— Então é verdade que o expulsaram do regimento porque teve medo de se bater em duelo? — perguntou ela, de repente, à queima-roupa, e seus olhos começaram a brilhar.

— É verdade; solicitaram-me, por uma decisão dos oficiais, que me retirasse do regimento, ainda que eu mesmo, aliás, já antes disso, tivesse pedido baixa.

— Eles o expulsaram por covardia?

— Sim, eles me declararam covarde. Porém não foi por covardia que me recusei a bater-me em duelo, mas por não querer submeter-me ao tirânico veredicto deles e desafiar para um duelo quando eu próprio não me considerava ofendido. Fique sabendo — aí eu me segurei — que insurgir-se com atos contra uma tal tirania e arcar com todas as consequências —, isto significa mostrar muito mais coragem do que bater-se em qualquer duelo que seja.

Não me contive, com essa frase era como se eu buscasse me justificar; quanto a ela, era só disso que precisava, dessa minha nova humilhação. Desatou num riso perverso.

— E é verdade que depois o senhor passou três anos vadiando pelas ruas de Petersburgo, não só mendigando moedas de dez copeques como passava a noite debaixo de mesas de bilhar?

— Também na Siénnaia, na casa Viázemski,[17] eu passava a noite. Sim, é verdade; houve muita vergonha e degradação em minha vida posteriormente, depois do regimento, mas degradação moral não, porque mesmo então eu próprio odiava mais do que qualquer um o meu modo de agir. Isso

---

[17] Uma descrição da famosa casa Viázemski acha-se num artigo do *A Voz* de 28 de outubro de 1876, publicado pouco antes de Dostoiévski começar a escrever "A dócil": "Pode-se dizer, sem exagero, que essa casa é um foco e recipiente de indecências de toda espécie, apenas uma pessoa completamente oprimida pela indigência e ignorância poderia se aproximar dela. Basta um olhar para a fachada destruída dessa casa para se ter arrepios. A galeria de pedras de três andares construída em volta da casa, no pátio, possui, no lugar de janelas, grandes buracos sem vidros, sem molduras e até sem umbrais, nos quais, além disso, estão espalhados os objetos mais fétidos. Através dos buracos de janelas despencando pode-se ver uma espécie de corredores, de passagens de pedras, estreitos, incrivelmente sujos e escuros. O próprio pátio da casa está repleto de montes e de fossos de lixo abertos, dos quais não dá para se aproximar sequer alguns passos, por causa do fedor. Nesse antro, justamente, vivem cerca de sete mil pessoas, esfarrapadas, sujas, parece que nunca viram um pente, um sabonete e, na maioria dos casos, quase sem exceção, são bêbadas. Pelo jeito, não há crime que muitos dos moradores dessa casa não seriam capazes de cometer". Dostoiévski, *Obras completas*, vol. 24, p. 391. (N. da T.)

foi somente uma degradação da minha força de vontade e do meu espírito, e foi provocada apenas pelo desespero da minha situação. Mas passou...

— Oh, agora o senhor é um figurão, um financista!

Ou seja, isso era uma indireta à caixa de penhores. Mas eu já tinha conseguido me controlar. Eu percebia que ela ansiava por explicações que fossem humilhantes para mim — não dei nenhuma. Um freguês tocou a campainha muito oportunamente e eu saí para recebê-lo na sala. Mais tarde, passada já uma hora, quando ela, de repente, vestiu-se para sair, plantou-se diante de mim e disse:

— O senhor, no entanto, não me disse nada sobre isso antes do casamento, pois não?

Eu não respondi e ela saiu.

Pois bem, no dia seguinte postei-me naquele quarto para ouvir atrás da porta como se decidiria o meu destino, e no bolso trazia um revólver. Ela estava bem-vestida, sentada à mesa, enquanto Efímovitch derretia-se todo diante dela. E assim foi: aconteceu (digo isso pela minha honra), aconteceu exatamente o que eu pressentia e pressupunha, embora nem tivesse consciência de que pressentia e pressupunha uma coisa dessas. Não sei se estou me fazendo entender.

Eis o que aconteceu. Passei uma hora inteira ouvindo, uma hora inteira assistindo ao duelo entre a mais nobre e sublime das mulheres e uma criatura mundana, debochada, obtusa, com alma de réptil. E como, pensava eu, assombrado, como é que essa criatura ingênua, essa dócil, de pouca conversa, sabe tudo isso? Nem o mais espirituoso autor de comédia das altas-rodas teria sido capaz de criar uma tal cena de troças, de risadas das mais ingênuas e de desprezo sagrado da virtude contra o vício. E quanto brilho havia em suas palavras, e até nas menores palavrinhas; quanta finura nas respostas prontas, quanta verdade em sua reprovação! E ao mesmo tempo uma ingenuidade quase virginal. Caçoava-lhe na cara de suas declarações de amor, dos seus gestos, das suas propostas. Tendo chegado pronto para um ataque brusco e sem pressupor resistências, ele de repente parecia aniquilado. No início eu podia ter pensado tratar-se de mero coquetismo da parte dela — "coquetismo de uma criatura espirituosa, ainda que libertina, para se dar mais valor". Mas não, a verdade resplandeceu como o sol, não havia lugar para dúvidas. Foi só por ódio, um ódio afetado e impetuoso por mim que ela, inexperiente, pôde atrever-se a tramar esse encontro, mas, assim que se deparou com a situação, então seus olhos se abriram no mesmo instante. Simplesmente seu ser ansiava por me ofender a qualquer custo, mas ao se decidir por tal infâmia não suportou a desordem. E será que ela, tão inocente e pura, detentora de um ideal, poderia se deixar seduzir por um Efímovitch ou por qualquer um desses canalhas das altas-rodas? Pelo contrário, nela ele suscitava apenas o riso. Nela, a verdade toda cresceu-lhe na alma, e a indignação despertou o sarcasmo em seu coração. Repito, o tal bufão ficou por fim completamente aniquilado e sentou-se macambúzio, mal respondendo, tanto que comecei até a recear que ele, movido por um baixo sentimento de vingança, tentasse insultá-la. E torno a repetir: palavra de honra, ouvi a cena toda até o fim quase sem me surpreender. Foi como se tivesse me deparado com algo conhecido. Foi como se tivesse saído para encontrá-lo. Saí sem acreditar em nada, em nenhuma acusação, ainda que tenha colocado o revólver no bolso — essa é a verdade! E poderia eu tê-la imaginado diferente? Por que então a amava, por que a apreciava e por que tinha me casado com ela? Ora, é claro que eu estava bem convencido então do quanto ela me odiava, mas estava convencido também do quanto era pura. Pus fim à cena abrindo repentinamente a porta. Efímovitch levantou-se de um salto, peguei-a pela mão e convidei-a a sair comigo. Efímovitch aproveitou a deixa e de repente irrompeu bruscamente numa gargalhada sonora e estrondosa:

— Oh, não tenho nada a objetar quanto aos direitos do sagrado matrimônio, pode levá-la, pode levá-la! E quer saber de uma coisa — gritou atrás de mim —, embora uma pessoa honrada não possa se bater com o senhor, ainda assim, em respeito à sua senhora, estou às ordens... Se é que o senhor concorda em se arriscar, naturalmente...

— Está ouvindo?! — detive-a por um átimo à soleira da porta.

Em seguida, fizemos todo o trajeto para casa sem pronunciar palavra. Eu a conduzia pela mão e ela não opunha resistência. Ao contrário, estava terrivelmente impressionada, mas só durante o caminho. Ao chegarmos em casa, sentou-se numa cadeira cravando os olhos em mim. Estava extremamente pálida; ainda que os lábios se tivessem armado imediatamente para uma troça, já me olhava com um ar solene e grave de desafio, e acho que nos primeiros instantes estava seriamente convencida de que eu a mataria com o revólver. Porém, sem nada dizer, tirei o revólver do bolso e o coloquei sobre a mesa. Ela olhava para mim e para o revólver. (Notem: esse revólver já lhe era familiar. Eu o guardava em casa carregado desde que abrira a caixa. Ao abri-la, optei por não manter nem cachorros enormes nem criados fortes, como faz, por exemplo, o Mozer. Em minha casa é a cozinheira a abrir a porta para a clientela. Para nós que nos dedicamos a esse ofício, é impossível descuidar, por via das dúvidas, da autodefesa, e eu mantinha o revólver carregado. Nos primeiros dias, assim que entrou em minha casa, ela se interessou muito por esse revólver, ficava indagando, e eu lhe expliquei até o mecanismo e o sistema, sendo que uma vez cheguei a convencê-la a atirar no alvo. Notem tudo isso.) Sem dar atenção ao seu olhar assustado, deitei-me na cama, seminu. Estava extremamente esgotado; já era perto de onze horas. Ela ainda permaneceu sentada no mesmo lugar, sem se mover, por cerca de uma hora, depois apagou a luz e foi se deitar, vestida como estava, no sofá encostado à parede. Era a primeira vez que não se deitava comigo — queiram notar isso também...

VI. Uma recordação terrível

Agora uma recordação terrível...
Acordei de manhã, creio eu que às oito horas, e o quarto já estava quase que completamente claro. Acordei de uma vez, plenamente consciente, e súbito abri os olhos. Ela se encontrava de pé junto à mesa, segurando nas mãos o revólver. Nem percebeu que eu havia acordado e a olhava. E de repente percebo que ela começa a avançar em minha direção, empunhando o revólver. Mais do que depressa fecho os olhos e finjo dormir profundamente.

Ela se aproximou da cama e se curvou sobre mim. Eu ouvi tudo; embora reinasse um silêncio mortal, eu ouvi esse silêncio. Nisso aconteceu um movimento convulsivo, que não pude evitar, e de repente, sem querer, abri os olhos. Ela tinha os olhos cravados em mim, nos meus olhos, e o revólver já estava encostado em minha têmpora. Nossos olhos se encontraram. Mas olhamos um para o outro não mais que um instante. A custo, tornei a fechar os olhos e decidi no mesmo instante, com todas as forças da minha alma, que já não me mexeria e nem abriria mais os olhos, fosse o que fosse que me esperava.

De fato, pode acontecer de uma pessoa que está dormindo profundamente abrir de repente os olhos, até mesmo de soerguer por um segundo a cabeça e lançar um olhar para o quarto, em seguida, no instante depois, tornar a pousar inconsciente a cabeça no travesseiro e adormecer sem se lembrar de nada. Quando, ao me defrontar com o seu olhar, sentindo o revólver na têmpora, subitamente tornei a fechar os olhos sem me mexer, como quem dorme profundamente, ela podia muito bem supor que eu estivesse dormindo e que não estava vendo nada, ainda mais que é absolutamente inacreditável que, depois de ver o que vi, eu tornasse a fechar os olhos.

Sim, é inacreditável. Mas ainda assim ela podia perfeitamente ter presumido a verdade — foi justamente isso que me passou de repente pela cabeça, tudo num átimo. Oh, que turbilhão de pensamentos e sensações passou relampejando por minha mente em menos de um segundo, e viva a eletricidade do pensamento humano! Nesse caso (era o que sentia), se presumiu a verdade e sabe que não estou dormindo, então já a esmaguei com a minha prontidão em aceitar a morte e sua mão agora pode tremer. Sua determinação de antes pode se esboroar diante da nova e extraordinária impressão. Dizem que aqueles que se encontram nas alturas sentem-se por si mesmos atraídos para baixo, para o abismo. Acho que muitos suicídios e homicídios são cometidos somente porque o revólver já estava empunhado. Nisso também há um abismo, um declive de quarenta e cinco graus, em que é impossível não deslizar, e algo impele irresistivelmente a pessoa a apertar o gatilho. Mas a consciência de que eu estava vendo tudo, sabia de tudo e esperava a morte por suas mãos em silêncio — isto pode tê-la detido no declive.

O silêncio prolongava-se, e de repente senti contra a têmpora, sobre os cabelos, o contato frio do ferro. Os senhores perguntam: tinha eu realmente esperanças de me salvar? Eu lhes respondo, como se estivesse diante de Deus: não tinha nenhuma esperança, a não ser talvez uma chance em cem. Por que então aceitava a morte? E eu pergunto: de que me serviria a vida depois de ter um revólver empunhado contra mim por uma criatura que eu adorava? Além do mais, eu sabia, com todas as forças do meu ser, que naquele mesmo instante travava-se uma luta entre nós, um duelo terrível de vida ou morte, o duelo do mesmo covarde de outrora, expulso pelos companheiros por sua covardia. Eu sabia disso, e ela também sabia, caso tenha presumido a verdade, que eu não estava dormindo.

Talvez não fosse nada disso, talvez nem tenha pensado em coisa alguma na hora, mas mesmo assim isso deve ter acontecido, independentemente do pensamento, porque depois eu não fiz outra coisa a não ser pensar nisso a cada minuto da minha vida.

Mas os senhores tornarão a perguntar: por que então não a salvou do crime? Ora, mil vezes me fiz essa pergunta mais tarde — cada vez que, com um frio na espinha, lembrava-me desse segundo. Mas naquela hora minha alma estava entregue ao mais sombrio desespero: estava perdido, eu próprio estava perdido; a quem então poderia eu salvar? E o que sabem os senhores, será que eu ainda queria então salvar alguém? Quem é capaz de saber o que eu podia estar sentindo nesse momento?

Minha consciência, entretanto, entrava em ebulição; os segundos passavam, o silêncio era mortal; ela ficou o tempo todo de pé curvada sobre mim — e de repente estremeci de esperança! Abri rapidamente os olhos. Ela já não estava no quarto. Levantei-me da cama: eu tinha vencido — e ela tinha sido vencida para sempre!

Fui direto para o samovar. Em casa o samovar era sempre levado para o cômodo principal, e era ela que sempre servia o chá. Sentei-me à mesa em silêncio e aceitei a xícara de suas mãos. Uns cinco minutos mais tarde deitei-lhe um olhar. Ela estava terrivelmente pálida, ainda mais pálida do que no dia anterior, e olhava para mim. E súbito, ao ver de repente que eu olhava para ela, um sorriso pálido aflorou-lhe aos lábios descorados, com uma tímida interrogação nos olhos. "Pois, então, ainda está na dúvida, e não para de se perguntar: ele sabe ou não sabe, viu ou não viu?" Desviei os olhos com um ar de indiferença. Após o chá fechei a caixa, fui ao mercado e comprei uma cama de ferro e um biombo. De volta para casa, mandei colocar a cama na sala e cercá-la com o biombo. A cama era para ela, mas eu não lhe disse uma palavra sequer. Mesmo assim ela entendeu, por meio dessa cama, que eu "tinha visto tudo e sabia de tudo" e que já não restava mais dúvida. Essa noite deixei o revólver, como sempre, em cima da mesa. À noite ela se deitou em silêncio em sua nova cama: o casamento estava desfeito, "ela fora vencida, mas não perdoada". Durante a noite veio o delírio, e pela manhã, a febre. Passou seis semanas de cama.

Segunda parte

I. Sonho de orgulho

Lukéria acabou de me informar ainda agorinha que ficar morando aqui ela não vai e que irá embora assim que enterrarem a patroa. Rezei de joelhos durante cinco minutos, quando o que pretendia era rezar por uma hora, mas só faço pensar, pensar o tempo todo, e só pensamentos doentios, pois minha cabeça está doente — de que adianta rezar assim? É até pecado! É estranho também que eu não tenha vontade de dormir: em casos de um desgosto muito, muito grande, depois das primeiras explosões mais fortes sempre dá vontade de dormir. Os condenados à morte, dizem que eles dormem profundamente na última noite. E é preciso que seja assim, faz parte da natureza, caso contrário suas forças não suportariam... Deitei no sofá, mas não consegui conciliar o sono...

... Durante as seis semanas que passou enferma cuidamos dela dia e noite — eu, Lukéria e a auxiliar de enfermagem do hospital, que eu contratara. Não poupei dinheiro, e até me dispunha a gastar com ela. Quanto ao médico, chamei o doutor Schreder e paguei-lhe dez rublos por visita. Quando recobrou a consciência, espacei minhas visitas. Mas, aliás, a troco de quê eu tenho que ficar falando disso? Quando ficou completamente restabelecida, então foi quieta e em silêncio sentar-se no meu quarto, a uma mesa especial que eu também havia comprado para ela nessa ocasião... Sim, é verdade, ficávamos completamente calados; isto é, começamos até a falar depois, mas só o de sempre. Eu, certamente, não me estendia de propósito, mas me dava conta muito bem de que ela também parecia sentir-se satisfeita por não ter que dizer palavras desnecessárias. Isso me pareceu muito natural da parte dela: "Está muito abalada e abatida demais — pensava eu —, é evidente que é preciso dar-lhe tempo para esquecer e acostumar-se". De modo que continuávamos em silêncio, mas bem lá no fundo, a cada minuto me preparava para o futuro. Achava que ela estivesse fazendo o mesmo, e para mim era extremamente interessante tentar adivinhar: em que exatamente estará ela pensando com os seus botões nesse momento?

E digo mais: ora, é claro que ninguém faz ideia do quanto eu sofri, gemendo ao seu lado durante a sua enfermidade. Mas eu gemia lá no fundo de mim, sufocando meus gemidos no peito, escondendo-os até de Lukéria. Eu não podia imaginar, não podia nem mesmo admitir, que ela pudesse morrer sem saber de nada. Quando ficou fora de perigo e começou a recobrar a saúde, lembro-me disso, tranquilizei-me muito e rapidamente. E mais ainda, decidi *adiar nosso futuro* pelo tempo que fosse possível, deixando tudo, enquanto isso, tal como estava. A propósito, aconteceu-me então uma coisa estranha e singular, não poderia denominar de outro modo: eu triunfava, e só a consciência disso me parecia perfeitamente suficiente. E foi assim que se passou todo o inverno. Ora, eu nunca havia me sentido tão satisfeito, e isso durante um inverno inteiro.

Reparem: em minha vida houve uma terrível circunstância exterior que até esse momento, isto é, até a própria catástrofe com a minha mulher, sufocava-me todos os dias e todas as horas, e que foi, justamente — a perda da reputação e a saída do regimento. Em duas palavras: tinha sido vítima de uma injustiça tirânica. É verdade que meus companheiros não gostavam de mim por causa do meu gênio difícil e, quem sabe, ridículo, se bem que muitas vezes aquilo que os senhores consideram sublime, profundo e digno de respeito possa, ao mesmo tempo, por alguma razão, fazer rir um monte de camaradas seus. Ora, nunca gostaram de mim nem mesmo na escola. Nunca fui estimado em lugar nenhum. Nem a Lukéria consegue me querer bem. Mesmo o caso do regimento, embora tivesse acontecido em virtude da aversão que me tinham, não há dúvida de que teve um caráter casual. Eu menciono isso porque não há nada mais ofensivo e insuportável do que se perder por uma casualidade que podia ou não ter acontecido, por uma infeliz coincidência de circunstâncias, que podia ter passado despercebida como as nuvens. Para um ser inteligente é humilhante. Eis como se deu o caso.

No teatro, num intervalo, fui ao bufê. O hussardo A...v,[18] entrando de repente, pôs-se a falar em voz alta a dois de seus hussardos, diante de todos os oficiais ali presentes e do público, que o capitão Bezúmtsev,[19] do nosso regimento, acabara de armar um escândalo no corredor "e parece estar bêbado". A conversa não foi adiante, além de que tinha havido um engano, porque o capitão Bezúmtsev bêbado não estava nem o escândalo tinha sido, propriamente, um escândalo. Os hussardos passaram a falar de outras coisas e ficou por isso mesmo, mas no dia seguinte a anedota chegou ao nosso regimento e imediatamente começaram a dizer que o único de nós a estar presente no bufê tinha sido eu, e que não havia me aproximado do hussardo A...v para repreendê-lo por ter se referido de modo insolente ao capitão Bezúmtsev. E por que razão deveria? Se ele estava com o Bezúmtsev entalado na garganta, significava que era um assunto lá entre eles, por que haveria eu de me meter? Enquanto isso os oficiais começaram a achar que não se tratava de um assunto pessoal, mas que dizia respeito também ao regimento, e assim como dos oficiais do nosso regimento tinha sido eu o único ali presente, ficou evidente a todos os oficiais e ao público que estavam no bufê que no nosso regimento talvez houvesse oficiais não tão zelosos no que diz respeito à sua própria honra e à do regimento. Eu não podia concordar com tal veredicto. Fizeram-me saber que eu ainda podia reparar tudo se, mesmo então, embora já fosse tarde, quisesse explicar-me formalmente com A...m. Isso eu não queria fazer e, por exasperação, recusei-me com altivez. Em seguida, pedi baixa imediatamente — aí está toda a história. Saí de cabeça erguida, mas no íntimo dilacerado. Perdi o ânimo e a razão. Isso coincidiu com o fato de ter o marido de minha irmã dilapidado em Moscou nosso modesto patrimônio e inclusive a minha parte nele, uma parte ínfima, mas eu me vi na rua sem vintém. Poderia ter conseguido um emprego civil, mas não quis: depois de envergar um uniforme brilhante, eu não poderia ir para um cargo qualquer no sistema ferroviário. Pois bem — humilhação por humilhação, vergonha por vergonha, degradação por degradação, então, quanto pior, melhor —, eis a minha escolha. Nisso foram três anos de sombrias recordações, incluindo a casa Viázemski. Um ano e meio antes tinha morrido em

---

[18] A inicial acompanhada da terminação em "v" indica um sobrenome. (N. da T.)

[19] Sobrenome formado a partir da palavra *bezúmets*, que significa insensato, louco. (N. da T.)

Moscou uma velha rica, minha madrinha, e inesperadamente, incluindo-me entre os herdeiros, havia me deixado em testamento três mil rublos. Pensei bem e na época mesmo decidi o meu destino. Decidi-me pela caixa de penhores, sem pedir autorização a ninguém: dinheiro, depois um canto e uma vida nova longe das antigas recordações, era esse o plano. Contudo, o passado sombrio e a reputação de minha honra para sempre manchada afligiam-me o tempo todo, a cada minuto. Foi então que me casei. Por acaso ou não — não sei. Porém, ao trazê-la para a minha casa, pensava estar trazendo uma pessoa amiga, e eu sentia uma necessidade imensa de um amigo. Mas eu via claramente que mesmo um amigo era necessário preparar, moldar e até conquistar. E podia eu por acaso explicar de supetão o que quer que fosse a essa jovem de dezesseis anos, cheia de preconceitos? Como é que eu podia, por exemplo, sem a ajuda casual da terrível catástrofe ocorrida com o revólver, convencê-la de que não sou um covarde e de que no regimento havia sido injustamente acusado de covardia? Mas, a propósito, a catástrofe veio a calhar. Ao suportar o contato do revólver, tinha me vingado de todo o meu passado sombrio. E ainda que ninguém tenha ficado sabendo disso, *ela* porém ficou, e isso era tudo para mim, já que ela mesma era tudo para mim, toda a esperança do meu futuro, como em meus sonhos! Ela era a única pessoa que eu estava preparando para mim mesmo, e nem precisava de outra — e ela ficou sabendo de tudo; soube pelo menos que tinha se precipitado injustamente ao se juntar aos meus inimigos. Esse pensamento me deixava encantado. Aos olhos dela eu já não podia ser um canalha, talvez, no máximo, uma pessoa esquisita, mas até esse pensamento, a essa altura, depois de tudo o que tinha acontecido, não me desagradava tanto, de modo algum: esquisitice não é defeito, ao contrário, às vezes atrai a natureza feminina. Resumindo, adiei de propósito o desfecho: por enquanto, o que havia acontecido bastava, e muito, para a minha tranquilidade, e fornecia quadros e material mais do que suficientes para os meus devaneios. E é nisso que reside o mal, no fato de eu ser um sonhador: de minha parte, tinha motivos de sobra, quanto a ela, achava que *esperaria*.

    Assim se passou todo o inverno, como que à espera de algo. Eu gostava de deitar-lhe olhares furtivos quando, por vezes, sentava-se à sua mesinha. Ela cuidava do trabalho, da roupa branca, mas às vezes, ao entardecer, lia os livros que pegava do meu armário. A escolha dos livros no armário também deveriam testemunhar a meu favor. Ela praticamente não saía para lugar nenhum. Antes do pôr do sol, depois do almoço, eu a levava a passear todos os dias, e fazíamos um pouco de exercício, mas já não tão calados como antes. Procurava justamente fazer de conta que não estávamos calados e que conversávamos harmoniosamente, mas, como já disse, ambos agíamos assim para não nos estendermos. Eu fazia de propósito, quanto a ela, pensava eu, era preciso "dar tempo ao tempo". Naturalmente, é estranho que nem uma única vez tenha me passado pela cabeça, até quase o fim do inverno, que eu gostasse de observá-la furtivamente; enquanto ela, durante todo o inverno, nunca cheguei a perceber que me endereçasse sequer um olhar! Eu pensava ser timidez da sua parte. Além do mais, ela aparentava uma docilidade tão tímida, tão impotente, depois da doença. Não, melhor esperar — "e ela mesma de repente há de vir até você...".

Esse pensamento exercia um fascínio irresistível sobre mim. Acrescentarei uma coisa: às vezes eu como que me inflamava de propósito e, de fato, levava meu espírito e minha mente a tal ponto, como se fosse atirar-lhe ofensas na cara. E isso prolongava-se assim por algum tempo. Mas o ódio jamais poderia amadurecer e consolidar-se em minha alma. Além do mais, eu mesmo sentia que era como se isso não passasse de um jogo. Além disso, naquela época, embora ao comprar a cama e o biombo tivesse desfeito o casamento, jamais, jamais pude vê-la como uma criminosa. E não porque julgasse seu crime com leviandade, mas porque tinha a intenção de perdoá-la já desde o primeiro dia, antes ainda de ter comprado a cama. Resumindo, isso é uma esquisitice da minha parte, já que sou moralmente severo. Ao contrário, aos meus olhos ela estava tão derrotada, tão humilhada, tão esmagada, que às vezes torturava-me de compaixão por ela, se bem que, apesar de tudo isso, às vezes a ideia da sua humilhação decididamente me agradava. Agradava-me a ideia dessa nossa desigualdade...

Aconteceu-me nesse inverno de praticar intencionalmente algumas boas ações. Perdoei duas dívidas e fiz um empréstimo a uma pobre mulher sem exigir qualquer depósito. E não falei à minha esposa sobre isso, nem o tinha feito, absolutamente, para que soubesse; mas a própria mulher veio agradecer, e quase de joelhos. Desse modo, a coisa veio a público; tive a impressão de que ela realmente se inteirou com prazer dessa passagem com a mulher.

Porém, a primavera se aproximava, estávamos já em meados de abril, os caixilhos duplos das janelas tinham sido tirados e o sol começava a iluminar com feixes radiantes nossos silenciosos aposentos. Mas uma venda pendia-me diante dos olhos e cegava-me a mente. Uma venda terrível e fatídica! Como foi que aconteceu que, de repente, ela caiu-me dos olhos e eu, de repente, recuperei a visão e compreendi tudo!? Teria sido obra do acaso, teria chegado a hora, teria algum raio de sol acendido o pensamento e a suspeita em meu espírito embotado? Não, não foram nem o pensamento nem a suspeita, mas simplesmente uma veia que, de repente, começou a latejar, uma veia amortecida que começou a vibrar e reanimou e iluminou toda a minha alma embrutecida e o meu orgulho diabólico. Era como se tivesse tido na hora um repentino sobressalto. Além do mais, a coisa aconteceu de repente e sem que eu esperasse. Aconteceu antes do entardecer, por volta das cinco horas, depois do almoço...

II. DE REPENTE A VENDA CAIU

Antes, duas palavrinhas. Havia coisa de um mês que eu notara nela um estranho ensimesmamento, não que fosse silêncio, era ensimesmamento mesmo. Disso também dei-me conta de repente. Nesse dia, ela estava sentada com seu trabalho, a cabeça inclinada sobre a costura, sem perceber que eu a fitava. E nisso, de repente, surpreendeu-me ver que andava tão franzina, magrinha, com o rosto pálido, os lábios descorando — tudo isso junto, mais o ensimesmamento, tocou-me profundamente e no mesmo instante. Antes disso eu até já tinha ouvido uma tossinha seca, sobretudo à noite. Levantei-me de imediato e, sem dizer-lhe nada, fui pedir a Schreder que viesse até a minha casa.

Schreder apareceu no dia seguinte. Ela ficou muito surpresa, e olhava ora para Schreder, ora para mim.

— Mas estou me sentindo bem — disse, esboçando um sorriso.

Schreder não se deteve muito na consulta (esses médicos às vezes costumam ser arrogantemente negligentes) e limitou-se a dizer-me no outro aposento que aquilo eram sequelas da doença e que, com a chegada da primavera, não seria nada mau se pudéssemos viajar para algum lugar à beira-mar ou, se não fosse possível, então simplesmente que nos transferíssemos para o campo. Resumindo, não disse nada, a não ser que estava um pouco debilitada, ou algo no gênero. Quando Schreder saiu, ela tornou a dizer-me de repente, fitando-me de um jeito extremamente sério:

— Eu estou bem, perfeitamente bem.

Porém, ao dizê-lo, corou de repente, no mesmo instante, ao que parece, de vergonha. Dava para ver que era de vergonha. Oh, agora eu compreendo: ela se sentia envergonhada por eu ainda ser *seu marido*, por ainda preocupar-me com ela, como um verdadeiro marido. Mas na hora eu não entendi e atribuí o rubor à sua humilhação. (A venda!)

E eis que um mês depois, por volta das cinco horas de um dia ensolarado de abril, estava eu sentado no caixa fazendo as contas. Ouço de repente que ela, no nosso quarto, à sua mesa, com seu trabalho, muito de mansinho... pôs-se a cantar. Essa novidade causou-me uma impressão comovente, tanto que até hoje não consigo entendê-la. Até esse dia eu praticamente nunca a ouvira cantar, a não ser bem nos primeiros dias, quando a trouxe para minha casa e quando ainda podíamos brincar de tiro ao alvo com o revólver. Nessa época sua voz ainda era bem forte, sonora, ainda que insegura, mas extremamente agradável e sadia. Agora sua cançãozinha estava tão fraca — oh! Não que fosse melancólica (era uma romança qualquer), mas era como se em sua voz houvesse alguma coisa partida, entrecortada, como se sua vozinha não conseguisse se dominar e como se a própria cantiga estivesse doente. Ela cantava a meia-voz e de repente, ao elevá-la, a voz se esgarçou — que pobre vozinha, esgarçou-se de um modo tão lastimável; ela tossiu e voltou a cantar baixinho, bem baixinho...

Vão rir da minha inquietação, mas ninguém nunca entenderá por que comecei a ficar inquieto! Não, ainda não era piedade o que sentia por ela, era outra coisa bem diferente. A princípio, nos primeiros minutos pelo menos, fui repentinamente tomado por uma perplexidade e um terrível espanto, terrível e estranho, doloroso e quase vingativo: "Está cantando, e na minha presença! *Será que ela me esqueceu?*".

Todo abalado, não conseguia sair do lugar, depois levantei-me subitamente, peguei o chapéu e saí, como se não soubesse o que estava fazendo. Pelo menos não sabia para quê e para onde ia. Lukéria veio ajudar-me a vestir o sobretudo.

— Ela está cantando? — disse sem querer para Lukéria. Esta não entendia e continuava olhando para mim sem entender; pensando bem, eu realmente estava sendo incompreensível.

— É a primeira vez que canta?

— Não, costuma cantar às vezes quando o senhor não está — respondeu Lukéria.

Eu me lembro de tudo. Desci as escadas, saí à rua e teria ido para qualquer canto. Fui até a esquina e fiquei olhando para um ponto qualquer. As pessoas passavam, esbarravam em mim, e eu nem me dava conta. Chamei um cocheiro e combinei uma corrida até a ponte Politsiéiski, a troco de quê, não sei. Mas depois desisti e dei-lhe uma moeda de vinte copeques:

— Isso é por tê-lo incomodado — disse eu, rindo para ele de um jeito estúpido, e de súbito uma espécie de arrebatamento invadiu-me coração.

Voltei para casa acelerando o passo. A pobre notinha partida que se tinha esgarçado tornou a ressoar-me subitamente na alma. Faltou-me o ar. Estava caindo, a venda caía-me dos olhos! Se tinha cantado na minha presença, então era porque tinha me esquecido — e isso era claro e terrível. Era o que meu coração sentia. Não obstante, o entusiasmo invadia-me a alma, sobrepujando o medo.

Oh, ironia do destino! Pois não houve e nem poderia ter havido nenhuma outra coisa em minha alma durante todo o inverno a não ser esse arrebatamento, no entanto eu próprio, onde havia estado durante todo o inverno? Teria eu verdadeiramente estado junto de minha alma? Precipitei-me escadas acima, a toda a pressa, nem sei se entrei timidamente. Só me lembro de que todo o chão parecia ondear e era como se eu flutuasse num rio. Entrei no quarto, ela estava sentada no mesmo lugar, costurando, com a cabeça inclinada, mas já não cantava. Lançou-me um olhar rápido e desinteressado. No entanto, aquilo não era um olhar, era quanto muito um gesto, habitual e indiferente, só para ver quem estava entrando no quarto.

Acheguei-me sem rodeios e sentei-me numa cadeira ao seu lado, bem juntinho, feito um louco. Ela lançou-me um olhar ligeiro, como que assustada: peguei-lhe a mão e não me lembro do que lhe disse, isto é, do que pretendia dizer, pois nem sequer falar direito conseguia, minha voz falhava, não obedecia. Além do mais, eu estava ofegante, nem sabia o que dizer.

— Vamos conversar... sabe... diga alguma coisa! — balbuciei de repente uma tolice qualquer; ora, tinha eu condições de raciocinar? Ela tornou a estremecer e se afastou, num sobressalto violento, fitando-me no rosto, mas, de repente, em seus olhos assomou uma expressão de *severo espanto*. Sim, era *espanto*, e *severo*. Ela arregalou os olhos para mim. Essa severidade, esse espanto severo, aniquilaram-me no mesmo instante: "Quer dizer que ainda quer amor? amor?" — parecia indagar de repente com aquele espanto, ainda que se calasse. Mas eu li tudo, tudinho. Eu tremia todo, e foi assim que desmoronei a seus pés. Sim, atirei-me a seus pés. Ela se levantou de um salto, porém, segurei-a com ambas as mãos, com uma força extraordinária.

E eu compreendia perfeitamente o meu desespero, ah, compreendia! No entanto, acreditem, o arrebatamento fervilhava-me no coração de um modo tão incontrolável que eu achava que ia morrer. Beijava-lhe os pés tomado pelo enlevo e pela felicidade. Sim, por uma felicidade transbordante e infinita, e isso ciente de que não havia remédio para todo aquele meu desespero! Eu chorava, falava qualquer coisa, no entanto não conseguia falar. O susto e o espanto dela foram de repente cedendo lugar a um pensamento preocupado, a uma pergunta extraordinária, e ela me encarava de modo estranho, selvagem mesmo, queria o quanto antes entender alguma coisa e sorria. Sentia-se terrivelmente envergonhada por eu lhe beijar os pés, e afastava-os, mas então eu beijava o chão no lugar onde eles tinham pisado. Ela viu isso e começou de repente a rir de vergonha (sabem como é, quando se ri de vergonha). Estava prestes a ter um ataque histérico, isso eu vi, suas mãos começaram a tremer — eu não suspeitava disso e continuei balbuciando-lhe que a amava, que não me levantaria, "deixe-me beijar o teu vestido... e adorá-la assim por toda a vida...", não sei, não me lembro — e de repente ela se desfez em pranto e começou a tremer; era o início de um terrível ataque histérico. Eu a tinha assustado.

 Levei-a para a cama. Quando passou o ataque, então, sentando-se na cama, agarrou-me as mãos com um ar terrivelmente mortificado e pediu que me tranquilizasse: "Basta, não se atormente, acalme-se" — e começou a chorar outra vez. Até a hora de dormir, não saí de perto dela. Fiquei o tempo todo dizendo-lhe que a levaria a Boulogne para tomar banhos de mar, agora, já, dentro de duas semanas, que sua vozinha estava tão partida, eu a tinha ouvido havia pouco, que fecharia a caixa, venderia para Dobronravov, recomeçaríamos uma nova vida, e o mais importante, ir a Boulogne, a Boulogne! Ela ouvia, mas continuava a sentir medo. Sentia cada vez mais medo. No entanto, não era isso o que me importava, mas o desejo cada vez maior e mais incontrolável que sentia de tornar a prostrar-me a seus pés e tornar a beijá-los, de beijar o chão onde seus pés pisavam, e de adorá-la — "mais nada, não te peço mais nada — repetia a todo instante —, não me responda nada, ignore completamente a minha presença, e deixe-me apenas olhá-la de um cantinho, faça de mim um objeto seu, seu cachorrinho...". Ela chorava.

 — *E eu que achava que fosse me deixar assim* — deixou escapar sem querer, tão sem querer que, talvez, nem tenha se dado conta de como o dissera, e, entretanto, oh, estas foram as palavras mais importantes, as mais fatídicas e as mais esclarecedoras para mim naquela tarde, foram uma punhalada em meu coração! Explicavam-me tudo, tudo, mas enquanto ela estava ao meu lado, diante dos meus olhos, eu tinha uma esperança irreprimível e sentia-me extremamente feliz. Oh, nessa noite a deixei terrivelmente fatigada, e eu o compreendia, mas não parava de pensar que dali a pouco repararia tudo. Por fim, já era noite alta, ela tinha perdido completamente as forças, insisti para que dormisse, e no mesmo instante ela adormeceu profundamente. Fiquei à espera do delírio, o delírio veio, mas foi bem suave. Durante a noite levantava-me quase o tempo todo, aproximava-me para vê-la pisando na pontinha dos pés. Torcia as mãos fitando aquela criaturinha enferma, naquele pobre leito, na caminha de ferro que lhe havia comprado por três rublos. Ajoelhava-me, mas, adormecida que estava, não me atrevia a beijar-lhe os pés (sem seu consentimento!). Punha-me a rezar, mas levantava-me outra vez sobressaltado. Lukéria observava-me e não parava na cozinha. Fui dizer-lhe que se recolhesse e que no dia seguinte teria início "uma outra vida".

E eu acreditava piamente nisso, cegamente, loucamente. Oh, o arrebatamento, o arrebatamento havia tomado conta de mim! Só esperava o dia seguinte. O pior é que eu não acreditava em nenhuma desgraça, apesar dos sintomas. Eu ainda não tinha recuperado completamente a lucidez, embora a venda tivesse caído, e por muito, muito tempo — oh, até hoje, até hoje mesmo ainda não a recuperei! E, além do mais, como é que podia ter recuperado então: pois ela ainda estava viva, e estava aqui diante de mim, e eu diante dela. "Amanhã ela acordará e eu lhe direi tudo isso, e ela compreenderá tudo." Era esse o meu raciocínio naquele momento, simples e claro, daí o meu entusiasmo! O mais importante era a viagem a Boulogne. Por algum motivo continuava achando que Boulogne era tudo, que em Boulogne algo decisivo ia acontecer. "A Boulogne, a Boulogne...!" Esperava pela manhã numa ansiedade louca.

III. Entendo muito bem

E olha que isso aconteceu não faz senão alguns dias, cinco dias, não mais que cinco, terça-feira passada! Não, não, bastava que tivesse esperado um tempo, um pouquinho só — e eu teria dissipado as trevas! Por acaso já não tinha ela se acalmado? No dia seguinte mesmo já me ouvia com um sorriso, apesar de perturbada... O que importa é que esse tempo todo, durante esses cinco dias, esteve perturbada ou constrangida. Sentia medo também, sentia muito medo. Eu não vou ficar discutindo, não vou me contradizer feito louco: medo era, pois como podia não sentir medo? Pois tínhamos vivido tanto tempo como estranhos, estávamos tão desabituados um com o outro, e isso tudo de repente... Mas eu não reparava no seu medo, uma vida nova resplandecia!... É verdade, verdade incontestável, que eu cometi um erro. E até, talvez, muitos erros. Assim que acordamos no dia seguinte, ainda pela manhã (isso foi na quarta-feira), naquele mesmo instante, de repente, cometi um erro: de repente fiz dela minha amiga. Eu me precipitei, precipitei-me demais, mas a confissão era necessária, imprescindível — qual o quê, era mais que uma confissão! Não ocultei sequer coisas que passei a vida toda ocultando até de mim mesmo. Revelei sem rodeios que durante todo o inverno não fiz senão estar certo do seu amor. Esclareci-lhe que a caixa de penhores existia simplesmente em virtude da degradação da minha força de vontade e do meu espírito, era uma ideia pessoal de autoflagelação e vaidade. Expliquei-lhe que daquela vez no bufê eu realmente tinha fraquejado, por causa do meu jeito, da minha insegurança: a situação, o bufê, haviam me intimidado; uma coisa intimidou-me: de repente, como é que eu vou me sair, será que não vai parecer ridículo? Não foi do duelo que tive medo, mas do ridículo... E depois já não queria reconhecê-lo e atormentei todo mundo, por isso atormentei-a também, e em seguida tinha também me casado com ela para atormentá-la. Resumindo, falava a maior parte do tempo como se estivesse febril. Ela própria pegava-me as mãos e pedia-me para parar: "O senhor está exagerando... está se martirizando" — e as lágrimas recomeçavam, por pouco não voltou a ter um ataque. Ficava o tempo todo suplicando-me para não dizer nem me lembrar de nada disso.

Eu não fazia caso das suas súplicas, ou melhor, fazia pouco caso: a primavera, Boulogne! Lá está o sol, lá está o nosso novo sol, só sabia falar disso! Fechei a caixa, transferi os negócios ao Dobronravov. Propus-lhe de repente distribuir tudo aos pobres, a não ser os três mil iniciais, herdados de minha madrinha, com os quais viajaríamos para Boulogne, mas depois voltaríamos e começaríamos uma nova vida de trabalho. E ficamos assim, porque ela não disse nada... limitou-se a sorrir. E parece que sorriu mais por delicadeza, para não me afligir. Eu me dava conta perfeitamente de que era um fardo para ela, não pensem que era tão tolo e egoísta a ponto de não percebê-lo. Eu via tudo, tudo, até o mais insignificante pormenor, via e sabia melhor do que ninguém; todo o meu desespero estava à vista!

Contava-lhe tudo sobre mim e sobre ela. Sobre Lukéria também. Disse que tinha chorado... Ah, cheguei mesmo a mudar de conversa, eu também procurava não me lembrar de jeito nenhum de certas coisas. E olha que ela chegou a se animar uma ou duas vezes, lembro-me bem, eu me lembro! Por que estão dizendo que eu olhava e não via nada? Se ao menos *isso* não tivesse acontecido, então tudo teria sido ressuscitado. Pois ela mesma me contava, não havia três dias, quando a conversa enveredou para leituras e para o que ela tinha lido neste inverno, contava e ria ao recordar a cena de Gil Blas com o arcebispo de Granada.[20] E com que riso pueril, encantador, exatamente como antes, quando éramos noivos (um átimo! um átimo!); como eu estava feliz! Isso sobre o arcebispo, aliás, deixou-me extremamente surpreso: pois significava que havia encontrado paz de espírito e felicidade o suficiente para divertir-se com uma obra-prima quando convalescia durante o inverno. Quer dizer que já tinha começado a se acomodar completamente, já ti-

---

[20] Referência ao romance *Gil Blas de Santiliani*, de Alain-René Lesage (1668-1747). (N. da T.)

nha começado a acreditar plenamente que eu a deixaria *assim*. "Eu achava que fosse me deixar *assim*" — vejam só o que ela tinha deixado escapar na terça-feira! Oh, o raciocínio de uma garota de dez anos! E acreditava mesmo, acreditava realmente que tudo ficaria *assim*: ela em sua mesa e eu na minha, e os dois assim, até os sessenta anos. E nisso, de repente, chego eu, o marido, e um marido precisa de amor! Que mal-entendido, que cegueira a minha!

Foi um erro também olhar para ela com arrebatamento; era preciso conter-me, pois meu arrebatamento a assustava. Mas eu cheguei mesmo a me conter, já nem beijava mais os seus pés. Não deixei transparecer sequer uma vez que... bem, que era seu marido — ora, uma tal coisa nem me passava pela cabeça, só fazia adorá-la! Mas também não dava para ficar completamente calado, sem dizer absolutamente nada! De repente, disse-lhe que me deleitava com sua conversa e que a considerava incomparavelmente, mas incomparavelmente mesmo, mais instruída e desenvolvida do que eu. Ela ficou toda rubra e disse, um tanto embaraçada, que eu estava exagerando. Nisso eu, tolo que sou, não me contendo, contei como fiquei embevecido quando, postado atrás da porta, naquele dia, ouvi o seu duelo, o duelo da inocência, com aquele ser bestial, e como tinha me deliciado com a sua inteligência, com a sua presença de espírito, de uma simplicidade tão pueril. Seu corpo todo pareceu estremecer, quis ainda balbuciar que estava exagerando, mas subitamente seu rosto se tornou sombrio, ela o cobriu com as mãos e rompeu em soluços... Aí, nem eu consegui me conter: caí de novo a seus pés, comecei outra vez a beijá-los, e isso acabou outra vez em um ataque, assim como na terça-feira. Isso foi ontem à noite, e de manhã...

De manhã? Insensato que sou, pois esta manhã foi hoje, ainda há pouco, agora mesmo!

Ouçam e pensem bem: pois quando nos reunimos há pouco em torno do samovar (isso depois do ataque de ontem, justamente), ela mesma chegou a me surpreender com sua tranquilidade, pois foi isso que aconteceu! E eu que tinha passado a noite toda tremendo de medo por causa de ontem. Mas, de repente, ela se aproxima, para diante de mim e, com as mãos em súplica (foi agora há pouco, agorinha!), começou a dizer-me que era uma criminosa, que ela sabia disso, que seu crime a havia torturado durante todo o inverno, e ainda hoje a torturava... que ela apreciava muito a minha magnaminidade... "serei uma esposa fiel, vou respeitá-lo...". Nisso me levantei de um salto e a abracei feito um louco! Eu a beijava, beijava-lhe o rosto, os lábios, como marido, pela primeira vez, depois de uma longa separação. E a troco de quê fui sair agora há pouco, por duas horas, não mais... nossos passaportes para o estrangeiro... Oh, Deus! Apenas cinco minutos, se tivesse voltado cinco minutos mais cedo!... E essa multidão aí diante da nossa porta, esses olhares para mim... oh, Senhor!

Lukéria fala (oh, agora não deixo Lukéria ir embora por nada no mundo, ela sabe de tudo, ficou o inverno todo, ela vai me contar tudo), ela fala que depois que eu saí de casa, uns vinte minutos depois, quando muito, até a minha volta — ela entrou de repente no nosso quarto para perguntar uma coisa à patroa, não me lembro o que, e viu que a sua imagem (aquela mesma imagem da Virgem), retirada do lugar, estava na mesa à sua frente, e a patroa parecia ter rezado naquele instante diante dela. "O que está fazendo, patroa?" — "Nada, Lukéria, vai... Espere, Lukéria", aproximou-se dela e beijou-a. "A senhora está feliz, patroa?" — "Sim, Lukéria" — "Faz tempo, patroa, que o patrão deveria ter vindo pedir-lhe perdão... Graças a Deus que fizeram as pazes" — "Está bem, Lukéria. Vá, Lukéria" — e sorriu de um jeito realmente bem estranho. Tão estranho que, dali a dez minutos, Lukéria voltou de repente para vê-la: "Ela estava encostada à parede, bem perto da janela, tinha escorado a mão na parede e apoiado nela a cabeça, ficou encostada daquele jeito pensando, e estava tão profundamente absorta em seus pensamentos que nem ouviu que eu parei e fiquei a observá-la do outro cômodo. Vi que ela parecia estar sorrindo, de pé, matutava e sorria. Olhei para ela, voltei-me de mansinho, saí, mas pensava com os meus botões, quando, de repente, ouço que abriram a janela. Fui imediatamente dizer-lhe 'está fresco, patroa, não vá se resfriar', e de repente vejo-a no parapeito da janela, e já tinha se posto de pé, a toda a sua altura, na janela aberta, de costas para mim, segurando a imagem nas mãos. Na hora, fiquei com o coração na mão, gritei: 'Patroa, patroa!'. Ela ouviu, fez que ia se virar para mim, mas não se virou, deu um passo, apertou a imagem ao peito — e atirou-se da janela!".

Eu só me lembro de que quando transpus o portão ela ainda estava quente. O pior é que eles todos ficavam olhando para mim. A princípio gritavam, mas aí, de repente, calaram-se e todos à minha frente vão abrindo passagem e... e ela jaz com a imagem. Lembro-me de ter me aproximado em silêncio, parecia estar envolto em trevas, e contemplei-a demoradamente, e todos me rodearam e ficaram falando coisas. Lukéria estava lá, mas não a vi. Diz que falou comigo. Lembro-me apenas daquele negociante: ele ficava o tempo todo gritando para mim: "Saiu um fiozinho de sangue da boca, um fiozinho, um fiozinho!", e apontava-me o sangue ali na pedra. Parece que eu toquei o sangue com o dedo, que manchei o dedo, e fiquei olhando para ele (disso me lembro), e ele não parava de repetir: "Um fiozinho, um fiozinho!".

— E que "fiozinho" é esse? — comecei a berrar, dizem, com todas as minhas forças, cerrei os punhos, jogando-me contra ele...

Oh, é um absurdo, um absurdo! Um mal-entendido! Uma inverossimilhança! Uma impossibilidade!

IV. Atrasei-me não mais que cinco minutos

E por acaso não é? Por acaso isso é verossímil? Será que se pode dizer que uma coisa dessas é possível? Para que, por que motivo essa mulher está morta?

Oh! acreditem, eu entendo; mas por que ela morreu, ainda assim, é uma pergunta. Ficou assustada com o meu amor, perguntou-se seriamente: aceitar ou não, e, não suportando a pergunta, preferiu morrer. Eu sei, eu sei, não há por que ficar quebrando a cabeça: fez promessas demais, teve medo de não poder cumpri-las — está claro. Há nisso certas circunstâncias realmente terríveis.

Por que, a troco de quê foi ela morrer? Mesmo assim fica a pergunta. Essa pergunta não para de martelar-me no cérebro. Eu mesmo a teria simplesmente deixado *assim*, se ela quisesse que eu a deixasse *assim*. Ela não acreditou nisso, aí é que está! Não, não, estou dizendo bobagens, não foi nada disso. Foi simplesmente porque teria que ser honesta comigo: amar-me como se ama por inteiro, e não do jeito que teria amado o comerciante. E como era demasiadamente casta, demasiadamente pura para concordar com um amor assim, como o que convinha ao comerciante, então também não quis enganar-me. Não quis enganar-me com um amor pela metade, com a fachada de amor, ou com um quarto de amor. Era mesmo muito honesta, aí é que está, meus senhores! E eu que então queria inculcar-lhe justamente nobreza no coração, lembram-se? Ideia esquisita.

É muito curioso: será que ela tinha consideração por mim? Não sei se me desprezava ou não. Não acredito que me desprezasse. É muito esquisito: por que não me passou pela cabeça uma vez sequer, durante o inverno todo, que pudesse me desprezar? Eu estava totalmente convencido do contrário, até aquele exato instante em que fincou-me os olhos com um ar de *severo espanto*. *Severo*, precisamente. Foi nessa hora que de imediato compreendi que me desprezava. Compreendi de uma vez por todas, para sempre! Ah, que importa, que desprezasse, ainda que por toda a vida, mas — contanto que estivesse viva, viva! Ainda há pouco ela estava andando, falando. Não consigo entender como é que ela foi se atirar da janela. E como podia eu imaginar uma coisa dessas mesmo cinco minutos antes? Chamei Lukéria. Agora não deixarei Lukéria ir embora por nada, por nada no mundo!

Oh, nós ainda teríamos podido nos entender. Só tínhamos nos desabituado extremamente um com o outro no inverno, mas por acaso era impossível voltarmos a nos habituar? Por que, por que não poderíamos chegar a um entendimento e recomeçar uma vida nova? Sou magnânimo, ela também — já é um ponto em comum! Eram só mais umas palavrinhas, não mais que dois dias, e ela teria entendido tudo.

O pior, o que é uma afronta, é que isso tudo foi por acaso — um acaso rotineiro, corriqueiro, cruel. Que afronta! Cinco minutos, não mais, não me atrasei mais que cinco minutos! Cinco minutos antes que tivesse chegado — e o momento teria se dissipado como uma nuvem, e depois nunca mais nem teria lhe passado pela cabeça. E ela acabaria por compreender tudo. Agora, no entanto, de novo os aposentos vazios, eu sozinho de novo. Aí está o pêndulo batendo, não é problema dele, ele não tem pena de nada. Não há ninguém — essa é a desgraça!

Não faço senão andar, andar o tempo todo. Eu sei, eu sei, nem precisam dizer-me: os senhores acham ridículo que esteja me queixando do acaso e dos cinco minutos? Mas isso é tão óbvio. Pensem numa coisa: aí é que está, ela não deixou sequer um bilhete em que dissesse "não culpem ninguém da minha morte", como todo mundo faz. Parece impossível que não tivesse raciocinado que poderiam importunar até a própria Lukéria: "Estava sozinha com ela, vão dizer, então foi você quem a empurrou". No mínimo, teriam lhe dado uma canseira sem que tivesse nenhuma culpa, não fosse quatro pessoas terem visto do pátio e das janelas da casa dos fundos que dá para o pátio, que ela tinha ficado de pé com a imagem nas mãos e que ela mesma tinha se atirado. Mas vejam que também foi por acaso que as pessoas estavam ali e viram. Não, isso tudo não passou de um momento, um momento de descontrole. Uma coincidência e uma fantasia! Então, por que é que estava rezando diante da imagem? Isso não quer dizer que estivesse diante da morte. O momento deve ter durado ao todo coisa de uns dez minutos, não mais, a decisão tomada — justamente quando estava encostada à parede, com a cabeça apoiada na mão, e sorrindo. A ideia acudiu-lhe à cabeça, teve uma vertigem — e diante disso não conseguiu manter o equilíbrio.

Houve nisso um flagrante mal-entendido, estão querendo o quê? Ainda teria podido viver comigo. E se foi a anemia? E se não passou de uma anemia, de um esgotamento da energia vital? O inverno deixou-a extenuada, foi isso...

Atrasei-me!!!

Como ela parece franzina no caixão, como está afilado seu narizinho! Seus cílios parecem flechinhas. E do jeito que caiu — não esmagou, não quebrou nada! Não passou daquele "fiozinho de sangue". Ou seja, uma colherzinha de sobremesa. Uma comoção interna. Um pensamento esquisito: e se fosse possível não enterrá-la? Porque se a levarem embora, então... oh! não, é praticamente impossível que a levem! Oh! eu sei perfeitamente que terão de levá-la, eu não estou louco e não estou de modo algum delirando, ao contrário, minha mente jamais esteve tão lúcida — mas como pode ser isso, sem ninguém em casa outra vez, outra vez os dois aposentos e eu sozinho de novo com os penhores. É delírio, delírio, aí está o delírio! Eu a esgotei — isso sim!

Que me importam agora as vossas leis? De que me servem os vossos usos, os vossos costumes, a vossa vida, o vosso estado, a vossa fé? Que me julgue o vosso juiz, que me levem para um tribunal, para o vosso tribunal público, e eu direi que não reconheço nada. O juiz gritará: "Cale-se, oficial!". E eu começarei a gritar-lhe: "Onde está agora esse seu poder para me fazer obedecer? Por que é que a funesta rotina foi destruir aquilo que me era mais caro do que tudo? O que são as vossas leis para mim agora? Estou me apartando de vós". Ora, pouco me importa!

Cega, cega! Está morta, não pode ouvir! Você não sabe com que paraíso eu a teria cercado. O paraíso estava em minha alma, eu o teria plantado ao seu redor! Bem, se você não me amava — e daí, o que é que tem? As coisas poderiam ter sido *assim*, tudo poderia ter permanecido *assim*. Podia contar-me coisas apenas como a um amigo — e aí teríamos nos divertido e rido alegremente, olhando nos olhos um do outro. Poderíamos ter vivido assim. E caso se apaixonasse por outro — pois que fosse, que importa! Poderia ter ido com ele, sorrindo, enquanto eu teria ficado olhando do outro lado da rua... Oh, pouco importa isso tudo, a única coisa que importa é que abra os olhos ainda que uma vez! Se me lance um olhar só por um instante, por um único instante!, como agora há pouco, quando estava diante de mim e jurava que seria uma esposa fiel! Oh, num olhar teria compreendido tudo!

A rotina! Oh, natureza! Os homens estão sozinhos na terra — essa é a desgraça! "Há alguma alma viva sobre a terra?"— grita o *bogatir*[21] russo. Eu, que não sou bogatir, grito a mesma coisa, e ninguém dá sinal de vida. Dizem que o sol dá vida ao universo. O sol está nascendo e — olhem para ele, por acaso não é um cadáver? Tudo está morto, e há cadáveres por toda

---

[21] Herói épico russo com atributos semelhantes ao de Hércules. (N. da T.)

parte. Os homens estão sozinhos, rodeados de silêncio — isso é a terra! "Homens, amai-vos uns aos outros" — quem disse isso? De quem é esse mandamento? O pêndulo bate de um modo insensível e nauseante. São duas horas da madrugada. Suas botinhas estão junto à cama, como se esperassem por ela... Não, é sério, quando a levarem embora amanhã, o que vai ser de mim?

Tradução de Fátima Bianchi

UMA HISTÓRIA DA VIDA INFANTIL[1]

Vou contar para não esquecer.

Na periferia de Petersburgo ou ainda mais longe, vivem uma mãe e sua filha de doze anos. É uma família pobre, mas a mãe tem uma ocupação e ganha seu pão com dificuldade; a filha frequenta uma escola em Petersburgo e sempre vai e volta em veículos públicos que, algumas vezes por dia, a intervalos determinados, fazem o trajeto de Gostíni Dvor[2] até o lugar onde elas moram.

Certa vez, há uns dois meses, não faz muito tempo, quando o inverno se instalou rápida e inesperadamente e o caminho na neve começou a se formar, em uma semana de dias calmos e iluminados, com temperatura de dois ou três graus, a mãe, olhando para a filha, disse:

— Sacha, vejo que você não tem estudado; há muitas noites tenho reparado. Você está aprendendo alguma coisa?

— Ah, mãezinha, não se preocupe, eu fiz tudo; terminei com uma semana de antecedência.

— Está bem, que seja.

No dia seguinte Sacha foi para a escola, mas às cinco horas o condutor do veículo público no qual Sacha deveria retornar para casa saltou em frente ao portão da casa delas e entregou para a "mãezinha" um bilhete que dizia o seguinte:

> "Querida mãezinha, eu fui uma péssima menina durante toda semana. Tirei três notas zero e menti para você. Tenho vergonha de voltar para casa, não voltarei mais. Adeus, querida mãezinha, me perdoe. Sua Sacha."

---

[1] Publicado originalmente em *Diário de um escritor*, no número de dezembro de 1876. (N. da T.)

[2] Grande centro comercial localizado na avenida Niévski, em São Petersburgo; é o mais antigo da Rússia e um dos mais antigos do mundo. (N. da T.)

Pode-se imaginar o estado em que ficou a mãe. Quis largar o trabalho imediatamente, é claro, e correr para a cidade para procurar Sacha, ao menos seguir algum vestígio. Mas onde? Como? Acontece que ali estava um conhecido próximo, que, profundamente comovido, se ofereceu para ir imediatamente a Petersburgo e lá perguntar na escola, procurar e procurar com todos os conhecidos mesmo que fosse por toda madrugada. O mais importante foi que ela imaginou que Sacha poderia voltar para casa durante esse período, poderia voltar atrás na sua decisão inicial e, se não encontrasse a mãe em casa, talvez fugisse novamente, de modo que a mãe resolveu ficar e confiar na profunda comoção do bondoso homem. Decidiram que, caso Sacha não fosse encontrada até a manhã seguinte, informariam a polícia ao raiar do dia. Em casa, a mãe passou horas difíceis, as quais eu não vou descrever, pois é possível compreender muito bem.

"Então — contou a mãe — já perto das dez horas ouvi, de repente, passos conhecidos, pequenos e ligeiros no pátio coberto de neve e depois na escada. A porta se abriu e lá estava Sacha.

— Mãezinha, ah, mãezinha. Como estou feliz de voltar para você, ah!

Juntou as mãos, escondeu o rosto atrás delas e sentou-se na cama. Estava muito cansada, exausta. Em seguida, é claro, vieram as primeiras exclamações, as primeiras perguntas; a mãe foi cuidadosa, ainda estava sem coragem de repreender a filha.

— Ah, mãezinha, ontem, depois de mentir sobre os estudos, tomei uma decisão: não vou mais à escola e não voltarei para casa; pois se não fosse mais para a escola, como é que iria mentir todos os dias para você?

— Mas afinal o que pretendia fazer? Se não fosse para a escola e não voltasse para casa, iria para onde?

— Pensei em ficar na rua. Durante o dia eu ficaria andando por aí. Tenho um casaco quente; se sentisse frio, entraria no Passaj,[3] poderia comer um pãozinho no almoço e daria um jeito de beber alguma coisa... Agora tem neve. Para mim um pãozinho é suficiente. Tenho 15 copeques, um pãozinho custa 3 copeques, ou seja, daria para cinco dias.

— E depois?

— Depois não sei. Não pensei como seria depois.

— E dormir, onde iria passar a noite?

— Nisso eu pensei. Quando ficasse tarde e escuro, pensei em ir todos os dias para a ferroviária, bem longe, depois da estação, onde não há nin-

---

[3] Centro comercial localizado na avenida Niévski. (N. da T.)

guém e onde ficam muitíssimos vagões. Entraria em algum que não fosse partir e dormiria até a manhã seguinte. Cheguei a ir até lá. Andei bastante, para além da estação, onde não havia ninguém, vi que no canto havia vagões, mas não daqueles que levam passageiros. Pensei em me enfiar em algum desses vagões sem que ninguém visse. Quando estava a ponto de entrar, um guarda gritou: 'Onde está se enfiando? Esses vagões carregam mortos'. Ao ouvir aquilo, dei um salto e vi que ele se aproximava de mim: 'O que quer aqui?'. Comecei a correr e correr, ele gritou, mas eu continuei correndo. Fiquei tão assustada. Voltei para a rua e continuei caminhando quando de repente vi um prédio alto, de pedra, que estava sendo construído. Ainda nos tijolos, sem vidros, janelas e portas cobertas por tábuas e uma cerca ao redor. Pensei, se conseguir entrar de algum modo neste prédio, ninguém vai me ver, está escuro. Dobrei a esquina e encontrei um lugar que, apesar de estar fechado por tábuas, tinha uma brecha pela qual consegui passar. Passei e caí num buraco, ainda com terra; fui até um canto apalpando a parede, lá havia tábuas e tijolos. Pensei, vou passar a noite nessas tábuas. E me deitei. De repente, ouvi algo, alguém falando numa voz bem baixa. Levantei um pouco e naquele mesmo canto ouvi pessoas falando em voz baixa e olhando na minha direção. Fiquei muito assustada, saí correndo pela mesma porta de volta para a rua, enquanto eles me chamavam. Consegui escapar. E eu pensei que o prédio estava vazio!

Quando me vi na rua outra vez, de repente me senti muito cansada. Tão cansada, mas tão cansada. Caminhei pela rua, as pessoas iam para lá e para cá, não sabia que horas eram. Cheguei à avenida Niévski, perto do Gostíni, chorando muito. Pensei, 'Se ao menos aparecesse um homem bondoso que tivesse pena de uma pobre garota que não tem onde dormir'. Eu confessaria tudo e ele diria: 'Venha passar esta noite na minha casa'. Continuei pensando nisso enquanto caminhava quando, de repente, vi que lá estava nosso transporte pronto para fazer a última viagem, e eu que achava que ele havia partido há muito tempo. Pensei, 'Ah, vou voltar para mamãe!'. Peguei o transporte e agora, mãezinha, estou feliz por ter voltado! Nunca mais vou mentir para você e vou estudar bastante. Ah, mãezinha! Ah, mãezinha!

Perguntei para ela — continuou a mãe —, Sacha, você planejou mesmo tudo isso de não ir para a escola e morar na rua?

— Veja, mãezinha, faz um tempo que conheci uma garota como eu, só que ela frequenta outra escola. Acredita que ela quase nunca vai, mas em casa diz que vai todos os dias? Ela me disse que acha chato estudar, que a rua é alegre. Disse, 'quando saio de casa, fico andando, andando, já faz duas semanas que não apareço na escola, olho as vitrines das lojas, vou no Passaj, como pãozinho, até a noite, na hora de voltar para casa'. Assim que fiquei sabendo disso pensei, 'Eu também gostaria de fazer isso', e comecei a achar a escola chata. Mas não havia planejado nada até ontem mesmo, eu tomei a decisão depois de mentir..."

Essa história é verdadeira. Agora, por certo, a mãe tomou algumas medidas. Quando me contaram, pensei que viria a calhar para o *Diário*. Deram-me permissão, desde que fosse anônimo, é claro. Certamente haverá protestos: "É um caso isolado, e aconteceu apenas porque a garota é bastante boba". Mas estou certo de que a garota não é nada boba. Sei também que nessas almas jovens, que já saíram da primeira infância mas ainda estão longe de ter chegado sequer ao primeiro grau de maturidade, surgem às vezes ideias, sonhos e decisões surpreendentemente fantásticas. Essa idade (doze ou treze anos) é de um interesse excepcional, em meninas ainda mais do que em meninos. Aliás, acerca dos meninos: os senhores devem se lembrar de uma notícia que saiu nos jornais há uns quatro anos sobre três alunos muito jovens que fugiram da escola para ir à América, e que só foram pegos bastante longe da cidade portando uma pistola. De modo geral, antigamente, há umas duas gerações, as cabeças dos jovens podiam abrigar sonhos e fantasias, exatamente como as dos jovens de hoje, mas os atuais são mais decididos, têm bem menos dúvidas e refletem menos. Os de antes elaboravam um projeto (digamos, fugir para Veneza depois de ter lido sobre a cidade nos contos de Hoffmann e de George Sand — eu conheci um desses), mas não executavam, no máximo confessavam em total sigilo a um colega; os de hoje elaboram e executam. Aliás, antes eram ligados a um sentimento de dever, a uma sensação de obrigação em relação ao pai, à mãe, a certas crenças e princípios. Hoje em dia, sem dúvida, essas ligações e sensações se tornaram um pouco mais frágeis. Eles têm menos restrições externas ou internas. Por isso, talvez, a cabeça funcione apenas em um sentido; é claro que tudo isso tem algum motivo.

O mais importante é que não se tratam de casos isolados, que ocorrem por tolice. Repito, essa idade extremamente interessante requer atenção especial dos nossos pedagogos, tão ocupados com a pedagogia, e dos pais, tão ocupados hoje em dia com "tantas coisas" e não com certas coisas. E como é fácil isso acontecer, ou seja, o que há de mais terrível, e ainda com quem: com nossos próprios filhos! Só de pensar na posição da mãe desta história, quando a filha "*de repente se cansou*, saiu, chorou e sonhou que encontraria um homem bondoso, que teria pena de uma pobre garota que não tem onde passar a noite e a convidaria para a casa dele". Imagine que esse desejo, prova de sua ingenuidade juvenil e imaturidade, poderia facilmente ter se realizado, pois em toda parte, seja nas ruas ou nas casas mais abastadas, pululam esses tais "homens bondosos"! Mas e depois, no dia seguinte? Ou buraco no gelo ou a *vergonha de confessar* e, depois da vergonha de confessar, a habilidade de guardar tudo para si mesmo, de *conviver com a memória*, e em seguida refletir sobre aquilo já sob outro ponto de vista, pensar e pensar, mas já com ideias das mais variadas, e tudo isso aconteceria pouco a pouco e por si só; no final, talvez, desejaria repetir a história e então todo o resto. Isso com doze anos! E tudo bem às ocultas. Às ocultas no sentido pleno da palavra! E a outra garota, que em vez de ir para a escola ficava olhando vitrines, ia ao Passaj e ensinou a nossa garota? Eu já tinha ouvido coisas desse tipo sobre garotos que achavam chato estudar e gostavam mesmo era de *vadiar*. (N.B. A *vadiagem* é um hábito doentio e, em partes, nacional; é uma das coisas que nos distingue da Europa; um hábito que se transforma numa paixão doentia e que não raro se desenvolve na infância. Sobre essa nossa paixão nacional, falarei sem falta em outro momento.) Então, ao que parece, podem existir também garotas *vadias*. Suponhamos que seja uma garota até então totalmente *inocente*; mas sendo inocente como os primeiros seres do paraíso, não é capaz de escapar do "conhecimento do bem e do mal", mesmo que seja só um bocadinho, apenas na imaginação, nos sonhos. A rua é uma escola tão afiada. O mais importante, continuarei a repetir: esta é a mais interessante das idades; por um lado conserva uma comovente ingenuidade juvenil e imaturidade, por outro já desenvolveu uma insaciável capacidade de percepção e uma rápida familiaridade com ideias e concepções, das quais, segundo muitíssimos pais e pedagogos, nessa idade eles não são capazes de ter a mais vaga noção. É essa divisão, a união dessas duas metades distintas da essência juvenil que representa uma enorme quantidade de perigos e situações críticas na vida dessas jovens criaturas.

Tradução de Priscila Marques

O SONHO DE UM HOMEM RIDÍCULO[1]
(Uma narrativa fantástica)

I

Eu sou um homem ridículo. Agora eles me chamam de louco. Isso seria uma promoção, se eu não continuasse sendo para eles tão ridículo quanto antes. Mas agora já nem me zango, agora todos eles são queridos para mim, e até quando riem de mim — aí é que são ainda mais queridos. Eu também riria junto — não de mim mesmo, mas por amá-los — se ao olhar para eles não ficasse tão triste. Triste porque eles não conhecem a verdade, e eu conheço a verdade. Ah, como é duro conhecer sozinho a verdade! Mas isso eles não vão entender. Não, não vão entender.

Antes, porém, eu me sentia muito consternado por parecer ridículo. Eu não parecia, eu era. Sempre fui ridículo, e sei disso, talvez, desde que nasci. Talvez desde os sete anos já soubesse que sou ridículo. Depois fui para a escola, depois para a universidade, e ora — quanto mais estudava, mais aprendia que sou ridículo. De modo que todos os meus estudos universitários como que só existiram, afinal, para me provar e me explicar, à medida que neles me aprofundava, que sou ridículo. Assim como nos estudos, acontecia também na vida. A cada ano aumentava e se fortalecia em mim essa mesma consciência do meu aspecto ridículo em todos os sentidos. Todos riam de mim, o tempo todo. Mas ninguém sabia nem suspeitava que, se havia na Terra um homem mais sabedor do fato de que sou ridículo, esse homem era eu, e era justo isso o que mais me ofendia, que eles não soubessem disso, mas aqui o culpado era eu mesmo: sempre fui tão orgulhoso que por nada no mundo jamais iria querer confessar o fato a ninguém. Esse orgulho cresceu em mim ao longo dos anos, e se acontecesse de me deixar confessar, diante de quem quer que fosse, que sou ridículo, creio que imediatamente, na mesma noite, estouraria os miolos com um revólver. Ah, como eu sofria na adolescência com medo de não aguentar e de repente acabar de algum jeito me

---

[1] Publicado originalmente em *Diário de um escritor*, no número de abril de 1877. (N. do T.)

confessando aos amigos. Mas desde que me tornei moço, apesar de reconhecer mais e mais a cada ano a minha horrível qualidade, por um motivo qualquer fiquei um pouco mais tranquilo. Por um motivo qualquer, justamente, porque até hoje não sei bem por que motivo.[2] Talvez porque na minha alma viesse crescendo uma melancolia terrível por causa de uma circunstância que já estava infinitamente acima de todo o meu ser: mais precisamente — ocorrera-me a convicção de que no mundo, em qualquer canto, *tudo tanto faz*.[3] Fazia muito tempo que eu vinha pressentindo isso, mas a plena convicção surgiu no último ano, assim, de repente. Senti de repente que para mim *dava no mesmo* que existisse um mundo ou que nada houvesse em lugar nenhum. Passei a perceber e a sentir com todo o meu ser que *diante de mim não havia nada*. No começo me parecia sempre que, em compensação, tinha havido muita coisa antes, mas depois intuí que antes também não tinha havido nada, apenas parecia haver, não sei por quê. Pouco a pouco me convenci de que também não vai haver nada jamais. Então de repente parei de me zangar com as pessoas e passei a quase nem notá-las. De fato, isso se manifestava até nas mínimas ninharias: estou, por exemplo, andando na rua e vou dando encontrões nas pessoas. E não era por andar mergulhado em pensamentos: sobre aquilo que eu tinha para pensar, já então cessara completamente de pensar — tudo me era indiferente. E se ao menos eu tivesse resolvido as questões; ah, não resolvi nenhuma, e quantas havia? Mas para mim tudo ficou indiferente, e as questões todas se afastaram.

Então, depois disso, eu conheci a verdade. Conheci a verdade em novembro passado, mais precisamente em três de novembro, e desde então me lembro de cada instante da minha vida. Isso aconteceu numa noite tenebrosa, na mais tenebrosa noite que pode haver. Eu voltava para casa então às onze horas da noite, e pensava justamente, eu me lembro, que não poderia haver hora mais tenebrosa. Até fisicamente falando. Havia chovido o dia todo, e era a mais gelada e tenebrosa das chuvas, uma espécie de chuva amea-

---

[2] No original, construção propositalmente confusa e redundante, típica dos narradores dostoievskianos: o "justamente" confirma, como se fosse um "isso mesmo" ou um "de fato", o "por um motivo qualquer" retomado do período anterior. (N. do T.)

[3] No original, *vsiô ravnô*: literalmente, "tudo é igual" ou "de modo igual". Trata-se de uma expressão tão comum na fala e na escrita russas quanto o nosso "tanto faz". Embora em russo a expressão seja sempre essa, em português foi preciso modulá-la de acordo com a sintaxe do contexto. Daí o "dar no mesmo" e sobretudo o "tudo (me) ser indiferente". (N. do T.)

çadora até, eu me lembro disso, que caía com evidente hostilidade às pessoas, e agora, de repente, às onze horas, parou de chover, e principiou uma umidade terrível, mais úmida e gelada do que a própria chuva, e tudo exalava uma espécie de vapor, cada pedra do caminho, cada beco, quando olhado da rua, de longe, bem lá no fundo. Imaginei de repente que, se o gás se extinguisse por toda a parte, seria mais reconfortante, mas com o gás aceso o coração ficava mais triste, porque ele iluminava tudo aquilo. Naquele dia eu quase não almoçara, e desde o começo da noite estivera na casa de um engenheiro, que recebia mais dois amigos. Eu não abri a boca o tempo todo, e pelo jeito eles se aborreceram comigo. Conversavam sobre algo polêmico, e de repente até se inflamaram. Mas para eles tudo era indiferente, eu via isso, e se acaloravam à toa. De repente desabafei-lhes isso mesmo: "Ora, senhores, para vós tanto faz". Não levaram a mal, apenas começaram a rir de mim. É que falei sem nenhuma censura, e só porque para mim tudo era indiferente. Viram mesmo que para mim tudo era indiferente e se alegraram muito.

Na rua, quando pensei sobre o gás, olhei de relance para o céu. O céu estava horrivelmente escuro, mas era possível discernir com clareza algumas nuvens rotas, e manchas negras sem fundo entre elas. De repente notei numa dessas manchas uma estrelinha, e fiquei a olhar fixamente para ela. Porque essa estrelinha me trouxe uma ideia: eu tinha decidido me matar naquela noite. Fazia dois meses que isso já estava firmemente decidido, e, apesar de ser pobre, comprei um belo revólver e carreguei-o naquele mesmo dia. Já se tinham passado dois meses, porém, e ele ainda jazia na gaveta; mas para mim tudo era a tal ponto indiferente que me deu vontade, afinal, de arranjar um minuto em que tudo não fosse assim tão indiferente, para quê — não sei. E, desse modo, durante esses dois meses, a cada noite eu voltava para casa pensando que me mataria. Só esperava o momento. E agora essa estrelinha me trouxe a ideia, e decidi que seria *sem falta* nessa mesma noite. Mas por que a estrelinha me trouxe a ideia — não sei.

Então, enquanto eu olhava para o céu, de repente essa menina me agarrou pelo cotovelo. A rua já estava deserta e não havia quase ninguém. Ao longe um cocheiro dormia num *drójki*. A menina tinha uns oito anos, de lencinho e só de vestidinho, toda encharcada, mas guardei na lembrança especialmente os seus sapatos rotos e encharcados, ainda agora me lembro deles. Foram especialmente eles que me saltaram aos olhos. De repente ela começou a me puxar pelo cotovelo e a me chamar. Não chorava, mas soltava entre gritos umas palavras que não conseguia pronunciar direito, porque tremia toda com tremedeira miúda de calafrio. Estava em pânico por alguma coisa e berrava desesperada: "Mámatchka! mámatchka!".[4] Voltei o rosto para ela, mas não disse uma palavra e continuei andando, só que ela corria e me puxava, e na sua voz ressoava aquele som que nas crianças muito assustadas significa desespero. Conheço esse som. Embora ela não articulasse bem as palavras, entendi que a sua mãe estava morrendo em algum lugar, ou que alguma coisa acontecera lá com elas, e ela fora correndo chamar alguém ou achar alguma coisa para ajudar a mãe. Mas não fui atrás dela, e, ao contrário, me veio de repente a ideia de enxotá-la. Primeiro lhe disse que fosse procurar um policial. Mas ela de repente juntou as mãozinhas, e, soluçando, sufocando, corria sem parar ao meu lado e não me largava. Foi então que bati o pé e dei um grito. Ela apenas gritou bem forte: "Senhor, senhor!...", mas de repente me largou e atravessou a rua correndo desabalada: lá também apareceu um passante qualquer, e ela, pelo visto, largara de mim para alcançá-lo.

Subi para o meu quinto andar. Moro de aluguel, numa casa de pensão.[5] O meu cômodo é pobre e pequeno, com uma janela de sótão semicircular. Tenho um divã de oleado, uma mesa, na qual ficam os livros, duas cadeiras e uma poltrona confortável, velha, bem velhinha, mas voltairiana. Sentei-me, acendi uma vela e comecei a pensar. Ao lado, no outro cômodo, atrás do tabique, a sodoma prosseguia. Já fazia três dias que estavam nisso. Aí morava um capitão reformado, e ele agora tinha visitas — meia dúzia de marmanjos, que bebiam vodca e jogavam *schtoss*[6] com umas cartas velhas. Na noite passada houve briga, e sei que dois deles ficaram um bom tempo se arrastando pelos cabelos. A senhoria quis dar queixa, mas morre de medo do capitão. Os demais inquilinos daqui são só uma senhora baixinha e magrinha, mulher de um militar, recém-chegada, e as suas três crianças pequenas, que já caíram doentes na nossa pensão. Tanto ela quanto as crianças chegam a desmaiar de medo do capitão, passam a noite toda tremendo e fazendo o sinal da cruz, e a menorzinha ficou tão apavorada que teve uma espécie de ataque. Esse capitão, sei bem, às vezes para os passantes da Niévski e pede esmola. Não o aceitam em serviço nenhum, mas, coisa estranha (e é para chegar aí

---

[4] Diminutivo afetivo: "mamãe". (N. do T.)

[5] No original, arcaísmo que significa literalmente "morar em números", isto é, numa casa de cômodos, mobiliados ou não, quase sempre sublocados. (N. do T.)

[6] "Baralho". No original, forma russificada dessa palavra alemã, que em russo é o nome genérico para qualquer carteado a dinheiro. (N. do T.)

que estou contando isso), o capitão, durante todo o mês que está morando conosco, não me causou nenhum aborrecimento. Desde o começo, é claro, esquivei-me de apresentações, além do que ele mesmo se entediaria comigo logo no primeiro encontro, mas não importava quanto gritassem atrás do tabique ou quantos fossem — tudo me era sempre indiferente. Fico sentado a noite toda e, realmente, não os ouço — a tal ponto me esqueço deles. A cada noite não consigo dormir até o raiar do dia, assim já faz um ano. Passo a noite toda sentado à mesa na poltrona sem fazer nada. Os livros, só leio de dia. Fico sentado e nem pensar penso, me vêm, assim, umas ideias, mas deixo-as escapar. A vela arde até o fim numa noite. Sentei-me à mesa em silêncio, tirei o revólver e o coloquei à minha frente. Quando o coloquei, lembro, perguntei a mim mesmo: "É isso?", e com absoluta determinação respondi a mim mesmo: "É isso". Ou seja, vou me matar. Sabia que enfim nessa noite certamente me mataria, mas até lá quanto tempo ainda iria ficar sentado à mesa — isso não sabia. E é claro que teria me matado, se não fosse aquela menina.

II

Vejam só: se bem que tudo me fosse indiferente, apesar disso, dor, por exemplo, eu sentia. Se alguém me batesse, eu sentiria dor. Exatamente assim também no aspecto moral: se acontecesse alguma coisa muito penosa, eu sentiria pena, assim como quando tudo ainda não me era indiferente na vida. E eu tinha sentido pena fazia pouco: uma criança, afinal, eu teria socorrido sem falta. Por que é que eu não socorri a menina? Ora, de uma ideia que me veio naquele momento: quando ela me puxava e me chamava, de repente surgiu diante de mim uma questão, e eu não conseguia resolvê-la. A questão era fútil, mas me irritei. Me irritei em consequência da conclusão de que, se eu já tinha decidido que nessa mesma noite me mataria, então, por isso, tudo no mundo, agora mais do que nunca, deveria ser-me indiferente. Por que é que eu fui sentir de repente que nem tudo me era indiferente, e que eu tinha pena da menina? Lembro que tive muita pena dela; quase até o ponto de uma estranha dor, aliás completamente inverossímil na minha situação. Palavra, não sei transmitir melhor essa minha efêmera sensação daquele momento, mas a sensação continuou em casa, quando eu já me recolhera à mesa, e eu estava muito nervoso, como havia tempo não ficava. Raciocínio corria atrás de raciocínio. Parecia-me evidente que, se eu sou um homem e ainda não um nada, e enquanto não me transformei num nada, então estou vivo, e consequentemente posso sofrer, me zangar ou sentir vergonha pelos meus atos. Que seja. Mas se eu vou me matar, por exemplo, daqui a duas horas, então o que é que me importa a menina e o que é que tenho a ver com a vergonha e com o resto do mundo? Eu me transformo num nada, num nada absoluto. E será que a consciência de que nesse instante eu vou deixar de existir *completamente*, e que portanto nada mais vai existir também, não poderia ter a mínima influência nem no sentimento de pena pela menina, nem no sentimento de vergonha depois da baixeza cometida? Foi justamente por isso que eu bati o pé e gritei com voz de bicho para uma criança desgraçada, porque, digo, "não só não sinto pena, mas também, se cometo uma baixeza desumana, agora posso cometê-la, já que daqui a duas horas tudo vai se extinguir". Vocês acreditam que foi por isso que eu gritei? agora estou quase convencido disso. Parecia-me evidente que a vida e o mundo agora como que dependiam de mim. Podia-se até dizer que o mundo agora como que tinha sido feito só para mim: dou-me um tiro e não há mais mundo, pelo menos para mim. Sem falar ainda que, talvez, não vá haver realmente nada mais para ninguém depois de mim, e todo o mundo, assim que se extinguir a minha consciência, vai se extinguir no mesmo instante, como um fantasma, como um atributo apenas da minha consciência, e, porque vão sumir, talvez, todo esse mundo e toda essa gente — só eu é que existo. Lembro que, sentado e raciocinando, eu torcia todas essas novas questões, que se embolavam umas atrás das outras, numa direção aliás completamente diferente, e já imaginava algo completamente novo. Por exemplo, ocorreu-me de repente a estranha consideração de que, se eu vivesse antes na Lua, ou em Marte, e lá cometesse o ato mais canalha e mais desonesto que se possa imaginar, e lá fosse achincalhado e desonrado como só se pode sentir e imaginar às vezes dormindo, num pesadelo, e se, vindo parar depois na Terra, eu continuasse a ter consciência do que cometi no outro planeta e, além disso, soubesse que nunca mais, de jeito nenhum, voltaria para lá, então, olhando a Lua da Terra — tudo me *seria indiferente* ou não? Sentiria vergonha por aquele ato ou não? As questões eram fúteis e excessivas, visto que o revólver já estava diante de mim, e eu sabia com todo o meu ser que *isso* aconteceria com certeza, mas elas me inflamavam, e eu me enfurecia. Era como se agora eu já não pudesse morrer sem antes resolver uma coisa qualquer. Numa palavra, essa menina me salvou, porque com estas questões eu adiei o tiro. Enquanto isso, na casa do capitão tudo também começou a se aquietar: eles tinham parado de jogar baralho e se preparavam para dormir, ainda resmungando e arrastando um resto de briga. Foi aí que de repente eu adormeci, coisa que nunca tinha me acontecido, sentado à mesa na poltrona. Adormeci totalmente sem perceber. Os sonhos, como se sabe, são uma coisa extraordinariamente estranha: um se apresenta com assombrosa nitidez, com minucioso acabamento de ourivesaria nos pormenores, e em outro, como que sem dar-se conta de nada, você salta, por exemplo, por cima do espaço e do tempo. Os sonhos, ao que parece, move-os não a razão, mas o desejo, não a cabeça, mas o coração, e no entanto que coisas ardilosas produzia às vezes a minha razão em sonho! No entanto, em sonho acontecem com ela coisas completamente inconcebíveis. Meu irmão, por exemplo, morreu há cinco anos.[7] Às vezes vejo o meu irmão em sonho: ele toma parte nos meus negócios, estamos bastante compenetrados, e no entanto, ao longo de todo o sonho, sei e lembro muito bem que o meu irmão está morto e enterrado. Como é que não me espanto com o fato de que, embora esteja morto, mesmo assim ele está aqui ao meu lado e se atarefa junto comigo? Por que o meu juízo admite tudo isso? Mas basta. Dou início ao meu sonho. Sim, sonhei então esse sonho, o meu sonho de três de novembro! Eles agora caçoam de mim dizendo que isso, afinal, foi só um sonho. Mas por acaso não dá no mesmo, seja isso um sonho ou não, já que esse sonho me anunciou a Verdade? Pois, se você uma vez conhece a verdade e a enxerga, então sabe que ela é a verdade e que não há outra e nem pode haver, esteja você dormindo ou acordado. Ora, que seja um sonho, que seja, mas essa vida que vocês tanto exaltam, eu queria extingui-la com o suicídio, e o meu sonho, o meu sonho — ah, ele me anunciou uma vida nova, grandiosa, regenerada e forte!

Escutem.

III

Eu disse que adormeci sem me dar conta, como se continuasse até a raciocinar sobre os mesmos assuntos. De repente sonhei que apanho o revólver e, sentado, aponto-o direto para o coração — para o coração, e não para a cabeça; e eu que antes tinha determinado que meteria sem falta um tiro na

---

[7] Essa e outras reflexões sobre os sonhos são em boa parte autobiográficas — o autor sonhava frequentemente com o seu falecido irmão Mikhail (1820-1864) —, e há uma elaboração direta de ideias sobre a natureza e a psicologia dos sonhos nos romances *Crime e castigo* e *O idiota*. Dostoiévski tendia a atribuir a alguns dos seus próprios sonhos uma significação místico-profética. (N. do T.)

cabeça, mais precisamente na têmpora direita. Apontando-o para o peito, esperei um segundo ou dois, e a minha vela, a mesa e a parede diante de mim começaram de repente a se mexer e a balançar. Puxei depressa o gatilho.

Nos sonhos, você às vezes despenca das alturas, ou alguém lhe corta, ou lhe bate, mas você nunca sente dor, a não ser que você mesmo de algum modo se machuque de verdade na cama, aí sim vai sentir dor e quase sempre acordar por causa dela. Assim também no meu sonho: dor eu não senti, mas me pareceu que com o meu tiro tudo em mim estremeceu e tudo de repente se apagou, e ao meu redor tudo se tornou horrivelmente negro. Eu fiquei como que cego e mudo, e eis que estou deitado sobre algo duro, todo estirado, de costas, não vejo nada e não posso fazer o menor movimento. Ao redor andam e gritam, o capitão fala grosso, a senhoria gane — e de repente mais um intervalo, e eis que já me carregam num caixão fechado. E sinto o caixão balançar, e raciocino sobre isso, e de repente pela primeira vez me assalta a ideia de que eu, afinal, estou morto, completamente morto, sei disso e não duvido, não enxergo e não me movo, e no entanto sinto e raciocino. Mas logo me conformo com isso e, como de hábito nos sonhos, aceito a realidade sem discussão.

E eis que me metem na terra. Todos vão embora, estou sozinho, totalmente sozinho. Não me movo. Antes, sempre que imaginava acordado como me colocariam na sepultura, associava à sepultura propriamente apenas uma sensação de umidade e frio. Assim também nesse momento senti que estava com muito frio, sobretudo nas pontas dos dedos dos pés, mas não senti mais nada.

Eu jazia e, estranho, nada esperava, aceitando sem discussão que um morto nada tem a esperar. Mas ali estava úmido. Não sei quanto tempo se passou — uma hora, ou alguns dias, ou muitos dias. De repente no meu olho esquerdo fechado caiu, infiltrada pela tampa do caixão, uma gota d'água, depois de um minuto outra, depois de mais um minuto a terceira, e assim por diante, e assim por diante, sempre de minuto em minuto. Uma indignação profunda acendeu-se de repente no meu coração, e de repente senti nele uma dor física. "É a minha ferida — pensei —, é o tiro, lá está a bala..." E a gota sempre gotejando, minuto após minuto, bem no meu olho esquerdo fechado. E de repente clamei, não com a voz, já que estava inerte, mas com todo o meu ser, ao senhor de tudo o que acontecia comigo:

— Seja você quem for, mas se você é, e se existe alguma coisa mais racional do que o que está acontecendo agora, então permita a ela que seja aqui também. Se você se vinga de mim pelo meu suicídio insensato com a hediondez e o absurdo da continuação da existência, saiba que nunca nenhum tormento[8] que eu venha a sofrer vai se comparar ao desprezo que eu vou sentir calado, nem que seja durante milhões de anos de tortura!...

Clamei e me calei. Seguiu-se quase um minuto de silêncio profundo, outra gota chegou a cair, mas eu sabia, sabia e acreditava imensa e inabalavelmente que agora sem falta tudo mudaria. E eis que de repente o meu caixão se rompeu. Isto é, não sei se ele foi aberto ou desenterrado, mas fui pego por alguma criatura escura e desconhecida para mim, e nós nos encontrávamos no espaço. De repente voltei a ver: era uma noite profunda, e nunca, nunca tinha havido tamanha escuridão! Voávamos no espaço já longe da Terra. Eu não interrogava aquele que me levava sobre coisa nenhuma, eu esperava, orgulhoso. Persuadia-me de que não tinha medo, e gelava de deslumbramento com a ideia de que não tinha medo. Não lembro quanto tempo voamos, nem posso imaginar: tudo acontecia como sempre nos sonhos, quando você salta por cima do espaço e do tempo e por cima das leis da existência e da razão, e só para nos pontos que fazem o coração delirar. Lembro que de repente avistei na escuridão uma estrelinha. "É Sírius?"[9] — perguntei eu, não me contendo de repente, já que não queria perguntar nada. "Não, essa é a mesma estrela que você viu entre as nuvens quando voltava para casa" — respondeu-me a criatura que me levava. Eu sabia que ela possuía como que um rosto humano. Coisa estranha, não gostava dessa criatura, sentia mesmo uma aversão profunda. Esperava o não ser[10] absoluto, e por isso dei um tiro no coração. E eis que estou nos braços de uma criatura, não humana, é claro, mas que *é*, existe: "Ah, então há também uma vida além-túmulo!" — pensei eu com a estranha leviandade dos sonhos, mas a essência do

---

[8] No original, *mutchênie*: "tormento", "tortura", "sofrimento", "martírio", "suplício", tanto no plano abstrato quanto no concreto. De acordo com o contexto, modulou-se a tradução de *mutchênie*, bem como das palavras que lhe são afins, pelo par "tortura"/"tormento", levando em conta inclusive a relação fônica e etimológica entre esses dois nomes da dor. Mas em russo o étimo não varia. (N. do T.)

[9] Existem informações sobre essa estrela (da Constelação do Cão Maior) no livro *História do Céu*, de Camille Flammarion, que constava da biblioteca de Dostoiévski: "Sírius era vista como o astro mais brilhante da abóboda celeste [...] a mais vívida estrela do Céu, Sírius. [...] Os egípcios, observando o Céu a cada manhã, denominaram Sírius como estrela ardente, porque à sua aparição matutina seguiam-se os calores do verão e o estio". (N. do T.)

[10] No original, *niebîtia*: literalmente, "não existência" (prefixo de negação *nie* mais *bîtia*, cuja raiz é o verbo *bît*, "ser"). Embora essa palavra também possa ser traduzida simplesmente por "nada", optou-se pela expressão "não ser", para manter o jogo com a recorrência do verbo "ser" ao longo da novela. (N. do T.)

meu coração permanecia comigo em toda a sua profundeza: "E se é preciso *ser* novamente — pensei eu —, e viver mais uma vez pela vontade inelutável de seja lá quem for, então não quero que me dominem e me humilhem!" — "Você sabe que eu tenho medo de você, e por isso me despreza" — disse eu de repente ao meu companheiro de viagem, não conseguindo conter uma pergunta humilhante, que trazia uma confissão em si, e sentindo, como uma picada de alfinete, a humilhação no coração. Ele não respondeu à minha pergunta, mas senti de repente que ninguém me despreza ou ri de mim, que nem mesmo se compadecem de mim, e que a nossa viagem tem um destino ignorado e misterioso, relativo a mim e a mais ninguém. O terror crescia no meu coração. Algo me era comunicado muda mas atormentadamente pelo meu silencioso companheiro, e como que me penetrava. Estávamos voando por espaços escuros e desconhecidos. Fazia tempo que já não via as constelações familiares ao olho. Sabia que há nos espaços celestes certas estrelas cujos raios só alcançam a Terra depois de milhares e milhões de anos. Talvez já tivéssemos voado por esses espaços. Esperava algo tomado por uma melancolia terrível, que me torturava o coração. E de repente uma espécie de sentimento familiar e sumamente invocatório me sacudiu: de repente eu vi o nosso Sol! Sabia que não podia ser o *nosso* Sol, que gerou a *nossa* Terra, e que estávamos a uma distância infinita do nosso Sol, mas por algum motivo reconheci, com todo o meu ser, que esse era um Sol exatamente igual ao nosso, uma repetição e um duplo dele. Um sentimento doce, invocatório, começou em êxtase a ressoar na minha alma: a força matriz do universo, desse mesmo universo que me deu à luz, pulsou no meu coração e o ressuscitou, e eu pude sentir a vida, a vida de antes, pela primeira vez desde o meu sepultamento.

— Mas se esse é o Sol, se esse Sol é exatamente igual ao nosso — gritei eu —, então onde está a Terra? — E o meu companheiro de viagem me apontou uma estrelinha que reluzia na escuridão com um brilho de esmeralda. Estávamos voando direto para ela.

— Serão possíveis tais repetições no universo, será possível que seja assim a lei da natureza?... E se lá está a Terra, será possível que ela seja igual à nossa... exatamente igual, desgraçada, pobre, mas preciosa e para sempre amada, que gerou, até nos seus filhos mais ingratos, o mesmo torturante amor por si, como a nossa?... — gritava eu, tremendo de um amor incontido, extasiado, por aquela mesma terra natal que eu abandonei. A imagem da pobre menina que eu tinha ofendido relampejou diante de mim.

— Você vai ver tudo — respondeu o meu companheiro, e um certo pesar se fez ouvir na sua voz. Mas nos aproximávamos rapidamente do planeta. Ele crescia nos meus olhos, eu já distinguia o oceano, os contornos da Europa, e de repente o sentimento estranho de uma espécie de ciúme vasto, sagrado, inflamou-se no meu coração: "Como é possível semelhante repetição, e para quê? Eu amo, eu só posso amar aquela Terra que eu deixei, onde ficaram os respingos do meu sangue, quando eu, ingrato, com um tiro no coração, extingui a minha vida. Mas jamais, jamais deixei de amar aquela Terra, e mesmo naquela noite, ao me separar dela, talvez a amasse com mais tormento do que nunca. Existe tormento nessa nova Terra? Na nossa Terra não podemos amar de verdade senão com o tormento e só pelo tormento! De outro modo não sabemos amar e não conhecemos amor diferente. Eu quero o tormento para poder amar. Eu tenho desejo, eu tenho sede, neste exato instante, de beijar, banhado em lágrimas, somente aquela Terra que deixei, e não quero, não admito a vida em nenhuma outra!...".

Mas o meu companheiro de viagem já tinha me deixado. De repente, como que sem atinar com nada, eu estava nessa outra Terra sob a luz radiante de um dia ensolarado e encantador como o paraíso. Eu me achava, ao que parecia, numa daquelas ilhas que formam na nossa Terra o Arquipélago Grego, ou em algum lugar na costa do continente vizinho a esse Arquipélago. Ah, tudo era exatamente como na nossa Terra, mas parecia que por toda a parte rebrilhava uma espécie de festa e um triunfo grandioso, santo, enfim alcançado. Um carinhoso mar de esmeralda batia tranquilo nas margens e as beijava com um amor declarado, visível, quase consciente. Árvores altas, belíssimas, erguiam-se com toda a exuberância das suas floradas, e as suas inumeráveis folhinhas, estou certo disso, me saudavam com um farfalhar tranquilo e carinhoso, e como que pronunciavam palavras de amor. A relva ardia com vívidas flores aromáticas. Bandos de passarinhos cruzavam o ar e, sem medo de mim, vinham pousar nos meus ombros e nos meus braços, e me batiam alegremente com as suas asinhas meigas e tremulantes. E, finalmente, eu vi e conheci os habitantes dessa Terra feliz. Eles mesmos se aproximaram de mim, me rodearam, me beijaram. Filhos do Sol, filhos do seu próprio Sol — ah, como eles eram belos! Eu nunca tinha visto na nossa Terra tanta beleza no homem. Só nas nossas crianças, nos seus mais tenros anos de vida, é que talvez se pudesse achar um reflexo, embora distante e pálido, de tal beleza. Os olhos dessa gente feliz reluziam com um brilho límpido. Os seus rostos irradiavam uma razão e uma certa consciência que já atingira a plena serenidade, mas esses rostos eram alegres; nas palavras e nas vozes dessa gente soava uma alegria de criança. Ah, imediatamente, no primeiro olhar que lancei aos seus rostos, entendi tudo, tudo! Essa era a Terra não profanada pelo pecado original, nela vivia uma gente sem pecado, vivia no mesmo paraíso em que viveram, como rezam as lendas de toda a humanidade, os nossos antepassados pecadores, apenas com a diferença de que aqui a Terra inteira era em cada canto um único e mesmo paraíso. Essas pessoas, rindo alegremente, se achegavam a mim e me afagavam; levaram-me consigo, e cada uma delas queria me apaziguar. Ah, não me fizeram nenhuma pergunta, mas era como se já soubessem de tudo, assim me pareceu, e queriam expulsar o mais depressa possível o sofrimento do meu rosto.

IV

Vejam só, mais uma vez: ora, e daí que foi só um sonho? Mas a sensação do amor desses homens inocentes e belos permaneceu em mim para sempre, e eu sinto que ainda agora o seu amor flui de lá sobre mim. Eu mesmo os vi, os conheci e me persuadi, eu os amava, eu sofri por eles depois. Ah, entendi imediatamente, ainda então, que em muitas coisas não os entenderia jamais; a mim, um moderno progressista russo e um petersburguês sórdido, me parecia insolúvel, por exemplo, o fato de que eles, sabendo tanto, não possuíssem a nossa ciência. Mas logo entendi que a sua sabedoria se completava e se nutria de percepções diferentes das que temos na nossa Terra, e que os seus anseios eram também completamente diferentes. Eles não desejavam nada e eram serenos, não ansiavam pelo conhecimento da vida como nós ansiamos por tomar consciência dela, porque a sua vida era plena. Mas a sua sabedoria era mais profunda e mais elevada que a da nossa ciência; uma vez que a nossa ciência busca explicar o que é a vida, ela mesma anseia por tomar consciência da vida para ensinar os outros a viver; ao passo que eles, mesmo sem ciência, sabiam como viver, e isso eu entendi, mas não conseguia entender a sua sabedoria. Eles me apontavam as suas árvores, e eu não conseguia entender o grau de amor com que as olhavam: era como se falassem com seres semelhantes a eles. E, sabem, talvez eu não esteja enganado se disser que falavam com elas! Sim, eles descobriram a sua língua, e estou certo de que elas os entendiam. Era assim também que olhavam a sua natureza — os animais, que conviviam em paz com eles, não os atacavam e os amavam, tomados que estavam pelo seu amor. Apontavam-me as estrelas e falavam delas comigo algo que eu não conseguia entender, mas estou certo de que mantinham algum contato com as estrelas do céu, não só pelo pensamento, mas por alguma via vital. Ah, esses homens não se esforçavam por fazer com que eu os entendesse, amavam-me assim mesmo, mas em contrapartida eu sabia que eles também jamais me entenderiam, e por isso quase não lhes falava da nossa Terra. Eu só fazia beijar na sua presença aquela terra em que viviam, e sem palavras adorava-os também, e eles viam isso e se deixavam adorar, sem se envergonhar de que eu os adorasse, porque eles mesmos tinham muito amor. Não sofriam por mim quando eu, em pranto, às vezes lhes beijava os pés, sabendo alegremente no meu coração com que força de amor me responderiam. Às vezes me perguntava, espantado: como podiam eles, durante todo o tempo, não ferir alguém como eu e nunca despertar em alguém como eu sentimentos de ciúme e inveja? Muitas vezes me perguntava como é que eu, um cabotino e um mentiroso, podia não lhes falar dos meus conhecimentos, dos quais, é claro, eles não faziam ideia, tampouco desejar impressioná-los com isso, nem que fosse só por amor a eles? Eram travessos e alegres como crianças. Erravam por seus lindos bosques e florestas, cantavam as suas lindas cantigas, alimentavam-se com a comida frugal que lhes davam as suas árvores, com o mel das suas florestas e com o leite dos seus animais, que os amavam. Para obter a sua comida e a sua roupa, trabalhavam muito pouco, sem esforço. Possuíam o amor e geravam filhos, mas eu nunca notava neles os ímpetos daquela volúpia *cruel* que afeta quase todos na nossa Terra, todos e qualquer um, e é a fonte única de quase todos os pecados da nossa humanidade. Alegravam-se quando lhes vinham filhos, novos participantes da sua beatitude. Entre eles não havia brigas e não havia ciúme, e nem sequer entendiam o que significava isso. Os seus filhos eram filhos de todos, porque todos formavam uma só família. Quase não tinham doenças, se bem que houvesse a morte; mas os seus velhos morriam serenamente, como que adormecendo, cercados de pessoas que lhes diziam adeus, abençoando-as, sorrindo-lhes, enquanto eles próprios recebiam delas sorrisos luminosos de boa viagem. Nunca vi dor nem lágrimas nessas ocasiões, havia apenas um amor multiplicado como que até o êxtase, mas um êxtase calmo, pleno, contemplativo. Podia-se pensar que eles continuavam em contato com os seus mortos mesmo depois da sua morte, e que a morte não rompia a ligação terrena entre eles. Mal me entendiam quando lhes perguntava sobre a vida eterna, mas pelo visto estavam tão inconscientemente convictos dela que isso para eles não constituía uma questão. Não tinham templos, mas tinham uma espécie de ligação essencial, viva e incessante com o Todo do universo; não tinham fé, mas em troca tinham a noção firme de que, quando a sua alegria terrena se plenificasse até os limites da natureza terrena, então começaria para eles, tanto para vivos quanto para mortos, um contato ainda mais amplo com o Todo do universo. Esperavam por esse momento com alegria mas sem pressa, sem se afligir por ele, como se já o tivessem nos pressentimentos de seus corações, os quais comunicavam uns aos outros. À noite, recolhendo-se para dormir, gostavam de formar coros afinados e harmoniosos. Nas suas cantigas transmitiam todas as sensações que lhes proporcionara o dia que findava, celebravam-no e se despediam dele. Celebravam a natureza, a terra, o mar, as florestas. Gostavam de compor cantigas uns para os outros e elogiavam-se uns aos outros, como crianças; eram as mais simples cantigas, mas fluíam do coração e penetravam no coração. E não só nas cantigas, mas, ao que parecia, levavam também toda a sua vida apenas a se deleitarem uns com os outros. Era uma espécie de amorosidade uns pelos outros, total, universal. Várias das suas cantigas, solenes e extasiadas, eu quase que não entendia em absoluto. Mesmo entendendo as palavras, jamais conseguia penetrar-lhes o significado. Permaneciam como que inacessíveis à minha razão, mas em troca o meu coração como que se compenetrava delas inconscientemente cada vez mais e mais. Com frequência eu lhes dizia que já vinha pressentindo tudo isso fazia tempo, que toda essa alegria e essa glória vinham se revelando a mim ainda na nossa Terra com uma melancolia invocatória, que chegava por vezes a uma dor insuportável; que eu vinha pressentindo a todos eles com a sua glória nos sonhos do meu coração e nas ilusões da minha razão, que muitas vezes, na nossa Terra, não conseguia assistir ao Sol se pôr sem lágrimas nos olhos... Que no meu ódio aos homens da nossa Terra sempre estava contida a melancolia: por que não consigo odiá-los, se não os amo, por que não consigo deixar de perdoá-los? E ainda assim no meu amor por eles há melancolia: por que não consigo amá-los, se não os odeio? Eles me escutavam, e eu via que não conseguiam fazer ideia do que eu dizia, mas não me lamentava de lhes dizer isso: sabia que eles entendiam toda a força da melancolia que eu sentia por aqueles que abandonara. Sim, quando eles me olhavam com o seu olhar meigo, impregnado de amor, quando eu sentia que na sua presença o meu coração se tornava tão inocente e sincero quanto os deles, então também não me lamentava de não os entender. A sensação de plenitude da vida me tirava o fôlego, e eu os adorava calado.

Ah, todos agora estão rindo na minha cara e me garantem que nos sonhos não se pode ver tantos pormenores quantos eu descrevo, que no meu sonho eu vi ou senti intensamente apenas uma simples sensação, nascida do meu coração em delírio, e os pormenores fui eu mesmo que inventei depois de acordar. E quando lhes revelei que talvez tudo tenha sido assim mesmo — meu Deus, como riram na minha cara e quanta diversão lhes proporcionei! Ah, sim, é claro, eu estava tomado apenas por uma simples sensação daquele sonho, e só ela restou intacta no meu coração ferido até sangrar: mas em compensação as imagens e as formas reais do meu sonho, isto é, aquelas que eu de fato vi na hora em que estava sonhando, eram plenas de tanta harmonia, eram a tal ponto envolventes e belas, e a tal ponto verdadeiras, que, uma vez acordado, eu, é claro, não tive forças para encarná-las nas nossas frágeis palavras, de modo que precisaram como que se desvanecer na minha mente, e portanto, de fato, talvez, eu mesmo, inconscientemente, fui obrigado a inventar os pormenores, mas, é claro, deformando-os, sobretudo diante do meu desejo apaixonado de transmiti-los o mais depressa possível, por pouco que fosse. Mas em compensação como é que eu poderia não acreditar que tudo isso aconteceu? Que aconteceu, talvez, de um modo mil vezes melhor, mais claro e mais alegre do que estou contando? Que seja só um sonho, mas tudo isso não pode não ter acontecido. Sabem, vou lhes contar um segredo: tudo isso, talvez, não tenha sido sonho coisa nenhuma! Porque aqui se passou uma coisa tal, uma coisa tão horrivelmente verdadeira, que não poderia ter surgido em sonho. Que seja, foi o meu coração que gerou o meu sonho, mas será que o meu coração tinha forças para gerar sozinho aquela horrível verdade que depois se passou comigo? Como é que eu sozinho pude fantasiá-la ou sonhá-la com o coração? Será possível que o meu coração miúdo e a minha razão caprichosa, insignificante, tenham sido capazes de se elevar a tal revelação da verdade? Ah, julguem por si mesmos: por enquanto eu escondi, mas agora vou contar até o fim essa verdade também. O fato é que eu... perverti todos eles!

V

Sim, sim, o resultado foi que eu perverti todos eles! Como é que isso pôde acontecer — não sei, mas lembro claramente. O sonho atravessou um milênio voando e deixou em mim apenas a sensação do todo. Só sei que a causa do pecado original fui eu. Como uma triquina nojenta, como um átomo de peste infestando um Estado inteiro, assim também eu infestei com a minha presença essa Terra que antes de mim era feliz e não conhecia o pecado. Eles aprenderam a mentir e tomaram amor pela mentira e conheceram a beleza da mentira. Ah, isso talvez tenha começado *inocentemente*, por brincadeira, por coquetismo, por um jogo amoroso, na verdade, talvez, por um átomo, mas esse átomo de mentira penetrou nos seus corações e lhes agradou. Depois rapidamente nasceu a volúpia, a volúpia gerou o ciúme, o ciúme — a crueldade... Ah, não sei, não lembro, mas depressa, bem depressa respingou o primeiro sangue: eles se espantaram e se horrorizaram, e começaram a se dispersar, a se dividir. Surgiram alianças, mas dessa vez de uns contra os outros. Começaram as acusações, as censuras. Conheceram a vergonha, e a vergonha erigiram em virtude. Nasceu a noção de honra, e cada aliança levantou a sua própria bandeira. Passaram a molestar os animais, e os animais fugiram deles para as florestas e se tornaram seus inimigos. Começou a luta pela separação, pela autonomia, pela individualidade, pelo meu e pelo teu. Passaram a falar línguas diferentes. Conheceram a dor e tomaram amor pela dor, tinham sede de tormento e diziam que a verdade só se alcança pelo tormento. Então no meio deles surgiu a ciência. Quando se tornaram maus, começaram a falar em fraternidade e humanidade e entenderam essas ideias. Quando se tornaram criminosos, conceberam a justiça e prescreveram a si mesmos códigos inteiros para mantê-la, e para garantir os códigos instalaram a guilhotina. Mal se lembravam daquilo que perderam, não queriam acreditar nem mesmo que um dia foram inocentes e felizes. Riam até da possibilidade de um passado assim para a sua felicidade, e o chamavam de ilusão. Não conseguiam nem sequer concebê-lo em formas e imagens, mas, coisa estranha e maravilhosa: privados de toda a fé numa felicidade superior, chamando-a de conto da carochinha, quiseram a tal ponto ser inocentes e felizes de novo, mais uma vez, que caíram diante dos desejos do seu coração como crianças, endeusaram esse desejo, construíram templos e passaram a rezar para a sua própria ideia, para o seu próprio "desejo", ao mesmo tempo acreditando plenamente na sua impossibilidade e na sua irrealidade, mas adorando-o banhados em lágrimas e prostrando-se diante dele. E, no entanto, se pelo menos fosse possível que eles voltassem àquele estado inocente e feliz do qual se privaram, e se pelo menos alguém de repente o mostrasse a eles de novo e lhes perguntasse: querem voltar? — eles certamente recusariam. Respondiam-me: "E daí que sejamos mentirosos, maus e injustos, *sabemos* disso e deploramos isso, e nos afligimos por isso a nós mesmos, e nos torturamos e nos castigamos mais até, talvez, do que aquele Juiz misericordioso que nos julgará e cujo nome não sabemos. Mas temos a ciência, e por meio dela encontraremos de novo a verdade, mas dessa vez a usaremos conscientemente, o entendimento é superior ao sentimento, a consciência da vida — superior à vida. A ciência nos dará sabedoria, a sabedoria revelará as leis, e o conhecimento das leis da felicidade é superior à felicidade". Era o que eles me diziam, e depois de tais palavras cada um passava a amar a si mesmo mais do que aos outros, e nem podiam fazer diferente. Cada um tornou-se tão cioso da sua individualidade que não fazia outra coisa senão tentar com todas as forças humilhar e diminuir a dos outros, e a isso dedicava a sua vida. Surgiu a escravidão, surgiu até a escravidão voluntária: os fracos se submetiam de bom grado aos mais fortes, apenas para que estes os ajudassem a esmagar os que eram ainda mais fracos que eles mesmos. Surgiram os justos, que chegavam a essas pessoas com lágrimas nos olhos e lhes falavam da sua dignidade, da perda da medida e da harmonia, da sua falta de vergonha. Riam deles ou os apedrejavam. Sangue santo correu nas portas dos templos. Em compensação, surgiram pessoas que começaram a imaginar: como fazer com que todos se unam de novo, de modo que cada um, sem deixar de amar a si mesmo mais do que aos outros, ao mesmo tempo não perturbe ninguém, e possam viver assim todos juntos como que numa sociedade cordata. Desencadearam-se guerras inteiras por causa dessa ideia. Os beligerantes acreditavam firmemente ao mesmo tempo que a ciência, a sabedoria e o sentimento de autopreservação vão afinal obrigar o homem a se unir numa sociedade cordata e racional, e assim, enquanto isso, para apressar as coisas, os "sábios" esforçavam-se o mais depressa possível por exterminar todos os "não sábios" que não entendiam a sua ideia, para que não interferissem no triunfo dela. Mas o sentimento de autopreservação começou rapidamente a enfraquecer, surgiram os orgulhosos e os lascivos, que exigiram sem rodeios ou tudo ou nada. Para tomar posse de tudo, recorria-se à canalhice, e se esta fracassasse — ao suicídio. Surgiram religiões que cultuavam o não ser e a autodestruição em nome do repouso no nada. Por fim, esses homens se cansaram desse trabalho absurdo, e nos seus rostos apareceu o sofrimento, e esses homens proclamaram que o sofrimento é a beleza, já que só no sofrimento existe razão. Eles cantaram o sofrimento nas suas cantigas. Eu andava no meio deles, torcendo as mãos, e chorava diante deles, mas os amava, talvez, até mais do que antes, quando nos seus rostos ainda não havia sofrimento e quando eram inocentes e tão belos. Passei a amar a Terra por eles profanada ainda mais do que quando era um paraíso, só porque nela surgia a desgraça. Infelizmente, eu sempre amei a desgraça e a dor, mas somente para mim mesmo, para mim mesmo, enquanto que por eles eu chorava e tinha pena. Estendia-lhes os braços, me culpando, me amaldiçoando e me desprezando em desespero. Dizia-lhes que eu é que tinha feito tudo isso, só eu; eu é que lhes tinha trazido a perversão, a doença e a mentira! Implorava-lhes que me pregassem numa cruz, ensinava-lhes como se faz uma cruz. Eu não conseguia, não tinha forças para me matar sozinho, mas queria tomar deles os suplícios, estava sedento de suplícios, sedento de que nesses suplícios o meu sangue fosse derramado até a última gota. Mas eles apenas riam de mim e passaram a me ver como um doido varrido. Eles me justificavam, diziam que tinham recebido apenas aquilo que eles mesmos desejavam, e que tudo o que havia agora não poderia deixar de haver. Por fim, anunciaram-me que eu estava me tornando um perigo para eles e que me trancariam num hospício se eu não calasse a boca. Então a dor entrou na minha alma com tanta força que o meu coração se oprimiu e eu senti que estava prestes a morrer, e foi aí... bem, foi aí que eu acordei.

Já era de manhã, isto é, ainda não tinha clareado o dia, mas eram cerca de seis horas. Eu me achava na mesma poltrona, a minha vela já tinha ardido inteira, na casa do capitão todos dormiam, e ao redor fazia um silêncio raro no nosso apartamento. Primeiro ergui-me de um salto, tomado de um espanto extraordinário; nunca tinha me acontecido nada semelhante, nem mesmo nas bobagens e ninharias da vida: nunca antes, por exemplo, tinha adormecido assim na minha poltrona. Foi então que de repente, enquanto eu estava ali parado e voltava a mim, de repente relampejou à minha frente o meu revólver, pronto, engatilhado — mas num instante o empurrei para longe de mim! Ah, agora, a vida e a vida! Levantei as mãos para o alto e evoquei a verdade eterna; nem cheguei a fazer isso e comecei a chorar; um êxtase, um êxtase desmedido elevava todo o meu ser. Sim, a vida e — a pregação! Naquele mesmo minuto decidi que iria pregar, e é claro que pelo resto da minha vida! Eu vou pregar, eu quero pregar — o quê? A verdade, pois eu a vi, eu a vi com os meus próprios olhos, eu vi toda a sua glória!

E desde então é que estou pregando! Além disso, amo a todos aqueles que riem de mim, mais do que a todos os outros. Por que motivo é assim — não sei e não posso explicar, mas que assim seja. Eles dizem que agora já estou me desencaminhando, isto é, se já me desencaminhei assim agora, o que é que vai ser daqui por diante? Verdade verdadeira: estou me desencaminhando, e talvez daqui por diante seja ainda pior. E, é claro, vou me desencaminhar várias vezes até encontrar o jeito de pregar, isto é, com que palavras e com que coisas, porque isso é muito difícil de levar a cabo. É que agora vejo tudo isso claro como o dia, mas escutem: quem é que não se desencaminha? E no entanto todos seguem em direção a uma única e mesma coisa, pelo menos todos anseiam por uma única e mesma coisa, do mais sábio ao último dos bandidos, só que por caminhos diferentes. Isso é uma velha verdade, mas eis o que há de novo: eu nem tenho muito que me desencaminhar. Porque eu vi a verdade, eu a vi e sei que as pessoas podem ser belas e felizes, sem perder a capacidade de viver na Terra. Não quero e não posso acreditar que o mal seja o estado normal dos homens. E eles, ora, continuam rindo justamente dessa minha fé. Mas como vou deixar de acreditar: eu vi a verdade — não é que a tenha inventado com a mente, eu vi, vi, e a sua *imagem viva* me encheu a alma para sempre. Eu a vi numa plenitude tão perfeita que não posso acreditar que ela não possa existir entre os homens. Assim, como é que eu vou me desencaminhar? Vou me desviar, é claro, várias vezes até, e vou usar, talvez, palavras alheias inclusive, mas não por muito tempo: a imagem viva daquilo que vi vai estar sempre comigo e sempre vai me corrigir e me dirigir. Ah, eu estou cheio de ânimo, eu estou novo em folha, eu vou seguir, vou seguir, ainda por mais mil anos! Sabem, eu queria até esconder, no começo, o fato de que eu tinha pervertido todos eles, mas foi um erro — aí está o primeiro erro! A verdade, porém, me cochichou que eu *mentia* e me guardou e me aprumou o passo. Mas como instaurar o paraíso — isso eu não sei, porque não sou capaz de transmitir isso em palavras. Depois do meu sonho, perdi as palavras. Pelo menos todas as palavras principais, as mais necessárias. Mas não importa: vou seguir e vou continuar falando, incansável, porque apesar de tudo vi com os meus próprios olhos, embora não seja capaz de contar o que vi. Mas é isso que os ridentes não entendem: "Viu um sonho, dizem, delírio, alucinação". Eh! Que sabedoria é essa? E como eles se vangloriam! Um sonho? o que é um sonho? E a nossa vida não é um sonho? E digo mais: não importa, não importa que isso nunca se realize e que não haja o paraíso (já isso eu entendo!) — bem, mesmo assim vou continuar pregando. E no entanto é tão simples: num dia qualquer, *numa hora qualquer*, tudo se acertaria de uma vez só! O principal é — ame aos outros como a si mesmo, eis o principal, só isso, não é preciso nem mais nem menos: imediatamente você vai descobrir o modo de se acertar. E no entanto isso é só uma velha verdade, repetida e lida um bilhão de vezes, e mesmo assim ela não pegou! "A consciência da vida é superior à vida, o conhecimento das leis da felicidade — superior à felicidade." É contra isso que é preciso lutar! E é o que vou fazer. Basta que todos queiram, e tudo se acerta agora mesmo.

E, quanto àquela menininha, eu a encontrei... E vou prosseguir! E vou prosseguir!

Tradução de Vadim Nikitin

PLANO PARA UMA NOVELA DE ACUSAÇÃO DA VIDA CONTEMPORÂNEA[1]

Com efeito, ainda não terminei de falar do meu praguejador anônimo. A questão é que uma pessoa como esta pode servir como um tipo literário extremamente sério para um romance ou novela. O importante é que é possível e necessário olhar a partir de outro ponto de vista, de um ponto de vista geral, humano, e reconciliá-lo com o caráter russo em geral e com a causalidade contemporânea e atual do aparecimento entre nós desse tipo em particular. De fato, tão logo começamos a trabalhar sobre esse personagem, nos damos conta de que não podemos mais passar sem essas pessoas, ou mais precisamente, que em nosso tempo só podemos esperar pessoas como essas e, se elas ainda são comparativamente poucas, isso se deve apenas à misericórdia divina. De fato, toda essa gente que cresceu em nossas instáveis famílias dos últimos tempos, filhos de pais céticos e insatisfeitos, que transmitiram aos filhos apenas indiferença a tudo o que é urgente e uma grande quantidade de vaga preocupação em relação a algo vindouro, terrivelmente fantástico, mas no qual, não obstante, estão inclinados a acreditar mesmo os assim chamados realistas *prontos* e os frios inimigos do nosso presente. Acima de tudo, oferecem-lhes, é claro, seu impotente riso cético, pouco consciente, mas sempre satisfeito. Será que nos últimos 20 ou 25 anos houve poucas crias desses terríveis inimigos, que viveram do dinheiro da venda dos servos, deixaram um legado de infâmia e os filhos na miséria, será que há poucas famílias assim? Então, vamos supor que o jovem rapaz tenha começado a trabalhar. Não é bem-apessoado, "não é sagaz", não tem quaisquer relações. Possui uma inteligência inata que, aliás, qualquer um tem, mas como a dele se desenvolveu antes de tudo numa zombaria gratuita que, entre nós, nos últimos 25 anos tem sido considerada sinônimo de liberalismo, então evidentemente nosso herói logo passa a tomar sua inteligência por geniali-

---

[1] Publicado no *Diário de um escritor*, no número de maio-junho de 1877. O termo "novela de acusação" (ou "literatura de acusação") alude a um gênero literário essencialmente satírico e polemista, muito popular entre os escritores russos da esquerda radical nos anos 1860. Dostoiévski faz uma referência paródica ao termo em *Uma história desagradável* (1862). (N. da T.)

dade. Oh, Deus, como resistir ao ilimitado amor-próprio, quando o sujeito é criado sem a mínima sustentação moral? Inicialmente, fanfarreia terrivelmente, mas como é, de todo modo, inteligente (e eu prefiro que meu tipo seja um pouco mais inteligente do que a média, ao invés de um pouco mais tolo, embora ambos os casos sejam manifestações possíveis do tal tipo), ele logo percebe que a zombaria é algo unicamente negativo e não leva a nada de positivo. E se o papaizinho se satisfaz com ela, é porque ele não passa de um velho bobo, apesar de liberal. Já o filhinho, este sim é um gênio, que apenas sofre com dificuldades temporárias de se manifestar como tal. Oh, é claro que sua alma está disposta à maior das baixezas — "Afinal, por que não recorreria a uma baixeza? E quem, em nossa época, pode provar que uma baixeza é uma baixeza?" etc. etc. Em uma palavra, ele realmente cresceu com essas questões já prontas. Contudo, ele logo percebe que hoje em dia mesmo para recorrer a baixezas é preciso esperar muito tempo por uma oportunidade e, além disso, mesmo ele está longe da condição moral de cometer baixezas e antes precisa, por assim dizer, se desenvolver no sentido prático. Bem, é claro que se ele fosse mais tolo, logo daria um jeito: "Para o inferno essas pretensões superiores, vou antes me arranjar com fulano ou beltrano, aceitar meu fardo com obediência e convicção e, no final, terei uma carreira". Mas o amor-próprio, a convicção de sua genialidade ainda o atrapalha muito: ele não é capaz nem em pensamento de fundir seu destino supostamente tão glorioso com o destino de fulano ou beltrano. "Não, agora ainda estamos na oposição, mas se eles me quiserem, então que me procurem, se ajoelhem." Então agora ele espera alguém se ajoelhar, com raiva, muita raiva, espera. Enquanto isso, bem ao seu lado, alguém já foi mais longe do que ele, outro já se arranjou, um terceiro já é seu chefe — a esse terceiro, ainda no ensino superior, ele dera um apelido através de um epigrama em versos, um "original" publicado no jornal escolar, o que lhe fizera passar por gênio. "Não, é ofensivo! Não! Por que ele e não eu? E em toda parte, todas as vagas estão ocupadas! Não!", ele pensa, "Minha carreira não está aqui, e para quê servir no trabalho civil, os idiotas é que servem, minha vocação é a literatura" — então ele começa a enviar suas obras para as redações; inicialmente *incógnito*, depois com o nome completo. Ele, é claro, não obtém resposta. Impaciente, resolve bater pessoalmente na porta das redações. No caso de devolução do original, chega a fazer graça, a zombar cheio de rancor e com o coração, por assim dizer, dilacerado, mas nada disso ajuda. "Não, é óbvio que todas as vagas estão ocupadas", ele pensa, com um sorriso aflito. O principal é que ele continua atormentado pela fatal preocupação de procurar sempre e em toda parte pessoas ainda piores do que ele.

Oh, ele nunca foi capaz de compreender como é possível se contentar com o fato de que existem pessoas melhores do que ele! Foi nesse momento que ele teve a ideia de enviar para uma redação, a que mais o ofendeu, uma maldosa carta anônima. Escreveu, enviou e fez tudo de novo — tomou gosto. Contudo, isso não gerou nenhuma consequência, tudo ao seu redor continuou surdo, mudo e cego como antes. "Não, isso não é carreira que se preze", decide de uma vez por todas e resolve, por fim, "se arranjar". Escolhe um *figurão*, justamente seu diretor-chefe, para isso é possível que alguma sorte e boas relações o ajudem de certo modo. De fato, até o Poprischin de Gógol[2] começou a se distinguir consertando penas e foi contratado para esse ofício na casa da Sua Excelência, onde conheceu a filha do diretor, para quem consertou duas penas. Mas o tempo dos Poprischins passou, não se consertam mais penas, e nosso herói não pode trair seu caráter: não há penas em sua cabeça, mas os mais ousados sonhos. Em suma, num curto período de tempo ele já estava convencido de que tinha conquistado a filha do diretor e que ela estava louca por ele. "Isso! Aí está uma carreira", pensa, "Afinal, para que servem as mulheres se não para proporcionar uma carreira a um homem inteligente? Essa é, em essência, a questão feminina, se julgarmos de forma realista. E o mais importante é que não é nenhuma vergonha: quantos não encontraram seu caminho por meio de uma mulher?". Mas eis que, assim como em Poprischin, aparece um ajudante de campo! Poprischin age à sua maneira: enlouquece imaginando ser o rei da Espanha. E como é natural! O que restaria para o submisso Poprischin, sem relações, sem carreira, sem coragem, sem nenhuma iniciativa, e ainda naquela época de Petersburgo? Como evitar abandonar-se aos sonhos mais desesperados e acreditar neles? Mas o nosso Poprischin, o Poprischin dos dias de hoje, por nada no mundo acreditaria que ele é aquele mesmo Poprischin, igual ao original, apenas reproduzido trinta anos depois. Sua alma tem raios e trovões, desprezo e sarcasmo; ele também se entrega a um sonho, mas diferente. Ele se lembra da existência de cartas anônimas e que já recorreu a elas, então resolve arriscar enviar sua cartinha, desta vez não para a redação de uma revista; mas para um lugar ainda melhor: ele sente que está entrando em uma nova fase prática. Oh, como ele se tranca no quarto para se esconder da senhoria, sente arrepios ao pensar que alguém está olhando, mas corre e corre a pena, muda a letra, enche quatro folhas de calúnias e xingamentos, relê com satisfação e, depois de uma noite inteira de trabalho, ao amanhecer, se-

---

[2] Personagem do conto "Diário de um louco", de Nikolai Gógol. (N. da T.)

la a carta e envia... para o noivo, o ajudante de campo. Ele mudou a letra, não sente medo. Conta as horas; agora a carta já devia ter sido entregue — foi endereçada ao noivo e trata de sua noiva — é claro que ele vai largá-la, vai se assustar, afinal, não é uma carta mas uma "obra-prima"! E nosso jovem amigo sabe com todas as forças que é um vil patife, mas isso só o alegra, pois "Esta é a época do pensamento dividido e amplo, do fim do raciocínio linear".

É claro que a carta não desperta o efeito desejado; o casamento acontece, mas o primeiro passo foi dado e nosso herói parece ter encontrado uma carreira. Foi arrebatado por uma espécie de miragem, como Poprischin. Entregou-se com fervor à nova atividade: a de escrever cartas anônimas. Fez sondagens sobre seu general, refletiu, deu vazão a tudo que acumulara em um ano de serviço infeliz: orgulho ferido, bile, inveja. Criticou todas as ações do general, ridicularizou-o da forma mais impiedosa e o fez em várias cartas, numa série delas. E como gostava disso no começo! Os atos do general, de sua esposa e de sua amante, a estupidez de todo o departamento: tudo isso estava representado em suas cartas. Pouco a pouco, meteu-se até em questões do Estado, compôs uma carta para um ministro, na qual propõe, já sem nenhuma cerimônia, mudar a Rússia. "Não, o ministro certamente vai se impressionar, vai se impressionar com a genialidade, e a carta talvez chegue... a uma tal pessoa que... Em uma palavra, coragem, *mon enfant*,[3] e quando começarem a procurar o autor, revelarei, por assim dizer, já sem acanhamento." Em resumo, ele estava intoxicado por suas próprias obras e o tempo todo imaginava suas cartas sendo abertas e a expressão das pessoas... Em tal estado de espírito, ele se permitia até cometer pequenas trapaças: de brincadeira escrevia para uma pessoa muito ridícula, sem desdenhar nem mesmo de um Egor Egoróvitch, seu antigo chefe, a quem quase levou realmente à loucura ao mandar-lhe uma denúncia anônima de que sua esposa tinha um caso amoroso com um policial local (o mais importante é que uma parte disso talvez fosse verdade). Assim se passou algum tempo, até que... até que de repente foi tomado por uma ideia estranha: a que ele de fato era Poprischin, nada mais do que um Poprischin, aquele mesmo Poprischin, só que um milhão de vezes mais baixo, e que todos aqueles libelos dissimulados, todo seu anônimo poder era, em essência, uma miragem e nada mais, do tipo mais repulsivo, asqueroso e infame, pior até do que o sonho com o trono espanhol. Então aconteceu uma coisa séria, não infame: "Que infâ-

---

[3] Em francês no original, "minha criança". (N. da T.)

mia? Infâmia é bobagem. Infâmia é coisa de farmacêuticos".[4] Algo realmente terrível, terrível mesmo. Ocorre que apesar de conseguir raciocinar, ele não conseguia se controlar e, tomado pelo êxtase da nova carreira, justamente depois da cartinha para o ministro, deu com a língua nos dentes, e para quem? Para a alemã, sua senhoria. Claro que não contou tudo, ela nem compreenderia tudo, mas apenas um pouco, para descarregar o peito. Mas qual não foi sua estupefação quando, um mês depois, um funcionário quieto de outro departamento que morava num quarto afastado na casa da mesma senhoria, um homem mau e calado, de repente ficou bravo com alguma coisa e sugeriu, ao passar pelo corredor, que ele, ou seja o funcionário quieto, era "um homem de moral e, diferentemente de uns e outros, não escrevia cartas anônimas". Imagine! No começo ele não se assustou muito, e, depois de examinar o funcionário — para isso fez questão de se rebaixar e fazer as pazes com ele —, convenceu-se de que ele não sabia de praticamente nada. Mas... e se soubesse? Além disso, no departamento há muito havia começado um rumor de que alguém enviava pelo correio cartas ao chefe com xingamentos e que esse alguém era certamente um deles. O infeliz começou a ficar pensativo e até perdeu o sono. Em suma, era possível perceber claramente seu suplício psicológico, sua desconfiança, seus lapsos. Enfim, ele estava quase certo de que todos sabiam de tudo, que apenas não haviam dito nada até aquele momento; que sua demissão já tinha sido decidida; que, é claro, a coisa não pararia por aí. Em uma palavra, ele quase enlouqueceu. Certa vez, estava no departamento quando seu coração foi tomado por uma indignação sem limites contra tudo e todos: "Oh, gente nefasta, amaldiçoada", pensou, "como podem ser tão dissimulados! De fato, sabem que *sou eu*, absolutamente todos sabem, cochicham sobre isso entre si quando passo por eles, sabem inclusive que o documento da minha demissão já está preparado e... continuam dissimulando! Escondem de mim! Querem se divertir, querem ver-me sendo arrastado... Mas isso não! Isso não!". Então, uma hora depois, teve de ir ao escritório de Sua Excelência tratar de certo documento. Entrou, colocou respeitosamente o documento sobre a mesa, o general estava ocupado e não prestou atenção, deu meia-volta para sair sem fazer barulho, segurou a maçaneta e, súbito, como se estivesse caindo num abismo, atirou-se aos pés de Sua Excelência, sem nem desconfiar um segundo antes de que o

---

[4] Dostoiévski cita, de forma modificada, uma passagem do "Diário de um louco", de Gógol: "Diabos! Carta para quê? Carta é absurdo. Carta é coisa de farmacêuticos..." — na tradução de Paulo Bezerra, em *O capote e outras histórias* (São Paulo, Editora 34, 2010, p. 68). (N. da T.)

faria: "Estou acabado de todo modo, é melhor confessar! Mas fique calmo, Vossa Excelência, por favor, fique calmo, Vossa Excelência! Para que ninguém nos ouça. Mas eu vou lhe contar tudo, vou contar tudo, tudo!" — implorou ensandecido ao atônito general, juntando as mãos feito um idiota. Então, de maneira fragmentada e desconexa, tremendo todo, confessou tudo, para o profundo espanto de Sua Excelência, que jamais havia suspeitado de nada. Mesmo nesse momento nosso herói manteve inteiramente seu caráter, afinal, para quê se atirou aos pés do general? Claro que foi por causa da doença, da desconfiança, mas *principalmente* porque, medroso, humilhado e culpando a si mesmo por tudo, ele continuava sonhando como antes, como um idiota intoxicado pela alta opinião de si, com a ideia de que Sua Excelência, depois de ouvi-lo e, por assim dizer, estupefato com sua genialidade, estenderia aquelas mãos que tantos documentos em favor da pátria assinara, e o envolveria num abraço: "Como é que chegou a este ponto, meu infeliz, mas dotado jovem? A culpa é minha, toda minha. Eu o negligenciei! Assumo toda a culpa. Oh, meu Deus, veja a que ponto chega a nossa talentosa juventude por causa de nosso sistema antiquado e dos nossos preconceitos! Mas venha cá, venha e divida comigo o meu posto e nós... nós transformaremos este departamento completamente!". Só que nada disso aconteceu e, depois de muito tempo de desgraça e humilhação, ao se lembrar do pontapé que o general lhe deu, com o bico da sua bota bem no seu rosto, ele quase chegou a acusar abertamente o destino e as pessoas: "Uma vez na vida resolvi abrir meus braços para as pessoas e o que recebi em troca?". Seria possível inventar para ele um final natural e contemporâneo: por exemplo, depois de ter sido demitido do serviço, é contratado para um casamento fictício por cem rublos; depois da cerimônia, ele vai para um lado e ela para outro, para seu pequeno armazém: "generosa e amável", como diz o policial de Schedrin em um caso semelhante.[5]

Em uma palavra, parece-me que o tipo briguento anônimo é um tema bastante bom para novelas. E sério. Aqui, é claro, seria necessário Gógol, mas... estou feliz por ao menos ter tido a ideia. Pode ser até que resolva introduzi-la num romance.

Tradução de Priscila Marques

---

[5] Citação do capítulo 3 do romance satírico *Idílio contemporâneo* (1877), de Saltikov-Schedrin. (N. da T.)

O TRITÃO
(Dos passeios de Kuzmá Prutkóv na *datcha* com seu amigo)[1]

Ontem, dia 27 de julho, na ilha Ieláguin,[2] durante o pôr do sol, de temperatura amena e adorável, um grupo da alta sociedade que passeava foi surpreendido por um acontecimento engraçado. Na superfície do lago, surgiu de repente um tritão — *vodiánoi* em russo[3] —, com os cabelos e a barba verdes e molhados, que, flutuando nas ondas, se pôs a brincar e fazer uma série de traquinagens. Ele mergulhava, soltava gritos, ria, espirrava água e batia seus compridos e fortes dentes verdes, rangendo-os para o público. A aparição, como é comum em tais casos, causou certa impressão. As damas se precipitaram de todos os lados em sua direção para dar-lhe doces, oferecendo suas caixas de bombons. Mas a criatura mitológica, mantendo o caráter antigo de sátiro do mar, resolveu fazer gestos tão obscenos para as damas que elas fugiram dele, soltando risos estridentes e escondendo atrás de si suas filhas maiores; ao ver isso, o *vodiánoi* começou a gritar frases nem um pouco elegantes para elas, o que intensificou a diversão. Contudo, ele logo desapareceu, deixando atrás de si somente alguns círculos na superfície da água e um público estupefato. Embora tivessem visto com os próprios olhos, começaram a duvidar e desacreditar — os homens, é claro, pois as

---

[1] Publicado originalmente em *O Cidadão*, em 10 de outubro de 1878, sob o pseudônimo "Amigo de Kuzmá Prutkóv". O texto vinha precedido da seguinte nota do editor V. F. Putsikóvitch: "Em julho, durante as férias de três meses, recebemos o folhetim apresentado a seguir, assinado pelo Amigo de Kuzmá Prutkóv. O sentido real deste folhetim não nos é inteiramente claro; além do mais não acreditamos no acontecimento narrado, particularmente porque, segundo especialistas, não há nenhum lago na ilha Ieláguin. Não compreendemos exatamente o que este sonho quer dizer, não obstante, resolvemos publicá-lo".

Kozmá Petróvitch Prutkóv é o codinome adotado pelo poeta Aleksei Tolstói e os irmãos Aleksei, Vladímir e Aleksandr Jemtchújnikov. Os aforismos e versos satíricos de Kozmá Prutkóv eram publicados nas revistas *O Contemporâneo* e *A Centelha* nos anos 1850 e 1860. (N. da T.)

[2] Ilha de São Petersburgo, localizada no delta do rio Nievá. (N. da T.)

[3] *Vodiánoi*, no folclore eslavo, designa a figura de um velho, associado a rios e lagos — aqui relacionado ao Tritão da mitologia grega, deus do mar, filho de Posêidon e Anfitrite. (N. da T.)

mulheres insistiam que era um tritão de verdade, igualzinho àqueles gravados em bronze nos relógios de mesa. Alguns expressaram a ideia de que poderia ter sido um tal Pierre Bobo,[4] que fizera aquilo para se passar por original. É claro que essa suposição não se sustentou, pois Pierre Bobo viria necessariamente de fraque e de *faux col*,[5] apesar de estar encharcado. O tritão, por sua vez, era igualzinho ao das estátuas da Antiguidade, ou seja, não vestia absolutamente nada. Contudo, surgiram céticos, que passaram a defender que o acontecido não passava de uma alegoria política intimamente ligada à questão oriental, que acabara de ser resolvida no congresso de Berlim.[6]

Por alguns minutos, correu até a ideia de que se tratava de uma brincadeira inglesa realizada por aquele grande judeu em favor dos interesses britânicos, com o ardiloso objetivo de distrair nosso público, a começar pelas damas, com uma série de cenas esteticamente divertidas de fervor bélico.[7] Imediatamente, contudo, objeções foram levantadas, fundamentadas no fato de que Lorde Beaconsfield agora estava no exterior, poderia ser encontrado em Londres, e que para nós, ursos russos, seria uma enorme honra que ele aparecesse em nosso lago para proporcionar às nossas damas um divertimento estético com objetivos políticos, mas ele não precisava daquilo, pois tinha uma esposa em Londres etc. etc. Mas a cegueira e o arrebatamento dos nossos diplomatas era incontrolável: começaram a gritar que se não era o próprio Beaconsfield, então poderia muito bem ter sido o senhor Poliétika,[8] editor do *Boletim da Bolsa*, que tanto ansiava pela paz e poderia ter sido escolhido pelos ingleses para representar o tritão. Mas esta hipótese também ruiu pela consideração de que, embora o senhor Poliétika fosse capaz daqueles gestos, faltava-lhe a graça da Antiguidade que faz com que tu-

---

[4] Provável alusão a Piotr Dmítrievitch Boboríkin (1836-1921), escritor, dramaturgo e jornalista russo. (N. da T.)

[5] Em francês no original, "colarinho falso". (N. da T.)

[6] O Congresso de Berlim reuniu, em 1878, potências europeias para a assinatura de um tratado que reavaliou o acordo de paz de San Stefano, que havia encerrado a guerra russo-turca de 1877-78. O novo acordo implicou em perdas para o Império Russo. (N. da T.)

[7] Dostoiévski alude nesta passagem a Benjamin Disraeli (1804-1881), Lorde Beaconsfield, político conservador britânico, descendente de judeus espanhóis. Foi primeiro-ministro da Grã-Bretanha e signatário do Tratado de Berlim. (N. da T.)

[8] Vassíli Apollonovitch Poliétika (1824-1888), jornalista liberal, engenheiro e industrial, colaborador do periódico *Notícias de São Petersburgo* e da *Abelha do Norte*, editor do *Boletim da Bolsa* (*Birjeviê Viédomosti*). (N. da T.)

do seja perdoado e que, por si só, seria capaz de encantar nossas damas que passeavam em suas *datchas*. Logo apareceu um homem que comunicou que o senhor Poliétika fora visto naquele mesmo horário em um determinado local do outro lado de São Petersburgo. Dessa forma, a hipótese do tritão da Antiguidade emergiu novamente, apesar de que ele próprio já estivesse há muito debaixo d'água.

O mais impressionante é que as damas saíram em defesa da antiguidade e do caráter mitológico do tritão. Elas faziam muita questão disso, para que pudessem esconder a verdade de seu gosto com o classicismo do conteúdo. Da mesma forma, colocamos em nossas salas e jardins estátuas totalmente nuas apenas porque são mitológicas, e, consequentemente, da Antiguidade clássica, e não pensamos em colocar no lugar delas, por exemplo, criados nus, coisa que poderia ser feita na época da servidão; e mesmo hoje em dia, ainda mais porque os criados cumpririam esta tarefa não só tão bem, mas até melhor do que as estátuas, pois, em todo caso, são mais naturais. Estão lembrados da tese da maçã natural e da desenhada? Mas como não há nada de mitológico nela, então não serve. A disputa avançou tanto no campo da arte pura que, dizem, chegou até a causar algumas brigas familiares entre os maridos e suas magníficas caras-metades, as quais eram a favor da arte pura em oposição à orientação política contemporânea segundo a qual seus maridos compreendiam o ocorrido. Nesse último sentido, obteve um êxito especial e quase colossal a opinião de um famoso satirista, o senhor Schedrin. Presente naquele passeio, ele não acreditou no tritão e me disse que queria incluir o episódio no próximo número dos *Anais da Pátria*, na seção "Moderação e exatidão".[9]

A visão do nosso humorista é muito sutil e extremamente original: ele supõe que o tritão seja pura e simplesmente um policial disfarçado, ou melhor, pelado, que ainda antes do começo da estação, imediatamente depois da agitação da primavera em Petersburgo,[10] foi despachado para passar todo o verão no lago da ilha Ieláguin, por cuja margem passeiam tantas damas que vêm visitar suas *datchas*, com o objetivo de escutar conversas criminosas, caso elas ocorram. Esta conjectura produziu uma tremenda impressão,

---

[9] O ciclo satírico "No meio da moderação e da exatidão" de Saltikov-Schedrin foi publicado em *Anais da Pátria* entre 1874 e 1880. (N. da T.)

[10] É possível que Dostoiévski esteja se referindo ao julgamento de Vera Zasulitch, que em 1878 foi absolvida pelo júri da tentativa de assassinato do major-general F. F. Trepov. Dostoiévski assistiu ao julgamento e testemunhou a acolhida do público à decisão final. (N. da T.)

de modo que até as damas pararam de brigar e ficaram pensativas. Felizmente, nosso famoso autor de romances históricos, o senhor Mordóvtsev,[11] que também estava lá, nos informou de um fato histórico da nossa Palmira do Norte, desconhecido e esquecido por todos, a partir do qual foi possível concluir que a criatura era um verdadeiro tritão da Antiguidade. Segundo a informação do senhor Mordóvtsev, obtida por meio de manuscritos antigos, esse tritão foi enviado a Petersburgo ainda na época de Anna Mons,[12] a quem Pedro, o Grande, segundo o senhor Mordóvtsev, queria agradar com suas grandes reformas. O monstro da Antiguidade fora trazido juntamente com dois anões — extremamente em voga na época —, e o bobo da corte Balakirev. Tudo isso tinha vindo da cidadezinha alemã de Karlsruhe. O tritão veio num tonel de água de Karlsruhe para que, durante o transporte para o lago de Ieláguin, pudesse estar em seu habitat natural. Contudo, quando a água de Karlsruhe foi jogada no lago, o tritão malvado e sarcástico, sem se importar com o fato de terem pagado tão caro por ele, mergulhou na água e nunca mais apareceu na superfície, de modo que todos se esqueceram dele até julho deste ano, quando de repente, não se sabe por que motivo, resolveu lembrar a todos de sua existência. Tritões podem viver tranquilamente em lagos por centenas de anos. Nunca antes a fala de um cientista causou tamanho furor no público. Por fim, chegaram os cientistas naturais russos, alguns até de outras ilhas: o senhor Setchenov, Mendeleiev, Beketov, Butlerov[13] e *tutti quanti*. Mas eles encontraram apenas os já mencionados círculos na água e um crescente ceticismo. É claro que não souberam o que pensar e ficaram perdidos, em todo caso negando a aparição. Quem mais atraiu a simpatia foi um professor muito sábio de zoologia:[14] ele chegou depois de todos, mas estava absolutamente desesperado. Corria em todas as direções, indagava ansioso sobre o tritão e quase chorou por não ter conseguido vê-

---

[11] O escritor folhetinista russo Daniil Lúkitch Mordóvtsev (1830-1905). (N. da T.)

[12] Dostoiévski faz referência às palavras de Mordóvtsev no romance histórico *Idealistas e realistas*: "Anna Mons, estrangeira, filha de um mercador de vinho, por amor a quem Pedro virou o rosto da velha Rus em direção ao Ocidente, virou tanto que a Rússia até hoje tem um pouco de torcicolo". (N. da T.)

[13] Respectivamente, Ivan Setchenov (1829-1907), fundador da escola russa de fisiologia; Dmitri Mendeleiev (1834-1907), químico russo; Andrei Beketov (1825-1902), reitor da Universidade de Petersburgo, botânico e geógrafo, amigo de juventude de Dostoiévski, e Aleksander Butlerov (1826-1886), químico. (N. da T.)

[14] Possível alusão ao zoólogo e professor N. P. Vagner (1829-1907), presidente da Sociedade de Psicologia Experimental. (N. da T.)

-lo, e pela zoologia e o mundo terem perdido tal material! Os guardas da cidade diziam ao nosso zoólogo que não sabiam de nada, os militares riam, os corretores da bolsa olhavam com arrogância, as damas cercavam o professor e falavam como matracas, exclusivamente sobre os gestos do tritão, de modo que o nosso modesto cientista foi obrigado, por fim, a cobrir os ouvidos com as mãos. O professor aflito enfiava sua bengala na água próximo ao local onde o tritão havia se escondido, jogava umas pedrinhas, gritava: "Venha, venha, tenho uma pedrinha de açúcar aqui!", mas foi tudo em vão: o tritão não emergiu... Aliás, todos ficaram satisfeitos... Acrescentem a isto a magnífica noite de verão, o sol poente, os trajes apertados das damas, a doce expectativa de paz em todos os corações, e os senhores mesmos conseguirão terminar de descrever a cena. O mais impressionante é que o tritão proferiu palavras obscenas no mais alto grau em russo perfeito, apesar de ser alemão de origem, e, além disso, ter nascido em algum lugar da Atenas antiga, na época de Minerva. Quem será que ensinou russo para ele? Fica a questão. Sim, claro, estão começando a estudar a Rússia na Europa! Pelo menos ele reanimou a sociedade, que havia adormecido sob o barulho da guerra, que ninou a todos; ele despertou a sociedade para as questões internas. Por isso, obrigado! Nesse sentido, é preciso desejar não apenas um, mas alguns tritões e não apenas no rio Nievá, mas no rio Moskva, em Kíev, em Odessa, em toda parte, inclusive em todas as aldeias. Com esse propósito, poderíamos até reproduzi-los intencionalmente: deixe que despertem a sociedade, deixe que emerjam... Mas basta, basta! O futuro nos espera. Respiramos um novo ar com o peito sedento de questões, de forma que pode ser que tudo se resolva por si só... inclusive as finanças russas.

Amigo de Kuzmá Prutkóv

Tradução de Priscila Marques

O GRANDE INQUISIDOR[1]

— Sabes, Aliócha, e não rias, numa ocasião escrevi um poema, foi no ano passado. Se ainda podes perder uns dez minutos comigo, eu falarei sobre ele.

— Escreveste um poema?

— Oh, não, não escrevi — sorriu Ivan —, nunca em minha vida eu compus sequer dois versos, mas inventei este poema e o gravei na memória. Eu o inventei com ardor. Serás meu primeiro leitor, isto é, ouvinte. De fato, por que o autor haveria de perder um ouvinte, nem que ele fosse o único? — riu Ivan. — Falo ou não?

— Sou todo ouvidos — pronunciou Aliócha.

— Meu poema se chama "O Grande Inquisidor". Uma coisa tola, mas quero que o conheças. Bem, aqui também não se pode passar sem um prefácio, ou seja, um prefácio literário, arre! — riu Ivan — mas eu lá sou escritor? Vê, a ação de meu poema se passa no século XVI, e naquela época — aliás, tu deves ter tomado conhecimento disto em teus cursos —, justo naquela época as obras poéticas costumavam fazer as potências celestes descerem sobre a terra. Já nem falo de Dante. Na França, os funcionários clericais, bem como os monges dos mosteiros, davam espetáculos inteiros em que punham em cena a Madona, anjos, santos, Cristo e o próprio Deus. Naqueles idos, isso se fazia com muita simplicidade. Em *Notre Dame de Paris*, de Victor Hugo, no salão da municipalidade da Paris de Luís XVI é oferecido gratuitamente ao povo o espetáculo *Le bon jugement de la très sainte et gracieuse Vierge Marie*[2] em homenagem ao nascimento do delfim francês,[3] no

---

[1] Extraído do romance *Os irmãos Karamázov*, 1880, segunda parte, livro V, capítulo 5. (N. do T.)

[2] "O bom julgamento da santíssima Virgem Maria cheia de graça", em francês no original. (N. do T.)

[3] Como já observou Leonid Grossman, um dos maiores estudiosos de Dostoiévski, Ivan Karamázov comete aqui um equívoco. No romance de Victor Hugo, não se trata do nascimento do delfim, mas da chegada dos emissários de Flandres para tratar do casamento do delfim com a princesa Margarida de Flandres. (N. do T.)

qual a Virgem Maria aparece pessoalmente e profere seu *bon jugement*. Entre nós, em Moscou, nos velhos tempos antes de Pedro, o Grande, de quando em quando também se davam espetáculos quase idênticos, especialmente os baseados no Antigo Testamento; contudo, além das representações dramáticas, naquela época corriam o mundo inteiro muitas narrativas e "poemas" em que atuavam santos, anjos e todas as potências celestes conforme a necessidade. Em nossos mosteiros também se faziam traduções, cópias e até se compunham poemas semelhantes, e isso desde os tempos do domínio tártaro. Existe, por exemplo, um poema composto em mosteiro (é claro que traduzido do grego): *A via-crúcis de Nossa Senhora*,[4] com episódios e uma ousadia à altura de Dante. Nossa Senhora visita o inferno, e é guiada "em seu calvário" pelo arcanjo Miguel. Ela vê os pecadores e os seus suplícios. A propósito, ali existe uma interessantíssima classe de pecadores num lago de fogo: os que submergem no lago de tal modo que não conseguem mais emergir, "estes Deus já esquece" — expressão dotada de uma excepcional profundidade e força. E eis que a perplexa e chorosa mãe de Deus cai diante do trono divino e pede clemência para todos aqueles que estão no inferno, por todos que ela viu lá, sem distinção. Sua conversa com Deus é de um interesse colossal. Ela implora, ela não se afasta, e quando Deus lhe aponta os pés e as mãos pregadas de seu filho e pergunta: como vou perdoar seus supliciadores? — ela ordena a todos os santos, a todos os mártires, a todos os anjos e arcanjos que se prosternem com ela e rezem pela clemência a todos sem distinção. A cena termina com ela conseguindo de Deus a cessação dos tormentos, todos os anos, entre a Grande Sexta-Feira Santa e o Dia da Santíssima Trindade, e no mesmo instante os pecadores que estão no inferno agradecem ao Senhor e bradam para Ele: "Tens razão, Senhor, por teres julgado assim". Pois bem, meu poema seria desse gênero se transcorresse naquela época. Em meu poema Ele aparece; é verdade que Ele nem chega a falar, apenas aparece e sai. Já se passaram quinze séculos desde que Ele prometeu voltar a Seu reino, quinze séculos desde que o profeta escreveu: "Voltará brevemente". "Nem o filho sabe esse dia e essa hora, só o sabe meu pai celestial",[5] como disse Ele quando ainda estava na Terra. Mas a humanidade O espera com a antiga fé e o antigo enternecimento. Oh, com mais fé ain-

---

[4] Uma das mais populares lendas apócrifas de origem bizantina, que cedo penetrou na Rússia. Quando Dostoiévski escrevia *Os irmãos Karamázov*, circulavam pela Rússia várias edições dessa lenda. (N. do T.)

[5] Ver Evangelho de Marcos, 3, 32. (N. do T.)

da, pois já se passaram quinze séculos desde que cessaram as garantias dos Céus para o homem:

> Crê no que diz o coração,
> O céu não dá garantias.[6]

Fé só no que diz o coração! É verdade que naquela época havia muitos milagres. Havia santos que faziam curas milagrosas; a própria rainha dos céus descia sobre alguns justos, segundo a hagiografia destes. Mas o diabo não dorme, e a humanidade começou a duvidar da veracidade desses milagres. Foi nessa época que surgiu no Norte, na Alemanha, uma heresia nova e terrível.[7] Uma estrela imensa, "à semelhança de uma tocha" (ou seja, de uma igreja), "caiu sobre as fontes das águas e estas se tornaram amargas".[8] Essas heresias passam a uma negação blasfematória dos milagres. E mesmo assim os fiéis restantes creem com um fervor ainda maior. Como antes, as lágrimas humanas sobem até Ele, os homens O esperam, O amam, confiam n'Ele, anseiam sofrer e morrer por Ele como antes... E depois de tantos séculos rezando com fé e fervor: "Aparece para nós, Senhor", depois de tantos séculos chamando por Ele, Ele, em Sua infinita piedade, quis descer até os suplicantes. Ele desceu, e já antes visitara outros justos, mártires e santos anacoretas ainda em terra, como está escrito em suas "hagiografias". Entre nós russos, Tiúttchev,[9] que acreditava profundamente na verdade dessas palavras, proclamou:

> Com o fardo da cruz fatigado
> Te percorreu o Rei dos Céus,
> Terra natal, e, servo afeiçoado,
> A ti inteira a bênção deu.

---

[6] Estrofe final do poema "Sehnsucht", de Schiller. (N. do T.)

[7] Trata-se da Reforma, que Dostoiévski assim analisa em seu *Diário de um escritor* de janeiro de 1877: "O protestantismo de Lutero já é um fato: é uma fé protestante e apenas *negativa*. Desaparecendo o catolicismo da face da Terra, o protestantismo o seguirá na certa e imediatamente, porque, não tendo contra o que protestar, há de converter-se em franco ateísmo, e com isso se extinguirá". (N. do T.)

[8] Citação imprecisa do Apocalipse de João, 8, 10-1. (N. do T.)

[9] Referência a F. I. Tiúttchev (1803-1873), um dos maiores poetas russos do século XIX. (N. do T.)

Eu te afirmo que foi forçosamente assim que aconteceu. E eis que Ele desejou aparecer, ainda que por um instante, ao povo — atormentado, sofredor, mergulhado em seu fétido pecado, mas amando-O como criancinhas. Em meu poema a ação se passa na Espanha, em Sevilha, no mais terrível tempo da Inquisição, quando, pela glória de Deus, as fogueiras ardiam diariamente no país e

> Em magníficos autos de fé
> Queimavam-se os perversos hereges.[10]

Oh, essa não era, é claro, aquela marcha triunfal em que Ele há de aparecer no final dos tempos, como prometeu, em toda a Sua glória celestial, e que será repentina "como um relâmpago que brilha do Oriente ao Ocidente".[11] Não, Ele quis ainda que por um instante visitar Seus filhos, e justamente ali onde crepitaram as fogueiras dos hereges. Por Sua infinita misericórdia Ele passa mais uma vez no meio das pessoas com aquela mesma feição humana com que caminhara por três anos entre os homens quinze séculos antes. Ele desce sobre "as largas ruas quentes" da cidade sulina, justamente onde ainda na véspera, em um "magnífico auto de fé", na presença do rei, da corte, dos cavaleiros, dos cardeais e das mais encantadoras damas da corte, diante da numerosa população de toda a Sevilha, o cardeal grande inquisidor queimou de uma vez quase uma centena de hereges[12] *ad majorem gloriam Dei*.[13] Ele aparece em silêncio, sem se fazer notar, e eis que todos — coisa estranha — O reconhecem. Esta poderia ser uma das melhores passagens do poema justamente porque O reconhecem. Movido por uma força invencível, o povo se precipita para Ele, O assedia, avoluma-se a Seu redor, segue-O. Ele passa calado entre eles com o sorriso sereno da infinita compai-

---

[10] Estrofes um pouco modificadas do poema "Coriolano", de A. I. Poliejáiev (1804-1838). (N. do T.)

[11] Ver Mateus, 24, 27. (N. do T.)

[12] Preparando a resposta a uma carta de K. D. Kaviêlin (1818-1885) em 1881, Dostoiévski anota em seu diário: "Não posso considerar moral um homem que queima hereges, porque não aceito sua tese segundo a qual a moral é uma harmonia com convicções íntimas. Isso é apenas *honestidade*... e não moral. Ideal moral eu só tenho um: Cristo. Pergunto: ele queimaria hereges? Não. Portanto, a queima de hereges é um ato imoral. O inquisidor já é imoral pelo fato de acomodar em seu coração e em sua mente a ideia da necessidade de queimar seres humanos". (N. do T.)

[13] "Para maior glória de Deus", divisa da Ordem dos Jesuítas. (N. do T.)

xão. O sol do amor arde em Seu coração, os raios da Luz, da Ilustração e da Força emanam de Seus olhos e, derramando-se sobre as pessoas, fazem seus corações vibrarem de amor recíproco. Ele estende as mãos para elas,[14] as abençoa, e só de tocá-Lo, ainda que apenas em sua roupa, irradia-se a força que cura.[15] E eis que da multidão exclama um velho, cego desde menino: "Senhor, cura-me e eu Te verei", e, como se uma escama lhe caísse dos olhos, o cego O vê. O povo chora e beija o chão por onde Ele passa. As crianças jogam flores diante d'Ele, cantam e bradam-Lhe: "Hosana!". "É Ele, Ele mesmo — repetem todos —, deve ser Ele, não é outro senão Ele." Ele para no adro da catedral de Sevilha no mesmo instante em que entram aos prantos na catedral com um caixãozinho branco de defunto: nele está uma menininha de sete anos, filha única de um cidadão notável. A criança morta está coberta de flores. "Ele ressuscitará tua filhinha" — gritam da multidão para a mãe em prantos. O padre, que saíra ao encontro do féretro, olha perplexo e de cenho franzido. Mas nesse instante ouve-se o pranto da mãe da criança morta. Ela cai de joelhos aos pés d'Ele: "Se és Tu, ressuscita minha filhinha!" — exclama, estendendo as mãos para Ele. A procissão para, o caixãozinho é depositado aos pés d'Ele no adro. Ele olha compadecido e Seus lábios tornam a pronunciar em voz baixa: "*Talita cumi*" — "Levanta-te, menina". A menininha se levanta no caixão, senta-se e olha ao redor, sorrindo com seus olhinhos abertos e surpresos. Tem nas mãos um buquê de rosas brancas que a acompanhavam no caixão. No meio do povo há agitação, gritos, prantos, e eis que nesse mesmo instante passa de repente na praça, ao lado da catedral, o próprio cardeal grande inquisidor. É um velho de quase noventa anos, alto e ereto, rosto ressequido e olhos fundos, mas nos quais um brilho ainda resplandece como uma centelha. Oh, ele não está com suas magníficas vestes de cardeal em que sobressaíra na véspera diante do povo quando se queimavam os inimigos da fé romana — não, nesse instante ele está apenas em seu velho e grosseiro hábito monacal. Seguem-no a certa distância seus tenebrosos auxiliares e escravos e a guarda "sagrada". Ele para diante da multidão e fica observando de longe. Viu tudo, viu o caixão sendo colocado aos pés dele, viu a menina ressuscitar, e seu rosto ficou sombrio. Franze as sobrancelhas grisalhas e bastas, seu olhar irradia um fogo funesto. Ele aponta o dedo aos guardas e ordena que O prendam. E eis que sua força é tamanha e o povo está tão habituado, submisso e lhe obedece com tanto

---

[14] Para o crítico V. L. Komaróvitch, essa passagem do romance remonta ao poema "Frieden", de Heine. (N. do T.)

[15] Ver Mateus, 9, 20-2. (N. do T.)

tremor que a multidão se afasta imediatamente diante dos guardas e estes, em meio ao silêncio sepulcral que de repente se fez, põem as mãos n'Ele e o levam. Toda a multidão, como um só homem, prosterna-se momentaneamente, tocando o chão com a cabeça perante o velho inquisidor, este abençoa o povo em silêncio e passa ao lado. A guarda leva o Prisioneiro para uma prisão apertada, sombria e abobadada, que fica na antiga sede do Santo Tribunal, e O tranca ali. O dia passa, cai a noite quente, escura e "sem vida" de Sevilha. O ar "recende a louro e limão".[16] Em meio a trevas profundas abre-se de repente a porta de ferro da prisão e o próprio velho, o grande inquisidor, entra lentamente com um castiçal na mão. Está só; a porta se fecha imediatamente após sua entrada. Ele se detém por muito tempo à entrada, um ou dois minutos, examina o rosto do Prisioneiro. Por fim se aproxima devagar, põe o castiçal numa mesa e Lhe diz: "És tu? Tu?". Mas, sem receber resposta, acrescenta rapidamente: "Não respondas, cala-te. Ademais, que poderias dizer? Sei perfeitamente o que irás dizer. Aliás, não tens nem direito de acrescentar nada ao que já tinhas dito. Por que vieste nos atrapalhar? Pois vieste nos atrapalhar e tu mesmo o sabes. Mas sabes o que vai acontecer amanhã? Não sei quem és e nem quero saber: és Ele ou apenas a semelhança d'Ele, mas amanhã mesmo eu te julgo e te queimo na fogueira como o mais perverso dos hereges, e aquele mesmo povo que hoje te beijou os pés, amanhã, ao meu primeiro sinal, se precipitará a trazer carvão para tua fogueira, sabias? É, é possível que o saibas" — acrescentou compenetrado em pensamentos, sem desviar um instante o olhar de seu prisioneiro.

— Ivan, não estou entendendo direito o que seja isso — sorriu Aliócha, que ouvira calado o tempo todo —, uma imensa fantasia ou algum equívoco do velho, algum quiproquó impossível?

— Aceita ao menos este último — sorriu Ivan —, se já estás tão estragado pelo realismo atual que não consegues suportar nada fantástico; queres um quiproquó, então que seja assim. Trata-se, é verdade — tornou a rir Ivan —, de um velho de noventa anos, e ele poderia ter enlouquecido há muito tempo com sua ideia. O prisioneiro poderia impressioná-lo com sua aparência. No fim das contas, isso poderia ser, é claro, um simples delírio, a visão de um velho de noventa anos diante da morte e ainda por cima exaltado com o auto de fé e a queima dos cem hereges na véspera. Contudo, para nós dois não daria no mesmo se fosse um quiproquó ou uma imensa fantasia? Aí se tratava apenas de que o velho precisava desembuchar, de que, durante os

---

[16] Citação modificada da tragédia O *visitante de pedra*, de Púchkin. (N. do T.)

seus noventa anos, ele finalmente falava e dizia em voz alta aquilo que calara durante todos esses noventa anos.

— E o prisioneiro, também se cala? Olha para o outro e não diz uma palavra?

— Sim, é como deve acontecer mesmo, em todos os casos — tornou a sorrir Ivan. — O próprio velho lhe observa que ele não tem nem o direito de acrescentar nada ao que já dissera antes. Talvez esteja aí o traço essencial do catolicismo romano, ao menos em minha opinião: "tu, dizem, transferiste tudo ao papa, portanto, tudo hoje é da alçada do papa, e quanto a ti, ao menos agora não me apareças absolutamente por aqui, quando mais não seja não me atrapalhes antes do tempo". Eles não só falam como escrevem nesse sentido, os jesuítas pelo menos. Isso eu mesmo li nas obras de seus teólogos. "Terás o direito de nos anunciar ao menos um dos mistérios do mundo de onde vieste?" — pergunta-lhe meu velho, e ele mesmo responde: "Não, não tens, para que não acrescentes nada ao que já foi dito antes nem prives as pessoas da liberdade que tanto defendeste quando estiveste aqui na Terra. Tudo o que tornares a anunciar atentará contra a liberdade de crença dos homens, pois aparecerá como milagre, e a liberdade de crença deles já era para ti a coisa mais cara mil e quinhentos anos atrás. Não eras tu que dizias com frequência naquele tempo: 'Quero fazê-los livres'?[17] Pois bem, acabaste de ver esses homens 'livres' — acrescenta de súbito o velho com um risinho ponderado. — Sim, essa questão nos custou caro — continua ele, fitando-O severamente —, mas finalmente concluímos esse caso em teu nome. Durante quinze séculos nós nos torturamos com essa liberdade, mas agora isso está terminado, e solidamente terminado. Não acreditas que está solidamente terminado? Olhas com docilidade para mim e não me concedes sequer a indignação? Contudo, fica sabendo que hoje, e precisamente hoje, essas pessoas estão mais convictas do que nunca de que são plenamente livres, e entretanto elas mesmas nos trouxeram sua liberdade e a colocaram obedientemente a nossos pés. Mas isto fomos nós que fizemos; era isso, era esse tipo de liberdade que querias?"

— De novo não estou entendendo — interrompeu Aliócha —, ele está ironizando, está zombando?

— Nem um pouco. Ele está atribuindo justo a si e aos seus o mérito de finalmente terem vencido a liberdade e feito isto com o fim de tornar as pessoas felizes. "Porque só agora (ou seja, ele está falando evidentemente da Inquisição) se tornou possível pensar pela primeira vez na liberdade dos ho-

---

[17] Ver João, 8, 31-2. (N. do T.)

mens. O homem foi feito rebelde; por acaso os rebeldes podem ser felizes? Tu foste prevenido — diz-lhe —, não te faltaram avisos e orientações, mas não deste ouvido às prevenções, rejeitaste o único caminho pelo qual era possível fazer os homens felizes, mas por sorte, ao te afastares, transferiste a causa para nós. Tu prometeste, tu o confirmaste com tua palavra, tu nos deste o direito de ligar e desligar[18] e, é claro, não podes sequer pensar em nos privar desse direito agora. Por que vieste nos atrapalhar?"

— O que quer dizer: não te faltavam prevenções e orientações? — perguntou Aliócha.

— Aí está o essencial do que o velho precisa dizer. "O espírito terrível e inteligente, o espírito da autodestruição e do nada — continuou o velho —, o grande espírito falou contigo no deserto, e nos foi transmitido nas escrituras que ele te haveria 'tentado'.[19] É verdade? E seria possível dizer algo de mais verdadeiro do que aquilo que ele te anunciou nas três questões, e que tu repeliste, e que nos livros é chamado de 'tentações'? Entretanto, se algum dia obrou-se na Terra o verdadeiro milagre fulminante, terá sido naquele mesmo dia, no dia das três tentações. Foi precisamente no aparecimento dessas três questões que consistiu o milagre. Se fosse possível pensar, apenas a título de teste ou exemplo, que aquelas três questões levantadas pelo espírito terrível tivessem sido eliminadas das escrituras e precisassem ser restauradas, repensadas e reescritas para serem reintroduzidas nos livros, e para isto tivéssemos de reunir todos os sábios da Terra — governantes, sacerdotes, cientistas, filósofos, poetas — e lhes dar a seguinte tarefa: pensem, inventem três questões que, além de corresponderem à dimensão do acontecimento, exprimam, ainda por cima, em três palavras, em apenas três frases humanas, toda a futura história do mundo e da humanidade — achas tu que toda a sapiência da Terra, tomada em conjunto, seria capaz de elaborar ao menos algo que, por força e profundidade, se assemelhasse àquelas três questões que naquele momento te foram realmente propostas por aquele espírito poderoso e inteligente no deserto? Ora, só por essas questões, só pelo milagre de seu aparecimento podemos compreender que não estamos diante da inteligência trivial do homem mas da inteligência eterna e absoluta. Porque nessas três questões está como que totalizada e vaticinada toda a futura história humana, e estão revelados os três modos em que confluirão todas as insolúveis contradições históricas da natureza humana em toda a Terra. Na-

---

[18] Ver Mateus, 16, 18-9. (N. do T.)

[19] Ver Mateus, 4, 1-11. (N. do T.)

quele tempo isso ainda não podia ser tão visível porque o futuro era desconhecido, mas hoje, quinze séculos depois, vemos que naquelas três questões tudo estava tão vaticinado e predito, e se justificou a tal ponto, que nada mais lhes podemos acrescentar ou diminuir.

"Resolve tu mesmo quem estava com a razão: tu ou aquele que naquele momento te interrogou? Lembra-te da primeira pergunta: mesmo não sendo literal, seu sentido é este: 'Queres ir para o mundo e estás indo de mãos vazias, levando aos homens alguma promessa de liberdade que eles, em sua simplicidade e em sua imoderação natural, sequer podem compreender, da qual têm medo e pavor, porquanto para o homem e para a sociedade humana nunca houve nada mais insuportável do que a liberdade! Estás vendo essas pedras neste deserto escalvado e escaldante? Transforma-as em pão e atrás de ti correrá como uma manada a humanidade agradecida e obediente, ainda que tremendo eternamente com medo de que retires tua mão e cesse a distribuição dos teus pães'. Entretanto, não quiseste privar o homem da liberdade e rejeitaste a proposta, pois pensaste: que liberdade é essa se a obediência foi comprada com o pão? Tu objetaste, dizendo que nem só de pão vive o homem, mas sabes tu que em nome desse mesmo pão terreno o espírito da Terra se levantará contra ti, combaterá contra ti e te vencerá, e todos o seguirão, exclamando: 'Quem se assemelha a essa fera, ela nos deu o fogo dos céus!'.[20] Sabes tu que passarão os séculos e a humanidade proclamará através da sua sabedoria e da sua ciência que o crime não existe, logo, também não existe pecado, existem apenas os famintos? 'Alimenta-os e então cobra virtudes deles!' — eis o que escreverão na bandeira que levantarão contra ti e com a qual teu templo será destruído. No lugar do teu templo será erigido um novo edifício, será erigida uma nova e terrível torre de Babel, e ainda que esta não se conclua, como a anterior, mesmo assim poderias evitar essa torre e reduzir em mil anos os sofrimentos dos homens, pois é a nós que eles virão depois de sofrerem mil anos com sua torre! Eles nos reencontrarão debaixo da terra, nas catacumbas em que nos esconderemos (porque novamente seremos objeto de perseguição e suplício), nos encontrarão e nos clamarão: 'Alimentai-nos, pois aqueles que nos prometeram o fogo dos céus não cumpriram a promessa'. E então nós concluiremos a construção de sua torre, pois a concluirá aquele que os alimentar, e só nós os alimentaremos em teu nome e mentiremos que é em teu nome que o fazemos. Oh, nunca, nunca se alimentarão sem nós! Nenhuma ciência lhes dará o pão enquanto eles permanecerem livres, mas ao cabo de tudo eles nos trarão sua liberdade

---

[20] Ver Apocalipse de João, 13, 4. (N. do T.)

e a porão a nossos pés, dizendo: 'É preferível que nos escravizeis, mas nos deem de comer'. Finalmente compreenderão que, juntos, a liberdade e o pão da terra em quantidade suficiente para toda e qualquer pessoa são inconcebíveis, pois eles nunca, nunca saberão dividi-los entre si! Também hão de persuadir-se de que nunca poderão ser livres porque são fracos, pervertidos, insignificantes e rebeldes. Tu lhes prometeste o pão dos céus, mas torno a repetir: poderá ele comparar-se com o pão da terra aos olhos da tribo humana, eternamente impura e eternamente ingrata? E se em nome do pão celestial te seguirem milhares e dezenas de milhares, o que acontecerá com os milhões e dezenas de milhares de milhões de seres que não estarão em condições de desprezar o pão da terra pelo pão do céu? Ou te são caras apenas as dezenas de milhares de grandes e fortes, enquanto os outros milhões de fracos, numerosos como a areia do mar, mas que te amam, devem apenas servir de material para os grandes e fortes? Não, os fracos também nos são caros. São pervertidos e rebeldes, mas no fim das contas se tornarão também obedientes. Ficarão maravilhados conosco e nos considerarão deuses porque, ao nos colocarmos à frente deles, aceitamos suportar a liberdade e dominá-los — tão terrível será para eles estarem livres ao cabo de tudo! Mas diremos que te obedecemos e em Teu nome exercemos o domínio. Nós os enganaremos mais uma vez, pois não deixaremos que tu venhas a nós. É nesse embuste que consistirá nosso sofrimento, porquanto deveremos mentir. Foi isso que significou aquela primeira pergunta no deserto, e eis o que rejeitaste em nome de uma liberdade que colocaste acima de tudo. Aceitando os 'pães', haverias de responder a este tédio humano universal e eterno, tanto de cada ser individual quanto de toda a humanidade em seu conjunto: 'a quem sujeitar-se?'. Não há preocupação mais constante e torturante para o homem do que, estando livre, encontrar depressa a quem sujeitar-se. Mas o homem procura sujeitar-se ao que já é irrefutável, e irrefutável a tal ponto que de uma hora para outra todos os homens aceitam uma sujeição universal a isso. Porque a preocupação dessas criaturas deploráveis não consiste apenas em encontrar aquilo a que eu ou outra pessoa deve sujeitar-se, mas em encontrar algo em que todos acreditem e a que se sujeitem, e que sejam forçosamente *todos juntos*. Pois essa necessidade da *convergência* na sujeição é que constitui o tormento principal de cada homem individualmente e de toda a humanidade desde o início dos tempos. Por se sujeitarem todos juntos eles se exterminaram uns aos outros a golpes de espada. Criavam os deuses e conclamavam uns aos outros: 'Deixai vossos deuses e vinde sujeitar-se aos nossos, senão será a morte para vós e os vossos deuses!'. E assim será até o fim do mundo, mesmo quando os deuses também desaparecerem na Terra:

seja como for, hão de prosternar-se diante dos ídolos. Tu o conhecias, não podias deixar de conhecer esse segredo fundamental da natureza humana, mas rejeitaste a única bandeira absoluta que te propuseram com o fim de obrigar que todos se sujeitassem incondicionalmente a ti — a bandeira do pão da terra, e a rejeitaste em nome da liberdade e do pão dos céus. Olha só o que fizeste depois. E tudo mais uma vez em nome da liberdade! Eu te digo que o homem não tem uma preocupação mais angustiante do que encontrar a quem entregar depressa aquela dádiva da liberdade com que esse ser infeliz nasce. Mas só domina a liberdade dos homens aquele que tranquiliza a sua consciência. Com o pão conseguirias uma bandeira incontestável: darias o pão, e o homem se sujeitaria, porquanto não há nada mais indiscutível do que o pão, mas se, ao mesmo tempo e ignorando-te, alguém lhe dominasse a consciência — oh, então ele até jogaria fora teu pão e seguiria aquele que seduzisse sua consciência. Nisto tinhas razão. Porque o segredo da existência humana não consiste apenas em viver, mas na finalidade de viver. Sem uma sólida noção da finalidade de viver o homem não aceitará viver e preferirá destruir-se a permanecer na Terra ainda que cercado só de pães. É verdade, mas vê em que deu isso: em vez de assenhorear-se da liberdade dos homens, tu a aumentaste ainda mais! Ou esqueceste que para o homem a tranquilidade e até a morte são mais caras que o livre-arbítrio no conhecimento do bem e do mal? Não existe nada mais sedutor para o homem que sua liberdade de consciência, mas tampouco existe nada mais angustiante. Pois em vez de fundamentos sólidos para tranquilizar para sempre a consciência humana, tu lançaste mão de tudo o que há de mais insólito, duvidoso e indefinido, lançaste mão de tudo o que estava acima das possibilidades dos homens, e por isso agiste como que sem nenhum amor por eles — e quem fez isto: justo aquele que veio dar a própria vida por eles! Em vez de assenhorear-se da liberdade dos homens, tu a multiplicaste e sobrecarregaste com seus tormentos o reino espiritual do homem para todo o sempre. Desejaste o amor livre do homem para que ele te seguisse livremente, seduzido e cativado por ti. Em vez da firme lei antiga,[21] doravante o próprio homem deveria resolver de coração livre o que é o bem e o que é o mal, tendo diante de si apenas a tua imagem como guia — mas será que não pensaste que ele acabaria questionando e renegando até tua imagem e tua verdade se o

---

[21] Por "firme lei antiga" subentende-se nessa passagem o Antigo Testamento, que regulamentava de modo rigoroso, em cada detalhe, a vida dos antigos hebreus. Quanto à nova lei, a lei de Cristo, consiste predominantemente no mandamento do amor. Ver Mateus, 5, 43-4. (N. do T.)

oprimissem com um fardo tão terrível como o livre-arbítrio? Por fim exclamarão que a verdade não está em ti, pois era impossível deixá-los mais ansiosos e torturados do que o fizeste quando lhes reservaste tantas preocupações e problemas insolúveis. Assim, tu mesmo lançaste as bases da destruição de teu próprio reino, e não culpes mais ninguém por isso. Entretanto, foi isso que te propuseram? Existem três forças, as únicas três forças na terra capazes de vencer e cativar para sempre a consciência desses rebeldes fracos para sua própria felicidade: essas forças são o milagre, o mistério e a autoridade. Tu rejeitaste a primeira, a segunda e a terceira e deste pessoalmente o exemplo para tal rejeição. Quando o terrível e sábio espírito te pôs no alto do templo e te disse: 'Se queres saber se és filho de Deus atira-te abaixo, porque está escrito que os anjos o susterão e o levarão, e que ele não tropeçará nem se ferirá, e então saberás se és filho de Deus e provarás qual é tua fé em teu pai',[22] tu, porém, após ouvi-lo rejeitaste a proposta e não cedeste nem te atiraste abaixo. Oh, é claro, aí foste altivo e esplêndido como um deus, mas os homens, essa fraca tribo rebelde — logo eles serão deuses? Oh, compreendeste então que com um único passo, com o simples gesto de te lançares abaixo, estarias incontinenti tentando o Senhor e perdendo toda a fé nele, e te arrebentarias contra a terra que vieste para salvar, e o espírito inteligente que te tentava se alegraria com isso. Mas, repito, existirão muitos como tu? E será que poderias mesmo admitir, ainda que por um minuto, que os homens também estariam em condição de enfrentar semelhante tentação? Terá a natureza humana sido criada para rejeitar o milagre, e em momentos tão terríveis de sua vida, momentos das perguntas mais terríveis, essenciais e torturantes de sua alma, ficar apenas com a livre decisão do seu coração? Oh, sabias que tua façanha se conservaria nos livros sagrados, atingiria a profundeza dos tempos e os últimos limites da terra, e nutriste a esperança de que, seguindo-te, o homem também estaria com Deus, sem precisar do milagre. Não sabias, porém, que mal rejeitasse o milagre, o homem imediatamente também renegaria Deus, porquanto o homem procura não tanto Deus quanto os milagres.[23] E como o homem não tem condições de dispensar os milagres, criará para si novos milagres, já seus, e então se curvará ao milagre do curandeirismo, ao feitiço das bruxas, mesmo que cem vezes tenha si-

---

[22] Ver Mateus, 4, 5-6. (N. do T.)

[23] Pascal escreve: "Os milagres são mais importantes do que julgais: serviram à fundação e servirão à continuidade da Igreja até o Anticristo, até o fim... Eu não seria um cristão se não houvesse milagres" — na tradução de Sérgio Milliet (Pascal, *Pensamentos*, Coleção Os Pensadores, São Paulo, Abril Cultural, 1973, pp. 267 ss.). (N. do T.)

do rebelde, herege e ateu. Não desceste da cruz quando te gritaram, zombando de ti e te provocando: 'Desce da cruz e creremos que és tu'. Não desceste porque mais uma vez não quiseste escravizar o homem pelo milagre e ansiavas pela fé livre e não pela miraculosa. Ansiavas pelo amor livre e não pelo enlevo servil do escravo diante do poderio que o aterrorizara de uma vez por todas. Mas até nisto tu fizeste dos homens um juízo excessivamente elevado, pois, é claro, eles são escravos ainda que tenham sido criados rebeldes. Observa e julga, pois se passaram quinze séculos, vai e olha para eles: quem elevaste à tua altura? Juro, o homem é mais fraco e foi feito mais vil do que pensavas sobre ele! Pode, pode ele realizar o mesmo que realizas tu? Por estimá-lo tanto, agiste como se tivesses deixado de compadecer-se dele, porque exigiste demais dele — e quem fez isso foi o mesmo que o amou mais do que a si mesmo! Se o estimasses menos, menos terias exigido dele, e isto estaria mais próximo do amor, pois o fardo dele seria mais leve. Ele é fraco e torpe. Que importa se hoje ele se rebela em toda a parte contra nosso poder e se orgulha de rebelar-se? É o orgulho de uma criança e de um escolar. São crianças pequenas que se rebelaram na turma e expulsaram o mestre. Mas o êxtase das crianças também chegará ao fim, ele lhes custará caro. Elas destruirão os templos e cobrirão a terra de sangue. Mas essas tolas crianças finalmente perceberão que, mesmo sendo rebeldes, são rebeldes fracos que não aguentam a própria rebeldia. Banhadas em suas tolas lágrimas, elas finalmente se conscientizarão de que aquele que as criou rebeldes quis, sem dúvida, zombar delas. Isto elas dirão no desespero, e o que disserem será uma blasfêmia que as tornará ainda mais infelizes, porquanto a natureza humana não suporta a blasfêmia e ela mesma sempre acaba vingando-a. Pois bem, a intranquilidade, a desordem e a infelicidade — eis o que hoje constitui a sina dos homens depois que tu sofreste tanto por sua liberdade! Teu grande profeta diz, em suas visões e parábolas, que viu todos os participantes da primeira ressurreição e que eles eram doze mil por geração.[24] Mas se eram tantos, não eram propriamente gente, mas deuses. Eles suportaram tua cruz, suportaram dezenas de anos de deserto faminto e escalvado, alimentando-se de gafanhotos e raízes — e tu, é claro, podes apontar com orgulho esses filhos da liberdade, do amor livre, do sacrifício livre e magnífico em teu nome. Lembra-te, porém, de que eles eram apenas alguns milhares, e ainda por cima deuses; mas, e os restantes? E que culpa têm os outros, os restantes, os fracos, por não terem podido suportar aquilo que suportaram os fortes? Que culpa tem a alma fraca de não ter condições de reunir tão terríveis

---

[24] Ver Apocalipse de João, 7, 4-8. (N. do T.)

dons? Será que vieste mesmo destinado apenas aos eleitos e só para os eleitos? E se é assim, então aí existe um mistério e não conseguimos entendê-lo. Mas se é um mistério, então nós também estaríamos no direito de pregar o mistério e ensinar àquelas pessoas que o importante não é a livre decisão de seus corações nem o amor, mas o mistério, ao qual eles deveriam obedecer cegamente, inclusive contrariando suas consciências. Foi o que fizemos. Corrigimos tua façanha e lhe demos por fundamento o *milagre*, o *mistério* e a *autoridade*. E os homens se alegraram porque de novo foram conduzidos como rebanho e finalmente seus corações ficaram livres de tão terrível dom, que tanto suplício lhes causara. Podes dizer se estávamos certos ensinando e agindo assim? Por acaso não amávamos a humanidade, ao reconhecer tão humildemente a sua impotência, aliviar com amor o seu fardo e deixar que sua natureza fraca cometesse ao menos um pecado, mas com nossa permissão? Por que achaste de aparecer agora para nos atrapalhar? E por que me fitas calado com esse olhar dócil e penetrante? Zanga-te, não quero teu amor porque eu mesmo não te amo. O que eu iria esconder de ti? Ou não sei com quem estou falando? Tudo o que tenho a te dizer já é de teu conhecimento, leio isso em teus olhos. Sou eu que escondo de ti nosso mistério? É possível que tu queiras ouvi-lo precisamente de meus lábios, então escuta: não estamos contigo, mas com *ele*, eis o nosso mistério! Faz muito tempo que já não estamos contigo, mas com *ele*,[25] já se vão oito séculos. Já faz exatos oito séculos que recebemos dele aquilo que rejeitaste com indignação, aquele último dom que ele te ofereceu ao te mostrar todos os reinos da Terra: recebemos dele Roma e a espada de César, e proclamamos apenas a nós mesmos como os reis da Terra, os únicos reis, embora até hoje ainda não tenhamos conseguido dar plena conclusão à nossa obra. Mas de quem é a culpa? Oh, até hoje isto não havia saído do esboço, mas já começou. Ainda resta esperar muito por sua conclusão, e a Terra ainda há de sofrer muito, mas nós o conseguiremos e seremos os Césares, e então pensaremos na felicidade universal dos homens. Entretanto, naquele momento ainda podias ter pegado a espada de César. Por que rejeitaste esse último dom? Aceitando esse terceiro conselho do poderoso espírito, tu terias concluído tudo que o homem procura na Terra, ou seja: a quem sujeitar-se, a quem entregar a consciência e como finalmente juntar todos no formigueiro comum, incontestável e solidário, porque a necessidade da união universal é o terceiro e o último tormento dos homens. A humanidade, em seu conjunto, sempre ansiou por

---

[25] Tem-se em vista a formação do Estado teocrático (que teve Roma como centro), do que resultou que o papa assumiu poder mundano. (N. do T.)

uma organização forçosamente universal. Houve muitos grandes povos com uma grande história; no entanto, quanto mais elevados eram esses povos, mais infelizes, pois compreendiam mais intensamente que os outros a necessidade de união universal dos homens. Os grandes conquistadores, os Tamerlães e os Gengis Khan, passaram como um furacão pela Terra, procurando conquistar o universo, mas até eles traduziram, ainda que de forma inconsciente, a mesma grande necessidade de união geral e universal experimentada pela humanidade. Se aceitasses o mundo e a púrpura de César, terias fundado o reino universal e dado a paz universal. Pois, quem iria dominar os homens senão aqueles que dominam suas consciências e detêm o seu pão em suas mãos? Nós tomamos a espada de César e, ao tomá-la, te renegamos, é claro, e o seguimos. Oh, ainda se passarão séculos de desmandos da livre inteligência, da ciência e da antropofagia deles, porque, tendo começado a erigir sem nós sua torre de Babel, eles terminarão na antropofagia. Mas nessa ocasião a besta rastejará até nós, lamberá nossos pés e nos borrifará com as lágrimas sangrentas que sairão de seus olhos. E montaremos na besta,[26] e ergueremos a taça, na qual estará escrito: 'Mistério!'. É aí, e só aí que chegará para os homens o reino da paz e da felicidade. Tu te orgulhas de teus eleitos, mas só tens eleitos, ao passo que nós damos tranquilidade a todos. Quantos desses eleitos, dos poderosos que poderiam se tornar eleitos, acabaram cansando de te esperar, levaram e ainda levarão as forças do seu espírito e o calor do seu coração para outro campo e terminarão por erguer sobre ti mesmo sua bandeira *livre*. Mas tu mesmo ergueste essa bandeira. Já sob nosso domínio todos serão felizes e não mais se rebelarão nem exterminarão uns aos outros em toda a parte, como sob tua liberdade. Oh, nós os persuadiremos de que eles só se tornarão livres quando nos cederem sua liberdade e se colocarem sob nossa sujeição. E então, estaremos com a razão ou mentindo? Eles mesmos se convencerão de que estamos com a razão, porque se lembrarão a que horrores da escravidão e da desordem tua liberdade os levou. A liberdade, a inteligência livre e a ciência os porão em tais labirintos e os colocarão perante tamanhos milagres e mistérios insolúveis que alguns deles, insubmissos e furiosos, exterminarão a si mesmos; outros, insubmissos porém fracos, exterminarão uns aos outros, e os restantes, fracos

---

[26] Ver Apocalipse de João, 13, 3-5; 17, 3-17. Na explicação do Grande Inquisidor, essa meretriz fantástica, que João descreve, foi substituída por ele e seus correligionários, isto é, a Igreja Católica. No *Diário de um escritor*, de março de 1876, Dostoiévski escreve: "Até hoje, ele (o catolicismo) entregou-se à devassidão apenas com os fortes da Terra e até ultimamente depositou neles suas esperanças". (N. do T.)

e infelizes, rastejarão até nossos pés e nos bradarão: 'Sim, os senhores estavam com a razão, os senhores são os únicos, só os senhores detinham o mistério d'Ele, estamos de volta para os senhores, salvem-nos de nós mesmos'. Ao receberem os pães de nossas mãos, eles, evidentemente, verão com clareza que os pães, que são seus, que eles conseguiram com as próprias mãos, nós os tomamos para distribuí-los entre eles sem qualquer milagre, verão que não transformamos pedras em pães e, em verdade, estarão mais alegres com o fato de receberem o pão de nossas mãos do que com o próprio pão! Hão de lembrar-se demais de que antes, sem nós, os próprios pães que eles mesmos obtiveram transformaram-se em pedras em suas mãos, e quando voltaram para nós as mesmas pedras se transformaram em pães. Apreciarão demais, demais o que significa sujeitar-se de uma vez por todas! E enquanto os homens não entenderem isto serão infelizes. Quem mais contribuiu para essa incompreensão, podes responder? Quem desmembrou o rebanho e o espalhou por caminhos desconhecidos? Mas o rebanho tornará a reunir-se e tornará a sujeitar-se, e agora de uma vez por todas. Então lhe daremos uma felicidade serena, humilde, a felicidade dos seres fracos, tais como eles foram criados. Oh, nós finalmente os persuadiremos a não se orgulharem, pois tu os encheste de orgulho e assim os ensinaste a ser orgulhosos; nós lhes demonstraremos que eles são fracos e que não passam de míseras crianças, mas que a felicidade infantil é mais doce de que qualquer outra. Eles se tornarão tímidos, e passarão a olhar para nós e a grudar-se a nós por medo, como pintinhos à galinha choca. Hão de surpreender-se e horrorizar-se conosco, e orgulhar-se de que somos tão poderosos e tão inteligentes que somos capazes de apaziguar um rebanho tão violento de milhares de milhões. Hão de tremer sem forças diante de nossa ira, suas inteligências ficarão intimidadas e seus olhos se encherão de lágrimas como os das crianças e mulheres, mas, a um sinal nosso, passarão com a mesma facilidade à distração e ao sorriso, a uma alegria radiosa e ao cantar feliz da infância. Sim, nós os faremos trabalhar, mas nas horas livres do trabalho organizaremos sua vida como um jogo de crianças, com canções infantis, coro e danças inocentes. Oh, nós lhes permitiremos também o pecado, eles são fracos e impotentes e nos amarão como crianças pelo fato de lhes permitirmos pecar. Nós lhes diremos que todo pecado será expiado se for cometido com nossa permissão; permitiremos que pequem, porque os amamos, e assumiremos o castigo por tais pecados; que seja. Nós o assumiremos e eles nos adorarão como benfeitores que assumiram seus pecados diante de Deus. E não haverá para eles nenhum segredo de nossa parte. Permitiremos ou proibiremos que vivam com suas mulheres e suas amantes, que tenham ou não tenham filhos — tudo a julgar por sua obediência —, e eles nos obedecerão felizes e contentes. Os mais angustiantes mistérios de sua consciência — tudo, tudo, eles trarão a nós, e permitiremos tudo, e eles acreditarão em nossa decisão com alegria porque ela os livrará também da grande preocupação e dos terríveis tormentos atuais de uma decisão pessoal e livre. E todos serão felizes, todos os milhões de seres, exceto as centenas de milhares que os governam. Porque só nós, nós que guardamos o mistério, só nós seremos infelizes. Haverá milhares de milhões de crianças felizes e cem mil sofredores, que tomaram a si a maldição do conhecimento do bem e do mal. Morrerão serenamente, serenamente se extinguirão em teu nome, e no além-túmulo só encontrarão a morte.[27] Mas conservaremos o segredo e para felicidade deles os atrairemos com a recompensa celestial e eterna. Porquanto ainda que houvesse mesmo alguma coisa no outro mundo, isto, é claro, não seria para criaturas como eles. Dizem e profetizam que tu voltarás e tornarás a vencer,[28] voltarás com teus eleitos, com teus poderosos e orgulhosos, mas diremos que estes só salvaram a si mesmos, enquanto nós salvamos todos. Dizem que será infamada a meretriz[29] que está montada na besta e mantém em suas mãos o *mistério*, que os fracos voltarão a rebelar-se, que destroçarão o seu manto e lhe desnudarão o corpo 'nojento'. Mas eu me levantarei na ocasião e te apontarei os milhares de milhões de crianças felizes que não conheceram o pecado. E nós, que assumimos os seus pecados para a felicidade deles, nós nos postaremos à tua frente e te diremos: 'Julga-nos se podes e te atreves'. Sabes que não te temo. Sabes que também estive no deserto, que também me alimentei de gafanhotos e raízes, que também bendisse a liberdade com a qual tu abençoaste os homens, e me dispus a engrossar o número de teus eleitos, o número dos poderosos e fortes ansiando 'completar o número'. Mas despertei e não quis servir à loucura. Voltei e me juntei à plêiade daqueles que *corrigiram tua façanha*. Abandonei os orgulhosos e voltei para os humildes, para a felicidade desses humildes. O que eu estou te dizendo acontecerá e nosso reino se erguerá. Repito que amanhã verás esse rebanho obediente, que ao primeiro

---

[27] Segundo Leonid Grossman, essas palavras do Grande Inquisidor são um eco de um sonho fantástico que aparece no romance de Jean Paul, *Blumen- Frucht- und Dornenstücke oder Ehestand, Tod und Hochzeit des Armenadvokaten F. St. Siebenkäs*, de 1796-97, no qual Cristo se dirige aos mortos que se levantaram de seus túmulos, afirmando que Deus não existe e que, sem ele, os homens estão condenados a se sentirem sós e tragicamente abandonados. (N. do T.)

[28] Ver Mateus, 24, 30; Apocalipse de João, 12, 7-11; 17, 14; 19, 19-21. (N. do T.)

[29] Ver Apocalipse de João, 17, 15-6; 19, 1-3. (N. do T.)

sinal que eu fizer passará a arrancar carvão quente para tua fogueira, na qual vou te queimar porque voltaste para nos atrapalhar. Porque se alguém mereceu nossa fogueira mais do que todos, esse alguém és tu. Amanhã te queimarei. *Dixi*."[30]

Ivan parou. Ficara acalorado ao falar, e falou com entusiasmo; quando terminou deu um súbito sorriso.

Alióchka, que o ouvira em silêncio e tentara muitas vezes interromper o irmão mas visivelmente se contivera, ao cabo de tudo e levado por uma emoção excepcional começou de repente a falar, como se se projetasse de seu lugar.

— Mas... isso é um absurdo! — bradou, corando. — Teu poema é um elogio a Jesus e não uma injúria... como o querias. E quem vai acreditar em teu argumento a respeito da liberdade? Será assim, será assim que devemos entendê-la? Será esse o conceito que vigora na ortodoxia?... Isso é coisa de Roma, e mesmo assim não de toda Roma, isso não é verdade — é o que há de pior no catolicismo, é coisa de inquisidores, de jesuítas!... Além disso, é absolutamente impossível haver um tipo fantástico como esse teu inquisidor. Que pecados dos homens são esses que eles assumiram? Que detentores do mistério são esses que assumiram uma maldição qualquer para salvar os homens? Onde já se viu tipos assim? Conhecemos os jesuítas, fala-se mal deles, mas serão assim como estão em teu poema? Não são nada disso, nada disso... São apenas o exército de Roma para o futuro reino universal na Terra, com o imperador — o pontífice de Roma à frente... Esse é o ideal deles, mas sem quaisquer mistérios e tristeza sublime... O mais simples desejo de poder, dos sórdidos bens terrenos, da escravização... uma espécie de futura servidão para que eles se tornem latifundiários... eis tudo o que eles têm em mente. Talvez eles nem acreditem em Deus. Teu inquisidor sofredor é mera fantasia...

— Bem, para, para — ria Ivan —, como ficaste exaltado. Uma fantasia, dizes, vá lá! É claro que é uma fantasia. Mas permite: será que tu achas mesmo que todo esse movimento católico dos últimos séculos é de fato mera vontade de poder que só visa a bens sórdidos? Não terá sido o padre Paissi quem te ensinou isso?

— Não, não, ao contrário, o padre Paissi disse uma vez algo até parecido com o teu argumento... mas é claro que não é a mesma coisa, não tem nada disso — apercebeu-se subitamente Alióchka.

---

[30] Em latim, no original: "Tenho dito". (N. do T.)

— Contudo, essa é uma informação preciosa, apesar do teu "nada disso". Eu te pergunto precisamente por que teus jesuítas inquisidores teriam se unido visando unicamente a deploráveis bens materiais. Por que entre eles não poderia aparecer nenhum sofredor, atormentado pela grande tristeza, e que amasse a humanidade? Supõe que entre esses que só desejam bens materiais e sórdidos tenha aparecido ao menos um — ao menos um como meu velho inquisidor, que comeu pessoalmente raízes no deserto e desatinou tentando vencer a própria carne para se tornar livre e perfeito, mas, não obstante, depois de passar a vida inteira amando a humanidade, de repente lhe deu o estalo e ele percebeu que é bem reles o deleite moral de atingir a perfeição da vontade para certificar-se ao mesmo tempo de que para os milhões de outras criaturas de Deus sobrou apenas o escárnio, de que estas nunca terão condições de dar conta de sua liberdade, de que míseros rebeldes nunca virarão gigantes para concluir a torre, de que não foi para esses espertalhões que o grande idealista sonhou a sua harmonia. Após compreender tudo isso, ele voltou e juntou-se... aos homens inteligentes. Será que isso não podia acontecer?

— A quem se juntou, a que homens inteligentes? — exclamou Aliócha quase entusiasmado. — Nenhum deles tem semelhante inteligência nem tais mistérios e segredos... Todo o segredo deles se resume unicamente ao ateísmo. Teu inquisidor não crê em Deus, eis todo o seu segredo!

— Vá lá que seja! Até que enfim adivinhaste. E de fato é assim, de fato é só nisso que está todo o segredo, mas por acaso isso não é sofrimento, ainda que seja para uma pessoa como ele, um homem que destruiu toda a sua vida numa façanha no deserto e não se curou do amor à humanidade? No crepúsculo de seus dias ele se convence claramente de que só os conselhos do grande e terrível espírito poderiam acomodar numa ordem suportável os rebeldes fracos, "as criaturas experimentais inacabadas, criadas por escárnio". Pois bem, convencido disto ele percebe que precisa seguir a orientação do espírito inteligente, do terrível espírito da morte e da destruição, e para tanto adotar a mentira e o embuste e conduzir os homens já conscientemente para a morte e a destruição, e ademais enganá-los durante toda a caminhada, dando um jeito de que não percebam aonde estão sendo conduzidos e ao menos nesse caminho esses míseros cegos se achem felizes. E repare, o embuste é em nome daquele em cujo ideal o velho acreditara apaixonadamente durante toda a sua vida! Acaso isso não é infelicidade? E se ao menos um homem assim aparecesse à frente de todo esse exército "com sede de poder voltado apenas para os bens sórdidos", será que isso só já não bastaria para provocar uma tragédia? E mais: basta um tipo assim à frente para que apareça finalmente a verdadeira ideia guia de toda a causa romana, com todos os seus exércitos e jesuítas, a ideia suprema dessa causa. Eu te digo francamente que tenho a firme convicção de que esse tipo singular de homem nunca rareou entre os que dirigiam o movimento. Vai ver que esses seres únicos existiram também entre os pontífices romanos. Quem sabe esse maldito velho, que ama a humanidade com tanta obstinação e de modo tão pessoal, talvez exista até hoje corporificado em toda uma plêiade de muitos velhos únicos como ele, e sua existência não seja nada fortuita mas algo consensual, uma organização secreta criada há muito tempo para conservar o mistério, protegê-lo dos homens infelizes e fracos com o fim de torná-los felizes. Isso existe forçosamente, e aliás deve existir. Tenho a impressão de que até nos fundamentos da maçonaria existe algo similar a esse mistério, e por isso os católicos odeiam tanto os maçons, vendo neles concorrentes e o fracionamento da unidade das ideias, quando deve existir um só rebanho e um só pastor... Aliás, ao defender meu pensamento pareço um autor que não suportou a tua crítica. Chega desse assunto.

— Talvez tu mesmo sejas um maçom! — deixou escapar Alióscha. — Tu não crês em Deus — acrescentou ele, mas já com uma tristeza extraordinária. Além disso, pareceu-lhe que o irmão o fitava com ar de galhofa. — Como é que termina o teu poema? — perguntou de repente, olhando para o chão. — Ou ele não está concluído?

— Eu queria terminá-lo assim: quando o inquisidor calou-se, ficou algum tempo aguardando que o prisioneiro lhe respondesse. Para ele era pesado o silêncio do outro. Via como o prisioneiro o escutara o tempo todo com ar convicto e sereno, fitando-o nos olhos e, pelo visto, sem vontade de fazer nenhuma objeção. O velho queria que o outro lhe dissesse alguma coisa ainda que fosse amarga, terrível. Mas de repente ele se aproxima do velho em silêncio e calmamente lhe beija a exangue boca de noventa anos. Eis toda a resposta. O velho estremece. Algo estremece na comissura de seus lábios; ele vai à porta, abre-a e diz ao outro: "Vai e não voltes mais... Não voltes em hipótese nenhuma... nunca, nunca!". E o deixa sair para as "ruas largas e escuras da urbe". O prisioneiro vai embora.

— E o velho?

— O beijo lhe arde no coração, mas o velho se mantém na mesma ideia.

— E tu igualmente, tu? — exclamou Alióscha amargamente. Ivan deu uma risada.

— Ora, mas isso é um absurdo, Alióscha, isso é apenas um poema inepto de um estudante inepto que nunca compôs dois versos. Por que tomas isso tão a sério? Não estarás pensando que vou agora mesmo para lá, me juntar aos jesuítas, a fim de engrossar a plêiade dos homens que corrigem a façanha d'Ele? Oh, Deus, que tenho a ver com isso! Eu já te disse: quero apenas chegar aos trinta anos, e então quebro o cálice no chão!

— E as folhinhas pegajosas, e os cemitérios queridos, e o céu azul, e a mulher amada? Como hás de viver, de que irás viver? — exclamou Aliócha com amargura. — Acaso isso é possível com semelhante inferno no peito e na cabeça? Não, tu mesmo irás para te juntar a eles... e se não, tu te matarás, pois não suportarás!

— Existe uma força que suporta tudo! — proferiu Ivan com o sorriso já frio.

— Que força é essa?

— A dos Karamázov...

Tradução de Paulo Bezerra

APÊNDICE

A MULHER DE OUTRO
(Uma cena na rua)[1]

— Por gentileza, prezado senhor, permita-me perguntar...

O transeunte estremeceu e olhou assustado para o senhor que vestia pele de guaxinim e o interpelara sem rodeios após as sete da noite em plena rua. Sabe-se que, caso um senhor petersburguês comece de repente a falar alguma coisa na rua com alguém que lhe seja completamente desconhecido, o outro necessariamente se assustará.

Assim, o transeunte estremeceu e se assustou um pouco.

— Desculpe incomodá-lo — disse o senhor de guaxinim —, mas eu... eu, palavra, não sei... o senhor, certamente, vai me desculpar. Veja, meu espírito está um tanto perturbado...

Só então o jovem rapaz de sobretudo notou que o senhor de guaxinim estava perturbado. Sua face contraída estava bastante pálida, a voz trêmula, os pensamentos claramente atrapalhados, as palavras saíam com dificuldade e era evidente que tivera enorme dificuldade em aceitar dirigir-se humildemente a alguém que, talvez, pertencesse a um grau ou classe social inferior à sua, devido à necessidade imperiosa de fazer um pedido. Além disso, o pedido era, de todo modo, indecente, indigno e estranho para um homem que vestia um casaco de pele tão vistoso e um fraque verde-escuro tão excelente e respeitável, coberto por condecorações tão memoráveis. Era óbvio que tudo aquilo constrangia ao extremo o próprio senhor de guaxinim, de modo que, por fim, com o espírito perturbado, o senhor não se conteve e decidiu controlar sua agitação e dar um termo àquela situação desagradável que ele mesmo causara.

— Desculpe-me, estou fora de mim. O fato é que o senhor não me conhece... Sinto muito por tê-lo incomodado; mudei de ideia.

Levantou o chapéu em um gesto de cortesia e saiu correndo.

---

[1] Publicado originalmente em *Anais da Pátria*, nº 56, janeiro de 1848. Concebido inicialmente para formar parte do ciclo "Notas de um desconhecido", foi republicado em 1860, na primeira edição das *Obras reunidas* (*Sobránie sotchiniênii*), organizada por Dostoiévski, como a primeira parte do conto "A mulher de outro e o marido debaixo da cama", reproduzido às pp. 149-86 deste volume. (N. da T.)

— Mas, faça o favor, tenha a bondade.

O pequeno homem, contudo, desapareceu na escuridão, deixando estupefato o jovem de sobretudo.

"Que pessoa esquisita!", pensou o jovem de sobretudo. Depois de ficar um tanto atônito, como era de se esperar, saiu do estado de estupefação, voltou a si e pôs-se a andar para lá e para cá, olhando fixamente o portão de um prédio de incontáveis andares. Começou a cair uma névoa e o jovem se alegrou um pouco, pois assim seu passeio chamaria menos atenção, ainda que, por outro lado, algum cocheiro que tivesse passado o dia sem ganhar nada pudesse notá-lo.

— Com licença!

O transeunte estremeceu outra vez: o mesmo senhor de guaxinim apareceu diante dele.

— Desculpe, novamente... — começou — ... mas o senhor, o senhor, decerto é uma pessoa nobre! Não me olhe como se eu fosse alguma figura importante no sentido social; eu, aliás, estou atrapalhado. Examine de forma humana... diante do senhor está um homem que precisa do mais humilde favor.

— Se eu puder ajudar... de que precisa?

— Pode ser que esteja pensando que vou lhe pedir dinheiro! — disse o homem misterioso, entortando a boca, rindo histericamente e empalidecendo.

— De modo algum...

— Não, vejo que estou estorvando o senhor! Desculpe, não consigo suportar a mim mesmo; considere que está diante de um homem espiritualmente perturbado, quase louco, mas não tire nenhuma conclusão...

— Vá direto ao ponto, ao ponto! — respondeu o jovem rapaz, acenando com a cabeça de forma positiva e impaciente.

— Ah! Veja só! O senhor, um rapaz tão jovem, me pedindo para ir direto ao ponto, como se eu fosse um rapazote descuidado! Eu devo ter perdido o juízo mesmo!... Como o senhor me vê agora em minha humilhação, diga francamente?

O jovem ficou confuso e calou.

— Permita-me perguntar francamente: o senhor não viu uma dama? É só isso que quero saber! — disse por fim, decididamente, o senhor com casaco de pele de guaxinim.

— Uma dama?

— Sim, uma dama.

— Vi... mas devo dizer que passaram muitas por aqui...

— Certo — respondeu o homem misterioso com um sorriso amargo. — Eu me confundi, não era isso que queria perguntar, me desculpe. Gostaria de saber se o senhor não teria visto uma senhora com casaco de pele de raposa, capuz de veludo escuro e véu preto.

— Não, essa eu não vi... não que eu tenha percebido.

— Ah! Nesse caso, desculpe-me!

O jovem quis perguntar algo, mas o senhor de guaxinim novamente desapareceu, deixando outra vez seu paciente interlocutor estupefato. "Que o diabo o carregue!", pensou o jovem de sobretudo, evidentemente perturbado.

Com irritação, fechou seu colarinho de pele de castor e voltou a caminhar com cautela diante do portão do prédio de infinitos andares. Estava furioso.

"Por que ela ainda não saiu?", pensou, "Já vai dar oito horas!"

O relógio da torre bateu oito horas.

— Ah! Que o diabo o carregue!

— Com licença!

— Desculpe por falar assim... Mas o senhor chegou tão de repente, que me assustou — disse o transeunte com a cara fechada, desculpando-se.

— Sou eu de novo. É claro que eu devo estar parecendo inquieto e estranho.

— Faça o favor, diga logo o que quer sem rodeios; ainda não consegui descobrir o que deseja.

— Está com pressa? Veja só. Direi tudo abertamente, sem palavras desnecessárias. Não há saída! As circunstâncias, às vezes, reúnem pessoas de caráter totalmente diverso... Mas vejo que o senhor é impaciente, meu jovem... Pois então... aliás, nem sei como dizer: estou procurando uma dama (agora decidi dizer tudo). Preciso saber para onde ela foi. Quem ela é — penso que não há necessidade de que saiba o nome dela, meu jovem.

— Sim, prossiga...

— Prossiga! Veja o seu tom! Desculpe, pode ser que eu o tenha ofendido ao chamar-lhe de meu jovem, mas eu não tinha nada... em uma palavra, se puder prestar-me um enorme serviço, pois então: trata-se de uma dama, ou seja, quero dizer uma mulher correta, de excelente família de conhecidos meus... foi-me confiada... veja, eu mesmo não tenho família...

— Sei.

— Coloque-se no meu lugar, meu jovem (ah, outra vez!, desculpe, eu continuo chamando-o de meu jovem). Cada minuto custa caro... Imagine só, essa dama... mas, será que não pode me dizer quem mora nesse prédio?

— Sim... muitas pessoas moram aí.

— Sim, quer dizer, o senhor está correto — respondeu o senhor de guaxinim, rindo de forma sutil em nome dos bons modos. — Sinto que estou um pouco atrapalhado... mas por que esse tom? O senhor me vê admitir de coração aberto que estou atrapalhado e, se é um homem arrogante, já viu humilhação suficiente... Uma dama, de comportamento respeitável, ou seja, de conteúdo leve — desculpe, estou tão atrapalhado, que é como se estivesse falando de literatura: inventaram que Paul de Kock tem conteúdo leve, e toda desgraça vem dele... veja só!...

O jovem rapaz olhou com piedade para o senhor de guaxinim, que, ao que parece, atrapalhou-se de vez, calou, olhou para ele, e, com um sorriso sem sentido, as mãos trêmulas e sem nenhum motivo aparente, agarrou-o pela lapela do sobretudo.

— O senhor está perguntando quem mora aqui? — disse o jovem rapaz, recuando.

— Sim, muita gente, o senhor disse.

— Aqui... sei que aqui também mora Sofia Ostafiévna — disse o jovem rapaz sussurrando e até com ar de comiseração.

— Veja só, veja só! O senhor sabe de algo, meu jovem?

— Garanto que não sei de nada... Apenas julguei pelo aspecto perturbado do senhor.

— Fiquei sabendo por uma cozinheira que ela costuma vir aqui; mas o senhor está equivocado em relação a Sofia Ostafiévna... Elas não se conhecem...

— Não? Então, me desculpe...

— Não sei; está claro que nada disso interessa absolutamente ao senhor, meu jovem — disse o estranho senhor com amarga ironia.

— Ouça — disse o jovem rapaz com hesitação —, eu não sei em essência a causa da sua situação, mas, seja direto, o senhor está sendo traído?

O jovem deu um sorriso de satisfação.

— Pelo menos vamos nos entender — acrescentou, e todo o seu corpo manifestou generosamente o desejo de fazer uma discreta meia reverência.

— O senhor acabou comigo! Mas reconheço honestamente que é isso... Acontece com todo mundo!... Estou profundamente tocado por seu interesse. Convenhamos, aqui entre nós, jovens... Não que eu seja jovem, mas, o senhor sabe, o hábito, a vida de solteiro, entre solteiros, sabemos que...

— Sim, sabemos, sabemos! Mas em que posso ajudá-lo?

— Pois então, o senhor há de convir que visitar... Aliás, ainda não sei ao certo para onde ela foi; sei apenas que está nesse prédio; mas, ao ver que o senhor passeava e eu mesmo também passeava daquele lado, pensei: veja só, estou aqui esperando essa dama... sei que ela está lá; gostaria de encontrá-la e explicar como é indecente e sórdido... em uma palavra, o senhor me entende...

— Hum! E então?

— Não faço isso por mim, nem pense nisso: trata-se da mulher de outro! O marido está lá, na ponte Voznessiênski; ele quer surpreendê-la, mas não tem coragem. Ele ainda não acredita, como todo marido... (nesse momento o senhor de guaxinim quis sorrir). Eu sou amigo dele; convenhamos, sou um homem que merece algum respeito, não posso ser o que o senhor pensa que sou.

— Claro, e então?

— O caso é que eu vou surpreendê-la; fui encarregado disso (que marido infeliz!); mas eu sei que essa jovem e esperta dama (tem Paul de Kock para sempre debaixo do travesseiro); estou certo de que ela se esgueira furtivamente... Confesso que a cozinheira me contou que ela costuma vir aqui e eu, feito um louco, corri para cá assim que soube; quero surpreendê-la; faz tempo que desconfio e por isso queria pedir-lhe, o senhor costuma vir aqui... o senhor... o senhor... não sei...

— Está bem, mas o que quer, afinal?

— Sim... Não tive a honra de conhecer o senhor; não me atrevi a indagar quem seja... Em todo caso, permita que me apresente... Muito prazer!

O senhor, trêmulo, apertou calorosamente a mão do jovem rapaz.

— É o que deveria ter feito no começo — acrescentou —, mas me esqueci de toda a decência!

O senhor de guaxinim não conseguia ficar parado enquanto falava, olhava inquieto para os lados, andava a passo miúdo e constantemente agarrava o braço do jovem rapaz como se estivesse morrendo.

— Veja, quis dirigir-me ao senhor amigavelmente... desculpe-me por tomar tal liberdade... gostaria de pedir que andasse pelo outro lado da rua saindo da esquina onde há um portão preto, descrevendo assim *com calma* um retângulo. Eu também, por meu turno, caminharei a partir da entrada principal, de modo que não a deixaremos escapar; meu temor era que sozinho a deixasse escapar; não quero que isso aconteça. O senhor, assim que a vir, pare e grite... Mas estou louco! Só agora vejo a tolice e a indecência de minha proposta!

— Não, imagine! Por favor!

— Não, me desculpe; meu espírito está perturbado, estou perdido como nunca antes! É como se estivesse diante de um juiz! Até admito, meu jovem, serei nobre e franco: cheguei a pensar que o senhor fosse o amante!

— Ou seja, trocando em miúdos, o senhor quer saber o que estou fazendo aqui?

— É um homem nobre, prezado senhor, não me passa pela cabeça que o senhor seja *ele*; não o difamarei com esse pensamento, mas... poderia me dar sua palavra de honra de que o senhor não é o amante?

— Está bem, que seja, tem minha palavra de honra de que eu sou o amante, mas não da sua esposa; do contrário, não estaria aqui na rua, mas com ela!

— Esposa? Quem falou em esposa, meu jovem? Sou solteiro, eu mesmo sou um amante...

— O senhor disse que há um marido... na ponte Voznessiênski...

— Claro, claro, estou tergiversando; mas há outros laços! E convenhamos, meu jovem, há certa leviandade de caráter, ou seja...

— Sim, sim, está bem!

— Ou seja, eu não sou absolutamente o marido...

— Acredito plenamente. Mas serei franco, ao fazê-lo mudar de ideia, eu mesmo quero me tranquilizar e, por isso, serei honesto: o senhor me perturbou e está me atrapalhando. Prometo que o chamarei. Mas peço mui gentilmente que se retire e me deixe só. Eu também estou esperando alguém.

— Claro, claro, vou me retirar. Respeito a impaciência passional de seu coração. Compreendo, meu jovem. Oh, como eu o compreendo agora!

— Está bem, está bem...

— Até logo!... Com licença, meu jovem, queria novamente... Não sei como dizer... Dê-me novamente sua nobre e honrada palavra de que não é o amante!

— Ah, Deus do céu!

— Mais uma pergunta, a última: o senhor sabe o nome do marido?

— Claro que sei, não é o seu nome e caso encerrado!

— Mas como sabe meu nome?

— Ouça, é melhor ir embora. Está perdendo tempo: ela vai fugir milhares de vezes... O que pretende? A sua usa casaco de raposa e capuz, a minha veste capa xadrez e chapéu de veludo azul... O que mais quer? O quê?

— Chapéu de veludo azul! Tem uma capa xadrez e um chapéu azul — gritou o homem impertinente, olhando para trás num relance.

— Ah, que o diabo o carregue! Isso pode bem acontecer... Sim, aliás, o que estou fazendo? A minha não costuma vir aqui!

— E onde ela está, a sua?

— Para que quer saber?

— Admito que eu apenas...

— Ah, por Deus! O senhor não tem vergonha nem nada? A minha tem conhecidos aqui, no terceiro andar, no apartamento que dá para a rua. O que mais quer, que eu diga os nomes?

— Meu Deus! Eu tenho conhecidos no terceiro andar, no apartamento que dá para a rua. Um general...

— Um general?!

— Um general. Posso até dizer qual general: o general Polovítsin.

— Veja o senhor! Não! Não é esse! (Ah, que o diabo carregue! Que o diabo carregue!)

— Não é esse?

— Não é esse.

Ambos se calaram e se entreolharam perplexos.

— Mas por que está me olhando assim? — gritou o jovem rapaz, irritado, sacudindo o estupor e a hesitação.

O senhor alvoroçou-se.

— Eu, eu admito...

— Não, por favor, permita-me, agora vamos falar a sério. É um assunto comum a nós dois. Explique-me... Quem o senhor tem lá?

— Quer dizer, meus conhecidos?

— Sim, seus conhecidos.

— Ora, veja bem! Pelos seus olhos vejo que adivinhei!

— Que o diabo o carregue! Não, não, que o diabo o carregue! O senhor é cego ou o quê? Não está vendo que estou aqui diante do senhor, que não estou com ela? Ora! Para mim tanto faz o senhor falar ou não!

O jovem rapaz, furioso, girou sobre os calcanhares e deu de ombros.

— Não é nada, tenha misericórdia, como homem honrado, direi tudo: no começo, minha esposa vinha para cá sozinha; ela é parente deles, e eu não desconfiava de nada, ontem encontrei Sua Excelência: dizem que já faz três semanas que ele se mudou daqui para outro apartamento, então minha espo... ou melhor, não minha, mas a esposa do outro (o da ponte Voznessiênski), essa dama disse que há três dias visitou esse apartamento... Mas a cozinheira me contou que o apartamento fora alugado por um tal Bobinítsin...

— Ah, que o diabo o carregue, que o diabo o carregue!...

— Prezado senhor, estou apavorado, aterrorizado!

— Eh, que o diabo o carregue! E o que tenho a ver com o fato de o senhor estar apavorado e aterrorizado? Ah! Ali, apareceu alguém lá...

A mulher de outro

— Onde? Onde? Basta gritar "Ivan Andriêitch" e eu saio correndo...

— Está bem, está bem. Ah, que o diabo o carregue, que o diabo o carregue! Ivan Andriêitch!!

— Aqui — gritou Ivan Andrêievitch, retornando totalmente sem fôlego. — E então? O quê? Onde?

— Não, eu apenas... queria saber como se chama essa dama.

— Glaf...

— Glafira?

— Não, não é Glafira... desculpe, não posso dizer o nome dela.

— Sim, claro, não é Glafira, eu mesmo sei que não é Glafira, a minha também não é Glafira; aliás, com quem ela está?

— Onde?

— Lá! Ah, para o diabo, para o diabo! (O jovem rapaz não conseguia ficar parado tamanha sua fúria.)

— Mas veja! Como sabia que o nome dela é Glafira?

— Que o diabo o carregue! Que confusão! A sua não se chama Glafira!

— Prezado senhor, que tom é esse?

— Diabos, o que tem o tom? Ela é o que do senhor, esposa?

— Não, eu não sou casado... Mas eu não ficaria amaldiçoando um homem honrado, alguém que é, não diria digno de respeito, mas pelo menos educado. O senhor toda hora diz "que o diabo carregue! Que o diabo carregue!".

— É isso mesmo, que o diabo carregue! É isso mesmo, entendeu?

— O senhor está cego pela raiva e eu não vou dizer nada. Meu Deus, quem é esse?

— Onde?

Ouviu-se um barulho e gargalhadas; duas belas garotas saíram da entrada principal, os dois correram na direção delas.

— O que é isso? Quem são os senhores?

— Para onde estão correndo?

— Não são elas!

— Quer dizer que não são essas? Cocheiro!

— Para onde as raparigas estão indo?

— Para Pokróv; sente-se Annúchka, eu levo você.

— Vou sentar do outro lado, vamos! Rápido...

O cocheiro partiu.

— De onde veio isso?

— Meu Deus, meu Deus! Não seria melhor ir para lá?

— Para onde?

— Para a casa de Bobinítsin.

— Não, de jeito nenhum...

— Por quê?

— Eu até iria, mas então ela dirá outra coisa; ela... vai dar um jeito; eu a conheço! Dirá que foi de propósito para me surpreender com alguém, e aí eu é que estarei encrencado!

— E só de pensar que ela pode estar lá! Digamos que o senhor, por algum motivo, vai visitar o general...

— Mas ele se mudou!

— Tanto faz, entende? Ela foi, então o senhor também vai, entendeu? O senhor não sabe que ele se mudou, apareça como se estivesse indo fazer-lhe uma visita e assim por diante.

— E depois?

— Bem, depois vai desmascarar quem tiver que desmascarar na casa de Bobinítsin. Que diabos, como é estúpido...

— E que diferença faz para o senhor quem eu vou desmascarar? Está vendo, está vendo!

— Como é que é, paizinho? O quê? De novo essa história? Oh, senhor, senhor! Está passando vergonha, homem ridículo, estúpido!

— Mas por que está tão interessado? Quer descobrir...

— Descobrir o quê? O quê? Ah, que o diabo o carregue, não aguento mais o senhor! Vou sozinho; saia da frente, chispe, suma, desapareça já!

— Prezado senhor, está a ponto de perder a cabeça! — gritou o senhor de guaxinim, desesperado.

— E daí? E daí que estou perdendo a cabeça? — disse o jovem rapaz, cerrando os dentes e avançando furioso sobre o senhor de guaxinim. — E daí? Estou perdendo a cabeça com quem?! — ressoou num estrondo, apertando os punhos.

— Mas, prezado senhor, me permita...

— E então, quem é o senhor, que está me fazendo perder a cabeça, qual é o seu nome?

— Eu não sei de nada, meu jovem, para que quer saber meu nome? Não posso dizer... Melhor ir com o senhor. Vamos, não vou ficar para trás, estou pronto para tudo... Mas, acredite, eu mereço ser tratado com mais respeito! Não é preciso perder a presença de espírito e, se está perturbado... até imagino o porquê... pelo menos, não precisa perder a cabeça... O senhor ainda é muito, muito jovem!...

— E o que eu tenho a ver com o fato de o senhor ser velho? Grande coisa! Vá embora; por que está zanzando por aqui?

A mulher de outro

— Velho? Como assim eu sou velho? Estou em melhor posição, é claro, mas não estou zanzando...

— Isso é óbvio. Mas desapareça logo daqui...

— Não, eu vou com o senhor. Não pode me impedir, também estou envolvido, vou com o senhor...

— Mas então fique quieto, quieto, calado!

Ambos entraram pela porta principal e subiram pelas escadas até o terceiro andar. Estava um tanto escuro.

— Espere! Tem fósforo?

— Fósforo? Que fósforo?

— O senhor fuma charuto?

— Ah, sim! Tenho, tenho; aqui está um, aqui. Espere um pouco... — O senhor de guaxinim ficou alvoroçado.

— Arre, que estupidez... diabos! Parece que esta porta...

— Esta-esta-esta-esta-esta...

— Esta-esta-esta... por que está berrando? Quieto!

— Prezado senhor, estou relutando... o senhor é um homem insolente, é isso!...

Acendeu o fósforo.

— Aqui está, eis a plaquinha de cobre! Aqui está, Bobinítsin, está vendo: Bobinítsin...

— Estou vendo, estou vendo!

— Quie-to! O que foi? Apagou?

— Apagou.

— Será que devemos bater?

— Sim, devemos — respondeu o senhor de guaxinim.

— Então bata!

— Não, por que eu? O senhor começou, o senhor que bata...

— Covarde!

— Covarde é o senhor!

— S-suma daqui!

— Estou quase arrependido de ter-lhe confessado meu segredo; o senhor...

— Eu? Eu o quê?

— O senhor se aproveitou da minha perturbação! Viu que eu estava com o espírito transtornado...

— Não dou a mínima! Acho ridículo, é isso!

— Por que está aqui?

— E o senhor, por que está aqui?

— Que beleza de moral! — observou indignado o senhor com o guaxinim...

— Quem é o senhor para falar em moral? Quem?

— Mas é imoral!

— O quê?!

— Sim, para o senhor todo marido ofendido é um imbecil!

— E por acaso o senhor é marido de alguém? O que tem o senhor com isso? Para que está se intrometendo?

— Estou achando que o senhor é que é o amante!...

— Ouça, se for continuar assim, então terei de admitir que o senhor é que é um imbecil! Ou seja, o senhor sabe quem.

— Ou seja, está querendo dizer que eu sou o marido! — disse o senhor de guaxinim, recuando como se lhe tivessem lançado um balde de água quente.

— *Psss!* Silêncio! Ouça...

— É ela.

— Não!

— Arre, que escuro!

Fez-se silêncio; no apartamento de Bobinítsin, ouvia-se um barulho.

— Por que estamos brigando, prezado senhor? — sussurrou o senhor de guaxinim.

— Que o diabo o carregue, foi o senhor quem se ofendeu!

— Mas o senhor me fez perder as estribeiras!

— Calado!

— Convenhamos que o senhor ainda é um homem muito jovem...

— Ca-la-do!

— Claro, concordo com a sua ideia de que o marido nessa situação é um imbecil.

— Vai se calar ou não? Oh!

— Para que essa perseguição exasperada ao marido infeliz?

— É ela!

Mas, naquele momento, o barulho cessou.

— Ela?

— Ela! Ela! Ela! Mas por que toda essa agitação? Não é problema seu!

— Prezado senhor, prezado senhor! — murmurou o senhor de guaxinim, pálido e soluçando. — Eu, é claro, estou perturbado... o senhor viu o suficiente de minha humilhação; agora já é noite, é claro, mas amanhã... aliás, nós certamente não nos encontraremos amanhã, ainda que eu não tenha medo de encontrá-lo. Além disso, não sou eu, mas meu amigo que está na ponte Voznessiênski, palavra! É a mulher dele, é a mulher de outro! Que homem infeliz! Eu garanto. Conheço-o bem, permita-me contar-lhe tudo. Sou seu amigo, como pode ver, do contrário não estaria assim agora, o senhor mesmo está vendo. Disse-lhe algumas vezes: por que vai se casar, querido amigo? Você tem uma boa posição, tem recursos, é respeitado, para que trocar tudo isso por um capricho de coquetismo? Convenhamos! Não; vou me casar, disse: felicidade conjugal... Eis sua felicidade conjugal! Antes ele mesmo enganava os maridos, agora está provando do veneno... o senhor me desculpe, mas essa explicação era de fundamental importância: ele agora está provando do veneno! É um homem infeliz e está provando do veneno, é isso! — Nesse momento, o senhor de guaxinim deu um soluço como se começasse a chorar de verdade.

— Que o diabo carregue a todos! Quantos idiotas! E quem é o senhor, afinal?

O jovem rapaz rangeu os dentes de raiva.

— Bem, depois disso o senhor há de convir que... eu fui nobre e franco com o senhor... mesmo assim continua com esse tom!

— Não, permita-me, com licença... qual o seu nome?

— Não, para que nome?

— Ah!!

— Não posso dizer meu nome...

— Conhece Chabrin? — disse rapidamente o jovem rapaz.

— Chabrin???

— Sim, Chabrin! Ah!!! (Nesse momento, o jovem de sobretudo provocou o senhor de guaxinim). Está entendendo?

— Não, qual Chabrin? — respondeu estupefato o senhor de guaxinim. — Não se trata de Chabrin, ele é um homem respeitável! Perdoarei sua falta de respeito pelas torturas do ciúme.

— É um canalha, uma alma mercenária, um corrupto, trapaceiro, ladrão do tesouro nacional! Logo vai parar na Justiça!

— Desculpe — disse o senhor de guaxinim, pálido —, o senhor não o conhece; pelo visto, o senhor não o conhece absolutamente.

— Sim, não o conheço pessoalmente, mas conheço fontes muito próximas a ele.

— Prezado senhor, que fontes são essas? Veja, estou confuso...

— Idiota! Ciumento! Não cuida da esposa! Eis o que ele é, se quer mesmo saber!

— Desculpe, o senhor está terrivelmente enganado, meu jovem...

— Ah!

— Ah!

No apartamento de Bobinítsin ouviu-se um barulho. Começaram a abrir a porta. Ouviram-se vozes.

— Ah, não é ela, não é ela! Conheço sua voz; agora entendi tudo, não é ela! — disse o senhor de guaxinim, pálido como um lençol.

— Calado!

O jovem rapaz recostou-se na parede.

— Prezado senhor, vou-me embora: não é ela, estou muito feliz.

— Certo, certo! Então vá!

— E o senhor, por que vai ficar?

— Por que quer saber?

A porta se abriu e o senhor de guaxinim não se conteve e precipitou-se escada abaixo.

Uma mulher e um homem passaram pelo jovem rapaz e seu coração congelou... Ouviu uma conhecida voz feminina e depois uma voz masculina rouca, mas totalmente desconhecida.

— Tudo bem, vou chamar uma carruagem — disse a voz rouca.

— Ah! Sim, sim, de acordo; faça isso...

— Um instante.

A dama ficou só.

— Glafira! Onde estão as suas juras? — gritou o jovem rapaz de sobretudo, agarrando a dama pelo braço.

— Ai, quem é? É o senhor, Tvórogov? Meu Deus! O que está fazendo?

— Com quem estava?

— Aquele é meu marido, vá embora, vá embora, ele já vai voltar de lá... da casa de Polovítsin; vá embora, pelo amor de Deus, vá embora.

— Polovítsin se mudou há três semanas! Eu sei de tudo!

— Ai! — a dama saiu correndo pela escada. O jovem rapaz a alcançou.

— Quem disse isso para o senhor? — perguntou a dama.

— O seu marido, senhora, Ivan Andriêitch; ele está aqui, está diante da senhora.

De fato, Ivan Andriêitch estava diante da entrada principal.

— Ah, é a senhora! — gritou o senhor de casaco de guaxinim.

— Ah! *C'est vous?*[2] — gritou Glafira Petróvna atirando-se em seus braços com genuína alegria. — Deus! Não sabe o que se passou comigo? Estava na casa de Polovítsin, imagine só... sabe que agora eles moram perto da ponte Izmáilovski; eu disse, não se lembra? Saindo de lá peguei uma carruagem.

---

[2] Em francês, no original, "É o senhor?". (N. da T.)

A mulher de outro

Os cavalos se enfureceram, arrancaram e quebraram a carruagem, fui lançada uns cem passos de distância, levaram o cocheiro. Fiquei desesperada. Felizmente, o *monsieur* Tvórogov...

— Como?

M. Tvórogov mais parecia um fóssil do que M. Tvórogov.

— *Monsieur* Tvórogov me viu aqui, resolveu me acompanhar; mas agora você está aqui e eu posso apenas expressar meu profundo agradecimento ao senhor, Ivan Andriêitch...

A dama ofereceu a mão ao estupefato Ivan Andriêitch e que quase deu-lhe um beliscão ao invés de apertá-la.

— *Monsieur* Tvórogov é um conhecido meu; tive o prazer de ser apresentada a ele no baile dos Skorlupov: acho que disse, não? Será que não se lembra, Koko?

— Ah, claro, claro! Sim, me lembro! — disse o senhor de casaco de guaxinim. — Muito prazer, muito prazer.

Apertou calorosamente a mão do senhor Tvórogov.

— Quem é? O que significa isso? Estou esperando — soou a voz rouca.

Diante do grupo apareceu um senhor infinitamente alto; ele pegou o lornhão e olhou atentamente para o senhor com casaco de guaxinim.

— Ah, *monsieur* Bobinítsin! — chilreou a dama. — De onde está vindo? Que encontro! Imagine que acabei de ser derrubada por cavalos... Mas esse é meu marido! Jean! Conheci *Monsieur* Bobinítsin no baile dos Kárpov...

— Ah, muito, muito, muito prazer! Mas agora vou chamar minha carruagem, amigo.

— Chame, Jean, chame: estou tão assustada, tremendo e até com tontura... Hoje, no baile de máscaras — sussurrou para Tvórogov... — Adeus, adeus, senhor Bobinítsin! Amanhã decerto nos encontraremos no baile dos Kárpov.

— Não, sinto muito, amanhã não irei. Não sei como será amanhã... — O senhor Bobinítsin resmungou ainda alguma coisa entre os dentes, fez seu rapapé, entrou na carruagem e partiu.

Outra carruagem se aproximou, a dama sentou-se nela. O senhor de casaco de guaxinim se deteve; ele parecia não estar em condições de fazer nenhum movimento e olhou de maneira inexpressiva para o jovem de sobretudo. O jovem de sobretudo sorriu de forma muito pouco inteligente.

— Não sei...

— Com licença, foi um prazer conhecê-lo — respondeu o jovem rapaz, inclinando-se com curiosidade e um pouco acuado.

— Um prazer, um prazer...
— Parece que o senhor perdeu suas galochas...
— Eu? Ah, sim! Agradeço, agradeço; quero comprar umas de borracha...
— Nas de borracha os pés suam — disse o jovem rapaz, aparentemente com enorme interesse.
— Jean! Está vindo?
— De fato, suam. Já vou, querida, a conversa está tão interessante! Exato, como o senhor observou, os pés suam... Aliás, com licença, eu...
— Por favor.
— Muito, muito prazer em conhecê-lo...
O senhor de guaxinim sentou-se na carruagem e a carruagem arrancou. O jovem rapaz permaneceu parado, acompanhando atônito com o olhar.

Tradução de Priscila Marques

O MARIDO CIUMENTO
(Um acontecimento extraordinário)[1]

Vi ainda um casamento... Não entendo, definitivamente não entendo por que gosto tanto de falar e escrever sobre a felicidade conjugal. Parece-me que isso não tem nada a ver com ele. Fico até pensando, será que não sou eu mesmo que estou querendo me casar? Mas não, parece que não é nada disso... Definitivamente não entendo... Agora, por exemplo, juro que gostaria de escrever sobre alguma outra coisa, mas acabei voltando para o tema do casamento. Mas os senhores querem saber? É melhor eu contar o que aconteceu exatamente um ano depois do casamento. Os senhores compreenderão.

Mas... novamente me encontro em dificuldade, pois os senhores talvez já saibam o que aconteceu um ano depois do casamento; isso, é claro, caso não tenham se esquecido daquele marido feliz que, passado o primeiro ano, ficou esperando na ponte Voznessiênski aquele que na época era seu amigo, seu mais verdadeiro e melhor amigo, vigiando *a mulher de outro*, atacando quase que de uma vez ambos na entrada principal (tamanho era seu afinco) de um prédio de incontáveis andares próximo à ponte Voznessiênski. Os senhores se lembram que ele ainda contou com a ajuda desinteressada de um jovem rapaz excelente, que tanto se interessou por suas galochas e até garantiu que as de borracha fazem o pé suar... Os senhores devem se lembrar — se não, não faz mal, pois o presente acontecimento é totalmente particular e independente do primeiro, embora tenha se passado exatamente um dia depois dele. Resta dizer duas palavras, ainda na qualidade de prefácio: garanto que minha narrativa é completamente moral, e que sua conclusão é o triunfo da virtude e a derrota absoluta do marido ciumento. Ao mesmo tempo, demonstro que o ciúme, de modo geral, e ainda mais o ciúme que leva a

---

[1] Publicado originalmente em *Anais da Pátria*, nº 61, dezembro de 1848. Concebido inicialmente para formar parte do ciclo "Notas de um desconhecido", foi republicado — com modificações significativas — em 1860, na primeira edição das *Obras reunidas*, organizada por Dostoiévski, como a segunda parte do conto "A mulher de outro e o marido debaixo da cama", reproduzido às pp. 149-86 deste volume. (N. da T.)

suspeitar da mais inocente das pessoas, é um vício, um vício ridículo e absurdo, que destrói a felicidade conjugal, que com frequência coloca até pessoas inteligentes e estudadas em situações das mais delicadas, das mais... Como poderia contar isso para os senhores? Bem, os senhores encontrarão a palavra assim que terminarem de ler esta história.

Pois então, queiram observar.

Naquela noite, aconteceu certa apresentação na ópera italiana.[2] Ivan Andrêievitch irrompeu no salão como uma bomba. Nunca antes havia sido notado nele tamanho *furore*,[3] tamanha paixão pela música. O que se sabia ao certo era que Ivan Andrêievitch gostava muitíssimo de cochilar por cerca de uma hora na ópera italiana; até comentou algumas vezes como isso era-lhe agradável e encantador. "A prima-dona", dizia para os amigos, "mia feito um gatinho branco, uma verdadeira canção de ninar."[4] Mas faz tempo que dizia isso, na temporada passada. Agora, puxa! Ivan Andrêievitch nem em casa, à noite, consegue dormir. Contudo, irrompeu feito uma bomba no salão abarrotado. Até o ajudante de camarote observou-o com desconfiança e passou os olhos pelo bolso lateral, esperançoso de ver ali a ponta de um punhal escondido, de prontidão. É preciso notar que, naquele tempo, surgiram dois partidos e cada um defendia sua prima-dona. Uns eram chamados ...sistas, os outros, ...listas.[5] Ambos os partidos amavam música a tal ponto que os ajudantes de camarote começaram, no fim das contas, a temer definitivamente manifestações de amor mais enfáticas à beleza e à elevação que as duas prima-donas combinavam. Eis o motivo pelo qual, ao ver aquela explosão juvenil no salão do teatro vinda de um senhor grisalho, que, contudo, não era absolutamente grisalho, mas tinha perto de cinquenta anos, meio careca, um homem com aparência respeitável, o ajudante de camarote lembrou-se involuntariamente das elevadas palavras de Hamlet, o príncipe da Dinamarca:

---

[2] Trata-se do Teatro Bolchói, que ficava na Praça Teatralnaia onde hoje é o conservatório musical de São Petersburgo. (N. da T.)

[3] Em italiano no original, "fúria, furor". (N. da T.)

[4] O personagem brinca com o nome da célebre soprano italiana Erminia Frezzolini (1818-1884). (N. da T.)

[5] Trata-se da querela entre os "borsistas" e os "frezzolistas", isto é, admiradores das cantoras Tereza de Giuli Borsi (1817-1877) e de Erminia Frezzolini, as quais excursionaram pela ópera italiana de Petersburgo na temporada de 1847-1848. (N. da T.)

Quando a velhice chega é terrível,
O que é a juventude?
Etc.[6]

E, como foi dito antes, passou os olhos pelo bolso lateral do fraque, na esperança de ver um punhal. Mas lá havia apenas uma carteira e nada mais.

Tendo se precipitado teatro adentro, Ivan Andrêievitch num instante sobrevoou com o olhar todos os camarotes da segunda fileira e — o horror! Seu coração congelou: ela estava ali! No camarote! Lá estava também o general Polovítsin com a esposa e a cunhada; lá estava também o ajudante de campo do general, um rapaz extremamente hábil; lá estava ainda um civil... Ivan Andrêievitch prestou muita atenção, aguçou o olhar, mas — o horror! O civil se escondeu traiçoeiramente atrás do ajudante de campo e permaneceu nas trevas da incerteza.

Ela estava ali, embora tivesse dito que não estaria!

Era essa duplicidade, que às vezes se mostrava a cada passo de Glafira Petróvna, que acabava com Ivan Andrêievitch. Aquele jovem civil o deixou em completo desespero. Ele se afundou na poltrona totalmente abatido. Mas por quê? O caso é muito simples...

É preciso observar que a poltrona de Ivan Andrêievitch ficava perto da frisa, além do mais, o camarote traiçoeiro da segunda fileira ficava exatamente acima da sua poltrona, de modo que ele, para seu extremo desagrado, não podia ver nada do que se fazia acima da sua cabeça. Por isso, ficou furioso e esquentado como um samovar. Todo o primeiro ato passou despercebido para ele, ou seja, não ouviu uma nota sequer. Dizem que o bom da música é que se pode ter impressões musicais sob qualquer estado de espírito. Uma pessoa feliz encontra felicidade nos sons, aquele que sofre, sofrimento; nos ouvidos de Ivan Andrêievitch bramia uma verdadeira tempestade. Para completar seu aborrecimento, vozes terríveis vindas de trás, da frente e dos lados gritavam que o coração de Ivan Andrêievitch estava partido. Enfim, o ato terminou. Mas no minuto mesmo em que a cortina descia, nosso herói passou por tal aventura que nenhuma pena poderá descrever.

Às vezes acontece de um programa de ópera cair das fileiras superiores. Quando a peça é tediosa e os espectadores bocejam, isso se torna um verdadeiro acontecimento para eles. Olham com especial interesse o voo desse papel tão leve desde a fileira superior e têm prazer em seguir sua jornada em zigue-zague até a plateia, onde ele invariavelmente pousa sobre a cabeça de

---

[6] Citação imprecisa de *Hamlet*, terceiro ato, cena 3. (N. da T.)

alguém que não está preparado para tal. Com efeito, é muito curioso observar como essa cabeça fica confusa (pois ela necessariamente ficará confusa). Tenho pavor também dos binóculos das damas, que, com frequência, são colocados na ponta dos camarotes: imagino que eles, a qualquer momento, podem sair voando e cair numa dessas cabeças despreparadas. Vejo que essa observação trágica não vem ao caso, por isso, vou encaminhá-la para os folhetins daqueles jornais que nos protegem contra mentiras, contra a falta de escrúpulos, contra as baratas (caso elas existam na sua casa), com recomendações do famoso senhor Príntchipe, terrível inimigo e opositor de todas as baratas do mundo, não apenas das russas, mas até das estrangeiras.

Mas o incidente que se deu com Ivan Andrêievitch nunca fora descrito antes. Sobre sua cabeça, que, como já foi dito, era um tanto careca, não caiu o programa da ópera. Confesso que fico constrangido de contar o que caiu sobre a cabeça de Ivan Andrêievitch, pois é embaraçoso dizer que sobre a respeitável e nua, ou seja, parcialmente desprovida de cabelo, cabeça do ciumento e irritado Ivan Andrêievitch caiu um objeto tão imoral quanto, por exemplo, um bilhete de amor perfumado. Pelo menos, o pobre Ivan Andrêievitch, que não estava em absoluto preparado para esse acontecimento inesperado e repugnante, estremeceu como se um rato ou algum outro animal selvagem tivesse caído sobre a sua cabeça.

Não havia dúvida de que o conteúdo do bilhete era amoroso. Fora escrito em papel perfumado, exatamente como as cartas dos romances, e traiçoeiramente dobrado tantas vezes que podia ser escondido na luva de uma senhora. Deve ter caído por acidente no momento da entrega: devem ter, por exemplo, pedido o programa no meio do qual o bilhete fora colocado e, quando ele estava sendo entregue ao devido destinatário, num instante um esbarrão acidental do ajudante de campo, que muito habilmente se desculpou por sua inabilidade, fez com que o bilhete escorregasse daquelas mãos pequenas e trêmulas de embaraço; o jovem, que já estendia sua impaciente mão, recebeu no lugar do bilhete apenas o programa, com o qual definitivamente não sabia o que fazer. Um caso desagradável e estranho, sem dúvida! Mas convenhamos que para Ivan Andrêievitch era ainda mais desagradável.

— *Prédestiné* — sussurrou, suando frio e apertando o bilhete nas mãos. — *Prédestiné!*[7] "A bala encontrou o culpado!", passou por sua cabeça. "Não, não é isso! Que culpa tenho eu? É aquele outro provérbio: desgraça pouca etc. etc."

---

[7] Em francês no original, "predestinado". (N. da T.)

Mas as batidas surdas repicando em sua cabeça por conta daquele súbito incidente não foram o bastante! Ivan Andrêievitch sentou-se petrificado na cadeira, como se diz, mais morto do que vivo. Estava certo de que o acontecimento tinha sido percebido por todos, ainda que em todo o salão, naquele momento, tivesse começado um rebuliço e pedidos de bis. Sentou-se tão confuso, tão enrubescido e sem conseguir levantar os olhos, como se lhe tivesse ocorrido algum infortúnio inesperado, alguma dissonância naquela bela reunião de pessoas. Por fim, resolveu levantar os olhos.

— Cantaram lindamente! — comentou para um dândi que estava sentado à sua esquerda.

O dândi, que estava no último estágio do entusiasmo e aplaudia, mas principalmente batia os pés, olhou de forma superficial e confusa para Ivan Andrêievitch, em seguida colocou as mãos ao redor da boca e gritou o nome da cantora. Ivan Andrêievitch, que nunca antes ouvira tamanho berro, estava em êxtase. "Não percebeu nada!", pensou e voltou-se para trás. Mas o senhor gordo que estava sentado atrás dele virou-se de costas e olhava os camarotes pelo lornhão. "Este também não", pensou Ivan Andrêievitch. À frente, é claro, não viram nada. Tímido, e com uma feliz esperança, olhou de esguelha para a frisa, junto da qual ficava sua poltrona, e estremeceu com o mais desagradável sentimento. Lá estava sentada uma bela dama que, cobrindo a boca com um lenço e recostando na poltrona, gargalhava freneticamente.

— Ah, essas mulheres! — sussurrou Ivan Andrêievitch e dirigiu-se para a saída pisando nos pés dos outros espectadores.

Agora proponho que os próprios leitores decidam, peço que julguem a mim e a Ivan Andrêievitch. Será que ele estava certo naquele momento? O Teatro Bolchói, como se sabe, tem quatro fileiras de camarotes e uma quinta fileira, a galeria. Por que supor que o bilhete caiu justamente daquele camarote, justamente daquele e não de algum outro? Poderia ter caído, por exemplo, da quinta fileira, onde também havia damas. Mas a paixão é excepcional, e o ciúme, a mais excepcional paixão do mundo.

O ciúme é a mais ridícula das paixões, senhores! Eu insisto.

Ivan Andrêievitch precipitou-se para o *foyer*, parou perto da luminária, abriu o bilhete e leu:

"Hoje, logo depois do espetáculo, na rua G...vaia, travessa ...ski, no prédio K..., no terceiro andar do lado direito da escada. Entrada principal. Esteja lá, *sans faute*,[8] por Deus."

---

[8] Em francês no original, "sem falta". (N. da T.)

Ivan Andrêievitch não reconheceu a letra, mas não havia dúvida: um encontro havia sido marcado. "Pegar no flagra, capturar e cortar o mal pela raiz", foi a primeira ideia de Ivan Andrêievitch. Passou-lhe pela cabeça desmascarar agora, ali mesmo; mas como fazê-lo? Ivan Andrêievitch correu até a segunda fileira, mas prudentemente voltou. Não sabia em absoluto para onde fugir. Sem saber o que fazer, começou a correr para o outro lado e, pela porta aberta do camarote de outra pessoa, olhou para o lado oposto do teatro. Ora, ora! Em todas as cinco fileiras no sentido vertical havia jovens moças e rapazes. O bilhete podia ter caído de qualquer uma das cinco fileiras, inclusive de todas elas de uma vez, pois Ivan Andrêievitch desconfiava que todas as fileiras estavam tramando contra ele. Mas nada o fazia sentir-se melhor, nada perceptível. Durante todo o segundo ato ele correu pelos corredores e não encontrou paz de espírito em parte alguma. Passou pela bilheteria, na esperança de descobrir com o bilheteiro os nomes daqueles que ocupavam os camarotes de todas as quatro fileiras, mas a bilheteria estava fechada. Enfim, ouviram-se exclamações exaltadas e aplausos. A apresentação havia terminado. Começaram os gritos, havia duas vozes particularmente estrondosas vindas do alto: eram os líderes dos partidos rivais. Mas isso pouco importava para Ivan Andrêievitch. Já começava a pensar no que faria a seguir. Vestiu o sobretudo e foi para a rua G...vaia, para capturar, descobrir, desmascarar e agir de forma um pouco mais enérgica do que no dia anterior. Logo encontrou o prédio e estava prestes a entrar quando, de repente, apareceu bem ao seu lado a figura de um dândi vestindo uma sobrecasaca que passou por ele e subiu pela escada até o terceiro andar. Ivan Andrêievitch teve a impressão de que era aquele mesmo dândi, embora não tivesse conseguido distinguir seu rosto. Seu coração congelou. O dândi já estava dois lances de escada acima. Enfim, ouviu abrirem a porta do terceiro andar sem que a campainha tivesse sido tocada, como se o recém-chegado fosse esperado. O jovem rapaz desapareceu dentro do apartamento. Ivan Andrêievitch chegou até o terceiro andar antes que fechassem a porta. Queria ter ficado diante da porta, refletido com prudência sobre o próximo passo, esperado um pouco e depois resolvido de forma muito decidida o que fazer; mas naquele exato minuto ouviu-se uma carruagem na entrada, a porta se abriu ruidosamente e, entre tosses e gemidos, os pesados passos de alguém começaram a ascender pela escada. Ivan Andrêievitch não conseguiu ficar parado, abriu a porta e entrou no apartamento com toda a solenidade de um marido ofendido. A criada correu ao seu encontro muito agitada, depois apareceu um homem atrás do tabique, mas era impossível deter Ivan Andrêievitch. Voou como uma bomba, atravessou dois cômodos escuros e, de repente, viu-se no quarto diante de uma jovem e bela dama, que tremia toda de pavor e olhava horrorizada para ele, como que sem entender o que estava acontecendo ao seu redor. Naquele instante, ouviram-se passos pesados no cômodo vizinho, que dava para o quarto: eram os mesmos passos que subiram a escada.

— Deus! É meu marido! — gritou a dama, apertando as mãos e com o rosto mais branco que seu *peignoir*.

Ivan Andrêievitch sentiu que estava no lugar errado, que tinha feito uma travessura tola, infantil, que não tinha calculado direito seus passos, que não esperara o suficiente na escada. Mas não havia o que fazer. A porta já estava aberta, o marido pesado, se julgarmos por seus passos, estava entrando no quarto... Não sei quem Ivan Andrêievitch pensou que era naquele instante! Não sei o que o impediu de ir na direção do marido e dizer que metera os pés pelas mãos, reconhecer que agiu sem pensar e de forma inaceitável, pedir desculpas e desaparecer, claro que não com orgulho ou glória, mas, ao menos, sair de maneira nobre e franca. Mas não, Ivan Andrêievitch novamente agiu como um menino, como se se considerasse um Don Juan ou um Lovelace! Primeiro, escondeu-se atrás da cortina que havia perto da cama, depois, quando sentiu o espírito em total decadência, deixou-se cair no chão e arrastou-se absurdamente para debaixo da cama. O susto agiu sobre ele com mais força do que a prudência e Ivan Andrêievitch, ele mesmo um marido ofendido, ou, pelo menos alguém que se considerava um, não suportou o encontro com o outro marido, talvez por recear ofendê-lo com sua presença. Seja como for, lá estava ele debaixo da cama, sem saber de todo como aquilo havia acontecido. Mas o mais surpreendente é que a dama não esboçou nenhuma resistência. Não gritou ao ver aquele estranhíssimo senhor de idade buscar refúgio no seu quarto. Decerto estava tão assustada que, é muito provável, ficou sem palavras.

O marido entrou gemendo e resmungando, cumprimentou a esposa com uma voz cantada e muito velha e atirou-se na poltrona como se tivesse acabado de carregar lenha para uma fogueira. Uma tosse rouca e prolongada ressoou. Ivan Andrêievitch, que de um tigre furioso transformara-se em um cordeiro, tímido e acanhado como um ratinho diante de um gato, quase não respirava de medo, embora soubesse por experiência própria que nem todos os maridos ofendidos mordem. Mas isso não lhe passou pela cabeça, fosse por falta de raciocínio ou por algum surto qualquer. Com cuidado, calma e às apalpadelas começou a se endireitar debaixo da cama, para ficar em posição mais confortável. Qual não foi sua surpresa quando sentiu um objeto, que, para seu enorme espanto, se mexeu e agarrou-lhe o braço! Havia outro homem debaixo da cama...

— Quem é? — sussurrou Ivan Andrêievitch.

— Até parece que vou dizer quem sou! — murmurou o estranho desconhecido. — Fique deitado aí em silêncio, já que meteu os pés pelas mãos!

— Contudo...

— Calado.

E o sujeito sobressalente (uma vez que já bastava um debaixo da cama) apertou o braço de Ivan Andrêievitch de tal forma que ele quase gritou de dor.

— Prezado senhor...

— *Psss!*

— Não me esprema ou vou gritar.

— Ah, então grite! Experimente!

Ivan Andrêievitch enrubesceu de vergonha. O desconhecido era seco e estava zangado. Talvez fosse um homem que mais de uma vez experimentara as perseguições do destino e já se vira naquele aperto antes; mas Ivan Andrêievitch era novato e mal conseguia respirar. O sangue subira à cabeça. Contudo, não havia o que fazer: era preciso ficar ali deitado de bruços. Ivan Andrêievitch aceitou e calou-se.

— Eu, querida, começou o marido, estava em casa de Pável Ivánitch. Sentamos para jogar *préférence*, então, *cof-cof-cof!* (começou a tossir), então... *cof!* Minhas costas... *cof!*, ah, minhas costas! *Cof! Cof! Cof!*

E o velhote afogou-se em sua tosse.

— Minhas costas... — disse, enfim, com lágrimas nos olhos — começaram a doer... maldita hemorroida! Não dá nem para ficar em pé, nem para sentar... nem para sentar! *Cof-cof-cof!*

Parecia que essa tosse estava destinada a durar muito mais que o próprio velho. O velhote ainda resmungava alguma coisa nos intervalos, mas não era possível entender uma palavra.

— Prezado senhor, por Deus, vá um pouco para lá! — sussurrou o infeliz Ivan Andrêievitch.

— Para onde? Não tem espaço.

— Mas convenhamos que assim está impossível. É a primeira vez que me encontro numa situação tão abjeta.

— É a primeira vez que estou tão mal acompanhado.

— Contudo, meu jovem...

— Quieto!

— Quieto? Está sendo extremamente mal-educado, meu jovem... Se não estou enganado o senhor ainda é um rapaz muito jovem, eu sou mais velho que o senhor.

— Quieto!

— Prezado senhor! Está fora de si, não sabe com quem está falando!

— Com um senhor que está debaixo da cama...

— Fui trazido por uma surpresa... um equívoco, já o senhor, se não estou enganado, foi por imoralidade.

— Aí é que o senhor se engana.

— Prezado senhor! Sou mais velho que o senhor, estou dizendo...

— Prezado senhor! Saiba que estamos no mesmo barco. Peço que solte meu rosto!

— Prezado senhor! Não consigo ver nada. Me desculpe, mas não há espaço.

— Por que é tão gordo?

— Deus! Nunca sofri tamanha humilhação!

— Sim, impossível descer mais baixo.

— Prezado senhor, prezado senhor! Não sei quem é, não entendo como isso aconteceu, mas estou aqui por engano, não sou quem o senhor pensa...

— Não precisaria pensar nada do senhor se não tivesse se metido aqui. Agora, calado!

— Prezado senhor! Se não se afastar um pouco, terei um ataque. Será responsável pela minha morte. Garanto... sou um homem respeitável, pai de família. Não posso estar nesta situação!

— O senhor mesmo se meteu nessa situação. Está bem, pode vir! Abri um espaço aqui, mais não é possível!

— Nobre rapaz! Prezado senhor! Vejo que me enganei em relação ao senhor — disse Ivan Andrêievitch, em êxtase de gratidão pelo espaço aberto e esticando seus membros esmagados —, compreendo o embaraço da sua situação, mas o que fazer? Vejo que está pensando mal de mim. Permita-me tentar melhorar minha reputação diante do senhor, vim parar aqui contra a minha vontade, garanto; não sou quem o senhor pensa... Estou terrivelmente apavorado.

— Calado!

— Bem, depois dessa, convenhamos, prezado senhor! Eu só posso concluir que o senhor não é capaz de compreender a delicadeza das atitudes.

— Será que não pode ficar quieto? Será que não entende que se nos ouvirem será pior? *Psss*... Ele está falando. — De fato, parecia que a tosse do velho começava a passar.

— Então, querida — arquejava numa melodia penosa —, então, querida, *cof! Cof!* Ah, desgraça! O tal Fedosiêi Ivánovitch me disse: deveria provar chá de mil-folhas. Está ouvindo, querida?

— Estou, querido.

— Pois então, disse que eu deveria experimentar tomar chá de mil-folhas. Aí eu falei que uso sanguessugas. E ele: não, Aleksandr Demiánovitch, mil-folhas é melhor, limpa a garganta, estou dizendo... *cof! Cof!* Ai, meu Deus! O que você acha, querida? *Cof-cof!* Ah, senhor! Será que mil-folhas é melhor? *Cof-cof-cof!* Ah! *Cof!* — e assim por diante.

— Acho que não custa experimentar — respondeu a esposa.

— Sim, não custa! Diz que estou com tísica, *cof-cof!* Mas eu digo que é gota e irritação do estômago; *cof-cof!* Ele diz: pode ser gota também. O que, *cof-cof!*, você acha, querida, será tísica?

— Ah, meu Deus, do que está falando?

— Sim, tísica! Querida, é melhor se trocar e ir se deitar, *cof! Cof!* Hoje estou, *cof!*, resfriado.

— Arre! — disse Ivan Andrêievitch. — Afaste-se um pouco, por Deus!

— Definitivamente não sei qual é o seu problema, mas parece que é incapaz de ficar deitado em silêncio...

— Prezado senhor! O que o senhor acha da sua situação?

— Por que apenas a minha? A sua, é claro, não é boa.

— Mas penso que a sua também não, não é?

— Bem, não, mas de todo modo é diferente. Calado!

— Está exasperado comigo, meu jovem; quer me ferir. Estou vendo. O senhor deve ser o amante desta dama, não?

— Calado!

— Não me calarei! Não permito que me dê ordens! Com certeza o senhor é o amante! Se nos descobrirem eu não terei culpa alguma, não sei de nada.

— Se não se calar — disse o jovem rapaz, rangendo os dentes —, direi que o senhor me arrastou para cá; direi que é meu tio que torrou sua fortuna. Então ao menos não pensarão que eu sou o amante dessa dama.

— Prezado senhor! Está caçoando de mim. Está exaurindo minha paciência.

— Psss! Ou eu mesmo farei com que se cale! O senhor é a minha desgraça! Diga-me, o que está fazendo aqui? Sem o senhor, eu daria um jeito de ficar deitado aqui até amanhã de manhã e depois iria embora.

— Mas eu não posso ficar deitado aqui até amanhã: sou um homem prudente, tenho laços, é claro... O senhor acha mesmo que esse velho caquético vai passar a noite aqui?

— De qual está falando?

— Desse tísico...

— Claro que vai. Nem todos os maridos são como o senhor. Alguns passam a noite em casa.

— Prezado senhor, prezado senhor! — gritou Ivan Andrêievitch, gelando de pavor. — Esteja certo de que eu também fico em casa, e que esta é a primeira vez; mas, meu Deus, vejo que o senhor me conhece. Quem é o senhor, meu jovem? Diga imediatamente, eu lhe rogo em nome de uma amizade desinteressada, quem é o senhor?

— Ouça! Vou partir para a violência...

— Permita-me, permita-me contar-lhe, prezado senhor, permita-me explicar-lhe toda essa história abjeta.

— Não quero nenhuma explicação nem saber de nada. Fique quieto ou...

— Mas eu não posso...

Seguiu-se um leve confronto debaixo da cama, e Ivan Andrêievitch cedeu.

— Querida, parece que há gatos chiando por aqui!

— Gatos? Que coisas está inventando?

É claro que a esposa não sabia do que falar com seu marido. Estava tão atônita que perdera o rumo. Agora ela estremeceu e levantou as orelhas.

— Que gatos?

— Gatos, querida. Dia desses entrei e tinha um bichano sentado no meu escritório, *sssh, sssh, sssh!*, ele chiava. Disse: o que há, bichano? E ele respondeu: *sssh, sssh, sssh!*, como se estivesse chiando. Pensei: Pai do Céu! Será que está anunciando minha morte?

— Que bobagens está dizendo hoje! Deveria se envergonhar.

— Não é nada; não fique brava, querida; vejo que não quer que eu morra, não fique brava; só estou dizendo. Quanto a você, querida, deveria se trocar e ir dormir, eu vou ficar por aqui enquanto você vai se deitar.

— Pelo amor de Deus, depois...

— Não, não se aborreça, não se aborreça! Só acho que deve ter ratos aqui.

— Uma hora são gatos, agora ratos! Realmente não sei o que está se passando com o senhor.

— Ah, não é nada, eu... *cof!* Nada mesmo, *cof-cof-cof-cof!* Ai, meu Deus! *Cof!*

— Está vendo, fez tanto barulho que ele ouviu — sussurrou o jovem rapaz.

— Ah, se o senhor soubesse o que se passa comigo. Meu nariz está sangrando.

O marido ciumento

— Deixe sangrar, calado; espere ele sair.

— Meu jovem, coloque-se em meu lugar; eu nem sequer sei ao lado de quem estou deitado.

— Por acaso seria melhor se soubesse? Já eu não tenho nenhum interesse em saber seu nome. Aliás, qual seu nome?

— Não, para que quer saber meu nome? Eu só queria explicar de que maneira absurda eu...

— *Psss...* ele voltou a falar.

— É verdade, querida, estão sussurrando.

— Que nada! São os algodões nos seus ouvidos que saíram do lugar.

— Ah, sim, por falar em algodões: sabe que no andar de cima... *cof-cof!*, no andar de cima, *cof-cof-cof!* — e assim por diante.

— No andar de cima! — sussurrou o jovem rapaz. — Ah, diabo! Pensei que esse fosse o último andar; será que é o segundo?

— Meu jovem — sussurrou Ivan Andrêievitch, agitado —, do que está falando? Por Deus, por que quer saber isso? Eu também achei que esse fosse o último andar. Por Deus, será que há mais andares?

— Tem alguém se mexendo — disse o velho, que enfim tinha parado de tossir...

— *Psss!* Ouça! Calado! — sussurrou o jovem rapaz, apertando ambas as mãos de Ivan Andrêievitch.

— Prezado senhor, está apertando meu braço com violência. Solte-me.

— *Psss...*

Seguiu-se um leve confronto e depois, novamente, silêncio.

— Então encontrei uma moça bonitinha... — começou o velho.

— Como assim, moça bonitinha? — interrompeu a esposa.

— Sim... já não disse que encontrei uma moça bonitinha na escada, ou será que esqueci? Estou fraco da memória. É a milfurada... *cof!*

— O quê?

— Tenho que beber milfurada, dizem que faz bem... *cof-cof-cof!* Faz bem!

— Foi o senhor que o interrompeu — disse o jovem rapaz, novamente rangendo os dentes.

— Estava dizendo que encontrou uma moça bonitinha. Quem era? — perguntou a esposa.

— Hein?

— Encontrou uma moça bonitinha?

— Quem encontrou?

— Você, oras!

— Eu? Quando? Pudera!

— Mas será possível! Mas que múmia! Nossa — sussurrou o jovem rapaz, amaldiçoando em pensamento o velho esquecido.

— Prezado senhor! Estou tremendo de pavor. Meu Deus, o que estou ouvindo? É como ontem; exatamente como ontem!

— *Psss*.

— Sim, sim, sim! Lembrei-me: uma trapaceira de marca maior! Aqueles olhinhos... com aquele chapéu azul...

— De chapéu azul! Ai, ai!

— É ela! Ela tem um chapéu azul. Meu Deus! — gritou Ivan Andrêievitch...

— Ela? Quem é ela? — sussurrou o jovem rapaz, espremendo as mãos de Ivan Andrêievitch.

— *Psss!* — foi a vez de Ivan Andrêievitch pedir silêncio. — Ele está falando.

— Ah, meu Deus! Meu Deus!

— Por outro lado, quem não tem um chapéu azul?

— E que trapaceira! — continuou o velho. — Vem visitar uns conhecidos. Faz caras e bocas. E outros conhecidos também vêm visitar esses conhecidos.

— Ah, que tédio! — interrompeu a dama. — Por que está interessado?

— Está bem, está bem! Não fique brava! — respondeu o velho arrastando as palavras. — Se não quer, não falo mais. Parece que não está nos seus melhores dias...

— Como o senhor veio parar aqui? — disse o jovem rapaz...

— Está vendo, está vendo! Agora está interessado, antes não queria escutar!

— Para mim dá na mesma! Não diga nada, por favor! Ah, que diabo, mas que história!

— Meu jovem, não fique bravo; não sei o que digo; é o seguinte, só quis dizer que não deve ter se interessado a troco de nada... Aliás, quem é o senhor? Vejo que nos conhecemos; afinal, quem é o senhor, seu desconhecido? Deus, não sei o que estou falando!

— Eh! Faça o favor de desaparecer! — interrompeu o jovem rapaz como que refletindo sobre alguma coisa.

— Mas vou contar tudo, tudo. O senhor pode pensar que eu não vou contar, que estou com raiva do senhor, não! Dê-me um aperto de mão! Apenas meu espírito está decadente, nada mais. Mas, por Deus, conte-me tudo desde o começo: como veio parar aqui? Por ocasião de quê? Quanto a mim, não se ofenda, pelos céus, não estou bravo, dê-me um aperto de mão. Aqui está empoeirado, minha mão está suja, mas isso não é nada para o sentimento elevado.

— Eh, vá com essa mão para lá! Não tem espaço para se virar e fica metendo a mão aqui.

— Mas, prezado senhor! O senhor me trata, se me permite dizer, como uma sola velha — disse Ivan Andrêievitch num acesso de desespero e com uma voz de súplica. — Trate-me com mais civilidade, nem que seja um pouco, e eu contarei tudo! Digo francamente: não podemos ficar aqui deitados um ao lado do outro. O senhor está enganado, meu jovem! Não sabe... Não sabe...

— Quando foi que ele a encontrou? — sussurrou o jovem rapaz, claramente muito agitado. — Talvez ela esteja esperando... Preciso sair daqui!

— Ela? Quem é ela? Meu Deus! De quem está falando, meu jovem? Está pensando que no andar de cima... Meu Deus! Meu Deus! Por que me castiga assim?

Ivan Andrêievitch tentou virar-se de bruços em sinal de desespero.

— Para que quer saber quem é ela? Ah, diabo! Se foi ela ou não, vou sair daqui!

— Prezado senhor! O que está dizendo? E eu, e eu como fico? — sussurrou Ivan Andrêievitch num acesso de desespero, agarrando-se à ponta do fraque do vizinho.

— E quanto a mim? O senhor que fique aí sozinho. Se não quiser, direi que é meu tio, que torrou toda sua fortuna, assim o velho não vai achar que sou eu o amante da esposa dele.

— Mas, meu jovem, isso é impossível; é absurdo que eu seja seu tio. Ninguém acreditaria. Nem uma criança acreditaria — sussurrou desesperado Ivan Andrêievitch.

— Então pare de tagarelar e fique aí deitado quieto, esticado! É provável que passe a noite aqui e amanhã dê um jeito de escapar; ninguém vai notar o senhor; se um escapar ninguém vai achar que ainda há outro. Mesmo que exista uma dúzia! Aliás, o senhor mesmo vale por uma dúzia. Afaste-se um pouco ou eu sairei!

— O senhor está me magoando, meu jovem... E se eu começar a tossir? É preciso pensar em tudo!

— *Psss!*

— Meu jovem, se ao menos o senhor soubesse com quem está falando! Eu, eu... então eu o perdoaria. Sou um homem bom! Veja como sou bom! Por que não me trata de forma correspondente? Nós poderíamos nos dar bem. Até poderia convidar o senhor para minha casa... Deus! Não sei o que estou dizendo, não tenho a menor ideia do que estou dizendo. Oh, será que estou totalmente perdido? Meu jovem, eis uma lição para o senhor! Siga o meu exemplo, eu também, como o senhor, na flor da idade também desperdicei minha juventude de forma despreocupada, assim como o senhor, já colhi as flores do prazer,[9] afundei nos colchões de penas do prazer... Não, não, não é isso que quero dizer... Meu Deus! Estou falando além da conta... — Então Ivan Andrêievitch soluçou e de seus olhos começaram a correr lágrimas.

— Ah, tudo bem; pelo menos não vai ter pancadaria — sussurrou o jovem rapaz.

— Não é a primeira vez que isso acontece comigo! Ontem mesmo, dessa mesma forma, eu conheci dois excelentes rapazes. Ficamos amigos! Quem vai nos impedir, apesar de que o senhor já recusou meu cumprimento! Eu... eu... Mas o senhor não é aquele rapaz que eu vi no teatro? Me conte suas desgraças, meu jovem!

— Será que pode se calar? Não tenho desgraça nenhuma para contar para o senhor. Eu só preciso ir a um encontro, aqui no terceiro andar.

— Um encontro! Eu bem que pressenti! — sussurrou Ivan Andrêievitch. — Então diga logo de uma vez: foi o senhor ou a sua dama que deixou cair o bilhete?

— Bilhete? Bilhete? — interrompeu o jovem rapaz extremamente perturbado. — Então foi o senhor que pegou?

— Meu Deus! Meu jovem! Conte-me tudo, não esconda nada, como se estivesse contando para seu pai...

— Mas que pai, o quê? Não, não, agora me permita perguntar... quem é o senhor?

— E o senhor, quem é?

— Eh! Lá vem o senhor com essa confusão! O senhor pegou o bilhete, leu e resolveu investigar.

— Entendo!

— O que é isso? Parece que estou ouvindo um rebuliço vindo do andar de cima — disse o velhote, como se tivesse acabado de acordar e rompesse o silêncio do casal.

— Do andar de cima?

— Ouça, meu jovem, de cima!

— Pois estou ouvindo!

---

[9] Alusão a uma passagem da peça O *inspetor geral* (1836), de Gógol. (N. da T.)

— Meu Deus! Vou sair, meu jovem.

— Então eu não sairei! Para mim tanto faz! Se a confusão está formada, para mim tanto faz! Tudo isso porque pegou aquele bilhete! — disse o jovem rapaz num ataque de raiva, apertando o braço de Ivan Andrêievitch.

— E por acaso eu sabia que o bilhete era seu? Pense bem, meu jovem. Para que o senhor o enviou daquela forma? Meu jovem! A única coisa que lhe peço, que imploro, é que me diga em que camarote o senhor estava. Bem, tanto faz se o senhor não estava lá, apenas diga... Conte a verdade, meu jovem! A consciência é a primeira a reconhecer os arrependimentos...

— Oh, meu Deus, meu Deus! — sussurrou o jovem rapaz, rindo internamente. — Que marido estranho é o senhor! Deus, é um marido impossível!

— Deus, quanto cinismo! Mas por que justo um marido?... Não sou casado.

— Como não é casado? Até parece!

— Não sou! Talvez eu mesmo seja o amante!

— Que beleza de amante!

— Prezado senhor, prezado senhor! Está bem, vou contar-lhe tudo. Ouça meu desespero. Não se trata de mim, eu não sou casado. Também sou solteiro, como o senhor. O marido é um amigo meu, companheiro de infância... e eu sou o amante... Ele me disse: "Sou um homem infeliz, estou provando do veneno, desconfio de minha esposa". "Mas", disse-lhe com prudência, "por que desconfia dela?" O senhor não está prestando atenção. Ouça, ouça! "O ciúme é ridículo", digo, "o ciúme é um vício!" — "Não", ele disse, "sou um homem infeliz! Eu... provando do veneno, ou seja, estou desconfiado." "Você", digo, "é meu amigo, companheiro de tenra infância. Juntos colhemos as flores, debaixo do mesmo casaco de feltro...

— Como, debaixo do mesmo casaco? — interrompeu o jovem rapaz, caindo na gargalhada.

— Debaixo das balas dos chechenos... — soluçou Ivan Andrêievitch.

— Como é? Debaixo de balas? — interrompeu outra vez o jovem rapaz.

— Oras! Quando fui para o Cáucaso para fazer um inquérito (é assim que se diz)... Deus, não sei o que estou dizendo. O senhor apenas ri, meu jovem. Está me deixando louco.

— Agora o senhor está mesmo louco!

— Veja, eu pressenti que o senhor ia dizer isso... quando falei de loucura. Ria, ria, meu jovem! Eu também era assim no meu tempo. Ah! Devo estar com o cérebro inflamado!

— Para que ficou com o bilhete, se não é o marido?
— Prezado senhor, prezado senhor! Foi ele, foi o meu amigo que disse: "vá e tente pegar o bilhete quando ele cair".
— Como é que é? — interrompeu o jovem rapaz, caindo na gargalhada... — Quando ele cair?
— Meu Deus! Eu nem percebi que disse isso! Jovem rapaz, eu...
— Ha, ha, ha!
— Eu o amaldiçoo!!!
— Ha, ha, ha!
— O que foi isso, querida, parece que ouvi alguém espirrar? — entoou o velhote. — Foi você que espirrou, meu bem?
— Oh, meu Deus! — disse a esposa.
— *Psss!* — ressoou debaixo da cama.
— Devem estar batendo no andar de cima — observou a esposa, sobressaltada, pois, de fato, havia barulho debaixo da cama.
— Sim, no andar de cima! — disse o marido. — No andar de cima! Eu disse que vi um dândi *cof-cof!* Um dândi de bigode *cof-cof!* Oh, Deus, minhas costas! Encontrei um dândi de bigode.
— De bigode! Meu Deus, só pode ser o senhor — sussurrou Ivan Andrêievitch.
— Minha nossa, mas que homem! Eu não estou aqui, deitado com o senhor? Solte meu rosto!
— Deus, acho que vou desmaiar.
— Oh, que tipo é o senhor, que tipo!
— Ah! O senhor deve ser um literato! — disse Ivan Andrêievitch.
— Como assim, literato? Por quê?
— Sim, um literato! Todos os literatos falam de tipos.
— *Cof-cof-cof!*
Nesse momento, ouviu-se realmente um barulho vindo do andar de cima.
— O que foi isso? — sussurrou o jovem rapaz.
— Prezado senhor! Estou em pânico, apavorado. Ajude-me.
— *Psss!*
— É barulho mesmo, querida; uma verdadeira gritaria. Bem em cima da sua cama. Não será o caso de mandar alguém até lá?
— Veja só que coisas inventa!
— Está bem, não vou fazer isso. Palavra, como está brava hoje!
— Oh, Deus! O senhor deveria ir se deitar.
— Liza! Você não me ama absolutamente.

O marido ciumento 495

— Ah, amo sim! Por Deus, estou tão cansada.
— Tudo bem, tudo bem. Estou indo.
— Ah, não, não! Não vá — gritou a esposa. — Ou melhor, vá, vá!
— O que há com você? Uma hora quer que eu vá, outra hora quer que fique! *Cof-cof!* Está mesmo na hora de dormir... *cof-cof!* A filha de Panafídin... *Cof-cof!* A filha... *Cof!* Vi a boneca de Nuremberg da filha, *cof-cof...*
— E agora bonecas!
— *Cof-cof!* Uma bela boneca, *cof-cof!*
— Está se despedindo — disse o jovem rapaz —, está indo embora, e nós sairemos logo em seguida. Está ouvindo? Alegre-se!
— Oh, Deus queira! Deus queira!
— É uma lição para o senhor...
— Meu jovem, lição por quê? Estou percebendo... Mas o senhor ainda é jovem; não pode me dar lições.
— Mesmo assim darei. Ouça.
— Deus! Quero espirrar!
— *Psss!* Não ouse.
— Mas o que posso fazer? Aqui cheira a ratos; não posso evitar; pegue o lenço no bolso, por Deus; não consigo me mexer... Oh, Deus, Deus! Por que me castiga assim?
— Aqui está o lenço! Vou dizer já por que está sendo castigado. O senhor é ciumento. Sabe Deus com base em quê o senhor corre com o bilhete de outro feito um desvairado, invade o apartamento de outro, cria confusão...
— Meu jovem! Eu não criei confusão nenhuma.
— Calado!
— Meu jovem, não pode me dar lição de moral. Tenho mais moral que o senhor.
— Calado!
— Oh, meu Deus! Meu Deus!
— Criou confusão, assustou uma jovem e tímida dama, que não sabe o que fazer de tanto pavor e talvez até adoeça; perturbou um respeitável velhinho, que acima de tudo precisa de sossego, e tudo isso por quê? Porque imaginou que um bilhete caiu do camarote onde estava sua esposa! Compreende, compreende quão abjeta é sua situação agora? Percebe?
— Prezado senhor, está bem! Percebo, mas o senhor não tem o direito de...
— Calado! Que direito? Compreende que isso pode acabar de maneira trágica? Compreende que o velho ama sua esposa e pode enlouquecer ao

vê-lo sair de debaixo da cama? Mas não, o senhor não é capaz de provocar uma tragédia! Quando sair daqui, penso que qualquer um que veja o senhor começaria a gargalhar. Eu gostaria de ver o senhor na luz: deve ser muito ridículo.

— E o senhor? Também é ridículo nesse caso! Também gostaria de ver o senhor.

— Até parece!

— O senhor deve carregar o estigma da imoralidade, meu jovem!

— Ah! O senhor está falando de moral! Por acaso sabe por que estou aqui? Por engano; me enganei de andar. O senhor sabe com que objetivo marquei o encontro, hein? Sabe por quê? Pode ser que se trate de uma pobre moça com a qual eu gostaria de me casar, mas ainda não tenho condições. Pode ser que seja apenas um romance, o mais simples e inocente.

— E por que está aqui?

— Por engano. O diabo sabe por que me deixaram entrar! É possível que estivessem esperando alguém. Eu me escondi debaixo da cama quando ouvi seus passos estúpidos, quando vi que a dama se assustou. Além do mais, estava escuro. Aliás, por que estou lhe dando satisfações? O senhor é um velho ridículo e ciumento.

— Não, não sou velho. Por que me chama de velho? Sou jovem... Talvez eu também ainda seja um jovem, meu rapaz.

— O senhor? O senhor, paizinho, é um baita de um covarde e nada mais! Sabe por que ainda não saí? Deve estar pensando que tenho medo! Não, senhor, eu já teria saído há muito; só estou aqui por compaixão ao senhor. O que seria do senhor se eu não estivesse aqui? Estaria parado feito um poste, feito um pilar na frente deles, não saberia o que fazer...

— Como assim, feito um poste? De onde tirou isso? Será que não poderia me comparar a alguma outra coisa, meu jovem? Como não saberia o que fazer? Não, claro que saberia.

— Pronto, ficou ofendido! O senhor não sai por que é um imoral...

— Não sou imoral; como é baixo o seu palavreado! Por que imoral? Sou um homem moral, não sou o que o senhor pensa.

— Não era o senhor mesmo que estava se gabando de seduzir moças quando era jovem?

— Quando? Não, não disse nada disso.

— Como não disse? O senhor está mentindo.

— Não, meu jovem, o senhor está enganado. Vou lhe contar tudo; não é assim; o senhor está redondamente enganado. Eu, meu jovem, apenas me gabei um pouco de modo covarde para conquistar sua amizade, para que

O marido ciumento

o senhor se afastasse um pouco, mas não fiz por mal! Não sou esse tipo de pessoa! Sou um homem totalmente moral... Oh, meu Deus, como late esse cachorro!

— *Psss!* Ah, de fato... Isso é por que o senhor fica tagarelando. Está vendo, acordou o cachorro! Agora estamos enrascados.

Com efeito, o cachorro da dona da casa, que até aquele momento dormia sobre uma almofada num canto, acordou de repente, cheirou os estranhos e atirou-se latindo para debaixo da cama.

— Oh, meu Deus! Que cachorro tonto! — sussurrou Ivan Andrêievitch. — Vai nos entregar. Vai nos desmascarar. Ainda mais esse castigo!

— Pois o senhor é tão medroso que é capaz que isso aconteça.

— Ami, ami, para cá! — gritou a dona — *ici, ici*.[10]

Mas o cachorro não deu ouvidos e correu direto na direção de Ivan Andrêievitch.

— Querida, por que Amíchka está latindo? — disse o velhote.

— Devem ser ratos ou o bichano. Ouço espirros e mais espirros... O bichano está resfriado hoje.

— Fique parado! — sussurrou o jovem rapaz. — Não se mexa! Pode ser que ele pare.

— Prezado senhor, prezado senhor! Largue meu braço! Para que o está segurando?

— *Psss!* Calado!

— Mas, meu jovem, ele vai morder meu nariz! Quer que eu perca o nariz?

Seguiu-se uma disputa e Ivan Andrêievitch conseguiu soltar o braço. O cachorro não parava de latir. De repente parou de latir e começou a uivar.

— Ai! — gritou a dama.

— Monstro! O que está fazendo? — sussurrou o jovem rapaz. — Vai nos matar! Para que o agarrou? Meu Deus, está sufocando! Não faça isso, largue-o! Monstro! O senhor não sabe nada sobre o coração das mulheres! Se sufocar o cachorro, ela vai nos entregar.

Mas Ivan Andrêievitch já não ouvia nada. Conseguiu pegar o cachorro e num ímpeto de autopreservação esmagou seu pescoço. O cachorrinho uivou e deu o último suspiro.

— Estamos perdidos! — sussurrou o jovem rapaz.

---

[10] "Aqui, aqui", em francês no original. (N. da T.)

— Amíchka! Amíchka! — gritou a dama. — Meu Deus, o que fizeram com minha Amíchka? Amíchka! Amíchka! *Ici!* Monstros! Bárbaros! Deus, estou passando mal!

— O que é isso? O que é isso? — gritou o velhote, levantando-se de um salto da poltrona. — O que há com você, minha querida? Amíchka está aqui! Amíchka, Amíchka, Amíchka! — gritou o velhote, estalando os dedos e a língua para chamar o cachorro que estava debaixo da cama. — Amíchka! *Ici, ici.* O bichano não pode tê-la comido. Precisamos dar uma surra nele, minha amiga. Já tem um mês que esse safado não apanha. O que acha? Amanhã falarei com Praskóvia Zakhárievna. Mas, meu Deus, minha amiga, o que há com você? Está pálida, oh! Oh! Criados! Criados!

E o velho começou a correr pelo quarto.

— Canalhas! Monstros! — gritou a dama, rolando para o sofá.

— Quem? Quem? De quem está falando? — gritou o velho.

— Tem pessoas ali, estranhos! Ali, debaixo da cama! Oh, meu Deus! Amíchka! Amíchka! O que fizeram com você?

— Ah, meu Deus, senhor! Que pessoas? Amíchka... Não, criados, criados, venham aqui! Quem está lá? Quem está lá? — gritou o velho, segurando uma vela e agachando-se debaixo da cama. — Quem é? Criados, criados!

Ivan Andrêievitch estava deitado, mais morto do que vivo, ao lado do cadáver sem respiração de Amíchka. Mas o jovem rapaz captou todos os movimentos do velho. Súbito, o velho foi para o outro lado, perto da parede, e agachou-se. Num instante, o jovem rapaz saiu rastejando e pôs-se a correr, enquanto o marido procurava suas visitas do outro lado do leito nupcial.

— Deus! — sussurrou a dama, ao ver o jovem rapaz. — Quem é você? Eu pensei que...

— O monstro está lá — sussurrou o jovem rapaz. — Ele é o culpado pela morte de Amíchka!

— Ai! — gritou a dama.

Mas o jovem rapaz já havia desaparecido do quarto.

— Ai! Tem alguém aqui. Aqui estão os sapatos! — gritou o marido, pegando os pés de Ivan Andrêievitch.

— Assassino! Assassino! — gritou a dama. — Oh, Ami! Ami!

— Saia daí, saia! — gritou o velho, batendo os dois pés. — Saia; quem é o senhor? Diga, quem é o senhor? Deus, que homem terrível!

— São bandidos!

— Por Deus, por Deus! — gritou Ivan Andrêievitch, saindo de debaixo da cama. — Por Deus, Vossa Excelência, não chame os criados! Vossa Exce-

O marido ciumento

lência, não chame os criados! Não é absolutamente necessário. O senhor não pode me enxotar... Não sou esse tipo de gente! Sou um homem independente... Vossa Excelência, isso tudo foi um engano! Já explicarei, Vossa Excelência — continuou Ivan Andrêievitch, soluçando. — É tudo por causa da mulher, ou seja, não da minha mulher, mas da mulher de outro... eu não sou casado, eu... Trata-se do meu amigo e companheiro de infância...

— Mas que companheiro de infância? — gritou o velho, batendo os pés. — É mentira essa história de companheiro de infância. O senhor é um ladrão, veio roubar...

— Não, não sou ladrão, Vossa Excelência. Apenas me enganei por acidente, vim parar no lugar errado.

— Estou vendo, senhor, onde veio se enfiar.

— Vossa Excelência! Não sou esse tipo de pessoa. O senhor está enganado. Digo que está cruelmente equivocado, Vossa Excelência. Olhe para mim, examine e verá por alguns sinais e indícios que eu não posso ser um ladrão. Vossa Excelência! Vossa Excelência! — gritou Ivan Andrêievitch, juntando as mãos e se dirigindo à jovem dama. — A senhora é uma dama, vai me entender... Fui eu quem tirou a vida de Amíchka... Mas não sou culpado, eu, pelos céus, não sou culpado... Foi tudo culpa da mulher. Sou um homem infeliz, estou provando do veneno!

— E o que tenho eu a ver se o senhor está ou não provando do veneno? Talvez não seja só o veneno, está claro; mas como o senhor veio parar aqui, prezado senhor? — gritou o velho, trêmulo de agitação, mas, de fato, tendo se certificado por alguns sinais e indícios que Ivan Andrêievitch não podia ser um ladrão. — Eu pergunto: como veio parar aqui? O senhor, feito um bandido...

— Não sou um bandido, Vossa Excelência. Apenas entrei no lugar errado; palavra, não sou bandido! Tudo porque sou ciumento. Contarei tudo, Vossa Excelência, contarei honestamente, como se falasse com meu próprio pai, uma vez que o senhor nessa idade poderia ser meu pai.

— Como assim "nessa idade"?

— Vossa Excelência! Talvez tenha ofendido o senhor. De fato, uma dama tão jovem... e a sua idade... é algo bonito de se ver, Vossa Excelência; de fato é bonito ver um matrimônio assim... na flor da idade... Mas não chame os criados... pelo amor de Deus, não chame os criados... Eles apenas ririam... eu os conheço... Isto é, não quero dizer com isso que conheço apenas criados, eu também tenho lacaios, Vossa Excelência, e eles só riem... esses idiotas! Vossa Excelência... Parece, se não estiver enganado, que estou falando com um príncipe...

— Não, não está falando com um príncipe, nem com Vossa Excelência, prezado senhor. Eu, prezado senhor, sou um homem independente, não sou um príncipe. Não venha me adular com suas "altezas" e "excelências". Como veio parar aqui, prezado senhor? Como veio parar aqui?

— Vossa Alteza, ou melhor, Vossa Excelência... desculpe, pensei que fosse Vossa Alteza. Olhei ao redor... me enganei... essas coisas acontecem. O senhor se parece tanto com o príncipe Korotkoúkhov, a quem eu tive a honra de encontrar na casa de um conhecido, o senhor Puzirióv... Veja, eu também conheço príncipes, conheci um príncipe na casa de um conhecido: o senhor não pode me tomar por aquilo que está me tomando. Não sou um ladrão. Vossa Excelência, não chame os criados; não chame os criados; de que adiantaria?

— Mas como veio parar aqui? — gritou a dama. — Quem é o senhor?

— Sim, quem é o senhor? — acompanhou o marido. — E eu, querida, pensando que era o bichano que estava debaixo da cama. Mas era ele. Ah, seu devasso, devasso! Quem é o senhor? Diga!

E o velho novamente bateu os pés no tapete.

— Não consigo falar, Vossa Excelência. Estou esperando o senhor terminar... Ouço suas piadas espirituosas. Quanto a mim, trata-se de uma história ridícula, Vossa Excelência. Contarei tudo. Posso explicar tudo, isto é, quero dizer: não chame os criados, Vossa Excelência! Seja generoso comigo... O fato de que estava debaixo da cama não quer dizer nada... não perdi minha dignidade por isso. É o que penso! Trata-se de uma história bastante cômica, Vossa Excelência! Especialmente o senhor, Vossa Excelência! — gritou Ivan Andrêievitch, dirigindo-se à dama com ar de súplica. — O senhor em particular, Vossa Excelência, vai rir! Está vendo um marido enciumado em cena. Veja que estou me humilhando, estou me humilhando voluntariamente. Tirei a vida de Amíchka, é claro, mas... Meu Deus, não sei o que estou dizendo!

— Mas como veio parar aqui?

— Com a ajuda da escuridão da noite, Vossa Excelência, com a ajuda da escuridão... Culpado! Sou culpado! Perdoe-me, Vossa Excelência! Peço humildemente perdão! Sou apenas um marido ofendido, nada mais! Não pense, Vossa Excelência, que eu seja um amante, não sou um amante! Sua esposa é muito virtuosa, se me permite a ousadia de dizê-lo. Ela é pura e inocente!

— Como é que é? O que tem a ousadia de dizer? — gritou o velho, novamente batendo os pés. — Por acaso enlouqueceu? Como ousa falar de minha esposa?

— É um canalha, um assassino que matou Amíchka! — gritou a esposa irrompendo em lágrimas. — E ainda tem tamanha ousadia!

— Vossa Excelência, Vossa Excelência! Estou dizendo mentiras — gritou estupefato Ivan Andrêievitch —, mentiras e nada mais! Considere que não estou em meu perfeito juízo... Por Deus, considere que não estou em meu perfeito juízo... Peço solenemente que me faça esse enorme favor. Até estenderia minha mão, mas não tenho coragem... Eu não estava só, eu sou o tio... ou melhor, quero dizer que não posso ser considerado o amante... Deus! Já estou mentindo de novo... Não se ofenda, Vossa Excelência — gritou Ivan Andrêievitch para a esposa. — A senhora é uma dama, entende o que é o amor, é um sentimento delicado... Mas o que estou dizendo? Mentiras! Ou seja, quero dizer que sou um velho, isto é, um ancião e não um velho, não posso ser o amante da senhora, o amante é um Richardson, um Lovelace...[11] Estou mentindo; mas, veja Vossa Excelência, sou um homem educado e conheço a literatura. O senhor está rindo, Vossa Excelência! Fico feliz, muito feliz por ter *provocado*[12] o riso do senhor, Vossa Excelência. Veja, empreguei uma expressão francesa; sou um homem educado, Vossa Excelência, não posso ser aquele por quem me tomam. Oh, como estou feliz por ter provocado seu riso!

— Meu Deus! Que homem ridículo! — gritou a dama, irrompendo numa gargalhada.

— Sim, ridículo e imundo — disse o velho, alegre por ver a esposa rir. — Querida, ele não pode ser um ladrão. Mas como veio parar aqui?

— É realmente estranho! Realmente estranho, Vossa Excelência, parece até um romance! Como? Na calada da noite, numa cidade grande, um homem debaixo da cama? Ridículo, estranho! De certa forma, um Rinaldo Rinaldini.[13] Mas não é nada disso, nada disso, Vossa Excelência. Contarei tudo... Arrumarei um cãozinho novo, Vossa Excelência... Um ótimo cãozinho! Com o pelo tão comprido e as patinhas tão curtas que não conseguirá dar nem dois passos: quando correr, vai se enroscar no próprio pelo e cair. Só se alimentará de doce. Trarei, Vossa Excelência, sem falta.

---

[11] Samuel Richardson (1689-1761), escritor inglês, autor de *Clarissa*, que tem como personagem central o sedutor Lovelace. (N. da T.)

[12] No original, tem-se o emprego da forma russificada do verbo francês *provoquer*, daí o destaque. (N. da T.)

[13] *Rinaldo Rinaldini, der Räuberhauptmann* (1797-1800), romance em três volumes de Christian August Vulpius, cujo protagonista é um célebre bandido. (N. da T.)

— Ha-ha-ha-ha-ha! — a dama rolava de um lado para outro no sofá de tanto rir. — Meu Deus, vou ter um ataque! Oh, como é ridículo!

— Sim, sim! Ha-ha-ha! *Cof-cof-cof!* Ridículo e imundo, *cof-cof-cof!*

— Vossa Excelência, Vossa Excelência, agora estou plenamente feliz! Até estenderia a mão, mas não ouso, Vossa Excelência, sinto que estou perdido, mas agora meus olhos se abriram. Acredito que minha esposa é pura e inocente! Errei ao suspeitar dela.

— A esposa, a esposa dele! — gritou a dama com lágrimas nos olhos de tanto rir.

— Ele é casado? Mas será possível? Nunca teria imaginado! — acrescentou o velho.

— Vossa Excelência, minha esposa é culpada de tudo, ou melhor, eu sou o culpado: suspeitei dela; soube que aqui havia sido marcado um encontro, no andar de cima; interceptei o bilhete, mas errei o andar e me escondi debaixo da cama...

— He-he-he-he!

— Ha-ha-ha-ha!

— Ha-ha-ha-ha! — caiu na gargalhada, enfim, Ivan Andrêievitch. — Oh, como estou feliz! Como é comovente ver que estamos todos de acordo e felizes! E minha esposa é totalmente inocente! Tenho quase certeza disso. É verdade, não é, Vossa Excelência?

— Ha-ha-ha, *cof-cof!* Sabe quem é, querida? — disse enfim o velho, recuperando-se do riso.

— Quem? Ha-ha-ha! Quem?

— Deve ser aquela moça bonitinha que faz caras e bocas para o dândi. É ela! Aposto que é a esposa dele!

— Não, Vossa Excelência, tenho certeza de que não é ela; certeza absoluta.

— Mas, meu Deus! Está perdendo tempo — gritou a dama, interrompendo a gargalhada. — Corra, vá lá para cima. Pode ser que os surpreenda...

— É verdade, Vossa Excelência, melhor correr. Mas não vou pegar ninguém, Vossa Excelência; não é ela, estou certo de antemão. Ela está agora em casa! O problema sou eu! Sou ciumento, apenas isso... A senhora acha mesmo que eu os surpreenderei lá em cima, Vossa Excelência?

— Ha-ha-ha!

— *Cof-cof-cof! Cof-cof!*

— Vá, vá logo! E quando voltar, venha contar o que viu — gritou a dama. — Ou não: melhor amanhã de manhã, e traga ela também. Quero conhecê-la.

— Adeus, Vossa Excelência, adeus! Trarei sem falta; terei prazer em apresentá-la. Fico feliz e contente por tudo ter terminado de maneira inesperada e da melhor forma.

— E o cãozinho! Não se esqueça: antes de tudo, traga o cãozinho!

— Trarei, Vossa Excelência, sem falta — acrescentou Ivan Andrêievitch correndo de volta para o quarto, pois já havia feito uma reverência e saído. — Trarei sem falta. Um bem bonitinho! Feito uma bala confeitada. Daqueles que caminham, se enroscam no próprio pelo e caem. Um desses, palavra! Direi ainda para minha esposa: "Por que está sempre caindo, querida?"; e ela dirá: "Sim, não é uma gracinha?". Como se fosse feito de açúcar, Vossa Excelência, pelos céus, de açúcar! Adeus, Vossa Excelência, muito, muito prazer, foi um enorme prazer conhecê-lo!

Ivan Andrêievitch fez uma reverência e saiu.

— Ei! Prezado senhor! Pare, voltei aqui! — gritou o velhote para Ivan Andrêievitch.

Ivan Andrêievitch retornou pela terceira vez.

— Ainda não encontrei o bichano. Será que o senhor não o viu enquanto estava debaixo da cama?

— Não vi, Vossa Excelência; foi um prazer conhecê-lo. Considero uma grande honra...

— Ele está resfriado, anda só espirrando e espirrando! Precisa levar uma surra!

— Sim, Vossa Excelência, claro; a punição corretiva é necessária em animais domésticos.

— O quê?

— Disse que a punição corretiva, Vossa Excelência, é necessária para tornar os animais domésticos obedientes.

— Ah! Bem, vá com Deus, vá com Deus, era só isso.

Ao sair na rua, Ivan Andrêievitch ficou parado muito tempo na mesma posição, como se esperasse sofrer um ataque imediatamente. Tirou o chapéu, limpou o suor frio da testa, esfregou os olhos, pensou em algo e foi para casa.

Qual não foi sua surpresa ao chegar em casa e descobrir que Glafira Petróvna há muito chegara do teatro, tivera dor de dente e fora levada ao médico, às sanguessugas, e agora estava deitada na cama esperando por Ivan Andrêievitch.

Ivan Andrêievitch deu um tapa na testa, pediu que lhe preparassem um banho, lavou-se e, enfim, resolveu ir ao quarto da esposa.

— Onde o senhor andou passando o tempo? Veja sua situação. Está desfigurado! Onde foi parar? Tenha piedade: sua esposa está morrendo e o senhor não é encontrado em parte alguma! Por onde andou? Vai dizer que foi me desmascarar de novo, atrapalhar um encontro marcado por não sei quem? Que vergonha, que espécie de marido é o senhor? Logo vão apontá-lo na rua!

— Querida! — principiou Ivan Andrêievitch.

Mas naquele momento ele sentiu tamanha perturbação que precisou pegar o lenço no bolso e interromper o discurso iniciado, pois faltavam-lhe palavras, pensamentos e coragem... Qual não foi sua surpresa, pavor, terror quando, junto do lenço, caiu de seu bolso o cadáver de Amíchka! Ivan Andrêievitch não notara que, num acesso de desespero, ao ser obrigado a sair de debaixo da cama, num incompreensível surto de pavor, enfiou Amíchka no bolso com a remota esperança de apagar os vestígios, de esconder a prova de seu crime e fugir do merecido castigo.

— O que é isso? — gritou a esposa. — Um cachorrinho morto! Deus! De onde... Como fez isso? Onde esteve? Diga agora, onde esteve?

— Querida — retorquiu Ivan Andrêievitch, mais morto do que Amíchka —, querida...

Mas agora deixaremos nosso herói até uma próxima, pois aqui começa outra aventura inteiramente nova. Um dia, senhores, contaremos até o fim todas essas calamidades e infortúnios do destino. Mas os senhores hão de convir que o ciúme é uma paixão imperdoável. Mais do que isso: o ciúme, senhores, é uma verdadeira desgraça!

Tradução de Priscila Marques

HISTÓRIAS DE UM HOMEM VIVIDO
(Das notas de um desconhecido)[1]

I. O REFORMADO

Certa manhã, quando eu já estava inteiramente pronto para ir ao trabalho, apareceu-me Agrafiêna, minha cozinheira, lavadeira e governanta, e, para minha surpresa, iniciou uma conversa.

Até aquele momento, ela tinha sido uma mulher tão calada e simples que, a não ser pelas perguntas diárias sobre o que preparar para o almoço, durante cerca de seis anos não dissera quase nenhuma palavra. Eu, pelo menos, nunca a tinha ouvido dizer nada além disso.

— Gostaria de dizer, senhor — começou de repente —, que deveria alugar o quartinho.

— Qual quartinho?

— Aquele ao lado da cozinha. O senhor sabe qual.

— Para quê?

— Para quê? Para poder ter inquilinos. O senhor sabe para quê.

— Mas quem vai alugar?

— Quem vai alugar? Inquilinos. Como assim quem?

— Mas lá, mãezinha, não dá para colocar uma cama, ficaria apertado. Quem iria querer viver lá?

— Para que viver lá? Ele só ia querer um lugar para dormir; ele pode viver na janela.

— Qual janela?

— O senhor sabe qual, parece até que não sabe! Aquela que fica na antessala. Ele vai ficar sentado lá, costurar ou fazer alguma outra coisa. Talvez se sente na cadeira. Ele tem uma cadeira, e também uma mesa, tem tudo.

---

[1] Publicado originalmente em *Anais da Pátria*, nº 57, abril de 1848. O conto integra o ciclo "Notas de um desconhecido", juntamente com "Uma árvore de Natal e um casamento". Ao ser incluído na edição das *Obras reunidas* organizada por Dostoiévski em 1860, com o título "O ladrão honrado", o autor reelaborou e condensou a narrativa. A versão final está reproduzida às pp. 187-201 deste volume. (N. da T.)

— Mas quem é ele?

— Um homem bom, vivido. Vou fazer comida para ele. Pelo quarto e pela mesa receberei três rublos de prata por mês...

Enfim, depois de prolongados esforços, soube que certo homem de idade convenceu ou de alguma forma persuadiu Agrafiêna a aceitar que ele vivesse na cozinha como inquilino para ter onde dormir e comer. Qualquer coisa que Agrafiêna enfiasse na cabeça tinha de ser feito; do contrário, eu sabia que ela não me daria sossego. Nesses casos, quando alguma coisa não era do seu agrado, ela logo ficava pensativa, caía em profunda melancolia, e essa situação se prolongava por duas ou três semanas. Durante esse tempo, estragava a comida, não lavava a roupa direito, não limpava o chão; em resumo, ocorria uma série de incômodos. Há muito eu havia percebido que essa mulher de poucas palavras não tinha condições de tomar uma decisão ou fixar-se em qualquer pensamento propriamente seu. Contudo, se em seu frágil cérebro por acaso se formasse qualquer coisa parecida com uma ideia, um empreendimento, então impedir que aquilo fosse levado a cabo significava nocauteá-la moralmente por algum tempo. Por isso, mais do que tudo por amor ao meu próprio sossego, concordei de imediato.

— Ele ao menos tem algum documento, passaporte[2] ou algo do tipo?

— Ora! Claro que tem. É um homem bom e vivido, prometeu pagar três rublos.

Já no dia seguinte, apareceu em meu modesto apartamento de solteiro o novo inquilino; mas isto não me irritou, intimamente cheguei até a ficar feliz. Vivo sozinho, totalmente recluso. Quase não tenho conhecidos; raramente saio. Tendo vivido dez anos sem sair da toca, eu, é claro, me acostumei à solidão. Mas viver ainda dez, quinze anos, talvez mais, nessa solidão, com essa Agrafiêna, nesse apartamento de solteiro, evidentemente era uma perspectiva bastante sem graça! Por isso, um outro homem tranquilo, nessas circunstâncias, era uma bênção dos céus!

Agrafiêna não mentira: o inquilino era mesmo um homem vivido. O passaporte mostrava que ele era um soldado reformado, o que percebi à primeira vista, antes de ver o documento, só de olhar em seu rosto. Era fácil perceber. Astáfi Ivánovitch, meu inquilino, era dos melhores de sua espécie.

O reformado era um camponês extremamente civilizado e cem vezes mais elevado moralmente do que um servo doméstico. Apesar disso, é claro, em todas as classes existem bêbados, ladrões e toda espécie de trapaceiros,

---

[2] Passaporte era o nome dado ao documento de identificação russo. (N. da T.)

mas tratam-se de exceções, justamente porque existem em quaisquer classes, portanto não os levarei em conta neste momento. O reformado nem sempre era desordeiro, tinha um caráter pacífico. Gostava de beber, mas não de encher a cara, isto é, não a ponto de esquecer suas obrigações. Bebia como se deve, por necessidade. Jamais seria encontrado bêbado pela rua, contudo um gole até que lhe fazia bem. Não fugia dos afazeres, o trabalho era sua vida — se estivesse no trabalho ninguém o via. Tinha mais habilidade, destreza e disposição do que os camponeses. Nunca pedia ajuda, nem do tio Mítia, nem do tio Mínia; também não gostava de praguejar feito os mujiques em desgraça, fazia ele mesmo o que era preciso, corretamente e sem gritar. Não era tagarela; era assertivo, mas não arrogante. Havia sobrevivido a muitas das regras e das verdades práticas; ele dificilmente perdia as estribeiras com uma brincadeira; mantinha-se firme em suas motivações. Também era difícil ver nele algo de extraordinário ou incomum. Ele sempre falava com precisão, de forma objetiva, quase impassível; seus gestos eram curtos e corretos — tudo nele tinha uma forma determinada. Não importa com quem, mesmo com os superiores, sempre falava de forma objetiva, cortês e decente. Entretanto, jamais fazia gestos humildes. Era um grande cético, mas isso porque nele havia muito de sincero e ingênuo. Ele tinha um grande senso de tolerância. Era um homem vivido, era "macaco velho", e sabia bem de sua superioridade naquele meio no qual entrou depois de longos anos perambulando com uma espingarda nos ombros. Era completamente devoto, sempre levava consigo uma imagem, em geral ricamente decorada, e preferia ficar sem comer para comprar óleo de lamparina na véspera de qualquer feriado. Devido ao hábito de organização e à visão cética da vida, gostava muito da solidez e arrumação de seu canto, de sua residência, e era muito apegado às suas idiossincrasias. Qualquer capotezinho esfarrapado ou sobrecasaca rasgada: ele tinha tudo contado. Gostava de manter as coisas em ordem, de forma correta e precavida; amava a sociedade, apreciava os homens *bons*, e com frequência se encontrava com pessoas de tipos dos mais heterogêneos, por isso sabia viver. Tinha compaixão pelos animais e os amava. Caso se fixasse em algum lugar, logo arrumava um cachorro para fazer carinho ou começava a alimentar um pombo... O reformado era, de modo geral, uma ótima pessoa e era agradável tratar com ele.

Porém meu inquilino, Astáfi Ivánovitch, era um tipo especial de reformado... O serviço o preparou para a vida, mas antes de tudo ele era um daqueles tipos vividos e, além disso, era um homem bom. Ele serviu durante oito anos. Vinha de uma província bielorrussa, ingressou no regimento da cavalaria e agora constava entre os reformados. Passou a viver sempre em

Petersburgo, trabalhou para sujeitos particulares, e Deus sabe que coisas não experimentou durante o serviço. Foi zelador, mordomo, cocheiro, camareiro, até viveu dois anos no campo trabalhando como administrador. Em todas essas funções mostrou-se talentoso ao extremo. Além disso, era um alfaiate bastante bom. Agora tinha cerca de cinquenta anos e já vivia de modo independente, recebia um pequeno ordenado em forma de uma pensão mensal paga por algumas pessoas boas para as quais havia trabalhado; dedicava-se, além disso, à arte da alfaiataria, que também lhe rendia algum trocado. Logo me dei conta do quanto ganharia por deixá-lo morar comigo. Ele conhecia tantas histórias, tinha visto tantas coisas, passado por tantas aventuras, que eu, para não me entediar durante a noite, resolvi ter encontros curtos com ele. Alguns dias depois de sua mudança, convidei-o para tomar uma xícara de chá. Não concordou em se sentar, explicando que se sentia mais à vontade em pé, aceitou o chá com um agradecimento, e desde a primeira vez indicou de forma rígida o traço social que nos separava. Fez tudo isso não para se humilhar, mas para não cair numa posição falsa, isto é, em defesa de sua própria dignidade e tranquilidade. Eu alimentava curiosidade sobre os detalhes de seu serviço, e fiquei extremamente surpreso ao descobrir que ele esteve em quase todas as batalhas da inesquecível época dos anos treze e catorze.

— O quê? Quantos anos você tem? — perguntei.

— Devo fazer cinquenta anos agora, senhor. Comecei o serviço ainda jovenzinho, com quinze anos; ingressei em 1812. Bom, naquela época não havia o que fazer e nem para onde ir; todos pegaram em armas.

— Esteve também em Paris?

— Estive, senhor, em Paris também.

— Lembra-se de tudo?

— E como! Me lembro como se fosse hoje; como não iria me lembrar? Servi e com muita felicidade: quantos ataques tive de realizar e sempre escapei são e salvo. Sem um ferimentozinho sequer.

— Como assim? Se acovardou logo de cara?

— Claro que me acovardei. Óbvio que não estava nem morto nem vivo. Depois que você se acostuma, já não faz diferença. No começo, demora para se acostumar. Quando você fica algumas vezes na linha de fogo, as balas passam perto sua orelha, ficam zunindo. Você apenas vai desviando, com jeito. Você se inclina para um lado exatamente na hora que ela passa por aquela mesma orelha, e pragueja. Depois endireita a cabeça para escapar dos outros perigos: você é capaz de tropeçar na própria morte enquanto ela ainda não lhe venceu pelo cansaço. Então, senhor, digo que não há nada melhor do que servir nos flancos; lá você circula, não fica parado no lugar, é difícil cair na mira!

— E no ataque, é mais fácil?

— Lá é claro que é mais fácil... Mas não, tanto faz! É preciso lutar, claro, cumprir sua função; mas é muito mais vergonhoso ter que fugir a galope nos cavalos, desviando das balas. É uma desgraça! Eles pisoteiam os próprios companheiros. Como distinguir? É cada um por si. Também não se pode frear os cavalos. Se fossem todos novatos, talvez não chegassem até o lado do inimigo, todos se dispersariam. Ali do seu lado caminham os mais velhos, o povo valente, vivido, que sofreu muito, para essa gente tanto faz. Lembro que nosso suboficial caminhava ao meu lado, ele percebeu desde o primeiro momento que, se me dessem liberdade, eu desapareceria, saltaria do cavalo e fugiria. "Vou lhe executar", disse, "caso se afaste um milímetro de mim!" — imediatamente deixei de ter medo. O que é a morte aqui ou lá? Ela vai vir de todo modo.

— Chegou a passar fome de verdade, Astáfi Ivánovitch?

— E como, senhor! Quando andava com Figner[3] cheguei a ficar três dias sem comer. Assim eram as coisas.

— Como? Esteve com Figner? — perguntei curioso. — Como ele era?

— Eram todos iguais, senhor. Era um homem bom, rígido! Uh! Observava a disciplina... Acontecia de ficar três dias sem sequer um pedaço de pão, como pode? Não dava nem para cochilar. Só podia tirar as botas algumas vezes na semana. Desgraça! Sempre alerta, sempre à espera do ataque do inimigo. Por isso todos confiavam somente em Figner; com ele e seus animais era possível sobreviver; ele socorria a todos com sua inteligência, apenas nele havia salvação. Não fosse por ele, todos nós teríamos morrido. Era um homem rígido.

— Mas ele não gostava dos franceses?

— Dos franceses? Acho que sonhava só com franceses, de tanto que não gostava! Acontecia de capturar prisioneiros, todo tipo de gente; de todas as nações que estiveram sob Bonaparte, até os alemães e espanhóis... Figner capturou alemães, espanhóis, italianos, ingleses,[4] quem professasse alguma fé e recebesse perdão era jogado pelo caminho, já os franceses eram

---

[3] Aleksandr Figner (1787-1813), militar russo que desempenhou papel de destaque na luta contra o exército de Napoleão. (N. da T.)

[4] É evidente que o relato de Astáfi Ivánovitch não é totalmente correto, esperamos que os leitores perdoem a ingenuidade do seu conhecimento. (N. do A.)

pegos aos montes e eram condenados a uma morte cruel. Eu mesmo cheguei a matar uns trinta inimigos dessa forma.

— Matou prisioneiros?

— Prisioneiros, senhor; essa era a ordem.[5] Agora dá pena, pois eles não tinham como se defender, mas na época nadica. Eu era jovem, e a morte me espreitava a cada passo... Uma vez tive que esperar no pântano três dias, não havia saída. Ao redor, um mar de inimigos. Estávamos no meio do exército deles, tínhamos até que prender a respiração — um terror! Todos olhavam somente para Figner. Sabíamos que era ele quem dava as ordens. E ele, fazia o quê? Vestia-se de judeu, espião ou alemão e ia direto para o inimigo; falava todas as línguas humanas. Interrogava tudo, descobria tudo com eficiência, trabalhava com Bonaparte, como espião, comia e bebia com ele, jogava cartas, jurou fidelidade segundo a fé local, católica, recebeu dinheiro por isso, enganou, chamou o inimigo de lado e nós nos saímos bem. Figner relatava tudo ao superior, advertia-o sobre tudo, enquanto Napoleão sequer sonhava que o comandante sabia de tudo por Figner, absolutamente tudo. E a comida! Que comida havia lá, senhor! E só de vez em quando! Não era comida de verdade, mas algo que se arranjava: se comesse, deixava o cavalo três dias sem nada, essa era a última preocupação. É claro que não era o tipo de cavalo que se alimenta.

— Como não se alimenta? E como ele conseguia trabalhar?

— Sei lá, de algum jeito. É óbvio. Os cavalos na guerra, senhor, são exatamente como as pessoas; e ainda há cavalos que são mais inteligentes que alguns dos nossos irmãos. São obedientes, conhecem bem o trabalho, entendem todos os comandos antes de você, e se for preciso fugir do ataque, tomam os freios nos dentes e, se não se segurar, seja covarde ou corajoso, será arrastado. E se fosse o destino traçado por Deus que um soldado morresse, então o cavalo na mesma manhã, algumas horas antes já pressentia e dizia.

— De que forma?

— Assim, senhor. Quando começa a virar a cabeça na sua direção e farejar, quer dizer que vai morrer. É tão certo, que nada pode salvar. O cavalo pode estar calmo e caminhar alegre; mas quando começa a virar a cabeça e a farejar, então o cavaleiro será enforcado. Se não for assassinado naquele dia, é porque talvez tenha feito algum pacto contra a morte.

---

[5] O estranho caráter do ilustre Figner deve ser conhecido de todos os leitores. Sobre ele encontram-se muitos detalhes no famoso romance de Zagoskin, *Roslavlev ou os russos em 1812*. (N. do A.)

— Por acaso é possível fazer um pacto contra a morte?

— Claro, senhor, apelando para tudo; é difícil, mas alguns conseguem. Lembro-me, ainda antes de sair da Rússia, de uma cigana que tinha umas raízes costuradas na palma da mão, vivia disso. Vendeu dez unidades inteiras, conseguiu um rublo de prata por cada. Ainda me lembro que havia um soldado nosso, bobalhão e irritadiço, tão bravo; todos caçoavam dele. Comprou um feitiço da cigana, negociou, deu um rublo e disse: "Veja, bruxa velha, se não matarem, terá sorte, se matarem não haverá misericórdia por essa mentira — vou lhe encontrar nem que seja no final do mundo, arranco a cabeça e corto em pedacinhos."

— Ah! Existiam soldados idiotas assim?

— Bobalhões, senhor. Não é à toa que tinha cavalo que era mais inteligente! Alguns se tornavam até bandidos. Você coloca o cavalo no estábulo, amarra — toma cuidado para que ele não fuja e então, na guerra, parece que ele anda atrás de você e fica de olho para que você não fuja dele. Quando ainda estava com Figner, às vezes podia deitar no chão para dormir, podia ficar lá feito morto e largar o cavalo, e ele só dormia quando não tinha mais perigo. O que isso quer dizer, senhor? Você podia acordar que o cavalo estava ali, velando por você a noite toda. Houve uma vez que... E o senhor ainda fala de cavalos não alimentados, sendo que ele mesmo produz o próprio pão: se não há grama, ele fica perambulando à sua volta, fareja, tenta surrupiar algo para comer, que estava escondido. Pode ser, por exemplo, um pedaço de pão ou de carne guardado debaixo da cabeceira, ele fareja e descobre — não dá para ouvir nada! Ele aprendeu esse truque com os alemães e desaparece sem deixar rastro — tão esperto! Por causa de um cavalo eu fui pego uma vez, quando ele foi morto ao meu lado em Leipzig e fui capturado como prisioneiro.

— Você foi prisioneiro?

— Ora se fui! Fiquei preso quatro meses. Fomos atacados em Leipzig por todo um regimento armado, que havia sido expulso da cidade pelos franceses. Dois esquadrões foram capturados. Mataram uns, outros foram feitos prisioneiros, e esse foi o meu caso. Levaram-nos em carroças por muito tempo, depois nos colocaram num galpão vigiado por guardas. Éramos muitos, juntaram gente de todos os lados e já tinha quatro meses que estávamos ali quando o nosso governo soube e exigiu que fôssemos liberados.

— E então? Cuidaram bem de vocês?

— No começo, nada de mais, foi como devia ser, havia de tudo, até doses de bebida. Depois não davam mais nada, apenas o bastante para não morrermos. Vai ver tinham acabado as reservas, só Deus sabe! Não havia quem calculasse; pode ser que não tivessem encontrado entre a gente do povo alguém que soubesse calcular... Por pouco não morremos.

— E como terminou a história com Figner? Depois da morte dele, o grupo se dispersou?

— Sim, senhor. Muito sangue nosso foi derramado naquela época. Eu mesmo não sei como escapei e como não me feri. Fomos atacados de surpresa, soou o alerta, lutamos e fomos empurrados na direção do rio, caímos na água! Meu cavalo era jovem, animado, forte. Desci da sela, agarrei-o pelo rabo e comecei a nadar. Voaram tantas balas em volta que eu até perdi a conta. Mas escapei. Alguns de nós sobreviveram, restou um punhado do destacamento. Figner foi encontrado morto lá. E parece que faltava muito pouco para chegar à outra margem quando foi atingido por uma bala na nuca e bateu as botas... Era um homem de verdade! Pena que não chegou até Paris.

— Você também esteve em Paris?

— Sim, senhor. Nosso destacamento foi enviado para lá, foi um dia glorioso! E com que solenidade foram nos encontrar! Puseram louros em nossos chapéus militares. De um lado da rua, estavam as mulheres, do outro lado, os homens; de todos os lados jogavam flores e gritavam: "Viva o tsar branco!". Atrás de todos estava Bonaparte, que também gritava "Viva o tsar branco!". Depois, quando chegamos na corte, entregou ao soberano o relatório, no qual, entre lágrimas, anunciava que se arrependia de todos os pecados e que, daquele momento em diante, jamais ofenderia o povo russo outra vez, se, ao menos, seu trono fosse deixado para o filho. O soberano não concordou; disse que se alegraria profundamente (o tsar era bom, teve pena do inimigo!), mas não podia mais ter fé, as mentiras tinham sido muitas. Foi sugerido que ele se batizasse na fé russa e jurasse sob a fé russa. O francês não concordou; não sacrificou sua fé... A coisa terminou assim. Foi uma epocazinha gloriosa, senhor!

II. O LADRÃO HONRADO

No apartamento, além de mim, não havia ninguém: tanto Astáfi quando Agrafiêna tinham saído para cuidar de suas coisas. Súbito, ouvi do outro quarto que alguém havia entrado; pareceu-me ser algum estranho; então saí: de fato, na antessala havia um estranho, de baixa estatura, vestindo apenas uma sobrecasaca, apesar do tempo frio de outono.

— O que deseja?

— O funcionário Aleksándrov mora aqui?

— Não, irmão. Adeus.

— Mas o zelador disse que é aqui — falou o visitante, recuando com cuidado em direção à porta.

— Para fora, para fora, irmão. Saia daqui.

No dia seguinte, depois do almoço, quando provava uma sobrecasaca que Astáfi Ivánovitch ajustara para mim, novamente alguém entrou na antessala. Entreabri a porta.

Diante de meus olhos, o senhor do dia anterior tirou meu casaco do cabide com toda a tranquilidade, colocou-o debaixo do braço e pôs-se para fora do apartamento. Agrafiêna ficou o tempo todo olhando para ele, boquiaberta de espanto, não fez nada para proteger o casaco. Astáfi Ivánovitch saiu atrás do vigarista e voltou depois de dez minutos, sem fôlego, de mãos abanando. O homem simplesmente desaparecera!

— Que azar, Astáfi Ivánovitch! Ainda bem que o capote ficou! Senão o vigarista nos deixaria em apuros!

Contudo, aquilo deixou Astáfi Ivánovitch tão estupefato que até me esqueci do roubo ao olhar para ele. Ele não conseguia voltar a si. Toda hora largava o trabalho que estava fazendo, toda hora voltava a contar como tudo ocorrera; como ele estava parado e como, diante de seus olhos, a dois passos de distância, levaram o casaco e tudo se deu de tal forma que foi impossível pegar o ladrão. Depois, novamente se sentava para trabalhar; em seguida, largava tudo; vi como, por fim, foi até o zelador para contar o caso e reprová-lo por ter deixado uma coisa daquelas acontecer em seu pátio. Em seguida, voltou e começou a ralhar com Agrafiêna. Outra vez sentou-se para trabalhar e por muito tempo ficou resmungando de si para si sobre o que acontecera, sobre como ele estava aqui e eu lá e como, bem diante de seus olhos, a dois passos de distância, levaram o casaco etc. Em resumo, Astáfi Ivánovitch, embora soubesse fazer seu trabalho, era um sujeito muito irrequieto e enrolado.

— Fizeram-nos de idiotas, Astáfi Ivánitch! — disse-lhe à noite, entregando-lhe um copo de chá e incitando-o, para espantar o tédio, a contar novamente a história do casaco desaparecido, que, de tanto ser repetida e pela profunda franqueza do narrador, estava começando a ficar muito engraçada.

— Fizeram-nos de idiotas, senhor! Mesmo para quem está de fora é de aborrecer, de dar raiva, ainda que não seja a minha a roupa que desapareceu. Para mim, no mundo inteiro não existe canalha pior do que um ladrão. Alguém vem e leva uma coisa de mão beijada, mas essa coisa é o seu trabalho, que custou suor e tempo, como um covarde, um preguiçoso! Arre, canalhice! Não dá nem para falar disso de tanta raiva que dá. O que o senhor acha, não lamenta ter perdido um pertence seu?

— Sim, é verdade, Astáfi Ivánitch; melhor seria se tivesse pegado fogo. É uma chateação perder para o ladrão, isso ninguém quer.

— Sim, ninguém mesmo! É claro que há ladrões e ladrões... Comigo, senhor, aconteceu uma vez de topar com um ladrão honrado.

— Como assim, honrado? Como pode um ladrão ser honrado, Astáfi Ivánitch?

— Isso é verdade, senhor! Um ladrão honrado é coisa que não existe. Eu só quis dizer que parecia um homem honrado, mas roubou. Dava pena dele.

— Como foi isso, Astáfi Ivánitch?

— Foi há uns dois anos, senhor. Me aconteceu de ficar quase um ano sem trabalho, mas quando ainda estava no último emprego me aproximei de um homem totalmente perdido. Isso aconteceu numa taverna. Era um beberrão, vagabundo, parasita, costumava trabalhar em algum lugar, de onde há muito tinha sido demitido pelas bebedeiras. Não valia nada! Sabe Deus o que vestia! Algumas vezes eu me perguntava se tinha uma camisa debaixo do capote; tudo o que ele tinha, ia embora com a bebida. Mas não era encrenqueiro, tinha um caráter pacífico, era bom e gentil, não pedia nada, tinha vergonha de tudo: dava para ver que o pobre coitado queria beber, então as pessoas acabavam oferecendo. Tornamo-nos amigos, melhor dizendo, ele se afeiçoou a mim... tanto faz. E que homem era aquele! Apegou-se a mim feito um cachorrinho: você ia para lá, ele ia atrás; tínhamos nos visto apenas uma vez, aquele imprestável! Primeiro pediu que o deixasse passar uma noite em minha casa. Deixei! Vi que seu passaporte estava em ordem, não tinha nada errado! Depois, no dia seguinte, outra vez pediu que o deixasse passar a noite; no terceiro dia, passou o tempo todo à janela e também ficou para pernoitar. Bom, então comecei a achar que ele estava se encostando em mim: dava-lhe de beber e de comer, ainda deixava passar a noite; já sou um homem pobre e ainda aparece um parasita para viver às minhas custas. Antes de mim, e da mesma forma que estava fazendo comigo, ele andou frequentando a casa de outro funcionário, se agarrou a ele e juntos só faziam beber; até que o outro se acabou na bebida e morreu por alguma desgraça. Este chamava Emeliá, Emelián Ilitch. Fiquei pensando, pensando — o que poderia fazer com ele? Tinha vergonha de expulsá-lo, sentia pena: era um homem tão perdido e deplorável que meu Deus do Céu! E era tão calado, não pedia nada, ficava sentado e, feito um cachorrinho, olhava-me nos olhos. Veja como a bebida acaba com um homem! Como é que vou chegar e dizer: "Cai fora, Emeliánuchka,[6] fora! Você não tem nada o que fazer aqui, está no lugar errado. Eu mesmo logo não terei o que comer, como é que vou dividir minhas migalhas com você?". Sentei e pensei no que ele faria se eu dissesse aquilo. Então imaginei como ele me olharia longamente quando ouvisse meu discurso, como ficaria sentado por muito tempo sem entender palavra, como depois, quando entendesse, se levantaria da janela, pegaria sua trouxinha — é como se eu a estivesse vendo agora: xadrez, vermelha, esburacada, sabe Deus o que ele tinha enfiado ali, levava-a consigo para todo lado —, endireitaria seu capotezinho para que ficasse decente e aquecido, e para que não desse para ver os furos, era um homem delicado! Como, em seguida, abriria a porta e, deixando cair uma lagrimazinha, desceria pelas escadas. Não se pode deixar um homem se arruinar assim, dá pena! Depois, pensei, mas e quanto a mim? Espere só, Emeliánuchka, disse para mim mesmo, não vai ficar muito tempo banqueteando por aqui; logo vou-me embora e você não vai me achar. Bem, senhor, nos mudamos. Naquela época, meu senhorio, Aleksandr Filimónovitch (hoje falecido, que Deus o tenha), dizia: fico muito satisfeito com você, Astáfi, quando voltarmos do campo, não esqueceremos de você, o contrataremos novamente. Fui mordomo na casa dele, era um bom senhor, mas morreu naquele mesmo ano. Quando nos despedimos, peguei minhas coisas e um dinheirinho que tinha e pensei, vou descansar, então fui até uma velhinha e aluguei um canto em sua casa. Ela só tinha mesmo um canto vago. Tinha sido babá em algum lugar, agora vivia sozinha e recebia pensão. Então, pensei, adeus Emeliánuchka querido, agora você não vai me encontrar! O que o senhor acha? Quando voltei à noite (tinha ido ver um conhecido), a primeira coisa que vejo é Emeliá, sentado sobre meu baú, do lado da trouxa de pano xadrez, vestindo seu capotezinho e me esperando... Chegou, por tédio, a pegar com a velha um livro religioso e o segurava de cabeça para baixo. Não é que me encontrou! Fiquei até desanimado. Mas, pensei, não há o que fazer, por que não o expulsei de cara? Fui logo perguntando: "Trouxe o passaporte, Emeliá?".

    Sentei-me, senhor, e comecei a refletir: que transtorno vai me causar um vadio desses? Dessa reflexão, concluí que não seria tanto transtorno assim. Tenho de lhe dar de comer, pensei. Um pedacinho de pão pela manhã e, para temperar, compro um tantinho de cebola. Ao meio-dia, outra vez darei pão com cebola; à noite, também cebola com *kvas* e pão, se quiser. E se tiver alguma sopa de repolho, então encheremos a pança. Eu mesmo não como muito, já os bêbados, como se sabe, não comem nada: só precisam de licor

---

[6] Diminutivo de Emelián. (N. da T.)

ou de um vinho verde. Vai acabar comigo pela bebedeira, mas, por outro lado, me ocorreu outra ideia, que tomou conta de mim. Isto é, se Emeliá for embora, eu não terei mais alegria na vida... Então resolvi ser para ele como um pai, um benfeitor. Vou impedir que ele caia em desgraça, farei com que se desacostume de estar sempre com o copo na mão! Espere, pensei: está bem, Emeliá, pode ficar, mas se comporte e obedeça!

Então pensei comigo: vou ensinar-lhe algum trabalho. Não de imediato, deixarei que se divirta um pouco no começo; enquanto isso eu fico de olho, vou encontrar em você, Emeliá, talento para alguma coisa. Pois, para qualquer coisa, senhor, é preciso antes de tudo ter talento. E eu ficaria de olho nele, na surdina. Vejo que é um homem desesperado, Emeliánuchka! Comecei com palavras doces, senhor, disse tal e tal, Emelián Ilitch, você precisa olhar para si e se emendar.

Chega de farra! Veja com que trapos se veste. Seu capotezinho, desculpe dizer, parece mais uma peneira, está péssimo! Parece que está na hora de conhecer a palavra "honra". Ficou escutando, sentado, de cabeça baixa, o meu Emeliánuchka. Pois é, senhor! Chegou ao ponto de perder a língua de tanto beber, era incapaz de dizer uma palavra com sentido. Se falasse de pepinos, ele respondia com feijões! Ficou me escutando, por um bom tempo, depois deu um suspiro.

— Por que está suspirando, Emelián Ilitch? — perguntei.

— Por nada, Astáfi Ivánitch, não se preocupe. Sabe, hoje duas mulheres brigaram na rua, Astáfi Ivánitch, uma derrubou sem querer a cesta de frutinhas silvestres da outra.

— Mas e daí?

— Daí que a outra derrubou a cesta de frutas da primeira de propósito, e ainda começou a pisar em cima.

— E o que tem isso, Emelián Ilitch?

— Nada, Astáfi Ivánitch, falei por falar.

"Nada, falei por falar. Eh, Emeliá, Emeliúchka!",[7] pensei. "Farreou e bebeu tanto que a cabeça já não funciona!"

— Aí um senhor deixou cair uma nota de dinheiro na calçada da rua Gorókhovaia, quer dizer, da Sadóvaia. Um mujique viu e disse: "que felicidade!"; então outro viu também e disse: "Não, é minha esta felicidade! Eu vi primeiro...".

— E então, Emelián Ilitch?

---

[7] Outra forma de tratamento íntimo para o nome Emeliá. (N. da T.)

— E os mujiques brigaram, Astáfi Ivánitch. Um policial se aproximou, pegou a nota, entregou ao senhor e ameaçou levar os mujiques para a cadeia.

— Mas e daí? O que isso tem de edificante, Emeliánuchka?

— Bem, nada. O povo riu, Astáfi Ivánitch.

— Eh, Emeliánuchka! Que povo? Você vendeu sua alma por três copeques. Por acaso sabe, Emelián Ilitch, o que quero lhe dizer?

— O quê, Astáfi Ivánitch?

— Arrume um trabalho, qualquer um, de verdade, arrume. Pela centésima vez, eu digo: arrume um trabalho, tenha pena de si!

— O que eu poderia arrumar, Astáfi Ivánitch? Nem sei que tipo de trabalho poderia conseguir, e ninguém vai querer me contratar, Astáfi Ivánitch.

— Foi por isso que foi mandado embora, Emeliá, seu beberrão!

— Vlas, o garçom, foi chamando para trabalhar no escritório hoje, Astáfi Ivánitch.

— E para que foi chamado, Emeliánuchka?

— Aí já não sei, Astáfi Ivánitch. Acho que precisavam dele para algo, então resolveram chamá-lo...

"Eh! Estamos os dois perdidos, Emeliánuchka!", pensei. "Deus vai nos punir por nossos pecados!" Mas o que poderia fazer com um homem daqueles? Me diga, senhor!

Só que era um sujeito esperto! Ouvia, ouvia, depois se entediava e, ao ver que eu estava ficando bravo, pegava o capotezinho e escapulia — se escafedia! — passava o dia perambulando e voltava à noite meio alto. Quem lhe dava de beber, onde conseguia dinheiro, só Deus sabe, disso eu não tinha culpa!

— Não, Emelián Ilitch, vai acabar morrendo! Chega de beber, está escutando? Chega! Da próxima vez que voltar bêbado, vai dormir na escada. Não deixarei você entrar!

Ao ouvir tal ordem, meu Emeliá passou um, dois dias sentado; no terceiro, escapuliu de novo. Esperei, esperei, ele não voltou! Admito que tive muito medo e fiquei com pena. "O que foi que eu fiz para ele?", pensei. "Assustei o homem. Mas para onde teria ido aquele pobre-diabo? Será que se perdeu, meu Deus?" A noite caiu, ele não apareceu. Na manhã seguinte, fui até a entrada, olhei e vi que ele havia dormido ali. Apoiou a cabeça num pequeno degrau e se deitou; ficou petrificado pelo frio.

— O que é isso, Emeliá? Meu Deus! Por onde andou?

— É que o senhor, Astáfi Ivánitch, outro dia ficou bravo, se irritou, me mandou embora e disse que iria me colocar para dormir na porta, daí que eu não tive coragem de entrar, Astáfi Ivánitch, e me deitei aqui mesmo...

A raiva e a piedade tomaram conta de mim!

— Você bem que poderia arrumar algum outro serviço, Emelián — disse. — Ao invés de ficar aqui tomando conta da escada!

— Mas que outro serviço, Astáfi Ivánitch?

— É uma alma perdida mesmo! — disse (a raiva tomou conta de mim!). — Poderia ao menos aprender alfaiataria. Veja o seu capote! Já não bastavam os furos que tem, agora resolveu varrer a escada com ele! Se ao menos pegasse uma agulha e fechasse esses buracos, como exige a honra. Eh, mas é um bêbado mesmo!

Imagine o senhor que de fato ele pegou uma agulha; eu tinha dito de brincadeira, mas ele se intimidou. Tirou o capotezinho e começou a passar a linha na agulha. Olhei para ele, sabe como é, os olhos começaram a arder, ficaram vermelhos; as mãos tremiam, tentava, tentava, mas não conseguia passar a linha; apertava os olhos, molhava a linha com a saliva, enrolava com os dedos: nada! Largou tudo e olhou para mim...

— Bem, Emeliá, você me entendeu mal! Se estivesse na frente de outras pessoas, teria arrancado sua cabeça! Eu disse apenas de brincadeira, homem tolo, para repreender você... Afaste-se do pecado e fique com Deus! Fique sentado, não faça nenhuma sem-vergonhice, não vá passar a noite na escada, não me faça passar vergonha!

— E o que posso fazer, Astáfi Ivánitch? Eu mesmo sei que estou sempre meio alto e não sirvo para nada!... só o senhor, meu ben... benfeitor... em vão guardo... no coração...

De repente, seus lábios azulados começaram a tremer, uma lagrimazinha começou a escorrer pela face pálida, tremulou pela barba por fazer, e, súbito, meu Emelián irrompeu num pranto... Paizinho! Foi como se tivessem ferido meu coração com uma faca.

"Eh, não é que ele é uma pessoa sensível. Nunca tinha imaginado! Quem saberia, quem teria adivinhado? Não, Emelián, acho que vou desistir totalmente de você. Suma como um traste velho!"

Bem, senhor, para que continuar contando? Ainda mais uma coisa vazia, reles, que não vale as palavras, isto é, o senhor, por assim dizer, não daria nem dois tostões furados por ela; já eu daria muito, se muito tivesse, para que nada disso tivesse acontecido! Eu tinha, senhor, umas calças culotes boas, ótimas, azuis com estampa xadrez, que o diabo as carregue! Haviam sido encomendadas por um senhor de terras que tinha vindo para cá. Ele depois desistiu delas, disse que tinham ficado apertadas, então resolveu deixá-las para mim. Pensei: é uma coisa de valor! No mercado, pode ser que consiga até cinco rublos, ou então posso transformá-las em duas calças para senhores petersburgueses e ainda sobra para um colete. Para gente pobre, para os nossos irmãos, o senhor sabe, tudo serve! Nessa época, Emeliánuchka estava passando por um período difícil, triste. Observei que passou um, dois, três dias sem beber... não colocou sequer uma gota na boca, ficou anestesiado, dava até pena de vê-lo ali sentado. Então pensei: ou está sem nenhum tostão, ou resolveu entrar no caminho de Deus, deu um basta e ouviu a razão. Foi assim mesmo, senhor, que tudo aconteceu. Era época de um grande feriado. Fui para as Vésperas.[8] Quando voltei, meu Emeliá estava na janelinha, meio bêbado, balançando o corpo. "E-he! Então é isso, amigo?", pensei e fui pegar algo no baú. Olhei e não achei as calças culotes! Olhei por toda parte: tinham desaparecido! Revirei tudo, vi que não estavam lá. Foi como se tivessem apunhalado meu coração! Corri para a velha, comecei a interrogá-la, pequei, mas de Emeliá não tive nenhuma suspeita, apesar de ele estar ali sentado, bêbado! "Não", dizia a velha, "por Deus, senhor, para que eu iria querer calças culotes? Eu mesma, dia desses, perdi uma saia na mão de um de vocês... Ou seja, não estou sabendo de nada." — "Quem esteve aqui, quem veio?", perguntei. "Não veio ninguém, cavalheiro, eu estava aqui o tempo todo. Emelián Ilitch saiu e depois voltou, agora está ali sentado! Pergunte a ele." — "Por acaso, Emelián, não pegou por algum motivo minhas novas calças culotes? Está lembrado, aquela que fiz para o proprietário de terras?", perguntei. "Não, Astáfi Ivánitch, eu, quer dizer, não peguei, não".

Que coisa esquisita! Voltei a procurar, procurar e nada! Enquanto isso, Emeliá permaneceu sentado, balançando o corpo. Eu estava agachado, senhor, bem na frente dele, sobre o baú, quando, o olhei de relance... "Hummm!", pensei. Nesse momento, senti meu coração arder no peito, fiquei até ruborizado. De repente, Emeliá olhou para mim.

— Não, Astáfi Ivánitch, suas calças, aquelas... pode ser que o senhor pense que... mas não fui eu quem pegou.

— Então onde elas foram parar, Emeliá Ilitch?

— Não, Astáfi Ivánitch. Eu, Astáfi Ivánitch, não vi mesmo.

— Quer dizer, Emelián Ilitch, que, sabe-se lá como, elas fugiram?

— Podem ter sumido sozinhas, Astáfi Ivánitch.

Assim que terminei de ouvi-lo, levantei, fui até a janela, acendi uma luminária e me sentei para costurar. Remendei o colete do funcionário que morava no andar de baixo. Sentia uma ardência e uma dor no peito. Teria sido

---

[8] Ofício festivo dos ortodoxos que acontecia durante toda a noite que antecedia os feriados cristãos. (N. da T.)

mais fácil se tivesse queimado todo o guarda-roupa no fogão. Pois Emeliá farejou a raiva que eu guardava no peito, e quando um homem está com raiva, senhor, ele pressente a desgraça que está por vir, tal como o pássaro no céu pressente a tempestade.

— Pois então, Astáfi Ivánovitch — começou Emeliúchka (cuja voz tremia) —, hoje, Antip Prokhóritch, o enfermeiro, se casou com a mulher do cocheiro, o que morreu esses dias...

Pois eu olhei de tal forma para ele, com tanta raiva que... Emeliá compreendeu. Vi que se levantou, foi até a cama e começou a procurar algo. Esperei; ele ficou ali enrolando um tempo e repetindo: "Nada de nada, onde foi parar o diabo dessas calças?!". Esperei para ver o que aconteceria; vi que Emeliá se agachou e se enfiou debaixo da cama. Perdi a paciência.

— O que está fazendo aí agachado, Emelián Ilitch?

— Procurando as calças, Astáfi Ivánitch. Estou olhando, quem sabe elas não vieram parar aqui de algum modo?

— E para quê, meu senhor (chamei-o assim por irritação), está ajudando um pobre homem, um homem simples como eu? Está arrastando os joelhos à toa!

— Imagine, Astáfi Ivánitch, o que é isso... Se procurarmos, pode ser que ainda encontremos as calças.

— Hum... Escute aqui, Emelián Ilitch!

— O quê, Astáfi Ivánitch?

— Será que você simplesmente não as roubou de mim como um ladrão, como um patife, em agradecimento ao pão e ao sal[9] que de bom grado lhe ofereço? — foi assim mesmo que falei, senhor, tão irritado que fiquei quando o vi se arrastar de joelhos na minha frente.

— Não... Astáfi Ivánovitch...

E ficou ali, na mesma posição, com o rosto virado para o chão. Ficou muito tempo deitado, depois ergueu-se. Olhei para ele: estava branco como um lençol. Levantou-se, sentou ao meu lado na janela e permaneceu assim por uns dez minutos.

— Não, Astáfi Ivánitch — ficou em pé e se aproximou de mim. É como se eu o estivesse vendo agora, medonho feito o pecado em pessoa.

— Não, Astáfi Ivánitch, as suas calças, eu não peguei não...

Tremia todo, apontava o dedo trêmulo para o peito, até sua voz falhava de modo que eu mesmo, senhor, perdi a coragem e grudei na janela.

---

[9] O pão e o sal são símbolos de hospitalidade na Rússia. (N. da T.)

— Bem, Emelián Ilitch, como queira, me desculpe se fui tolo e o acusei injustamente. Deixemos as calças para lá, sumiram; não vamos morrer sem elas. Temos nossas mãos, graças a Deus, não vamos sair roubando... Nem mendigar na casa de um outro necessitado, vamos ganhar nosso próprio pão...

Emeliá ouviu com atenção, ficou ali parado na minha frente, depois se sentou. Passou a noite toda sentado, sem se mexer; já eu fui me deitar, enquanto Emeliá continuava no mesmo lugar. Pela manhã, vi que estava deitado no chão, encurvado em seu capotezinho. Sentiu-se tão humilhado que nem foi para a cama. Mas, senhor, desde então deixei de amá-lo, ou, melhor dizendo, nos primeiros dias passei até a odiá-lo. Exatamente isso. É como se meu próprio filho tivesse me roubado, como se tivesse cometido uma ofensa sangrenta contra mim. Pensei: "ah, Emeliá, Emeliá!". E ele, senhor, bebeu durante duas semanas sem descanso. Perdeu o juízo, bebia até cair. Saía pela manhã, voltava tarde da noite e, nessas duas semanas, não ouvi uma palavra sua. Ou seja, decerto aquilo fez com que ele se inflamasse de sofrimento ou quisesse se exasperar de algum modo. Enfim deu um basta, acabou com aquilo, bebeu tudo o que tinha para beber e se sentou novamente à janela. Lembro que, por três dias, ficou sentado e em silêncio; de repente vi que chorava. Ou seja, estava sentado e chorando, senhor, e muito! Parecia um lago, como se ele mesmo não percebesse as lágrimas escorrerem. É triste, senhor, ver um homem adulto, ainda mais um velho como Emeliá, irromper assim num choro de tristeza. Ou seja, seria mais fácil ver uma mulher derramar lágrimas por seu amor do que um choro daquele.

— O que foi, Emeliá? — perguntei.

Seu corpo inteiro começou a tremer. Ficou sobressaltado. Era a primeira vez que eu lhe dirigia a palavra desde o incidente.

— Não é nada... Astáfi Ivánitch.

— Fique em paz, Emeliá, o que se perdeu, está perdido, vamos esquecer. Por que está aí sentado feito uma coruja? — Senti muita pena dele.

— Bem, Astáfi Ivánitch, não é isso. Eu apenas queria encontrar algum trabalho, Astáfi Ivánitch.

— Mas que trabalho seria esse, Emelián Ilitch?

— Bem, qualquer um. Pode ser que eu encontre algum serviço, como antes. Até já fui pedir a Fedossiéi Ivánitch... Não é certo que eu magoe o senhor, Astáfi Ivánitch. Pode ser, Astáfi Ivánitch, que eu arrume um trabalho, assim devolverei tudo, recompensarei pelo que gastou comigo.

— Chega, Emeliá, chega! A falta aconteceu; mas passou! Isso está morto e enterrado! Vamos voltar a viver como antes.

— Não, Astáfi Ivánitch, pode ser que o senhor ainda... Mas eu não peguei suas calças...

— Está bem, como queira. Fique em paz, Emeliánuchka!

— Não, Astáfi Ivánitch. Está claro que não posso mais ser seu inquilino. O senhor vai me desculpar, Astáfi Ivánitch.

— Fique em paz. Quem o está ofendendo, colocando-o porta afora, eu, por acaso?

— Não, é indecente que eu fique morando aqui com o senhor, Astáfi Ivánitch... Melhor ir embora...

Estava de tal forma ofendido, que cismou com essa ideia. Olhei para ele, e ele de fato se levantou, carregando o capotezinho nos ombros.

— Mas para onde está indo, Emelián Ilitch? Seja razoável, o que é isso? Para onde vai?

— Não, Astáfi Ivánitch! Adeus! Não tente me impedir (voltou a choramingar); estou me afastando do pecado, Astáfi Ivánovitch. O senhor já não é o mesmo.

— Como não sou o mesmo? Como?! Emelián Ilitch, você mais parece uma criança sem juízo, vai se acabar sozinho.

— Não, Astáfi Ivánitch, o senhor agora, quando sai, tranca o baú e eu, Astáfi Ivánitch, vejo isso e choro... Não, melhor o senhor me deixar ir, Astáfi Ivánitch, perdoe por todo o trabalho que lhe dei durante nossa convivência.

E sabe de uma coisa, senhor? O homem foi mesmo embora. Esperei um dia, e pensei: "deve voltar à noite", mas não! Passaram-se dois, três dias e nada. Então me apavorei, fui dominado pela angústia: não bebia, não comia, não dormia. O homem me desarmou completamente! No quarto dia, saí para olhar e perguntar em todas as tavernas — e nada: Emeliúchka tinha desaparecido! "Será que conseguiu se safar?", pensei, "Quem sabe esse bêbado não caiu morto debaixo de uma cerca e está agora deitado como uma tora apodrecida." Meio vivo, meio morto, voltei para casa. No dia seguinte, saí novamente para procurá-lo. Amaldiçoava a mim mesmo por ter permitido que aquele tolo me deixasse por sua própria vontade. No quinto dia (era feriado), logo cedo, a porta rangeu. Vi Emelián entrar, estava com uma cor azulada e com os cabelos imundos, como se tivesse dormido na rua, magro como um graveto. Ele tirou o capotezinho, sentou-se ao meu lado sobre o baú e olhou para mim. Eu me alegrei, embora a angústia que senti fosse ainda maior do que antes. Veja só, senhor: tivesse eu cometido um pecado daqueles, palavra, preferiria morrer como um cachorro do que voltar. Mas Emeliá voltou! Claro que era difícil ver o homem naquela situação. Comecei a cuidar dele, tratar bem, consolar.

— Bem, Emeliánuchka, estou feliz com a sua volta. Se demorasse um pouquinho mais para vir, eu teria ido atrás de você de taverna em taverna. Por acaso comeu alguma coisa?

— Comi, Astáfi Ivánitch.

— Comeu mesmo? Veja, irmão, sobrou um pouco de sopa de repolho de ontem, tinha carne nela, coisa boa. Aqui também tem pão com cebola. Coma, vai fazer bem.

Eu o servi, e logo vi que o homem passara três dias inteiros sem comer, tamanho era seu apetite. Quer dizer, a fome o obrigou a voltar. Olhando para ele, senti ternura. Pensei, vou correndo até a taverna, trago algo para aquecer a alma dele e pronto, acabamos com isso! Não tenho mais raiva de você, Emeliánuchka! Trouxe uma bebida. "Aqui está, Emelián Ilitch, vamos beber pelo feriado. Está servido? É uma ótima bebida."

Esticou a mão com tanta vontade, estava prestes a pegar e parou; esperou um pouco. Fiquei olhando: ele pegou a bebida, levou à boca, deixando cair um pouco na manga. Não; levou até a boca, mas imediatamente devolveu o copo à mesa.

— O que foi, Emeliánuchka?

— Não é nada, é que eu... Astáfi Ivánitch.

— Como é, não vai beber?

— É que eu, Astáfi Ivánitch... não vou mais beber, Astáfi Ivánitch.

— Como assim? Vai parar de vez, Emeliúchka, ou apenas hoje?

Ficou em silêncio. Observei: um minuto depois, levou a mão à cabeça.

— Será que está doente, Emeliá?

— Sim, não estou bem, Astáfi Ivánitch.

Eu o peguei e coloquei para deitar na cama. Fiquei olhando: de fato, estava mal, a cabeça fervia, o corpo tremia de febre. Passei o dia ao seu lado, à noite, piorou. Misturei *kvas* com manteiga e cebola, acrescentei um pãozinho. Disse: "Coma um pouco desta papa, pode ser que melhore!". Sacudiu a cabeça. "Não", disse, "hoje não vou comer, Astáfi Ivánitch." Preparei-lhe um chá, deixei a velhinha totalmente extenuada: nenhuma melhora. Pensei: "deve estar ruim!". Na terceira manhã, procurei um médico. O doutor Kostoprávov, meu conhecido, morava perto. Nos conhecemos quando ainda estava na casa dos Bosomiáguin, já naquela época ele me atendia. O doutor veio e examinou: "Não, não, isto está mal. Nem adiantava ter ido me buscar. Talvez se dermos este pó para ele". Bem, o pó eu não dei, achei que era bobagem do médico. Nesse meio-tempo, chegou o quinto dia.

Ele ficou deitado, senhor, diante de mim; se acabava. Eu me sentei perto da janela, com meu trabalho nas mãos. A velhinha aquecia o forno. Todos estavam calados. Meu coração se dilacerava por aquele imprestável, senhor: era exatamente como se estivesse enterrando meu próprio filho. Percebi que Emeliá me olhava; de manhã mesmo vi que o homem se esforçava para dizer algo e obviamente não se atrevia. Enfim, encarei-o: vi tanta angústia nos olhos do coitado, ele não desgrudava os olhos de mim; assim que percebeu que eu o olhava, baixou a vista.

— Astáfi Ivánitch!

— O quê, Emeliúchka?

— Se por acaso levar meu capotezinho para a feira, quanto será que dariam por ele, Astáfi Ivánitch?

— Só Deus sabe quanto dariam. Talvez dessem uma nota de três rublos, Emelián Ilitch.

A verdade é que se eu levasse mesmo, não me dariam nem um tostão, além do mais iriam rir na minha cara por colocar um trapo daqueles à venda. Disse aquilo só para consolar aquela criatura de Deus, sabendo de sua índole simplória.

— Eu pensei, Astáfi Ivánitch, que poderia pedir três rublos de prata por ele; é de feltro, Astáfi Ivánitch. Como não vale três rublos, se é de feltro?

— Não sei, Emelián Ilitch; se quer levar, precisa, é claro, pedir três rublos logo de primeira.

Emeliá ficou um tempo em silêncio; depois me chamou novamente.

— Astáfi Ivánitch!

— O que foi, Emeliánuchka?

— Livre-se do capotezinho assim que eu morrer, não me enterre com ele. Eu vou ficar lá deitado, e essa é uma peça de valor; pode lucrar algo com ela.

Aquilo apertou meu coração de tal forma, senhor, que não posso descrever. Percebi a chegada da angústia que antecede a morte. Outra vez nos calamos. Assim se passou uma hora. Olhei para ele novamente: continuava me olhando e, quando seu olhar se cruzava com o meu, voltava a baixar a vista.

— Não gostaria de beber um copinho d'água, Emelián Ilitch?

— Sim, que Deus o abençoe, Astáfi Ivánitch.

Dei-lhe algo para beber. Ele bebeu.

— Agradecido, Astáfi Ivánitch.

— Precisa de algo mais, Emeliánuchka?

— Não, Astáfi Ivánitch, não preciso de nada, eu...

— O quê?

— Aquelas...

— Aquelas o quê, Emeliúchka?

— As calças culotes... aquelas... fui eu quem pegou daquela vez... Astáfi Ivánitch...

— Mas o Senhor vai perdoá-lo, Emeliánuchka, você é um pobre-diabo, um coitado! Vá em paz...

Mal conseguia respirar, lágrimas caíam dos meus olhos; quis me virar por um minuto.

— Astáfi Ivánitch...

Olhei: Emeliá queria me dizer algo; tentava se levantar, fazia força, movia os lábios... Súbito, enrubesceu todo, olhava para mim... De repente, vi que ficou pálido, pálido, murchou todo em um instante; inclinou a cabeça para trás, deu o último suspiro e imediatamente entregou a alma a Deus.

E foi por isso, senhor, que lhe contei essa história agora e vou extrair uma lição moral dela, caso seja necessária, para que o senhor compreenda que, se o homem caiu no vício uma vez, como, por exemplo, Emeliá na vida de bebedeiras, ainda que antes ele fosse honrado, um caso vergonhoso como esse pode acontecer, ou seja, pode-se imaginar isso. Uma vez que no homem viciado a determinação não é forte e a discussão nem sempre é sensata, ele comete o ato vergonhoso, pois seu pensamento impuro transforma-se imediatamente em ato. E mesmo que o cometa, apesar de sua vida viciosa, mesmo assim não arruinou em si toda a humanidade, pois ainda lhe restou um coração, nem que seja um pouco, e ele imediatamente começa a doer, o sangue começa a escorrer, o arrependimento, como uma cobra, o dilacera, e o sujeito morre não por seu ato vergonhoso, mas de melancolia, pois tudo o que ele tinha de melhor, que carregava consigo apesar de tudo, em nome do que ainda podia ser chamado de homem, ele destruiu a troco de nada, como fez Emeliá com sua honra, a única coisa que lhe restava, por meio litro de vodca amarga. Este, senhor, é apenas um exemplo da nossa vida simples, obscura, e acontece em todos os níveis, só que sob outra aparência. Então, não faça pouco de mim e de minha história. E perdoe o pobre-diabo Emeliá; ele queria beber, senhor, só que, é claro, queria demasiadamente! E o senhor, não faça pouco de um sujeito caído; não foi isso que pediu Cristo, aquele que sempre nos amou mais do que a si mesmo! Meu Emeliá, se ainda estivesse vivo, não seria uma pessoa, mas uma coisinha qualquer. Agora ele morreu de vergonha e de melancolia, pois provou para o mundo todo que podia ser qualquer coisa, mas ainda era um homem; provou que um homem pode morrer de vício, como de um veneno mortal, e que o vício é uma coisa que se adquire, é humano, não natural: do mesmo jeito que se adquire, se perde; do contrário Cristo não viria até nós, caso estivéssemos destinados a viver no vício através dos séculos desde o pecado primordial. Ele não é nada menos do que Deus, senhor...

— Sim, claro, nada menos que Deus, Astáfi Ivánitch!

— Bem, agora adeus, senhor, até a próxima vez. Qualquer hora ainda lhe contarei uma história...

Tradução de Priscila Marques

DOMOVOI[1]

— Quer dizer então, Astáfi Ivánovitch, que você, um homem tão corajoso, viu um *domovoi*?[2] Que história é essa, irmão?

— Bom, ver mesmo eu não vi, senhor — observou Astáfi Ivánovitch, colocando seu copo na mesa e enxugando o suor do rosto com um lenço. — O olho humano não é capaz de enxergá-lo, diferente do que dizem as velhas e os cocheiros vigaristas; mas que ouvi, ouvi. Andou pregando peças em mim, senhor.

— Não faça graça com isso, Astáfi Ivánovitch; depois dessa, vou acabar acreditando em *domovois*.

— Não estou fazendo graça, senhor — respondeu sorrindo Astáfi Ivánovitch —, aliás, o caso não teve nada de engraçado. Faz uns dez anos, talvez mais, senhor. Eu ainda era jovem. Me aconteceu de ficar doente, senhor. Na época, eu morava na fábrica, trabalhava como auxiliar do zelador. Fui levado para o hospital. Fiquei uns três meses lá, até que não aguentei mais. Quando comecei a melhorar um pouquinho, fingi que estava totalmente curado, enganei o médico e consegui sair. Enfiei-me na fábrica; mas ela tinha pegado fogo na minha ausência; encontrei apenas paredes pretas; o dono fora para Moscou passar um ano. Bom, não tinha onde ficar. Recebi uns trocados; vi que era o suficiente para três meses. Pensei: tenho meus braços para trabalhar. Tentarei costurar roupas para funcionários. Não foi uma boa ideia. Era o começo da primavera, fazia frio. O vento era tão forte... bom, sabe como é Petersburgo! Além do mais, não estava totalmente curado, mal conseguia me manter sobre as pernas. Pensei: vai que eu pego um resfriado, aí não vai ter jeito! Ainda bem que tinha pelo menos uma roupa quente e digna. Era uma ótima pele de cordeiro; ganhei de Emil Vilmovitch, irmão

---

[1] Elaborado para integrar o conto "Histórias de um homem vivido", este texto permaneceu inacabado e foi publicado apenas postumamente, pela primeira vez na revista *A Estrela* (*Zviezdá*), em 1930, com vários erros de transcrição, e desde 1971 nas *Obras reunidas* de Dostoiévski. (N. da T.)

[2] Na cultura eslava, *domovoi* é um espírito doméstico, que vela pela casa e pela família, garante a fertilidade e a saúde das pessoas e dos animais. (N. da T.)

dos senhorios, quando estes haviam chegado de Sarátov. Enfim achei um apartamentinho em Kolomna. O zelador apontou para uma cabana de madeira, um quartinho, e disse que lá em cima havia um canto para alugar. Digo: eh, isso sim é um abrigo para os nossos, como se tivessem feito um buraco no bolso. Entrei: o apartamento tinha apenas um cômodo onde moravam os senhorios, marido e mulher, e suponho que uns cinco filhos, ou seja, era pequenino, pequenino. Me colocaram atrás de um tabique. Comecei a falar com o senhorio e percebi que ele, coisa estranha, não me compreendia. Fui falar com a esposa: a mulher também era muito simples e ingênua; parecia ter uns 35 anos. Alugou-me um canto, ou seja, todo o espaço atrás do tabique e de uma tarimba; tudo isso por dois rublos e meio. "Está ótimo", pensei, e me mudei.

Passei todo o dia seguinte deitado na tarimba, completamente quebrado, cheguei até a delirar e ainda meio dormindo ouvi que estava acontecendo alguma coisa no quarto dos senhorios. Até aquele momento eu não tinha sido capaz de olhar direito para eles. Somente naquele dia fiquei sabendo, ainda não inteiramente acordado, que as crianças estavam doentes, que o zelador tinha vindo pedir o dinheiro do aluguel e que existia um tal de Klim Fiódoritch, um benfeitor. Na manhã seguinte, saí sozinho para resolver umas coisas. Anton Fiódorovitch, o príncipe Kamardin, prometera me arrumar um trabalho. Então, senhor, estava caminhando pela Siénnaia quando de repente vi um homem correndo, tentando me alcançar. Era um homem bem estranho: comprido, seco, esquisito e, apesar da chuva e do tempo frio, vestia apenas um fraque; falou comigo de forma tão desajeitada que eu não consegui compreender. Perguntei-lhe: "O que há, meu bom homem?". Olhei seu rosto e, ora!, vi algo familiar e recente. Tinha os olhos marejados, vermelhos, inchados, seu lábio inferior era grosso, pendurado, tinha uma aparência tão tola!... "Ah", lembrei, "é o dono da casa, não tinha reconhecido." Comecei a interrogá-lo, mas não conseguia compreender nada; entendi apenas que ele tinha ido à escola de Medicina, que seus olhos estavam ardendo, que perdera o capote em plena luz do dia e que tinha sido enviado para entregar um papel para Klim Fiódorovitch. Enfim, vi que estava cambaleando, o pobre homem não conseguia caminhar; resolveu vir atrás de mim, pois havia me reconhecido. Eu o acompanhei; sua esposa respirou aliviada. Ele estava muito doente, abatido e não falava coisa com coisa, estava totalmente atrapalhado. Nós o deitamos debaixo do ícone. Ele continuou resmungando e gritando por Klim Fiódoritch.

Depois, senhor, fiquei sabendo de toda a história deles pela senhoria. Naquela época, eles moravam na província de Oblómov. Parece que ele era algo como um copista, ela não soube me explicar direito. Soube apenas que trabalhou até 1814 e depois foi seguir sua vida. Era um homem capaz e honrado, embora tolo; e ela também, quando se olhava para ele, parecia tola; tinham um monte de filhos, mas ele não tinha sorte, por mais que se esforçasse. Então, senhor, ele começou a trabalhar num escritório. De lá desapareceram dois mil rublos. Alguém estava surrupiando, começaram a procurar o ladrão; ele foi dispensado. Disseram que não iriam admitir bandidagem naquele escritoriozinho. Então, senhor, ele perambulou, perambulou, até começar em outro escritório; depois, em menos de três semanas o dono do negócio foi levado ao juiz. Então fecharam o escritório. Foi para outro: expulsaram-no. "O senhor certamente trapaceou junto com o dono." Mas tinham raiva mesmo era do dono: ele encurralou a todos, afinal era muito rico. Andou de lá para cá, e acabou arrumando trabalho no campo, como administrador de um jovem herdeiro. Em um ano torraram metade do patrimônio. Disseram que não precisavam mais dele, já que ele deixou uma coisa daquelas acontecer. Então, o que o homem podia fazer? Arrumou outro trabalho, mas resolveram trocar a chefia, o inspetor antigo fora denunciado, mudaram todo o pessoal. Disseram: não, você é um homem suspeito, além do mais não tem lugar para você aqui. Vamos precisar fazer uns cortes, só...

Tradução de Priscila Marques

CRONOLOGIA DE DOSTOIÉVSKI[1]

1821
Nasce Fiódor Mikháilovitch Dostoiévski em Moscou, no Hospital Mariínski, onde trabalhava seu pai e para onde a família se mudaria em 1823. Fiódor é o segundo de sete irmãos. A família de seu pai, o médico militar Mikhail Andréievitch Dostoiévski, traçava suas origens à velha nobreza lituana apesar de, havia gerações, fazer parte da empobrecida classe sacerdotal. Mikhail Dostoiévski rompera com a família ao seguir a carreira militar, na qual pôde alcançar uma posição considerável no serviço público.

1831
Agraciado com um título de nobreza por mérito em 1828, o pai Mikhail Dostoiévski adquire uma propriedade rural em Darovóie, localizada a 170 km a sudeste de Moscou, onde a família passa os verões. Sua esposa, mãe de Fiódor, muda-se para lá em decorrência de uma enfermidade.

1834
No outono, Fiódor e seu irmão Mikhail (um ano mais velho e que também se tornaria escritor e editor, além de seu amigo mais próximo) ingressam em regime de semi-internato no Liceu Tchermak, que conta com alguns dos melhores professores de Moscou e cuja grade dá grande importância à literatura.

1837
A mãe de Dostoiévski, Maria Fiódorovna, morre vítima de tuberculose em Darovóie.

---

[1] Esta cronologia foi composta com base em várias fontes, sendo as principais o texto inédito "Fiódor Mikháilovitch Dostoiévski — O caminho da criação: uma biografia", de Fátima Bianchi, acrescida de informações extraídas de *Materiais para a biografia de F. M. Dostoiévski*, de Leonid Grossman (publicado em *Dostoiévski artista*, com tradução de Boris Schnaiderman, 1966), *The Dostoevsky Encyclopedia*, de Kenneth Lantz (2004), e dos cinco volumes da monumental biografia escrita por Joseph Frank (1976-2002).

Fiódor e seu irmão Mikhail são enviados pelo pai para o Internato Kostomárov, em São Petersburgo, preparatório para a Escola Superior de Engenharia Militar.

Assim que chega à cidade, Fiódor conhece o poeta romântico Ivan Nikoláievitch Chidlóvski, que será seu guia literário na juventude.

1838

Inicia o curso na Escola Superior de Engenharia Militar de São Petersburgo, durante o qual trava contato com o futuro romancista Dmitri Vassilievitch Grigoróvitch, que, impressionado com o conhecimento de Dostoiévski sobre a obra de Púchkin, é atraído pelo colega para a literatura.

1839

Em Darovóie, onde passara a residir, o pai morre assassinado, supostamente por seus servos. Fiódor prossegue os estudos na Escola de Engenharia, apesar de considerá-los incompatíveis com suas inclinações mais profundas; aproveita o tempo livre para se entregar às atividades literárias.

1841

Em fevereiro, numa reunião em casa do irmão, Dostoiévski lê trechos dos dramas históricos que vinha escrevendo, *Maria Stuart* e *Boris Godunov*, nos quais manifesta sua grande paixão pela obra de Schiller. Nada destas obras sobreviveu.

1843

Em agosto, conclui os estudos na Escola de Engenharia, é transferido para o serviço ativo no corpo de Engenharia Militar, mas, interiormente, rompe com o Exército e decide se dedicar integralmente à literatura, para tornar-se um escritor profissional. Em dezembro, começa a traduzir o romance *Eugénie Grandet*, de Balzac.

1844

Em fevereiro, Dostoiévski renuncia a seus direitos de herdeiro (de terras e servos) em troca de uma quantia em dinheiro, paga à vista. Entre junho e julho sai sua tradução de *Eugénie Grandet* na revista *Repertório e Panteão* (*Repertuár i Panteón*). É a primeira vez que tem algo publicado.

Em 30 de setembro escreve ao irmão Mikhail: "Terminei um romance do tamanho de *Eugénie Grandet*". Trata-se de seu futuro primeiro livro, *Gente pobre*. No mesmo ano, instala-se no mesmo apartamento que Dmitri

Grigoróvitch, que conhecera na Escola de Engenharia, e que lhe introduzirá nos altos círculos literários de Petersburgo.

1845

Após meses de intensa elaboração, a versão final de *Gente pobre* é concluída em abril. Já em maio, o poeta e editor Nikolai Nekrássov, que a recebera por intermédio de Dmitri Grigoróvitch, termina a leitura do romance em êxtase, e resolve visitar o autor às quatro horas da manhã para comunicar sua empolgação.

Dostoiévski ingressa no círculo de Vissarion Bielínski e em junho começa a trabalhar em um novo romance, *O duplo*.

Com Grigoróvitch e Nekrássov, planeja editar uma revista de humor, *O Trocista* (*Zuboskál*), que deveria "zombar e rir de todo mundo, sem poupar ninguém". Juntos, escrevem o conto "Como é perigoso entregar-se a sonhos de vaidade", assinado pelos três com pseudônimos. A revista é proibida pela censura e não chega a circular, e os textos a ela destinados sairão apenas no ano seguinte, em outras publicações, como o almanaque *Primeiro de Abril* (*Piérvoie Apriélia*), onde "Como é perigoso entregar-se a sonhos de vaidade" é impresso.

Em novembro Dostoiévski escreve, em uma única noite, o conto "Romance em nove cartas", que, lido em casa de amigos, também causa grande sensação.

1846

Em janeiro, *Gente pobre* é publicado por Bielínski em seu almanaque *Coletânea de Petersburgo* (*Peterburgskii Sbornik*), e Dostoiévski é aclamado como o maior nome da chamada "escola natural". Ao longo do ano, a obra receberá resenhas altamente elogiosas.

Em fevereiro é publicado seu segundo romance, *O duplo*, na revista *Anais da Pátria* (*Otiétchestvennie Zapiski*). Bielínski chega a elogiar a concepção de caráter do herói como uma das "mais verdadeiras, profundas e ousadas, com a qual a literatura só poderia se vangloriar", mas rejeita seu "colorido fantástico". A crítica em geral não esconde sua decepção com o que considera falta de objetividade na obra.

No verão, visita o irmão Mikhail, em Revel, e trabalha com afinco em um novo conto, "O senhor Prokhártchin". O conto é publicado em outubro, pelo editor Andrei Kraiévski em *Anais da Pátria*, e sofre críticas severas do grupo literário em torno de Nekrássov e Bielínski, sendo considerado "filosofação vulgar e afetação". As divergências de ordem literária se aprofundam a tal ponto que Dostoiévski se desentende com Nekrássov e rompe com seu círculo.

Inquieto com a ideia de que havia esgotado o veio gogoliano da "escola natural", Dostoiévski busca novos caminhos. Em carta ao irmão Mikhail, comunica o início do trabalho em *A senhoria* e menciona os planos para outro romance, o futuro *Niétotchka Niezvânova*.

1847

Em janeiro, *O Contemporâneo* (*Sovremiênnik*) publica o conto "Romance em nove cartas".

Discordando das concepções literárias de Bielínski, Dostoiévski rompe com ele. Pouco depois aproxima-se do círculo do militante socialista Mikhail Petrachévski, a quem conhecera no ano anterior. Passa a frequentar as reuniões em sua casa, às sextas-feiras, e a utilizar a biblioteca do círculo, que contém livros de circulação proibida na Rússia.

Entre abril e junho, publica a série de folhetins "Crônica de Petersburgo" no jornal *Notícias de São Petersburgo* (*Sankt-Peterbúrgskie Viédomosti*). Em outubro o romance *A senhoria* começa a ser publicado na revista *Anais da Pátria*.

1848

Entre janeiro e fevereiro os contos "A mulher de outro" e "Um coração fraco" são publicados em *Anais da Pátria*, e o conto "Polzunkov", redigido no ano anterior, é impresso no *Almanaque Ilustrado* (*Illiustrírovanii Almanakh*), editado por Nekrássov e Ivan Panáiev, mas a coletânea é retida pela censura.

Em março, Bielínski faz uma apreciação negativa do romance *A senhoria*. O Ministério do Interior começa a vigiar as reuniões realizadas na casa de Petrachévski.

A revista *Anais da Pátria* publica os contos "Histórias de um homem vivido" (abril), "Uma árvore de Natal e um casamento" (agosto) e "O marido ciumento" (dezembro), além da novela *Noites brancas*.

1849

Entre janeiro e fevereiro são publicadas as duas primeiras partes de *Niétotchka Niezvânova* em *Anais da Pátria*. Dostoiévski integra-se ao grupo secreto de Nikolai Spéchnev, Aleksandr Palm e Serguei Dúrov, e participa da organização de uma tipografia clandestina para a impressão de panfletos a favor da emancipação dos servos.

Em 15 de abril, Dostoiévski lê, numa reunião na casa de Petrachévski, a famosa "Carta a Gógol" de Bielínski, considerada criminosa pelas autoridades e que então circulava em cópias manuscritas. Um informante comunica o fato às autoridades e, dias depois, na casa de Spéchnev, outro membro do grupo lê um texto em que se menciona o assassinato do tsar.

Em 23 de abril, Dostoiévski é preso em sua casa durante a madrugada, e mais tarde transferido para a Fortaleza de Pedro e Paulo, onde é mantido em cela solitária. Entre junho e julho escreve a novela *Um pequeno herói*, e a censura autoriza a publicação da terceira parte de *Niétotchka Niezvânova*, porém sem o nome do autor.

Em 16 de novembro, junto com outros catorze membros do círculo, Dostoiévski é considerado culpado pelo tribunal militar e sentenciado à pena de morte por fuzilamento. Em 22 de dezembro, à espera da execução da sentença, diante do pelotão de fuzilamento, Dostoiévski recebe a notícia de que sua pena fora comutada para quatro anos de trabalhos forçados, seguidos de serviço militar como soldado raso e a destituição de todos os seus títulos, bens e direitos.

Em 31 de dezembro, à meia-noite, Dostoiévski e outros prisioneiros acorrentados iniciam a viagem de cerca de quinze dias até o presídio de Omsk, na Sibéria Ocidental. No caminho, em Tobolsk, encontram-se com as esposas dos revoltosos dezembristas, e uma delas presenteia Dostoiévski com um exemplar do Evangelho — a única leitura permitida aos presos —, do qual ele nunca mais se separaria.

1854

Em fevereiro, libertado dos trabalhos forçados porém ainda cumprindo pena, Dostoiévski é alistado como soldado raso no Sétimo Batalhão siberiano, em Semipalatinsk (atual Cazaquistão). Durante a primavera, começa a se atualizar com a produção literária dos últimos cinco anos, inclusive as *Memórias de um caçador*, de Turguêniev, que lê com encantamento. Conhece o secretário de governo local, Aleksandr Ivánovitch Issáiev, seu filho Pacha, a quem começa a dar aulas, e sua esposa Maria Dmitrievna, por quem se apaixona.

1855

A morte repentina do tsar Nicolau I, em 18 de fevereiro, abre a perspectiva de uma anistia política. Dostoiévski escreve ao irmão Mikhail, expressando o desejo de ser transferido da Sibéria para o exército ativo, em uma frente de combate no Cáucaso, esperando que assim, demonstrando sua lealdade ao tsar, seja mais fácil obter permissão para retornar a São Petersburgo e a autorização para publicar obras literárias.

Em maio, o secretário Issáiev é transferido para Kuznetsk com sua família, a 2 mil quilômetros de distância. Dostoiévski entra em desespero diante da separação iminente de Maria Dmitrievna. Em agosto, o secretário Issáiev morre, e a viúva escreve a Dostoiévski pedindo sua ajuda.

Em novembro, Dostoiévski começa a escrever suas memórias de prisão, que se tornarão os *Escritos da casa morta*. Graças a solicitações de conhecidos, é promovido de soldado raso a suboficial.

1856

Em junho passa dois dias em Kuznetsk, em companhia de Maria Dmitrievana Issáieva. Em outubro é promovido a subtenente, porém continua no mesmo batalhão em Semipalatinsk.

1857

Em 6 de fevereiro casa-se com a viúva Maria Dmitrievna Issáieva. Durante a viagem de volta a Semipalatinsk, o escritor sofre um forte ataque na presença da esposa, que fica terrivelmente assustada, e o médico local confirma tratar-se de epilepsia. É a primeira vez que Dostoiévski tem um diagnóstico preciso de seu distúrbio.

Em 17 de abril, Dostoiévski tem restituído o direito ao título de nobreza e, com isso, o de publicar obras literárias. Em 4 de julho, a novela *Um pequeno herói*, escrita em 1849 durante sua prisão na Fortaleza de Pedro e Paulo, é publicada na revista *Anais da Pátria* sob o pseudônimo "M...i".

Em 21 de dezembro, o médico do regimento em Semipalatinsk redige um relatório sobre sua saúde, pedindo sua dispensa em razão da epilepsia.

1858

Em janeiro, Dostoiévski pede seu desligamento do serviço militar e indica como residência provável a cidade de Moscou. Ao retomar sua produção literária, Dostoiévski passa a explorar a sátira e a comicidade, evitando temas que lhe tragam problemas com a censura. Em carta ao irmão Mikhail, comunica que está escrevendo duas novelas (*O sonho do titio* e *A aldeia de Stepántchikovo e seus habitantes*).

1859

O sonho do titio é publicado em março no periódico *A Palavra Russa* (*Rússkoie Slovo*). Em julho, quase 10 anos depois da partida para a Sibéria, recebe autorização para retornar a São Petersbugo. Em novembro, o romance *A aldeia de Stepántchikovo e seus habitantes* é publicado por Kraiévski em *Anais da Pátria*.

1860

Em janeiro, é publicado um volume de *Obras reunidas* organizado pelo próprio autor. Os textos dos anos 1840 sofrem mudanças significativas. Entre elas, *Gente pobre* e *Nietótchka Niezvânova* têm páginas cortadas; *Noites brancas* ganha algumas; os contos "A mulher de outro" e "O marido ciumento" são reunidos em "A mulher de outro e o marido debaixo da cama"; e as duas partes de "Histórias de um homem vivido" são condensadas no conto "O ladrão honrado".

Em abril, Dostoiévski começa a trabalhar em *Humilhados e ofendidos*.

Em setembro, junto com seu irmão Mikhail, funda a revista *O Tempo* (*Vriêmia*), que começará a circular no ano seguinte. A introdução e o primeiro capítulo de *Escritos da casa morta* são publicados em *O Mundo Russo* (*Rússki Mir*). O segundo capítulo é retido pela censura.

1861

Sai o primeiro número de *O Tempo*, em janeiro, com o capítulo inicial de *Humilhados e ofendidos*, cuja sequência será publicada ao longo do ano, e o folhetim *Sonhos de Petersburgo em verso e prosa*. Dostoiévski escreve também artigos sobre literatura russa e toma parte em algumas polêmicas. A partir de abril, os capítulos de *Escritos da casa morta*, anteriormente publicados em *O Mundo Russo*, passam a sair em *O Tempo*.

1862

Em maio, a censura veta a publicação do capítulo 8 da segunda parte de *Escritos da casa morta*, que traz relatos de presos políticos e de exilados poloneses. A publicação do livro é concluída por *O Tempo*.

Em junho, Dostoiévski viaja pela primeira vez para o exterior. Em dois meses e meio, visita a Alemanha (onde passa um dia inteiro em Wiesbaden, jogando na roleta), a França, a Suíça, a Itália e a Inglaterra (onde se encontra com Herzen e Bakunin).

Em novembro, *O Tempo* publica a novela *Uma história desagradável*, e Dostoiévski trabalha nas notas de sua viagem pela Europa. Suas conferências em São Petersburgo são agora bastante procuradas pelos jovens. Numa delas conhece Apolinária Súslova, dezenove anos mais jovem, por quem se apaixonaria.

1863

Em março, *O Tempo* publica suas impressões da viagem do ano anterior (*Notas de inverno sobre impressões de verão*), mas a revista logo é fechada pela censura em razão de um artigo de um de seus colaboradores, condenando a repressão do exército russo contra os poloneses.

Em agosto, Dostoiévski viaja a Paris para se encontrar com Apolinária Súslova. Partem juntos para Baden Baden, onde o escritor perde uma grande soma na roleta, e de lá seguem para a Itália. Durante a viagem concebe os projetos para os livros *Um jogador* e *Memórias do subsolo*.

Em outubro, de volta a Petersburgo, Maria Dmitrievna apresenta os primeiros sinais de tuberculose. Dostoiévski acompanha a esposa até Moscou para tratamento médico e permanece a seu lado nos próximos meses.

1864

Mikhail recebe autorização para publicar uma nova revista, *A Época* (*Epokha*), que serve de palco para várias polêmicas relacionadas à visão "eslavista" cada vez mais latente na obra de Dostoiévski. Em março, num volume duplo, *A Época* publica a primeira parte de *Memórias do subsolo*, novela parcialmente composta à cabeceira da sua esposa, em Moscou (Maria Dmitrievna morre de tuberculose em 15 de abril), e comumente considerada o início de sua maturidade artística.

Em julho morre seu irmão Mikhail, deixando dívidas que somam 20 mil rublos. Dostoiévski pede emprestado a uma tia 10 mil rublos para continuar com a revista.

1865

Em fevereiro, *A Época* publica a primeira parte de "O crocodilo" que, com o fechamento da revista, permaneceria inacabado.

Em julho, o escritor assina um contrato com o empresário e editor Fiódor Stielóvski para uma edição em três volumes de suas obras reunidas. Recebe um adiantamento de 3 mil rublos e, por contrato, deve entregar um novo romance para o editor até 1º de novembro do ano seguinte.

Começa a trabalhar em *Crime e castigo* e viaja para Wiesbaden, onde perde somas altíssimas na roleta. Em carta de setembro, relata: "Estou preso no hotel, devo a todo mundo e recebo ameaças; não tenho um copeque sequer. O argumento do romance projetado se ampliou e se enriqueceu". Entre 15 e 20 de outubro, em Copenhague, sofre vários ataques epilépticos. Ao final de novembro, insatisfeito com o romance, queima sua primeira versão e começa outra vez.

1866

Crime e castigo é publicado ao longo do ano em *O Mensageiro Russo* (*Rússki Viéstnik*).

Em outubro, Dostoiévski contrata uma estenógrafa, Anna Grigórievna Snítkina, e começa a ditar para ela o romance que deve entregar para Stielóvski no prazo previsto em contrato, sob pena de perder os direitos autorais sobre todas as suas obras. *Um jogador*, cuja ideia original data de 1863, é entregue no dia 1º de novembro. Em dezembro, Stielóvski publica o terceiro volume das obras reunidas de Dostoiévski, incluindo o romance.

1867

Casa-se, em fevereiro, com Anna Grigórievna Snítkina. Ela penhora joias e mobília para que Dostoiévski pague as dívidas mais prementes e também para financiar uma viagem do casal a Dresden, onde havia uma colônia russa. Dostoiévski vai a Homburg tentar a sorte na roleta, perdendo inclusive o dinheiro que Anna lhe envia para voltar a Dresden. Durante toda sua estadia no exterior continua a perder grandes somas na roleta.

Em setembro faz os primeiros apontamentos para *O idiota*.

1868

Em janeiro *O Mensageiro Russo* inicia a publicação de *O idiota*, que se estenderá até 1869. Em fevereiro, em Genebra, nasce a filha Sófia, que vem a falecer apenas três meses depois. Para fugir dos credores, o casal permanece no exterior, vivendo sucessivamente em Genebra, Vevey, Milão, Florença, Veneza, Viena, Praga e novamente Dresden.

1869

Em Dresden, em setembro, nasce a filha Liubóv. Pressionado pelas dificuldades financeiras, a que se somam os encargos com a criança, Dostoiévski sofre frequentes ataques de epilepsia.

1870

Em janeiro a novela *O eterno marido* é publicada na revista *Aurora* (*Zariá*). Dostoiévski elabora o plano de um grande romance chamado *Vida de um grande pecador*, que será o embrião de *Os irmãos Karamázov*. Começa a escrever *Os demônios*, inspirado num fato ocorrido no ano anterior: o assassinato do estudante I. I. Ivanov por seus próprios companheiros, membros de um grupo revolucionário liderado por S. G. Nietcháiev.

A família Dostoiévski permanece em Dresden.

1871

Entre janeiro e março, continua a trabalhar em *Os demônios*, avançando com dificuldade e fazendo contínuas revisões. As duas primeiras partes da obra vêm à luz em *O Mensageiro Russo*. A publicação dos capítulos restantes se estende até o ano seguinte.

Em abril viaja para Wiesbaden, onde perde no jogo os cem táleres que trouxera e mais os trinta que a esposa lhe envia a seguir. Segundo a esposa, é a última vez que joga na roleta. Em 8 de julho, após quatro anos e três meses ausente da Rússia, retorna a Petersburgo com a filha pequena, duas malas, sessenta rublos, e Anna Grigórievna grávida. O filho Fiódor nasce alguns dias depois.

1872

Em maio, o escritor e sua família visitam pela primeira a cidade balneária de Stáraia Russa, para onde retornarão nos verões seguintes. Neste período, Dostoiévski reata amizades rompidas anteriormente em razão das polêmicas em que se envolvera; reaproxima-se do escritor Mikhail Saltikov-Schedrin e de Nekrássov, que o convida para publicar seu próximo romance, *O adolescente*, em sua revista *Anais da Pátria*. Em fim de maio e início de abril posa para o famoso retrato realizado pelo pintor Vassíli Perov.

Em dezembro, recebe autorização para se tornar o redator-chefe da revista *O Cidadão* (*Grajdanin*). Além de ser o responsável pela edição de toda a revista, Dostoiévski cria a coluna "Diário de um escritor" ("Dnievník pissátelia"), onde publicará diversos textos sobre temas políticos, literários e culturais, além de obras de ficção.

1873

Em janeiro, sai o número inicial de *O Cidadão*, contendo os primeiros artigos de "Diário de um escritor". Ao longo do ano, aparecerão no "Diário" textos como "Vlás", "Bobók", "Meia carta de 'uma certa pessoa'" e "Pequenos quadros", entre outros. Em junho, como editor responsável por *O Cidadão*, Dostoiévski é acusado de violar os regulamentos da censura, multado em 25 rublos e sentenciado a dois dias de prisão. Em dezembro sofre de enfisema pulmonar.

1874

Em fevereiro começa a trabalhar em *O adolescente*. Em março pede dispensa do trabalho em *O Cidadão* por motivos de saúde, mas continua a colaborar com a publicação. Neste mês publica o conto "Pequenos quadros (durante uma viagem)" em *Skládtchina*, coletânea editada com o intuito de arrecadar fundos para as vítimas da fome na província de Samara. Fica preso por dois dias, cumprindo a sentença de junho do ano anterior.

Passa o outono e o inverno em Stáraia Russa.

1875

Em janeiro, *O adolescente* começa a ser publicado em *Anais da Pátria*. Entre maio e junho, Dostoiévski faz tratamento nas termas de Bad-Ems e continua a trabalhar em *O adolescente*. Em 10 de agosto nasce seu filho Aleksei. Em dezembro passa a se dedicar intensamente ao trabalho jornalístico e recebe autorização para publicar um periódico próprio, intitulado *Diário de um escritor*, desde que o submeta previamente à censura.

1876

Em 31 de janeiro sai o primeiro número de *Diário de um escritor* com tiragem de 2 mil exemplares, que se esgota rapidamente. É feita uma nova tiragem de 6 mil exemplares. Ao longo do ano aparecerão no *Diário* os contos "Um menino na festa de Natal de Cristo", "Mujique Marei", "A mulher de cem anos", "O paradoxalista", "Dois suicídios", "O veredicto" e "Uma história da vida infantil", entre outros.

Em junho Dostoiévski e a família deixam São Petersburgo e passam o verão em Stáraia Russa, onde, no final do mês, ele adquire uma casa (atual Museu Dostoiévski de Stáraia Russa).

Em novembro o *Diário de um escritor* dedica seu número integralmente à publicação da novela "A dócil". Sai a quarta edição de *Crime e castigo*.

1877

A enorme popularidade e repercussão do *Diário de um escritor* consolidam a fama de Dostoiévski como escritor e, também, como ativista social, e ainda lhe permitem saldar todas as suas dívidas. Em março recebe autorização para publicar o *Diário de um escritor* sem necessidade de submetê-lo previamente à censura, mas opta por não utilizá-la. Em abril o *Diário de um escritor* publica "O sonho de um homem ridículo", e no número de maio-junho, "Plano para uma novela de acusação da vida contemporânea".

Dostoiévski passa o verão na propriedade do cunhado, em Kursk. No retorno a São Petersburgo, para supervisionar a edição de julho do *Diário de um escritor* (que agora supera os 7 mil exemplares), visita Darovóie, a propriedade familiar onde passava as férias em criança, e ainda encontra servos que haviam trabalhado para seu pai.

Em outubro, Dostoiévski avisa que no ano seguinte, por motivos de saúde, irá suspender temporariamente a publicação do *Diário de um escritor*. Em dezembro é eleito para a Academia Imperial de Ciências e pronuncia o discurso fúnebre junto ao túmulo de Nikolai Nekrássov.

1878
Dostoiévski passa a se dedicar integralmente à concepção de sua última grande obra, *Os irmãos Karamázov*, para cuja composição o *Diário* havia servido como uma espécie de laboratório artístico. Participa constantemente de saraus literários e musicais, e também de jantares com figuras da alta sociedade, incluindo os filhos do tsar Alexandre II. Em março, é convidado para participar como membro de honra do congresso da Associação Literária Internacional em Paris, mas declina por problemas de saúde.

Em 16 de maio seu filho Aleksei morre aos dois anos e nove meses, após um forte ataque epilético. Em junho, começa a escrever o livro I de *Os irmãos Karamázov*. Viaja a Moscou para negociar a publicação de seu novo romance em *O Mensageiro Russo* e também fazer uma peregrinação ao monastério de Óptina Pustin, um dos mais venerados da Rússia, em companhia do filósofo e místico Vladimir Solovióv.

Em outubro publica em *O Cidadão*, sob o pseudônimo de "Amigo de Kuzmá Prutkóv", o conto "O tritão".

1879
Em maio é convidado para participar do congresso da Associação Literária Internacional em Londres, mas declina alegando problemas de saúde e também a necessidade de trabalhar em seu romance.

1880
Em janeiro Anna Grigórievna abre uma pequena empresa para distribuir os títulos de Dostoiévski. Em fevereiro, em reunião do Comitê Eslavo Beneficente, Dostoiévski lê seu discurso dirigido ao imperador, em celebração aos 25 anos do reinado de Alexandre II, e participa de encontros com outros membros da corte.

Em março, por ocasião da divisão de bens de uma tia rica, irmã de sua mãe, Dostoiévski e seus três irmãos recebem uma quantidade considerável de terras na região de Riazán.

Em 8 de junho Dostoiévski faz seu discurso no ciclo de palestras por ocasião da inauguração do monumento a Púchkin, em Moscou, e é ovacionado pela plateia. O discurso é publicado em *O Mensageiro de Moscou*

(*Moskovskii Viéstnik*) e republicado nos próximos dias em vários periódicos. Em agosto sai uma edição especial do *Diário de um escritor* com o discurso sobre Púchkin, uma introdução e um adendo. A primeira tiragem de 4 mil exemplares esgota-se rapidamente e uma segunda tiragem é providenciada.

Em outubro, Dostoiévski recebe autorização para retomar a publicação do *Diário de um escritor* no ano seguinte.

Em dezembro sai a edição em dois volumes de *Os irmãos Karamázov*, em tiragem de 3 mil exemplares que se esgotam rapidamente. Dostoiévski é apresentado ao herdeiro do trono russo, o futuro tsar Alexandre III.

1881

Dostoiévski trabalha no número de janeiro do *Diário de um escritor* e toma notas para os números de fevereiro e março. No dia 25, a polícia secreta faz uma busca no apartamento em frente ao seu, onde morava Aleksandr Barannikov, suposto membro da *Naródnaia Vólia*, a organização terrorista que levaria a cabo o assassinato do tsar Alexandre II em março do mesmo ano.

Neste mesmo dia, Dostoiévski havia sofrido uma hemorragia por conta de uma altercação com sua irmã Vera, ainda acerca da divisão dos bens de sua tia. A hemorragia é estancada no dia seguinte, mas recomeça no dia 28. Às 20h36 o escritor morre.

Em cerimônia pública, a 31 de janeiro, o cortejo fúnebre deixa o apartamento da família (hoje Museu Dostoiévski de São Petersburgo) e percorre a avenida Niévski em direção ao mosteiro Aleksandr Niévski, acompanhado por milhares de pessoas. Fiódor Dostoiévski é enterrado no dia seguinte, 1º de fevereiro de 1881, no cemitério do mosteiro.

SOBRE OS TRADUTORES

Priscila Marques nasceu em São Paulo em 1982. É formada em Psicologia pela Universidade Presbiteriana Mackenzie. Mestre e doutora em Literatura e Cultura Russa pela Faculdade de Filosofia, Letras e Ciências Humanas da Universidade de São Paulo, é autora da dissertação de mestrado "Polifonia e emoções: um estudo sobre a subjetividade em *Crime e castigo*" e da tese de doutorado "O Vygótski incógnito: escritos sobre arte (1915-1926)". Traduziu, para a Editora 34, a novela *Uma história desagradável*, de Dostoiévski, e o conto "De quanta terra precisa um homem?", de Tolstói, incluído no volume *Clássicos do conto russo*. Para esta antologia traduziu os contos "O senhor Prokhártchin", "Romance em nove cartas", "Um coração fraco", "Uma árvore de Natal e um casamento", "A mulher de outro e o marido debaixo da cama", "O ladrão honrado", "Meia carta de 'uma certa pessoa'", "Pequenos quadros", "Pequenos quadros (durante uma viagem)", "Um menino na festa de natal de Cristo", "Mujique Marei", "A mulher de cem anos", "O paradoxalista", "Dois suicídios", "O veredicto", "Uma história da vida infantil", "Plano para uma novela de acusação da vida contemporânea" e "O tritão", além de "A mulher de outro", "O marido ciumento", "Histórias de um homem vivido" e "Domovoi".

Boris Schnaiderman nasceu em Úman, na Ucrânia, em 1917. Em 1925 veio com os pais para o Brasil, onde se formou na Escola Nacional de Agronomia do Rio de Janeiro. É o principal comentador e tradutor da literatura russa no Brasil, sendo também o fundador do curso de Língua e Literatura Russa da Universidade de São Paulo, em 1960, instituição onde permaneceu até sua aposentadoria, em 1979, e na qual recebeu o título de Professor Emérito, em 2001. Verteu para o português cerca de quarenta obras literárias de importantes autores russos e soviéticos como Púchkin, Dostoiévski, Tolstói, Tchekhov, Górki, Búnin e Oliécha, e de ensaístas como Leonid Grossman, Mikhail Bakhtin, Roman Jakobson, Iúri Lotman, Viktor Chklóvski e V. Ivánov, além das notáveis traduções de poesia realizadas em parceria com Augusto e Haroldo de Campos (*Maiakóvski: poemas*, 1967, *Poesia russa moderna*, 1968). Escreveu oito livros de crítica e teoria: *A poética de Maiakóvski através de sua prosa*, *Projeções: Rússia/Brasil/Itália*, *Semiótica russa* (org.), *Dostoiévski prosa poesia*, *Lev Tolstói: antiarte e rebeldia*, *Turbilhão e semente: ensaios sobre Dostoiévski e Bakhtin*, *Os escombros e o mito: a cultura e o fim da União Soviética*, *Tradução, ato desmedido*, além do ficcional-memorialístico *Guerra em surdina* e do livro de memórias *Caderno Italiano*. Dentre outras distinções e honrarias, recebeu duas vezes o Prêmio Jabuti, nas categorias Ensaio (1983) e Tradução (2000), a Láurea de *O Estado de S. Paulo* (2002), o Prêmio de Tradução da Academia Brasileira de Letras (2003) e o título de professor emérito da Universidade de São Paulo (2002). Em 2007 foi agraciado pelo governo da Rússia com a Medalha Púchkin, por sua contribuição na divulgação da cultura russa no exterior. Faleceu em São Paulo, em 2016, aos 99 anos. Esta antologia traz sua tradução de "O crocodilo".

Paulo Bezerra nasceu em Pedra Lavrada, Paraíba, em 1940. Estudou Língua e Literatura Russa na Universidade Lomonóssov, em Moscou, especializando-se em tradução de obras técnico-científicas e literárias. Após retornar ao Brasil em 1971, fez graduação em Letras na Universidade Gama Filho, no Rio de Janeiro; mestrado e doutorado na PUC-RJ; e defendeu tese de livre-docência na FFLCH-USP. Foi professor de teoria da literatura na UERJ, de língua e literatura russa na USP e, posteriormente, de literatura brasileira na Universidade Federal Fluminense, pela qual se aposentou. Recontratado pela UFF, é hoje professor de teoria literária nessa instituição. Exerce também atividade de crítica, tendo publicado artigos em coletâneas, jornais e revistas, sobre literatura e cultura russas, literatura brasileira e ciências sociais. Já verteu do russo mais de quarenta obras nos campos da filosofia, da psicologia, da teoria literária e da ficção, destacando-se suas traduções para os ensaios de Mikhail Bakhtin e para os cinco grandes romances de Dostoiévski: *Crime e castigo*, *O idiota*, *Os demônios*, *O adolescente* e *Os irmãos Karamázov*. Em 2012 recebeu do governo da Rússia a Medalha Púchkin, por sua contribuição à divulgação da cultura russa no exterior. Esta antologia traz suas traduções do conto "Bobók", e das narrativas "O sonho de Raskólnikov" (extraído de *Crime e castigo*), "A história de Maksim Ivánovitch" (de *O adolescente*) e "O Grande Inquisidor" (de *Os irmãos Karamázov*).

Fátima Bianchi é professora da área de Língua e Literatura Russa do curso de Letras da Faculdade de Filosofia, Letras e Ciências Humanas da Universidade de São Paulo. Entre 1983 e 1985, estudou no Instituto Púchkin de Língua e Literatura Russa, em Moscou. Defendeu sua dissertação de mestrado (sobre a novela *A dócil*, de Dostoiévski) e sua tese de doutorado (para a qual traduziu a novela *A senhoria*, do mesmo autor) na área de Teoria Literária e Literatura Comparada, também na USP. Em 2005 fez estágio na Faculdade de Filologia da Universidade Estatal de Moscou Lomonóssov, com bolsa CAPES. Traduziu *Ássia* (Cosac Naify, 2002) e *Rúdin* (Editora 34, 2012), de Ivan Turguêniev; *Verão em Baden-Baden*, de Leonid Tsípkin (Companhia das Letras, 2003); e *Uma criatura dócil* (Cosac Naify, 2003), *A senhoria* (Editora 34, 2006) e *Gente pobre* (Editora 34, 2009), de Fiódor Dostoiévski, além de diversos contos e artigos de crítica literária. Tem participado de conferências sobre a vida e obra de Dostoiévski em várias localidades e é coordenadora regional da *International Dostoevsky Society*. Esta antologia inclui sua tradução de "A dócil", além de seu ensaio de apresentação "Dostoiévski: a veia da ficção".

Denise Regina de Sales é doutora em Literatura e Cultura Russa pela Universidade de São Paulo. Nasceu em Belo Horizonte, em 1965, e graduou-se em Comunicação Social (Jornalismo) pela Universidade Federal de Minas Gerais. De 1996 a 1998, trabalhou na Rádio Estatal de Moscou como repórter, locutora e tradutora. Publicou diversas traduções, entre elas o romance *Propaganda monumental*, de Vladímir Voinóvitch, as novelas *Minha vida* e *Três anos*, de Tchekhov, a coletânea *A fraude e outras histórias*, de Leskov, e o primeiro volume dos *Contos de Kolimá*, de Varlam Chalámov (com a colaboração de Elena Vasilevich), além de diversos contos e textos em antologias. Esta antologia traz sua tradução do conto "Polzunkov".

Vadim Valentinovitch Nikitin nasceu em Moscou em 1972, e vive no Brasil desde 1976. Faz pós-graduação em Literatura Brasileira na Universidade de São Paulo e dá aulas na Escola Livre de Teatro de Santo André. É tradutor, ator e diretor. Atuou, entre outras peças, em *Bacantes* (de Eurípides), *Ela* (de Jean Genet) e *Toda nudez será castigada* (de Nelson Rodrigues), as duas primeiras sob a direção de José Celso Martinez Corrêa, com o Teatro Oficina, e a última sob a direção de Cibele Forjaz, com a Companhia Livre. Dirigiu *Os sete gatinhos* (de Nelson Rodrigues) e *Canção de cisne* (que adaptou a partir de *O canto do cisne*, de Anton Tchekhov). Fez a dramaturgia de espetáculos baseados em textos como *Medeia é um bom rapaz* (de Luiz Riaza) e de *O sonho de um homem ridículo*, de Dostoiévski, que ele mesmo traduziu para o volume *Duas narrativas fantásticas*. Traduziu também *Tio Vânia* e *O jardim das cerejeiras*, de Tchekhov, e *Um bonde chamado desejo*, de Tennessee Williams, ainda inéditas em livro mas já encenadas em teatro. É também um bissexto letrista de música. Esta antologia traz sua tradução de "O sonho de um homem ridículo".

Irineu Franco Perpetuo é jornalista e tradutor, colaborador da revista *Concerto* e jurado do concurso de música *Prelúdio*, da TV Cultura. É coautor, com Alexandre Pavan, de *Populares & eruditos* (2001), e autor de *Cyro Pereira — Maestro* (2005) e dos audiolivros *História da música clássica* (2008), *Alma brasileira: a trajetória de Villa-Lobos* (2011) e *Chopin: o poeta do piano* (2012). Traduziu diretamente do russo *Pequenas tragédias* (2006) e *Boris Godunov* (2007), de Púchkin; *Memórias de um caçador* (2013), de Turguêniev; *A morte de Ivan Ilitch* (2016), de Tolstói; *Memórias do subsolo* (2016), de Dostoiévski; e *Vida e destino* (2014) e *A estrada* (2015), de Vassili Grossman. Esta antologia traz sua tradução do conto "Como é perigoso entregar-se a sonhos de vaidade".

Daniela Mountian é tradutora, designer e editora da *Kalinka* (revista e editora especializadas em literatura russa). Formou-se em História pela Universidade de São Paulo, onde também fez mestrado e doutorado em Literatura e Cultura Russa, com estágio de um ano na Casa de Púchkin (São Petersburgo). Foi indicada ao Prêmio Jabuti pela tradução de *Os sonhos teus vão acabar contigo: prosa, poesia e teatro*, de Daniil Kharms (com Aurora Bernardini e Moissei Mountian). Recentemente traduziu, junto com Moissei Mountian, o primeiro volume do *Diário de um escritor*, de Dostoiévski, e *A ressurreição do lariço*, quinto volume dos *Contos de Kolimá* de Varlam Chalámov. Esta antologia traz sua tradução de "Vlás" (com Moissei Mountian).

Moissei Mountian nasceu na Moldávia em 1948, e é formado em engenharia civil. Em 1972 mudou-se para o Brasil com a esposa, Sofia Mountian. Em 2008 fundou, com Daniela Mountian, sua filha, a editora Kalinka. Foi indicado duas vezes ao Prêmio Jabuti pelas traduções de *O diabo mesquinho*, de Fiódor Sologub, e de *Os sonhos teus vão acabar contigo: prosa, poesia, teatro*, de Daniil Kharms (com Aurora Bernardini e Daniela Mountian). Traduziu também *Encontros com Liz e outras histórias*, de Leonid Dobýtchin, *Salmo*, de Friedrich Gorenstein (com Irineu Franco Perpetuo), além de o primeiro volume do *Diário de um escritor*, de Dostoiévski, e *A ressurreição do lariço*, quinto volume dos *Contos de Kolimá* de Varlam Chalámov, ambos com Daniela Mountian. Esta antologia traz sua tradução de "Vlás" (com Daniela Mountian).

OBRAS DE DOSTOIÉVSKI PUBLICADAS PELA EDITORA 34

Gente pobre (1846), tradução de Fátima Bianchi [2009]

O duplo (1846), tradução de Paulo Bezerra [2011]

A senhoria (1847), tradução de Fátima Bianchi [2006]

Crônicas de Petersburgo (1847), tradução de Fátima Bianchi [2020]

Noites brancas (1848), tradução de Nivaldo dos Santos [2005]

Niétotchka Niezvânova (1849), tradução de Boris Schnaiderman [2002]

Um pequeno herói (1857), tradução de Fátima Bianchi [2015]

A aldeia de Stepántchikovo e seus habitantes (1859), tradução de Lucas Simone [2012]

Dois sonhos: O sonho do titio (1859) e *Sonhos de Petersburgo em verso e prosa* (1861), tradução de Paulo Bezerra [2012]

Humilhados e ofendidos (1861), tradução de Fátima Bianchi [2018]

Escritos da casa morta (1862), tradução de Paulo Bezerra [2020]

Uma história desagradável (1862), tradução de Priscila Marques [2016]

Memórias do subsolo (1864), tradução de Boris Schnaiderman [2000]

O crocodilo (1865) e *Notas de inverno sobre impressões de verão* (1863), tradução de Boris Schnaiderman [2000]

Crime e castigo (1866), tradução de Paulo Bezerra [2001]

Um jogador (1867), tradução de Boris Schnaiderman [2004]

O idiota (1869), tradução de Paulo Bezerra [2002]

O eterno marido (1870), tradução de Boris Schnaiderman [2003]

Os demônios (1872), tradução de Paulo Bezerra [2004]

Bobók (1873), tradução de Paulo Bezerra [2012]

O adolescente (1875), tradução de Paulo Bezerra [2015]

Duas narrativas fantásticas: A dócil (1876) e *O sonho de um homem ridículo* (1877), tradução de Vadim Nikitin [2003]

Os irmãos Karamázov (1880), tradução de Paulo Bezerra [2008]

Contos reunidos, tradução de Priscila Marques, Boris Schnaiderman, Paulo Bezerra, Fátima Bianchi, Denise Sales, Vadim Nikitin, Irineu Franco Perpetuo, Daniela Mountian e Moissei Mountian [2017], incluindo "Como é perigoso entregar-se a sonhos de vaidade" (1846), "O senhor Prokhártchin" (1846), "Romance em nove cartas" (1847), "Um coração fraco" (1848), "Polzunkov" (1848) "Uma árvore de Natal e um casamento" (1848), "A mulher de outro e o marido debaixo da cama" (1860), "O ladrão honrado" (1860), "O crocodilo" (1865), "O sonho de Raskólnikov" (extraído de *Crime e castigo*, 1866), "Vlás" (1873)*, "Bobók" (1873)*, "Meia carta de 'uma certa pessoa'" (1873)*, "Pequenos quadros" (1873)*, "Pequenos quadros (durante uma viagem)" (1874), "A história de Maksim Ivánovitch" (extraído de *O adolescente*, 1875), "Um menino na festa de Natal de Cristo" (1876)*, "Mujique Marei" (1876)*, "A mulher de cem anos" (1876)*, "O paradoxalista" (1876)*, "Dois suicídios" (1876)*, "O veredicto" (1876)*, "A dócil" (1876)*, "Uma história da vida infantil" (1876)*, "O sonho de um homem ridículo" (1877)*, "Plano para uma novela de acusação da vida contemporânea" (1877)*, "O tritão" (1878) e "O Grande Inquisidor" (extraído de *Os irmãos Karamázov*, 1880), além de "A mulher de outro" (1848), "O marido ciumento" (1848), "Histórias de um homem vivido" (1848) e "Domovoi" — o volume traz o conjunto das obras de ficção publicadas no *Diário de um escritor* (1873-1881), aqui assinaladas com *

Este livro foi composto em Sabon,
pela Bracher & Malta, com CTP e
impressão da Edições Loyola em
papel Pólen Natural 70 g/m² da Cia.
Suzano de Papel e Celulose para a
Editora 34, em setembro de 2023.